桑梓情

子墨苒 著

百花洲文艺出版社
BAIHUAZHOU LITERATURE AND ART PRESS

图书在版编目（CIP）数据

桑梓情 / 子墨苒著 . -- 南昌 : 百花洲文艺出版社，
2025. 1. -- ISBN 978-7-5500-4935-2
　　Ⅰ . I247.5
中国国家版本馆 CIP 数据核字第 2024Q3G216 号

桑梓情
SANGZI QING

子墨苒　著

出 版 人	陈　波	
责任编辑	胡艳辉	
特邀编辑	夏红丽	
书籍设计	汇文书联	
制　　作	汇文书联	
出版发行	百花洲文艺出版社	
社　　址	南昌市红谷滩区世贸路 898 号博能中心一期 A 座 20 楼	
邮　　编	330038	
经　　销	全国新华书店	
印　　刷	武汉鑫佳捷印务有限公司	
开　　本	720 mm × 1000 mm　1/16	
印　　张	29.25	
版　　次	2025 年 1 月第 1 版	
印　　次	2025 年 1 月第 1 次印刷	
字　　数	460 千字	
书　　号	ISBN 978-7-5500-4935-2	
定　　价	98.00 元	

赣版权登字　05-2024-309

目录

第一章　诞生

"哇……"一声啼哭划破了凌晨的宁静。这个时辰，整座山村都寂静了下来，偶尔，远处传来一声狗吠，再就是山风摇晃枝丫的声音。只有这座小院子里，窗内还亮着微弱的灯光。

"英子，恭喜啊，是个女娃子。"接生婆张嫂怀里抱着孩子，对躺在床上的刘英激动地说。

"你若要，你抱了去，女娃子有啥好恭喜的，谁不知道你家四个男娃子。"床边站着的老妇没好气地接了句。

"又是个女娃子！"

"可惜了，要是个男娃，赶上这么好的时辰出生，将来一定是当大官的命！"守在床边寥寥的几个人，看着接生婆怀里抱着的女娃，议论着。

女娃的母亲刘英躺在床上，头费力地往上抬了一下，紧接着，又摔回到了枕头上，看看墙上的时间，时针和分针刚好重合在一起——午夜十二点整。刘英又看看窗外，似乎有一轮残月在窗外树梢上挂着。刘英用微弱的声音给孩子起了一个名字："叫月牙吧！"

婴儿似乎听懂了母亲给自己起的名字，瞬间不哭了。

"叫啥都成，一个女娃子有啥好起名的，到最后不还是一盆水泼了出去。"一旁站着拄着拐杖的老妇没好气地说道。"好了，都去睡吧，一个女娃有啥好看的。"说这话的老妇不是别人，正是刘英的母亲，月牙的姥姥王凤。

一向持有重男轻女思想的她，看到是个女婴，气不打一处来，用拐杖狠狠地戳了几下地，连抱都没抱一下孩子，甚至连看都没看一眼，嘴里念叨着就离开了刘英的房间，到隔壁的房间睡下了。

人陆陆续续走了，接生婆张嫂是最后一个走的。她把孩子小心翼翼放到刘英身边，嘴里啧啧地说道："女娃子有啥不好的，我光想要女娃子的。这些人是

不知道有女娃的福气。"

"谢谢你，张嫂，桌上有糖，你带一些给娃们吃吧。"刘英用虚弱的声音回张嫂。

"糖，我就不带了，你好好歇着吧，这有给娃子准备的温水，我回去了，孩儿他爹和孩儿估计在家里都等急了。"张嫂又给婴儿掖了一下被子，离开了。

房间内瞬间安静了，刘英看着躺在身边的婴儿，用手抚摸了一下孩子的额头，把乳头塞进孩子的嘴里。孩子吸吮第一口那一瞬间，刘英疼得没忍住"啊"了一声，但孩子吸吮一口后，把乳头直接吐了出来，哇的一声又哭了。刘英这才意识到奶水还没下来，她把床头张嫂提前准备好的奶瓶里的温水喂到婴儿口中，婴儿这才止住了啼哭，躺在刘英的怀里渐渐地睡着了。

刘英下意识地看看时钟，看着时钟下方挂着的一本发黄日历。虽然日历上的字，由于灯光暗，刘英看不清，但是，今天这个日子，刘英比谁都记得清。往年的今天，一家人都要炒一些黄豆子来吃，因为按照当地的习俗，有"二月二吃炒豆"的说法。还有着"二月二，龙抬头，风调雨顺好年头，打好囤，备好梯，丰衣足食无忧愁"的谚语。刘英心里默念着当地的谚语，又看看身边熟睡的婴儿。如果是个男婴，此刻家里一定喧闹起来了，只可惜是个女婴，将来的命运如何，连刘英自己都不知道。

第二章　笼罩

月牙的出生并没有给这个家庭带来什么欢乐，相反，倒是给原本生活就有些捉襟见肘的家庭，更笼罩上了一层阴沉沉的气息。

为了家里生计，原本就是入赘的刘英丈夫郑铁树，常年在外务工。月牙出生的消息，也是在一个月后，铁树给家里打电话才知道的。铁树在电话里听到月牙出生的消息，激动地说："这家房子还有几天就盖完了，盖完我立刻回去！"

刘英和铁树的通话，被一旁的母亲王凤听了去。王凤对着电话骂骂咧咧："回来干啥？生个闺女有啥高兴的？不在外面好好挣钱，这一大家子都喝西北风去啊？"刘英没有接母亲的话，只是拿起月牙刚拉脏的尿布清洗起来。

月牙上面有同母异父的姐姐刘春苗和哥哥刘春庆。哥哥在家里的家庭地位自然不言而喻，几乎家中所有好吃的全部被月牙的姥姥王凤藏起来偷偷给了他。春苗比春庆年长三岁，在家中就如春庆的小保姆一般，小心翼翼地照顾着春庆。

自月牙出生以来，几乎都是刘英一个人照顾。偶尔，七岁的春苗会帮母亲抱抱月牙，王凤一次也没有抱过。有时，春庆伸手拍打月牙一下，刘英刚数落一句，王凤就不满意地把春庆拉到怀里一边哄着，一边责骂刘英不知道疼自己的儿子。

有一次，春苗正在喂月牙一些温水喝，春庆走到跟前要抢水喝。春苗没有给，轻轻推了春庆一把，春庆哇的一下哭了。这一幕刚巧被王凤看了去。王凤拄着拐杖走过去，一把夺过月牙正在吮吸的温水奶瓶递给春庆，哄着春庆："乖孙子，不哭，不哭，来，姥姥喂。"春庆这才止住了哭。

王凤用拐杖捣捣春苗的脚踝，责骂道："你这个死丫头，不知道让着你弟弟？以后再惹你弟弟哭，信不信我打死你？"说完，领着嘴里叼着奶水瓶的春庆，连看都没看一眼哭得哇哇叫的月牙，骂骂咧咧地离开了。

春苗抱起哭个不停的月牙，跑到正在水窖池子里刷水窖的刘英那里，眼泪

汪汪地对刘英告着姥姥的状。

正在水窖池里清理水窖的刘英，听到月牙哭个不停，只好从水窖里顺着梯子麻利地爬了出来。她坐在水窖旁边，脱下脚上开胶的雨靴，把雨靴口朝下倒掉里面进的水。由于长时间在水里浸泡，刘英的双脚已经泡得有许多褶皱和发白。

刘英把月牙从春苗的怀里接了过来，掀开衣服，给月牙喂起了奶水。但哪有那么多奶水给月牙喝啊？自从生了月牙之后，刘英奶水就一直不足，催奶的土方法都试过了，都不管用。村里有人建议，多吃一些猪蹄，下奶。可是，家里哪有那闲钱去买猪蹄吃？月牙吮吸几口，吸不到奶水，又开始哇哇地哭了起来。

"哭、哭、哭，一天到晚就知道哭，早知道你这么不省心，当初就不该要你！"听到月牙哭，刘英心里也格外不是滋味。才几个月的月牙哪明白母亲的心思？刘英一吵，月牙哭得更厉害了。看着怀里哇哇大哭的月牙，刘英的心也是痛的，毕竟孩子是无辜的。刘英只好抱起月牙，光着脚丫走到王凤的房间里，王凤正在哄春庆吃奶糖。

"妈，你不能太偏心春庆了，月牙都饿成这样子，你不能啥都给春庆！"刘英边晃着月牙哄她不哭，边对母亲抱怨着。

"怎么？我对我孙子好，你还不乐意了？给，拿去，不就一个奶瓶，别让她在我这哭，哭得我心烦。"王凤捡起扔在一旁的奶瓶，把奶瓶塞进了刘英怀里。

刘英把奶瓶嘴放进月牙嘴里，月牙瞬间不哭了。跟在刘英身后的春苗，眼巴巴看着春庆手里的三颗奶糖。刘英看出了春苗的心思，对春庆说："春庆，来，给你姐姐一颗奶糖。"

春庆刚准备迈着小步走向刘英，被王凤拦了下来："就剩这几个糖，女孩家吃什么吃。"

"你就使劲惯吧，看你能把他惯到天上不？"刘英见王凤没有让春庆给的意思，只好一手抱着月牙，一手拉起春苗，丢下这一句话，离开了王凤的房间。

"我自己的孙子，我乐意惯就惯，我就是要把我的乖孙子宠上天去，是不是，春庆？"王凤捏捏春庆的小脸蛋，丝毫不顾刘英的生气。

说起来，王凤这一辈子也是个命苦的人，丈夫不到五十岁就因矿难去世了，家中仅有的一个孩子就是刘英。那个年代，在村里，谁家若是没有男孩延续香火，是会被邻里说三道四的。

自从丈夫去世后，王凤性情大变，谁家若是在她面前提起家中男儿如何，王凤就会和别人骂骂咧咧。时间久了，也没有人在王凤面前再说啥，也都不愿和王凤说太多。

刘英二十一岁就嫁给了邻村的陈小武。陈小武本来是王凤给刘英千挑万选出来的女婿，但自从他走出大山后就再也没有了音讯。村里有人说陈小武发财后在外面又找了一个，也有人说，陈小武在外面出事了，众说纷纭。

过了几年，邻村张婶给刘英介绍了离异的男子郑铁树，说郑铁树踏实能干。王凤看着还年轻的刘英，想着也得有人挣钱养活家里，便想办法从陈小武家争取到了春庆的抚养权。本来王凤是不愿意要春苗的，但是，在刘英的坚持下，春苗也跟了刘英。自此，刘英与陈家断了联系。王凤让郑铁树入赘到了她们家里。由于是入赘的缘故，无论铁树如何能干，王凤就是瞧不上铁树。因此，这股怒火无形中也就迁怒到了月牙身上。

第三章　妥协

锅碗瓢盆的碰撞中，月牙已经三岁了，但王凤对月牙的态度始终没有改变。看着同龄的孩子都上了幼儿园，刘英和铁树商量着准备把月牙送到幼儿园去。一听说要把月牙送幼儿园，王凤急了。

"一个女孩子上什么学？再说，年龄这么小，上学能学到啥？"这一天，当刘英和铁树给月牙收拾好，准备把月牙送幼儿园的时候，王凤拄着拐杖拦在了门口。

"妈，春庆和春苗也是三岁送的幼儿园，您都没说啥。月牙咋就不能三岁上幼儿园？"刘英和母亲杠了起来。

"就是因为春庆和春苗上学，家里才没钱供应她上学。这学，我就是不同意她现在上。"王凤说着，一屁股坐在了地上，挡住了大门。

刘英看看铁树，又看看月牙。月牙小跑着跑到王凤的面前，轻轻地拉扯一下王凤的衣角对王凤说："姥姥，我想上学，月牙以后不惹姥姥生气。"

王凤没有理会月牙，只是斜眼看了一眼铁树。这一刻，她似乎在等待着铁树的一个表态。

"这样，英子，妈说得也对，月牙上学还早，要不等晚一年再上，早一年晚一年上幼儿园都不碍事。"一贯在王凤面前唯唯诺诺的铁树，看着王凤坚决的态度，知道这样下去，对谁都没有好处。

王凤听铁树这么一说，一骨碌从地上爬了起来，眼珠一转，笑眯眯地拉着月牙的手说："这就对了，等大点再说。"嘴上虽这么说，王凤心里却在盘算着，等明年如果刘英和铁树再说月牙上学的事情，她还用这个办法，总之，这个学，月牙就是不能上。

刘英只好把提前给月牙准备好的书包放到桌子上，没好气对王凤说了句："您若不嫌累，就天天在家看着她吧，我要去干活了。明年不管如何，月牙都要

上学。"刘英说着，拿起挂在墙上的一个布袋子出家门了。

刘英离开了家，王凤斜眼看看铁树。这几年的相处下来，王凤即使什么也不说，铁树也明白王凤的心思。

铁树心疼地看看月牙，对王凤说了句："妈，我也去附近的厂子里看看有没有什么零工做，先挣个钱，等盖房那边工头知会了，我再外出打工。"

"这还用对我说？一个大男人天天不在外面挣钱，就会围着老婆孩子热炕头，有啥出息？"王凤催促着铁树赶紧走。

铁树不放心地看看月牙。王凤瞪了铁树一眼："咋，我看着她，还能把她看丢了？"

在王凤的催促下，铁树出门了。月牙哭闹着要跟着铁树一块去，被王凤紧拽在手里。直到铁树离开家门走远，王凤这才放开月牙的胳膊。此时，月牙的胳膊由于王凤的紧拽动作，已经出现了一片明显的血红痕迹。

王凤看着月牙，大吼了一句："哭，哭，哭，就知道哭，再哭我把你扔到山上喂野狼去！"被王凤这么一恐吓，月牙不哭了。

王凤把月牙放到院子里吃饭的一张石桌那里，随意扔给月牙一两个春庆不要的玩具，看了一眼敞开的木门，本想去关一下，但犹豫了一下，看着坐在地上玩耍的月牙，还是进屋里给春庆织毛衣去了。

一上午，为了给春庆赶着织新的毛衣，王凤都没有走出房门。偶尔，王凤会透过门望望在院子里自己玩耍的月牙，见月牙坐在地上一个人在玩，王凤也懒得搭理。

快中午的时候，月牙走到王凤的门前，对王凤奶声奶气地说："姥姥，我饿了！"

"饿啥饿？等你妈回来给你做饭吃，出去玩去。"王凤没好气地轰月牙出去。

月牙只好离开了王凤的房间。

到了中午，刘英从山上回到家做饭，进了家门，见院子里静悄悄的。刘英走进屋内，把包挂在墙上，瞅了瞅自己的房间，月牙没在，一边洗手准备做饭一边问王凤："妈，月牙在你屋里睡了？"

"睡啥睡？不是一个人在院子里玩的吗？"王凤头也没抬地回答刘英。

听王凤这样一说，刘英正准备擦手的毛巾一下子掉在了地上。她急忙跑到

院子里，看看水窖里，又看看粪池里，着急地对王凤说："妈，月牙不见了！"

王凤嘟囔着放下手中快织好的毛衣，从屋内拄着拐杖慢吞吞地走了出来，不紧不慢地回答刘英："急什么急，她自己长着腿呢，说不定跑到附近哪里玩去了。"

"妈，你不知道今天咱们这集会吗？万一月牙被别人抱走了怎么办？月牙，月牙……"刘英着急地在院子里喊着月牙的名字。

"一个丫头，谁要啊？"王凤坐在了院子里的石凳上，斜眼看看月牙玩过的玩具。

这时候，铁树也从外面回来了。铁树还没有察觉到月牙不见了，没等刘英开口，铁树高兴地把钱交到刘英手里说："上午帮别人扛包挣的，下午人家还让去。"

"铁树，月牙不见了！"刘英握着铁树的手，哭泣着回道。

"什么？"铁树听刘英这么一说，又看看坐在石凳上的王凤，第一次对刘英大嗓门地回了句："娃不见了，还不赶紧找？愣着干啥？"

说完，铁树就跑出了门，挨家挨户问月牙是否去过他们家。

夫妻二人一路走一路比画着月牙的身高，问着过往的路人。半个小时过去了，月牙还是没有一点消息。

刘英蹲在路边哭泣地自责着："我就不该把她一个人丢在家里！"铁树安抚着刘英："没事，月牙一定会没事的，我们再到集市上去看看。"刘英在铁树的搀扶下，往集市上走去。

到了集市上，听着满街的吆喝声，看着熙熙攘攘的人群，铁树和刘英商量了一下，就分头去找月牙。

刘英顺着南街一直找到北街，挨个摊位地问。就在整条街快要走完，要放弃的时候，刘英看到一个卖烩面的摊贩，月牙坐在那里，一个中年妇女正在喂月牙吃面。

刘英慌忙跑了过去，到了摊位前，一把拉过正在吃面的月牙，气愤地在月牙背上拍了几下说："你个死丫头，快把我急死了。"

"你谁啊？"正在喂面的妇女一把推开刘英，问道。

"妈，别打了，我错了。"月牙扑到刘英怀里，抱着刘英哭泣地说。

刘英也意识到了自己的失态，紧紧抱着月牙，激动地对中年妇女说："谢谢你大姐，谢谢你好心人！"

听到月牙喊刘英"妈"，中年妇女也明白过来咋回事，把面放到了桌子上，对刘英数落了起来："真不知道你们这些当妈的是咋当的，这么丁点大的孩子在大街上哭着找妈，要不是被我收留了，这孩子说不定被谁抱走了。"

"是，是我这当妈的不对，以后我一定看管好孩子。"刘英抚摸着月牙的额头。

这个时候，铁树也赶了过来，看到刘英和月牙，长舒了一口气："刚好，你也在这里，刚才赶集的刘婶对我说，看到月牙在这吃面，我就赶了过来。"

"好了，既然你们是孩子父母，啥也别说了，把孩子领走吧，以后可别这么粗心了！"中年妇女打发着刘英。

刘英从口袋里面掏出钱要给中年妇女，中年妇女摆摆手，推辞道："我也不要你们的钱，我是看这孩子可怜才收留的，看这孩子饿成啥了！一个这么小的孩子能吃大半碗面。"中年妇女指指桌子上被月牙吃去的大半碗面。

临走的时候，刘英依然坚持要把面钱给中年妇女，中年妇女还是拒绝了。刘英和铁树只好一再感谢，抱着月牙回家了。

回家的路上，刘英心里已经想好是该和自己的母亲王凤好好谈谈了，无论母亲心里有多少的怨气，不该拿一个孩子出气。

第四章 谈判

回到家里，王凤看到刘英怀里抱着的月牙，嘀咕了一句："这丫头命大着的，这不也没事？"刘英把孩子递给铁树，示意铁树先进屋子，随后，走到王凤身边，搀扶着王凤："妈，咱们进屋，我有一些话想和您说。"

"你这孩子，有啥话不能在院子里说，还非得进屋说？"王凤在刘英的搀扶下，站起身来，随着刘英走进了屋子。

进了王凤屋子，刘英看了一眼床上快要织好的毛衣和墙上挂着的父亲遗像。她搀扶王凤坐到床上后，提起暖水瓶，给王凤倒了一杯水，放在了床边的桌子上，自己坐在了屋子里仅有的一条板凳上，没有出声。

见刘英不说话，王凤急了，杵杵拐杖，问刘英："你不是有话和我说吗？怎么就哑巴了？"

刘英看着坐在床上满脸褶皱的母亲，忽然间觉得眼前这个女人好陌生。母亲今年将近七旬，自从父亲去世后，母亲把所有的心血都放在了她的身上。但母亲可以包容自己、包容春苗，怎么就容不下一个月牙？

"妈，您以后能不能对月牙好点？毕竟她还只是一个孩子。"刘英思虑了很久，还是开口了。

刘英话音刚落，王凤就激动地拄着拐杖站了起来，用拐杖指着刘英说："长大了？翅膀硬了？我一把屎一把尿把你拉扯大，现在你倒好，开始觉得你娘不好了？嫌你娘老了？"

"妈，您先别激动，您先坐下，我没有说您不好的意思，我的意思是您能不能以后稍微对月牙包容一些？"见母亲激动，刘英急忙站起来，安抚着王凤，让王凤坐下。

"包容？你是不是觉得今天这丫头跑出去是我故意让跑出去的？是我把这丫头扔了的？"王凤故意扯大嗓门对着门口喊道，就是为了让站在门外的铁树听。

铁树坐在院子里的板凳上，一个人抽着闷烟，看着玩耍的月牙。

"我没有这个意思，妈，月牙就是再怎么不招您喜欢，那也是我身上掉下的肉，您能对我好，对春苗好，为什么就不能对月牙好一些？"刘英说着，委屈的眼泪流了下来，顺手抹了一把眼泪。

"怪就怪她那个不争气的爹，本想着招上门能够挣钱养活这一大家子，现在天天在家里杵着，这一家老小喝西北风啊？"王凤还是故意提高嗓门，冲着门外喊道。

这话，铁树自然是听得到的。正在玩破旧玩具的月牙听到了这话，抬头看看铁树。铁树看着月牙纯净的眼神，把烟扔掉，抱起月牙走进了刘英的房间。

"妈，您小点声，铁树他们施工队只是最近较闲。春苗、春庆上学的学费不都是铁树在外面挣的钱？为了这个家，铁树一天到晚也没闲着。"刘英生怕铁树听到，劝说着王凤低声说话。

"我没偷没抢，大点声怎么了？现在到头来还得养活他们父女，觉得话不中听，可以走人啊！"王凤依然不依不饶。

"妈，您这话说得可就过了，月牙不是您孙女？您这叫胡搅蛮缠。"刘英见母亲越说越不讲理，有些生气了。

"英子，中午咱们怎么做饭？要不，你看着月牙，我来做？"铁树在刘英房间里，听着两个人的争执，见这样下去也不是办法，领着月牙出现在了王凤的门口。王凤和刘英的对话，他假装没有听到。

王凤看到铁树，白了一眼，"哼"了一声，就不再说话了，随手拿起床上的毛衣织了起来。

刘英看母亲的态度丝毫没有退让的意思，站起身，走到铁树身边，轻推了一下铁树，示意出门再说。

刘英和铁树来到厨房，给了月牙一个小西红柿，让月牙到院子里去玩。月牙拿着西红柿一蹦一跳地走出了厨房。

"刚才妈说的话你都听到了？"刘英从面缸里舀了一勺面倒在一个盆子里，添了一些水，和着面试探地问。

"嗯，听到了。"铁树烧着地锅回了句。

"你怎么想？"

"过两天我就出去了，工地那边一忙我就不回来了。家里和月牙又得你一个人照应着。"铁树的话里听不出一丝愤怒。

刘英看看面无表情的铁树，没有接铁树的话，把和好的面放在案板上，拿起一根擀面杖擀起面条来。

透过厨房的窗户，刘英看到月牙正拿着一根树枝似乎在地上逗着什么玩，那天真的笑容扎得刘英心里一阵阵的痛。

做好面条，刘英给王凤端了一碗进屋，把面条和几瓣蒜放到桌子上，转身准备离开，王凤叫住了刘英："刚才你俩咋说的？"

"铁树说过两天就出去打工了，这样一来，就不会在您面前再碍您的眼了。"刘英话语中带着忧伤回道。

"早就该这样了，你刚才对我说的我都知道了，以后我会对这个丫头好一些的。"王凤听到刘英说铁树要出去打工，心里的怒火也就散了，端起面条，哧溜着吃着面条。

第五章　觅食

没过几天，铁树就跟随着村上的人一起外出打工了。春苗和春庆都是刘英一早送到学校去上学，下午接回来。为了维持生计，刘英常年会上山在山上一些开矿的厂里给工人做做饭。自从和母亲谈了之后，王凤对待月牙的态度是好了一些，偶尔在刘英忙不开的时候，王凤也会主动提出让月牙跟着她，家里还算平稳地过得去。

待到月牙七岁，在刘英和铁树的强硬态度下，王凤还是让月牙上了学。但是，上学的前提是：家里喂养的几只鸡，由月牙每天放学后负责给鸡割草。月牙同意了。

每天月牙放学回家，第一件事就是背起家中的背篓，到山上去给鸡割草。偶尔看到山上有野菜，月牙就会挖一些带回家让刘英给炒着吃。野柿子、山枣成熟的季节，月牙也会爬到树上，自己坐树上先吃个饱，然后把半熟的柿子一个个地扔到地上。等她滑落到地上后，再一个个地捡拾起来装到背篓里，背回家去。

王凤见月牙可以分担起家里的家务，又能干嘴又甜，偶尔也会给月牙一两颗糖果作为奖励。刘英见母亲对月牙态度有了改变，以前经常紧皱的眉头也舒展了许多。这个看似表面已经和谐的家庭，却被月牙从外面带回来的几个馒头打碎了。

这一天，月牙又像往常一样背着背篓去山上割草。在割草回来的路上，看到一座坟前盘子里放着几个又大又白的馒头，月牙摸摸饿了的肚子，看四下无人，走了过去，跪在地上磕了三个头，随后，拿起盘子里一个馒头吃了起来。一个馒头下肚，月牙知足地摸摸肚子，又把盘子里所有的馒头，小心翼翼地装进篮子里，一路小跑地回家了。

回到家，一进家门，月牙撂下篮子，拿着馒头直奔王凤的屋子："姥姥，姥姥，你看我今天带什么回来了？"

"今天月牙又带什么好吃的东西回来了？"王凤听到月牙这么高兴，摘掉老花镜，笑呵呵地问月牙。

月牙把馒头拿到王凤面前，王凤看到馒头上面点着的一个红点，脸色唰地一下变了。月牙年纪小，不知道这馒头是做什么用的，王凤自然是知道的，这是刚埋下死人，家人供的馒头。

看着月牙手中的馒头，王凤气不打一处来，拿起拐杖就打到了月牙的身上："你这个死丫头，嫌我活得年龄长是不是？死人的东西你也敢拿回来？"

月牙瞬间感觉背上一阵阵火辣辣地疼，手中的馒头掉在了地上，哭着喊着："姥姥，不要打我，月牙知道错了。"

刘英刚巧从山上做饭回来，听到王凤屋里的哭声，急忙走了进去。

看到王凤正举起拐杖打月牙，刘英用身子护了上去，这一拐杖打到了刘英的身上，刘英瞬间感觉背上被火灼一般。

"英子，你让开，看我今天不打死这个死丫头。"王凤依然不依不饶。

"妈，你要打死月牙就先打死我吧，小孩子就算犯下天大的错，哪经得起你这样地打？"刘英依然用身子护着月牙。

"这死丫头，不安一点好心，巴不得我早死，我不打死她我打谁？"王凤的怒火依然没有下去。

刘英见母亲怒火一直未消，从来没有反抗过母亲的她，抓住王凤的拐杖，劝说着："妈，您消消气，即使月牙犯了什么错，您打两下出出气就好了！"

"出出气？你问这死丫头做了什么好事！"王凤拐杖指着月牙，破口大骂着。

刘英心疼地哄着月牙，擦着月牙脸上的泪水问月牙："月牙，你做什么事儿惹你姥生气了？"

"我……只是从外面……带回来几个馒头给姥吃……"月牙哭着指着地上的馒头诉说着。

刘英这才发现散落在地上的几个馒头，看到馒头上面的红点，刘英明白发生了什么事。

刘英把馒头捡了起来，对王凤说："小孩子家不懂事，她哪知道这是做什么用的！"

"她巴不得我这个老太婆早点死呢！"王凤余怒未消。

"好了，妈，我一会儿说说月牙，你不要生气了，我去做饭了。"说着，刘英拉着正在哭泣的月牙赶紧走出王凤的房间。

来到院子里，看着篮子里还放着几个馒头，刘英蹲下身去，对月牙教导着："月牙，以后外面的馒头一定不要乱捡，知道不？不仅是馒头，只要是吃的，都不要捡。"

月牙哭泣着点点头。

"去吧，去屋子里赶紧写作业，一会儿这些草，妈剁了喂咱们家的鸡。"刘英又帮月牙擦了擦泪。

"我自己剁，剁完我再写作业。"说着，月牙抹去脸上的泪水，拿起篮子里的草，放在一个圆木桩上，用斧头给鸡剁起鸡草。

看着如此懂事的月牙，刘英的心几乎碎了。她把剩余的所有馒头扔进猪圈里，走进厨房开始做饭。王凤的屋子里依然传出来骂骂咧咧的声音。

第六章　离开大山

"馒头事件"之后，王凤对月牙的态度又回到了最初。不管月牙如何在她面前讨好，王凤始终没有给过月牙一个好脸色。

就在月牙要上小学二年级的时候，王凤提出让月牙辍学。月牙哭闹着要上学，刘英拗不过王凤，只好把正在外地干活的铁树叫了回来。

铁树匆忙让工头结了钱，回到家中。月牙正趴在院子里的石桌上看一年级的书，此时小学二年级开学已经一周。铁树抚摸了一下月牙的头，月牙抬头一看是铁树回来了，兴奋地扑到铁树的怀里："爸，你回来了？是不是要送月牙去上学？"铁树点点头，问月牙："你妈呢？"

"我妈正在我姥的房间里。"月牙指指王凤的房间。若是放在王凤态度好的时候，月牙拉着铁树就去王凤房间了，现在的月牙，只敢站在院子里怯懦地指指王凤的房间。

铁树把身上的背囊放在石桌上，对月牙说："月牙在这等着，我去一下你姥房间，一会儿就出来。"

"好的，爸。"月牙乖乖地坐在石桌那里等着铁树。

铁树走进王凤的房间，刘英正在帮王凤缠毛线，见铁树走了进去，急忙放下手中的毛线，问铁树："你这回来也不说一声，还以为你得到下午回了呢？"

王凤没好气地接了句："说一声能咋地？"

"妈，有些事情我想和您谈一下。"铁树坐在了王凤房间内的板凳上。

刘英拉拉铁树，从铁树进门开始，刘英就感觉到了铁树的不对劲。

铁树扒拉开刘英的手，对王凤斩钉截铁地说了句："月牙这学必须上，这是我今天的态度。"一向没有和王凤顶过嘴的铁树这么一说，王凤一下炸毛了："这个家什么时候轮到你做主了？一个丫头有什么好上学的？在家还能帮衬着家里。"

"我的态度就是这个态度，什么事情我都可以依着您，因为您是长辈，但是，在月牙上学这件事上，我不能。"铁树不卑不亢地对王凤说道。

见铁树的牛脾气上来，刘英急忙插着话："铁树，有什么话好好说，妈也没有说不让月牙上学，这事好商量。"

"没得商量，这丫头我就是不同意上学，你们谁劝都没用。"在月牙上学这件事情上，不知道是为了树立家中的地位，还是要和铁树杠下去，王凤寸步不让。

见王凤还是如此的态度，铁树站了起来，撂下一句话："那好，既然在这上不了学，我就找个能给她上学的地方。从此这个家门我不再进，我带月牙走。"

一听铁树要走，刘英急了："铁树，你能把月牙带哪儿去？回到你们那个穷村里？你一个大男人照顾个孩子照顾得来吗？"

"走，趁早走，大门就在那里。我还就怕你赖在这个家里不走呢，赶紧走，带着这个死丫头离开这个家，我图个清静。"听到铁树说"走"，王凤以为铁树是在说气话，站起来，拐杖指着大门，撵着铁树。

见王凤和铁树剑拔弩张，刘英急忙把铁树拉到自己的房间里，劝说着："铁树，你可想好了，走出这个家门，以后你和月牙就真的回不来了。"

"英子，我早都想好了，要不你跟着我去我们那边过，要不我就带着月牙走。月牙也一天天地长大了，这样天天吵吵闹闹的日子，心理上万一落下个什么病，那是耽误娃子一辈子的事！"

刘英听到铁树这么说，也不再劝说什么，只是看看在玩耍的月牙问道："你怎么对孩子说？"

"我就说带她去上学，说你有时间了会去看她。毕竟这么小，告诉她事实也不好。"铁树点着了一根烟。

刘英把烟给铁树掐灭，对铁树说了句："既然你都决定了，我也就不再说什么了。我去给你和月牙烙一些饼，你和月牙路上吃！"

"不用了，在车上我给月牙买一些吃的就行。这些钱你拿着，可能以后我就不会往家里再寄钱了。你以后照顾好自己和孩子。"说着，铁树从口袋里拿出了工头刚给他结的工钱。

刘英眼泪再也忍不住了。铁树帮刘英擦着眼泪，安慰道："说不定以后就好

了，等妈想开了，我带着月牙就回来了。你要想她了，随时去看她。"

刘英点点头。

刘英给月牙简单收拾了一下衣物，两人商量好，走到院子里。月牙正在逗笼子里的鸡玩。铁树笑着对月牙说："月牙，爸带你去一个更好的学校上学怎么样？"

"妈去吗？"月牙清澈的眼睛直直地看着铁树，似乎刚才王凤和铁树他们的争吵，月牙都听到了。

"你妈等过一段时间再去，毕竟家里还有你姐和你哥需要她照顾。等月牙在那边安顿住，你妈就过去和我们一起住了。"铁树对月牙撒着谎。

"好的，妈妈拉钩，月牙在那边等着妈妈。"说着，月牙伸出了小手要和刘英拉钩。刘英伸出手指的瞬间，眼泪不争气地又落了下来。

"妈妈不哭，我一定会听爸爸的话，好好上学。"月牙晃着刘英的手安慰着刘英。

"好了，时间不早了，我们还要赶火车，你在家照顾好自己。"铁树背起大背囊，拉着月牙的手准备离开。

"到了给我来个电话。"刘英不舍地放开了月牙的手。

铁树带着月牙离开了。

"妈妈再见。"月牙对刘英挥挥手，又走到鸡笼前说，"我走了，以后就再也不能喂你们了。"说完，跟着铁树一前一后出了家门。

出了家门，月牙迫不及待地问铁树："爸爸，火车什么样子啊？"

"火车很长，很长……"

"有多长啊？"

"一会儿你就见到了！"

"哇，可以坐火车啦！"

父女俩一路走着聊着。

刘英站在空落落的院子里，想跟着出门送行，脚上却如灌了铅一样沉重。她看着父女俩的背影消失在门外，心里如院子一般的空落。屋子里传来了王凤嚷嚷的声音："看他们能走多远。"

让王凤没想到的是，这一走，铁树和月牙就真的再也没有回去。再得知月牙消息时，月牙已经大学毕业。

第七章　移居

铁树带着月牙坐了一天一夜的火车终于到了家。铁树在火车上几乎睡了一路，月牙由于第一次坐火车，一路上望着窗外雀跃不已。

到了家，铁树推开门，院子里有一个女人正带着一个十一二岁的男孩在做弹弓。见铁树回来，身后还跟着月牙，女人急忙走了过去："这是怎么回事？"

月牙看到面前的女人，胆怯地躲到了铁树的身后，探着头看着女人。

男孩见到铁树，拿着手里的弹弓，飞奔了过去："爹，你回来了！"

"以后月牙就在这边生活了，姐，这事说来话长。你先给孩子煮碗面吃，路上肯定饿坏了。"铁树放下身上的背囊，对着院子里的大缸，拿起水瓢舀了满满一瓢，大喝了几口。

"你慢点，小心呛着。"铁花说着，走过来要牵月牙的手，月牙下意识地把手缩了回去，依然是躲在铁树的背后。

"这孩子还怯生呢！"铁花指指月牙，笑笑对铁树说。

"月牙，以后你就在这生活了，明天我就去给你办理上学手续。这是你的姑姑，那个是你哥哥柱子。"见月牙躲在自己的身后，铁树把月牙从身后轻轻拉了出来，教月牙认人。

月牙依然站在原地没动，怯怯地看着眼前陌生的一切。柱子拿着手里的弹弓走到月牙面前，向月牙伸出手大大咧咧地笑着说："走，哥哥带你打小鸟去。"

看着眼前这个比自己高半头的男孩，月牙低声叫了一声："哥哥。"

柱子听到月牙叫哥哥，一把拉过月牙的手，兴奋地说："从此，我也有妹妹了，走，哥哥带你去玩！"月牙感受着柱子手里的温度，跟着柱子一前一后地离开了家。

"以后月牙是不是不回去了？"铁花麻溜地择着菜问铁树。

"嗯！"铁树整理着背囊里的东西。

"是不是你和英子闹别扭了？"铁花似乎也看出了一些端倪。

"没有！"

"那这是为啥？是不是还是她家里那个老太婆不接受你和月牙？"

铁树没有吱声。

"我就知道这老太婆事多，不去她家也好，当初我就劝你，你不听。"铁花说着，把择好的菜扔到盆子里清洗起来。

"好了，姐，这件事就到这了，月牙年龄小不懂事，我只是和她说带她来这上学，其他的没有说太多。在孩子面前说话一定要注意一些。"铁树叮嘱着铁花。

"放心吧，该说什么，不该说什么，你姐我比你知道。刚好你这也回来了，这两天我得回家一趟，你姐夫正闹情绪呢！"

"没事吧，姐夫？"

"他能有啥事啊？不就是想让我在家里给他做个饭，没事。一会儿我多炒几个菜，给你父女俩接个风。"说着，铁花走进厨房忙碌了起来。

柱子带着月牙穿过一条街又一条街，见了谁都炫耀着："这是我妹妹，我有妹妹了！"

经柱子这么一宣传，村里都知道铁树带着一个女娃回来了，好事的人来到家里问东问西的。还好，铁花铁嘴，问的问题刁钻了，铁花直接一句话就给怼了回去。来的人见也问不到啥话题，就悻悻地离开了铁树家。

邻居出门见到月牙，逗着月牙，听着月牙发音和当地的小孩不一样，都开玩笑地叫着月牙"小蛮子"，从此，月牙在村里就多了一个绰号："小蛮子"。

回到老家的第二天，铁树就给月牙办理了入学手续。月牙入学后，每天柱子就像是小保镖一样护着月牙，而月牙则像小尾巴一样跟在柱子身后。柱子上树掏鸟窝，月牙就在下面喊着要看小鸟；柱子下河里摸鱼，月牙就在河边捡鱼；柱子和同村小伙伴打架，月牙就帮忙拉架。由于天天跟着柱子的缘故，月牙胆小怯懦的性格逐渐褪去，身上透着男孩子的勇敢、坚强。

第八章　村内那条河

走出大山后，月牙很快就适应了新环境的生活。村里的一切对从大山走出的月牙而言，都是新奇的。村内有条自北向南横穿而过的河流，这条河流给当地村民生活和农耕提供了很多的便利。到了夏季，村民农忙了一天，傍晚就到河里，选择一处水草较少的地方洗个温水澡，别提有多惬意。河水进入枯水期之后，河床里的鱼就成了村民的美味。

"柱子，赶紧的，拿起家伙下河，现在河里老多人了。"一个周末，柱子正在家里喂猪，伙伴安福一手提着铁桶，一手拿着一个盆，肩上还扛着一张窗纱做的渔网，着急地站在柱子家的门口喊着。

一听河里老多人了，柱子把喂猪的盆一扔，拖拉着凉鞋，麻溜地从杂物间一边拿网一边问安福："上午河里水不是还过膝盖吗？怎么这么快就没水了？"

"家家户户都在浇地，上面的水闸又不放水，这水咋会下得不快？你别磨蹭了，快点，咱们还要选择一个好河段，去晚了，鱼多的地方都被他们占了！"

月牙正在写字，看到柱子这一系列动作，好奇地问柱子："哥，你这是要干啥去？"

"捉鱼，你在家等着，等晚上回来，让咱爸给咱们炸鱼吃！"说着，柱子准备出门。

一听说捉鱼，月牙把笔放到桌子上，也小跑地跟着柱子跑了出去："我也去！"

"你不能去，河里到处都是石头、淤泥，月牙听话，在家等着。"柱子担心月牙去了添乱，阻止月牙。

月牙不听，非要跟着去。

见两人磨蹭着，安福站不住了，插了一句："好了，去就去吧，再去晚了就真的没有鱼了，别磨蹭了。"

柱子见执拗不过月牙，只好带上了月牙。

柱子和安福又招呼上村里的顺子和铁蛋一同前去。

到河里的时候，河里已经有三五成群的人分散着在河里捉鱼。由于常年未清理，河床变得高低不平。水多的地方，依然能够到一个一米七八成年人膝盖的位置，水少的地方最多是没过脚踝，从河这边到河那边横穿着就能过去。

柱子和安福一人扛着一张网，在河里寻找着最佳的捉鱼河段，月牙如小尾巴一般在柱子他们身后跟着。

顺着河床找了有三四个地方，柱子都不是太满意。到了一处河水差不多到小腿位置的河段，看着水面上一个个鱼儿吐的泡泡，柱子把网一扔，兴奋地说："咱们就把这一段给包了！"

几个小伙伴看着眼前这片从南到北有 50 多米长的河段，心想要是把这河段里的水放完，不得一下午的时间？但小伙伴们都知道柱子的捉鱼水平，柱子既然说这段水里有鱼，那鱼一定就不会少。

他们纷纷把手里的盆和渔网扔到一边，鞋子一脱，拿着铁锹就下河了。

月牙也效仿着他们，准备脱了鞋子下河，被柱子给拦着了："你就在岸上等着，今天你的任务就是在岸边捡鱼。"

一听说在岸边捡鱼，月牙拼命地点点头，乖乖地坐在河边看着柱子他们在河里忙碌。

柱子他们选择的这段河段，两边河床较高，中间形成一个凹形，刚好能存贮一些水。由于两边水少，鱼都聚集到了这片水里。

由于经常跟着铁树捉鱼，柱子把铁树那套捉鱼的方法运用得炉火纯青。顺着这池河水南北两边，自东往西把水的边缘用淤泥堆高，让鱼无法从这池水里再游走。两边拦段堆起来之后，再把带着的网支撑到堆起的拦段中间，用盆子顺着网往外泼水，直到把他们拦着的这方水往外泼完，能够看到鱼为止。

四个人从开始挖淤泥，堆淤泥，布网，用了将近一个小时。他们在河床里挖淤泥的过程中，躲在淤泥里的一条条泥鳅被扔到岸边，月牙在岸上捡得不亦乐乎。

所有一切准备就绪，柱子、安福他们分为两班开始往外泼水，正式进入了捉鱼程序。

又一个小时过去了，眼见着河水越来越少，在水里的鱼由于缺氧都蹦跶了起来。

"哥，这边，这边有条大鱼。"

"还有那边，那也有一条，就在你的后边。"

随着河水越来越少，岸上的月牙也清晰地看到了河里乱蹦跶的鱼儿，站在河岸上跺着小脚丫兴奋地提醒着柱子。

柱子用沾满了淤泥的手擦了一下脸上的汗，对着岸上的月牙骄傲地说："别着急，就让它们蹦跶会儿，一会儿都是咱们的。"

水往外泼到露脚踝时，柱子安排顺子和铁蛋在离网近处挖个坑，蓄水继续往外泼，柱子和安福则开始在河床上捡已经露出鱼肚白的鱼儿。

刚开始捡鱼的时候，柱子和安福捡到一条就会扔给月牙一条。两个人扔，一个人捡，终归是捡不过来。有的鱼扔到岸上，还没等月牙去捡，就又两三个翻身翻进了河床里，还得柱子和安福再扔一次。

后来，见月牙在岸上也捡累了，柱子和安福就把铁桶放到河床里。两个人捡起的鱼直接放进铁桶里，也省了月牙的事。

见四个人在河里忙得不亦乐乎，月牙也吵嚷着想要跳到河里去捡鱼。吵嚷很长时间后，柱子只好答应了月牙也下河捡鱼。刚走进河里的月牙，由于第一次下河，不知道淤泥的深浅，在河里没走出五六步，就整个人都趴进了淤泥里。柱子急忙把月牙拉了起来，但月牙的脸上、头发上全部被淤泥覆盖，只有说话的时候牙齿是白的，眼睛是露着的。

安福见面前狼狈的月牙，站在河里大笑。一向护妹妹的柱子听到安福这个时候的笑声，心情自然不爽，抓起一大把淤泥扔到了安福的身上，安福也瞬间成了泥人。

为了"报仇"，安福也顺手抓起一把淤泥回扔了过去。不一会儿，顺子和铁蛋也参加了进来，好好的捡鱼现场成了"淤泥大战"。这场大战只有月牙一个人幸免，在飞来飞去的淤泥中兴奋地捡着河里的鱼。

三四个小时过去，河床上的鱼也捡得差不多了，满满的一大桶。几个"泥人"收拾东西，把网放进刚才泼出的水里涮涮，就上了岸。

上岸之后，月牙看着还有在泥里翻身的小鱼，对柱子说："哥，要不，把你

们堆起的那个淤泥扒拉开吧，让水流进去，这样，这些小鱼还能存活！"

"扒拉开有啥用？到时候水没了，不还得死？"安福在一旁多嘴道。

"就你多嘴，说不定明天就来水了。"柱子怼了安福一句。随后，柱子跳进刚才捉鱼的淤泥里，按照月牙说的，把刚才堆起的泥墙扒拉开，泼出去的水又顺着流回了他们捉鱼的坑里。

让人没想到的是，第二天，河里真的来水了，满满的一河床水。听村里的人说，是干部到上游和水坝上的领导说田地里的庄稼需要浇地，领导商量后放的水。

满满一桶鱼，谁提着都重。柱子就从附近捡了一根粗的棍子，穿过铁桶，两个人一组，两组交替着抬，到家之后，把鱼分了后就各自回家了。

看着月牙一身泥巴，柱子生怕铁树回来骂他，让月牙赶紧换一身衣服。还没等月牙来得及换衣服，从地里回来的铁树，看到月牙和柱子满身的淤泥和放在桌子上的半盆鱼，瞬间明白了怎么回事。铁树只是简单责备了柱子几句，叮嘱柱子下次不能再带着月牙去河里后，就开始收拾柱子和月牙捉的鱼。晚上，这些鱼都被铁树做成了炸鱼给柱子和月牙吃了。

第九章　邻村玲子

随着月牙年龄的渐长，月牙也会帮助家里做一些力所能及的农活。到了周末，柱子跟着铁树到地里做农活，月牙就带着课本和作业到河边去放羊。最多的时候，月牙一个人能放十几只羊。

放羊的过程中，月牙认识了邻村的玲子。虽然和玲子只见过几面，但直到后来月牙参加工作，都没有忘记曾经在她生命中出现过的这个女孩。

第一次见玲子，是在五月份的一天，地里上一季的庄稼刚刚入仓，新一季的庄稼刚刚种在地里。

那一天，和平时一样，月牙带着课本和一些零食到河边去放羊。月牙赶着羊群到河边的时候，已经有四五个人在放羊。为了防止自家的羊和别人家的羊混在一起或者打架，月牙赶着羊群顺着河畔走了很远。走到了邻村的地界，放羊的人才逐渐减少，月牙找了一处草较为茂盛的地方，把老羊脖子上的绳子拴在一棵粗树上，坐在河堤上看起了书。

没多大会儿，月牙看到远处一个女孩赶着七八只羊朝自己这边走来。月牙站了起来，朝女孩挥挥手。女孩看到月牙挥手，本来准备赶着羊群往这边走来的脚步停住了。她把自家的领头羊绳子用砖头钉在了河边，就独自一人走上了河堤，坐在河堤上，看着羊吃草。

见女孩不主动，月牙也只好再次坐了下来，打开书，看了几页就看不下去了，摸摸口袋中装着的一些零食，又看看远处的女孩，月牙站了起来，鼓起勇气朝着女孩走去。

月牙走到女孩身边的时候，女孩只是抬头看了她一眼，并没有理她，小手紧紧地握着。

眼前的女孩让月牙本想伸出友好的手由于害怕蜷缩了回去。女孩看上去瘦骨嶙峋，单薄的身上穿着和她身高并不相配的衣服，衣服脏兮兮的，甚至还有

一些怪味。女孩头发如枯草一般堆积在头上，如同一个鸟窝。女孩的眼睛深陷，嘴角还沾着一些泥巴，嘴在嚅动着，似乎在咀嚼着什么。

月牙小心翼翼地对女孩说："你嘴角上沾了土！"

女孩又抬头看了月牙一眼，用手擦擦嘴角。擦嘴角的过程中，月牙看到女孩不大的手里握着两三颗花生米，花生米上面粘的也有土。月牙看看女孩的身边，发现女孩坐着的田地上，有刚抓过的痕迹，有一处，还露着一粒花生米。

"难道她在偷吃别人刚种下的花生米？"月牙看着女孩，这才发现女孩指甲缝里也有泥土。月牙摸摸口袋，犹豫了片刻，从口袋里掏出带着的零食递给女孩："你要吃吗？"

女孩又看了月牙一眼，这次，目光在月牙手里的零食上停留了片刻儿，随后又看向了自家的羊，没有理会月牙。

月牙坐在了女孩的身边，女孩下意识地把身子朝一旁移了移。月牙吃着手里的零食，再次把零食递到了女孩的面前："尝尝吧，很好吃的！"

女孩看着月牙手里的零食，又看看月牙，最终还是没有忍住零食的诱惑，小心翼翼地从月牙的手里拿起一个放进了嘴里。

"你今年多大了？"

女孩没有回应。

"你也经常来河边放羊吗？"

女孩依然没有理她。

"你是哑巴？"月牙小心地问女孩。

"你才是哑巴，我会说话。"女孩一撇嘴，回月牙。

"哦，你一直不回答，我以为你不会说话呢？你为什么要偷吃别人种的花生啊？"月牙天真地问了句。

听月牙这么一问，女孩一下子站了起来，愤怒地看着月牙。被女孩这个眼神盯着，月牙吓了一跳，也站了起来。

"你会不会对别人说？"女孩惊恐地问月牙。

"你放心，我不会，我都不知道这是谁家的花生地。但你不要再这样吃别人家的花生了，这叫偷。"月牙颤颤地回女孩。

"好，拉钩。"女孩伸出了脏兮兮的小指头，月牙小指头也伸了过去。

女孩再次坐在了地上，当着月牙的面，把一粒花生放进嘴里，津津有味地咀嚼着。

"有的花生在种的时候是会拌药的，你不怕中毒？"月牙看着女孩吃地里的花生吃得津津有味，提醒女孩。

"那怕啥？拌药的我吃得出来，我经常这样吃地里的花生！"女孩一副无所谓的样子回月牙。

"你是因为饿吗？"月牙问。

女孩没有说话。

"是不是你的父母对你不好？"月牙又问。

女孩还是没有出声。

"你是这个村的吧？"

女孩点点头。

月牙见女孩不愿和自己说太多，就把口袋里所有的零食都给了女孩，然后站起身，走向了刚才坐着的地方。女孩接过零食，也没有理会月牙。

一下午，两个同龄的女孩就这样远远地坐着，各自放着各自的羊。太阳落山的时候，月牙起身去牵羊准备走，女孩冲着月牙问了一句："明天你还会来这里放羊吗？"

月牙看看女孩，挥挥手："明天我还来这里放羊！"

女孩也朝着月牙挥挥手："明天我也会来这里放羊！"

第二天，两个女孩在约定中，再次来到了同一个地方放羊。月牙到的时候，女孩已经到了。见到月牙，女孩露出了一丝微笑，但嘴角处似乎有一片淤青。

这次，女孩主动走到了月牙这里，坐在了月牙身旁，从口袋里掏出一把花生米，怯懦地递给月牙："给你吃！"

月牙看着干净的花生米，不像是从土里抠出来的，但想起第一天女孩的举动，月牙没有接花生。

"这是我从家里带的，不是从地里偷的。"女孩似乎看出了月牙的心思，忙解释说。

月牙看着女孩真诚的眼神，犹豫了一下，从女孩手中捏了两粒花生米，问

女孩："你嘴角的淤青是怎么回事？"

"没事，自己不小心碰的。"女孩平静地吃着花生回答月牙。

但月牙看到女孩的手臂上也有伤痕，看上去更像是被掐出来的，见女孩不愿讲，月牙也就没再问什么。

"你妈对你好吗？"女孩忽然间问月牙。

"挺好的，不过我都好长时间没见过她了。"月牙回了句。

"你想她吗？"

"想吧，习惯了就不想了。"

"我挺想我妈，我想见她。"女孩说着，眼泪流了下来，月牙急忙帮女孩把眼泪擦干。

这一次，女孩向月牙吐露了心中的心事。

女孩名字叫玲子，原本家里生活过得挺好的。母亲带她出门都会给她穿花衣服，扎好看的辫子，戴漂亮的发夹，她是村里同龄女孩都羡慕的对象。但是，在她六岁的时候，母亲去世，在邻居介绍下，父亲又娶了一个后妈。后妈嫁进家门的时候带有一个男孩，而玲子幸福的生活从此便被这个女人剥夺。

父亲在家的时候，后妈佯装对玲子不错。后来，父亲常年在外，后妈就露出了本来面目，不仅不让玲子吃饱饭，而且稍有不顺心就会掐打玲子。玲子身上的伤，就是因为昨天回到家里照顾弟弟的时候，不小心把弟弟摔了一下，后妈掐的。

"你想长大吗？"玲子问月牙。

"想吧，长大了可以买很多自己想吃的零食。"月牙说。

"我也想长大，我想逃离这个家，去很远很远的地方，她永远也别想再打我。"玲子告诉月牙。

玲子口中说出和年龄并不匹配的话，这点让月牙着实震惊。看着眼前眼神中充满哀怨的玲子，月牙指指远方的天空对玲子说："我爸说，如果你想去哪个地方，就好好上学，考上大学了，哪都可以去。"说完，月牙盯着玲子的眼睛，认真地说，"玲子，我们都好好上学，等你上大学了，你就能逃离这个家了。"月牙本想安慰玲子，没想到这句话更戳痛了玲子。

"上学？我只上过小班，我妈去世后，我就再也没有去过学校，一直在家里

放羊、带弟弟，你将来一定会考大学吧？"玲子问月牙。

"我……我……也不知道，我想考大学！"月牙听到玲子这么小已经辍学，支支吾吾地回玲子。

玲子没有接话，只是吃着手里的花生米。

"玲子，咱俩约定，以后放羊我们都在这里放。你来早了等着我，我来早了等着你，行不？"月牙伸出小手对玲子说。

"好，一言为定！"玲子这次把自己的小指在衣服上蹭了蹭，才拉在了月牙的手上。

那天，月牙和玲子聊了很多，聊天过程中，玲子好几次都哈哈大笑。看着玲子的笑容，月牙决定，以后只要是放羊，一定给玲子带很多好吃的。

第三天，天气阴沉下起了雨，月牙本想冒雨带着零食去找玲子，却被铁树拦住了。执拗不过铁树，月牙只好赌气地坐在大门口的门槛上。月牙看着屋檐上滴下的雨滴，偶尔伸出小手接上一两滴，自言自语道："你说，玲子会不会今天也因为下雨没去？"这次，月牙失约了。但是，玲子却顶着一个农村家家户户都会有的编织袋，冒着雨赶着羊群出现在了和月牙约定的地方，手里握着偷偷拿的弟弟的饼干，一直等月牙到天擦黑。直到晚上月牙也没有出现，玲子看着手中被雨浸透的饼干，这次她没有吃。玲子舔舔嘴唇，把饼干轻轻放在了和月牙约定的地方，赶着羊群一步三回头地回家了。

第四天，月牙家里来了客人，月牙还是没去成。四天假期结束，月牙就上学去了。每天放学回家，铁树都已经赶着羊群回家了。

再后来，过去了半个月。趁着星期天，月牙带了两口袋满满的零食，赶着羊群去了和玲子约定的地方，但是，玲子却没有出现。从那之后，月牙就再也没有见过玲子。

第十章　暴风雨

转眼，月牙进入了中学，而柱子初中没有毕业就踏上了打工之路。柱子辍学的时候，无论铁树如何拿着皮鞭抽打他，让他去上学，他都是横下一条心，说什么都不再踏进校门。每次都是铁树前脚刚把柱子送进校门，柱子后脚就偷偷地溜出校门去广州找安福、顺子他们几个。后来，铁树见柱子着实不想上学了，也就不再管他了，随他的性子去了。

月牙上了中学以后，两周回家一次。铁树每周都要带一些吃的去学校看月牙，生怕月牙在学校饿着。家中十几亩地的重担全部压在了铁树的身上。为了月牙，铁树没有再外出打工，在家里种着十几亩地。

月牙每次回家，都从铁树给她的生活费中省出来一部分买一堆零食带回家，和铁树一起分享。铁树说月牙乱花钱，月牙解释说，是从自己的生活费里省出来的。铁树第二次再给月牙生活费，就少给一些，月牙依然能够省出一些买零食。后来，铁树明白月牙的心意，也就不再刻意减少月牙的生活费，只是每次嘱咐月牙，一定不要乱花钱，钱省着到时候好上大学。

虽然家中有十几亩的田地，但铁树从来不让月牙下到田地里去干农活。在铁树眼里，月牙要做的就是好好学习，将来考上一所好大学。生活的各方面，铁树都能迁就月牙，唯独在学习上面，只要月牙偷一点懒，轻则责骂，重则，铁树就会像揍柱子那般，拿起扫帚揍月牙。

从小到大，月牙因为淘气，也没少挨铁树的打。因为连续一周爬树喂一窝不会飞的雏鸟把裤子磨烂，月牙挨过揍；因为暑假作业写不完，偷偷地撕下几页被铁树发现，挨过揍；因为该吃晚饭的时候，满村找月牙找不到，最后发现月牙钻进了红薯窖里，挨过揍。月牙称得上是村内所有与她同龄人中挨揍最多的女孩了。

但月牙的懂事，在邻居的眼里也是有目共睹的。只要月牙放假在家，几乎

都是月牙做饭，铁树下地回来，总能吃上一碗热腾腾的饭。

铁树生活的村庄，以种花生为主，花生作为当地村民的主要经济来源。到了收花生的季节，家家户户都是起早贪黑抢收花生。由于那个年代机械化落后，只能一棵棵地把花生秧从地里人工刨出来。一旦刨得晚了，花生就会从花生秧上脱落，还要人工一个个地从土里扒拉，时间久了，花生秧还会在土里再生根发芽。

收花生的时候，是铁树他们村庄最忙碌的时候。闲暇了一个三伏天，进入九月份，秋蝉退场，地里的庄稼开始变干，吃得肥胖的蚂蚱在地里蹦跶起来。家家户户开始忙碌着收地里的花生。这个时候，为了抢收地里的花生，铁树经常五六点起床，带上一些吃的下到地里刨花生，一直到了晚上才回家。有时候，为了赶农活，铁树干脆把褥子被子拿到地里，铺到木板车上，在木板车上过夜。

随着学习越来越紧张，月牙回家的次数也开始减少。又是一个周末，月牙回到家，见门上挂着生锈的锁，掉漆的大门上用黑炭写着："我去地里收花生了，你回来后，别乱跑，先在你婶家写作业。"月牙见铁树没在家，看着大门上的字，思索了片刻，就跑到地里去找铁树。跑了三片地块，在离家最远的地里找到了铁树，铁树正顶着大太阳在地里刨花生。

"爸，我回来了。"月牙走到铁树的面前，看到铁树背上的皮肤由于暴晒有些翘皮。月牙蹲了下去，把铁树刚从地里刨出来的花生秧一棵棵抖落掉土，码整齐地放在铁树的身后。

"不是大门上给你留言了？让你去你婶家写作业吗？"听到月牙的声音，铁树抬起头，擦了一把汗，看着月牙吃惊地问了一句。

"婶家也没人，我就来地里了。"月牙撒谎地说。

铁树拉过挂在脖子上的毛巾擦擦脸上的汗，看看北边阴沉沉的天，对月牙说："你不要干了，赶紧回家去吧，远处天就要阴过来了。我也不干了，把这些装上车，就回家。"

月牙顺着铁树的目光看向远处，低压的黑云正在一点点地朝这边移动着。月牙说："我帮你一起装吧，两个人装得快！"

铁树看远方的黑云越移越快，就让月牙搭把手，把地里已经晒得半干的花生秧往车上放。

瞬间，刚才还是闷热、干燥的空气，随着黑云离得越来越近，狂风刮了起来。

"月牙，你赶紧把地上那些摊着的花生果装到袋子里。"看着黑云离得越来越近，空气里几乎可以嗅到雨水的气息，铁树对月牙着急地说着。

月牙手里拿着袋子，一不留意，袋子被风吹跑了。月牙慌忙去捡袋子，跑出几十米远才把袋子追上。月牙带着袋子回来捡花生的时候，雨已经开始淅淅沥沥地下了。

"把这披上！"铁树用袋子折成一个弧形，做了一个临时能够挡雨的袋子，戴在了月牙的头上。随着头顶越来越响的声音，雨滴也越来越大，周围的树被风吹得来回摇晃。一声"啪"的巨响，一棵树上的粗枝被风吹落在地上。此时，天已经完全黑了下来，就像是傍晚七八点的夜色。

"先不要捡了，花生淋就淋了，赶紧到板车下面躲雨。"铁树一边用长叉装着花生秧，一边站在暴风雨中对月牙吼着。

正在捡拾花生的月牙根本听不到铁树说了什么，一边擦着眼睛上的雨珠，一边快速地捡拾着地上的花生果。

见月牙没有动静，铁树扔掉长叉，走到月牙跟前，对月牙大声说道："我让你去板车下面避雨，你没听到吗？"

月牙这才听到铁树说了啥，站了起来，顶着风，走到了板车那里，躲在了板车下面。铁树又拿起长叉挑起几叉花生秧吃力地挑在车上，加重车的重量的同时，也防止雨落在板车下面月牙的身上。

看着在暴风雨中忙碌的铁树，月牙擦擦脸上的雨水，又走向了暴风雨。

"你这孩子怎么又出来了？"见月牙从板车下面出来，铁树吼着月牙。

月牙提起刚才的袋子，接着捡着地上半干的花生回铁树："就剩这一点了，捡完早回家。"

铁树见说啥月牙也不听，只好一叉子一叉子地把地里已经晒得半干的花生秧往车上挑。

暴风雨来得快，去得也快。大概半个小时过去，风逐渐地变小，天逐渐地亮了起来，雨滴也从刚才的雨珠变成细雨。

暴风雨过后，周围的树下，落了一地的枝丫和树叶。刚从地里刨出来的花生经过雨水洗刷变得更白了。铁树此时已经把地上半干的花生秧全部装到了车上。月牙把拣好的半袋花生果吃力地提到铁树面前，递给铁树，铁树麻利地把

袋子扔到了板车上。

"爸，我将来一定要考上大学，走出农村。"经历了这场暴风雨，月牙对正在捆车的铁树说。

"你只要上，我就能供应，别学你哥就行。"铁树边捆绑边说。

板车捆绑好后，铁树把车前的一根绳搭在自己的肩上准备拉车。由于刚下过雨，地里土质较为疏松，铁树拉了两下没有拉动。月牙站在车后，拼尽全力推着车，车子这才动了。

和铁树回家的路上，看到田地里同样被雨浇透的村民，月牙咬咬牙，想要离开农村的心比任何时候都要坚定。

第十一章　离乡

从小学到初中再到高中，随着月牙年龄的增长，村内和月牙同龄人中半路辍学的也逐年增加。到了高考的时候，和月牙从小学一起上学的同伴辍学了一大半。

他们有的是和柱子一样，因为外出打工的诱惑，看到别人外出挣了钱，就萌生了外出打工的念头。有的是因为到了十七八岁，家里开始给介绍相亲对象。在月牙高三的时候，有村里人给月牙介绍对象，被铁树骂出了家门。从那之后，再也没有人敢在铁树面前给月牙介绍对象。

偶尔，村内有人会在铁树的面前嚼舌根："一个丫头家，认识几个字就得了，上了大学又咋样？最后不还是嫁到别人家里去？再说了，将来孩子长大了，去找她妈，你这是竹篮子打水一场空。"

铁树心情好的时候，别人这样说说也就算了，如若是心情不好，谁在他的面前嚼舌根，铁树定骂回去。

人多嘴杂，听着村里对月牙嚼舌根，铁树对月牙的要求就更严格了。在月牙快要高考的时候，铁树不止一次地给月牙施压："现在村里考大学的女孩家就你们五六个，不上学的现在都开始给家里挣钱了。我对你没啥大要求，考上大学，走出农村，最终享福的还是你自己。如果你到时候考不上，这几年的学等于是白上了。一旦辍学，村里给你介绍对象的就会多起来，你再不见，那时就说不过去了。"

铁树这话，月牙自然是放在了心上。快高考那段时间，月牙几乎晚上都是十一二点才睡觉，早上四五点就起床。或许是高考前给了自己太大的压力，高考成绩下来时，并没有达到月牙心里的期望。

高考分数放榜那一天，月牙一早起床简单洗漱准备到学校去查分数。铁树给月牙煮了两个鸡蛋，月牙接过一个说："爸，这又不是去考试，煮鸡蛋干啥？"

"不考试就不能吃俩鸡蛋了？不管考好考不好都没事。如果没考好，你还想上，那咱就再复读一年。"铁树生怕月牙因为分数，心理上有什么负担。

"我不会复读，考上了我就上，考不上，我就去广州厂里找我哥打工挣钱去。"月牙麻溜地扎起一个马尾辫。

"胡闹，供你上这么多年学，就是希望家里能够出一个大学生。今年考不上明年再考！"铁树听到月牙说要出去打工，有些生气。

"好了，应该没问题的，我走了，爸。"见铁树有些生气了，月牙安慰着铁树，然后，就走出了家门。

月牙叫上了村里和自己一起参加高考的女孩，五六个女孩相约着走向了学校。

到学校的时候，告示栏前已经围堵了很多查分数的学生，还有站在告示栏一旁抹泪的。月牙和村上的女孩好不容易挤到了告示栏前，顺着榜单上的分数查找自己的名字，第一行查完没有，月牙的心猛地揪了一下，顺着第二行查找，在第二行的中间终于看到了自己的名字。虽然看到那个分数的时候，月牙的心里有些落差，但那个分数，就是月牙走出农村的稻草。

月牙从榜单上把分数抄了下来，挤出人群，等待着村上的其他几个查分数的女孩。六个女孩，其中四个上榜。未上榜的女孩，月牙问她们未来的打算。一个说准备出去打工，找自己的表姐去，表姐一个月工资也拿到了五六千。另一个说，准备复读一年，明年再试试。无论大家选择的路如何，终归在高考后都选择了自己未来要走的路。至于未来每个人能发展到什么地步，那都是一个未知数。

月牙拿着提前抄好的分数到班主任的办公室。班主任办公室里有四五个学生在咨询报考什么院校和专业。月牙进办公室的时候，班主任笑呵呵地对月牙说："月牙，考得不错，你的高考语文成绩在咱们全校是第一。就是总成绩稍微低了一点，不过结合你的优势，可报的专业还挺多的。"

月牙对班主任笑笑，听着大家对选专业的意见。待同学走完，结合了班主任一些建议后，月牙回到了家。

到了家中，铁树见月牙脸色低沉，以为没有考上，急忙安慰月牙："没事，没事，今年复读一年，明年再考！"

"考上了，现在就是选学校和选专业。"月牙把本子放在了桌子上。

"这不是好事吗？咋还愁眉苦脸了？"

"班主任根据我的特长，给我的建议是报考语言类专业，但这些专业出来找工作竞争压力有些大。"

"选择教师职业多好，稳定，工作还不错，每年还有假期，累不着。"铁树给出了自己的意见。

"爸，我想听我班主任的，学语言类。"月牙表达了内心的想法。

"说话谁不会啊？咋还得学啊？"铁树并不明白月牙口中说的语言类专业是什么意思。

"语言类专业包含很多，爸，不是说话那么简单。"月牙不知道怎么给铁树解释。

"哦！"铁树似懂非懂地回了一声，又紧接着问，"学说话几年啊？"

"四年。"听着铁树对语言类专业简单理解为学说话，月牙也懒得给铁树解释了。

"啥？学说个话就得四年？这学的啥话啊？"铁树一听是四年，眼睛都瞪圆了。

"爸，不是学说话四年，是这个专业下来是四年的课程。不跟你说那么多了，总之，我就报考这个专业了。"月牙见和铁树说不通，就不想再说下去。

"选的哪个学校啊？"铁树也不再追问月牙报考专业的事情，问月牙报考到了哪里。

"从咱们村坐车过去三四个小时。"月牙说。

"那么远？"

"还好吧，我班主任说这所院校的语言类专业强。"见铁树嫌远，月牙解释道。

"已经报过了？"铁树问月牙。

"嗯！"

"你都报过了，回来还和我商量啥？"铁树明显有些生气了，虽然不知道月牙说的语言类专业是什么，也不知道学校位置在哪，但听着三四个小时的车程，铁树都觉得远。从月牙求学到现在，月牙学校最远的距离，离家里也不过

一二十分钟的路程，忽然间走这么远，铁树有些舍不得。

这天晚上，铁树一个人破天荒地喝了两瓶啤酒。喝酒的缘由，铁树对月牙说，是月牙考上大学他高兴。月牙也没有阻拦铁树，她知道铁树不仅仅是因为高兴，心里堵得慌也占一方面。毕竟，从小到大她都没有去过那么远的地方，从小她的生活圈，都被铁树局限于半个小时的路程。

过了大概有半个月，邮局工作人员给月牙送来一封邮件。月牙颤抖地打开邮件，里面正是她报考大学的录取通知书。月牙把通知书抱在怀里，这一刻，月牙站在村子里，从来没有觉得村子如此的陌生。这一张通知书就要开启月牙的新世界，在月牙的概念里，从此就要和农村生活说再见了。

月牙离开村里的头一天晚上，铁树敲开了月牙的门，看月牙正在收拾东西，站在门口问月牙："考上大学这件事要不要和你母亲说一下？"

月牙正在收拾包裹的手停下了，沉默了片刻，对铁树说："不必说了，十几年都过去了，也没联系，这会儿联系又有什么意义？"

"这一走，什么时间才能回来？"铁树见月牙不想提母亲，岔了话题。

"还不知道呢，根据学校安排，学校啥时候放假，我就啥时候回来。"月牙回铁树。

"要不明天我去送你吧？"

"不用了，爸，邻村有和我报同一所学校的，我们一起。"说完这句话，月牙沉默了一下，转身对铁树说，"您一个人在家照顾好身体，如果地里一个人忙不过来，您就把地租出去一些！"

"到时候再说吧，那你早点休息，明天还得赶路呢。"说着，铁树就离开了月牙的房间。

第十二章　命运的安排

第二天，天刚蒙蒙亮，铁树就起床张罗着给月牙煮鸡蛋、烙饼。月牙被厨房里叮咣的声音吵醒，看看床头的钟表，刚刚五点。此时，院子里的公鸡已经在树枝上开始打鸣，月牙也没了睡意，起了床。

走进厨房，见水瓢中冰着十多个鸡蛋，月牙揉揉眼睛问铁树："爸，你煮这么多鸡蛋干啥？"

"你带到学校吃。"铁树一边烙饼一边回月牙。

"天这么热，我就是带到学校，一个人吃不完就坏了！"

"那你就给你的同学吃，总之，这些鸡蛋你要带上。"铁树说着，把一张饼放进油锅里，把水瓢中的水倒掉，把鸡蛋装进了提前准备好的一个布袋里。

"谁家还吃不起个鸡蛋啊？我不带，我即使带，也是带四五个，路上我和邻村的陈露我俩吃。"月牙拒绝带鸡蛋。

"你懂啥？鸡蛋和鸡蛋不一样，咱家的鸡都会上树，吃的都是虫、草，那味道肯定和养鸡场出来的鸡蛋不一样。我说你带着，你就得带着。"铁树把装有鸡蛋的袋子硬塞进月牙的背包里。看着如此执拗的铁树，月牙无奈地摇摇头，只好随铁树的心意去。

早上七点，邻村的陈露由父亲骑着三轮车来到了月牙家。见陈露也是大包小包，月牙无奈指指自己一堆的行李，哪像是上学，分明是搬家。

铁树见到陈露父亲，热情地拉着让到屋里坐。月牙看看时间，对铁树说："爸，我们还要赶时间！"

铁树摆摆手："慌啥？十几年都在家里待了？怎么着，就这一会儿就在家里待不了了？"

"月牙她爸，以后有的是机会唠嗑，孩子上学要紧。这坐车还得几个小时的路程，到学校不定得安顿些啥呢！送孩子赶车要紧。"陈露父亲催促着铁树。

铁树把身上的围裙解了下来，用围裙拍打了几下衣服，对月牙说："好吧，我也去送你！"

"叔叔，要不让月牙坐我们的车吧，反正就送到村子口那就有车了，也方便。"陈露对铁树说。

"我刚好也没事，去送送你们。你们前面走，我后面跟着，你们这一上学，还不知道啥时候才能回来呢？"铁树把月牙的行李放在了自家的三轮车上。

两辆电动三轮车一前一后从村子的路上驶过，遇到熟人了，问铁树去干啥，铁树总会大声地回答："送月牙上大学去！"村里的人也会接上一句："月牙有出息了，考上大学了！"

到了村口，等车过程中，铁树不止一遍地交代月牙，到了学校一定打个电话回来。铁树还一遍遍地问月牙手机是否有电，到学校大概几点。车子来了，铁树把行李帮月牙放到车上，下车后又不放心地上了车对月牙说："记住，一定不要和不认识的人说话，看好自己的行李！"车上的人见铁树磨磨叽叽，都催促着铁树下车，在众人的催促中，铁树不舍地下了车。

车子启动了，月牙透过车窗看着车后越来越小的父亲身影，第一次感受到父亲有些苍老了。

折腾了五六个小时，月牙和陈露终于到了学校。望着眼前的大学，月牙心花怒放，就眼前这一片教学楼，都要比自己的高中大四五倍。

刚走进学校门，两个身穿志愿者衣服的同学走到了月牙和陈露的面前，其中一个看上去皮肤黝黑、身高一米八，眼神中似带有光芒的男生礼貌地问月牙她俩："我们是负责接大一新生的，你们是大一的学生吗？"

月牙和陈露点点头。

两个人仔细询问了月牙和陈露报考的专业，指引着两个人缴费和办理入学手续，而皮肤黝黑的就是林东。林东的家乡，也就是后来月牙"三支一扶"到的农村——西明乡。

由于专业不同，月牙和陈露分开了，不同的志愿者带领她们去了不同地点报到。

一路上，林东问了月牙很多，问月牙是从哪里来的，报考的什么专业，并告诉月牙自己学的是现代农业，比月牙高一个年级。

　　在林东的帮助下，所有的手续不到一个小时全部办理完毕。林东陪月牙的最后一站就是宿舍。送月牙到女生宿舍门口，林东把自己的电话留给了月牙，告诉月牙，如果以后有不懂的地方可以给他打电话。月牙点点头，对林东表示感谢后，就拉着行李走进了宿舍。宿舍里，月牙其他三个舍友已经全部到了，当月牙推门进去那一刻，其他三个女孩齐刷刷地望向了她。

第十三章　一语惊人的月牙

月牙推开门，其中两个女孩热情走过来帮月牙提东西，另外一个女孩正在给家里打电话。

"我叫刘瑞，我们刚才还在讨论第四个舍友是谁呢，正讨论着你进来了。"戴着眼镜、扎着独辫的刘瑞首先说话了。

"我叫月牙，路上转车，耽误了一会儿。"月牙有些怯懦地回道。看着这个陌生的新环境和眼前陌生的三个女孩，月牙的心怦怦在跳。眼前的三个女孩是接下来自己要相处四年的人，而这个宿舍则是接下来四年的家。

"这是你的床铺，咱俩上下铺，我恐高，睡下铺，你睡上铺可以吗？"第二个女孩许琳开口说话了。许琳的声音听上去很温柔，皮肤白净，披肩秀发。

"可以的。"月牙急忙回道。

"好的，妈，我知道了，你放心，我在学校绝对好好学，您老安心吧。"宿舍的第三个舍友王瑾一直接着电话。月牙的目光在王瑾身上停留了许久，因为王瑾给月牙的感觉，就像是从电视里走出的城市里的女孩。

"月牙，你赶紧收拾，收拾好了，咱们一起去食堂吃饭。"刘瑞这句话把月牙的目光瞬间从王瑾的身上拉了回来。

"好的，我很快。"月牙慌忙收拾着自己的行李。

"我叫王瑾，欢迎你。"月牙正在铺床，打完电话的王瑾走到月牙床前，对月牙微笑着说。

看着王瑾脸上甜甜的微笑，月牙的脸唰地红了，语无伦次地回了句："你好，我叫月牙！"

四个女孩就这样你一句我一句，慢慢地熟悉了起来。

聊天过程中，月牙也了解到舍友不同的家庭情况。

王瑾——和给月牙的第一印象一样，城市户口，父母都是企业高管，考上

大学的唯一目标就是：不挂科，顺利拿到毕业证。至于毕业后的工作，家里已经给她规划妥当。

刘瑞——父母都是教师，父母最大的心愿是等她毕业后，能够考一个教师资格证，也从事教书育人的职业。

许琳——只因为这所大学离她家距离较近，在父母的建议下，就报考到了这所学校，本来她的人生目标是想要报考播音主持类，阴差阳错地选择了汉语言文学。

三个人讲完自己上大学的理想后，问月牙考大学有什么心愿，月牙支支吾吾略带羞涩地回了句："离开农村！"

"什么？"三个人听到月牙这简单的四个字，都齐刷刷地看着月牙。

"可能是在农村待久了，所以想感受一下大城市的生活。"月牙略带羞涩地笑笑回复三个人。

听到月牙这样的回答，三个人也不再追问了，毕竟，对于"农村"两个字，三个女孩都是陌生的。

到了傍晚，月牙她们几个吃了晚饭，在刘瑞的建议下，一起到校园里散散步。校园内，成排的路灯，伴随着月牙她们走过的每一步。

散步过程中，月牙看到操场上在灯光下打球的同学，草坪上，三五成群的同学在聊天。音乐社团在路边唱着歌，还有其他社团趁着大一新生入学正在大力宣传。魔术、舞蹈、杂技、十八般武艺几乎都有。

眼前这一切，月牙就如做梦一般，这些，如若不是考上大学，都是电视里才会出现的画面。在农村，这个时间，家家户户不是抱着电视，就是准备睡觉，年复一年，就那样过着。

最后，四个女孩来到学校的湖边，坐在椅子上，感受着迎面扑来的湖水气息。月牙整个人完全沉浸在这所大学里的每一寸土地和空气中。那一刻，月牙内心感觉到：寒窗苦读十几年走到现在，一切都值了。

第十四章　灵魂的拷问

　　繁忙的课程安排中，月牙很快适应了大学生活。选择汉语言文学对月牙最大的一个挑战就是：普通话。其他三个舍友由于从小的生活环境，普通话考级都轻轻松松一级乙或者二级甲过关。只有月牙，一直没有报，她自己很清楚，即使报了，也是在二级乙以下。

　　舍友三人轮番帮助月牙校准口型以及标准发音，当时教还好，但过不了多长时间，月牙就会忘掉。别人说"喝水"都是"喝水"，到了月牙这里，喝水成为"喝肥"，也因为这样，月牙在她们中间闹出了很多笑话。

　　为了尽快让自己把普通话讲标准，每天一大早，大家还没起床，月牙就起来，来到湖边对着湖水练习发音。时间久了，经常到湖边跑步的同学都知道，有一个女孩天天对着湖水神神道道地说话。

　　经过一段时间练习，月牙报考了普通话考证，竟然以一级乙拿下了普通话等级。宿舍里，之前只有王瑾一个人是一级乙，其余两人都是二级甲。

　　拿下一级乙证之后，月牙高兴地请宿舍每人吃了一碗面，表示感谢。刘瑞打趣地说："要我说，你最该请的不是我们！"

　　听到刘瑞这么说，月牙纳闷地问刘瑞："那最该请谁？除了你们三个帮助我练习发音，没有人教过我！"

　　"你最该请的是湖水啊？你想想，湖水天天听着你不标准的发音，我觉得湖水都快成苦水了。"刘瑞接完这句话，四个人都笑了。

　　"祝贺你，月牙，短短两个月，就拿到了普通话一级乙。"王瑾举起了手中的饮料。

　　"别价，也得带上我，这不是大家共同的功劳吗？"见王瑾举起杯，刘瑞也举起杯，三个女孩杯子碰到了一起。

　　"对了，许琳哪里去了？"月牙见宿舍没有许琳，好奇地问刘瑞。

"谁知道呢？一早出去了，估计谈恋爱了，不用管她。"刘瑞回答。

"你们听说了吗？下午辅导员加了一节课。"三个人正说着，许琳从外面大喘气地赶回来。

"什么课？"听到许琳说加课，三个人看向许琳。

"说是让谈职业理想来着。"许琳想了一下，"对，职业规划演讲，以'为什么而读书'为主题！"

"一个人多长时间？"刘瑞有些焦虑地问许琳。

"十分钟左右！"许琳大喝了一口水。

"可以带稿子吗？"王瑾接着问。

"好像没说。"许琳说着坐到自己的床铺上，拿出一个本子，打开了手机。

"你是不是有内部小抄啊？"王瑾看着许琳已经拿出了本子，以为是内卷。

"什么小抄啊，谁的人生职业规划给我抄啊，我呀打草稿，我总不能站在讲堂上十分钟一句话不说吧。"说着，许琳在本子上写着什么。

王瑾见许琳拿出了手机，也赶紧拿出了手机和本子，一边抄一边默念着："周总理为中华崛起而读书，我们当代青年应该为了祖国发展而读书，心中有抱负，考大学就是为了有一天投身到祖国的建设中去……"

"瑾，你这有点虚了啊，你刚来的时候，不还告诉我们说，考大学就是为了拿到一个毕业证吗？下午你就真实地告诉老师不就得了？"听到王瑾口中的默念，刘瑞打趣着王瑾。

"你懂什么？辅导员能出这样一个课题，你就得知道出这个课题的目的，这叫察言观色。再说了，我就是为了拿到毕业证，将来不也是在某个工作岗位上为祖国发展做贡献吗？"王瑾狡辩着。

"说不过你，算了，你们既然说谎都打草稿了，我也打一个吧。"刘瑞也拿出了本子和手机。

月牙看着三个人，听着三个人的谈话，也准备拿出本子和手机，在本子上抄录一些，但准备抄录的那一瞬间，月牙关上了手机，她准备按照自己心中所想去发言。

下午两点，专题演讲课堂准时开始，只见投影仪上偌大的几个字："我为'什么'而读书"格外显眼。更让月牙惊讶的是，林东和其他几个高年级的同学也出现在了教室里。

和预想中的一样，前面几个同学上台的发言大致雷同，听到最多的一句话就是："为中华崛起而读书，好好学习，投身到祖国最需要的地方去。"

到了第十个同学发言，辅导员走上了讲台，对发言提出了新的要求："接下来的同学不能带稿。既然举办了这个专题演讲，希望同学们能真实地表达内心想法。"而月牙按照序号是排到了第十一位。

由于不让带草稿的缘故，第十个同学站在台上只讲了五六分钟，就没有了词，辅导员只好让他下场再准备准备。"有请 11 号月牙。"主持人叫出了月牙的名字。

月牙把准备好一半的稿子夹到了书里，慌张地走到讲台上，宿舍三个人都给她做了一个加油的手势。当她目光与林东相对时，林东也对她点了一下头。

"大家好，我叫月牙，我读书的目的，就是希望有一天能够走出农村，留在大城市发展。"当月牙以这样几句话开场时，讲台下面一片唏嘘。

听到大家一片唏嘘，月牙脑海中一片混乱，站在讲台上，双手搓着衣襟。

辅导员示意同学们安静，并给月牙鼓励着："很好，月牙，继续讲下去。"

听到辅导员的鼓励，月牙鼓足了勇气，接着讲道："我出生在山里，记得小时候，我们那吃水靠水窖，没有咱们学校这样的自来水。每年我母亲都要跳到水窖里清理家中的水窖，因为清理水窖，脚经常泡得发白。在山里，我没有见过咱们学校这样的太阳能灯，我们吃的粮食都是种在半山坡上。后来，我从山里搬出来定居到了北方的一个乡村，我以为从山村走进农村，生活会有所改变。但是，依然是靠烧柴做饭，种地靠人工，收庄稼的时候，都是靠人工拉车，把地里的粮食一车车地拉回家中。夏天下大雨，因为没有水泥路，都是淌着水，踩着泥去上学，在学校听课，一天鞋子里面都是湿的……"月牙讲着讲着落下了泪，她想起了那天的狂风暴雨，想起了邻村的玲子，想起了小时候自己拿坟堆上的那几个馒头挨揍的场景。

"所以，我从小立下的志愿就是要走出农村，而对于我们这些农村走出的孩子而言，走出农村的捷径就是考上大学。这就是我为什么要读书，为什么要考大学。谢谢大家。"月牙讲完，深深地朝台下鞠了一躬。然后直起身，长舒一口气，看了一眼林东，释怀地走下讲台。瞬间，台下响起了一片掌声，这片掌声中，唯独有一个人没有鼓掌，眼睛直直地盯着月牙，那个人就是林东。

第十五章　难解的心结

　　这场以"为'什么'而读书"为主题的演讲持续了一个下午，结束后，辅导员邀请林东走到了讲台上。

　　正当所有同学不知道辅导员葫芦里卖的什么药时，林东开口说话了："亲爱的学弟、学妹们，你们好，很荣幸参加我们汉语言文学专业这场精彩的主题课。这个活动，也是在我们学院支持下，由我们'三农'实践小组发起的。作为活动的发起人，刚才大家的演讲，让我受益颇深。在接下来的日子里，我们小组也会邀请一些同学共同参与进来。我个人是从农村走出来的，曾经，'为什么而读书'也是困扰我的一个话题。可能很多同学都觉得好好读书就是为了光宗耀祖，考大学就是为了能够有更好的生活。甚至就像刚才有同学说的那样，考大学是为了离开农村……"林东说这句话的时候，刻意看了月牙一眼。

　　许琳碰碰月牙的胳膊，低声问道："感觉这个学长对你不一样，不是针对就是别样的感情，你之前见过他啊？"

　　月牙低声地回许琳："我来学校的时候，就是他带领我办理的一切入学手续，一面之缘而已。"

　　"把握好，特殊的缘分哦。"许琳挤眉弄眼地暗示月牙。

　　"别胡扯，好好听你的课吧。"月牙此时心里像揣了一只兔子一般忐忑，她不明白为什么眼前这个只有一面之缘的男同学，会刻意提了一下自己的论点。

　　"我觉得，我们考大学不单单是为了实现我们的个人理想，更应该把我们的个人理想融入我们国家的发展中去。我们应该更深刻地领悟那句话，少年强则国强，少年兴旺则国兴旺，因为我们有一个强大的祖国，所以，今天我们能够坐在这里念书，实现我们的理想……"林东在台上慷慨激昂地说道。

　　刘瑞陶醉地看着林东："看看，简直是男神，人家比我们只是多读一年书而已，这口才估计我一辈子都学不来。"

"估计也是提前准备好的稿子，熟背在心罢了，有什么好炫耀的。"王瑾不以为然地说。

看着讲台上意气风发的林东，那张黝黑的脸庞上，发光的眼睛和充满热血的言语，让月牙一瞬间觉得，在林东面前，自己是那么的渺小。

活动结束后，班上几个女生围着林东要林东的联系方式。月牙她们宿舍四人小组从林东身边走过，刘瑞也秒变迷妹，想要开口找林东要联系方式时，被王瑾拉住了："刘瑞，矜持些！"说着，拉着刘瑞离开了教室。

离开教室，刘瑞恋恋不舍地看了一眼教室内，抱怨着王瑾："我只是想留个联系方式，好提升自己罢了！"

"你若想提升自己，没事就多去泡泡图书馆，你如果真的留了他的联系方式，那才是堕落的开始。"王瑾提醒刘瑞。

"为什么？"刘瑞不解地问王瑾。

"没听过'红颜祸水'四个字？"许琳补刀说。

"王瑾，你想到哪去了？我只不过是想交一个朋友而已，你的思想也太龌龊了。"刘瑞这才明白王瑾的意思。

"这位同学，你等一下。"正在刘瑞、王瑾、许琳打嘴仗的时候，身后一个声音叫住了她们。

四个女孩同时回头，见林东站在她们的身后。

"你是叫我吗？"刘瑞听到，满怀期望地看着林东，心怦怦地跳着，欣喜地回答林东。

"你就不要自作多情了，那眼神明显是在看着月牙。"王瑾敏锐的洞察力，扑灭了刘瑞心中的火花。

"我还有一些问题想和你交流一下，你有时间吗？"林东开门见山问月牙。

月牙看看三个人，刘瑞嘟着嘴："看我们干吗？人家有问题要和你交流。"

"去吧。"许琳给了月牙一句肯定的话。

月牙点点头。

王瑾拉着刘瑞的胳膊，硬拽着把刘瑞带走了。

三个人走后，林东摸摸头，有些腼腆地笑着对月牙说："要不，我们去操场上转转吧！"

"好。"月牙回了一个字。

两个人走向操场，沉默了一会儿后，林东首先打破了沉默问月牙："你今天的发言不错，但是，我不认同！"

月牙听到"不认同"三个字，抬头看了一眼林东，林东正看向操场上打球的同学，似乎刚才那句话跟自己无关似的。

"原因是什么？"月牙不以为然地问林东。

"我也是农村的，就像你刚才发言讲的，下雨天上学，鞋子在学校几乎没有干过，没有一条像城市这么宽阔的柏油路，没有路灯，没有我们现在在学校看到的这一切。但是，如果因为我们出生的地方落后，因为养我们的地方贫穷，我们就嫌弃他们，想要逃离他们，那么，我感觉，就失去了我们读书的意义！"

"那你读书是为了什么？"

"为了有一天学更多的农业知识，回到家乡建设自己的家乡！"林东忽然停下了脚步，用坚定的眼神看着月牙。

"一个人的力量改变不了什么，你回去了，你同龄人会和你一起回去吗？纵然他们也跟着你回去，几个年轻人能够改变什么？"此刻的林东并没有让月牙感到如何的崇拜，而是从心里感觉到林东的幼稚。

"回去一个，就是一个希望，回去两个，就是两个希望，回去多了，希望就多了，家乡建设发展也就有了未来。"林东坚定地回复月牙。

"或许吧。"月牙依然没有认可林东的话，此刻的她，还是坚定最初自己考大学的执念："离开农村！"不是林东几句慷慨激昂的话，就能够改变自己考大学的初心。

"不是或许，是一定，我感觉此刻我都能看到未来我们家乡的样子！"林东看着远方，似乎远处就是自己的家乡。

"未来？你觉得你的家乡会是什么样子？"听到林东这么说，月牙饶有兴趣地问了一句。

"未来，乡村成为旅游打卡基地，也会有这样宽阔的柏油路，有路灯，城市人到我们农村去玩，我们农村人不出家门就能够在家门口打工挣钱。我们自己也可以当农场主，我们靠自己的手艺，靠我们独特的农村优势，成为城市人的打卡地。"林东说这些话的时候，话语中充满着自豪与自信。

"或许吧林东学长，或许未来的确很美好，但我还是想离开农村。"听林东描绘完，月牙的心丝毫没有动摇。在她的概念里，林东所描述的这些场景，她只是在电视上看到过，但是这些，在她的概念里，似乎离自己的生活很远很远。

"不是或许，是一定。"林东再次肯定地说。

"学长还有其他事情吗？"月牙想尽快结束这场在她看来毫无意义的对话。

"你还是不相信未来农村发展会很好？"林东见月牙丝毫没有动摇，反问月牙。

"我相信未来农村会如学长描绘的那样美好，但是，那终究是未来，和我又有什么关系呢？我只想读这几年大学后，在城市里找一份稳定的工作，走出农村！"月牙再次表明了自己的态度。

"好吧，你既然这么坚定地想要离开农村，我也就不再说什么，我今天找你谈，是希望有一天有机会了，你能参加我们的'三农'实践小组！"

"等有机会吧，那我先回去了，学长再见。"月牙不等林东说完，径直朝着宿舍走去。

"我相信有一天你会改变你现在的想法。"林东站在月牙身后喊了一句。

月牙没有回头，她知道自己内心想要什么，在追求什么，自己为什么要考大学，为什么要来到这座城市。一路求学走来，她一直不断地在提醒自己："郑月牙，你一定要好好地在城市里扎根生长，活出一个样子来。"

让月牙自己都没有想到的是，林东今天的一番言论，已经让她的心有些乱了。回宿舍的路上，她甚至开始怀疑，自己长久以来读书的意义是什么？难道真的就是为了逃离农村？月牙心里默念着："不行，既然走出来了，就一定要把握好机会，不能回去。"

但命运似乎早就已经安排好了未来月牙要走的路，林东的出现，与西明乡的相遇，在西明乡发生的一切，彻底打破了她长久以来坚定"逃离农村"的想法。

第十六章　触动

月牙以为和林东这次简短的交谈之后，林东了解自己内心的坚定，肯定不会再邀请她参加"三农"实践小组了，但月牙低估了林东的"运作"能力。

在接下来的日子里，林东每次和小组到农村调研，回来后，都会通过网络给月牙发一些照片和文字。从林东那里，月牙第一次看到了传闻中的民宿、共享农庄，也看到了农村一片繁荣的景象。每次林东和小组调研回到学院，都会举办"三农"实践成果展，林东也会发信息邀请月牙参加他们的成果展。

在林东潜移默化的感染中，月牙对于农村的情感逐渐开始回温，不再如从前那般的排斥，但对于林东提出的加入"三农"实践小组，月牙始终没有同意。

这期间，月牙问过林东，为什么学院里那么多同学，偏偏林东抓着自己不放，一定要让她加入他们的小组？林东给出的回答是，能够做通她这样一个想要逃离农村的典型，对于他们实践小组是一大成果。

林东对月牙的态度，一度让宿舍舍友认为月牙在和林东谈恋爱。因为林东的缘故，很长一段时间里，刘瑞对月牙的态度都是酸酸的。

有段时间，月牙逐渐忘了林东提的"三农"实践组事宜。但在一次班会结束后，辅导员把她留了下来，提出让她参与到林东他们组织的"三农"实践小组中去。辅导员给出的理由很简单："三农"实践小组负责人（也就是林东）找到他，请求从他们专业找一个能够完整地速记调研报告的同学。月牙的记录和文字能力，在整个专业也都是数一数二的，可见，林东在对辅导员提出请求时，已经把月牙的底细摸得一清二楚。

辅导员的话，月牙自然是要听的。当天下午，月牙就极不情愿地到林东负责的"三农"实践小组报到了。

当月牙敲开"三农"实践小组的门，林东打开门一看是月牙时，眼神放光，激动地说："你终于愿意加入了！"

"愿意不愿意，这些不都是在学长的掌握范围里？"月牙没好气地边回林东边走进了办公室，环顾了一周。

"这个办公室是学院为了支持我们做'三农'工作，给特批的，而且还是咱们学院的副院长担任小组的总指挥。"林东来到月牙面前，炫耀着"三农"小组的组成架构。

月牙走到一面照片墙前，看着一张张的照片，充满着浓浓的乡土气息。月牙问林东："这些照片是你们自己照的，还是从网上下载的？"

"王子过来。"林东招呼着正在电脑前的一个清秀男生，男生走了过来，林东自豪地说："这是我们的御用摄影师，摄影专业的大佬级别，他叫王雨，我们都习惯叫他王子。"

"你好，欢迎加入。"王雨礼貌地向月牙问好。

"你好。"月牙也礼貌地回复了王雨。"王雨"这个名字，月牙不陌生，学校的校报上，涉及的学校大活动都有这个名字，学校的大型晚会、专题也都有他的身影。

"好了，王子，你赶紧忙你的。"林东让王子忙去了。

月牙认真看着每一张照片，有满脸褶皱的老人坐在麦垛上晒暖，有农民拿着红薯面对镜头开怀大笑，也有在低矮的房前，穿着脏兮兮的女孩手中拿着破旧的玩具对着镜头笑，看到这张照片的时候，月牙的眼神在照片上停留了许久，脑海中浮现出了玲子的脸庞，"她现在一定过得很好吧。"月牙无意识地低声说了句。

"什么？"林东听到月牙这句话，惊讶地问了句。

"没什么。"月牙这才意识到自己刚才失态了，忙调整情绪，继续看着照片。月牙看着墙上的每一张照片，似乎他们都在讲述着一个故事，每一张照片也似乎都有着跳动的灵魂。月牙不禁赞叹："这些照片拍得真好！"

"来来来，我给你介绍一下咱们团队的成员。"林东说着，要拉月牙，手碰触月牙的一瞬间，月牙条件反射地抽了回来，林东也意识到动作有些鲁莽，慌忙解释说："对不起啊，我是太激动了。"说完，林东就像刚才没有发生什么，兴奋地对月牙说："走，我带你认识我们的团队成员。"

"这位是王子，刚才已经和你说过了，他是农村来的。"林东带着月牙来到王雨面前，介绍着。

"东哥，农村来的咋了，咱技术过硬不就得了？"王雨听到林东特别强调"农村"二字，回了句。

王雨虽听不出"农村来的"意思，月牙心里却跟明镜似的。她知道这句话，是林东在点自己。

"你小子别插话，这个是新闻学的刘艺，城市小公主，专业能力杠杠的。"林东介绍刘艺的时候，语气里充满了自豪。

"你好，月牙，欢迎加入。"刘艺站了起来，甜甜地笑着回复月牙。月牙看着面前的刘艺，一米六五的个子，白净细腻的皮肤，黑得发亮的齐耳短发，一笑脸上就有两个深深的酒窝。月牙惊叹刘艺美丽的同时，下意识地用手摸了一下自己黝黑的胳膊。

"这个是广告设计的张超，也是农村的，你如果需要设计什么海报，找他准没错。我呢，现代农业专业，主攻现代农业。虽然呢，咱们这个团队里的人员不算多，但是，每一个人都是他们专业里的翘楚，而且大家都有着同一种执着：爱农村，甘当农村的螺丝钉。"林东一一介绍完之后，还不忘打个广告。

月牙逐一打了招呼，这一刻，她对林东多少有些小崇拜，竟然能把各专业的精英都动员到这个小组里，可见，能力不简单。

"东哥，你还没有介绍咱们的新成员呢。"王雨插了一句。

"哎呀呀，你看看我这脑子，把这重要事给忘了，这是汉语言文学的月牙。她擅长语言表达和文字组织，咱们团队长久以来就缺这个，这也是咱们的小学妹，大家以后多多照顾。"林东介绍着。

林东话音刚落，这间不大的办公室里响起了热烈的掌声。

看着面前这个小团队，月牙的内心有些触动了。虽然来自不同的专业，操持着不同的话音，但是，每个人的眼中都有光，心中似乎都有着一团火，从他们身上，月牙似乎看到了农村发展的未来。这或许就是林东曾经对她讲的："信念的力量吧！"

第十七章　初见黎志

加入"三农"实践小组之后，月牙越发觉得时间不够用了。除了专业课之外，还有重要的一项课题就是"三农"小组的文字工作。

刚开始，林东他们下乡回来，月牙的任务只是在刘艺这边提供的初稿基础上，把文字再进行整理。整理文字过程中，月牙感触着刘艺他们在乡下接触的每一个人物，仿佛这一个个的人物就在自己的眼前，和自己在对话。但到了后来，林东要求月牙不仅参与到文字编辑工作中，每次选题、定方案也必须参与，月牙也同意了。

到了大三下半年，有一次，林东他们参加"三农"实践活动回到办公室，林东把一张表格放到月牙桌子上，对正在整理稿件的月牙说："今年的寒假活动表你填写一下！"月牙扫了一眼表格，想都没想直接拒绝："我已经报了寒假工，去不了！"

"毕业以后有的是机会挣钱，一个寒假能挣多少钱？你挣的钱还没有别人从中压榨你的多，在学校就该做和学生有关的事情，我都和学院申报过了，名单我报上去了。"林东耐心地说服着月牙。

月牙把桌上的表格又推到了一边："这机会，您还是给没有到过农村的同学吧！"

"总共就四个名额，张超家里有事去不了。待在农村和到农村调研是两个完全不同的概念，你只有深入到农村，你才会发现不一样的农村。"林东坐在了月牙对面，依然不放弃地劝说着。

"我在农村生活了二十年，还不够深入农村吗？"月牙一边敲打着电脑边回林东。

"不够。"说着，林东不经月牙允许，把月牙的表格拿了过来，在表格姓名栏处填上了月牙的名字。

两年相处下来，林东的脾气，月牙虽然不能说了如指掌，但也了解一些，他一旦决定的事情，几头牛都拉不回来。

"月牙，你就跟我们一起去吧，就当是陪学姐好不好？"刘艺这个时候来到月牙身边，一副天真无邪的眼神盯着月牙，为林东助攻。

"学姐我……"月牙还没说完，刘艺再次打断月牙的话："好月牙，就这么愉快地决定了！"刘艺说完，还不忘对着林东做出一个胜利的手势。

看着两个人一唱一和，月牙只好把表格从林东的手中拿了过来自己填写着问："要去哪个乡村？"

"我老家！"林东听到月牙说要去，激动地站了起来。

"什么？转了一百圈，您这是回家过寒假，让我们几个人跟着您护驾呢？"一听说是去林东的老家，月牙正在填写表格的笔停下了。

"选择我老家也是综合多方面的考虑，学校已经给我们当地乡镇下函了，我们明天就出发。"

"明天，总得给我们预留一些过寒假的时间再调研吧？"一听说时间这么赶，月牙又犹豫了。

"调研也就一周的时间，调研结束后，还赶趟儿过年。"林东生怕月牙变卦，忙解释说。

听林东说只有一周的时间，月牙不再说什么，把表格填写好交给了林东。

第二天，林东带着月牙、王雨、刘艺一行出发前往西明乡。一路上，月牙没有太多话，把自己的背包往车座上一放，枕着便佯装睡了。

倒是刘艺，兴奋得如打了鸡血一般。出生在城里的刘艺，除了跟随林东去过几次农村调研，几乎没有到过农村。在农村调研的过程中，刘艺闹过不少笑话，曾经把群众地里的麦苗当成韭菜，非要割上一把，让林东他们给她做韭菜炒鸡蛋；也曾天真地以为花生是结在树上。对于农村里的一切，刘艺都是新奇的。就连农村里的鸡站在树上睡觉，刘艺都觉得好玩，追着林东问，为什么鸡要站在树上睡觉？

月牙半眯着眼睛听着其他三个人的聊天，脑海中不时地浮现出老家农村的样貌，看着兴奋的林东，月牙疑惑着："西明乡"是一座如何的乡镇，会让土生土长在农村的林东对它那般地热爱？

经历了两个小时的车程，终于到了地方。车停稳，几个人下了车，林东激动地对一行人说："到了，这就是我的家乡，西明乡欢迎你们。"

月牙看着眼前，除了一块大石头上刻着的"西明乡"三个字格外显眼外，再也没有什么标志提醒他们已经到了一座乡里。眼前的路和自己家乡的路一样，也是坑坑洼洼高低不平，迎面而来的车子，就如过山车一般一起一落。

"这是你老家？"月牙指指"西明乡"三个字问林东。原以为林东对家乡的那股热爱，就算家乡不是山清水秀，也应该是道路宽阔。但看眼前的农村，月牙不知道林东对农村那种从心底升起的自豪感是从何而来。

"是，这就是我的老家。"林东的话语中依然充满着自豪感。

"学长，原来这就是你的老家啊。"刘艺似乎对眼前的一切格外地惊喜。

正说着，一辆轿车停在了林东他们面前，一个戴着眼镜看上去三十岁左右的青年从车上下来，走到林东面前，问林东他们："你们就是正业大学的'三农'社会实践学生吧？"

"是的，你好，我是我们团队负责人林东，也是咱们西明乡的村民。"林东急忙笑嘻嘻打着招呼。

"你好，我是乡里的宣传委员王奔，欢迎回家，书记正在乡里开会，让我来接你们。"王奔客气地回答。

"您太客气了，王委员，这是我的队员王雨、刘艺、月牙。"林东一一介绍着。

"大家都别站着了，先上车，外面冷，风尘又大，有什么我们车上说。"王奔招呼着林东他们上车。

"王委员，咱们这条路快修了吧。"林东车上问王奔。

"说是快了，应该年底就能修了吧。"王奔开着车回林东。

"那就好，等路修好了，咱们这个地方再开发一个乡村旅游，人会越来越多，到时候咱们村民都能挣到钱。"林东兴奋地说。

看着车窗上飘落的尘土以及窗外飞扬的沙尘，月牙对"西明乡"三个字没有任何好感，听着王奔和林东两个人充满激情地聊天，月牙一言未发。

"你们来调研的事情，你们学院函里也都讲到了，准备在这里多长时间？都调研什么？"王奔笑着问林东。

"时间也不长，一周左右，给咱们乡里报个到之后，我们就按照我们的调研计划进行。"林东回王奔。

一路上，林东和王奔聊着月牙他们插不上的话题，聊到最后两个人竟然开始称兄道弟。

到了乡政府，乡党委书记刚开完会，林东见到他，汇报了此行调研方案后，乡党委书记让王奔配合好、服务好。林东回道："谢谢书记，我是咱乡的，这里我熟，咱们乡里工作忙，不给乡里添麻烦，需要乡里帮助的时候，到时候再给乡里汇报。"

月牙站在林东身后，看着面前这个看上去五十多岁的中年男人，一米七八的个子，微胖，发间有少许白发，面带慈祥，话语里对他们的调研充满关切，这个人便是黎志。这也是月牙第一次见黎志。让月牙没有想到的是，眼前这个人，在接下来的四五年里，带领着西明乡新一届领导班子，豪情书写了西明乡的未来。

黎志和林东他们简单聊了几句，由于还有其他事情需要处理，就把接待林东他们的所有事宜交给了王奔，安排完，便匆匆离开了。

"书记刚来没多长时间，从来乡里后，就一直很忙，乡里干部也是，有的干部从新书记来，都没回过家。"王奔看着离去的黎志，笑着对林东他们说。

"听我爸提起过，我爸都不敢见书记。"林东似开玩笑似的认真地回王奔。

"好了，我们去食堂吃饭吧。"王奔听林东说完，笑着岔开了话题。刚巧，这个时候林东的父亲打来电话说，家里饭做好了，催促林东他们回去吃饭。挂了电话，林东向王奔说明了情况，王奔只好听从了林东的意见，送林东他们回家。

第十八章　唇舌之战

林东的家离政府大院并不远，开车不过七八分钟的路程。到了家，王奔帮忙把林东他们的行李从车上拿了下来。林东的母亲李兰正在厨房做饭，听到门外有声音，慌忙出门，一看是林东他们，急忙招呼屋内："孩儿她爸，东子他们到家了。"

林东的父亲林旺听到声音，从客厅内走了出来，看到王奔，也顾不得和自己儿子说话，急忙冲着王奔迎了上去："怎么让您给送回来了？王委员，这孩子，我还以为他们直接打车回来呢！"

"没什么，林主任，这也是公事！"王奔扶扶鼻梁上架着的眼镜，笑着回林旺。

"别光站着，赶紧进来，刚好一块在这儿吃饭，我再去买几个好菜去。"林旺招呼着王奔往院子里走。

"不了，我这边还得赶紧回乡里，你家林东，将来可了不得呢！"王奔拍拍林东肩膀，笑着对林旺说，说完，又对林东说了句："有什么需要随时说，我这边先回乡里。"还没等林旺再次挽留，王奔便上了车，把车窗摇下，和众人告别，就离开了。

此时，林旺家门前不远处已经围了四五个人，打量着林东带回来的这个小团队。

目送王奔走远，林旺才回过头严肃瞥了林东一眼。林东笑脸相迎刚准备开口，林旺目光便移开了，瞬间变脸，对着月牙他们笑着说："一路上都累了吧，赶紧进家。"说着，急忙过来帮忙拿行李，招呼着月牙他们进家。

月牙望着眼前的林旺，虽不说林东和他像是一个模子刻出来的，但两人的眉宇间让人一看就是父子俩。看着林旺，似乎都能看到林东老了之后的样子。

月牙走进院子，正对大门的是镶了瓷砖的两层小楼，院子里铺着石砖，院子左右两侧种着各种冬季蔬菜和花草。在右侧搭起的葡萄架下，放着一张桌子，

院子里有刚打扫过和洒过水的痕迹，整座院子弥漫着浓浓的蜡梅花香。

"这院子真漂亮。"刘艺不由得惊叹了一句。在刘艺惊叹这一句的时候，她自己没想到的是，以后这里也会成为她的家。

"农村就这环境，凑合凑合过就得了。"听到刘艺夸院子漂亮，林旺大大咧咧谦虚地回道。

"叔叔，您这就谦虚了，在我们那儿，谁家要有个这样的院子，那还不羡慕死人啊？"刘艺环顾着院子，依然沉浸在其中。

听着刘艺把院子一顿猛夸，林旺看看林东，意思似乎在询问林东，这姑娘家是哪的，怎么像刘姥姥进大观园一样？

"爸，她家是我们大学那座城市的，每次到农村都是这样，您习惯就好了。"林东明白林旺的眼神，笑笑给林旺解释。

林旺打量了刘艺一番，应付回了句"哦"，就没再接话。

相较林旺大大咧咧的性格，林东母亲李兰性格上多少有些内向。虽然她也是和林旺一样给月牙他们拿行李，但一句多余的话都没有，只是听着林旺和刘艺的对话，嘴巴微抿地笑着。

月牙和刘艺被安排在了西厢房，走进房间，床上被褥全部是崭新的，在床头柜子那里，还摆放着一盘水果。

"来，孩子，一定饿了吧，把行李放这儿，先歇会，吃点东西。"从见面到进西厢房，林东母亲终于开口了。

"谢谢阿姨。"刘艺高兴得像个小兔一样，把背包从肩上取下来，放在了凳子上，拉开背包拉链取东西。

"那你们收拾一下，我去厨房看看粥熬好没！"见刘艺和月牙需要收拾一下，林东的母亲忙说。

"好的，阿姨，您先忙。"刘艺嘴甜地回了句。

李兰出去之后，月牙把背包里的衣服也一件件地拿出来整理着。刘艺放松地躺在了床上，斜侧着身问月牙："月牙，你怎么回事啊？感觉一路上你都闷闷不乐的，一句话也不说。"

"没事，就是感到有些累。"月牙一边整理着衣物一边回刘艺。从进这个家门到现在，家中自然而然散发出一股温馨的味道。这种感觉是月牙从小到大没

有体会过的，也是在这一刻，月牙似乎有些明白林东对于农村留恋的原因了。这种家的氛围，谁愿意远走他乡啊？

林旺跟随林东、王雨走进林东卧室，一进卧室，林东就把背包扔在了床上，整个人躺在了床上，嘴里嘟囔着："回家的感觉真好啊！"

"赶紧起来，像不像话，同学还在这。"林旺拍打了一下林东的腿。

"没事，叔叔，东哥累就让他躺会儿吧。"王雨急忙细声细语回了句。

"还是你小子会说话，你累了，也可以躺下，放心，哥不嫌弃你。"林东拍拍身边的位置。

"我不累，我收拾一下东西。"习惯了平时严肃的林东，见林东忽然间这样调皮，王雨有些手忙脚乱地收拾着东西。

"你小子跟我来一趟。"林旺把林东从床上揪了起来。林东捂着耳朵，一边低声对林旺说："爸，同学在这，你给我个面子。"一边像只顺从的小绵羊一般跟随着林旺走了出去。

走进林旺房间，林旺坐在床上，示意林东坐在床边的凳子上，林旺点了一根烟，吸了一口，问林东："你这明年都毕业了，下一步啥打算？"

"当然是回来陪您和妈了。"林东嬉皮笑脸地回。

"我没和你开玩笑，你小子认真点回答。"林旺严肃地说。

"这个问题不是探讨过了吗？爸，毕业后，我就回到咱们村里，和晨哥一起做现代农业。"林东回答。

"我不同意，我和你妈好不容易把你供应上了大学，你又回到村里种地，你这不是让邻里戳你爸和你妈的脊梁骨吗？"

"爸，您这话就不对了。"林东反驳着。

"咋不对了？"林旺问。

"您可以说，在您教子有方下，我上了大学。后来，在您的感召下，自己的儿子又回到农村和您一起建设农村。您作为一名村干部，咱们村的领头人，您不能也持有腐朽的思想！"

"胡说，你爹我怎么就持有腐朽思想了？"

"谁说考大学就必须得离开农村了？哦，照您这样说，咱村所有年轻人考上大学，你们都是为了送他们离开农村，那咱们村将来不就空了吗？您这当主任

的，脸上也过不去吧！"林东凭着自己的三寸不烂之舌，给林旺讲着道理。

"收起你那些大道理，不要在你爹这儿给我讲这些道理。你爹干了一辈子干部了，这些道理我比你懂。"林旺怼了林东一句。

"您看看，您看看，您都说我说的是大道理了，而且您又比我懂，您天天见了邻居家的孩子都说让回来建设家乡，怎么到了您儿子这，您就不准我回来呢？"林东一句话把林旺回怼得无话可说。

"爸，您是咱们村的主任，而我又是您的儿子，我考上大学又回到咱们村发展了，这叫什么？这叫榜样，我回来了，和晨哥创业成功了，更多在外面的年轻人回来了，咱们村不也建设得好，您到时候脸上不也有光吗？您仔细想想，我回来，您这里外都是赚！"林东趁林旺沉默之际，继续猛攻。

"啥叫我里外都是赚？你小子只想着好的方面，万一和刘晨你们失败了，咋办？"

"失败乃成功之母，失败了，但是成功的母亲找到了，这不是离成功更近了一步吗？"林东把脑海中能拼凑的词，全部拼凑在了一起。

"你小子别在这给我嘴贫，你让我再考虑考虑。"说着，林旺站了起来，显然，林东的一番话让林旺的心有些动摇了。

"林东，你这小子回来怎么不提前给我说一声？"门外传来一个响亮的声音，这声音不是别人，正是林东从小玩得非常合得来的玩伴刘晨。

第十九章　林东的决定

听到门外刘晨的声音，林东麻溜地从凳子上站起来，已顾不得林旺说什么，急忙走出林旺房间。此时，刘晨已经走进庭院。

"你小子，回来也不知道吱一声，要不是门口婶子告诉我，你是不是准备偷偷溜走呢？"刘晨说着话，把手中提着的新鲜蔬菜递给了李兰："婶，我在基地刚摘的。"说话的工夫，来到了林东的面前。

"吱……，晨哥，我回来了，我这正准备找你报到呢！"在刘晨面前，林东乖巧得就如小学生一般。

也难怪林东在刘晨面前乖巧，刘晨比林东年长三岁。在他们同龄人中，刘晨一直是林东心中的偶像。林东上大学后，刘晨进了部队当了兵。两个人虽然见面少了，但是，对刘晨的崇拜，在林东的心中一直未减。特别是刘晨退伍后在村内创业搞种植做得有声有色，更是让一直想在农村做些事情的林东心生崇拜。

"小晨来了。"林旺看到刘晨，脸上堆满了笑容。但转身，又对林东板起了脸，"东子，你就得向人家小晨多学习，你看看人家，再看看你！人家做啥啥像样！"

"知道了，爸，我这不正向晨哥看齐呢嘛。过几个月，我毕业了，就回来跟着晨哥一起干！"说着，林东把手搭在了刘晨的肩上。

"说好的啊，谁不回来是孬种。"刘晨似玩笑又似认真地回林东。

"一言为定！"说着，林东要和刘晨拉钩，林旺急了，本来只是单纯地想夸赞刘晨一句，没想到两个年轻人当了真，他还没想好是否让林东回村，这两个人就一拍即合了。急得林旺急忙拍拍刘晨肩膀，笑眯眯地说："小晨，走，今天你陪叔好好地喝上一杯！"

"爸，你让我和晨哥拉了钩再说其他啊。"一看林旺从中作梗，林东伸着手

要去和刘晨拉钩，被林旺硬生生地给拆开了。

"开饭了，东子，赶紧招呼你的同学一起来吃饭。"李兰走出厨房，在围裙上擦着双手对林东说。

"同学？"刘晨惊讶地看着林东。

"我去，差点把他们忘了！"林东站在走廊下，对着左右两个房间喊道："月牙、王雨、刘艺出来吃饭了！"

林东这一喊，三个人从左右两个房间走了出来。

"我给你们隆重介绍一下，这是我从小玩到大的伙伴晨哥，也是你们的晨哥。他部队退伍后，在我们村里创业做种植，这次咱们的调研内容就有晨哥这个篇章。来，一起叫晨哥！"林东把一只手搭在刘晨肩膀上，另外一只手对三个人示意。

三个人还没反应过来面前站着的人怎么回事，但都齐刷刷地喊了句："晨哥好！"

林东这架势，把刘晨吓了一跳，知道的，是见面打招呼，不知道的，还以为在"拜大哥"。

刚才还说话豪爽的刘晨瞬间脸憋得通红，结巴地回了句："你……你们……好！"

月牙看着眼前的刘晨，一米七五的个子，浓黑的眉毛，眼睛虽然不大，但深邃的眼神中有种碰触不到的神秘，脸庞黝黑，穿着一套看似随意的运动衫，搭配着脚上那双稍微沾了些泥土的球鞋，看上去倒也阳光。

"月牙看啥呢？"刘艺看月牙盯着刘晨在看，轻轻碰了一下月牙。

"没……没看什么……"月牙急忙回了句。

月牙看刘晨的工夫，刘晨也瞄了月牙一眼，两个人眼神碰触的瞬间，都慌张地避开了。

"都别站着了，赶紧过来吃饭！"李兰把饭菜端到客厅里，招呼着。

林旺带着这些孩子们走进客厅，入了席。

坐下之后，看着满桌子诱人的饭菜，刘艺忍不住地说了句："阿姨这厨艺，一绝，真是色香味俱全！"

"我妈会做得多着呢，你就是吃一辈子也吃不够！"林东骄傲地回了句。

"那我就吃一辈子！"刘艺没头脑地回了一句。

"你想得美，这是我妈，哪能给你做一辈子？"林东也不假思索地接了一句。

几个人听着两人的对话，都觉得哪里不对，但又感觉不到哪里不对。林旺看了一眼刘艺和林东，两个人似乎对刚才的对话没有任何觉得不妥。

"来，来，来，都尝尝你阿姨的厨艺。"林旺见两个人没有什么其他小动作，便招呼着吃菜。

刘艺这话，却被一旁站着的李兰听到了心里去。李兰眼睛带笑地看着眼前这个俏皮的刘艺，那一瞬间，心中似乎就认定了这个未来的儿媳妇。

"阿姨，您也坐着吃啊！"刘艺看着李兰站在一旁看着他们，急忙站起身让座。

"你们先吃……锅里我还炖着鸡呢！"李兰急忙回了句，转身欲走。

"妈，炖就让炖着呗，又飞不了，你先坐这吃，炖好了我去端过来。"说着，林东站起身拿了一个板凳加在了刘艺和月牙的中间，硬按着母亲坐在了板凳上。

林东母亲唐突不安要站起，又被林东按在了凳子上。刘艺顺势拉了李兰的胳膊，亲热地说："阿姨，您就坐下和我们一起吃吧！"

被刘艺这么一拉，李兰更忐忑了，只好在板凳上坐下，手却不知该放在哪里，来回搓着膝盖。

"爸，您还是村主任呢，旧思想该突破了，以后咱们家里来客人，妈也要坐下陪客人一起吃！"林东坐回自己的位置上，对林旺说。

"臭小子，翅膀硬了是吧，教训起你爸了，每次来客人，你妈不得在厨房做饭啊？"听着林东当着这么多人的面"揭自己的短"，林旺急忙解释着。

"反正我觉得，你们老一辈就是有女人不上桌的习俗，这思想就是腐朽。"林东嘴拧着。

"小晨，你看看，这孩子，还没读两天书呢，就开始教训起你叔了。"林旺似乎有些理亏，找刘晨替自己解围。

刘晨拍拍林东说了句："好了，东子，你就不要和叔抬杠了，当着同学的面，收敛一些你的臭脾气，满身书生气。"

"晨哥说什么就是什么，咱们也好久没聚了，咱俩碰一杯！"刘晨一发话，

林东也不抓着林旺的小辫子不放了，端起酒杯，要和刘晨喝酒。

"今天不喝酒，只聊天。"刘晨把林东手中的酒杯按在了桌子上。林东偷瞄了林旺一眼，见林旺的脸拉得跟驴一样长，只好放下了酒杯。

"你还没给我介绍你同学呢！听你刚才说这次是带着任务回来的？"刘晨看了看月牙他们。

"你看我这脑子，只顾上咱们俩说话了，忘介绍他们给你认识了，这三个都是我们'三农'调研组的成员，这是月牙，这是刘艺，这是王雨，在大学里各有各的专长，我们共同的理想都是将来要在农村有一番大作为！"林东兴奋地介绍着大家。

林东话音刚落，月牙不冷不热地接了一句："东哥，请你把我们去掉，是你的理想，不代表我的，我觉得城市里的就业机遇和空间更多！"

见月牙耿直回怼，丝毫不给自己留面子，林东笑嘻嘻地慌忙给自己圆场："当然，思想是需要百家争鸣的。月牙作为土生土长的农村女孩，想离开农村也是正常的，但我相信，在农村发展，未来也一定是光明的！"

"东哥，你认为的光明是自己用手电筒照出来的吧？"月牙似开玩笑又似认真地再次接了林东的话。

月牙这话，气氛瞬间尴尬了，刘艺用胳膊轻轻碰了一下月牙，低声对月牙说："月牙，叔叔阿姨都在这呢！给东哥留些面子！"

月牙这话，林旺听了是格外高兴，正说到了自己的心坎里去。林旺笑着夸赞月牙："我觉得这姑娘说得很对，男儿当志在四方，就该走出农村闯荡一番！"

"爸，我完全不赞同你的观点，你天天念叨着村子空了，不热闹了，什么是空心村？是村里后继没人了，那才叫空心村。如果你们供我们上大学的初衷就是为了让我们离开农村，那你作为村主任，你就是空心村的罪魁祸首！"似乎林东的嘴天生就是用来怼林旺的。

林旺见林东每句话都不依不饶，也顾不上自己当家长的面子，也和林东理论起来。刘晨只是默默地拿起筷子，夹了一筷子菜送进嘴里，咀嚼了几下，对李兰竖起大拇指说："姊做的菜就是好吃！"

李兰热情地笑着接了一句："好吃你就多吃点！"

"晨哥，你不能只是吃，你得替咱们这些在农村奋斗的小青年说两句！"林东也想拉刘晨入伙。

刘晨又夹了一筷子菜放进嘴里，边嚼边说："吃饭的时候，专心吃饭，做事的时候，专心做事，这样事情才能做好。我是挺支持叔的看法的，我觉得你就得在外面闯闯再说！"

"晨哥，你是嫌弃我，不想让我和你搭帮是不是？"听到刘晨这么说，林东急了。

"我可没有这意思，当然，你要是坚决想回来和我一起做，我绝对欢迎！"

"小晨，你可别怪叔没提醒你，现在这小子的满腔热血都是停留在他所学的课本上，真到了实战，说不定还真能给你捅出个大娄子！"林旺见劝不动林东，就策反刘晨。

"爸，有这样说亲儿子的没？您要对您儿子充满信心，您儿子的回村，就是这座村庄活起来的招牌！"

"好了，活招牌，少和叔顶几句吧，我等着你回来，赶紧吃饭吧，来，尝尝我种的菜。"刘晨给林东夹了一筷子青菜。

"得嘞，只要有你这句话，其他的，咱们就不说了，到时候我就回来和你一起干！"林东再次强调回村，似乎在向林旺宣示主权。

"他们说他们的，你们吃你们的，不要管他们，俩人就这样，一见面，其他事情都搁脑后了。"听着林东坚决的态度，林旺也不再坚持什么，只是招呼着月牙他们吃饭。

这顿晚饭，几个人吃到夜里九点多，林东和刘晨在饭桌上也初步达成了一致。但正如林旺所预言，林东回到农村的第二年，因为实战经验缺少，差一点毁了刘晨所有的投资。

第二十章 月牙的困惑

晚饭后，林东没让刘晨离开，拉着刘晨给大家先上一堂课。林东母亲洗了水果给大家吃，因白天村内张小有家的土地问题没有解决，林旺去了张小有家，继续解决张小有提出的解决方案。

"东子，稍微聊会儿就睡，小晨也忙一天了，你们也折腾一天了，别太晚了。"李兰提醒着。

"阿姨，我们不困，每次到农村我就格外地精神。"刘艺精神抖擞地回着李兰。

"妈，您就不要操心了，说不定我们这次夜谈能改变咱们村庄。您如果想听，也可以免费坐这听。"林东饶有兴趣地回李兰。

"没事，你们聊你们的，我不妨碍你们，我剥花生。"李兰说着走进了屋子里。

林东拍拍刘晨，目光跟随着李兰，颇有感慨地说："看到没，晨哥，这都什么年代了，咱们农村还是这么传统地手剥花生。你说农村如果不实现机械化，把农村劳动力从土地中解放出来，咱们农民哪能腾出更多的时间来挣土地之外的钱？"

刘晨笑笑，端起桌子上放着的炒熟带壳花生递给月牙他们，说："来，都尝尝我们这儿的炒花生，味道特别好！"

盘子递到刘艺和王雨面前，刘艺、王雨都笑嘻嘻地抓了一把，到了月牙这里，月牙只是象征性地拿了三四颗，刘晨愣了一下，又让了一遍月牙："别不好意思，多拿几颗，这花生特别好吃！"

"谢谢晨哥，我家也种花生。"月牙推辞着。

"你们那是你们那，一方水土养一方人，更何况是吃的东西，我给你放这慢慢吃。"刘晨抓了一大把放在了月牙面前。

刘晨把盘子刚放下，林东就抓了一大把花生："我们这儿的花生，我怎么吃都不腻！"

"东哥，怪不得你想回农村，这花生的味道，让我也不愿意离开。"刘艺边剥花生边津津有味嚼着对林东说。

"刘艺，你就是墙头草，哪次下乡你不是走到哪都说一句，不想走了。"王雨插了句。

"这次不一样，这次有家的感觉！"刘艺回怼王雨。

王雨看看林东，半开玩笑说了句："东哥，要不你把刘艺收了得了，她都找到家的感觉了！"

刘艺听到王雨这么说，脸唰地一下红了，用力捶了王雨一拳："王雨，你胡说什么呢？"虽然刘艺暗恋林东，但是，在最后一层窗户纸没有捅破之前，提到这个话题，刘艺还是有些害羞。

"王雨，你小子是今天晚饭吃撑了是不是？要不要我帮你顺顺气儿？"林东看着刘艺害羞的表情，颇有大哥范的要替刘艺出头。

"我闭嘴，言归正传，让晨哥讲！"王雨急忙捂住了自己的嘴巴，指指刘晨。

听王雨这么一说，刘晨把手中正准备剥开的花生放在了桌子上，问林东："东子，你这次带着同学回来的目的是什么？"

"调研啊！"林东回刘晨，回来调研的事情，他第一个就和刘晨说的，林东不明白为什么刘晨会这么问。

"调研什么？"

"调研当下农村发展的现状，以及村民对未来农村的期望是什么？这些你都是知道的，晨哥。"林东有些疑惑地看着王晨。

"你在咱们村也生活二十多年了，既然你们是来做这个课题的，我想听听你对农村的看法！"刘晨问。

"晨哥，我们成立调研组，就是带着耳朵来的，我们保留我们一切的想法，你没听到一句话吗？没有调研就没有发言权。"林东不知出于何故，推辞了刘晨的问题。

刘晨看看月牙三个人，把目光落在了刘艺身上，问刘艺："你呢？和他的观点一样？"

刘艺用手指指自己，看看月牙，月牙只是缓慢地剥着花生，刘艺又看看王

雨，王雨假装看着院子的风景。刘艺笑嘻嘻地回刘晨："晨哥，我对农村了解不多，我就是单纯地爱农村，仅此而已！"

"那好，你们不是说我是你们的调研对象之一吗？那你们现在总要开口问我，你们想知道什么吗？"刘晨把问题丢给了林东他们四个人。

被刘晨这么一问，林东有些乱了阵脚，一般林东他们调研之前，是有一套完整的程序的。比如说，谁来问，谁来记，分工是非常明确的，今天晚上原本只是闲聊的。

"晨哥，关于你的调研明天才正式开始，今天只是咱们这么长时间没见，闲聊一下！"林东慌忙笑着回刘晨。

"晨哥，你在部队待过几年？"林东刚说完，月牙直接问。

"对，晨哥，你给他们讲讲你的故事。"林东以为月牙在帮自己解围。

"我在部队待了六年。"刘晨回月牙。

"晨哥，你从部队回来，为什么选择回到农村？"月牙接着问。

"东子，这个话题是闲聊还是调研内容？"刘晨笑着问林东。

这个话题明显是涉及了调研内容，林东看看月牙，他对刘艺示意了一下说："别吃了，开始记录！"转脸又笑着对刘晨说："晨哥，这算明天正式开始前的预热！"

"一直录着呢。"刘艺放进嘴里一颗花生，拍了一下手上的花生皮屑，从口袋里掏出一个随身笔记本，指指放在石桌上的录音笔。

"东子，你这次带着同学回来调研农村，我觉得挺好。但是，我个人觉得，如果你们只是想到哪，问到哪的话，你们这次的调研也就没有多大意义。我们在部队，讲究的就是做什么事情都要有个规划！"刘晨认真地对林东讲道。

"晨哥，我们这次调研是认真的，我们是通过学院给咱们乡政府下了函的。"林东解释着。

"函只是一张纸，一种形式，真正的认真，应该是在内容上！"刘晨笑笑回林东。

"晨哥多指导！"林东谦虚地请教着刘晨。

"你我之间就不要说指导之类的客气话了。既然是调研，你首先应该明白你是来调查什么，研究什么，你的对象是谁，你最终想要得到的结果是什么，引发的思考是什么，我觉得这是一个完整的调研！"刘晨给林东分析着。

"厉害了，晨哥，来，鼓掌。"听到刘晨的一番话，林东佩服得竖大拇指，带头鼓掌。

"你小子拍马屁的事情就不要再做了，好好捋出一个思路，我明天在基地等你们。"说着，刘晨站了起来，转身又对月牙说："你的问题，我回去想想，明天回答你！"

见刘晨要走，几个人都站了起来。林东还要挽留刘晨，刘晨拒绝了，几个人把刘晨送出了大门。

刘晨走后，林东对月牙三个人说："看看，什么叫作专业，按照刚才晨哥说的，各自准备明天的任务吧！"

"东哥，晨哥是什么来路，你为什么对他的话那么言听计从？"王雨试探地问道。

"你不懂，那是一道光指引着……"林东正要开始发挥，月牙冰冷地打断了："没其他事情，我就回房间备课了！"

"我也去了。"刘艺急着又抓了一把花生，跟着月牙回了房间。

林东见人都走了，对王雨没好气地说："问那么多干吗？听晨哥的话就对了！还不去把你的设备准备一下？"

回到房间，回想着刚才刘晨提出的几个问题，月牙有些困惑了，是啊！我们这次来的目的是什么？我们究竟要调查什么？我们最终要引发的思考又是什么？农村，最终的出路又会是什么？

第二十一章　刘晨的基地

次日六点半，月牙和刘艺就被窗外的鸟叫声和屋后的犬吠声吵醒，厨房里已经传来了切菜的声音。

刘艺揉揉眼睛，伸了一个懒腰："月牙，你说这天天被大自然叫醒是什么感觉？"

月牙边穿衣服边回刘艺："你若听二十年你就知道什么感觉了！"

刘艺"哦"了一声，这才想起月牙也是农村的，对于自己眼中一切的好奇都是见怪不怪了。

月牙又拿出了本子，把昨天晚上睡前罗列的问题再次看了一遍，生怕哪个问题落下，再被刘晨"教训"！

穿好衣服，洗漱完毕，刘艺顺着饭香味走进了厨房，见李兰正在忙，刘艺殷勤地问道："阿姨，有没有需要我帮忙的？"

看到刘艺，李兰急忙说："不需要，不需要，我一个人就忙得过来了，你上外面等着，厨房都是油烟味！"

"没事，我看着您做饭，说不定还能帮上什么忙。"说着，刘艺就傻乎乎地站在了李兰身后，看着李兰做饭。

"在村里还习惯吧？"李兰见刘艺站在身后，只好没话找话。

"习惯，我特喜欢！"

"农村不比你们城市干净，能习惯就好！"

"都一样，阿姨！我倒觉得农村的好，城市是没法比的！"刘艺见李兰要拿葱，急忙抢先把葱拿起，剥好递给李兰。

"也就你说农村好，对了，你家里兄妹几个啊？"李兰见刘艺如此机灵懂事，似有意又似无意地问刘艺。

"家里还有一个哥哥！"

"你哥结婚没？"

"结婚了！"

"哦！"李兰翻炒着西红柿鸡蛋没再问别的。

"刘艺。"林东在院子里喊着刘艺名字，刘艺急忙应着，走出厨房："什么事啊，东哥！"

"你说你一大早起来不准备自己的功课，跑厨房和我妈聊啥呢？"林东看刘艺从厨房跑出来，嚷嚷了一句。

"我和阿姨谈人生不可以啊？"刘艺回答。

"就你，谈人生？你别把我妈带沟里了，走，我先带你们去村子里转一圈！"

"阿姨，东哥要带我们出去转转，等空了再聊。"临离开前，刘艺还不忘走到厨房门口，对李兰说。

"好的，赶紧去吧，一会儿回来吃早饭。"李兰忙应声着。

"好嘞，阿姨。"刘艺答应着，便跟随林东他们一起出门了。

在村子里转的过程中，遇到土坯房，林东会给月牙他们讲老一辈是怎么盖房子；遇到废弃的空院，林东会给他们讲院子的主人是做什么的；遇到村里溜圈的村民，林东会笑着打声招呼，然后告诉月牙他们，这个人叫什么名字，他该称呼什么；遇到村内上了岁数的老人，林东会和他们多说上几句；如果涉及调研对象，林东会让刘艺把名字记录到本子上面。

一路走下来，用了将近一个小时的时间。回去的路上，林东介绍道："我们村里林姓为大姓，接下来就是刘姓，还有两三个小姓氏，几乎每家每户都拐着弯的沾亲带故！"

"叔叔当上村主任，是不是就是和你们林姓是村里大姓有关？你和晨哥好，是不是就因为家族关系？"王雨顺嘴接了句。

"你懂啥？我爸那是凭借着实力当上的村主任。我和晨哥好，那是我们有着共同的爱好！"林东轻捶了王雨一下。

"哦，貌似我懂了。"王雨的语气让这句"貌似我懂了"掺杂了不同的含义。

"你懂个锤子。"王雨话里的意思，林东似乎也听得出一二，没好气地回王雨。

几个年轻人在村里走着讨论着，月牙那一刻如何都想不到，这个村子，治

好了她童年心里的阴影。

回到家，李兰已经把饭做好，几个人匆匆吃了饭，林东便带着他们，朝刘晨的菜棚奔了过去。

林旺吃了饭之后，一抹嘴，站起身对林母说："也不知道东子折腾啥呢！我去村委看看，没啥事的话我就去找他们！"

"孩儿他爸，你有没有发现，咱家东子似乎有心事？"李兰收拾碗筷的时候，问林旺。

"他能有啥心事，天天心事不都是琢磨着怎么回村里？白养这二十多年了。"林旺似乎并没有听明白李兰说的"心事"意思。

"我是说咱家东子，你看着是不是有喜欢的女孩了？"

"你说你们女人脑子里都寻思啥呢？他有喜欢的，会不告诉他老子？"林旺扯着嗓门说。

"我觉得刘艺那姑娘就不错，也看得出她对咱家东子有意思！"

"得，打住，别没事瞎捉摸，人家城里的姑娘会看上咱家东子？"

"咱家东子咋了？要不是你拦着，上门提亲的早就排成队了。"李兰听到林旺说林东不是，放下手中筷子没好气地怼林旺。

"还咋了？还不是你从小惯的，什么都依着他的性子，这下好了，好不容易把他供应上大学了，又满脑子寻思着回来种地。这种地有啥好的？"林旺也不甘示弱地回李兰。

"这多好，不比养了一个儿子，养大了在外工作，一年不回来一两次的强？我支持咱儿子的选择！"

"要不我就说你们女人头发长见识短呢？目光短浅！"

两个人你一句我一句，互不相让地争执了起来。直到林旺接到电话匆忙离开，才结束了这场争执。

林东他们来到刘晨基地时，刘晨正招呼着工人在采摘大棚里的蔬菜。看到林东他们来，刘晨交代了身边工人几句后，就朝着林东他们走了过来。

"不错呀，晨哥，工人不少，这不是典型的带动村内剩余劳动力吗？"林东笑嘻嘻地奉承刘晨。

"忙的时候才会找人过来，平时闲的时候，就五六个人在这里忙，走，我

先带你转一圈！"刘晨看看忙碌的工人，对林东说。

刘晨带着林东几人分别看了蔬菜区、精装区。一圈转下来，草莓、西红柿、黄瓜把林东吃得直打嗝。

"晨哥，就你这基地，我感觉我能连吃一周都不重样！"在一座种着黄瓜的温室大棚里，林东咬着黄瓜对刘晨说。

"那得看你吃不吃得下。之所以种的各种瓜果蔬菜都有，是因为这片地，有承包的地块，也有和群众一起做的地块。虽然挣不了多少钱，但是，要比村民普通地块收入多！"刘晨介绍着。

"晨哥，昨天的问题，你还没有回答。"一圈转下来，月牙再次把心中的疑惑拿了出来。

"你是说为什么回农村，对不？"刘晨看着月牙问。

"对！"

"原因很简单，为了挣钱。"刘晨看着正在采摘黄瓜的工人，简单明了地回月牙。

"晨哥，意思是这个意思，但是，你要把这个问题升华一下，比如说，回农村是为了带着群众一起挣钱。"林东咬了一口黄瓜，边嚼着黄瓜边提醒刘晨。

"你只有自己挣钱了，才能带着群众干，自己都还没挣钱，你怎么带着他们？"刘晨明白林东提示的意思，笑着回林东。

林东有些着急地说："晨哥，你这不是带动了吗？你看这么多工人！你应该讲讲怎么做的，如何让更多和你一样的人回来！"

林东着急也不是没有道理，这次来农村调研，他们同时报名参加了全国的一个比赛，如果调研报告高度不升华一下，在报告里，只是通篇谈个人在农村如何挣了钱，评委看后，想取得一个高分很难。

"我做这就是为了挣钱，不挣钱咋活啊！"刘晨看着着急的林东，拍拍林东的肩膀，示意林东不要急躁。

听着刘晨耿直的回答，月牙心中莫名升起了一股好感。

"晨哥，我的意思是，你在挣钱的同时，不也是带着大家一起做了吗？你谈谈这个。"林东引导着刘晨。

"东子，回农村创业可不是一句话的事情，你看到的这些群众，不是我带着

他们，而是他们帮助了我。这么大一个基地，如果没有他们的专业，他们的劳作，我一个人哪管理得过来啊！"

"但是，你不是给他们工钱了吗？"

"工钱，他们到哪里都能挣，愿意来我这里干，是他们对我的信任。"说话的间隙，一个工人抱着一筐黄瓜从刘晨身边走过，看着黄瓜有些乱，刘晨让他把筐放下，把黄瓜码整齐。

"小晨，这是采访的吧？"工人看着远处正在拍照的王雨，笑着问刘晨。

"没事，王叔，他们就是来看看，您忙您的！"

工人笑呵呵地再次搬起筐，对着林东大大咧咧地笑着说："小晨这小伙能干，踏实，如果不是他，我们都得上外面找活干。"说完，工人抱着筐笑着离开了。

"赶紧记下，记下。"林东听到工人这话，心里乐开了花，提醒刘艺赶紧记录。林东正想追上去再问一些的时候，被刘晨拦下了："好了，东子，王叔这边还忙呢，你就不要添乱了！"

"行，晨哥，我不追，刚才工人说的那些话，正是我们想要的，你也讲讲呗，又不是让你说谎？"林东止住了脚步，对刘晨说。

"东子，回农村好回，但是，土里刨金不好刨，如果没有平台，没有机遇，年轻人想在农村干出一番事业，很难！"刘晨长叹了一口气。

"你这不也做得很好吗？"林东指着面前忙碌的工人，问刘晨。

"赶上机遇罢了！"

"什么机遇？"听到"机遇"两个字，林东急忙追问。

"就是你们这些热血沸腾的知识分子不愿回村里时，我回了！"刘晨半开玩笑地对林东说。

"晨哥，我想，我已经得到了想要的答案了。谢谢你，今天上午的采访很愉快，感谢您的配合。"林东还想问些什么，被月牙打断了。

"还没切进主题，怎么就结束了？"林东看着合上本子，盖上笔帽的月牙，一脸疑惑地问。

"看来，还是有懂的，中午要不一起吃顿饭。"刘晨听到月牙的回答，笑着问林东。

"要不等中午再找你吧，我带他们再去咱们村里转转。"林东无奈地回了句。

"也好，中午我等你们……"刘晨还没说完，远处一个人吆喝了句："晨哥，有人找！"

"好嘞，马上过去！"刘晨给月牙他们每个人发了一张名片，说道："以后想吃什么了给哥说，哥给你们寄！"正准备离开时，又转身对林东说了句："东子，回学校好好想想，你为什么回农村，真铁定心在农村发展了，你晨哥就在这等你！但鞋子上沾泥土是少不了的。"刘晨指指自己鞋子上沾着的泥土，和几个人笑着告别，转身离开了。

"月牙，你给我讲讲刚才晨哥话里的意思呗。"林东看着刘晨离去的背影，回头问月牙。

"东哥，看似晨哥句句不谈发展，但是，每句话里，他都是在谈发展；看似晨哥没有说如何带着群众挣钱，但我们想要的答案，晨哥都说了！"月牙看着刘晨的身影，心生崇拜。

"月牙，你怎么像是在说绕口令，我有些听不懂。"王雨摸着头说。

"东哥，你脚下是泥水，鞋子上都是泥土。"月牙忽然间指着林东的鞋子说。

林东条件反射地跳了起来，低头再看自己的鞋子，见鞋子上干干净净的，抬起头问月牙："月牙，你也开始学坏了！"

"东哥，如果是晨哥，他一定不会像你一样跳起来，更不会在意自己的鞋子上有没有泥土，这就是他上午的答案，走吧，去村里。"月牙平静地说完，便朝着基地外面走去。

"东哥，月牙什么意思，你听懂没？"王雨凑到林东身边问。

林东低头看看鞋子，又看看远处的刘晨，似乎瞬间明白了什么，对着远处的刘晨激动地喊道："谢谢你，晨哥，我明白了！"刘晨正在和前来拉菜的商户交谈，听到远处林东的声音，无奈笑着摇摇头，继而，会心一笑，此刻他知道，林东一定已经明白了一些事情。看着向基地外走去的月牙，刘晨心里也产生了一种莫名的好感。

第二十二章　无硝烟的"战场"

时光飞逝，林东与刘晨分别后，因为林东忙着毕业的事情，两人之间再也没见过面。毕业答辩，论文一类的，在林东这里都是小菜一碟，唯一让林东放心不下的，就是他牵头成立的"三农"调研组。王雨、刘艺也是面临毕业，骨干里能找到的接班人还真不多，思索再三，林东决定把调研组交给月牙带领。

林东最后一次以调研组组长的身份给组员开会，氛围十分压抑。这三年的时间里，有走的组员，也有新进来的组员，但无论去留，"三农"调研组的队伍一直是壮大着。

会议室里，刘艺眼睛红红的，她知道这次会议意味着什么。这四年来，和林东风风雨雨一路走过，虽然从未向林东表明过心意，但是，在她心里，已经把林东当成了生命中最重要的一部分。表白，没有那个勇气，不表白，自己心中一直喜欢的这个男孩马上就要分开，以后是否还会有交集，还是一个未知数。想着想着，刘艺的眼泪从眼角滑落了出来。

"刘艺，你这是干吗？弄得跟追悼会似的，大家都高兴些。"林东看刘艺掉下眼泪，一句话打破了冷冰冰的氛围。

月牙递给刘艺一张纸巾，刘艺接过，一边抽泣一边说："我就是舍不得咱们'三农'调研组！"

"好了，最后一次开会，大家都开心点，畅所欲言，又不是以后不见面了。"林东安慰着大家。

林东说完，还是没有人说话。

"这该死的离别，人生咋会有这玩意。"林东骂骂咧咧了一句后，又说，"我最后以组长的身份宣布一件事情，以后咱们调研组组长就是月牙了！"

"东哥，我胜任不了。"听到这个任命，月牙从心底条件反射地回了句。这个任命，林东之前从来没有和月牙商量过。本来对于林东的离开，心中还有些

许不舍，林东这一任命，让月牙对林东心底的那一丝不舍化为了乌有。

"什么工作都不是天生能胜任的，我已经把这件事上报到学院里了，学院也审批了。"林东说着，拿出了学院盖章的一张纸。

"您和学姐走后，我准备退出！"见林东如此强硬的态度，月牙似下了很大的决定说了句。

"你说什么？你不能退！"林东看看新入组的组员，听到月牙说要退出"三农"调研组，林东瞬间暴跳如雷。

"学长，不能每次都是你说什么就是什么，你考虑过我的感受吗？我加入调研组以来，各项工作没给咱们调研组丢过脸吧？我从农村考上大学，为的就是走出农村。我明年也要面临着毕业，也有我的专业课要做！"自从加入"三农"调研组，月牙第一次在这么正式的场合反驳林东。

自己一句话，月牙回怼这么多，这是林东没想到的。从每次带着月牙下村到回来整理调研报告，月牙做的工作，都超出了林东的想象。林东以为自己已经改变了月牙心中那根深蒂固的"逃离农村"思想，没想到，那颗种子，只是在这几年被月牙深埋在了心底，一触即发。

"月牙，组长也是看你有能力，所以才放心把团队交给你。你不要伤了他的心。"刘艺这时候也没心思伤离别了，只想把林东想要做的事情促成，便擦了眼泪，劝说着月牙。

月牙眼神抵抗地看着林东。她不知道为什么林东会一直和自己"过不去"，也许，从进入大学那一刻，他接自己入学，就是一次错误的相遇。

看着周围还坐着其他的组员，林东缓和了一下自己的情绪，语气平静地对月牙和在场的所有人讲道："既然说到这里了，那行，今天我就破个例，如果现在有谁想走的，现在就可以走，我林东绝不留！"

听到林东的话，月牙站起身欲走，被刘艺拉住了。

"想走就走，别拉她，逃避解决不了任何问题，只会让自己看起来更为懦弱！"林东冲着月牙吼道。

"学长，一直以来你都是一副自以为是的样子。你觉得你的理想很伟大，你以为你回农村就了不起，你甚至以为你自己可以拯救整个银河系、整个农村。你可以为了你的理想而活，但我们每个人，也有为了自己理想而活的权利。你

的理想，是在农村有大作为，我的理想，是在城市拥有一片天地。为什么你的理想是理想，别人的理想就是逃避？"月牙听到林东说自己是逃避，止住脚步，转身怒怼林东。

会议室死一般地沉寂。大家你看看我，我看看你，没有一个人敢这个时候劝架。

"你现在还是组员，我还是组长，这次会议结束之后，你想离开就离开。现在，你坐下！"林东碍于面子，似妥协但又似带有命令口吻让月牙坐下。

刘艺拉着月牙，贴在月牙耳边吹着风："月牙，就当学姐求你一次，别让东哥当众难堪，什么事，等散会再说。"说着，把月牙拉回到了座位上。接着，刘艺笑着缓和气氛说："东哥，你继续，月牙不走！"

月牙倔强地坐回到了座位上。

林东清清嗓子，对在座的 10 个成员问道："大家是农村走出来的，举个手！"

除了刘艺，所有人缓缓举起了手，月牙弃权。

林东又问："和这位同学有一样思想，考大学是为了逃离农村的，举个手！"林东站了起来，指了指月牙。听到林东拿自己当反面教材，月牙想站起身再走，被身边的刘艺死死拉住了。

林东说完，有一半手又举了起来。

林东接着说道："很好，有抱负，你们终于成为父母眼中希望你们成为的样子。出身农村，长在农村，上学，考大学，走出农村，我们就像工厂里面已经设计好的程序一样，按照父母的安排，成为那个看似成功的自己！"

没有人接话。

"就如刚才这位同学说的那样，我的理想就是回到农村。我创立'三农'调研组的目的，也是为了能够有更多接触农村的机会。但是，你们谁知道我为什么想要回到农村？"林东这次话里，虽然没有提月牙的名字，但却是指着月牙说的。

大家你看看我，我看看你，没有回答。

"我父亲是村主任，从小身上的程序，被我父母设定得和你们一样，也是希望我能够好好学习，考上大学，将来有一天能够留在城市，有一份体面的工作，结婚生子，在城市定居，让子孙成为留守村里羡慕的城市小孩。但是，到

了大二，一次偶然的机会，我去一座乡村游玩，村里繁盛的景象，以及络绎不绝的游客和村内在家创业的青年，给了我内心深深地触动。当我们都想着逃离农村的时候，在我们祖国的某个地方，某座乡村，他们的村民、青年正在为他们的村庄改变而努力着，奋斗着，相比他们，我们不是懦弱是什么……"

林东讲到这里的时候，月牙的嘴唇嗫动了一下。

"是，我是自私，我不该因为自己的理想抱负，去干涉你们的选择。因为，我们彼此都不知道彼此从小都经历了什么。但是，当有一天你回到你的村里，发现只剩下一座座长满杂草的院落；当有一天，你发现故乡再也回不去了；当有一天，我们老一辈儿生活在村里的人渐渐老去，那座村落由于长期废弃二次开发，再也寻不到它的踪迹，我们心里，难道就没有一丝丝的遗憾？对，我们十年寒窗苦读，为的就是有朝一日能够伸展抱负，能够在祖国的各个岗位上，做出非凡的成绩，但是，在这千千万万个岗位里，我们不能把农村排除，我们可以不选择它，但是，我们不能把'考上大学就是为了逃离农村'作为我们的奋斗目标，这样的目标叫什么？叫逃避！这样的读书叫什么？叫愚读！"

"学长，我希望将来有一天我能和你一样，也回到我们自己的村庄创业！这是我加入调研组的初衷！"

"我也是！"

"我也是！"

听林东讲完，四五个人随声附和着。

林东看看月牙，月牙表情没有了刚才那般的倔强，但是，依然是眼神空洞。

"回农村这条路不好走，我也知道，但是，就像鲁迅先生说的那样，世界上本没有路，走的人多了，也便成了路，我愿意去做那个蹚路人！至于刚才我对月牙同学说的'懦弱'二字我收回，每个人都有理想，每个人的理想，都应该如金子那般闪闪发亮，我们每个人，都应该去捍卫我们的理想。所以，如果郑月牙想退出，我尊重她的选择！"林东讲完，坐回到了座位上，他看着月牙，还想说些什么，但是嘴唇嗫动了几下，还是止住了。大家的目光也跟随着林东的目光聚集到了月牙这里。

"月牙，你表个态，大家都等着的，我相信你。"刘艺用期盼的眼神看着月牙。

"月牙学姐，你就带着我们一起往前走吧！"

"是啊，月牙学姐，我们想跟着你看更多的农村！"

……

组员这个时候也纷纷地劝说着月牙别走。

月牙大概沉思了一分钟，抬起了头，目光盯着林东："这个组长我接，但不是因为你的任命，而是因为这是我自己的选择，自己的选择，哪怕再累，誓死也要捍卫！"

听月牙说完，林东的掌声从一下、两下的断续变成了连续的掌声，眼睛有些泛红。跟随着林东的掌声，这间不大的办公室里片刻响起了雷鸣般的掌声。

当月牙拒绝那一刻，林东心里都做好了放弃月牙的准备。这么多年来，他也了解月牙的性格，和自己一样，一旦决定的事情，哪怕是钻到牛角尖里，也绝不回头。他不知道这次月牙的转变究竟是不是和自己讲的那些有关，但无论是否有关，月牙能接任这个组长，林东心里是欢喜的，因为他很清楚月牙的能力，也坚信，月牙会带着"三农"调研组走得更好。

会议后，林东没多久就离开了学校。他按照最初和刘晨的约定，回到了村里，和刘晨一起创业。而刘艺在父母的期望下，留在了城市工作，当了一名自媒体运营人员。林东和月牙的再次见面，便是在西明乡。

第二十三章　冥冥之中

月牙自接任了"三农"调研组的组长之后，几乎每两周都要带着组员到农村、到田间地头，到群众家里调研。一年时间下来，调研组的成员比之前多了两倍。在这个过程中，大家对农村的那股喜爱，也逐渐医好了月牙心中那道童年的伤疤。毕业后，月牙阴差阳错去了西明乡，林东知道这个消息，还是刘晨告诉他的。

"东子，告诉你个事情，今天我去乡里递交项目材料，你猜见到了谁？"这天，林东戴着一顶草帽正在基地一座大棚里给工人做培训，刘晨带着乡里盖好章的项目材料，兴奋地走过来对林东说。

难得见刘晨这股兴奋劲，林东对工人说："今天先到这，大家都先各忙各的吧！"

工人散后，林东把帽子摘下来，顺手拿起一瓶矿泉水，咕咚咕咚地喝了个干净，然后，坐在大棚里的一个凳子上问刘晨："晨哥，就冲着你这股高兴劲，我一猜就知道你见到了谁？"

"那你说吧，是谁？你保准猜不到。"刘晨坐到了林东的身边，也拧开了一瓶水。

"还能是谁啊，不就是咱们乡里一年前新来那个黎书记吗？你不是天天把他挂嘴边，说那是你心中崇拜的偶像！"之所以林东会猜测是乡里新来的书记，也和村里最近一年来的变化有关系。自从黎志来了之后，村里每天都在发生着变化。村村通了公路不说，连路灯都给安装了，以前长满杂草的空院干干净净，房前屋后不能有垃圾，就连自己的村主任父亲，现在每天早上五六点都要起来，撅着屁股扫大街。以前的林旺，别说让扫大街了，自己家里的扫帚，他都没有动过一下。现在村里茶余饭后的话题，基本上都和新来的书记有关。而刘晨也是天天把这个书记挂在嘴边，希望能够邀请黎志来自己的基地看看。

"不对，你再猜！"刘晨抹了一下嘴巴，顺手摘下一根黄瓜咬了一口。

"不对？是谁还能让你这样感兴趣？"林东听到刘晨说自己猜错了，一头雾水，再也想不到第二个人是谁。毕竟，刘晨每天的生活圈多大，林东一清二楚。

"就是那个和你曾经来咱们村调研过的那个女孩，叫什么牙来着？"刘晨一时记不起月牙的名字，拼命想着。

"你是说月牙？"林东不以为然地笑笑。

"对对，就是那个女孩，我今天在乡里办公室见她了，还和她打了招呼呢！"经林东这么一提醒，刘晨忽然间想起来了月牙的名字，激动地回应着林东。

"晨哥，你就不要逗我了，大热天开这玩笑，我都得回去加一件棉袄去。"林东笑着站了起来。

"真的是她！"刘晨强调着。

"晨哥，你肯定认错人了，你要说是那次来咱村里的其他同学，我一定信，但你说是她，我绝对不信。如果是她，我连着请你吃一周的饭！"林东还是不相信刘晨。月牙的抱负，林东心里是知道的，那是一心想着大学毕业了，要留在城市工作，怎么可能会出现在乡里的办公室里？

"就是她，她还问我这一年你都忙什么呢！说打你电话几次，总是打不通！"刘晨接了句。

"你就接着编吧，晨哥，现在有电话，有短信，有微信的，我俩一个月前还聊天来着，她都没对我说要来咱乡的事，我还就不上你的当。"林东还是不相信刘晨说的。

"算了，信不信由你，反正她让我暂时不要告诉你，她来咱乡了，我这何必出卖人家女孩呢？"说完这话，刘晨斜眼看看林东的反应。

"什么？不让告诉我？为啥不告诉我？"林东这才半信半疑地信了，接着，按捺不住激动地说，"不行，我得去乡里一趟。"说着，林东走出大棚，就要往乡里去。

"我劝你还是不要去了，估计啊，你去了也见不到人！"刘晨站起身，叫住了林东。

"为啥？"

"我和她都没说几句话，她好像要跟着乡里的书记下村。你还是老老实实

地想着连着一周准备请我吃啥饭吧！"一年和林东相处下来，似乎刘晨也学会了林东身上的那股"痞坏劲"！

林东眼珠子转了一圈，转身笑嘻嘻地对刘晨说："晨哥，你是不是特别希望咱们那个新书记来咱们基地转一圈？"

"那还用你说，我好几次做梦都想让新书记来看看，但全乡那么大，人家一个书记咋会来咱们这转啊？"刘晨语气中带着期望又掺杂着失望。

"如果我能把新来的书记请到咱们的基地来，是不是一周的饭都免了？"林东心里打着小算盘。

"别说这一周饭给你免了，我再倒请你一周。"刘晨眼睛中放光。

"好，一言为定，相信我，不出一周，我就能让新书记来咱们基地看看，基地你先忙着，我回家一趟！"说着，林东拿出车钥匙，不等刘晨回答，开着车一溜烟走了。

"这小子，心里又在打什么小算盘？"刘晨望着远去的车辆，笑了笑，也没把林东说的话当回事，转身走进了大棚。

林东回到家，洗了把脸，对着水龙头冲了冲拖鞋上的泥土，进房间换了一套衣服，又从房间拿出刮胡刀，拿着一面镜子，认真地刮着胡子。正在这个时候，林旺从外面扛着铁锹走进了家。

"这响不响，夜不夜的，你整这么利索干吗去？"林旺放下铁锹，洗了一把脸，问林东。

"爸，我想把新书记请到咱们村里来看看。"林东刮着胡子回林旺。

"什么？"听到林东说要把黎志请到村里来看看，林旺差点没喘过气。先不说自从这个书记来乡里之后，林旺每天就只能睡几个小时。还有上次书记来村里转一圈，看到村里脏乱差，痛批村委全体干部的场面，林旺回想起来，依然记忆犹新。现在全乡村委干部避这个书记都来不及，林东却要把他往村里请，这要让村委其他干部知道了，还不集体讨伐自己？想到这里，林旺顾不得擦脸，慌神地对林东吼了句："不准去！"

"为啥啊，爸？"林东不理解地看着林旺。

"你是嫌你爸在村委日子过得太舒坦，还是嫌你爸命太长？你要把他请到村里来？"

"爸，看你说的，哪有那么严重？我和晨哥只是想着让书记来看看我们的基地，说不定有好的发展机遇呢？"林东看着林旺慌张的神情，强忍着笑。

"哎哟，不行，我头晕，我高血压又犯了。"林旺又拿出了以前林东不听话时的招数，佯装晕倒状。

"爸，这次你是头疼不是肚子疼，高血压是捂额头。"被林旺这样欺骗次数多了，林东也就逐渐习惯了，提醒正在捂肚子的林旺。

林旺听到林东提醒，急忙又去捂额头，喊着疼。

"爸，您就不要装了，我知道您心里想的啥，不就是怕书记来咱们村里之后，你们再被批吗？"林东一语点破了林旺真正的痛点。

"你小子知道是为啥？还要请他来，这不是故意给你爹难堪吗？"林旺索性也不装了，指着林东说道。

"爸，你们总不能一直这样逃避吧，村里群众都看着的，按照乡里的要求整改不就完了。"林东轻松地回林旺。

"你懂啥，按照乡里的要求整改？你知道得多少钱不？村委哪有这个钱？"

林东刮好胡子，顺手把刮胡子刀放在了窗台上，换着鞋子说："这还不是怪咱们村委一直没有发展集体经济？有集体收入了，不就有钱了？"说话的时候，林东已经穿好鞋子，走向了大门。

"你要干吗去？"林旺着急问林东。

"爸，要我说，你这记性就是不好，刚才不都说了，我要去请黎书记。"说着，林东上了车，开车离去。

"管不了你小子了，你小子给我回来。"见林东执意要去，林旺顾不上换衣服，生怕林东惹出什么事端，骑上电动车在林东车后面追着。

第二十四章　林东拦路

乡下的六月，知了在树上不停地聒噪。由于两天前刚下过雨，村里的"水泥路"格外难走。林东的车，在林柳村的小道上颠簸着前进。由于道路坑洼，车速提不上去，林旺骑着电动车紧跟在林东的车后，吼着："你小子赶紧给我回来。"林旺的脚上，鞋子上，裤腿上沾满了泥巴。

林东透过后视镜看后面紧跟的林旺，嘴里念叨着："这该死的路，早该修了！"

林柳村的街道热闹了起来。

"旺哥，追着自家车跑啥呢？"

"林主任，这是干吗呢？"

"旺哥，东子又惹事了？"

村内树林里乘凉的村民，看着林旺满头大汗追着自家的车在跑，你一言我一语地说着。

林旺没有搭理他们，只是紧盯着自家的车，加速着电动车的速度。自家孩子的脾气，他了解，如果不在半道上把林东截回来，他真敢跑到乡政府去直接找党委书记。

出了林柳村，道路好走了些，林东的车加了速度，眼看着林东就要消失在自己的面前，林旺心急如焚，掏出手机准备给林东打电话，谁知，林东的车在不远处忽然停了下来，林旺差点没有刹住车撞了上去。

定了定神，林旺把电动车停好，骂骂咧咧朝林东走去，准备把林东从车里揪出来，自己开车回去，让林东骑电动车回家。

走到车头，在距离车不足100米的堂庄村口，黎志就站在那里，和几名乡干部正在讨论着什么。黎志，林东有过一面之缘，那就是他们第一次调研西明乡的时候，再加上每天乡里的报道，林东一眼就认出了远处的黎志。

林东打开车门，准备下车，但林旺已经来到了车前。林东头刚探出来，就被林旺一把按了回去。林东在车内拍着车门："爸，你这是干吗呢？你让我下车！"林旺半个身子倚在车门上，不让林东推开，心里想着，等黎志他们离开了，再好好劝林东回去。

"嘀……嘀……嘀……"车门打不开，林东急中生智，长按方向盘上的喇叭，几声鸣笛声，引起了黎志他们的注意，黎志他们的视线看向了这边，刚好和林旺的眼神正对。林旺此时心里万分纠结，如果过去招呼，林东肯定会下车，说不定今天会给村里捅出一个大娄子。如果不过去，这么近的距离，谁认不出谁啊？这以后上乡里还怎么汇报工作？

正在林旺犹豫的时候，林东猛地一推门，车门打开了，差点把林旺推倒。林东推开车门，冲着不远处的黎志大声喊道："黎书记，您好，我叫林东，林柳村的，我们见过！"

听到林东不远处的招呼，黎志身边乡干部刘文还没等黎志回复，急忙走了过来，一看是林旺，低声问林旺："你这是干吗呢？"

"我家小子非得见书记，我拦不住。"林旺只好一五一十地回答。

"书记这会正和乡长在谈论堂庄村下一步发展，哪有时间？你们村里都打扫干净了？"林柳村也是刘文的管辖区域，刘文催促着林旺赶紧回去。

"好的，我们现在就回去。"林旺推着林东，"有什么话回去再说，书记正在忙，咱们先回去！"

"我不回去，我就要见书记，我就要邀请书记去基地转转！"林东和林旺争执着。

就在三个人僵持中，黎志已经来到了林旺他们的面前，林旺急忙上前："黎书记好，文乡长好！"

"这是怎么回事？"黎志看着眼前的林旺、林东，问刚才走过来的干部刘文。

"书记，这位是林柳村的主任林旺，这个是他家孩子……"刘文还没说完，林东就打断了他的话："黎书记，您好，我是一名返乡创业大学生，去年冬天来咱们乡里调研，我见过您，我想邀请您去我们基地指导一下！"说这话的时候，林东已经看到了在黎志身后跟着的月牙，月牙手中拿着一个本子，正在记录着。

对于面前的林东，月牙的情绪没有丝毫变化，似乎站在自己对面的就是一个陌生人。

"我记起来了，去年冬天是见过一面，不错，大学毕业又回到家乡创业，给你点赞小伙子，你们基地在哪？"听了林东的来意，黎志笑笑问林东。

"黎书记，这是我儿子，也就是种了一些蔬菜，称不上基地，您这边先忙，不给您添麻烦，我们这就回去。"林旺急忙接话。

"你家儿子啊？不错，老林，儿子有出息，刚好这边也结束了，难得小伙子这么有热情，我和文乡长我们一起去看看！小伙子，你前面带路！"黎志对林东笑着说。

"书记，你们先忙，真的不能给你们添麻烦……"林旺听到黎志说要去村里，慌了神。

"谢谢书记！"林东打断了林旺的话，丝毫不顾及林旺的感受，兴奋得像只兔子钻进了车里。

"林主任，你也上车啊？"看着站在车旁的林旺，文乡长文林对林旺说。

"好，好，我也上车，我也上车。"林旺心神不定地钻进了车里。林旺上了车，林东看看车外的电动车，又看看林旺，指指电动车："爸，咱家电动车不要了？"

"要个屁，你小子就天天在这给我捅娄子吧。"说着，林旺急忙掏出手机给林柳村支部书记刘喜打了一个电话："刘书记，你现在在哪？"

"在村委呢，怎么了？"

"黎书记马上就到咱们村了，要去小晨他们的基地转转，你也赶紧过去吧。"

"什么？"正在和村内会计算收入和支出的刘喜，听到林旺说黎志要去村里，腾地一下从板凳上站了起来，慌忙对林旺说："这么大的事情，你怎么不早说？就咱们村这种环境，他来了，咱们不都得挨骂？"

"我知道，我拦了拦不住，现在已经在去的路上了！"

"怎么会忽然间想着来小晨他们的基地看？你在哪？"刘喜着急地问着。

"一时半会也说不清，回去我再给你解释，我现在正在东子的车上，给书记他们前面带路！"

"你们带路？我的林大主任啊，你这是闹哪一出？这样，你们速度放慢点，我这边立刻带着村委干部去基地等着。"见事情已经没有回转的余地，刘喜气愤地挂了电话，对着村委仅有的几个人着急地说："赶紧把自己手头的工作都放下，去刘晨的蔬菜基地！""发生什么事了？"村委干部问。

"别问了，赶紧走吧，黎书记马上就来咱们村了，这弄的都是啥事啊？"刘喜急忙走出村委，上了车，奔着刘晨和林东的基地方向过去。

第二十五章　林柳村"博弈"

离开堂庄村，林东的车在前面带路，黎志的车在后面跟着。林东顺手打开车上的音乐，嘴里跟着哼唱。

"还嫌你老子不够烦啊？把音乐关掉！"林旺回头看看后面的车辆，又看看自家的车速，对林东说："车速再放慢点，放慢点！"

"爸，现在时速不过 25km/h，再慢，就该是推着走了。"林东透过后视镜看看后面的车辆，回顶林旺一句。

"你小子还犟嘴，等过了这事，看我回家怎么收拾你。"林旺又着急地望望后面的车辆。

"爸，不是我说你们，丑媳妇早晚都要见公婆，村里既然都这样了，就破罐子破摔让书记他们看呗，反正书记也不能把你们怎么着。"林东似乎有些幸灾乐祸地对林旺说。

"滚一边去，什么叫作丑媳妇早晚见公婆？你去问问现在哪个村委敢破罐子破摔？"

"这一年来，我也没见咱村委变啥样啊？你看看人家姜里村，一对比，咱们村不是破罐子破摔是啥？"林东似乎不嫌事大，依然刺激着林旺的神经。

林旺着急地看看时间，又看看后面的车辆，没有搭理林东，在他看来，自家的孩子是太不知道天高地厚，这窟窿今天可捅大了。

"他们的车速是怎么回事？"看着林东的车就像蜗牛一般在路上爬行，黎志问文林。

"兴许是老林的儿子刚拿到驾照不敢开吧？"文林笑笑回黎志。

黎志看了一眼窗外，看着窗外道路两旁干巴巴的行道，村民从车旁骑车而过，路上扬起的尘土，黎志若有所思地对文林说："咱们这个乡镇沙质土壤居多，道路两旁得多种树，改善乡内的环境！要以点带面，争取在最短的时间内，

实现全乡的绿化！"

"是的，等明年开春了，就让各个村委继续种树！"文林答道。

"文林啊，不能等明年开春，今年冬季就应该开始种树。咱们走了这么多村庄，你也看到了，路和环境是当下乡内两大攻坚，我们目前给群众修的路还是太少，太少，为什么这么多年西明乡一直发展不起来？没有路，环境不好，谁愿意来投资啊？"

"已经给上面报过了，今年应该会再多修一些路，而且，市里和区里现在对我们这的发展也很关注，村村通公路，应该是没有问题的，村里经过一年多的努力，整体提升了不少。"文林回答说。

"这件事咱们回去还得抓紧开个班子会，听听大家的意见，现在村委委员间还是一盘散沙，得想办法把他们的力量动员起来！"黎志眉头紧锁地说。

"村里富不富，关键看支部，支部堡垒建设好了，村里经济就会发展得快，人心就齐，人心齐了，一切问题就都不是问题。"文林说。

黎志和文林在车内你一言我一语地聊着西明乡的发展，而林东这边，和林旺的嘴仗也一直没有停。

"爸，我怎么觉得您见到黎书记，就像老鼠见到猫一样？"林东透过车内的后视镜诡异地朝林旺笑笑。

"放屁，老子那是尊重上级领导。"说着，林旺拿出手机，又给刘喜拨过去一个电话，语气瞬间变缓："刘书记，怎么样了？你们到基地没？"

"到了，到了，你们现在在哪？"刘喜站在刘晨基地门口，来回踱着步张望着，刘晨在一旁站着，不知该如何搭话。

"我们现在去基地的路上，如果您到了，那我就让东子开快点了！"

"好的，你们抓点紧！"刘喜挂了电话。对站在身边的刘晨说了句："小晨，你是叔看着长大的，一会儿乡里的书记要来你这基地看，这是一件好事，你可要汇报好，咱们村指望着你给争光呢！"

听着刘喜这般的话语，刘晨心里也明白话里个中意思，无外乎就是一会汇报的时候，不要给村委扒窟窿，多讲讲村委是如何支持的。刘晨满脸迎笑答道："叔，我这基地，要没有咱们村委的支持，哪能建得起来？我们一定好好做！"

"好，好，好好做。"听到刘晨的回答，刘喜一边满意地肯定刘晨的回答一

边着急地张望着远方。

话音落下没有一分钟，林东和黎志的车从远处驶来。

"赶紧的，黎书记来了！"刘喜招呼着身边的干部，安排站在基地的门口迎接。

来到基地这里，林东的车刚停稳，林旺就急忙来到了刘喜的面前："刘书记，今天这事……"

"其他的事情回头再说。"刘喜打断林旺的话，朝着黎志的车快步走去。

黎志和文林下了车，刘喜急忙满脸堆笑上前握手："欢迎黎书记、文乡长来我们林柳村指导工作！"

黎志看着眼前刘晨负责的基地，拍拍刘喜的肩膀："老刘啊，年轻人愿意留在家里创业，这就是乡村未来的希望啊！咱们村委可要支持好！"

刘喜忙回："是，书记，年轻人有闯劲，正说这两天向您汇报呢！"说完，朝刘晨使了一个眼色，示意刘晨过去，站在刘晨身边的村干部轻推了一下刘晨："赶紧过去，刘书记让你过去呢！"

刘晨来到黎志面前，刘喜拉过刘晨，向黎志介绍着："这是这座基地的负责人刘晨，是一名退伍军人返乡创业！"

"小伙子，干得不错，我也是退伍军人，你是什么兵种？"黎志伸出手和刘晨握手。

"报告书记，我是陆军。"刘晨挺直身板回答黎志。

"我当年也是在陆军，你在部队多长时间？"

"六年。"刘晨洪亮的声音回答黎志。

"非常棒啊小伙子，年轻有为。"黎志点着头对刘晨说。

"月牙，没想到你会来我们西明乡，今天晨哥对我说的时候，我还不信，你怎么不提前说一声，让我给你接个风？"林东下车后，走到黎志一行身后，直奔到月牙身边，激动地低声问。

"东哥，我是'三支一扶'过来的，刚过来不到一周！"月牙一边记录着，一边低声回林东。

"你应该第一天就对我说的，发个微信就那么难吗？"

"我想着等手头工作忙完，再给你说，谁知道，来了乡里之后，每天都是

忙到晚上十一二点，一拖拖到现在。"月牙说着，拿出手机要拍照。

"忙得连发个微信的时间都没有吗？"林东不依不饶地跟在月牙身后说。

"东子过来，书记叫你呢。"两人正说着，林旺慌忙招呼林东到黎志面前。

"回头聊，今天一起吃晚饭，我和晨哥给你接风。"说完，林东急忙来到黎志面前。

"怎么，小郑来了之后，你们还没见过面？"黎志看着跟在月牙身后的林东，一眼看破。

"啊？"被黎志这么一问，一时林东不知道该如何回答，他没想到黎志还记得月牙，急忙支支吾吾说："刚知道她来咱们乡里！去年寒假在咱们乡里调研回去没多久，我就离校了，后来她是小组组长！"

"那以后你们可要多联系，你们都热爱农业，爱农村，现在的乡村建设，就需要你们这样的年轻人。"文林笑着对林东说。

"收到，文乡长，我们一定好好干。"听到文林的鼓励，林东斗志昂扬地回文林。

"不错，有抱负！老刘、老林，你们看看，如果村内年轻人都像小刘和小林这样，村内发展怎么会不快？"黎志对着刘喜和林旺说。

"是，是，书记说得是。"刘喜附和着。

"刘书记，年轻人回来创业了，咱们村内可要做好服务，村内解决不了的，可以汇报到乡里，我们要扶持好他们！"文林补充说。

"放心，我们一定为他们做好服务！"刘喜拍着胸脯回答。

"黎书记，文乡长，我带你们到基地去看看，你们给指导一下。"刘晨主动邀请道。

"好，到基地里面去看看。"黎志笑呵呵地回了句。

黎志和文林朝基地走去，刘喜在旁边陪同着，刘晨本来是跟在他们后面，刘喜把他拉到了黎志身旁，走成了并排，笑呵呵地嘱咐："刘晨，你给咱们书记和乡长介绍一下基地的发展情况！"

刘晨陪同黎志、文林在基地里一路走一路介绍，听着刘晨的介绍，黎志和文林时而点头，时而问刘晨，见到在基地里干活的村民，黎志也会止下脚步和村民聊会。一路上，刘喜的心都悬在了嗓子那里，生怕刘晨说错什么。但是，

让自己介绍，自己又不知道该介绍什么，只能跟在后面，那一刻，刘喜的肠子都悔青了，如果之前常来基地转转，也不至于现在说什么都搭不上话。

林东跟着队伍走在月牙的身边，问着一些无关痛痒的话，林旺偶尔朝林东咳嗽两声，低声对林东说一句："跟上队伍！"意思是让林东紧跟着书记和乡长的步伐，不要不务正业。林东只是嬉皮笑脸地回林旺："爸，有晨哥介绍呢！我这不是跟着队伍的吗？我再紧跟队伍，都要走到书记和乡长的前面了。"

跟随的干部，听到林东口无遮拦地回答，都笑了，其中一个干部对林旺说："林主任，人家都说儿大不由娘，你这是儿大不由爹啊！这孩子以后肯定比你有出息！"

"这小子不给我闯祸，我就感谢祖宗了。"林旺没好气地接了一句。

在刘晨基地里，黎志和文林看了半个多小时，一圈走下来，所有人都满头大汗，回到老地方，刘喜急忙安排村委的人给黎志、文林他们递水喝，刘晨安排基地里的工人采摘了两个大西瓜切开，递给大家。

黎志接过瓜，咬了一口，连连点头对身边的人说："这瓜不错，够甜，今天咱们吃了他们种的瓜，就不能白吃这口瓜，作为乡、村两级，怎么把年轻人队伍组建起来，怎么让年轻人愿意回来，这是咱们下一步工作的重点之一！"

文林也咬了一口，对刘晨竖起大拇指，说："这瓜口感好，咱们这儿的土地也适合种瓜，以后可以形成咱们村里的品牌，要让瓜走向市场，走向品牌！"

刘喜拿着瓜，啃也不是，不啃也不是，忙接话："是，我们村里种瓜的多，下一步，我们村委就准备建一个西瓜交易市场，让瓜农田间地头就可以把瓜卖出去！"

"这个想法好，刘文，这个事情你负责跟进，不仅是西瓜交易市场，要想着全乡的农产品都能通过这个市场卖出去，应该叫作农产品交易市场。"听到刘喜说建西瓜交易市场，黎志建议。

"书记说得是，就叫农产品交易市场。"刘喜忙回答。

"好的，书记！"刘文答道。

"谢谢黎书记！谢谢文乡长。"听到黎志和文林的话，刘晨和林东兴奋地回应。

黎志接着对刘晨和林东说："你们青年有思想，有想法，但是，你们怎么能

够让当地的农产品有品牌，这是我给你们布置的一个课题，你们回去之后也要好好想想！"

"多谢书记指导，下一步我们就想办法做品牌！"刘晨激动地紧握双手回应。那一刻，刘晨的激动，已经无法用言语去形容。

"西明乡有的是什么？花生、大蒜、西瓜、红薯，这都是当地的财富，但是，直到现在，我都没有看到咱们乡内有拿得出的特色农产品，如何走品牌，这应该是你们年轻人的特长，将来有一天，咱们家乡如果发展乡村旅游了，这都是你们的挣钱机会。"黎志继续点拨着刘晨他们。

"书记，我们也有此想法，我们下一步就是要围绕西明乡的农产品做礼盒，做特产，让全国都知道咱们西明乡的农产品。"经黎志这么一点拨，林东也兴奋地说。

"好，有志向，我等你们的好消息。"黎志转身要走，看着正在记录的月牙，又转身对林东说："对了，以后小郑也加入你们，你们要形成一个团队，我随时从小郑这里了解你们的发展进度！"

"谢谢书记。"听到让月牙也加入进来，林东高兴得几乎要蹦起来，那一刻，林东心里的小九九盘算的是：如果月牙融进来，基地的文案都可以交给她去做了，这是他和刘晨的弱项。

"收到，书记。"听到黎志的安排，月牙答应着，用笔指指林东，似乎有话要说，林东朝着月牙调皮地挤挤眼，这一切都被一旁的林旺看在眼里。

"年轻人在一块做事好，小晨、东子，你们可要好好干了，看咱书记多重视，还专门派了一个特派员。"刘喜笑着接了句。

"刚好，今天也来了，刘书记，去咱们村内转转，我看看经过上一次的观摩，村里环境怎么样了！"黎志猝不及防地对刘喜说。

听到"去村里转转"这几个字，刘喜的脑袋嗡的一声，似乎瞬间炸裂。自从上次全乡观摩后，村内面貌几乎没有大变化，刘喜看看林旺，林旺没有吱声。刘喜只好硬着头皮，满脸堆笑："好的，黎书记，我在前面带路！"

本想着带黎志走两条相对还说得过去的街道转转，谁知，黎志接了句："不用带，咱们车都放在村口，到村内走走！"

那一刻，刘喜看看天空炙热的太阳，虽然万里晴空，但对于他们村委来说，暴风雨马上就要到来。

第二十六章　暴风雨后的宁静

从刘晨基地到村内的路上，黎志边走边询问刘喜村内的情况，刘喜忐忑不安地一一回答着。烈阳炙烤着大地，此时，每个人的脸都晒得通红，衣衫已被汗水打湿，刘喜擦了一把脸上的汗水，看着道路两侧随处可见的垃圾，又看看跟在远处的林旺，此时，刘喜想要暴打林旺的心都有。

走进村内，黎志一行环顾着村内的环境卫生，房前屋后依然有污水横流的现象，柴草垛东一垛，西一垛的，看着眼前的一切，黎志长叹一口气，没有说话。刘喜的额头上大滴的汗珠止不住地往下流着。他倒希望此时黎志能够说些什么，这样一来，刘喜就知道有多少问题存在，下一步具体如何整改。但纵然是黎志不说，自己村内存在的问题，刘喜也是心知肚明，让黎志告诉他，不过是刘喜抱着侥幸的心理希望批评后就完事了。

看着黎志这会儿大跨步地在前面走着，刘喜把求助的目光放在了乡长文林身上，希望文林此时能够替自己说几句。

"看来村内干部还是需要紧紧弦。"一路走来，林柳村存在的问题，文林也是全部尽收眼底。而这半年来，林柳村在全乡的排名，文林心里也是一清二楚，每次虽不是倒数第一，但林柳村几乎总在后 10 名。文林看看走在前面这会沉默的黎志，他打破了沉默，快速地跟上黎志。

"文林，你觉得林柳村这大半年来没有变化的根在哪？"黎志止住了脚步，转身问文林。

黎志、文林止步的地方，刚好是林柳村内一片树林处，树林下面，群众打牌的打牌，带孩子的带孩子，躺着歇息的歇息。

"根就在于村委干部长期以来的应付、松散，把这些不好的行为当成了习惯，他们觉得，可能这次清洁家园和之前一样，也是一阵风就过去了，思想没有跟着时代走，缺乏学习教育。"文林答道。

黎志摇摇头，又转身问身边跟着的乡干部张庆，张庆扶了扶鼻梁上的眼镜，指指刘喜，快人快语地答："让我说，还是这些村内干部没把乡里的话放进心里，什么工作还是处在应付的状态，多罚他们几次就好了！"

"是这样吗？"黎志问刘喜。

刘喜忙抹了一把额头上的汗，急忙回答："黎书记，文乡长，没有的事，每天我们村委干部天不亮都开始拿着扫帚打扫卫生了，乡里每一次下达的任务，我们都会去做！"

"那为什么结果还是这个样子呢？"黎志反问。

"还是我们村委干部的思想认识不够，我一会儿就再给我们村委干部开会，按照乡里的要求，再查找问题，再整改。"刘喜答着。

"刘支书，这还用查找问题，这放眼望去，你们村需要整改的问题都摆着呢。"张庆不嫌事大地指指不远处的草垛和正在从农户家里流出的污水说道。

刘喜看着张庆，恨不得对着张庆就是一顿破口大骂，但是，刘喜却满脸堆笑地回答张庆："张乡长说得对，我们一会儿就开干部会，让大家再加油干！"

黎志摇摇头，长叹了一口气，说："刘支书啊刘支书，你们村委干部就算浑身是铁，又能打几个钉呢？该动员的力量你们动员了吗？"黎志指指树林下的群众。

"该动员的力量？"刘喜顺着黎志指着的方向，看看树林下面的群众。

文林此时已经明白黎志要表达的意思，他看看树林下正在看着他们的群众，对刘喜说："刘支书啊，书记的意思是，你的力量都在那里，那里的力量，你如果发动不起来，村庄想干净，一个字，难！"

刘喜这才恍然大悟，急忙说："对，对，不只开村委会，还要开群众会，让群众也参与进来！"

"乡里每天都在说让你们动员群众参与进来，他们才是美丽乡村建设的群体，到现在，咱们干部和群众还是隔海相望。你这也叫乡里布置的任务都完成了？"文林严肃地对刘喜说。

"是，文乡长，我们一会儿就开群众会。"刘喜忙说。这会儿，刘喜别说给自己辩驳了，随行的干部你一句我一句地问，都已经让刘喜应付不过来了。

黎志没有再对刘喜说什么，径直走到树林前，对所有正在树林下纳凉的群

众说："老乡们，你们好啊！"刘喜看黎志走向了群众，急忙跟了上去。

听到书记向自己问候，群众里炸开了锅，好事的林二对着身边的村民说："这是咱们乡里的书记！"

"听说对村干部要求可严了。"

"可不是咋地，村委干部都怕他！"

"怕啥？又不是老虎，还能吃了村委干部不成？"

人群里，你一言我一语地偷偷议论着。

"老乡们，大家都静静，我是咱们乡里的书记，今天来咱们村里看看，刚好看到大家在乘凉，想听听咱们乡亲们对村里建设的意见！"

"意见？"人群里低声议论着，议论了一会儿，人群中传出了一个声音："书记，啥时候我们村的路能给我们修一修啊！"

这个声音一出，紧接着，人群里炸开了锅，纷纷说着：

"书记，我们想修路！"

"对啊，先把我们的路修了！"

"修路，我们要路！"

"大家不要争，一个个地说，或者找个代表说。"黎志对着炸开锅的人群安抚着。

"好，那我来说。"从人群中走出来一个村民，胡子拉碴，穿着一条大裤衩，一双沾满泥的拖鞋里钻着一双黝黑的脚。

"土生，回去。"刘喜一看是张土生，村内出了名的刺头，低声喊着土生的名字，对他摆着手示意他回去。

张土生看了一眼刘喜，站在黎志的对面，问黎志："书记，俺村的路啥时候能修啊？俺们最大的诉求就是有条出村的路，毕竟村内不是每个人都像我们村书记一样能开得起四个轮子的车！"

土生说完，人群里"哄"的一声笑了，刘喜此时急得直跺脚。

"路肯定是要修的，但全乡那么多村委，总要一个个的村委来。"黎志回道。

"对啊，路总是要修的，这样对我们说的乡领导不止您一个了，大家说是不是！"土生对着身后的人群问道。

"是！"人群齐刷刷地回道。刘喜看着眼前的阵势，着急、紧张却又毫无办法。

看着眼前的场面，和站在人群中间的土生，黎志心里已经有了大概，他看着张土生笑着问："你们修路的心情，我当然能够理解，但是，你告诉我，如果你是这个乡党委书记，全乡这么多条路都等着修，你怎么分配？"

"我……我……我又不是乡党委书记，我怎么知道怎么分。"张土生支吾着不知道该如何回答。

"土生，书记让你当，你就当呗。"人群中有人起哄着。

"扯犊子，我要能当乡党委书记，咱们村的路我早就修了！"张土生回头骂着刚才接话那人。

"那你就永远不可能当乡党委书记。"黎志听到张土生的回答，回了句。

"为啥？"张土生不服气地问。

"全乡不止你们一个林柳村，几十个村委都等着修路，就因为你是乡党委书记，你就先修你们村的，你这私心，怎么当得了一个乡的党委书记！"黎志回道。

"我……我……我也不稀罕当，俺村的路你就说能不能修吧。"张土生胡搅蛮缠地说道。

"路，肯定是要修，但是，这决定权不在乡里，而是在你们！"黎志故意卖着关子说。

"在我们？"张土生呵呵笑着回头对身后的村民似带有挑衅的语气说："大家听到没？咱们乡党委书记说，修路在咱们，那咱们明天就让修，大家说行不行？"

"行！"张土生身后的村民又是齐声回应着。

"好，明天可以修，只要你们一晚上能够把你们村的卫生打扫干净，房前屋后没有柴草垛，污水不横流，垃圾不是遍地都是，明天就给你们修路！"黎志也坚定地说。

"书记，您这不是开玩笑吗？这村内的污水，到我们这几代人都是这样的生活方式了，村内没垃圾，那还叫农村吗？您要是不想给我们修路，您就直说，何必这样来为难我们？"张土生似乎很有道理地回黎志。

人群中又是一阵议论。

黎志冲着人群再次示意停止讨论，大家声音渐小之后，黎志接着说："乡亲

们，你们修路的心情我可以理解，但是，如果说我们村内的污水横流问题不解决，到时候路修好了，没两年还是会坏掉。如果咱们房前屋后堆积的柴草垛不清，就是有路的指标来了，它们占着道，路又怎么能修？"

人群中你看看我，我看看你，没有人接话。

"乡亲们，路，咱们肯定是要修，只要咱们村内的环境好了，污水不横流，房前屋后没有堆积的杂物，村内没有漂浮着的白色垃圾，这路咱们随时都可以修！"

"那得啥时候才能修啊？"人群中有人问。

"看你们。现在大家也看到了，每天咱们的村委干部都是一早拿着扫帚在打扫卫生，但是，光靠村委这几个人打扫，这么大一个村庄，什么时间能够打扫干净？如果我们人人都参与进来，那速度就快多了！"黎志看时机成熟，开始了润物细无声的美丽乡村建设宣传。

"乡亲们，咱们书记已经说得很明确了，只有我们大家都动起来，一起参与到清洁乡村中来，咱们的路很快都能修！"文林趁势添了一把柴。

"那如果我们村把环境打扫好了，到时候路还是不给我们修怎么办？"张土生犹豫地问。

"如果到时候路还没给大家修，我黎志来向全村村民谢罪！"

"书记，您谢罪，我们受不起。我们只想修条路，您是不知道村里到了下雨天的情景，到处大坑小坑都是水，碰上卖瓜卖蒜时，人家外面的车都不来，即使来了，我们这的也总是比其他地方便宜一两毛，都是同样的东西，为啥我们这的就要比别人的贱呢？"张土生似乎满肚子委屈，向黎志倒着心中的苦水。

黎志看了一眼站在一旁的刘喜，刘喜看着黎志锐利的眼神，惊慌失措地站着，黎志语重心长对面前的张土生和所有群众讲道："乡亲们，我们西明乡不止你们村是这样的情况，很多村和你们村是一样的，但是，只是靠乡里的干部，靠村里的干部来建设我们的乡村，力量都是有限的，乡里可以给大家申报路的指标，可以给大家对接项目，我们却不能每个村都跑到给大家打扫卫生。我们要明白一个道理，乡村的主人翁还是我们群众，我们是世代生长在这里的，如果我们这一代不想办法去改变它的面貌，我们的下一代将会和我们一样，嫌弃它，继续生活在脏乱差中。我们要树立主人翁意识，这样一来，干群一心了，

我们就一定会把家乡打扫干净，路铺到家门口，我们的农产品也卖个好价钱！"

黎志讲完，人群中的哄笑声没有了，议论声也没了，每个人你看看我，我看看你。

"好，书记，有你这番话，我们干！"经过黎志一番话，张土生也被打动了，带着头回答。

"我们干！"

"不就是卫生吗？干！"

现场所有人附和着。

"谢谢乡亲们！"听到村民的表态，黎志眼圈湿润，深深地对面前的群众鞠了一躬，文林以及跟随的干部也同黎志一起向面前的群众深鞠一躬。

第一次感受到乡干部向自己鞠躬，人群中响起了持续不断的掌声。

"书记，只要我们村路修了，到时候，我们村民集体去给咱们乡干部送锦旗！"张土生对黎志表态。

"锦旗就不必了，我等你们村的好消息，我也盼望咱们村的路早点修。"说完，黎志对身边的文林说："群里通知，晚上七点半，乡班子成员和包村干部到会议室开会！"

此时，夕阳已经落山，余晖洒在黎志他们走过的那条路，洒在黎志发间的白发丝上，每个人的身影在余晖下，被拉得很长很长。

第二十七章　黎明前

黎志、文林回到乡政府的时候，夜幕已经悄然落下，政府大街的路灯下，偶尔有一两个人影走过，整条大街由白天的热闹变得宁静。政府院内，会议室内的灯光格外亮堂，透过窗户望去，有两三个人影在里面忙碌着。

傍晚六点半，林东给月牙打电话约晚上一起吃饭，要给月牙接风。月牙拒绝了，因为晚上七点半的大会，群里通知说得非常明确，请假的人员需要给书记或者乡长打电话。月牙刚到乡里，自然是不愿意因为一顿饭就向书记或乡长打电话。林东只好改了时间，并在电话里面告诉月牙："有些事情想和你聊聊。"虽然月牙不知道林东说的"有些事情"是什么，但月牙心里清楚，今天在基地，黎志对林东说的让月牙和他们对接，林东一定是放到心里去了。

晚上七点，大会议室内陆陆续续开始进人。月牙到会议室时，会议室已经零零散散到了十几个人，大家围在一起，丈二和尚摸不着头脑地在议论为什么这么晚开会。

"你们村庄整改得怎么样了？"

"这几天恨不得天天吃住村里盯着他们干！"

"你分管哪个村委，干劲咋样？"

大家讨论的话题，几乎都是和村庄环境卫生整治有关。你一言我一语，听上去，似乎村庄内的环境整治并不是太理想。

正在大家讨论的时候，黎志端着一个水杯走进了会议室。一看黎志进来，正在讨论的干部瞬间各自坐回到了各自的座位上，有摆弄手机的，有打开笔记本佯装写些什么的，似乎都害怕自己的目光和黎志对视。

黎志环顾一眼会议室，又看看台上，对几名干部说："把台上的桌子全部搬到里面的房间去，只留一张发言的。"

按照黎志的吩咐，几名年轻的干部快速上台，麻利地把台上的桌子撤到了

里面的房间，整个台上只留下一张发言桌。

黎志坐在第一排，看着会议室内挂着的钟表，距离开会的时间还有二十分钟。此时，文林也拿着笔记本走进了会议室，径直走向第一排，坐在了黎志的身边。

"文林，今天你主持，每名包村干部五分钟发言，让他们讲自己分包村庄的环境整改进展情况。"文林刚坐下，黎志就说道。

"好的，书记，是该让包村干部都讲讲了，从今天转一圈来看，效果并不理想，他们也该检讨一下了。"文林接了句。

黎志想了想，问文林："你觉得按照区里提出的打扫庭院、开门迎宾，咱们乡里目前缺少的是什么？"

"缺少的应该是干部对这场环境行动的认识，乡内干部的思想还是没有提升到一个高度认识的阶段。"文林接着回答。

"也不完全是这样，这场行动，不仅仅是干部思想，群众也很重要。经过近一年的努力，我们虽然在环境卫生上取得了一些成绩，但是，距离我们要达到的目标还有一些距离。目前，整个全区都一样，就看哪个乡镇先出彩了，西明乡，作为离区里较远的一座乡镇，到了咱们这一届，总要干出个样子来！"

"是！通过一年努力，虽然大家的认识是提高了一些，但是还不够。"

"所以，我觉得是咱们的工作思路需要调整，目前缺少一套机制，能够让全乡干群都动起来的机制，前期我们定的那个机制应该再提升一下。"黎志思索着说道。

"现在我们乡里这个机制目前来看，也发挥了作用，但是，对于当下发展这个阶段，的确需要再整合一下！"

"所以大会我们要开，小会还要开，我们要深入研究一套适合我们当下乡镇发展的机制。我们还要走出去，去吸取那些发展好的乡村经验，国家乡村振兴战略，对于西明乡的现状而言，是机遇也是挑战。"黎志顿了顿，又似自言自语地说："西明乡得变啊！"

坐在第二排的张庆，听着两个人的对话，在本子上记录着，过了一会，抬头看看时间，刚好七点半，张庆往前探头插了一句话："书记，时间到了，该开会了！"

"等会议结束，我们再讨论，按照刚才说的，你主持，等大家都发言结束后，我这边再讲，现在开会。"对文林说完，黎志又回头对张庆笑着半开玩笑说："老张这是着急开会回去睡觉的吧！"

"书记，睡觉都是小事，主要是您平时对我们讲的，要有时间观念。"张庆狡猾地回了句。

"老张啊！"黎志说完这三个字就没再说其他什么话，似乎这三个字里包含着多层意思。

时钟走到七点半，文林走上台开始主持会议。在会议正式开始前，文林让当天值班的干部进行全场点名，点名结束后，有三四名干部既没有到，也没有请假，黎志当场发火："没规矩不成方圆，把这几个人员名单递到乡纪检处，明天约谈！"

"他们都习以为常了。"张庆低声说了句。

"这是什么坏毛病，以后大会，再不到不请假，直接不用来上班了！"黎志似乎听到了张庆说的话，又接了句。

张庆赶紧低下了头。

点名结束，文林和黎志目光碰触了一下，黎志点点头，文林拿起话筒，先是鞠了一躬，这是黎志定下来的规矩，凡是开会、发言，任何人都要先鞠躬后讲话，即使是黎志自己，也不例外。

鞠躬后，文林开始讲话："同志们，大家晚上好，可能我们在座的每一名干部都很疑惑，为什么这么晚召开会议？通过这几天和黎书记在村内走访、调研，发现我们村委自从上次开完会之后，依然没有大的动静，如果我们全乡的环境整治工作依然按照大家当下这个速度推进，那么，晚上开会，从今天开始，这仅仅只是一个开头。通过走访，发现很多村委依然存在怠工、推推动动，不推不动的现象，这都什么时候了，我们还像蜗牛般一样在爬行？一年多了，我们在大环境治理中的确取得了一些成绩，但是，我们不能躺在功劳簿上睡大觉不前进。今天走进林柳村，看到村内的现状以及群众的态度，发现了一个很严重的问题，那就是咱们村里干部根本没有做到上传下达。群众甚至到现在，在美丽乡村建设过程中，还是在睡大觉。这样下来，西明乡怎么发展？所以，这么晚开会，就是让咱们每名包村干部来汇报你是如何带着你包的那个村干的，每个人五分钟！"

文林说完，台下面一阵议论声。

"谁先来？"文林看看台下议论的干部，问道。

没有一个人举手。

文林目光看向谁，谁立刻把头低下，或者是迅速拿起笔，打开笔记本。

文林看看黎志，黎志没有表态。文林再次问了句："哪个村委包村干部先分享？"

依然没有人回答。

"既然这样，那我就按照点名册上的名单排了。"说着，文林点了堂庄村包村干部王磊的名字，听到自己的名字，正在低着头的王磊站了起来，对着文林说："文乡长，要不让其他干部先讲，我还没准备好！"

"这需要什么准备？让你讲你所包村庄的环境进展情况，说实话就好。"黎志接话了。

听到黎志发话，王磊只好硬着头皮走到了台上，站在台上，拿着话筒的手不断地颤抖，始终没有说出一句话。

"王磊，你这平时在下面挺能侃的，这会咋怂了？"张庆调侃道。

"这样，让老张先上去讲。"黎志听到张庆此时口无遮拦的玩笑话，对文林说。

"书记，我不会讲。"张庆急忙接话。

"不会讲，你在这说什么能话，你先讲。"说着，黎志让台上的王磊下来，让张庆上去。

张庆从王磊手中接过话筒，看了王磊一眼，王磊朝着张庆幸灾乐祸地一笑，慌忙回到了自己的座位上。张庆走上台，站在台上对着大家鞠了一躬，扶了一下鼻梁上的眼镜，说："大家晚上好，这几天我跟着书记也走了几个村庄，整体村庄面貌偏差，有些村庄的环境还是老样子，我觉得还是咱们包村干部不卖力，还在应付了事！"

张庆话音一落，台下坐着的包村干部有斜眼看张庆的，一片唏嘘。张庆此时这番话，在大部分包村干部的心里是属于"站着说话不腰疼"，毕竟，张庆不是包村干部。

"大家议论什么？想说的人到台上去，老张说的不是事实？讲得不错，接着说！"黎志听到台下的议论，大声训斥道。

瞬间，会场又安静了。

"书记，我就不讲了，我也只会说这么多。"张庆站在台上笑着说。

"还没有到五分钟。"黎志看看时间，说。

一年多下来，黎志为了锻炼干部的讲话水平，解决干部不能讲，不敢讲，不会讲的问题，采用这样的发言方式不止一次。张庆看看表，又看看台下，此时的心里格外矛盾，如果讲，肚里似乎有一大堆话要说，但是，说出来，肯定得罪一大部分人。但看看黎志，态度明显是，不够五分钟，张庆就只能在台上站着。

张庆站在台上，只好硬着头皮接着说："我认为，咱们每个包村干部把村委当成自己家了，那卫生就没有打扫不干净的，关键还是提高认识！村里干部只要把群众动员了，就没有办不成的事。"

"说得容易，认识提高了，到村里没人听你的，不还是没用？"台下不知谁小声嘀咕了一句。

这话黎志和文林都听到了。还没等黎志说话，文林就把话筒从张庆的手里要了过来，让张庆回到座位上，对着台下说："刚才谁说的？"

台下瞬间鸦雀无声。

"敢说就要敢承担，如果自己说过的话，都不敢认，工作怎么可能做好？"文林说了句。

话音刚落，一名干部站了起来："文乡长，我说的！"

"好，把掌声送给他，文林，把话筒给他，让他说！"黎志带头鼓掌，所有干部也跟着一起鼓掌，但心里都在疑惑，这掌声不知是鼓励还是批评。

尹军走上了台，接过话筒："书记，乡长好，我是刘河村的包村干部，乡里安排的整治村内大环境，作为一名包村干部，我想谈谈我的看法！"

黎志点点头："你说！"

"自从区里开展'清洁家园'环境整治以来，一年多的时间，我们村庄也变化了许多，但是，和乡里的要求还有一定距离。大环境整治，对于村庄来讲，这绝对是一件好的事情，但是，做起来却也是一件难的事情。对于老百姓来讲，几十年来，都是那样生活过来的，整治不整治，似乎对他们的生活影响不大，而且村庄大整治，几十年的垃圾都要清运，上大型机械设备，肯定就要涉及资

金投入问题，就拿我们刘河村来讲，村里本来就没有集体经济，哪里有钱上机械？我们也想做好，关键群众的老思想，一时半会也很难去改变他们，这就造成了工作当下的被动，不是我们不想做，但有时候真的是心有余力不足。"尹军在台上滔滔不绝地讲着，眼看着超过了五分钟。张庆按捺不住地咳嗽了一声，吸引尹军注意，尹军看向他的时候，张庆对尹军使使眼色，指指表，尹军看了张庆一眼，只管讲，没有理会。

尹军讲的过程中，黎志一直在本子上记录着。

大概过去了十多分钟，尹军讲完，黎志再次带头鼓掌，这次台下的掌声比刚开始的掌声更为热烈，似乎尹军的一番话，道出了在场所有包村干部的苦水。

尹军下台后，文林正要继续点名包村干部上台，黎志把话筒接了过来，走上了台："还有人主动上来讲没？"

大家你看看我，我看看你，没有出声。

"刚才尹军同志讲的过程中，我一直在认真地听，认真地记，从大家的掌声中，也能听出大家共同的心声，把掌声再次送给尹军同志！"

台下又是一阵掌声。

掌声结束后，黎志稍作停顿地说："从小尹同志的发言中，我也能听出大家现在面临的困难，一是缺钱，二是缺人，对不对？"

台下虽然没有人说话，但大部分包村干部点点头。

"如果我们有人、有钱，所有人都能把这事办了，还要我们干部干吗？"黎志的话锋忽然一转。

台下又是瞬间寂静。

"是，一年来，我们西明乡一部分村庄在环境卫生上的确发生了大的改变，但是，当下，我们西明乡所有村委面临的问题都是村集体经济薄弱问题。但是，我们如何补上这个短板，这才是我们应该考虑的。遇到问题，我们要想办法解决问题，而不是问题出现了，坐在这里抱怨。没钱，我们要想办法找钱，如果说没人，那就是我们干部没有走访到位，西明乡在全区的人口排在第一，我们竟然说没人，这说出去难道不是一个笑话？"黎志似批评地说。

"我希望在座的所有人记住，将来西明乡的蓝图一定是乡村旅游，这是我们在座所有干部共同的目标，我们就是要创造一个奇迹，在没有钱的情况下，

依靠我们干群把西明乡干出一个样子来。从今天开始，我不希望再听到有干部说没有人，你的人都在村庄里，不发动他们参与到乡村环境治理中来，你所管辖的村庄永远不可能打扫干净……"

黎志站在台上整整讲了将近一个小时，从干部如何在村内开展工作到如何发动群众参与，一个小时里，黎志没有停，台下村干部的笔在本子上沙沙的声音也没有停止。

黎志讲后，又有几名包村干部主动走到台上现场表态，下一步将如何带着村里的群众干。

这场会议九点半结束，散会后，离得近的包村干部开车回家，离得远的干部就住在了乡里宿舍。会议结束后，黎志并没有休息，而是把文林叫到了自己宿舍，研讨下一步如何解决村委钱的问题，两个人关于西明乡的发展，西明乡如何全乡动员，建立一个如何的机制探讨到很晚。

文林离开时已经凌晨一点，黎志洗漱后，躺在床上翻来覆去睡不着，想到包村干部的分享，想到白天在林柳村里群众的期盼，按照常规来管理当下的西明乡，很难有大的飞跃，西明乡下一步如何走？怎样走？走向何方？这些都成了黎志心头的结，这一个个问题，需要他和这一届乡领导班子给出答案。这一晚，他失眠了。

第二十八章　大胆的设想

次日，天刚蒙蒙亮，黎志宿舍的灯就亮了起来。文林听到黎志房间内传来哗啦啦的水声，看看时间，刚刚五点，文林打了一个哈欠，伸伸懒腰，也从床上爬了起来，简单洗漱，推门出去的时候，刚巧黎志也开门。

"书记，昨天睡那么晚，您怎么不再睡会？"文林说着，走到了黎志的身边。

"一堆事在脑海里，睡不着，刚好你也起来了，我们一起到村里转转。"黎志把身上披着的外套往身上裹了裹。

"好。"文林随手带上了门。

此时的乡政府，院内格外地安静，只有几只麻雀在院内两棵大杨树上叽叽喳喳地叫着。

东方开始逐渐露出鱼肚白，此时的政府大街，街灯渐弱，但路上的行人还寥寥无几，街上的早餐店里已经有了忙碌的身影，摞了好几层的蒸笼上面冒着热气，黎志从门口路过时，还和店内的老板笑着打了招呼："生意兴隆啊老板！"

"书记，乡长早。"听到黎志打招呼，正在摞蒸笼的中年男子边摞蒸笼边笑着和黎志、文林打招呼。

"你忙着。"说完，黎志和文林就径直地朝村里走去了。

"文林，看到没，他们脸上的笑容多好啊。"黎志看着道路两边扫帚扫过的痕迹，感慨地对文林说。

"就像您说的，群众都是好的群众，就看我们干部如何引导了！"文林回了句。

黎志左右看看姜里村的街道，眉头有些紧锁，似乎在思索着一些什么。

"书记，您在想什么呢？"一年多的搭班下来，黎志的一举一动，文林都能猜到一些。

"我们做得还不够，离群众期盼的目标还远着呢。"黎志说完，加快了脚步。两个人走进村里，已经有两三名干部在村内打扫卫生，黎志、文林和他们打了招呼。

"文林，如果我们想要打造乡村旅游，你觉得现在最缺少的是什么？"从村干部身边路过后，黎志再次若有所思地问文林。

黎志说这话的时候，文林想起了一年前刚来乡里的场景，也是这条路，但是，那个时候，眼前的街道还不是这样。虽说是乡政府所在地，但当时杂乱的街道，房顶上到处搭建的铁皮棚，光秃秃的道路两侧，一个巨大的垃圾坑在村庄中央散发着恶臭。别说打造乡村旅游了，当时就连"清洁乡村"这四个字，西明乡都不沾边，更不敢想象打造乡村旅游了。

但再看现在，一年多的时间，村庄面貌发生了翻天覆地的变化。但黎志问乡村旅游，文林愣了一下，接着回答黎志："就像您说的，目前缺一套适合当下西明乡发展的机制，只靠干部弯着腰干，村庄发展速度会非常地慢，村庄发展速度慢，乡村旅游的路也会放慢！"

"西明乡已经迈上了一个新的征程，现在再这样摸黑干下去，只是环境卫生提升再提升，带不来经济，我们必须改革、创新。"说到这里，黎志像是忽然间想到了什么，问文林，"对了，市政府规划的那条横穿西明乡南北的道路现在进展怎么样了？"

"正在和市里、区里积极对接，预计不出两个月就要动工，沿线涉及我们乡里七八个村庄，还有一些田地补偿问题，还涉及一个村庄的部分搬迁工作！"

"现在沿线群众知道要修这条路吗？"

"知道！"

"群众态度如何？"

"前期干部挨家挨户走访过，有支持，但也有怀有抵触情绪的群众！"

"这条道路修起来之后，将对我们西明乡的发展带来很大的带动，会让西明乡从原来的闭塞成为临港区、中心城市、市区的黄金三角地带，会对我们招商引资有很大的帮助，这条路，也是我们西明乡打造乡村旅游的黄金大道。我们一定要做好群众思想工作，过程中可不能出任何的差错！"黎志嘱咐说。

"明白，书记！"

"今天周几？"黎志忽然问了句。

文林看看手机："周六！"

"上周大家休息没？"

"没有！"

"等一会儿你在群里通知一下，除了正常的值班人员，其他人员可以休息一下。下周开始，没有特殊情况，所有干部吃住在乡，白天工作，晚上开会，什么时候探讨出一套适合当下西明乡发展的机制，什么时间再回家！"

"行，一会儿我通知一下。"文林答道。

两个人又在村里转了一圈，便回到了乡政府。

早上七点，文林在办公室按照黎志的吩咐在群里发了一条通知，通知刚发，就有一连串地回复："收到！"

紧接着，文林就听到乡政府院内沸腾的声音：

"老张，走了，回家陪孩子去！"

"老刘，一会儿我蹭你的车走啊！"

"一说过周末，看把你们给乐腾的，吃了早饭再回去也不晚，媳妇跑不了！别一会儿跑到半道，书记、乡长再把你给召回来。"张庆正端着碗朝厨房走去，不知道接了谁的一句话。

"老张，你要不想休息，在乡里加班也行。"黎志刚好出办公室门，听到张庆的调侃，接了句。

"书记，我回去，吃了早饭就回去。"张庆急忙笑呵呵地接了句。

看着从面前路过的乡干部脸上的笑容，黎志对身边干部感慨了一句："也该让大家休息休息了，不休息好，怎么能工作好？"

清晨，月牙被手机一连串的通知声吵醒，听着窗外大家的吵闹声，也起了床，伸了一个懒腰，翻看完群里的信息，月牙长舒一口气："终于能够好好过个周末了，想想，自从来到乡里，几乎没有一个完整的周末！"

月牙简单洗漱一番，吃了早饭，乡政府院内仅剩下几名值班干部。回到宿舍，扒拉着手机，忙碌惯了，忽然闲下来，月牙开始有些不习惯。刚好此时，林东打来了电话："月牙，这周你们休息不？"

"打电话真是时候，来你们乡镇这么长时间，过第一个周末！"

"那真是太好了，一会我去接你，中午一起吃饭！"林东电话那边兴奋地说。

"接我？去哪里？"

"来晨哥基地啊，不是昨天给你说了嘛，有事要和你商量！"

"什么事？"

"保密，来了你就知道了！"说完，林东挂了电话。

挂了月牙电话，林东又急忙给刘晨拨通电话："晨哥，我现在去接月牙一会儿去咱们基地！"

"你小子又想干吗呢？同学来不能提前吱一声啊！"刘晨正在大棚里忙碌，接到林东电话，看看自己沾满泥土的鞋子，又想起早上没有刮胡子，这形象怎么见人？

"吱，晨哥，我已经吱了，咱们基地见……"也是没有等刘晨回复，林东就直接挂了电话。

刘晨掏出手机，打开手机上的相机，对着相机照照自己的形象，嘴里骂骂咧咧了一句："这臭小子，一天天净给我找事。"说着，就把剪刀递给了身边正在一同劳动的师傅："刘叔，我回家一趟，一会过来，您先修剪着！"

"小晨今年有多大了？"

"快三十岁了，怎么了，叔？"刘晨被老刘一问，有些疑惑了。

"是该找朋友了，咱们村像你这么大的，有的娃子都两三个了！"老刘笑呵呵地回了句。

"说啥呢，叔，来的就是东子的一个同学，现在在咱们乡里上班。昨天来过咱们基地。"刘晨把裤腿放下去。

"你看看，叔也没说啥，年轻人啊，叔也是过来人，赶紧回去吧！"老刘又笑笑。

刘晨本想再说些什么，但看看时间，没有再接老刘的话。开车回家里的路上，刘晨脑海中浮现出和月牙第一次见面的场景，那一刻，刘晨的心有些乱了。

林东收拾一番，准备出门时，对刚从外面回来坐在厨房吃饭的林旺说了句："爸，我去咱政府一趟！"

"啥？你要去哪？你小子还嫌昨天祸闯得不够大？"听说林东要去政府，

林旺正在夹菜的筷子猛一下放在了碗上，把啃了一半的馒头也放在了餐桌上，站了起来。

"爸，你看你，这激动啥呢？这不是响应党的号召，我去接一下我学妹去晨哥基地，书记不是昨天说让她和我们对接吗？就是来过咱家那个，你见过的！"林东瞅着激动的林旺只想笑。

"书记只是随口一说，你小子还当真了？再说了，现在人家是乡里干部了，你小子说话有点分寸。"林旺听说是找月牙，这才安了心，又坐回了板凳上，拿起了筷子。

"知道了，爸，要是干部都是你这样的性格，咱村咋发展啊？我走了，妈。"说着，林东走出了大门，开车离去。

"你瞅瞅这小子说的啥话？啥叫都是我这样的干部村庄咋发展？"林旺对正在收拾厨房的李兰说。

"好了，你还和孩子一般见识上了？孩子大了，有自己的思想了，再说，也到了该出窝的时候了！"林母笑着安慰林旺。

"他小子该出窝？就怕出窝时，连咱家这窝一起拆了！你是不知道昨天他给我闯多大的祸，村委干部看我的眼神，对我说话的语气，那阴阳怪气的，什么老林啊，你家可攀上高枝了，那高枝谁爱攀谁攀去，我才不稀罕。"林旺没好气接了句。

"你年轻的时候做事不也是这么莽撞？孩子啊，随了你的性格！"李兰笑着安慰林东。

"老子年轻的时候也不像他，不对，哪有老子像儿子的，算了，不吃了，没胃口，村里还要开会，我走了。"说着，林旺把没吃完的馒头放在桌子上，站了起来。

"把汤喝了再走啊！"

"不喝了，给我放着，回来喝。"说着，林旺走出了家门。

第二十九章　三个年轻人的思想碰撞

林东开着车一路哼着歌，到乡政府接上月牙，直奔刘晨基地。到了基地，林东把车刚停稳，急忙下车帮月牙开车门。月牙下车的时候，林东又刻意用手帮月牙挡着上面的车顶，就像在迎接贵宾一般。看着举止反常的林东，月牙问："东哥，你这客气得让我有些害怕！"

"我爸说的，您现在是乡里干部了，让我对您客气些。"林东阴阳怪气地回着话，一句一个"您"字。

"你可算了吧东哥，别说我现在不是你们乡里干部，就算是你们乡里干部，就你这献殷勤的态度，我都觉得必须离你远些。再说，过两年我就离开这了！"月牙看着眼前的一切，和一年前比起来，生机了不少。

"那可不好说，说不定找了个意中人嫁到我们这里，根都在这了，还能跑哪去？"林东笑着回应，没等月牙回答，就毛里毛糙地冲着基地喊："晨哥，我把人接过来了！"

喊了几声，没有人回应，林东只好挨个大棚找刘晨，走进黄瓜棚，看老刘正在修剪瓜果，问老刘："刘叔，晨哥呢？"

"你给他打了一个电话后，他就回家了，说是换衣服来着。"老刘回了林东，又刻意看了月牙一眼，乐呵呵地回了句。

"今天有啥大事啊？还回家换衣服？"但回头看看正在四处张望的月牙，林东嘴角露出一丝邪魅的笑，心里打起了小算盘。

"东哥，你们这种的现在都是往哪里销呀？"月牙没有注意林东的表情，看着眼前生机勃勃的一切，问林东。

"天南海北都有。"说着，林东走到月牙身边，右手食指摸着鼻子一侧，试探性地问道："月牙，你现在有没有男朋友啊？"

"没有！"月牙脱口而出，但立刻警惕地看着林东，心里打着小鼓，难道林

东把自己叫到这里说"有事"，就是为了表白？想起刚才林东邪魅的笑和一系列不正常的举动，月牙后退了两步说："东哥，我向来是把你当学长对待的！"

"你想啥呢？就你这野生东北虎的性格，也不是我喜欢的类型。"林东见月牙误解了自己的意思，急忙回了句。

"那就好！"月牙舒了一口气，但瞬间反应过来，捶林东一拳："你说谁野生东北虎呢？"

"好好，我野生东北虎好吧，我是野生东北虎性格。"林东佯装投降的样子。

"你俩这聊啥呢？这么热闹！"刘晨出现在两人面前，林东和月牙刚才互怼时，刘晨在车里全部看在了眼里，在刘晨眼里，两个人的互怼却是"嬉闹"，刘晨长长舒了一口气，下了车，佯装镇定，面带微笑地来到两人面前。

看着面前穿着整齐的刘晨，林东用手肘碰碰刘晨，挤挤眼说："晨哥，你今天有些不正常啊！基地有啥大事啊今天？"

"怎么就不正常了？不就是换了一套衣服吗？没有大事，就不能穿正式了？"刘晨佯装漫不经心地回答。

"没有大事？平时可没见你在咱们基地里这么讲究啊，这一看就有小心思，难道是思春了？"林东口无遮拦地说。

"你小子狗嘴里就是吐不出象牙来，说什么呢？"刘晨慌乱看了一眼月牙，回怼林东。

"东哥，要没正事，我就先走了。"听着林东不正经地一会儿一个玩笑，月牙有些生气了。

"别走啊，好了，不开玩笑了，叫你来当然是有正事，走，咱们到办公室说。"林东见月牙急了，忙止住了正在八卦的话题，回到正题上。

到了办公室，招呼月牙坐下后，林东对刘晨嬉皮笑脸说："晨哥，你先招呼着，我去咱们地里摘一些鲜瓜给月牙吃！"说着，不等刘晨回应，就走出了办公室，似乎故意给刘晨和月牙创造机会。

林东一离开，整个办公室空气瞬间变得寂静。刘晨烧上一壶水，坐在了月牙对面，从桌子上的盒子里翻找着茶叶，眼神躲闪，不知道该说些什么。要说平时和别人谈合作，刘晨的嘴巴能一直叭叭说个不停，但是，一旦面对女孩，刘晨就容易脸红，结巴，更何况对面坐着的还是月牙。

水烧开后，刘晨拿出杯子，问月牙："你喜欢喝什么茶？"

"都可以。"月牙回了句。

"那就喝红茶吧，女人喝红茶好。"刘晨夹出一些红茶放进杯里，倒上些许热水，洗茶后，把茶水倒上，放在了月牙面前，又重新坐回了月牙对面。

"你喝茶。"两个人同时脱口而出。说完，两个人尴尬地笑笑，月牙端起茶杯问刘晨："晨哥，今年基地收入怎么样？"

"啊！"听到月牙问，刘晨先是一惊讶，接着急忙回应："还好，比去年效益还要好一些！"

"现在我们这里的产品都是通过哪些方式在销售？"月牙又问。

"有的是开车直接送到周边的市区，有的是小商贩自己过来拉，不一定！"刘晨回道。

"昨天跟着书记在我们基地转了一圈，感觉和一年前相比，做得更好了！"月牙端起水杯，又喝了一口茶，似在品茶却又似在消磨时间。

"这两年又承包了村里群众一些地，现在，我正在和东子商量着，今年要不要再扩大规模！"刘晨给自己也倒了一杯水。

"就是东哥和你不找我，我也想找你们一趟。昨天书记说让我们多对接，回乡里之后，书记也对我说，我们要打造农产品品牌，农业方面我不是很懂，以后晨哥你们多指导，我个人觉得农产品想要卖得好，就像书记说的那样，肯定要有我们自己的品牌！"月牙把杯子放到茶几上，思索了一下，对刘晨说。

"是的，一直也在考虑怎么做品牌，现在做的都是种了卖，虽然也挣钱，但是挣得不多！"

"现在政府给我们搭建了青年创业平台，我们要学会借船出海，在这个平台上，我们再做我们自己的平台，我们就有了话语权！"月牙说了句。

"我觉得这个主意好，我们就是要搭建我们自己的平台，把我们的平台做大做强。"林东抱着一个西瓜走了进来，刚好听到月牙说"平台"二字，兴奋地接了句。

"但是，搭建平台也不是一句话的事，需要的是一个团队，没有团队的合作，这件事还是办不成，目前只是靠着一两个年轻人的力量，这事成不了。"月牙给林东泼了一下冷水。

"现在我们三个不就是一个团队吗？你说咋搭建平台？我和晨哥听你的。"林东坐了下来，切着瓜问月牙。

"我们三个人也是远远不够的。"月牙说。

"三个臭皮匠赛过一个诸葛亮，怎么不够？"林东把瓜放在桌子上，笑嘻嘻地回答月牙。

"你和艺姐联系过没？"月牙没有接林东的话，岔了话题问林东。

"你是说刘艺？偶尔联系，怎么了？正说平台呢，你怎么说起她了？"

"艺姐现在正在做自媒体，听说做得还不错，我觉得可以和她聊聊！"月牙接了句。

"月牙，你这不是闹吗？咱们做农业，她做自媒体，这八竿子打不着的联系，和她有啥聊的？再说了，刘艺的性格，我又不是不知道，她对农业一窍不通。"林东把切开的瓜递给月牙。

"确切说，是你和晨哥你们做农业，我下乡两三年后，我还要回城市工作。艺姐虽然对农业不通，但是，她对农业喜欢，而且自媒体现在发展是一个势头，我们可以通过她的优势，把品牌打出去。"月牙回了句。

"我都说了，这是我们的农业，你还心心念叨着回和你不沾边的城市呢？你呀，就安了心在这待着吧，以后就是我们西明乡的媳妇了。"林东说这话的时候，瞅瞅刘晨，刘晨也没注意到林东的眼神，听了林东的话，只是微微一笑，没有接话，在刘晨的心里，错误地以为林东这些话，是认定了月牙是未来的媳妇。

"你怎么说，也改变不了我回去的决心，在对接这段时间里，我会照黎书记说的，对接好！"那个曾经在"三农"调研组倔强的月牙似乎又回来了。

"咋地，不是黎书记说的，你就不管了？认识这么多年了，你说你哪都好，就是脑子缺一根筋，我都不知道那城市有啥好的？农村创业又有啥不好的，你看晨哥我俩，多自由，哪像上班族，还要朝九晚五的。"林东说完，大口啃了一口瓜。

"东子，人各有志，你就不要把自己的思想强加到她身上了，人在哪发展都能发展好。"刘晨中间打着圆场。

"晨哥，让我说，你也是一根筋，算了，不聊这个话题了，我们还是聊聊

下一步咱们怎么做吧？"林东本想帮刘晨一把，但看刘晨一直不上路，也就不再说其他了。

"前两天，有个做红薯加工企业的老板和我对接，说可以签订订单农业，在咱们这种新品种红薯，他包回收，今年我准备在基地试试，你们觉得咋样？"刘晨问。

"可以，基地面积也大，引进一些新品种试试也未尝不可。"月牙答道。

"我觉得不行，我们基地种什么都是规划好的，没有闲余的土地。咱们可以动员群众一起种，和群众一起受益，这样一来，节省土地了，也节省人工。"林东反驳说。

"东子，你刚开始接触农业，还没有实验就带着群众一起做，风险太大，做好了，群众都会说你好，做不好，到时候我们都没法收场！"刘晨不赞同林东的提议。

"我赞同晨哥的说法。"月牙答道。

"我坚持我的意见，要做就和群众一起做，如果做好呢？咱们这叫带动群众一起致富，晨哥，在做新项目上，我觉得咱们不能有私心！不要怕老百姓跟着我们一起挣钱！"

"这不是私心不私心的问题，农村情况你还是不了解！"刘晨给林东做着思想工作。

"我就知道只要能带着他们挣钱，他们就跟着干！"林东不服气地怼刘晨。

"那如果不挣钱反而赔钱了呢？"刘晨反问林东。

刘晨这个问题，林东并没有直面地回答，而是兴奋地向刘晨和月牙谈论着自己在农村的美好愿景。

三个人因为要不要和群众一起种和品牌打造探讨了一上午。最后，林东靠着自己三寸不烂之舌，说服了刘晨和月牙，前提是，林东负责去做群众的思想工作，前期不做太多，控制在一百亩之内就可。但林东这个决定，最终还是印证了刘晨说的那句话：带着群众做新项目，切不可一拍脑门做决定！

第三十章　弯道超车

村干部休息了一个周末，周一上班，按照黎志对干部的要求，所有班子成员吃住在乡，白天下村督导村庄环境整治，到了晚上，开会研讨西明乡下一步如何更好地发展以及模式在原有的基础上如何创新。经过半个月时间探讨，在之前初步形成的"十大片区"基础上，西明乡形成了一个全新的管理体系"四队三会一社"，这套体系，也为西明乡接下来的发展提供了充足的动力。

最后一次探讨会上，文林看着每个人因为近半个月连轴转而显出疲惫的神情，首先开了头："经过半个月的探讨，我们研讨出了西明乡新的管理体系，这套体系，将对下一步西明乡发展起到决定性作用。如何更好地让体系落地，这就需要我们各条战线上的同志们，积极地发挥主观能动性。和之前不一样的是，我们把十大片区划分为五大片区，把十大指挥部合并成为'四队三会一社'，这个决定，也是考虑到当下发展的需要。这次我们所有班子成员都分到了三四个村庄。一来，是让大家真正地做到脚沾泥土到群众中去，二来，也是考虑到我们有些干部之前坐在办公室，不接地气，处理起群众事情，没有底气，是英雄还是好汉，我们各自村庄建设上比比看！"

文林说到这里，环顾了一圈，大家的精神状态依然有些欠佳，甚至，还有的干部听完打了一个大大的哈欠。文林看看黎志，黎志示意文林接着讲，文林继续给干部鼓舞着士气："今天坐在这里的每一位同志，都是西明乡未来蓝图的绘画者，我们应该打起十二分精神来。虽然半个月来，大家与家人聚少离多，甚至有的干部中间一次都没有回过家，但是，当未来有一天，我们西明乡游客纷至沓来时，那个时候再回头看，现在所有的辛苦都是值得的，我们在座的每个人，也都将成为西明乡建设的功臣和开创者。"

"好！"张庆鼓着掌插了一句话，张庆这一鼓掌，参会的干部也附和着鼓起了掌，会场氛围由刚才的压抑变得稍微缓和。

"老张，你来谈谈你的看法，你对这个'好'字如何理解？"黎志听到张庆答话，让文林坐下，让张庆站起来讲。

张庆站起来，习惯性地扶了扶鼻梁上的眼镜，看着大家，笑眯眯地说："书记，我就觉得咱这个体系好，你要让我讲具体如何好，我也讲不出太多大道理，别人没有的，我们敢创新，就是好的。"张庆话音刚落，会议室便有了低声议论的声音。

此时，朱磊在本子上写了一行字推到刘文面前，刘文低头瞟了一眼本子上的字："老张不包村，真是站着说话不腰疼。"又看了朱磊一眼，把本子给朱磊推了回去。坐在朱磊另一边的梁田发现了两个人的"小动作"，伸手想把朱磊面前的本子拿过去看写了什么，朱磊一下子把本子合上了，笑着对梁田说："没啥看的，没啥看的！"梁田倚靠在座椅上，指指朱磊："老朱，你这人啊！"

"你包了几个村？"听到张庆说，黎志顺势问张庆。

"书记，我就包了一个村，跟着刘文乡长片区干的，我这能力目前包一个村刚好！"张庆嬉皮笑脸地回黎志。

"老张啊，你啥都好，你这耍嘴皮的功夫用到工作中，水平最低的是包十个村庄。"黎志听着张庆油嘴滑舌的话语，点拨着张庆。

"我也觉得是，老张这水平可以当片区长，就是太谦虚了。"梁田跟着应声了。

张庆生怕黎志顺着梁田的话音接话，急忙说："梁乡长开玩笑呢，就我这水平怎么能胜任得了？"

看张庆也说不出个门道来，黎志摆手让张庆坐下，张庆探着头试探地问了句："书记，要不给大家休息十分钟，抽根烟或者上个洗手间？"

黎志看看时间，不知不觉一个小时已经过去，黎志说："那就按照老张的意思，大家休息十分钟，十分钟后再开会，会议结束后，如果想回家的，今晚就不必住在乡里了！"

黎志话音刚落，会议室里响起的掌声比刚才的掌声更响亮。而此时已经晚上九点。

刚散会，就有干部掏出手机给家里打电话："今天给我留着门，这边开完会我就回去，衣服早该换洗了！"

黎志也站了起来，走向窗台处，望着窗外，似乎在沉思着一些什么。

"书记，一会开会要不让大家自由探讨，就不一个个发言了，您看这样行不？"文林走了过来，站在黎志的身边问道。

"行，一会让大家自由说，开会时间尽量控制在一个小时，我看大家最近也的确累了！"黎志看着眼前挺拔的竹子，听着竹子在风中沙沙作响的声音，黎志深呼一口气后又深吸一口气。

"是啊，大家最近的确都挺累的，这个体系落实了，各司其职，或许会好些，说不定还能在其他乡镇推广！"文林答道。

"体系好不好，现在你我都暂且下不了定论，有了体系，大家能不能用好，这也是一个关键点。这段时间以来，之所以像紧螺丝一样拧我们干部的思想，就是为了让大家能够应对下一步更加紧锣密鼓的工作任务，哪一个地方的发展不需要经历艰苦奋斗？从艰苦奋斗中来，大家才会更加珍惜劳动成果。"

"我觉得大家是能理解的，毕竟，现在乡村建设的号角已经从中央吹向全国大地，这对西明乡来讲，也是几十年来难得的发展机遇！更何况，我们之前那套体系已经运转了一年多，体系的效果，大家都是看在眼里的。"文林说。

"文林啊，乡村振兴这条道路任重而道远，乡村振兴，靠谁振兴？谁是乡村振兴的主体？而乡村振兴的受益者最终又是谁？这些问题看似简单，其实里面的内容很丰富！建高楼好建，关键是根基要打牢，现在西明乡处于的阶段，就是打根基的阶段！"

"书记，十分钟到了，该开会了。"张庆座位的位置刚好离黎志和文林站着的窗户处近，张庆小声提醒着。

黎志回头看看张庆，似开玩笑又似认真地对张庆说："老张啊，让休息的人是你，提醒开会的人也是你，你这时间观念还真足！好，开会！"

黎志也提了提精神，走进会议室。

"门口站着的人，赶紧进来了，开会了、开会了！"张庆大声招呼着还没有入会场的人。

所有干部刚全部落座，黎志站起身，没有任何预兆地对所有干部鞠了一躬："最近这段时间大家辛苦了，我代表西明乡群众感谢大家！"黎志弯腰的瞬间，会场掌声一片。掌声过后，黎志语重心长地讲道："知道大家最近很辛苦，

确切地说，这一年多来，大家都一直绷紧弦在工作。这半个月来，我们白天要下村，晚上还要坐在这里开会。辛苦不？让我说，辛苦。谁不想下班了，回到家和家人吃一碗热乎的饭？谁不想下班了，回到家陪着爱人孩子？但是，因为你是西明乡的干部，在西明乡发展的关键时期，我们就不能掉链子。这个时候，如果我们稍微打个迷瞪，可能机会就没有了。我想问我们在座的大家，我们有没有想过，未来的西明乡会是一个什么样子？"黎志看着大家，大家你看看我，我看看你，没有人回话。

"西明乡到了我们这一届，不能再脏乱差下去了，乡村振兴的号角已经在全国吹响，现在不是我们要不要干的问题，而是当下形势告诉我们，我们必须干。等有时间了，我们还要走出去，去看看人家的乡村建设是怎么做的。只有走出去了，才能引进来！现在我们西明乡别说打造美丽乡村了，连最基础的清洁乡村长效保持还都达不到，怎么能更上一个层次？我们这一届苦点累点，西明乡就会发展快点。作为基层国家干部，我们也是离群众最近的，我们不能说我们这一届非得做出一些什么样的丰功伟绩，但是，等我们这一届任期期满，不能让群众指着我们的脊梁骨骂没作为！"

黎志这番话似乎给所有干部打了一针提神剂，大家眼里此时已经没有了困意，专注地盯着黎志，听着黎志的讲话，时而在本子上面认真地记录着。

"不同之前的体系，今天，我们全乡划分片区，把全乡群众按照不同年龄，不同岗位进行分工，探讨出了一套适合西明乡当下发展的'四队三会'体系。这是乡村建设上的创新，也是探索，也是我们所有干部的智慧结晶。可能在以后的工作中，这套体系还会改动，但是，万变不离其宗，我们最终的目的就是让全乡的群众跟着我们一起动起来，富起来。只有大家都参与了，那才是大家共同的乡村，而不是只是我们干部干，群众在看，那样，即使现在清洁乡村初步达到了，群众没有理解里面的含义，还是不会持久保持下去。所以，在剩下的时间里，大家自由交流，各谈看法，不用站立！"说完，黎志坐下了。

黎志话音刚落，四片区片长刘文站了起来："我觉得这半个月来天天开会是值得的，就像书记说的，不能等我们这一届走了，西明乡的群众指着我们骂，要做就做好，按照这套体系，我有信心把我负责的几个村庄的群众带好！"似乎黎志的话刚才触动了刘文，刘文语气中带着刚硬和激动，说话过程中，手指

似乎还有些颤动。

见刘文发表意见了，朱磊在刘文屁股刚挨着板凳之际，麻溜站了起来说："我觉得这个体系也非常好，我们三片区也有信心把我们片区的几个村庄打造出来，充分把群众的积极性调动起来！"

刘文和朱磊两个片区片长都发言了，其他三个片区的负责人也不甘落后，纷纷站起发表着自己的观点。听着大家信心百倍的话语，看着大家瞬间打起的精神，那一瞬间，坐在会议室角落里的月牙感受到了从未有过的力量。这份力量，虽然不知道从什么地方而来，但月牙心里那一刻认定，西明乡用不了多久，一定会创造出一个乡村建设上的奇迹。

第三十一章　堂庄事件

"定了算，说了干"，自从西明乡定下来"四队三会一社"模式之后，不仅乡干部忙了起来，就连村内的群众比之前的工作干劲也更足了。每天开完会，乡政府瞬间"空院"，所有干部都赶着到自己的一亩三分地动员群众，做群众工作。村内就如打仗一般，工作群里的汇报信息有时候一天能达上千条，清洁村庄行动也从之前的"推推动动"成了"磨不推自转"。青年、老年、妇女、儿童，只要是西明乡在册户籍的村民，对于乡政府正在进行的"清洁家园行动"几乎达到了无人不知、无人不晓，而且，从上到下参与到了乡村建设中来。

西明乡全乡掀起的如火如荼的干群清洁家园行动，再次惊动了祥顺区委。祥顺区委书记王禾木走进西明乡调研后，不仅对西明乡迅速响应区里号召，积极开展"美丽乡村"再升级行动给予了高度评价和肯定，而且调研后，又多次带领全区乡镇党委书记走进西明乡，现场听取西明乡的治理经验，号召全区乡镇干部向西明乡干群学习。

西明乡从原来在全区的次次评比垫底成了"网红村"，前来学习的周边乡镇干部纷至沓来，首战再次打响，黎志心里别提多高兴了。

"文林，今天感觉怎么样？"在送走了又一批前来学习的乡镇干部之后，黎志招呼着文林到自己的办公室。

"给乡镇介绍经验的时候，心里别提多自豪了，以前谁敢想别的乡镇来咱们西明乡学习，都是咱们西明乡给他们垫底！"文林发自内心地回道。

"激动的还在后面，这才是一个开始，以后的西明乡，要一天比一天美，一天比一天好！说不定等发展更好了，都会有省外的乡镇来学习！"黎志给文林倒了一杯水，递给文林，接着问道："现在我们向上级申请的道路指标进展如何了？"

"都审批下来了，现在到哪个部门签字，他们都在讨论我们西明乡，签字

也很快，预计到今年年底，我们全乡就能达到村村通公路！"文林激动地说。

"那就好，路是我们西明乡的一块心病，路通了，对我们下一步招商引资就更有优势了。这件事情你一定要盯紧。"黎志想了想，又说，"另外，你再通知一下，凡是清洁行动提前完成的村庄，优先给他们修路！"

"好的！我现在就通知下去！"文林站起来，准备离开，黎志又叫住了文林："对了，现在连通我们西明乡南北的那条明港大道是不是马上也要动工了？"

"是的，具体动工时间市里已经定了下来，现在涉及的片区负责人和村民干部正在和群众商量补贴事项！"

"好好好，现在西明乡是一件好事接着一件好事，看来，我们离打造乡村旅游的目标更近了。"听到文林说明港大道马上开工，黎志激动地说。

"书记，没其他事，我就去通知各片区负责人关于修路的事情了。"

"好，你去吧！"

文林刚出黎志办公室，二片区负责人梁田就凑到文林身边说："文乡长，有些事情想和你商量商量！"

"有什么事商量老梁？走，上我办公室说！"文林爽快地笑着对梁田说。

文林到办公室，按照刚才黎志说的，先把关于"优先修路"的奖励通知发到班子成员群，然后，放下手机问梁田："怎么了，老梁？"

"也是关于路的事，您看您能不能和咱们黎书记说说，先把我分管那几个村庄的路给修一修，这样，下步工作就更好开展了。"梁田打着小算盘笑着对文林说。

"老梁，这事可没得商量，刚才我发通知的时候你也听到了，我刚从黎书记的办公室出来，按照村庄整治进度安排铺路，这是定下来的规矩，我也改不了！"

"可是……可是我们村毕竟涉及明港大道的包赔工作，现在能修一两条路，可以稳一下民心。"梁田有些着急了。

"老梁，明港大道穿过咱们乡镇六七个村庄呢！而且其中一个村庄还涉及拆迁，不能因为你们在沿线，就破了这规矩啊！再说了，明港大道修通不是更利于村庄发展了吗？这民心还需要稳啥？群众应该高兴还来不及呢！"文林不以为然地笑笑。

"文乡长，我们觉得修路对他们是好的，但村内有部分群众还是不理解，一听说占他们的地有补贴，现在有的群众都开始在地里栽树了！"梁田有些无奈地说。

"这种风气必须遏制，这是市里的工程，我们西明乡这几个月来的打造，也素以群众配合、群众觉悟高著称，这个时候出乱子，那还了得？"文林的语气有点变了。

梁田叹了一口气说道："我怎么能不知道啊！关键是有些群众现在不理解，有些群众抵触情绪还很严重……"

"老梁，这就看你如何给群众做工作了，再说了，如果有部分群众抵触情绪严重，是村内修一两条路就能解决的吗？"文林刚才平缓的语气变得有些严肃。

"自从我分管这个片区以来，也没少给群众开会，有时候为了解决问题，在群众家里做思想工作能做到半夜。晚了，就住到村委会，这些苦都不算啥，大部分群众也是配合的，但是，总有一两个群众的思想是解决不了的！"

"解决不了，是因为没有对症下药，就像黎书记说的，没有解决不了的事，只有解决不了事情的人，还是你们的工作没有做到位！"

"不瞒你说，文乡长，现在村内有的群众听说沿线的树木也补贴，有的在地里插树枝，有的从外面买便宜的树苗往上面种！"梁田支支吾吾地对文林说。

"这种情况从什么时候开始的？"文林意识到了问题的严重性。

"昨天开始的，本来想着不给咱们乡里汇报，能解决就解决，但从目前来看，问题有些棘手！"

"你们这不是胡闹吗？发现这种情况应该第一时间汇报到乡里，现在马上市里都要来验收准备修路了，你们弄出这个事，让我们如何给上面交差？"文林拍了拍桌子。

"所以，这不是来给您汇报了！"梁田语气中带着委屈。

"现在才汇报，这都过去一天多了，这一天多会有无数个变数，老梁啊，你说你怎么这么糊涂？这会儿了，还想着要路的指标呢！"文林在办公室来回踱着步，想着办法。

"文乡长，这事要不先不和黎书记汇报，我怕黎书记知道了，村内的路就

没指望了。"梁田似乎此刻还没有意识到问题的严重性。

"老梁啊老梁，你怎么到现在还是不明白，现在不是路的问题，是群众思想出了问题，就是把全村的路铺了又能怎样？现在我们的当务之急是怎么解决群众的思想问题，怎么能够让明港大道顺利开工！汇报肯定是要汇报，目前这事，你说，怎么向黎书记汇报？"文林看着眼前依然执着于修村内路的梁田，心急火燎。

"我现在也没有更好的办法了，要是有办法，我也不会把问题再交给咱们乡里。"梁田似有种破罐子破摔的态度。

"这就是你现在的态度？"文林彻底被激怒了，叫上司机小刘对梁田说："走，我现在跟你去村里，看看村里现在究竟是一个什么样的情况！等我看后，回来再向书记汇报！"

"好，好。"梁田急忙从板凳上站了起来，跟随着文林上了车，去往堂庄。

第三十二章　堂庄事件升级

　　驱车十分钟，文林一行来到堂庄村，还未进堂庄村，就见到路上有两三村民三轮车上放着一车看上去快要干巴的树苗，飞快地驶向村庄。进到村内，街道上还有人正在吆喝着卖树苗，看着眼前的形势，文林意识到事情远比自己想象的更要严峻。

　　"你赶紧给堂庄村支部书记赵福打电话，让他上村委会来。"文林看着眼前的情况，对梁田严厉地说道。

　　"好，好。"梁田急忙掏出手机，给赵福电话打了过去："赵书记，你现在在哪？"

　　电话那边传来嘈杂的声音，赵福大声说道："我正在村内给群众做思想工作，你和文乡长说村里修路的事情没？"

　　文林听到赵福电话里也还在说修村内路的事情，一时气急败坏，一把夺过梁田手中的手机，对着电话那边吼道："你现在立刻到村委会来，我在村委会等你！"说完，便挂了电话。

　　"都是糊涂！"文林把电话递给梁田，说了句。

　　"您别生气，文乡长，事情总有解决的办法。"梁田看着动真气的文林，劝说着。

　　"眼前这场面就是办法？老梁啊老梁，你还真是稳坐泰山，暴风雨都要来了。"文林此刻心里如十几只猫在抓挠一般。

　　赵福挂了电话，迟疑了一下，当反应过来是文林的声音后，赵福急忙对身边的村干部低声说："你在这边先给大家讲着，文乡长来咱们村了，在村委会等着，我得过去一趟！"

　　"好的，赵书记，您赶紧过去吧！"

　　赵福正要离开，又转身回来对面前七八个群众说："都是一个村的，有问题

说问题，大家一定不要争吵！"说完，就上了车。

"咱们书记这是溜了？"

"我们地里的补偿怎么说？"

"凭什么他们地里的树补钱，我们的不补？"

赵福刚走，村民就围住了留下的村干部小杨。

赵福赶到村委会的时候，文林已经在村委会等了五六分钟，赵福满头大汗赶忙走到文林面前，笑容满面地打着招呼："文乡长，您怎么来了？"

"现在你们村里什么情况？"文林强压着怒火，示意赵福坐下。

赵福看看梁田，梁田眼睛眨巴两下，左手上下动动，赵福理解了，梁田让他放心大胆地说。

"文乡长，现在村内整体环境卫生群众非常配合，我们已经为村内铺路做好了一切准备，随时等着路的指标到我们村内！"赵福以为文林不知道群众种树阻工，依然瞒着关于明港大道的事情。

"其他没有了？"文林追问。

"赵福，说重点，说树。"梁田在一旁站不住了，提示着赵福。

"树？"赵福看看梁田，被梁田的提示有些蒙了。

"就是明港大道，群众抢种树的事情。"梁田把话挑明了。

"您都知道了，文乡长？"赵福试探地问道。

"我要不知道，这西明乡的天都能被你们捅个大窟窿！这事是瞒得住的事吗？"文林指指天，气愤地说。

"现在我们也正在做群众思想工作，让后来栽树的群众把地里的树苗拔掉！"赵福紧张地回道。

"结果呢？现在一车车的树苗还在往村里来，这就是你们做的工作？"文林站起身，指着村委外面吼道。

虽然黎志和文林也来过村庄调研多次，黎志也因为村内环境卫生差发过脾气，但文林这么大的火，赵福还是第一次见到，赵福也站了起来，站在那里，不知道该说什么。

"文乡长，您别动气，刚才赵书记不是说了，正在村内给群众做着思想工作，他们都是一个村的，相信群众会理解的。"梁田劝说着。

"老梁，我就问你一句话，这个村庄工作你能不能拿下？这件事情能不能摆平？明港大道能不能如期开工？如果不能，我换其他人来包这个村。"文林左手中指用力敲着桌子一连三问梁田。

"绝对能，文乡长您放心，一会我就给村委干部再开会，然后对村内思想存在误区的群众挨家挨户再去做思想工作。"一听说要换人，梁田急了，倒不是文林让不让他干的问题，而是再怎么说，自己在乡里也十几年了，因为问题解决不了换人来包堂庄村，他心有不甘。

"好，这是你说的，明天上午我这边要你的结果，如果还是这个情况，那我只能换人，我现在回去给黎书记汇报这件事情，你就留在村里吧！"说着，文林走出村委，坐车准备离开。

赵福听到文林回去要和黎志说，急忙赶了出去，拦下文林的车。文林把车窗摇下来问："还有什么事情？"

"文乡长，您和黎书记说的时候，能不能稍微婉转一些，您也知道黎书记的脾气……"赵福似讨好地说。

"好了，我知道了，你们赶紧开展工作吧。"文林看着赵福难看的脸色，只好勉强答应回了句。

回到乡里，文林直奔黎志办公室，敲开门走进去，黎志正站在西明乡全乡的地图面前认真看着。一见文林进来，急忙招呼文林兴奋地说："文林，刚好你来了，我正准备给你打电话让你来一趟！来，你看！"

文林见黎志正兴致勃勃研究全乡规划，走了过去。还没等文林开口，黎志接着指着地图说："你看，明港大道这样连通之后，能带动咱们西明乡七座村庄，这样从南到北的大动脉就连通了，我们离港区就更近了一步，这交通一便利，来咱们西明乡投资的商人就会多起来，到时候啊，咱们就不叫招商引资了，而是招商选资！"

文林看着地图上明港大道那条线，"堂庄村"三个字就如一把剑插在那里。

"文林，你在想什么呢？"看着文林紧盯着地图也没有搭话，黎志问道。

"哦，没什么。"文林这才回过神。

"你找我有事？"黎志问道。

"是这样的，有件事需要向您汇报一下！"文林犹豫着回了一句。

"有什么事？坐下说。"黎志坐回到办公桌那里，让文林也坐下。

文林坐下后，思索了一下对黎志说："书记，堂庄村可能出了一些事情！"

"可能出了一些事情是什么事情？"黎志以为只是一些小事，很平静地问道。

"群众不知道从哪里听说了田地里的树木也补贴钱，有群众动起了其他心思，在地里栽种树苗！"

"这个问题好解决，树木补贴按照一个时间截止点，凡是过了这个截止点再栽种的树木统统不补贴不就行了。"黎志依然平静地回复。

"我刚才去村里看了一圈，有群众还拉着树苗进村，村内还有正在卖树苗的！"

"这种事情发生多久了？怎么没听梁田汇报？"黎志听文林说到这里，语气严肃地问。

"老梁在村内给我立下了军令状，说一定能够解决这件事情，保证明港大道顺利开工！"

黎志听完，思考了一下，对文林说："老梁这人爱面子，这是大家都知道的事情，但这个问题，如果真像你说的这样，老梁一个人加上村委干部不一定能解决得了。这件事咱们不能等，必要的话，你我还有其他乡内干部都要去堂庄村做群众思想工作，这叫村庄之间的互相支援。无论如何，我们必须保证明港大道在我们西明乡顺利开工！"

"明白！"文林回道。

黎志看看窗外阴沉沉的天气，对文林说道："看来今天晚上要下雨，或许这场雨能给我们争取一些做群众思想工作的时间！"

但是，让黎志和文林没想到的是，这场雨却让堂庄村部分群众的思想更加偏执，让西明乡乡内干部一夜未眠。

第三十三章　堂庄村雨夜里的灯火

天气果然如黎志说的那样，到了晚上，小雨就淅淅沥沥下了起来。堂庄村的事情此时已经在乡政府传开，大家见黎志和文林都没有离开乡政府，也都意识到了事情的严重性，自觉留下待命。整座乡政府灯火通明。

"你说这次堂庄村的事情，老梁能解决不？"吃过晚饭，闲来无事，朱磊走进刘文的宿舍"串门"。

刘文在自己的片区群里边发着信息边回朱磊："这事情谁说得准，依照老梁的性格，应该没问题！"

"我看不见得，如果能解决得了，为啥书记和乡长都没走？这明港大道眼看就要开工了，这个时候堂庄村出这样的乱子，只怕这个月排名，老梁要垫底了！"一向和老梁工作上"明争暗斗"的朱磊，话语里有几分幸灾乐祸。

"你就不要操人家片区那么多心了，想想自己片区工作怎么整吧，你们片区现在所有村庄环境都达标了？"刘文并没有顺着朱磊的话接下去，而是岔开了话题。

"达标不达标还不是那回事？那面大墙上天天电子屏村委排名你又不是没看到？总之，目前是不落后。"朱磊顺势躺在了刘文的床上。

"回自己床上睡去，弄床上一床土，我这晚上还怎么睡觉？"刘文说着，拉朱磊起来。

"让我说，你就是假干净，又不是弟妹在这？床上再干净，晚上你不还得抱着被子睡？"朱磊打趣着刘文。

此时，文林在办公室过一会儿就给梁田打一个电话，不停地询问村内的具体情况，梁田电话里反复回复："正在给群众做着思想工作，文乡长放心，一定能解决！"

挂了第五通电话，文林实在坐不住了，走到黎志的办公室，敲敲门："书记，休息了没？"

"没呢，进来吧。"里面传来黎志的声音。

文林走了进去，进到黎志办公室，一股艾草味扑鼻而来，文林看着办公桌上正在煮着的艾草，关心地问："书记，是不是您的痛风又犯了？"

"没事，一到阴雨天都是这个样子，来，坐。"黎志此时走路已经有些跛脚。"现在堂庄村那边情况怎么样了？"

"老梁说还在给群众做思想工作。"文林回道。

黎志听着窗外的雨声，比傍晚时候雨声更紧了，心思沉重地说："看来我们都要去堂庄村了！"

两人正说着，文林的电话响了起来，文林一看是梁田的，急忙接电话，还未等文林询问情况，电话那边就传来了急促的声音："文乡长，不行了，控制不住了，现在地里群众在撑着伞、打着手电筒栽树！"

"走，招呼上其他片区的负责人，一起去堂庄村。"黎志听到地里此时已经是"星星点灯"，顺手拿起椅子上的一件外套，跛着脚往外走。

"要不您别去了，我和其他片区负责人一起去。"文林看着黎志艰难走路，此时也顾不得梁田那边还在说什么，直接挂了电话，着急地追着黎志出了办公室门。

"没事，十几年都是这样了，你赶紧群里……不，不要群里通知了，万一有的睡了，直接吆喝，让所有在岗的干部一起跟着去！"黎志吩咐着。

"所有在岗的同志，现在去堂庄村，老刘、老朱、李升、曹亮……"文林一一点名。

"这是什么情况，难道堂庄村出大事了？"朱磊听到文林在政府院内响亮的声音，一骨碌从刘文床上爬起来，好奇地问刘文。

"不管什么情况，赶紧走吧。"说着，刘文拿起屋门后面的伞，出了宿舍门。

不出五分钟，所有在乡内留守的干部迅速集合，黎志只吩咐了句："情况紧急，大家不用开那么多车，出发！"

说着，黎志招呼着文林和自己坐一辆车，准备出发时，张庆在车后跑着说："书记，我也坐你们的车！"

"赶紧上车！"文林招呼着。

张庆上了车，车朝堂庄村的方向飞快驶去，在黎志的车后面紧跟着五六辆车。

"我就知道老梁摆不平这事。"张庆刚上车坐稳，就说了一句。

"老张，有些话不该说就别说，这个时候需要的是团结一心，而不是在一旁看笑话。"黎志语气严厉地回了一句。

"我没那个意思，我的意思是问题早发生早解决！"张庆辩解着。

黎志和文林都没有接话，张庆自觉没趣，也就没再说话。

"书记，咱们是去村委还是去地里？"文林坐在副驾驶位上，转身问坐在后排的黎志。

"直接去地里。"黎志说。

车一路朝着明港大道堂庄村方向驶去，还未到堂庄村田地里，远远就看到有一片灯光在地里晃动着，绵延很长。

"就在那里停车。"看着地里闪烁着的灯光，文林对司机说道。

车来到堂庄村地界，刚停稳，黎志和文林就赶忙下车，看着眼前地里闪烁着的灯光，黎志低声咳嗽了几声。

司机小王要给黎志撑伞，被黎志推向了一边："不用！"

此时，所有在岗的乡干部都来到了黎志的面前，梁田也出现在了黎志面前。

"老梁，你不是说没问题吗？眼前这种情况，你说怎么办？"黎志问梁田。

"书记，我也不知道事态怎么会发展到这个地步，本来群众思想工作都做通了，谁知道，大家一见有栽树的，也跟着栽了起来！"梁田战战兢兢地汇报着。

"找源头，现在所有在场的干部听着，有一个算一个，到田地里给群众做思想工作，无论正在栽种什么树木，一律停止！"黎志看着面前这片灯光，顾不得追究梁田的错，部署着工作。

黎志一声令下后，所有在场干部走向了田地里，开始给正在栽树的群众做思想工作。黎志也要往田地里去，再次被文林拦住了："书记，下着雨，田地里都是泥，您腿还痛风，您在这坐镇，我们去！"

"文林啊，领兵打仗有一句话，跟我上和给我上是两个结果。"说完，黎志就走向了田地。

文林急忙也跟了上去。

黎志走到两个戴着头灯正在栽种树苗的老人那里，问道："老乡，这么晚了还下着雨，你们老两口这是干啥呢？"

老人头也没抬，把一棵树苗直接按到了地里，踩了两脚说："听说要修路，地面上有树苗也会有赔偿，就和老伴就一起来栽一些！"

黎志听后，看看文林，文林对老人劝导着："大叔，补贴的是那些已经栽种一两年以上的树木，咱们临时栽的，算不得数！"

"算不得数大家都在栽？你看看这周围，不都在栽？"说完，老人又把一棵树苗按到了地里，身旁的妇人提醒老人："你刚拿那棵没有根！"

"有根没根都一样，只要地里看着有这一棵就行，再说了，一修路，这都得拔。"老人回应着。

听着两个老人的对话，黎志亮明了身份："老乡，我是咱们乡里的党委书记，我可以很肯定地告诉您，您栽种这些是不在补贴范围之内的，别说您的，今天晚上您看到的在栽种的树，这些统统不算数！"

老人正准备按树苗进土的手停住了，抬头仔细看看黎志，瞬间把树苗丢在了地上："黎书记，怎么是您？"

听着老人的语气，看着老人激动的神态，黎志和文林互相看了一眼，不明白老人为何会瞬间这么激动。

"我是天天跟着村委打扫卫生的老刘啊，您到我们村走访的时候，去过我家里，看我家庭困难，还给过我两百块钱呢！"老人湿漉漉沾满泥巴的手紧紧握住了黎志的手。

黎志脑海里回想了一番，是有这回事，黎志也紧紧握着老人的手说："刘大哥，您怎么也会参与这种事？您这是糊涂！"

"都说有补贴，看大家都在栽，我就也买了一些便宜树苗，想着也栽一些，我刚栽了几棵。"老人语气中带着惭愧。

"补贴是补贴已经栽种一两年的那种，别说没补贴，就算是有补贴，咱们也不能这样来套国家的钱啊！"

"我知道错了，给您添乱了，一会儿我就和老伴我们把刚栽的全部拔掉。"老人擦擦脸上的雨水回答说。

黎志摸着老人湿透的衣服，对身边的通讯员说："去把车上的伞拿下来给刘大哥他们！"

"使不得，使不得，我们穿了雨衣。"老人挥着手拒绝。

"有雨衣这也不防雨啊，赶紧回家去吧，树就不要拔了，等明天我们统一进行拔除！"黎志把雨伞递到老人手里。

老人再三推让不过，只好接过雨伞，连声说着："黎书记，我们给政府添麻烦了。"随后就离开了。

"文林，你有没有发现什么问题？"老人走后，黎志问文林。

"群众从众心理严重。"文林答道。

"对，我们必须找到是谁起的这个头，对症下药，群众都是好的群众，就看我们如何和他们去沟通了。这片地里，像老刘这样思想的群众不占少数，他们也许并不知道自己在做什么，只是看别人种，自己也跟着种了。现在开始，让咱们干部开始在地里大声宣传，让不知道没有补贴的群众都知道，等到明天，我们统一组织来地里把非法栽种的树木全部拔掉。"黎志对文林说着战略。

"好的！"文林答应着。

"等到明天，让土地所、农业站的干部拿着图纸过来，谁家树木之前种的，谁家投机取巧种的，全部弄明白。只要是非法栽种的，一棵不留！这种投机取巧现象必须打击，凡是无理取闹，必要时候采取严厉手段，不良风气不能在西明乡形成！"

"明白！"

黎志嘱咐后，文林扯着嗓子在田地间吆喝着："乡亲们，我是咱们西明乡乡长，我和咱们乡党委书记和乡干部现在就在咱们的地里，我可以很明确地告诉你们，现在你们栽种的每一棵树，都是不算数的。哪些有补贴，咱们乡政府那里都有登记造册。凡是在近两个月为了拿补贴而非法栽种的无论是树还是树枝，明天乡里将统一进行拔除。现在在群众身边的所有乡干部听着，大家把这个给村民讲解到位，宣传到位！"

文林话音落后，整片田地里响起了宣传声音，经过半个小时的循环宣传，地里的灯光逐渐减少，直到最后一盏灯光熄灭，黎志才带领着干部回到乡政府，到政府时，已经凌晨两点。

第三十四章　堂庄村事件背后始作俑者

第二天一早，吃过早饭，黎志把所有乡干部集合在一起，安排着工作："今天大家都把手头的工作放一放，任务是支援堂庄村。一会按照片区，对堂庄村田地里非法栽种的树木进行拔除，这个过程中，凡是有刻意捣乱，煽风点火、无理取闹的，统统报告派出所，严惩不贷！"

黎志一声令下，所有乡干部在片区负责人的带领下迅速去往堂庄村田地。经过昨天晚上群众点灯栽树，眼前这片田地里到处是歪七扭八的树苗。有一些群众站在田地边上围观。

黎志和文林下了车。文林分派任务后，各片区负责人带领着自己的包村干部进了田地，开始拔除田地里非法栽种树木。

朱磊和刘文两个片区挨着，朱磊一边拔树一边对刘文抱怨："你说这都是啥事？这种的都是啥？"朱磊把一株插在田地里的树枝条轻松拔起，拿到手里给刘文看。

"你看这。"刘文顺手拔下一棵没有根的细树苗。

"这也就是在老梁一亩三分地会发生这事，我们那个片区这种现象肯定发生不了！"朱磊一手扒拉四五棵树苗，就像是拔葱一样轻松。

"这事是没发生在你们片区，发生了，你就不这么说了。"刘文一针见血地怼着朱磊。

"老刘，你说你咋总是向着老梁说话？工作汇报的时候，人家可没给你留过情面。"朱磊手中拿着六七棵小树苗站起身问刘文。

"书记不说了吗？谁有能力谁出彩。啥情面不情面的，赶紧清理吧。"刘文依然弯着腰一棵棵地拔着树苗。

"那个就是咱们乡党委书记，我们找他说。"站在田边围观的群众里喊出一个声音。

还没等黎志、文林下到田地里，随着这句喊声，瞬间，站在田间围观的几十名群众围到了黎志和文林这里，七嘴八舌地讨着所谓的"公道"：

"凭啥把我们地里的树木拔掉？"

"你们乡干部就是这样压迫群众的？"

"是不是有关系的那些都不用拔……"

看着大家愤怒的表情，听着大家责备的言语，黎志摆着手试图让大家安静下来，但此时群众心中的怒火似乎在一瞬间爆发，声音并没有降下去。

"乡亲们，你们如果是要说法，那就一个个地说，一个个解决，如果大家都是这样你一言我一语，什么时候问题也解决不了！"文林吼了一句。

听到文林的吼声，人群中的声音弱了下去。

"乡亲们，你们的想法我们都知道，想着路修了，别人种的树能补贴，自己也想从中拿一些补贴，对不对？"黎志说。

"是，为啥别人有，我们就不让种？"

"对，我们树苗也是花钱买的，你们给拔了，这钱谁给补偿？"

群众又是一阵议论。

"我们可以把补贴群众的名单给大家公示出来，接受大家的监督。如果大家发现有近期栽种的群众在名单之列的，都可以举报，这个举报有奖励！"黎志给村民解释着。

人群中，你看看我，我看看你，都没有吱声。

"刚才有村民说，已经种地里的树苗怎么办？我们可以看看地里的树苗，大家心里比我清楚，这些树苗是怎么回事，再说严重些，现在大家在做的这件事情本身就是违规的！"

人群中又是一阵沉默，刚才带头那个声音再次响起："树苗再不值钱，那也是我们花钱买的！"

"对，我们花钱买的！"

人群又沸腾了。

顺着这个声音看去，文林看到带头"闹事"的村民，当两人双眼对视的时候，带头喊的村民眼神躲闪，下意识往后退了几步。

"对，这些树苗是花钱买的，但是，大家买这些树苗的时候，有没有考虑过

结果？如果说真的是为了植树，绝对鼓励大家，这也是为了改善环境，但如果是借助栽树谋取不正当利益，别说不补钱，如果严重的，将交给派出所调查！"黎志态度坚定地说。

文林一直盯着刚才带头挑事的村民，见文林一直盯着自己，该村民也就一直没有说话，嗑着瓜子佯装在围观。

文林低声对刚挤到自己身边的梁田说："刚才带头喊的村民你看到没？"

"看到了，他叫刘才，几次群众集会，都是他挑起来的。"梁田看了一眼那名村民。

"从他身上着手，看他为啥带头闹事。"文林说。

"好的！"梁田说着，走出了人群。

见梁田走出人群朝自己走来，带头闹事的村民慌忙嘟囔着说了句："好了，好了，都散了，既然知道咋回事了，咱们还是各自动手把地里的树苗拔了吧！"

这个话语一出，虽然人群中还有怨言，但也都作罢，各自走向了各自的田间地头。

正当刘才也要匆忙离开的时候，文林叫住了他："老乡，等一下！"

刘才只好止住脚步，面带笑容地拿出一盒烟，边给文林递烟边说："领导辛苦了，刚才听咱书记一说，真觉得不该栽树，现在我就去把自己地里的树拔掉！"

文林把他递烟的手推向了一边，直接问："这次补贴，你有什么意见？"

"没意见，绝对没意见，咱们乡里定下来的事，我们老百姓哪敢有意见。"刘才嬉皮笑脸地说。

"有意见就说，书记也在这，啥事大家说出来，心里不就没事了？下次如果再这样带头闹事，就不是只是说说这么简单了！"文林指指道路上的警车对刘才说。

见文林戳穿了自己，刘才把手里的烟装回到口袋里，走到黎志身边，直接质问："书记，为啥我们村有的地里根本没有树木，还能拿到树木补贴？他能拿，为啥我们就不能栽树？"

"你说的是谁家？"一听到这里，黎志转身看着梁田。

梁田急忙说："书记，这绝对没有的事，我现在就可以把他们支部书记叫

过来问。"说着，梁田大声吆喝一声，把赵福叫到了面前，把事情给赵福说了一遍。

赵福看看刘才，说道："才叔，我都和你说多少次了，赵小桂家没有补贴，你怎么就是不信？"

"村里都在说他家有，谁不知道赵小桂是你本家。"刘才不服气地接了一句。

"咱们村补贴的名单，我不是都让您看过吗？他都不在列，怎么会有？"赵福着急地解释着。

"名单不在上面，不代表你们不会给他，说不定还有第二个账本呢？"刘才根本不听赵福的解释。

黎志听着赵福和刘才的对话，明白了事情的缘由，黎志插了句："关于你反映的这件事情，我让乡里纪委介入调查，如果真的有这种情况，一定给你个交代！"

"好，我听您的，我也相信咱们乡里，我现在就去把地里的树拔了。"说完，刘才看了一眼赵福，转身走了。

"书记，真的没有的事，别说赵小桂是我本家的，就是我亲哥，我也不敢在这上面动手脚！他们两家地边挨地边，本来就有一些矛盾。"赵福看着远去的刘才，向黎志解释着力证自己的清白。

"我知道了，这件事乡里也会成立督导组监督补贴款发放。赵书记，这件事上你也应该检讨，为什么村民对咱们村委干部不信任，为什么会从一个人的事情发展成群体事件？"黎志严厉地批评赵福。

"我知道了，我们一定自我检讨！"

黎志转身对文林说："文林看到没？这件事也给我们一个启发，以后无论开展什么工作，一定要坚持公平，群众不怕吃亏，他们怕的是不公平啊！"

说完，黎志走向地里，同乡里干部一同拔着地里栽种的非法树苗。

"这就是你们一直对我说的在做思想工作，老梁啊老梁，你这是在扇我的脸……"文林指指梁田，连叹几声气后，也走进了田地里。

第三十五章　刘晨押上基地做项目

"堂庄事件"圆满解决没过多久，明港大道西明乡段顺利开工。针对"堂庄事件"，黎志召开了全乡村支部书记大会，对"堂庄事件"如何从个人事件发展成为群体事件进行了深入剖析和总结。堂庄村支部书记赵福在大会上做了深刻检讨，堂庄村也被取消了村庄当月参与评先资格。二片区负责人梁田因工作开展不力，也在大会上进行了自我批评。

会议结束后，月牙找到黎志请假："书记，今天林东他们要在村内开群众会，动员群众种新品种红薯，林东让我过去一趟！"

"可以啊，一定要沉下身去做，你的主要工作就是怎么把全乡的青年动员起来。青年参与到乡村建设中来，也是一股庞大的力量，做项目，前期不要贪大贪多，毕竟新品种，如果今年试验好了，等明年再扩大规模！"黎志嘱咐着。

"收到，我一定把话给他们带到！"

"有车没？要不我让司机送你过去？"

"谢谢书记，林东已经在政府门口等着了！"月牙听黎志说要让司机送，急忙说道。

"那好的，你赶紧去吧，好好干，你们年轻人也要在乡村建设中快速出彩！包括西明乡农产品品牌怎么开发，你们都要多动脑筋！"

"书记，这个文件需要您签一下字。"乡里一个干部拿着一份文件走到黎志身边。

"什么文件？"黎志接过文件，翻看一眼文件对月牙说，"你去吧！"

"好的。"和黎志告别后，月牙直奔政府门口。

到了门口，林东按了两下喇叭，月牙上了车，林东打了一个哈欠把车启动说："你们这开会时间倒挺长的，一大早我都睡了一个回笼觉了！我都好奇领导都讲啥，能讲这么长时间！"

"开的全乡大会，总结前一段时间堂庄村发生的事情！"

"听我爸说闹得动静挺大的，书记在地里发飙了？栽的树苗连根都没有？他们还真敢这么干！"林东笑笑。

"别人的事情你就不要管那么多了，刚才我给书记请假的时候，书记说今年不让咱们做太多，如果今年试验成功了，明年可以再扩大面积！"月牙看着沿线正在打造的村庄道路路肩，对林东说。

"种个新品种红薯能有啥风险？大不了从头再来呗，这事啊，我已经说通我爸让他召集群众了，只要有愿意跟着咱们干的群众，我觉得有一户算一户！"林东信心百倍地说。

"我还是觉得我们应该听从书记的建议！"

"放心吧，出不了啥事，坐稳了。"刚说完，林东就开车加速朝村庄内驶去。

来到林柳村内一片空地处，月牙下了车，见有二三十名群众聚集在那里，林旺正站在中间和群众讲着一些什么。

林东冲着人群挥挥手："爸，我回来了！"

林旺走出人群，奔着林东过来，叮嘱了几句："你小子给我悠着点，能来的都给你叫来了，愿不愿意跟着种，就看你臭小子自己的本事了，别到时候让老子给你擦屁股就成！"

"放心吧，爸，你就等着你儿子怎么在村内一鸣惊人吧！"说完，林东又回头用调侃的语气对月牙说："走吧，领导，咱们过去！"

"林主任好！"月牙礼貌地对着林旺打了声招呼。

"叫叔就行，这臭小子做事毛毛躁躁，你和小晨你们多指导着。"林旺客气地回答。

"爸，你哪来那么多话？你村委这会儿不忙了？赶紧忙你的吧。"林东推着林旺，让林旺赶紧离开，林东生怕林旺在这里，影响了自己的发挥。

"你这小子，用着老子的时候，黏在老子屁股后面，这用不着老子了，就这个态度？"林旺骂骂咧咧地蹬上自己的两轮电动车离开了。

月牙看看人群，见没有刘晨的影子，问林东："晨哥怎么没有过来？"

"他呀，出去对接市场了，对接市场结束，马上赶回来，咋地，你还不相信我的动员水平啊？"说着，林东走向了人群。

到了人群那里，林东还没开口，人群中一个抱着孩子的妇女林翠英问道："东子，你这又折腾啥呢？"

"婶，给咱们引进红薯新品种呢。"林东边笑着回答，边顺势坐在了一辆三轮车上。

"啥红薯新品种啊？现在咱们地里种的那个品种，市场上就很畅销嘞，咋地，你引进的比那还要好？"一个村民接了句。

"叔，先不说好不好，就人家厂家给咱们签订协议，包回收到田间地头，我觉得这事咱们就能做，这不比咱们再拉着红薯出去卖强？再说了，人家老板说了，到时候红薯市场价要高于市场平均价！"林东语气中充满了信心。

"东子，你还带着大家做项目呢，这十几年在外上学，知道红薯咋栽的不？"人群中一个人开着玩笑，大家哄然大笑。

"叔，我不仅知道红薯咋栽的，我还知道怎么刨出来，关键啊，我还知道，现在订单农业老吃香了，您想想，老板给咱们供苗签订协议，无论市场价格如何，有一个最低收购价，咱这叫作旱涝保收。"林东小嘴巴拉巴拉地讲着。

"是真的不？别到时候人跑了，咱们找不到人！"人群中一个人有顾虑地问。

"他们跑了，我和晨哥不还在这里吗？再说了，这是咱们乡里的干部，上次咱们乡党委书记来，在晨哥基地特意安排她跟我和晨哥对接的。"林东指指月牙。

所有人目光都看向了月牙，月牙被林东这猝不及防地推出来，毫无准备的她看看林东，林东用期望的眼神看着月牙，月牙只好顺着林东的意思说道："刚才他说得没错，之所以要引进新品种，也是为了下步提升咱们群众的收入，如果我们永远都不去尝试新品种，只是靠我们当下种这些传统农作物，我们就永远从土地里刨不出金子来！"

"如果到时候他们不回收，这钱谁给，后果谁承担？"

"我承担！"人群外一个声音传了进来，大家顺着声音望去，是刘晨。只见刘晨风尘仆仆地走到人群里，上气不接下气地重复了一句："如果过程中出现任何问题，我们基地承担！"

林东从三轮车上跳下来，走到刘晨身边，对着人群说道："大家都听到了，只要是跟着我们今年做试验的，中间出现任何问题，我们基地来承担！还想啥呢，这么好的事！"

林东说完这句话，人群中你一言我一语议论着，大概过了四五分钟，刘晨缓过神后，指指月牙，对着人群说："如果大家没有其他问题，愿意跟着我们做试验的，在这边登记一下，姓名、电话以及种多少都写清楚，只有这一次机会！"

大家你看看我，我看看你，有离去的，也有在观望的。"我家报上三亩。"林翠英抱着孩子大声喊道。

"婶，你真给力！"听到第一个报名的声音，林东赶忙招呼着月牙让登记信息。

"你小子要敢坑你婶，我到时候到你家拿着扫帚揍你小子！"林翠英抱着孩子走到月牙那里，对林东说。

"放心吧婶，到时候挣钱了，你还得给我宰你家的土鸡吃呢！"林东油嘴滑舌地回答。

"你帮我写吧，我这边抱着孩子不方便写！"林翠英对月牙说。

"翠英，你该不会是不会写字吧？"旁边一个和林翠英年龄相仿的中年男子开玩笑道。

"扯犊子，我再怎么说也是初中毕业，你初中毕业没？"林翠英恶狠狠地把话怼了回去。

"我家报四亩。"

"我家两亩。"

"我家六亩。"

……

随着林翠英报名声落下，报亩数的声音多了起来，林东看着大家争抢报名的氛围，用胳膊肘碰碰刘晨："晨哥，这场面，激动不？"

"这只是一个开始，等群众红薯卖了，发钱场面是这个样子，那才叫成功。"刘晨淡定地回答。

"你就放心吧，不就是种个红薯吗？咱农村有句话怎么说来着，庄稼活不用学，人家咋着咱咋着。"说完，林东又指指月牙："咋样？我找这个帮手可以吧！"

刘晨看着在人群中忙碌登记的月牙，淡淡笑笑回林东："你小子好眼力！"

刘晨口中的"好眼力"包含了两层意思，一层是林东找对了人来做这件事，

另外一层是，林东选择另一半好眼力。而林东心里只有第一层意思，林东自豪地回刘晨："那是，我林东向来找人都是开第三只眼一起找的！"

"对人家好点。"刘晨暗示着林东。

"放心吧，中午带你们去吃好吃的，我请客。"说着，林东走进人群，走到月牙身边帮忙，喊道："大家不要急，一个个来，只要是今天报名的，有一户算一户！"

两个小时过去，人群散了去。刘晨从车里拿出一瓶水递给月牙："今天辛苦了！"

"晨哥，我也辛苦，我的水呢？"看刘晨只是递给月牙了一瓶水，林东吃醋地说道。

"在车里，自己拿去。"刘晨指指车。

"不辛苦，我粗略统计了一下，大概有一百亩，涉及二十余户村民！"月牙说完，拧开水，大口喝了一口。

"不少了，这才是这个项目的开始，这两天我就和他们公司对接让来苗，不能让群众等！"刘晨说着拿出电话，给对方打电话。

"是的，今年试验好了，明年可以再扩大面积。"月牙说着合上了本子，把笔帽盖上。

"我觉得一百亩太少，凭我这三寸不烂之舌，我觉得我们应该再多开发几个村庄，弄它个七八百亩做做。"林东走了过来对月牙说。

"好了，已经沟通好，这两天苗就来了，首战大捷，说吧，吃什么，我请你们。"刘晨挂了电话，兴奋地对林东和月牙说。

"晨哥，说好的，我请，你可不能抢，月牙想吃什么？"林东把手搭到刘晨肩上问月牙。

"客随主便！"

"好，那我就带你去吃我们村那家地锅鸡，味道老好了！"

说着，三个人，两辆车朝着村头地锅鸡店的方向驶去。

第三十六章　黑夜中的引路人

如果说红薯新品种的引进对于月牙他们来讲是在农村创业的首次尝试，那么，傍晚月牙在广场上见到的一位老人，却是他们在乡村创业中开启脑洞的又一位"引路人"！

因为红薯项目分工以及基地一些事情，月牙他们一直忙到晚上七点。此时夜幕已经落下，三个人简单吃过晚饭，林东要送月牙回乡政府时，刘晨忽然问月牙："你有没有看过露天电影？"

"小时候经常看。"被刘晨忽然一问，月牙漫不经心地回了句。

"刚好今天村里放电影，你若回去没有其他事情，不妨重温一下小时候。"刘晨犹豫地邀请着月牙。

"晨哥，这么好的事情你怎么不对我说？小时候，为了看场电影，咱俩爬墙头的场景到现在我都记忆犹新！"林东一听说村内有电影，把拿出的车钥匙再次放进了口袋里，对月牙说："放松一下吧，就当我和晨哥请你看电影了！"

月牙看看时间，犹豫着点了点头。

"那还等什么，还不赶紧走，说不定现在都开始了……"林东催促着，三个人在林柳村的小路上借着微弱的灯光朝村内上空有亮光的方向奔去。

林东和刘晨一路回忆着小时候两个人看电影的情景，如何傍晚一早搬着小板凳到电影屏幕前等着电影开始；人多时，怎么爬到墙头上也要看；甚至于谈论着就谈论到一部电影的内容，继而又谈论到当时电影主角的现状。月牙只是一路跟随着，两个人聊到熟悉的电影桥段，月牙也会插上一句，但大部分时间都是在听林东刘晨两个人的回忆。

月牙他们到地方的时候，电影已经开始，电影荧幕前坐着的大部分是老人和孩子，有席地而坐的，也有坐在从自家带来的小凳子上的；孩童在人群的最前排，时而有孩童把双手举起来挥舞着，双手的影子映在电影屏幕上，看到双

手影子在屏幕上动，孩童就会发出"咯咯"的笑声。

荧幕上，正播放着一对父子因为地里种什么而争执着。在屏幕正对着的主机那里，一个看上去有五六十岁的老人站在那里守着。

"晨哥，你看，这荧幕上演得像不像咱们？也是返乡创业，也是想要改变一个地方的种植理念。"看着屏幕上年轻人探讨如何改良当地的种植理念，林东兴奋地拍拍刘晨，看着屏幕大声地说着。

"小声点，不要打扰到别人！"刘晨劝说着林东。

月牙虽然眼睛盯着屏幕，但是林东的话，月牙是听到的，这部电影似乎的确是专程放给他们三个人看的，同样的年轻人返乡，同样的农作物——花生，同样的青年在乡村创业。

没来广场之前，月牙是想着看一会儿就回乡政府，但不知不觉中，整部电影三个人竟然看完了。

电影放映结束，村民陆陆续续退场时，刘晨沉思着对林东说："东子，我想去问问这部电影在哪里可以下载，回去之后，咱们把前面没有看的全部补上，这对我们创业太有帮助了！"

"想要，就去找放映员要呗，哪那么多犹豫，我去帮你要！"说完，林东不等刘晨回应，就朝放映员的方向走去。

到了荧幕前，有一两个中年人正在收拾电影幕布和设备，而刚才放映的老人正和一两个年龄相仿的村内老人微笑着聊着天。

"阿姨，您好，我是村内的一名青年，刚才您放映那部电影太好了，我能不能问一下在哪里可以下载再看？"林东礼貌地询问着。

听到林东的询问，老人抬起了头，笑着问林东："你也喜欢看电影？"

"是的，我和我的两个小伙伴我们现在也是在乡村创业，和电影上他们的经历有些相似，所以想要再学习一下。"林东指指站在不远处的刘晨和月牙。

"我们还是过去一趟吧，这样更礼貌一些。"见林东指向他们，刘晨对月牙说，说完，刘晨便朝着老人走去，月牙看看时间，此时已经深夜十点半。

看着面前三个年轻人，老人似乎有什么话要对他们三个讲，老人与刚才聊天的两位村民老人微笑地说："大姐，你们早些回去休息，只要喜欢看，我就经常来给咱们放电影！"

　　两位老人站了起来，拎起屁股下面坐着的小马扎，握着老人的手说："妹子，我们可喜欢和你唠嗑了！"

　　"那以后我就常来陪你们说话。"老人依然微笑着回答。

　　听着三位老人的对话，看着面前这位放电影的老人，从她的言谈举止以及与村内老人亲密无间的对话，月牙心里不由产生一种亲切感，总觉得在哪里见过面前这位老人。

　　"那以后一定常来，就是不放电影，上我家吃顿饭也中。"其中一个老人热情邀请着。

　　"她呀，给大家伙放电影可以，但要吃饭，郭代表估计没时间，她天天可是个大忙人！"一个正在收电影架的中年人笑着插了一句。

　　"郭代表？"听到这三个字，月牙心头猛地一震，这三个字总感觉有些耳熟，似乎在哪里听过。月牙在脑海里拼命搜寻着关于面前这个老人的记忆。想了一会儿，月牙想了起来，难道面前这位老人就是为群众放了四十多年电影的全国人大代表？为了确认自己的猜测是无误的，月牙掏出了手机，偷偷在网上搜索了一下，当搜寻到网络上一篇篇报道时，月牙再看眼前这位老人，心里乐坏了，眼前这个老人就是被国内各大媒体常报道的"一生只做一件事"的全国人大代表郭华，月牙激动地握着手机，崇敬地看着面前这位老人。

　　"那就经常来给我们放电影，边看电影边唠嗑。"村内老人听到刚才中年人的话，大大咧咧地笑着说。

　　"好，我经常来！"郭华依然是满脸笑容。

　　送走两位老人，郭华看看月牙他们三个，指指身边的板凳，温和地对月牙他们说了句："来，大家坐下聊会儿！"

　　月牙赶忙坐下，林东和刘晨站在那里还没反应过来，月牙慌忙接了句："这是咱们全国人大代表郭华代表！"

　　"什么？"当听到"全国人大代表"六个字，林东惊讶地看着面前的老人，回想着自己刚才的态度是不是有失礼的地方。

　　"在这个放映场里，我只是给群众放电影的一名普通放映员，来吧，大家坐下聊会！"说完，对着正在收拾东西的两个中年人说："所有物件都要点数，清点清楚，不要落下！"

"放心吧，郭代表！"其中一个中年人笑呵呵着回答。

"你们三个都是返乡创业青年？"郭华看着月牙他们，面带微笑温和地问道。

"我们两个是，这个是乡里的工作人员，不过也被我们乡党委书记安排到我们的队伍来了。"林东摸着头笑着抢答。

"刚才看了电影有什么想法？"郭华依然面带微笑。

"想法很多，觉得很适合我们西明乡，我们西明乡也是以花生为主，我们也刚好是返乡创业。"林东爽快地说。

"乡村建设需要你们这样有斗志的年轻人返乡，你们回农村创业正是赶上了好机遇！"郭华说。

"郭阿姨，不，郭代表。"林东听到郭华这么一讲，兴奋得一下不知道该如何称呼了。

"你们还是叫我郭阿姨吧，在电影放映场里，只有放映员。"看着林东慌乱地不知如何称呼，郭华又是一笑，给林东更正称呼。

"我也觉得郭阿姨叫着亲切。"林东坐在郭华对面，挠挠头接着说道："您不知道，郭阿姨，刚开始回村创业的时候，我爸也是不支持，就像您给我们刚才放的电影那样，最初我和我爸也是矛盾重重！"

"长辈有长辈的看法，你们年轻人有年轻人的思想，只要路选择是对的，就大胆去干，工作不分高低贵贱，平凡的岗位上，只要执着做下去，也能出彩！"郭华给林东讲着道理。

"郭阿姨，您要是我的家长就好了，我爸他总是不理解我。"林东随口而出。

"东子！"刘晨叫了一声林东的名字，意思是，林东说话有些不注意分寸了。

经刘晨这么一提醒，林东意识到自己说话有些没分寸了，急忙补充了句："郭阿姨，我刚才没别的意思，您讲得太好了！"

郭华看着紧张提醒林东的刘晨，笑着对刘晨说："小伙子，不要什么话都放在心上，那样太累！"

刘晨小心翼翼地回答了一句："是！"

"我冬天在咱们西明乡放电影，总会看到群众挎着篮子，一边剥着花生一边看电影，既然咱们西明乡有这么好的资源，你们怎么不利用起来呢！"郭华

开导着月牙他们。

"郭阿姨，您说这话，我们书记也对我讲过，但是，目前就是不知道该怎么去着手！"月牙谦虚地求教着。

"不要急，刚才电影上你们也看到了，他们年轻人能做当地的品牌，为什么你们不能围绕你们当地的品牌做？而且啊，咱们和顺区有几个乡镇的花生马上都要被农业农村部评为原产地地理标志产品了！其中就有咱们西明乡！"郭华说道。

"真的吗？"听到这个消息，月牙他们都兴奋了。

"可不是咋的？你们还不知道吧，咱们郭代表每次上两会，都会带着咱们和顺区的花生，不仅给咱们老百姓送来电影，还把咱们老百姓的花生带进了两会呢！"收拾东西的中年人走了过来，听到四个人的谈话，又笑着插了一句。然后对郭华说："郭代表，东西都收拾好了，咱们去吃饭吧！"

"您还没吃饭啊郭阿姨，西明乡我熟，我请您。"听到中年人说郭华他们还没吃饭，林东赶忙说了句。

"请吃饭可使不得，你们青年好好做，到时候了，我来尝你们创业闯出的成果！"说着，郭华站了起来，郭华站立的过程中有些不稳，月牙急忙搭了把手，郭华摆摆手笑着回了句："腿有些麻了，不碍事！"

林东和刘晨也站了起来，郭华让月牙记下了她的电话号码，并嘱咐道："好好干，一定要脚踏实地，只要知道自己的路是对的，不要去在意别人怎么看，如果活在别人的眼光里，你什么事都干不好！"

月牙三个人点点头，郭华把刚才收拾东西的两个中年人叫到面前，分配了次日的放映任务后，郭华带着自己的小分队便和月牙三人告别，离开了。

"晨哥，你掐我一下！"林东盯着远去的车辆，对刘晨说。

"怎么了？"说着，刘晨果真狠狠地掐了一下林东。

"哎哟……疼！"林东急忙捂住了胳膊喊叫着，接着，兴奋地对刘晨说："我咋感觉刚才跟做梦似的，看场电影，还看出贵人了！"

"好了，别疼不疼的，走吧，赶紧送月牙回乡里了，这都十一点多了。"刘晨指指时间。

"领命，晨哥。"林东朝着刘晨敬了一个礼。

"你小子在我面前就不要卖弄了,在部队都敬礼十几年了。走了,赶紧开车去!"刘晨看着林东并不标准的军礼,把他的手打了下来,朝着家的方向走去。

"晨哥,我小的时候也是有军人梦想的,你给我讲讲你们在部队的故事呗!"

"不讲,你小子进部队也是刺头!"

"啥是刺头啊,讲讲呗晨哥……月牙也想听对不对?"

"都说了,不讲!"

寂静的林柳村小路上,传来林东和刘晨你一句我一句的争执。一路上,月牙紧紧地抱着手机,刚才存下的号码页面还没有返回。郭华一番话让月牙以前模糊的思路在这个黑夜里开始变得清晰,月牙忽然明白接下来他们的路该朝哪个方向走了。

第三十七章　敲响西明乡的盘鼓

一个多月过去，月牙他们同群众签订的红薯项目，种苗全部种在地里。为了测试新品种红薯的好坏，刘晨在基地里也腾出十亩地种该品种红薯。基地试验的时候，林东一直嘟囔着刘晨做事太过于小心谨慎，责怪刘晨试验的亩数太少。

西明乡在新机制的运转下，日新月异地发生着变化。原来村与村之间坑洼的道路不见了，取而代之的是笔直平坦的水泥路；房前屋后的垃圾、柴草垛不见了，取而代之的是种上了花花草草；全乡掀起了你争我赶建设村庄的浪潮。村委干部带着群众干，学校老师放学后，带着学生捡拾村内垃圾，村村自创口号，提升村内干群的干劲："美丽乡村是我家，农村不比城市差。""大手拉小手，一起向前走。""打扫美丽庭院，敞开大门迎宾。"西明乡达到了空前的"户户参与、人人争干"的火热局面。

这天清晨，黎志刚给全乡干部开完晨会，就听到乡政府大门外传来铿锵有力的锣鼓声音。

"看来今天又是一个好日子，你听听大门外这欢喜的锣鼓声。"黎志对站在身边还没有离开的一些干部说。

"咱们西明乡现在天天都是好日子。"张庆接了一句。

黎志看看张庆，笑着回了句："老张啊，你这张嘴就是会说话！对，现在咱们西明乡天天都是好日子！"

"书记，外面有二三十名群众拉着横幅、敲着锣鼓，拿着锦旗正朝咱们乡政府来。"一名干部从大门口快步来到黎志身旁气喘吁吁地汇报道。

话音未落，二三十名群众已经出现在了乡政府门口，两名走在最前面的村民举着横幅，横幅上写着"一心为民好干部，铺就群众幸福路"，整个小队伍有序地走进乡政府，还未等黎志反应过来，队伍便来到了黎志面前。

看着眼前的阵势，黎志也愣住了，没等黎志开口说话，从村民中走出一名村民，这个村民不是别人，正是在林柳村曾经质问过黎志的张土生。

张土生拿着锦旗来到黎志面前，把锦旗递到黎志手里说："书记，按照之前说的，只要乡里把我们村里的路铺了，我们就来送锦旗！"

黎志此时也认出了张土生，接过锦旗，把锦旗交给了身边站着的张庆，笑呵呵地对张土生说道："这面锦旗，你们不该送到乡里，而是应该送给你们全村所有的群众，是你们全村群众的参与，把自己村里的路修了！"

"那俺也得谢谢您，并对您说一句对不起，当时不该那个语气对您说话，更不该挑事！"张土生不好意思地摸摸头。

"你当时做得也没错，但是，不该挑事是对的，乡里就是给群众做好服务的，我们有不对的地方，你们指出来会让我们整个西明乡发展得更好，干部就应该接受群众的监督！"黎志回道。

这个时候，从人群中走出一个老人，来到黎志面前，颤抖地握住了黎志的手说："书记，您是不知道，在路没有修之前，别的村的姑娘都不愿嫁到我们西明乡来！嫌我们这交通闭塞，没钱！"

"这是我大伯。"张土生此时就如中间人一般，向黎志介绍着老人的身份。

黎志也紧紧握住了老人那双由于长期和土地打交道而结满茧子的手，轻轻地拍着老人的手说："老人家，这好日子还在后头呢，以后咱们西明乡搞乡村旅游了，不仅让外乡姑娘愿意嫁进来，而且啊，是争着抢着嫁进来！"

一听说西明乡要做乡村旅游，前来感谢的群众都沸腾了："书记，咱这也能搞乡村旅游啊？""是不是人家都要来咱们这玩？""啥时候咱们这可以旅游啊，书记？"群众七嘴八舌地问着黎志。

"很快，也许一年，也许两年，总之啊，明港大道这一开通，咱们乡里的环境一改善，到时候有投资商再投资，咱们西明乡马上就能大火起来！"黎志给群众规划着未来美好的蓝图。

"书记，以前啊！我们就想着，能把门前那条路修了，我们就知足了，现在听您说还要做那啥乡村旅游，都不敢想。"老人激动地对黎志说。

"老人家，我们不仅要敢想，还要往更好的地方去想，西明乡的未来，只要人家乡村有的，咱们也要有，人家没有的，咱们也要建！"黎志兴奋地对老人说。

听到黎志这番话，人群中响起了热烈的掌声。掌声停后，老人接着语气激动地对黎志说："这路，就是咱们干部和我们群众的连心路，不仅路修到了我们村头，而且修到了我们群众心里头！"

"说得好啊老人家，这就是咱们干群的连心路！"听到老人说是连心路，黎志紧握着老人的手。

"我大伯以前是村内的教书先生，不像我说话大老粗一个，我大伯肚子里有一些墨水。"张土生插了句。

"老人家，您放心，这路不仅修到咱们的村头，以后还要修到咱们的家门口。"黎志说完，又对着面前的群众说："以后咱们也要家家户户通自来水，家家户户通下水道！城里有的，咱们农村也要有！"

"那到时候咱们就都是城里人了！"人群中一个村民扯着嗓子接了一句。

"不，咱们还是农村人，但是，到时候让他们城里人羡慕咱们农村人生活。以前都是咱们去城市消费，以后啊，让他们来咱们农村消费！"黎志回复着村民。

"要这样说，我还得再多活一二十年呢！"老人笑着对黎志说。

"老人家，我们所有人都要活到 120 岁！"黎志半弓着笑着对老人说。

就这样你一言我一语，黎志和站在面前的群众在政府院内聊着西明乡未来的发展，足足聊了有将近一个小时，群众才不舍地离去。

临离开的时候，张土生对黎志大大咧咧地说道："书记，再到我们林柳村了，上我家吃饭！"

"好，好，再去你们林柳村了一定去你家坐坐，这路修了，以后更得配合咱们村里的工作，村内还要绿化，还有卫生保持，这些都是一个长期的工程！"黎志对张土生提出要求。

"您放心，以后啊，干部让俺打哪俺就打哪，坚定跟咱政府走，不再给政府添麻烦！"张土生信誓旦旦地向黎志保证着。

"那就好，好好干，相信林柳村的未来在咱们所有干群的共同努力下，会越来越好！"黎志拍拍张土生的肩膀。

"土生，你们来乡里怎么也不说一声？"黎志正要和张土生告别的时候，林柳村支部书记刘喜气喘吁吁地跑了过来。

来到黎志面前，刘喜稳稳情绪，向黎志问了声好："书记好！"

"刘书记啊，咱们林柳村可是一块风水宝地啊，出人才。年轻人能干，这村民又懂得感恩，你说你再不带着你们林柳村的群众干出个样子来，你就是你们村的罪人！"黎志调侃地对刘喜说。

"书记说的是，我们村委一定带着群众好好干，把林柳村干出个样子来！"刘喜坚定地表态。

黎志扭头看看政府院内墙上村委会的排名，林柳村排在 10 名靠后，黎志指指电子屏对刘喜说："就冲着咱们村里群众这股热劲，这都不是咱们林柳村该有的排名，最低咱们林柳村得排在前三！"

"前三哪行？下一步林柳村得争第一。"张庆快人快语对刘喜说。

"要不这样老张，你去包林柳村咋样？带着林柳村的干群在全乡干出个模板？"黎志对张庆说。这句话让所有人看来，似乎都夹杂着多层意思。

"书记，我包不了，我只是给他们鼓鼓劲，您不是说过吗？要想射中天上的老鹰，目标一定要设定为射中天上的太阳，我只是给他们设定一个目标。"张庆拿出黎志曾经开大会时候给所有村支部书记说过的话回答黎志。

听到张庆拿出自己曾经说过的话来回自己，关于张庆包林柳村这件事情，黎志也只好作罢。他对刘喜再次嘱咐说："无论是前三或者第一吧，总之，回去之后，一定要好好干，你的力量都在他们这里，服务好他们，做任何工作都会非常的顺利！"黎志说完，指指刘喜面前村内的群众。

"明白！"刘喜答应着。

"书记，那我们就先回去了，再去我们林柳村一定要去我家吃饭！"张土生和黎志告着别。

"好的，一定去，大家回去的路上慢点！"黎志答应着。

张土生手一挥，喊了句："敲起来！"，跟着队伍敲盘鼓的妇女们，听到张土生这声"令下"拿出十足的精神，欢天喜地地敲着盘鼓离开了乡政府。

"书记，没其他事，我也跟着他们回去了。"刘喜看着队伍说道。

"去吧！"

刘喜连忙跟上队伍，走到了张土生的身边。

群众离去后，黎志对身后还没离开的五大片区负责人说："大家都看到了，

我们只是给群众修了一条路，群众就来给咱们乡里送锦旗，这说明什么？只要我们俯下身子去给群众做事了，群众怎么会不跟着我们一起干？"黎志顿了顿，又说道："大家听着这铿锵有力的盘鼓声有没有什么想说的？"

五大片区负责人你看看我，我看看你，不知道黎志葫芦里究竟卖的是什么药。

"老张，你说，听到这盘鼓声有什么想法？"或许是平时张庆插话插惯了，黎志见大家不说话，直接点名张庆。

"群众的一种娱乐方式，以后咱们有啥活动敲敲也好！"张庆一脸蒙地回答黎志。

"老朱呢，你觉得呢？"黎志又问朱磊。

"这盘鼓声铿锵有力，敲出了咱们群众的精气神！"朱磊回道。

"老刘，你的看法呢？"黎志问刘文。

"和老朱看法一样，这盘鼓声敲出了群众的精气神！"

"你们呢，有什么看法？"黎志又看看其他三个片区的负责人，问道。

"有时候傍晚在村里开展工作，看到村民在广场上敲盘鼓娱乐，感觉挺好！"王奔说。

"你们各自的片区是不是都有盘鼓？"黎志也没等梁田和曹亮发表看法，问道。

"是的。"

"我们片区有。"

"我们片区也有。"

五个片区的负责人回应着。

"这是咱们西明乡的特色，目前，我们乡还没有一个叫得响的文化符号，一座乡镇如果没有文化，就等于说没有灵魂，有文化符号的乡镇才是活着的乡镇。我们能不能把这敲盘鼓的村民组织起来，这样，你们各片区负责把本片区村委有多少会敲盘鼓的群众汇总一下，我们要让西明乡的盘鼓不仅在村内敲，还要敲上全国，敲出经济！"黎志突发奇想地对五大片区的负责人说道。

"收到！"五大片区负责人齐声回复说。

黎志这一决定，为后来西明乡在全国提出的打造"盘鼓之乡"打下了夯实的基础。通过组织村民练习盘鼓，后来，西明乡的盘鼓不仅敲上了电视台《新闻联播》，而且真的如黎志说的那样，敲出了群众的经济账。

第三十八章　表彰大会

随着全乡紧锣密鼓的乡村建设大比拼，转眼，西明乡迎来了每季度的全乡村委表彰大会。按照新机制定下的规矩，全乡排名第一的村委，开表彰大会的时候，坐在主席台上书记和乡长的中间，这个规定在西明乡发展史上绝无仅有。

表彰大会当天，许多村支部书记一早就来到政府院内，盯着电子屏查看自己村委的排名。刘喜也不例外。

来到乡政府的时候，见几个村委支部书记围着尹木村的支部书记有说有笑，刘喜走了过去。

"恭喜啊刘支书！咱们乡现在除了尹木村，就是你们林柳村势头最猛了！"堂庄村支部书记赵福看着自己村委排名垫底，酸酸地对刘喜道喜，谁能想到上一个季度还是坐在主席台上的他，这次会在整个全乡排名中垫底？

刘喜看着电子屏上的排名，本来这季度排名是稳打稳地能够在全乡拿第一，奈何因为村内发生的一起"群众争地边"事件，群众上访到了乡里，违反了乡里定下的"小事不出村，大事不出乡，问题不上交"规定，因此和第一名擦肩而过，与尹木村的排名仅仅相差 0.2 分。

"张支书，这一会坐在主席台上镇得住不？"寨平村支部书记王齐问着尹木村老实巴交的支部书记张放。

"坐得住，坐得住。"张放看着电子屏上的排名，憨厚地笑着。

"王支书，你这啥时候也坐到主席台上感受下？"孙家村的支部书记刘亮一向与王齐你争我赶，一语双关地问王齐。

王齐看着自己村委的排名，虽说没在全乡垫底，但 20 名开外的排名在全乡已经是在季度评先中归类在本季度的淘汰村了，王齐笑了一下回刘亮："刘支书，你就不要在这寒碜我了，我这永远都坐不到那个位置上面，我呀，恐高！我看下次您的村庄有希望。"王齐看着电子屏上排名第七的孙家村啧啧地说道。

"这不是开玩笑吗？人家这第二的、第三的还没有说话，我这名次哪敢争第一？"刘亮呵呵笑着回了句。

赵福听着几个人的聊天，看着自己村委的排名，如果不是村内发生的群体事件，自己村委虽然不会像上次一样排在第一，但前三名还是有把握的，但这次竟然在全乡垫底，这对于一直好面子的赵福来讲，面子自然是挂不住的。但这又怪得了谁呢？如果不是当时自己一时好面子、逞强，发生问题没有第一时间向乡里汇报，也不会造成后来的群体事件，这个排名说到底还得怪自己。

上午八点半，表彰大会正式开始，受到表彰的村委党支部书记胸前戴着大红花坐在了会议室的前三排，而排名靠后的村委自觉地坐到了四排向后的位置。唯独赵福，坐在了会议室中间第四排，这个位置是他们的片区负责人梁田特意叮嘱他必须坐在那里，似乎梁田想用这种方式来激励赵福"知耻而后勇"！

张放戴着大红花坐在了主席台上黎志和文林的中间，羡煞了台下坐着的村委支部书记。虽说会议开始前，一个个都嘴硬地说不愿坐在台上，但彼此心里跟明镜一样，那个位置，不仅仅是书记和乡长的中间，而且代表着乡党委政府对村委各项工作的认可和肯定，"认可"是每个村委支部书记都想得到的两个字。

"大家上午好，今天我们在这里召开第三季度的表彰大会，各村委的排名，大家在群里以及政府院内的电子屏上应该已经看到了，有些村委明明可以在这次排名中取得名次，却垫了底，有些村委之前是落后的村委，这个季度却在全乡排名中一鸣惊人，这是我们在座的每一位支部书记都应该思考的问题，为什么先进的却落后了，落后的却能出彩？"作为表彰大会的主持人文林，开场便直入主题来了这么一段话。

文林说完这段话，台下坐着的赵福脸上火辣辣的，虽然文林在讲话中并没有点名自己村委名字，但之前两个季度自己的村委排名都没出过前三，说垫底的村委不是说自己还能是说谁？况且，文林说垫底的时候，目光还落在了自己的身上，那一刻，如果有个地缝，赵福一定会钻了进去。

文林说这段话，刘喜的表情并没有发生任何的变化，既然排名已经成了定局，况且这个季度的排名，对于上个季度在全乡排名还是10名靠后的林柳村来讲，这已经是很好的战绩了。

"既然是乡里定下了这个规矩，那么战场上，有输就有赢，首先，让我们先把热烈的掌声送给获得本季度第一名的支部书记张放张书记！"文林说完，带头鼓掌，台下的掌声稀稀落落的。

"掌声不够热烈，再来一次。"黎志听着台下稀稀落落的掌声，再次带头鼓掌，台下的掌声还是没有达到黎志想要的效果。

黎志站了起来，拿着话筒对着台下讲道："赢就要赢得起，输也要输得起，既然有比赛，就一定有输赢，有第一就一定有最后一名，如果连掌声你都不愿意送给别人，没有一颗包容的心，回到自己的村委你如何能够面对那些棘手的问题？再来一次！"黎志拿着话筒再次带头鼓掌，台下这才响起了一片震耳欲聋的掌声。

"对，这才是我们西明乡干部应该有的士气！"黎志说完，重新回到了座位上，把话筒交给了文林。

文林接过话筒，把会议流程安排了一下，随后，乡里组织委员宣读获奖村委名单。宣读后，现场颁奖，大家看到黎志为张放躬着身颁奖，那一瞬间，整座会议室静悄悄的，从表情上看去，村委党支部书记各有心思。黎志为张放颁奖后，文林和乡内其他班子成员按照村委获奖名次，依次为村委进行了颁奖。

颁奖结束，是典型发言环节，看着坐在台上的张放，和张放村庄相连的村支部书记孙贺对身边刘喜说了句：

"这张放是出了名的闷葫芦，让他发言，能蹦出几个字？"

"能不能蹦出几个字，听听不就知道了？再说了，你要下次得第一，就是你去讲！"

兴许是声音太大，让张放听到了，也或许是张放在下面做足了功课，发言开始前，张放依照西明乡的规矩，站起身深鞠一躬，开始发言的时候，竟然连发言稿都没有拿，直接滔滔不绝讲了起来。

"这张放真是一只老狐狸，平时跟闷葫芦一样，三脚踹不出个屁，这会咋这么能说？"刚才等着看张放笑话的孙贺碰碰身边的刘喜低声地说。

"你也不想想，他要不能讲，怎么动员群众？"刘喜接了句。

"我和他们村委挨边，从小一块光着腚长大，我能不知道他啥性格？"孙贺不服气地说。

"人总是要变的，听听都讲的啥，说不定回到你们村委能用到的。"刘喜低声回了一句便不再说话了。

"这次我们尹木村能获得第一名，我能坐在这个位置上，不是因为我，而是因为我们村里的干群齐心协力，我们村委有全乡最优秀的夕阳红志愿服务队，是他们的无私奉献让我坐上了这个位置，这个第一，不是我张放的第一，是我们全村群众的第一！"张放讲到这里停顿了一下，似乎是等待着什么。

果然，张放刚停顿，台上台下就响起了掌声。

"看看人家这讲话水平，这一点都不像你说的三脚踹不出个屁。"刘喜一边鼓掌一边悄声对孙贺说。

"我小瞧这老张了！"孙贺看着台上春风得意的张放，心里五味杂陈。想起每次和张放探讨村内治理的时候，张放总是摇摇头对他说，无处下手。当时张放这么说的时候，孙贺心里还得意扬扬，没把张放当成自己在全乡排名的对手，没想到，张放所有治理村委的招数都闷在了自己的心里头，想到这里，孙贺只想扇自己两巴掌，太"轻敌"了。

张放讲完之后，文林简单说了几句，就把话筒交到了黎志手里。黎志接过话筒，第一句便是："让我们再次把掌声送给尹木村！"会场上第五次响起了因尹木村而鼓的掌。

"奖就要奖得心花怒放，罚就要罚得闻风丧胆。刚才张支书的发言大家都听到了，不知道是否对大家有启发？我们把群众举过头顶，群众就会把我们放进心里，尹木村之所以在这么短的时间内发生这么大的变化，和他们村委干部躬身为村民服务是分不开的，也和他们村委那支无私奉献的夕阳红志愿服务队老人分不开的，当我们在羡慕甚至议论张支书为什么能坐到这个位置的时候，我们是否检讨过我们自己，我们村内的所有力量动员起来了吗？"黎志在台上讲得滔滔不绝，会议室里非常寂静，只有笔尖在纸上划过的声音。

"所以，同志们，从此刻起，这一季度的排名已经告一段落，无论是好的坏的，都已经成为过去式，等我们出了这个会议室，就是新的一个季度开始，是英雄是好汉，我们在下一个季度比比看，散会！"一声"散会"，整座会场瞬间喧闹了起来。

张放站起身要离开时，黎志叫住了他："张支书，一会儿我和文林一块去

你们村委，见见刚才你说的从城里回来支援家乡建设的沈苹大姐和夕阳红的老人！"

"好的，书记，那我在村委等您和文乡长！"张放听到黎志说要去村里看望服务队，赶忙回应着。

"好，你先回去，我和文林再说点事，马上也过去！"

张放走出会议室，赶忙掏出手机，边下楼边在微信群里通知着黎志要去村委的事情，让村委留守的干部组织一下。

刚下楼，孙贺就追了上来："老狐狸等一下！"

因为声音离自己太近，张放下意识回了一下头，见张放回头，孙贺坏笑地说："老张，果然承认自己是老狐狸了！"

"这话从何说起孙支书？"张放黝黑的脸庞稍微泛红，用低沉的声音回孙贺，似乎一瞬间又回到了那个老实巴交不善言谈的自己。

"你就别装了，我这都差点被你骗了，每次和你交流工作心得，你都说没思路、没思路，这没思路就坐到了书记和乡长中间，要有思路，咱们乡党委书记的位置还不都是你的？"孙贺连讽带刺地挖苦着张放。

张放看看四下，脸愈发涨得通红，赶紧拉拉孙贺说道："可别胡说，有些玩笑是开不得的！"

孙贺看着张放憋得满脸通红的样子，看上去不像是装的，只好自讨没趣说了句："好了，好了，不开你玩笑了，说吧，咋表示表示？"

"表示？"张放一脸蒙地看着孙贺。

"这村委得第一了，不得请吃个饭庆贺庆贺？你可不要忘了，咱俩现在不仅是战场上的对手，还是一块长大的盟友呢！"孙贺软磨硬泡着。

"改天，改天我一定请你，一会儿书记要去看望夕阳红老人，我得赶紧回去安排一下！"张放这才明白孙贺的意思。

"咋地，怕穿帮啊，还得提前回去张罗？"孙贺依然打趣着张放。

"张书记还没走啊？刚好一块！"孙贺和张放正说着，黎志和文林已经来到了楼下。

"书记好！"看到黎志下楼，孙贺忙问了声好，刚才那个说话吊儿郎当的孙贺已经荡然无存。

看着孙贺手中拿着的大红花，黎志顺口问了句："这次村委排名第几啊？"

"第八，比上次前进 10 名！"孙贺忙笑着回答。

"不错，只要有进步就是好事，争取下次第一，和张书记比比。"黎志指指张放。

"好的，书记！"孙贺答应着看看张放。

张放来不及回应孙贺，急忙对黎志说："那我们直接去村委吧书记！"

"好，直接去村委。"说着，黎志招呼上司机小王，和文林上了车，张放开着车在前面带路。

第三十九章　沈苹大姐

黎志、文林去尹木村的路上，尹木村干部正火急火燎地组织着村内的夕阳红老人到村委集合，因为夕阳红老人年龄大多已经六十岁以上，干部们只能一个个地到家里去通知。当得知乡党委书记要来看望他们，老人都不约而同地换上了新衣裳。尹木村妇女主任柳利去沈苹家里通知的时候，沈苹正在自家院内那棵近百年的木香树下画着一幅幅的菊花。

"沈大姐，赶紧收拾收拾，一会乡党委书记要来看望咱们夕阳红老人。"见那两扇有些年代的大门敞开着，柳利直接走进了院内。

正在认真作画的沈苹听到柳利说乡党委书记要来看望大家，手中的笔立刻停下了，她抬头看看柳利，那双布满血丝的双眼中流露出激动："你说黎书记要来看望我们？"

"是，黎书记要来看望你们。"柳利看着沈苹不可置信的眼神，再次笑着重复了一遍。

沈苹急忙放下了手中的铅笔，慌忙收拾着那张掉漆的木桌上摆着的一张张的画，但收拾到一半，沈苹对柳利说："你帮我收拾一下，我上屋里换一套衣服。"说着，沈苹急急忙忙就走进了屋里。

柳利看着慌张的沈苹，笑笑说："你这套衣服不用换，挺好的，估计你换衣服这会儿，咱们书记都已经到村委了！"

听到柳利这么一说，沈苹又从屋里走了出来，带着怀疑的眼神看着柳利："这身衣服真的不用换吗？你看这衣服上还沾有颜料呢！"沈苹指指自己衣服上由于在村内墙体上作画沾满的颜料。

"这颜料不正是咱们劳动人民的本色吗？赶紧走吧沈大姐，咱们张支书群里专门强调你一定要到！"说着，柳利过来要挽沈苹的胳膊。

沈苹低头看看身上的颜料，又看看柳利，再次问了句："真没事？"

"没事！"说着，柳利笑着搀着沈苹出门了。

出了家门，柳利让沈苹坐自己的三轮车前往村委。沈苹刚坐上，一看大门还未关，急忙说道："等一下，门还没关！"说着，沈苹就下了车，走到家门前把大门关上了。

"沈大姐，这家里还有啥宝贝啊？"柳利一边骑车一边笑着问沈苹。

"啥宝贝啊，宝贝就是院里的那棵木香树和那两间破瓦房了。"沈苹看着自家的院子，回了句。

"你可不要小瞧破瓦房，现在全乡都在统计各村委的老房子数量呢，说是为下一步打造乡村旅游做准备，说不定啊，将来您这个院子就是旅游景点了！"柳利笑着回沈苹。

"这院子要能成为景点，我这一辈子啊也值了！"沈苹叹了一口气说。

两个人一路聊着，到村委的时候，果然如柳利说的那般，黎志和文林已经到村委了，站在村委院内，正和村内的夕阳红老人聊着天。

两人下了车，朝人群走去。张放站在人群的外面，手里正拿起手机，看到柳利和沈苹，把手机放下，急忙走到她俩身边，对柳利说："正准备给你打电话的，怎么才过来？"

"沈大姐听说要见乡党委书记，说啥要换衣服，耽误了点时间。"柳利回了句。

张放看看沈苹，也顾不得说那么多，拉着沈苹就往黎志身边去："书记刚才还问谁是您呢，和书记好好聊！"两句话的工夫，已经来到了黎志面前。

"书记，这位就是我们尊敬的沈大姐，听说村里在搞乡村建设，主动从城市回来，和老人一起每天参与乡村劳动！"来到黎志面前，张放向黎志介绍着沈苹。

黎志看着眼前这位身材瘦小，满身沾满颜料的老人，黎志伸出了手紧紧地握住沈苹的手说："您的故事，张支书今天在表彰大会上给我们全乡的干部讲了，你们可是咱们全乡最值得尊敬的人呢！"

听到黎志夸自己是最值得尊敬的人，沈苹的眼睛瞬间红了，也紧紧地握住黎志的手，颤抖地说："谢谢书记来看望我们，谢谢！"说着，说着，沈苹的声音有些哽咽了。

听着沈苹哽咽的声音，黎志关心地问道："生活上有没有什么困难需要咱们乡政府解决的！"

"没有，没有，现在生活是掉到蜜罐里了，我是因为感动才一时没控制住情绪！"听到黎志误以为自己是生活困难哽咽，沈苹急忙擦了一把眼泪回道。

"这样张支书，既然来了，我和文林咱们一起到沈大姐家去坐坐！"黎志忽然提议说。

"可……以。"张放听到黎志说要去沈苹家里坐坐，打着结巴回道，张放倒不是怕黎志和沈苹聊天，也不是怕黎志去沈苹家里，而是担心去沈苹家里的路上，万一村里有哪个地方卫生没有打扫到位，黎志再发火。

张放看看柳利，柳利意会地对黎志说："书记，要不这样，咱们走着去吧，村委离沈大姐家挺近的！"

"好，那就走着去！"说完，黎志对村委院内站着的老人深深地鞠上一躬："大家辛苦了，感谢大家没有任何报酬参与到咱们乡村建设中来，请大家相信，有我们群众这样的支持，我们西明乡，我们尹木村的未来会越来越好！劳动的同时也要照顾好身体，遇到什么困难需要咱们乡里解决的，就和我们张支书说！如果大家没有事的，咱们可以一起上沈大姐家坐坐！"

老人们看到黎志鞠躬，听着黎志亲切的话语，掌声响彻整座村委。

老人散了后，有五六个平时和沈苹关系十分要好的老人留了下来，说要一起去沈苹家。张放陪同着黎志、文林一起朝沈苹家里走去。去的路上，沈苹向黎志讲述了自己的身世。

沈苹告诉黎志，自己出生在旧社会，刚出生没多久，家庭就遭受了变故。小时候吃不饱、穿不暖，更别提上学的事情了，长大后，在村内一个婶子的介绍下，结了婚，嫁到了尹木村来，生了三个孩子。看着孩子一个个长大，本想着日子有奔头了，谁承想老伴又去世了，生活再一次雪上加霜。一家人全靠着在单位上班的丈夫的哥哥经常接济，自己认识字和会画画都是那个时候丈夫的哥哥教的。

"不过，日子总归熬着熬着就熬出来了，现在几个孩子都有出息了，我这老了老了，没想到还能过上这样的好日子！"沈苹向黎志讲述的过程中，多次哽咽。

沈苹讲着，也来到了自家门口。沈苹拿出钥匙打开那扇木门上的大铁锁，

招呼着黎志他们进去。

进到院内，黎志看着面前那棵长势旺盛的木香树，满院都被它遮挡，赞叹了一句："真是一棵好树啊！"

"这棵木香树，我嫁过来的时候就有了，它开花的时候，能够香飘十里，特别香！"沈苹从屋内搬出几个小板凳。

"沈大姐，你去给书记和乡长聊天，这些我来做。"柳利接过板凳对沈苹说。

黎志摆摆手回了句："都不要麻烦，就当是邻居来串门的！"说着，黎志和文林走进了沈苹搬板凳的东厢房。

走进房间，看到房间内摆着的五六十年代的柜子和箱子，黎志对文林说："这些老物件，以后等咱们这发展乡村旅游了，可珍贵着的！"

文林摸摸柜子上生锈的锁答道："这是一代人的记忆，我老家还有一两个，是我母亲的嫁妆！"

听着文林和黎志聊着，沈苹笑呵呵地接了句："这在我们那个年代都是陪嫁用的，放在家里没啥用，扔吧也不舍得扔！"

"可千万别扔，等乡村振兴记忆馆建起来了，这些都是宝贝！"黎志说道。

"听您的，不扔，当宝贝守着！"沈苹笑着回了句。

黎志和文林从沈苹家的东厢房出来又走进正堂转转，看到沈苹正堂房间里的笔墨纸砚，黎志感慨了一句："我们一直在讲提升群众生活水平，什么是提升生活水平？生活水平不只是指衣食无忧，更重要的是群众的精神文化生活，精气神提升上去了，你说干什么事情干不成？"

随行的干部应允着。

"现在我们乡很多老人都像沈大姐这样投入到了乡村建设中去，不能只是他们为乡里做贡献，我们也应该为他们做些什么。"

"是的，因为他们的参与，我们西明乡的乡村建设速度提升了很多。"文林接了句。

黎志环顾了一下眼前的几位老人，问站在身边一直没有说话的张放："张支书，你觉得怎么样！"

被黎志忽然这么一问，张放慌忙回道："书记，乡长说得对，应该为他们做些什么！"

"是啊，我就是问你呢，这问题你怎么又反问我了？"黎志笑笑说。

"书记，这问题我不好答，您让我管理一个村还行，你要让我站在全乡的角度去考虑，我还不知道怎么做！"张放双手互搓，搪塞着。

"那好，现在我问你，就眼前这些为你们村庄做出贡献的老人，你觉得怎么关心他们好？"

"逢年过节慰问，买些吃的用的到家里去。"张放回答。

黎志摇摇头没有回话，显然，黎志对张放的回答不满意。

"张支书，你说的这些和他们为村庄做出的付出不成正比，买东西看望他们，在他们为村庄建设面前太渺小了，我们要根据他们的生活方式，去暖他们的心！"文林见黎志在思考，回张放。

"乡长说得对！"张放见黎志没有说话，回答了文林，就不再说话了。

"大姐，你说咱们那个年代如果家中有喜事都是吃什么？"黎志听文林说完，像忽然间想到了什么，语气中带着兴奋问沈苹。

"当然是饺子了，现在家里过节啥的也都是吃饺子。"沈苹顺口回道。

"那个时代没啥吃的，吃饺子就是改善生活。"随行的一位老人说道。

"好，那咱们就吃饺子，咱们以后不仅过年过节吃饺子，以后每个月吃一次。"黎志兴奋地说。说完，黎志对身边的文林说："走，文林，回乡里，开党委会，我们研究一下这个饺子宴如何举办，如何吃！"说完，黎志与身边的人一一握手告别。

黎志的车开出很远后，张放才放下了一直挥着的手，放下手时，张放轻揉了两下胳膊，似自言自语说了句："你别说，这挥手时间长了，胳膊也酸！"

"张支书，你额头上有汗了！"柳利提醒张放。

张放擦了一把额头对柳利说："这点汗不算啥，书记和乡长他们开完会之后啊，估计以后的汗要比这更多！"

第四十章　危机

六月正是西明乡村民最忙碌的时候，不仅农田里的西瓜成熟待卖，地里的花生由于沙土地土质的缘故，也需要三四天一浇水。所以六月的村里，除了吃饭时间和正午太阳毒辣能在村里见到人，其他时间的村庄几乎是一座空村，但是，到田地里找人一找一个准。而月牙他们的红薯项目就在这个时候出了问题。

"晨哥，看咱们红薯秧这长势，比周围其他红薯都要好，当初我说多做一些，你和月牙就是不让，现在后悔没？"林东站在红薯试验田前，看着眼前长势旺盛的红薯秧，一手搭在刘晨的肩膀上，一手掐着腰好不得意地说。

刘晨眉头紧锁，摘下头顶戴着的草帽扇了几下回林东："东子，红薯秧旺盛不见得是好事，我总觉得有种不太好的感觉！"

"切，要我说，你就是什么事情都考虑得太多了，红薯秧旺盛还不是好事？你是兴奋过头了吧！"说着，林东摸摸刘晨的额头，又摸摸自己的，一本正经地说："这也不热啊，怎么说起胡话来了？"

"来，你看！"刘晨说着蹲下，拔下一棵红薯秧。"干吗呢晨哥，这每一棵都珍贵着呢，你不能为了看红薯大小，昨天拔一棵今天又拔一棵，照你这样下去，还没等成熟呢，咱们这整块试验田的红薯就被你拔没了？那红薯生长不得有个过程啊？"说着，林东赶忙把红薯秧从刘晨的手中抢过去，挖坑，准备再种进去。

"东子，你都没有发现问题吗？"刘晨依然眉头紧锁。

"啥问题？"林东一边埋着红薯根一边回道。

"问题就是……"刘晨还没说完，一个女人的声音打断了刘晨的话。

"东子，你给婶说清楚！"来的不是别人，正是村里第一个答应跟着月牙他们做项目的林翠英。说话的工夫，林翠英手里拿着红薯秧已经来到了林东和刘晨的面前。

"怎么这么大的火气啊婶？"林东见来势凶猛的林翠英，还没意识到问题的

严重性，笑着回林翠英。

"还怎么这么大的火气，当初你说做项目是不是婶第一个响应你的？"林翠英质问着。

"是啊，婶，当时您还说到时候让去你家吃土鸡呢！"林东打趣地开着玩笑。

"土鸡，我看现在是鸡毛你都别想吃了，你看看这红薯长的，我若不说，别人还以为我种的是花生呢！"林翠英晃动着手里的红薯秧，红薯秧根部挂着两个如拇指般大的红薯。

"婶，你真会开玩笑，咋会是花生呢，一看这么旺盛的红薯秧，眼不瞎的都知道是红薯啊？"林东伸手去拿林翠英手里的红薯。

"别给婶嘴涮，你就说这是咋回事吧，人家的红薯现在都这么大了！"林翠英把红薯秧扔在地下，双手比画了一下。

"婶，你那不是红薯，你比画的是篮球。"林东调侃地回道。

听着两人你一句我一句地争执，刘晨站在边上也插不上话，只是默默地捡起林翠英扔在地上的红薯秧，仔细地看着。

"晨哥，你是哪边的，你倒是说句话啊。"林东争执不过林翠英，朝刘晨搬救兵。

"对，你说，小晨，究竟是红薯秧的问题还是管理的问题。"林翠英也把目光投向了刘晨身上。

看着两个人同时看向了自己，刘晨深吸了一口气回道："我想，可能是苗出了问题！"

"晨哥，你胡说什么呢？你该不会是太阳太热烤煳了，说胡话的吧！"听到刘晨说是苗的问题，林东有些慌了。"你见过谁家是苗的问题，苗还长势这么旺盛的？"林东拼命地解释着。

"东子，你先不要慌，你听我说，苗的问题不一定是出在不长，红薯秧长势旺盛但是不结红薯，这也可能是苗的问题。"刘晨苦口婆心地给林东讲着。

"但是，这怎么就是不结了？这不是有吗？"林东抢过刘晨手里的红薯秧，指着红薯秧上那两个小不点极力地解释着。

"按照正常的时间来算，这个时候的红薯应该不只这么大。"刘晨说。

"晨哥，咱们这是新品种，不能按照咱们之前种的品种来计算它的生长周期

吧，如果这样，我们还做新项目干吗？"林东与刘晨观点出现了明显的分歧。

"小晨，婶信你说的话，如果是苗的问题，现在怎么解决，本来今年计划种西瓜的，你们说做新品种，婶想着支持你们，就跟着你们种了，现在出现这个问题，怎么解决？"林翠英问刘晨。

刘晨看着眼前七八十亩的红薯秧，今年自己也把基地里大半的田地压在了这红薯项目上，如果真的是苗出现了问题，那么……刘晨不敢再往下想。

"小晨，婶子问你话呢，你不能这个时候不说话啊，这一家老小还等着地里的收成卖钱呢！"林翠英见刘晨不答话，有些急了。

"婶子，我们会想办法，现在有两种可能，第一种可能，是苗的问题，不适合我们这里的田地生长，还有一种可能是我们按照老的管理方法来管理了这个新品种，如果是后者，应该还有挽救的办法！"刘晨脑海慌乱了一分钟，林翠英的一句问话，让他瞬间清醒了过来，他知道，自己这个时候不能乱了阵脚，一乱全都会乱。

"那如果真的是苗的问题呢？"林翠英进一步逼问。

"婶子，现在我们不能下定论，您不能一棒子就打死吧，刚才也说了，不一定是苗的问题！出现问题，我们共同解决问题。"林东此时的情绪已经从最初的冲动恢复到了冷静，他心里很清楚，刘晨做了这么多年的农业，一般他下的定论不会错，既然选择了一起创业，就不该出现怀疑。

"东子，不是婶一棒子打死，你以为就婶一家出现了这个问题？如果是婶一家，我今天不会来找你们，是我看了咱们村上很多家跟着种新品种红薯的都出现了同样的问题才来找你们的，大家现在都在等着一个说法的。"林翠英双手往胸前一盘，圆圆的眼睛一会看看刘晨一会看看林东，等待着两个人的回答。

"婶子，出现这样的问题，也不是我们大家都想看到的，当务之急是先干预红薯秧不让继续疯长，我们要做的第一步是控旺！"刘晨回答。

"控旺？往前种红薯谁打过控旺的药，说着好说，那三四亩地呢，下来也得一二百块钱的控旺药，这钱谁出啊？"林翠英瞪着圆鼓鼓的眼睛盯着刘晨。

听着林翠英的意思，林东有些急了："婶，你不至于吧，就几瓶控旺药你都不愿意买？如果是你自己选的苗出现了疯长，你不照样得掏腰包买控旺药啊？"

"哦，你婶傻啊，自己会去买疯长的苗？"林翠英把林东的话怼了回去。

"这钱我出，只要是跟着我们项目组做的所有村民，控旺钱我自己承担了！"刘晨用坚定的语气回林翠英。

"晨哥，你疯了，你知道多少钱不？再说了，现在问题还没有查清楚，万一不是咱们苗的问题，是管理问题呢，我们可不能当冤大头！"听到刘晨说要把这钱出了，林东急忙阻止刘晨。

"好，小晨，婶子就冲着你今天这句话，今天所有的事都过去了。婶子也不知道买什么药，到时候你直接买了药给婶子送去就行，其他也没有啥事了，我就先走了。"说着，林翠英转身离开，但没走出几步又回头对林东说了句："东子，不是婶说你，没有金刚钻就别揽瓷器活！你瞅瞅人家小晨的态度！"说完，便转身离开了。

"不是，她还有理了她，我态度怎么了我！"林东看着离开的林翠英，指指林翠英指指自己，不服气地对刘晨说。

"好了，好了，消消气，出现了这事也不是谁想看到的，大家当初能跟着我们干，也是因为相信我们，既然相信了我们，我们就不能让大家失望！"刘晨拍拍林东的肩膀说。

"关键是，我们也不能不去地里看看就什么责任都担了，万一不是咱们的责任呢？"林东依然有些不服气。

"还用去她的地里看啊，咱们眼前这几十亩还不够你看的，她的情况和眼前我们地里的情况是一样的，但愿通过控旺能解决问题吧！"

"小晨，听你林婶说，红薯秧旺盛来你这拿药？"林东和刘晨正聊着，跟着他们做项目的刘壮不知什么时间来到了身后。

"刘大爷，你这是飞过来的啊，差点吓死我。"林东转身看到人高马大的刘壮，手在胸前夸张地拍了两下。

"你老子的胆那么大，你会这么胆小？"刘壮粗嗓门地回道。

"刘大爷，你就看在和我爸你俩一条船（拜把子的意思）的份上，这控旺药您自己买呗，再说了，您家里三层小洋楼都建起来了，还差这点钱？"林东打着感情牌对刘壮说。

"东子，你看你刘大爷长得憨不憨？"

"不憨！"林东摇摇头。

"那你看你刘大爷傻不傻？"

林东又摇摇头。

"哦，你刘大爷不憨不傻的，别人给钱不要，还自己掏腰包，我这算啥？"

"算好汉！"林东竖起大拇指对刘壮说。

"你这磨嘴皮的功夫和你爹还真一样，这样……"刘壮正准备往下说，月牙在远处冲这边挥挥手："东哥，晨哥，我来给你们送水来了！"

第四十一章　决裂

听到月牙的声音，三个人的目光都投向了月牙来的方向，只见月牙手里抱着几瓶水从远处正走来。

"那个丫头是不是来过咱们村里？"刘壮看着走来的月牙，似自言自语又似问林东和刘晨。

"没来过！"林东和刘晨不约而同地回了句，回完这句话，两个人看了对方一眼。

"哦，哦，哦，我想起来了。"刘壮手指着月牙说："那丫头不是咱们乡里的？那天是她做的记录来着，对，我找她要钱一样！"说着，刘壮准备朝月牙走去。

"刘大爷，控旺的钱我出，您放心，明天我送到您家去，天这么热您赶紧回去！"林东急忙拦在了刘壮的面前。

刘晨看着着急的林东以及远方的月牙，嘴角微微上翘，似微笑又似有其他含义。

"你小子看上人家丫头了吧，到时候别忘了请大爷喝杯喜酒，控旺药送到你林婶家就行，我地里忙，家里不常开门，我去她家取！"刘壮把刚从头上摘下的帽子再次戴上朝月牙来的方向走去。

"这老狐狸，我得跟着去，万一他和月牙说啥！"林东紧跟着刘壮一起走，被刘晨一把拉住："放心吧，他不会说！"

"你怎么知道他不会说？"林东看着刘壮，只见刘壮与月牙擦肩而过，月牙问了一声好，刘壮只是笑着答了一句："热吧，丫头！"就走了。

"你挺在乎她的。"刘晨问林东。

"你不懂，再怎么说我是她学长，在她面前面子不能丢！"说着，林东就走向月牙，像没发生什么事似的笑嘻嘻地对月牙说："今天哪阵风吹你来地边也不提前说一声？"

月牙把一瓶水递给林东回了句："今天有风吗？"来到刘晨面前，月牙把水递给刘晨："晨哥，喝水！"刘晨接过水，礼貌微笑地回了句："谢谢！"

"刚才那个大叔来地里干什么呢？"月牙看着已经走远的刘壮背影问刘晨。

"来说……"刘晨正准备一五一十地告诉月牙，林东刚喝的一口水吐了出来，擦把嘴急忙说："那不是来学习咱们的经验来了吗？没办法，谁让咱们的红薯田是这么多试验田里管理得最好的呢！"

看着林东吐了一衬衫的水，月牙笑笑："东哥，你反应这么大干吗呢？再说了，这田地里红薯长得好，功劳晨哥最多，你得意啥？"看着林东的窘态，月牙理解成了得意。

"不管是晨哥管理的还是我管理的，都是咱们青寨三人组！"

"什么青寨三人组？"

"哦，忘给你们说了，我给咱们团队起了个名字，叫青寨团队，青是青年的青，寨是西明乡，怎么样，名字好听不？佩服我的才华不？"林东此刻得意扬扬，完全忘了刚发生的事情。

"得了吧东哥，还青寨团队？我们发展好了，走出去给别人介绍我们，就说我们是清债三人组？知道的，我们是做农业的，不知道的，还以为我们是讨债公司的，你这起得啥名字啊？"月牙笑得合不拢嘴回道。

"就是啊，忘了谐音了，回头我再想个好名字包你们满意！"林东挠挠头。

刘晨看着眼前毫不知情的月牙，又看着身后几十亩的试验田，猛喝了一口水。

"晨哥，怎么看上去这么不高兴啊？"月牙手在刘晨面前晃动了一下。

"他哪是不高兴，他在考虑着怎么回收呢！是不是晨哥？"林东撞撞刘晨的胳膊，希望他按照自己的意思说下去。

"是吧！"刘晨看着月牙脸上开心的笑容，也不忍心告诉她发生了什么事情，只好跟着林东一起撒了个谎。

林东冲着刘晨使了一个眼色，对刘晨竖了一个大拇指。

"东子，小晨，药是不是来这领啊？"本以为这件事情瞒天过海就过去了，谁知道，村上又有两个村民来到他们示范田讨药来了。

"这还没完没了不是！"林东生怕月牙知道项目出了问题，嘴里嘟囔着，

急忙去拦那两个人，低声说："药没问题，明天送到家！"说完，大声说了句："好了，今天先不看了，你们先回去，明天再看！"

两个村民你看看我，我看看你，一脸迷惑地看着林东，不知道他在卖什么关子。

"东哥，你也太小气了吧，村民来学经验就让学吗？大家都好才是真的好！"林东后半句的话被月牙听了去，月牙以为两个人真像林东说的那样是来学习的，走过去轻轻推开林东，对眼前的两个村民笑着说："你们的红薯长势应该也不错吧！我们多学习，多交流！"

两个村民被林东和月牙彻底整蒙了，看看林东，又看看月牙，其中一个村民回了句："我们是来拿……"

"对，你们是来拿经验的，经验没问题，我和晨哥知无不言言无不尽，随时欢迎！"林东又把话呛回了去。

刘晨站在一旁没说话。

"东子，你是知道我们来干吗的？你是不想给……"林东又把话打断，急忙说："这话说得，咋会不想给经验呢，随时欢迎大家来学！"

"对对对，随时欢迎大家来，我们做这个新品种就是为了未来我们村民发展得更好！"月牙帮林东补充着。

"东子，你是不是不准备给我们药，我们是来拿控旺药的！"其中一个村民见林东话语躲躲藏藏，以为是林东不想给，大声说道。

"拿药？"月牙看看林东和刘晨，问了句："他们不是来学经验的吗？"

"学什么经验？你是乡里的对吧，我记得当时就是你登记的，现在我们地里的红薯都出现了疯长，你说咋办？"

听他们说完，月牙看看刘晨，一脸迷茫地问道："晨哥，咱们项目出问题了？"

刘晨点点头，又急忙补充说："也不是说多大问题，现在也在找原因。"刘晨怕月牙是女孩承受力太弱，含糊其词地回答。

"是这样吗？"月牙看看林东。

林东没有接话，只是对眼前的两个人说："明天药送家里，你们回去吧！"

两个人似乎也看清楚了目前的形势，互相碰了一下，对林东撂下一句："好

的，那你们忙，我们家里等着。"说完，就急忙走了。

人走远后，月牙看看蹲在地边的刘晨，又看看身边的林东，生气地质问两个人："为什么你们不和我说实话，是不是你们从来都觉得我不是你们团队里的？"

"月牙，不是这个意思，你听我说，我和晨哥觉得我俩能解决问题，所以才没告诉你！"林东劝说着月牙。

"所以说，从最开始，你俩就觉得我解决不了问题，什么事情都瞒着我，对不对！"月牙情绪有些高涨。

林东看看刘晨，希望此刻刘晨能接话，刘晨只是看着眼前的红薯秧不吱声，此刻他的心里也是心乱如麻。

"你们都不说话是吧，行，我是多余的，反正我也解决不了任何问题，我回乡里整理材料了！"月牙说着声音已经哽咽，眼泪在眼眶里一直打转。月牙抬头看看天空，几只鸽子从眼前飞过，感觉眼泪被逼回去之后，月牙转身，抹了一把眼泪，给林东丢下一句话："东哥，你还是上大学时候的那个样子，一点没变，总是你以为，很多事情你以为的不一定是对的！我要证明给你们看！"说完，月牙转身离去。

第四十二章　回转

月牙离去，林东这次没有追出去，只是蹲在试验田前没有说话。

"为什么不追过去？"刘晨看着试验田的远处问林东。林东苦笑了一下，回了句："追过去说什么？能解释什么？"说着，林东掏出烟，自己点燃，又递给刘晨一根。刘晨犹豫一下接过烟，林东又帮忙把烟点着。点着后，林东猛抽了一口，张开嘴巴，把烟吐了出来，看着面前的烟雾，林东说："都知道吸烟有害健康，这玩意郁闷的时候还真顶用！"

"你对她了解多少？"刘晨轻弹了一下烟灰问林东。

"谁？"

"你知道的！"

"你是说月牙吧？"林东看看刘晨，淡淡地回了句，"说多也不多，说少也不少，你是不知道她性格多拗，不瞒你说，她是我见过性格最拗的一个女孩！"

"以后不要拿咱们男人之间处理事情的方式和她交流，毕竟她是女孩子！有时候女孩生气哄哄就好了！"刘晨劝说着林东。

"她女孩子，可算了吧，你可不要把她当女孩子，这辈子谁要娶了她，可有那人受的！"

"好了，不谈这事了，你们之间的事情自己解决，我也帮不上忙，咱们还是想想怎么挽回眼前吧。"刘晨站起身，把手中没有吸完的半根烟扔到地上，用脚踩了一下，又把林东手中的烟拿下扔到地上劝说了句："吸烟有害健康，还是不要吸了！"

"晨哥，这一根两三块钱呢！"林东看着地上的烟头，啧啧地说了句。

"有问题总要解决，我先给我们合作方打个电话，问问具体情况，你现在去买控旺药，另外给月牙打个电话，赔个不是，问一下村里都是谁跟着咱们种的，等明天我们去他们家里送药去！"稍许的情绪低落后，刘晨清醒了过来。

"这控旺药我觉得买得真是委屈。"说着，林东拿出了电话把电话打给了月牙。

刘晨拨通供苗商的电话，刚说自己是谁，那边就有些不耐烦地说："我刚才都已经说了多少遍了，不是我们苗的问题，一定是你们管理苗过程中出了问题！"

"还有谁给你打过电话？"听到供苗商的话，刘晨诧异地问对方。

"一个女孩，我都给她说了，让她多到几块地里去看看，你们就不要再打电话了。"说完，对方挂了电话。

刘晨刚挂电话，林东走过来丧气地说："月牙电话打不通，一直没人接！"

"一个女孩？打电话？莫非是月牙？"刘晨回想起月牙走的时候丢下的一句话："我要证明给你们看！"

"是月牙，月牙这会一定没有走远，肯定还在咱们村！"刘晨紧握着手机对林东说。

"你这是又受什么刺激了晨哥，一惊一乍的，我都说了月牙电话没打通！"看刘晨的神情，林东十分疑惑。

"走，我们找月牙去！"说着，刘晨把草帽戴上，拉着林东要走。

"我们上哪里找？"

"一块田地一块田地地找，她一定在咱们村其他的试验田里！"

烈日下，林东刘晨在林柳村的田地里，从南地跑到北地，一块田地一块田地找，地里遇到人便问，最终，在刘壮的红薯地里找到了月牙。见到月牙的时候，月牙正满脸通红地站在烈日下，和刘壮正在谈论着什么。

两人走到月牙身边，见月牙满脸通红，汗珠顺着脸颊往下流，刘晨从头顶摘下帽子准备给月牙戴上，谁知，到了月牙面前，林东直接把帽子戴在了月牙头上，边戴边抱怨："你说你一个女孩家，出来也不知道戴一顶帽子，就你这样，将来哪嫁得出去？"刘晨见状，只好笑笑，假装扶扶帽子，手就放下了。

"你俩小子，还没有人家一个丫头懂得多，你看我家这红薯。"刘壮满脸堆笑，把红薯拿到了林东和刘晨的面前。

"刘大爷，就你家这红薯长势你怎么好意思去找我们要控旺药的？"林东看着刘壮手中拿着的一棵红薯秧，上面挂着四五个大小均匀有 20 厘米的红薯，

啧啧地问刘壮。

"刘大爷，这是怎么回事？"刘晨看着眼前的一切，不敢相信。

一旁的月牙摘下帽子递给林东，接话说："不是我说你们两个大老爷们的，学都白上了，没有调研就没有发言权这句话都忘了？出现了问题就乱了阵脚！"

"是是，月牙老师教育得极对。"此刻月牙说啥，林东都不反驳。

"这是怎么回事月牙？"刘晨拿过刘壮手中的红薯，来回摸了几下，问月牙。

月牙看看刘壮笑笑，刘壮大嗓门摆摆手接了句："算了，还是我来说吧，事情是这样的，老刘家回来说上你们那可以免费领红薯控旺药，我就去了！谁知道我刚回到地里，这丫头就来到了我家地里说看红薯，我就随手拔了两棵，没想到红薯长得还不错！"

"刘大爷，您的意思是，您根本就没有来您的地里看红薯，听到别人说领药就直接去我们那要药了？"听到刘壮的回答，林东一副惊讶的语气回刘壮。

刘壮呵呵笑笑，有些不好意思地回道："你也知道你大爷天天忙着卖瓜，哪有闲工夫来管红薯，今天卖瓜回来早，就想着来地里看看红薯，但大家在议论领药，我寻思着，都领了，也得去领啊！"

"你可真是我亲大爷。"听完刘壮的描述，林东瞬间一时不知道该说什么。

刘晨在一旁认真地听着，看着面前认真的月牙，心就像被一阵清风吹过。

"怎么样晨哥，服不？"月牙一副不服输的笑容挂在脸上问刘晨。

"厉害。"见月牙突然问自己，刘晨急忙回道。

"那是，好了，既然来了，都别愣着了，我们分开行动，争取今天一下午把所有跟着咱们做的群众地里都跑一遍，需要控旺的我们控旺，如刘大爷家的这种，我们就静待胜利果实！"月牙右手握拳做了一个胜利姿势。

"行！"刘晨和林东同时答道。

"要不这样，月牙，咱们两个一组，毕竟你对我们村里谁家地在哪里不熟悉。"林东谈条件。

"也是。"听到林东这样建议，月牙思考了一下说："东哥，你说的不是没有道理，如果我熟悉的话，现在应该不止走两家了，这样，我和晨哥一组，你自己一组，我觉得还是和晨哥一组靠谱！"

"这，不太合适吧。"听到月牙说要和自己一组，刘晨看看林东的脸色。

"切，你俩一组就你俩一组，这样，咱们分地段，看谁先走完，我就不信我一个人干不过你们两个！我会让你为自己的选择而后悔。"林东不服气地对月牙说。

"比就比，谁输了晚上请吃饭。"月牙也不服气地说。

"放心，还是好吃好喝的备着，现在开战。"说完，林东转身就走。

看着林东神气地转身，月牙口中数着："一，二，三，回头！"数到三的时候，林东果然回头，朝他们走来，满脸堆笑问月牙："我具体是负责哪些地块来着？"

"看，到最后不还得来我这要数据，你负责这几家，我和晨哥我俩负责这几家，最后晨哥家见！"月牙打开本子站在烈日下对林东和刘晨划分着区域。

刚划分好，林东拍了照，就急忙去自己战场。月牙看着林东，摇摇头："东哥还是和以前一样，太在乎输赢了！"接着对刘晨说："走吧，我们也去我们的战场！"

两个人在田地间的小路上一前一后地走着。

"为什么选择和我一队？"刘晨领着路似无意又似有意地问月牙。

月牙边走边回了句："因为我觉得您比东哥靠谱？"

听到月牙夸自己靠谱，刘晨脚步稍微放慢了一下，但转瞬便恢复平静对月牙说："那是你不了解东子，他这个人除了做事性子急了点，人还是非常靠谱的！"

"我不了解他？不瞒你说，我对他的了解程度怎么说呢，用个不恰当的词说，就是他化成一堆白骨我都知道那是他的！"月牙夸张地回道。

"今天谢谢你，不仅没有生我俩的气，还挽回了很多损失！"刘晨非常认真地对月牙说。

"我如果说我很生气，怎么办？"月牙回头假装生气地看着刘晨的眼睛问。

"你别生气啊，我……"看月牙生气，眼睛直直地看着自己，刘晨一时紧张得不知该如何回话。

"晨哥，看你紧张的，我如果真的生气，我就不会来地里。"看到刘晨紧张的样子，月牙咯咯地笑出声回道。

"吓我一跳，我以为你真的生气了。"刘晨长长呼了一口气。

"刚开始我的确是挺生你和东哥的气的，我们都说好是一个团队的，但出了

问题你们却不告诉我，后来自己想想也想通了，所以也就不生气了！"

"谢谢你……"

"谢我什么？"

"小晨，来吃瓜呢！"刘晨还没来得及回答月牙，路过一块瓜田，瓜农正在地里卸瓜，招呼着刘晨吃瓜。

"不吃了叔，家里有。"刘晨谢绝了对方的好意。

"有时候想想，农村待着也挺好的。"月牙看着瓜地里卸瓜的场景，四五个人站在瓜地里，一个人摘了西瓜后，把瓜递给身边最近的人，这个人顺手把瓜在空中抛出一个弧线，扔给了另外一个人，就这样几个人接力，西瓜最终安全地被放到了车上。这个过程中，每一个人接过瓜的表情就像是在完成一个使命。

"你还要走？"听到月牙感慨，刘晨猛地一惊，问月牙。

"要走的，未来还是一个未知数，好了，我们也得加把劲了，可不能被东哥给抢了先！"说着，月牙加快了步伐超过了刘晨。

刘晨跟在月牙后面，看着面前的月牙，听着月牙说还要走，刘晨想说些什么却又不知该如何开口，只能沉默着加快脚步跟上月牙朝前走去。

第四十三章　买只烧鸡不吃

"各村小组注意了，今天中午，凡是村内六十岁以上的老人来村委吃饺子了！"

"中午吃饺子嘞，凭年龄只要过了六十岁，中午村委管饺子吃！"

"注意了，注意了，中午十二点，村内六十岁以上的老人来村委吃饺子了！"

8月10日一早，西明乡各村委喇叭就开始吆喝起来了。

自从黎志去尹木村现场征求关爱老人方式后，他和文林回到乡里，当天下午就开了党委会，讨论关于如何"孝亲敬老"吃饺子，那场会议开了三个多小时，最终定下：每个月10日，乡里以村委为单位，组织村内六十岁以上的老人集体吃饺子。但吃饺子也定下了规矩，饺子馅必须是剁的，饺子皮是擀的，凡是买现成的馅现成的皮通通扣分。

乡里开完晨会后，黎志和文林把五大片区区长留了下来，要求道："根据上次我们会议上的要求，以后每个月10日除了特殊情况外，我们全乡包饺子吃，有安排就有落实，有落实就有督导，文林，你给大家说一下咱们的评比方法！"

"五大片区片长通过互查式检查饺子宴的落实情况，凡是村委出现虚假，绝不姑息，3分起扣！"文林对五大片区片长要求道。

"老刘，你到我们片区的时候，一定手下留情，我对你的片区也多多照顾！"朱磊对刘文低声嘀咕。

不承想，这话被文林听了去，文林直接点名批评朱磊，严肃地说："老朱，不要想着投机取巧，除了你们五大片区互查之外，我们的督导组也会到每个村委去，如果在互查过程中，有私心没有汇报到位，督导组汇报到我这了，加倍扣分！"

朱磊急忙满脸堆笑心虚地解释："没有投机取巧，放心，绝对不会投机取巧！"

"好了，各自到各自的村委去吧，大家记住一句话，我们吃饺子不是为了吃饺子，吃饺子是为了拉近我们干群之间的关系。吃饺子也是吃饺子，通过吃

饺子这种方式，让老人能够感受到他们是被关爱的，大家要用自己的行动对得起这面墙上的数字！"黎志说着指了指墙上的村委排名，大家看了一眼排名之后，纷纷散去。

"王奔留一下。"就在王奔要离去的时候，黎志把王奔叫住。

"书记，有什么事？"

"你就要到其他乡镇工作了，组织部的文件已经下来，无论将来到了哪座乡镇，踏实干！恭喜你，又上升了一个台阶！"黎志拍拍王奔的肩膀。

"这都得感谢组织的培养和信任，感谢您和文乡长对我的支持，无论将来到哪座乡镇，我一定会把我们西明乡好的经验传递下去！"

"非常好，加油，这样，你一会下村的时候带着王时心，你走了之后，你的片区就她来担任片长了，文林已经找她谈过了，她也愿意到村里去锻炼一下，女同志，你多带带她！"

"好的，书记！"

"去吧！"黎志又拍拍王奔的肩膀。

王奔离开了。

"乡镇工作何尝不是铁打的营盘流水的兵，想起当年在部队的时候送兵退伍，和那感觉没有什么不同。"看着王奔离去的身影，黎志对文林感慨着。

"王奔工作一直认真负责，也不居功自傲，这次提拔，对他来讲也是喜事，到了更高的岗位上，就有了更大的责任！"文林接了句。

"被提拔谁心里不高兴啊，这对他讲是好事，没啥感慨的！"

听到插话，黎志转身，看到张庆正站在他和文林的身后，黎志问张庆："你怎么还在这？"

张庆扶了扶自己鼻梁上的眼镜笑嘻嘻地回道："书记，我没有包村啊，我也不知道我这回该干啥！"

"一个乡干部不知道自己要干啥？这传出去不是让人笑话？"黎志说道。

"所以，我等着书记和乡长给我分派任务的，革命一块砖，让我干啥我干啥！"张庆回道。

"老张啊，人家都说老油条，你这可不只是老油条，你这根油条是回锅油条又放了一天啊！"文林听到张庆圆滑地回答，又好气又好笑地接了句。

"既然这样，那你今天跟着我一起到村里。"对张庆说完，黎志又对文林说："文林，咱们两个也划分任务，我去一二三片区，你去四五片区！"

"好的！"文林答应着，便离开了。

黎志叫上通讯员，张庆在身后跟着一直说着话："书记，我觉得村里一定非常热闹，以前都是过年才吃饺子，就是放到现在，谁家会天天包饺子吃啊？咱们乡里这个活动好啊……"

黎志没有应答，只是听着张庆说。偶尔哪句说到黎志的心里，黎志也会回应一两句。曾经也有乡里的干部对黎志打张庆的小报告，说张庆空有满肚子的理论，但是，在做工作上却一点也不踏实。但黎志心里清楚张庆的优势在哪里，能把张庆的优势在工作上发挥到极致，短板自然也就补上了。

"你说这弄的啥事，咋就每个月10日就让吃起饺子来了。"在林柳村村委，二三十个妇女正在说着笑着包饺子，广场上，零星地坐着几位老人在看盘鼓表演。刘喜坐在拉长的案板前，一边和着面一边对林旺抱怨着。

林旺拌着馅回道："干啥不是干，乡里让咱吃饺子，咱就吃呗，一个月不就这一次！"

听到林旺说"一个月不就一次"刘喜正和面的手停下了，使劲拍了几下面团，回怼林旺："吃饺子能吃出分啊，还是吃饺子能吃出排名啊？"

"吃饺子能吃出咱们干群的关系，能吃出我们干群一家亲。"一个声音传到了刘喜的耳朵里。听到这个熟悉的声音，刘喜急忙转身看，文林和乡里的一个干部正站在他的身后。

见文林来了，刘喜急忙把和面的手在身上擦了几下，慌忙搬了一个板凳给文林，客客气气地说："文乡长，您这来也不提前说一声，让我们上村头去接一下啊！"

文林没有坐，而是走到案板旁边一个盛有满盆水的盆子前问："这水是洗手的吗？"

"是是！"刘喜忙答应着。

文林洗了把手，刘喜顺手从绳子上把一条挂着的新毛巾递到文林的手里，文林擦了手之后，直接走到刘喜正和面的盆前，下手和面。

"文乡长，我来和面。"见文林和面，刘喜着急忙慌地要抢。

"好了，这会儿就不要抢了，来，说说你对饺子宴的看法！"文林一边使劲地揉着面一边问。

"包饺子好啊，人多还热闹。"刘喜强颜欢笑地回道。

"刘支书啊，你就不要在我面前说这官话了，心里有啥不满的就直说！"

"你让说的啊，那我可就真说了！"

"你说，你说！"文林把面团拿起来，从中间掏一个洞，两手抓着面团一点点地把面团拉长，面团在他手中就像听话的孩子一般转着，慢慢地形成了一个小型的呼啦圈。

"文乡长，我就不明白了，你说乡里为啥就非得让吃这个饺子呢？"

"你觉得呢？"

"我要知道还问您呢！"

"黎书记说了，吃饺子是为了凝聚干群关系，农村留守老人多，平时在家里他们也顾不上自己包个饺子，我们给他们包饺子，可以温暖群众的心，拉近关系。"说这话的工夫，文林把拉好的长面团放在案板上，用刀切开。

"关心可以很多种形式，为啥非得是包饺子？"刘喜还是悟不透。

"那为什么不能是包饺子？"文林反问刘喜，说着把切开的小面团撒到正在包饺子妇女的面前，笑呵呵地说道："这面团可以吧！"

"可以，可以，一看就是在家经常做饭！"

"你这手法可比我们支书的好！"

几个正在包饺子的妇女你一句我一句地笑着夸赞文林。

文林把手上的面拍掉，看着广场上寥寥无几的老人，问刘喜："村里就这几个老人？"

"不是，有的还没来，有的去家里通知了，说走不开。"刘喜答着。

"刘支书啊，没事的时候，自己买只烧鸡不吃，撕撕想想为什么人不来（方言：指做事还没达到预期目标，即还有上升空间）。"文林轻轻拍拍刘喜的胸脯，对随行的干部说了句："走了，我们去下个村委！"

刘喜帮文林打开车门，挥手送文林离开。林东和刘晨抱着几箱水果来到村委文化广场上，看着远去的车，林东问林旺；"爸，刚才离开的是不是文乡长的车？怎么没留下他在咱们村委吃饺子呢？"

"你小子有能耐你去留，老子是没这能耐。"林旺解下围裙，把拌好的馅盆放到包饺子的妇女那里，对着刘喜说了句："我再去家里通知通知，让老人们来吃饺子！"

刘喜半眯着眼睛，左手抬起，似思考着什么对林旺说："你先别去，刚才文乡长走的时候说让我买只烧鸡不吃，撕撕想想是啥意思？"

"叔，这你都不懂，意思是你做得不好，没有达到文乡长的要求！"林东顺口接了一句。

"小兔崽子，胡说啥呢？"林旺示意林东闭嘴。

刘喜急忙掏出手机，准备给文林打电话，刚好一条微信消息弹了出来，是黎志在群里发的，刘喜急忙打开，只听到语音里黎志语气气愤地说了句："林塬村干部买饺子皮包饺子，扣 10 分！"因为刘喜开的是扬声器，这条语音大家都听了去。

"好家伙，这 10 分真够林塬村喝一壶了！"刘喜这一刻丝毫忘了文林刚来过的事情。在刘喜沾沾自喜的时候，林塬村那边的支部书记林自强正在听着黎志的训话。

第四十四章　林自强受训

林塬村村委院内，三顶遮阳棚下，十几个妇女有说有笑地包着饺子。在她们的身后，包好的饺子已经有十五六盘，每个盘子上都整齐地摆着六七十个饺子。在她们正对面六顶棚下，二十多个老人边吃着桌子上的水果边有说有笑地看着舞台上专业演员的表演。在舞台的一侧，两口大锅下正燃着熊熊的大火，锅里的水扑哧地冒着热气，一幅热闹祥和的画面。但在林源村的党建办公室内，空气格外沉闷，在林自强眼里，空气中二氧化碳的成分要远多于氧气的成分，黎志就在他对面坐着。

"林支书，乡里定下的规矩你知道不？"黎志开门见山地问。

"知道。"林自强面无表情地回道。

"既然知道，为什么要明知故犯？"

林自强没有回答。

"是不是对饺子宴有意见？"黎志又问。

"没有。"林自强答。

"没有？为什么要去买饺子皮？"

林自强又没有回答。

两个人的对话陷入了僵局。

"林支书认个错，这次犯糊涂事，下次别再买饺子皮了。"张庆在一旁和稀泥。

林自强还是没有回答。

看着面前一问三不答的林自强，黎志有些按捺不住情绪了，但听着窗外的热闹声和老人的鼓掌声，黎志长舒一口气，问林自强："你觉得饺子宴这件事你认同不？"

"认同！"林自强依然是两个字。

"好，那我就要听你的认同观点，你觉得饺子宴为什么好，你今天如果说

不出个道理，那你们村委就再扣 10 分，这叫阳奉阴违。"黎志巧妙地打开了林自强的话匣。

"林支书，赶紧说啊。"张庆坐在黎志的身旁，右手空中勾了两下，着急地提醒着林自强。

"自从知道村里每个月要 10 日举办饺子宴，我就觉得这是一件好事。我从小是吃百家饭长大的，我之前是在外创业，家里的老人在家里留守，心里也牵挂他们，现在回到村里当支部书记，能够通过这个活动回馈村里的老人，心里也畅快！"林自强不卑不亢地回道。

"说得好，那为什么要买饺子皮？"

"想着今天饺子宴，乡里肯定会有领导来，一早我们村委几个就开始打扫村内的角角落落，本来想着一早打扫结束，谁知道打扫结束已经将近 10 点，再组织人和面包饺子已经来不及，就临时想到了买饺子皮包饺子！"林自强一五一十地讲述着。

听着林自强诚恳地讲述，黎志的火气消了一半，接着问林自强："你觉得为什么乡里一定要强调你们包饺子，而不是买？"

"投入的感情不一样，买的饺子是冷冰冰的，包出来的饺子是热乎乎的！"林自强答。

"道理你都懂，落实到行动上，你却比谁都糊涂，我转了两个村委，虽然其他村委没有你们的文化项目丰富，没有你们包的饺子多，但是，他们是严格按照乡里的政策执行的，做工作的过程中，最怕的是什么？就是上有政策下有对策，即使你今天有很多个理由来解释为什么买饺子皮，但错了就是错了！"黎志看着什么道理都懂的林自强，语重心长地说。

"是，书记，我错了！"林自强没有再多解释。

"为什么乡里会举办饺子宴？为什么我们在全乡叫响'吃饺子不是吃饺子，吃饺子就是吃饺子'？这个过程中，也是我们干部大练兵的过程，俗话说得好，宴席好摆，客难请。饺子包好容易，但是，你想把老人请到村委来吃饺子，这是个难事。只有平时你这个支书在村里多走动了，和群众关系距离近了，你说吃集体饺子，大家才会来，如果大家来了，吃到的是买的饺子，那还不如下饭店吃。如果大家来了，吃到的是我们干部亲手为他们包的饺子，哪个群众会不

真心实意地跟着你走？"黎志说完，喝了一口水。

"明白了书记！不再有下次。"林自强听完黎志的话，惭愧地低下了头。

"好了，你是读过书的人，大道理你也懂，以后工作一就是一，二就是二，不要再做无用功了！"黎志站了起来，边朝外走边对林自强说。通讯员走来准备帮黎志拿水杯，张庆抢了过去，笑着对通讯员说："没事，你去记录，我来拿着！"

"你们村委这次组织的整体氛围不错，从来村委老人数量来看，证明你们村委平时在村里没少为群众服务，你看那些包饺子村民脸上的笑容，这才是我们做工作的初衷，他们笑了，我们苦了累了就都值得了！"

"是！"林自强应声着。

"我还要去其他村委看看，记住了，以后任何工作一定要求真务实，阳奉阴违的事情一定不要再做！"

"记心里了，在我们村和老人一起吃饺子吧书记！"林自强挽留着黎志。

"不了，我再转转！"黎志准备上车，上车前又对林自强说道："饺子熟的时候，你要带领着干部一起为老人端饺子，如果村里有上了年龄的老人不方便来村委，端着饺子给他们送到家里去，送饺子的那条路就是你和群众的连心路！"

"知道了，书记，您慢走！"林自强脸上终于有了笑容，对黎志摆摆手，张庆在副驾驶位置对林自强再次嘱咐："以后可别再买了，家里有面，不比外面买的好吃？"

"记住了，张乡长。"听到张庆对自己的嘱咐，林自强谦虚地回了句。

车离开林塬村去往下一座村庄的路上，黎志问张庆："你觉得刚才我扣分扣得多不？"

"不多，一点也不多，如果扣得少了，他们不长记性。"张庆附和着。

"老张啊，怪不得大家都说你老油条。"黎志掏出手机，在微信群里再次发了一条信息："林塬村支部书记饺子宴文化氛围浓厚，加3分！"加完分，黎志问张庆："老张，你觉得现在咱们乡里最急需提升的一个片区是哪里？"

"寨里村？"张庆说出了乡政府所在的村委。

"不对，你说的是村庄，我说的是片区！"黎志摇摇头。

"梁乡长的片区？"张庆试探地问。

"他的片区我还是不担心的，虽然上次老梁在处理堂庄村的事情上是不够果断，但是老梁做事我还是放心的！"黎志否定了张庆的回答。

张庆扶扶眼镜，心里犯着嘀咕，平时书记心里想什么，他一猜一个准，今天猜两次了还是没有猜到书记的心思上，张庆有些犯难了。故意打着马虎眼笑着说："这我还真猜不出来，您在的位置是放眼全乡，我这哪能比？"

"你不是乡里的乡长？"

"我只是副的，副的！"张庆强调着自己副乡长的位置。

"老张啊，别以为我不知道你心里想的是什么，工作中有时候你可以要些小聪明，但是在重要问题上，一定不能含糊。"黎志没有说穿张庆，但还是忍不住点了他几句。

"明白！"张庆答着。

"现在王奔要走，他们片区几个村委在全乡整体建设中也是举足轻重，除了寨里村，或许那几个村将会成为咱们西明乡发展最快的几个村庄！你说安排一个女同志过去合适不？"

"合适，怎么不合适？"

"你觉得怎么合适？"

"怎么都合适！"

"老张啊！"听到张庆的回答，黎志叹了一声气，喝了一口水，看向窗外，没有再理会张庆。

第四十五章　王时心走马上任

　　就在黎志为王奔片区下一步发展担忧的时候，桃庄村看似"大喜"的项目下却暗潮涌动。

　　中午十二点，桃庄村村委院内，热腾腾的饺子已经出锅，老人在村委院内围着桌子边吃边聊。村委院内的一间小房间内，一个面容消瘦、满脸愁容的中年男子正趴在桌子上填写着表格，另一个面庞黝黑微胖的中年男子中指和食指之间夹着一根燃了一半的香烟看着窗外，桌子上放着一碗还冒着热气的饺子。

　　"孙书记，趁着今天来的人多，和大家再说说吧。"叼着烟的村主任王力说。

　　"说什么？"孙贺一边填着表格一边问。

　　"咱们村占地建厂的事情啊！这可是个大项目，而且是市里的项目，我们总得再争取争取吧！"

　　"这事还是等王片长来了商量一下再做决定吧，这事急不得。"孙贺一副与己无关的语气回答。

　　"和他商量？现在全乡支部书记都知道王片长要调到其他乡镇了，这会儿他还会管这事？"

　　"那也得等他来，在任一天，他就是我们的片长。"孙贺合上表格，端起饺子，夹起一个吹也不吹就吃，刚塞进嘴里，又张开嘴巴哈了两下，"你别说这饺子除了烫点，味道还是可以的！"

　　"你一点都不着急。"看着淡定的孙贺，王力把烟按灭在了烟灰缸里。

　　"着急啥，天塌了，有个高的顶着的，就咱俩这身高，哪个有王片长个高啊？"孙贺边说边看向窗外，当看到窗外一个熟悉的身影，孙贺急忙把碗放到了桌子上，对王力说："咋这会儿来了？"说完，急忙走向屋外。

　　"这个是我们片区最后一个村庄桃庄村，支部书记是孙贺。"走进桃庄村委

院内，王奔对身边的王时心介绍着。

"我来过，当时妇联捐赠物品的时候，来的就是他们村庄。"王时心笑笑回答。

"王片长，您咋才来啊，一上午都在盼着您呢，没吃饭的吧，赶紧的，盛两碗饺子去。"孙贺指挥着身边的王力。

王奔看着村委院内，有些老人已经起身要走，王奔开门见山对孙贺说："孙支书，这是我们片区新的片长王时心，以后我们村委有什么事情就和她讲就行！"

孙贺脸上笑笑，忙应声着："乡里的妇联主席，我们见过，以后村委的工作您多多指导。"说这话的时候，孙贺上下打量了一眼王时心，虽然也见过几面，但由于王时心是新调来的，孙贺对她的性格并不了解，看着眼前这个一米六身高、体重不足100斤的女同志，孙贺心里犯着嘀咕："这么多村委，怎么就偏偏在这个时候给我们派来一个女的？"

"孙书记您好，以后村里的工作还要多多请教您。"王时心微笑着伸出右手和孙贺握手。

见王时心伸过手，孙贺立刻把手伸了出去，握手不足一秒，孙贺急忙把手抽回。此刻，孙贺的媳妇就在离他不远处看着他，孙贺虽然为村主任，但是怕媳妇是在村里出了名的。

"饺子来了。"王力端着一个擦得锃亮的托盘，托盘上面放着两碗饺子。

"要不咱们去屋里吃吧。"孙贺看着村委院内扔了一地的果皮对王奔说。

王奔看着村委院内所剩无几的人，点点头说："也行，老人们也都走了，我们到屋里说，刚好有些事情你们交接一下！"

孙贺急忙陪着王奔往屋里走，丝毫忘了跟在王奔身边的王时心。从孙贺的言谈举止上，王奔也猜到了孙贺当下对王时心的疑虑，考虑到以后王时心的工作日常，这才接受了孙贺提议到屋里吃饺子。

进了房间，王力把饺子放到桌子上准备出去，王奔问道："王主任一起吃吧！"

王力急忙回了句："王委员，我吃过了，你们吃！我去外面看看还有什么要忙的！"说完，王力就出了房间门，到了房间外，王力端起刚才盛好的饺子，

剥了几个蒜瓣，站在村委院内，瞄了一眼房间的窗户，就一口大蒜一口饺子大口大口吃了起来。

"主任，你怎么不在里面吃啊？"一个村民问道。

王力看看房间内，咬了一口大蒜，塞进嘴里一个饺子，说道："哪吃都一样！"说这话的时候，王力刻意地走到离房间窗户最近的一张桌子那里坐下，跷起二郎腿，头微微偏向房间的窗户那里。

"这饺子味道挺不错的。"房间内，王奔津津有味吃着饺子对孙贺说。

"是，饭店里的饺子也没有这味道香。"王时心轻咬了一口饺子回道。

孙贺刚把一个饺子送到嘴里，听到王奔说饺子好吃，孙贺满嘴边嚼饺子边回："这饺子从菜到肉都是人工剁的，饺子皮也是自己擀的，所以好吃！"孙贺之所以这么说和刚才黎志在群里扣林塬村的分是分不开的。

"孙支书，您做支部书记多少年了？"王时心问孙贺。

"我啊，做支部书记有十几年了，我们村无论谁家，你只要说去哪，我闭着眼睛都能带你去。"听到王时心问自己，孙贺话语中充满了自豪。

"厉害，改天还真得麻烦您带着我去村里走走看看，每家每户见见。"听到孙贺回答，王时心笑笑回道。

"你呀，就放心吧，孙支书这人特靠谱。"王奔接了句。说完，王奔问孙贺："孙支书，有没有大蒜？饺子配着蒜吃，那才叫美味呢！"

"还以为您不吃蒜了，有有，我这就去拿。"孙贺说着站了起来往外走。

"给，蒜来了。"还没走出去，王力就把大蒜送了进来。

"你这顺风耳啊？"看到王力手中拿着的几个个头偏大的蒜，孙贺接过蒜阴阳怪气地说了句。

"这不是刚好来房间看你们还要饺子不，没啥事我就出去了。"王力笑着说完又出去了。

孙贺把大蒜递给王奔，王奔接过蒜，递给王时心几个，王时心拒绝说："我就不要了，下午还有会议！有味不好！"

"这你就不知道了，吃了大蒜消除味道最好的东西就在西明乡。"说完，王奔大口吃了一个蒜。

"这么神奇？"王时心满脸惊讶地看着王奔。

"生花生是大蒜的克星，我们这家家户户都有花生，这就是王委员说得最好的东西。"孙贺笑着接了句。

王时心还是不敢相信地看着王奔，王奔手里拿着大蒜，又咬一口回道："听孙支书的准没错，吃吧，这叫入乡随俗！"

王奔这么一说，王时心拿起一个蒜瓣轻咬了一口，吃了一口饺子说道："我家吃饺子也喜欢配些蒜汁吃，这一配蒜吃味道还真不错！"

"要不我让他们捣些蒜汁来？"孙贺接了句。

"千万别，这样吃味道也非常好。"王时心急忙回道。

"孙支书，关于项目的事，你怎么考虑的，这可是一个好机会，其他村委想争取都争取不了呢！"见孙贺和王时心多少有些熟识了，王奔似无意问了一句。

第四十六章　博弈桃庄村

听到王奔问项目，孙贺正夹饺子的筷子放在了碗里，诉起苦水："王委员，这项目放在我们这，我们村委全体成员是打心眼感谢市里和乡里对我们村庄建设的支持，我们一直在做群众的工作！"

"孙支书，在这件事上，你可千万不要犯糊涂，这项目指标都下来小一个月了，哪有那么多时间给咱们村委考虑的！你如果真觉得咱们村委这个项目给群众做不通工作，我向乡里汇报，其他村有排着队想要这个项目的！"王奔激将着说道。

孙贺用手擦擦嘴，回道："王委员，关于这个项目，您也跟着开了几次群众会了，群众的态度您也知道，这事真的很难办！"

王奔看看王时心，王时心似明白王奔的意思，劝说道："孙支书，这项目放到咱们村里，对咱们桃庄村来讲绝对是好事，项目建起来了，到时候群众也不必外出打工，守着家带着娃挣着钱不比外出打工强？"

"王主席，您没有在村里干过，您不知道群众是咋想的，你是为他们好，但他们不一定会站在你的角度考虑问题，他们只会想着自己种地少了，挣得少了！"

"如果真是这样，我就和乡里汇报了，这个项目就让给隔壁的孙家村了。"王奔欲擒故纵地回了句。

"这项目不能让，我们村需要！"王力出现在了三个人的面前。"王力，你这干吗呢？"见王力直接走了进来，孙贺生气地对王力说。

"书记，咱们村里世世代代都是种地，但是谁从种地上发了？现在有这个项目能让大家不种地就挣钱，咱为啥就不要呢？"王力逼问孙贺。

孙贺没有答话。

"我知道，咱们是开了很多次会议都失败了，但是，不能因为失败，这项

目就让出去吧，我不同意。"王力赌气地说。

"王主任，孙支书估计也有自己的顾虑，项目即使放不到咱们村，放到了邻村，村民一样可以到那去打工。"王奔缓和着孙贺和王力的冲突。

"我进村委就是想着能够带着村民做些事，这好不容易有机会了，再让给别人，这哑巴亏，书记能吃，我不能！"王力站在门口，身体半倚着门说道。

"等一会开会再说这事吧！"孙贺终于接话了。

"好了，时候不早了，饺子味道不错，我们也要回乡里开会，等明天吧，我把几个村委叫到一起，大家再正式和新的片长见个面。"说着，王奔站了起来朝门外走去。

"您什么时间走啊？"孙贺跟在身后问。

"应该还得一周吧！"

"到时候一起吃个饭，给您饯行。"孙贺回道。

"饯行就不用了，心意领了，把村委工作做好，王主席既然被派到我们片区指导工作，你们配合好工作比吃多少顿饭都强。"王奔说。

"没问题，一定配合好工作！"孙贺保证着。

"好了，都不送了，赶紧忙村里的吧，关于项目的事情，您也好好考虑考虑！"对孙贺说完，王奔又对王力嘱咐道："好好干！"说完，便和王时心坐车离开了。

上了车，王奔透着后视镜看着王时心的眼睛说："以后这个片区就交给你了！有压力没？"

"说没有压力是假的，通过这次村委见面，心里有思路了！谢谢你王委员，不，以后都得称您王乡长了！"

"你呀，就不要拿我开玩笑了，基层工作不好做，但是记住一点，做什么事情无愧于心就行！"

"是，记住了，王乡长！你离开，真是这个片区的损失，每个人的性格，你都把握得透透的！"

"把握透性格有什么用？有时候想做成的事情还是成不了！"王奔摇摇头。

"你是说桃庄村的项目？对了，你还没告诉我，为什么你断定我们在屋里聊天的时候，王力会在窗外偷听？"

王奔笑笑："干时间长了，你也会有自己的判断力，村委谁想干事，谁不想干事，一眼都看得出！"

"那你刚才说吃大蒜是不是真的为了吃大蒜？"

"我只是想试探一下自己的判断是否准确，如果王力在窗外听，他就一定会把大蒜送进来，那我就知道他心里想什么了！"

"厉害啊，你这是一箭双雕！"

"一箭双雕又能怎样？后来不还是带着遗憾走的，桃庄村的项目能不能承接下来就看你了，哪怕剩最后一点机会也不要放弃，我明天就要走了！"

"你刚才不是说还有一周吗？"

"那是说给他们听的，如果他们知道我很快要走，怕他们心里有松懈，对你接下来开展工作不好开展！"

"放心吧，我一定把你这个片区管理好，不让其他片区看笑话的！"

"注意言辞王片长，现在你应该说是你的片区了。"王奔笑着回道。

"糟了，一会儿开会满嘴大蒜不太好啊，忘了吃几粒花生了！"王时心这才想起来中午吃了大蒜。

"给你！"王奔从车上一个圆筒里拿出几颗花生递给王时心。

"你这想得也太周到了吧，你这该不会每顿都吃大蒜，所以车上才放花生的吧！"王时心一边剥着花生一边问道。

"西明乡这个地方沙土地，长出来的花生好，这也是这里群众都种花生的原因，时间长了，你也会不自觉地在自己的车上放一些花生，下村工作到饭点来不及吃饭的时候，嚼上几颗花生顶饿！"说完，王奔从另外一个盒子里拿出几粒已经剥好的花生放进嘴里。

车窗外，夕阳缓缓下落，一位七十多岁的老人手里拿着长鞭赶着二十多只绵羊从路上走过。

"王委员，你觉得这个项目最后会不会放在桃庄村？"王时心看着窗外飞快行走的树荫问。

"谁知道呢，开了五六次动员会了，都没达到统一！"

"最大的矛盾点是什么？"

"两个最大的因素，一是村民看到临乡镇的赔款多，要求提升赔偿款，二是

上了年纪的村民有土地情怀，种了一辈子地了，把他们的地全部征收了，他们不同意，这两大因素是这个项目的难点！"

"乡里知道这个情况吗？"

"知道，开动员大会的时候，文乡长也来过，但最终还是因为四五个村民不同意暂时搁置了！"

"哦！"王时心没有再接话。看王时心没有接话，王奔也没有再说什么，只是打开音乐，开车朝乡政府的方向驶去。

第四十七章　暗流

王奔和王时心到乡政府时，乡里已经有干部夹着本子往会议室走去。

"老朱，你这啥都争第一啊。"梁田夹着本子看朱磊在前面走着，暗指朱磊所包片区林塬村买饺子皮扣分事件。

朱磊转身看到梁田，笑嘻嘻地回了句："栽树和你们片区可比不上啊，栽树第一我不敢争。"朱磊的画外音暗指梁田所包片区堂庄村栽树事件。

听到朱磊回怼自己，梁田只好赔笑说："你呀，永远是嘴上不吃亏！"

"梁乡长不也是！"

两个人说着来到了会议室，走进会议室，黎志、文林已经等待，两个人找了自己的名字，就坐了下去。

坐到座位上，朱磊低声问挨着自己的刘文："你什么时间到的？"

"该到的时候就到了。"刘文回朱磊。

听到刘文应付自己的问话，朱磊也不再和刘文说什么。他环顾了桌子一圈，目前从座位顺序来看，自己片区在全乡还是排在第一，但梁田排在第二，朱磊心里的压力还是挺大的。上个季度评比如果不是梁田片区出了堂庄事件，或许现在自己坐这个位置就是梁田的了，想到今天饺子宴上林塬村又被扣了10分，朱磊脸上的笑容慢慢僵硬。

"好了，人齐了，现在开会！"人到齐后，黎志说了句。黎志说完这句话，本来还有些喧嚷的会议室瞬间变得寂静，大家纷纷打开本子，准备着汇报各自片区近期工作和饺子宴开展情况。

"今天饺子宴开展情况，五大片区片长一句话发表下观点。"黎志目光扫了一圈说道。

"我们片区村庄表现最好的是寨平村，到场老人45人，包饺子人数23人，现场志愿者39人，文化活动除了当地村民自己的节目外，还对接了市里一

些！"一片区曹亮汇报道。

"数字都记这么清，你记清没？"听到一片区片长曹亮准确的数字，朱磊低声问刘文。

刘文没有搭话，在本子上记了一些什么。

"现写的数字可是造假，被发现扣分更严重。"见刘文在本子上记录，朱磊提醒着。

"我们片区几个村庄整体表现都不错，每个村庄到场人数都能达到60人以上，最好的村庄是堂庄村，现场人数达到150人以上，支部书记赵福还自掏腰包两千块钱为到场的老人买了米面！"二片区梁田汇报道。

"是这样不？"听了梁田的汇报，黎志问督导组组长周顺。

周顺翻看了本子，按照本子上的数字汇报说："堂庄村老人加现场志愿者总计人数168人，现场，赵支书为七十岁以上老人发放粮油各18件！"

"好，接着汇报！"黎志确定了梁田汇报数字后，示意继续汇报。

"梁田这招玩得高，这不是明显地要帮堂庄村立足吗？堂庄村这一切一定是他策划的！"朱磊听到梁田片区表现最好的村庄是堂庄，啧啧地对刘文嘀咕。

"又没有人不让你这么做，你也可以。"刘文低声回朱磊。

"老朱，说说你的片区！"还没等朱磊回答，黎志就点名问道。

听到黎志点名，朱磊心里咯噔一下，凭借着朱磊的聪明，他很明白黎志想听他说什么。

"作为三片区片长，我先做个自我检讨，作为我个人，对饺子宴认识不强，对所辖村庄要求不严格，以至于造成了有村庄出现买饺子皮现象，下一步，我一定加强片区村委管理，决不出现上有政策下有对策的事件！"朱磊汇报说。

黎志点点头，没有说话，文林提醒朱磊："检讨完毕了，还没有汇报工作呢！"

听着前两个片区的汇报都有数字，而朱磊到自己片区的时候，只是现场看看，并没有记下数字，本想着以检讨代替汇报的朱磊，只好继续硬着头皮汇报："我们片区除了林塬村出现一些原则上的错误之外，其他村庄组织都不错，文化氛围浓厚！"朱磊含糊其词地说。

"具体人数！"文林再次问。

"人数都达到了50人以上。"朱磊只好硬着头皮说。

"下一个片区。"黎志点名刘文。

"我们片区，表现最好的村庄是福里村，人数达到了 100 人以上，而且有村外工作的人员知道村里举办饺子宴自觉捐了钱，最差的是林柳村，人数不足 50 人，汇报完毕！"

"王奔呢，你们片区如何？"黎志问最后一个片区。

"你来汇报吧！"王奔对王时心说道。

王时心打开本子，每个村庄到的老人数、志愿者人数以及参与活动的人数全部进行了一一汇报。汇报完毕后，王时心接着说："我认为我们片区最好的是孙家村，其次是坪头村，张庄坝村和桃庄村人数相当，并列第三！"

王时心汇报完毕，黎志带头鼓掌。

"给王时心的汇报加 2 分。"鼓掌结束，黎志对身边的通讯员说道。

"刚才各个片区都汇报了，为什么我要给王时心加分？人家一个女同志，今天第一天到片区，看人家带回来的数据，再听听你们带回来的？曹书记、梁乡长片区的汇报还能说得过去，但老朱和老刘你们两个就要反思一下了，我们一直强调工作量化，量化就是数字一定要精准，达不到数字精准，工作怎么能做好？"黎志顿了顿接着说道："刚才汇报，刘文片区传递了一个重要的信息：村外爱心人士，这也是咱们村委发展的关键点。那些常年在外，有阅历有能力的，我们要想办法和他们联系上，让他们为村庄出谋划策！"

"老刘，你这又记上一功啊。"朱磊暗讽刘文。

"饺子宴汇报到此结束，有问题的，回去自查问题，思想怠慢的，回去提升思想，下次再出现同样的问题，加倍扣分。文林，你给大家说一下市里和区里关于在桃庄村建设项目的意见！"

听到"桃庄村"三个字，王时心挺了挺腰板，把合上的本子再次打开，手中握着笔，时刻准备记录着。

"现在关于桃庄村文化产业项目，市里和区里的意见是，在一周之内敲定具体位置，桃庄村如果通过做工作能够让村民接受这个项目，项目位置就放在桃庄村，如果桃庄村还是迟迟解决不了问题，那么市里和区里的意见是，项目可以换到邻近的村庄！"文林说这段话的时候，看看王奔和王时心。

文林说完，其他四个片区的负责人眼神都投向了王奔和王时心，看到大家

都看着自己，王奔回答道："今天我和王主席到桃庄村也和支部书记进行了谈话，听支部书记的意思是，村内群众不太愿意，但村主任强烈要求项目放到桃庄村！"

"我今天是第一天到五片区工作，感谢书记和乡长的认可，通过今天的走访，我个人感觉桃庄村这个项目应该能拿下！"王时心信誓旦旦地保证。

王时心说完，大家面面相觑，桃庄村文化项目已经不止开过一次群众动员会，都搞不定，文林也去过，但都是在最后让签字的时候出了问题。听到王时心信誓旦旦说项目能拿下，大家都以为她是刚上任急于立功，再或者是初生牛犊不怕虎。

"谈谈你的看法？"听到王时心说项目能够在桃庄村落地，黎志问。

"通过上午跟着王委员的学习，对桃庄村我有三个看法，一是再次开集体大会，挨家挨户通知，对于那些思想困难户上门给他们做思想工作；二是，项目的好处加大村内的宣传力度，让村民知道这个项目建在他们那里，对于他们下一步生活的好处；三是，营造宣传氛围，在村内挂横幅，营造文化项目建设的氛围，通过氛围渗透，让村民潜意识地接受项目！"

王时心列举一二三汇报了自己的看法。

汇报完毕，王奔给她竖了一个大拇指。

"那就按照你的意思办，给你一周的时间，如果桃庄村的项目还是无法被当地的村民接受，那么，我们就要启动第二个方案，把项目放在邻近的林塬村！"

"放我们片区，我没意见，保证完成任务！"听到要把项目放到林塬村，朱磊信心百倍地回道。他这个信心还是来自他对林塬村支部书记林自强的信任。虽然林塬村在饺子宴上刚刚出现了不和谐的一幕，但林自强的工作能力，在全乡支书里面排名还是靠前的。

"我们堂庄村也愿意争取这个项目！"听到项目可以换地方，梁田急忙回了句。

"梁乡长，堂庄村还是算了吧，上次明港大道闹得动静还小啊？"

朱磊回怼。

"好了，都不要争执了，第二方案放在林塬村也是经过党委会研究决定的，而且也是上报到区里和市里的！"黎志说。

"请书记和乡长放心，这个项目，我们桃庄村势在必得！"王时心不知从哪里来的勇气，再次表态。

听到王时心的表态，朱磊也不好意思再说什么，看看梁田，梁田也没有接话。

"这样，我给你加派人手，宣传这方面，让月牙配合你工作，她这方面有优势。"黎志对王时心说道。随后环顾了一下会议室，黎志问通讯员："她今天怎么没来开会？"

"他们试验田出现了一些问题，可能在试验田那里。"通讯员回道。

"好的，我知道了。"说完，黎志对文林说道："文林，你看还有什么要交代的？"

"其他也没什么了，大家回去之后不要忘了刚才书记交代的工作，村外的乡贤我们要进行逐一排查，最终统一向乡里汇报。"文林嘱咐道。

"希望乡贤这件事大家也重视起来，这也将纳入我们今年工作的考核标准。好了，散会！"黎志站了起来。

"小王，你跟我去一趟林柳村！"快走出会议室时，黎志叫上了王时心。

听到黎志让跟着去林柳村，王时心麻利地合上本子，急忙站了起来，跟着走了出去。

"看看，啥叫差距，人家刚一上任，就成了红人，哪像咱这，熬到最后还是这。"朱磊听到黎志叫王时心跟着出去，啧啧地羡慕道。

"上你们片区呢，你还愣着干吗呢？"文林提醒刘文。经文林这么一提醒，还坐在椅子上发呆的刘文急忙站了起来，朝门外走去。

"慢点，老刘，说不定啊以后你们片区就归一个女同志管了。"看着刘文慌慌张张地站起来往外走，朱磊幸灾乐祸地说。

"老朱啊，你这平时没事少说些涮话，把这嘴上的功夫用到工作中，这第一的位置你就不必天天心惊胆战了。"文林走到朱磊身旁，拍拍朱磊的椅子对朱磊说。不等朱磊回话，文林已经走出会议室。

朱磊站起身的时候，轻轻拍了两下自己刚坐过的椅子："这位置啊！"感叹着，朱磊也走出会议室。

第四十八章　重组

"晨哥，你看，这长势多喜人。"在刘晨试验田办公室里，月牙坐在电脑前，翻看着一张张红薯长势喜人的照片。

"幸好你机智，我们能够对症下药，要不然这回咱们真损失不少！"刘晨认真盯着电脑上的照片，笑着回答。

"晨哥，是你发现了问题，我没做什么！"月牙盯着电脑回了句。

林东坐在办公室的长桌前，一个人无所事事地转着板凳，看着天花板沉思着。

"东子，你别光坐着啊，来看看这红薯，长势真喜人。"见林东坐着发呆，刘晨叫林东。

"你俩看就行了，我是百无一用啊，比赛没比赛过你俩，发现问题我又发现不了。"林东似吃醋地回了句。

"东子，你这话就不对了，都一个团队的，什么赢了输了？别忘了我们共同的目标是什么？"听到林东丧气的话，刘晨站直腰对林东说。

"唉，我可算是明白了那句'真理永远是掌握在成功人的手里'，只要成功了，说啥都是对的，像我这种失败者，说啥都是错的。"林东半躺在椅子上，跷着二郎腿，懒洋洋地回了句。

见林东话里话外都充满了散漫，刘晨真以为林东吃醋，思想懈怠了，随手拿起办公桌上的一个本子朝着林东身上砸过去。见刘晨砸本子过来，林东"腾"地一下从椅子上坐了起来，接过本子，瞬间变脸，嬉皮笑脸地说道："晨哥，你这来真的，你看你，我不是看你和月牙累，这不是缓解一下氛围吗？"林东准备把本子扔回去，正在这时，办公室的门从外面被推开。

门被推开后，刘喜、林旺先走了进来，接着黎志、刘文、王时心也一前一后地走进办公室。而此时林东高高举起的手里拿着一个本子正做攻击的姿势对着刘晨和月牙。

"东子，你这是干吗呢？"林旺见眼前这一幕，急忙呵斥林东。

听到身后的声音，林东拿着本子转身一看，急忙把本子放到桌子上，似没看到林旺一般，对着黎志笑着说道："黎书记好！"

见黎志一行到来，刘晨轻轻拍拍正在专注看电脑的月牙，月牙转身看到黎志，急忙从椅子上站了起来，向黎志走过去："书记，您怎么有时间来了？"

"挺热闹的啊！"见月牙三个人紧张兮兮的，黎志回了句。

月牙和刘晨同时看向了林东，林东见月牙和刘晨都向自己，用手指指自己，欲语还休的表情看着月牙和刘晨。

"您坐这儿，书记。"刘喜扫了一眼长桌整体位置，走到一个主位的位置，把板凳拉开对黎志说。

"没那么多讲究，我坐这刚好，你坐那就可以。"说着，黎志坐在了离自己最近的一个位置。

见黎志坐在了进门口的位置，刘喜急忙把自己拉开板凳的位置又推了进去，走到黎志身边说："书记，您往里边坐吧，不然，我们都不知道该怎么坐了！"

"你如果喜欢站着那就站着吧，刘支书，来来来，其他人找位置坐。"看刘喜还是执意按资排位，黎志有些气了。

黎志说完，随行的刘文、王时心等坐在了黎志的身边，坐下的同时，刘文对月牙三人说道："你们坐在书记的对面吧，好交流！"

听到刘文这么一说，林东急忙走到了桌子对面，坐在黎志的对面，月牙和刘晨也跟着走了过去坐下。

此时整个办公室里，唯有林旺和刘喜还是站着，林旺看看刘喜，眼睛挤挤，似乎在问刘喜是坐还是不坐。

见所有人都坐下了，刘喜走到长桌最偏的一个位置坐下了，林旺看眼前这阵势，只留下几个主要的位置空着，显然自己不能坐在那里，脑筋一转，林旺笑呵呵地说道："书记，你们开会，我去打些水来！"说着，林旺就急忙走了出去。

"平时都没见我爸这么乖巧过，也就在咱们书记面前，我爸乖巧得像只兔子，要是我妈知道我爸有这么乖巧一面，估计我妈都怀疑自己视力出问题了。"看着林旺的神态，林东低声对刘晨说。

"刚才来的路上，刘喜和我说了，今天饺子宴你们自己出钱给老人买了水

果，给你们点赞！"没有任何开场白，黎志直入话题地说。

"买些水果不算什么，都是村里的长辈，我们晚辈应该做的。"听到黎志夸赞他们，林东心里美滋滋地回道。

刘喜"咳"了一声。

"这多亏了我们支书平时对我们创业的支持，支书支持我们，我们也应该为村里做些什么！"听到刘喜的提示，林东又急忙接了句。

"哪里，哪里，还是他们年轻人自己干得好，我们村里没有支持多少。"林东说完，刘喜急忙笑眯眯地假装推辞说。

"刘支书说得对，关键还是在于你们年轻人自己做得好，内在动力发挥好了，比任何外力都要强！"黎志说。

"书记说得对！"刘喜两手搓着，不自然地赔笑。

"你们项目做得如何？有没有困难需要乡里解决的？"黎志问月牙。

"谢谢书记，目前来看，整体试验挺成功的，虽然中间出现了一些小插曲，但是，我们都自行解决了！"月牙说。

"他们有什么困难，我们知道的，都第一时间帮助他们解决了。"刘喜处处不忘邀功地回道。

"那就好，大概还有多长时间，这个项目能结束？"

"两个月左右，等红薯成熟后，之前签订合同的公司就会来回收，回收完，这个项目就完整地收官了！"月牙信心满满地回复说。

"回收没有问题吧！"黎志有些担心地问道。

"没有，前天还和回收公司通话，他们说这两天会来看看红薯。"月牙看看刘晨，刘晨点了一下头，月牙信心十足地对黎志说。

"对接好，过程中有什么问题随时和村里联系。"

"请书记放心，村里一定配合做好他们的项目。"终于听到黎志提到自己，刘喜慌忙兴奋地回道。

"年轻人有精力，有闯劲是好事，今天来，还有一件事和你们说，刘文，你来给大家说吧。"黎志对刘文说。

"好的，书记。"刘文应声道。

听到除了项目之外还有其他事情，月牙三人互相看看，不知道黎志葫芦里

卖的什么药。

"今天下午开会的时候，会上决定从今天起让月牙配合王主席负责片区文化氛围宣传工作。"

"收到！"月牙没有任何反抗地回了句，这一刻，她心里非常矛盾，但同时，她的脑海也是清醒的，她非常清楚自己的岗位职责是什么。

"我不同意！"刘晨第一个反对。

"我也……不同意。"见刘晨反对，林东也支支吾吾地回了句。

"你们两个掺和什么，这是党委的意思，再说了，月牙本来就是乡里的人。"刘喜听到刘晨和林东同时反对，看看黎志的脸色，急忙呵斥两人。

"没事。"黎志见刘喜有些动怒安抚着刘喜，同时对刘晨说："说说你不同意的理由！"

"月牙从这个项目最初就一直在，这个项目的数据包括整个过程她都参与了，这个时候把她调走不合适。"刘晨不卑不亢地回道。

"继续说！"黎志示意刘晨继续说下去。

"当时是乡里决定让她参与这个项目的，现在，项目还没完成，又说把她调走，这不合理。"刘晨接着说道。

"你觉得呢月牙？"刘晨说完，黎志看着月牙问道。

月牙听到黎志问自己，看看刘晨，刘晨用期望的眼神看着月牙，月牙又看看林东，林东低声对月牙说："说你不同意！"

思考片刻，月牙回黎志："我听从乡里的安排！"

听到月牙的回答，刘晨眼里的光芒瞬间淡去，整个人精神似乎瞬间垮掉。

"但是，这个项目我也不愿放弃。"月牙不知从哪里来的勇气，看着对面坐着的几位领导说道。听到月牙的转折，刘晨眼睛里的光再次回来。

接着，月牙又说道："当时是乡里让我参与到这个项目里，从项目最初一直到现在，这个项目就像是自己的孩子一般，我们从他婴儿时期就一直呵护着他成长到大，虽然这个过程中，我和晨哥他们也有过争执，但是，这个过程我也很珍惜。因为这个项目，让我感受到了再次回到农村的价值，特别是在人群中的时候，听到他们说和你一起干的那个声音，是力量更是我们前进的方向，所以，我恳求这个项目各位领导能让我继续做下去！"

黎志听月牙说完，嘴角露出一丝欣慰的微笑，看看王时心，问道："你说，这种情况下怎么办？"

"听乡里的安排！"王时心没有发表自己的意见，此刻，她心里很清楚，无论自己说什么，根据黎志的性格，这个项目他会继续让月牙跟着他们做下去，自己要人或者不要人这个时候都不好做决定。

"你呢，刘文，你觉得这个事情怎么解决好？"黎志问刘文。

"我也听乡里的！"刘文回道。

空气寂静，月牙三人看着黎志，黎志见状，半开玩笑地说："要不我也听乡里的？"说完，黎志对王时心和刘文批评说："你们两个的回答都不及格，听你们意见的时候，怎么能含糊其词？你们再看看他们三个，做事，就要敢于说出自己的想法，如果连自己真实的想法都不敢说，做的还是自己吗？"

刘文和王时心都没说话。

"事情就这样了，这个项目月牙跟着他们继续做。"黎志现场拍板。

听到这个消息，月牙、刘晨、林东三个人互相一望，充满惊喜。

"但是，王时心片区的工作也是重心之重，月牙也要参与，为了两边工作都能正常开展，我决定，月牙你们三个共同配合王时心片区桃庄村工作，没问题吧？"黎志似问月牙又似要求地说。

"没问题！"月牙此时心里已经十分感激黎志听取自己的内心想法，没有直接把她调到王时心的片区去。

"来到你们基地了，不打算让我看看你们的红薯长什么样吗？"黎志站起身，问月牙三人。

"要看，要看！"听到黎志说要看红薯长势，林东第一个麻溜地站了起来，帮黎志开门。

所有人站了起来，跟随黎志走出门。

第四十九章　刘喜的苦恼

黎志走出门，没走几步就来到了试验田前。到试验田，月牙和林东在地边向黎志介绍着。刘晨走进红薯地中间刨了一株红薯秧，这株红薯秧结了有四五个红薯，大小匀称，每一个都有手掌大小。刘晨把红薯捧进怀里，扛起铁锹走到黎志面前。

"书记，您看！"刘晨把其中一块递给黎志，又把其他几块分别给了刘文、王时心他们。

"不错！"黎志看着手中的红薯对着刘文说。

"是的。"刘文回答。

"这项目如果今年你们试验好了，等明年乡里牵头，可以号召在乡里多种一些！"黎志对月牙他们鼓励说。

"书记，那等年底的时候能不能给我们村评一个先进村委啊？"刘喜笑着试探问。刘喜这么问也不是没有原因，自从自己前年当上村支部书记以来，连续三年年底考评，村委都没有拿过先进，在全乡支部书记里面，刘喜一直觉得没有面子，所以，只要见到机会，无论大小，刘喜都会争取一下。

"刘支书，先进村委可不是我说了算，乡政府墙上那面屏幕说了算。村委只要把各项工作落实到位了，分值上去了，你说怎么会评不了先进，况且，这先进不是要来的，是自己争取来的，村委工作做好了，哪有评不上的道理？你呀，要先进，不要和我说，和你们村委干部说，和村里的群众说，和眼前这些年轻人说，他们只要支持你了，村委先进就到不了别的村庄。"黎志一番长篇大论让刘喜哑口无言。

"书记，刚梁乡长打电话说他在堂庄村等着的，问您有没有时间？"王永凑到黎志身边，对黎志低声说。

黎志看看时间，对刘文说："时间不早了，我顺路去趟堂庄村看看！"回头

又看看王时心："这人是给你配齐了，一周的时间，我等你们的好消息！"

"保证完成任务！"王时心再次承诺着。

一旁听到项目的刘喜，眼珠在眼睛里转了一圈，笑嘻嘻地再次走向黎志："书记，啥时候有好项目了，往我们村也放放，项目来了，村里群众的心不就齐了？再说，村里群众工作您放心，绝对不让乡里为难！"

看着这会说话充满底气的刘喜，黎志问王永："上次林柳村在全乡环境大比拼中排名第几？"

"23！"没等王永回答，刘文就接上。

黎志看着刘喜，刘喜急忙回道："放心，书记，下次环境大比拼，我们村委一定挤进前10！"

"那就等你们村委环境挤进前十的时候，再来乡里征求项目的事情。"黎志说着朝车的方向走去。

"好的，书记！"刘喜送着黎志，月牙三人也跟随着。

"好好干，未来的西明乡是属于你们年轻人的。"黎志临上车前对月牙三人嘱咐。

"谢谢书记鼓励！"

"书记，我先不回去，我一会坐刘乡长的车回去，我和月牙他们开个小会，确定一下桃庄村下一步工作如何开展！"王时心说道。

"也好，你们各自忙各自吧，我走了。"说完，黎志离开了。

黎志车刚走，林旺骑着一辆电动车回来，把电动车停稳，从车上搬下来一提矿泉水，问道："书记怎么这么快就走了！这水还没喝呢！"

"爸，基地仓库里水有几提呢，您怎么又跑出去买水了？"看到林旺满头大汗地提着水，林东诧异地问道。

"你小子咋不早说！"听到林东说仓库里有水，林旺气得把水放到地上。

"我以为你刚才说去拿水是找借口不想开会，所以我才没说，再说了，你这经常来基地的，仓库有没有水你不知道啊？"林东解释着。

"你小子胡说啥呢，我咋会不想开会！"看刘文、王时心还在基地站着，林旺脸憋得通红说道。

"你在家说……"还没等林东把话说完，月牙拉了拉林东衣角，低声说了

句："刘乡长还在这站着呢，你给叔些面子！"

"走吧，我们去村委开会。"刘文像没听到林旺和林东对话一般，对刘喜说。

"好！"刘喜急忙应声着。

"我们回村委开会，你们在这谈吧，有什么需要，你给我打电话就行，开完会我来接你！"刘文对王时心说。

"好的，您去忙，不用管我。"王时心急忙回答。

刘文在刘喜陪同下朝村委方向而去。基地只剩下月牙他们四人。看着刘文离去的车影，林东问王时心："领导，为啥刘乡长总是一副冷冰冰的样子呢？"

"每个人有每个人的性格，别叫我领导，你们叫我时心姐就行。"见刘文走远，王时心回过头微笑着回答林东。

"时心姐，就喜欢您这样的领导。"听到王时心让他们叫姐，林东嬉皮笑脸地回答。

"好了，我们也要忙我们的事情了，不管你们愿不愿意开会，我们还是要开一个小会，我需要把桃庄村的具体情况和你们沟通一下！"

说着，三个人再次走进了办公室。

到了办公室，王时心从随行的包里掏出一张地图，摊开地图，王时心讲道："这是我们西明乡全乡，我简单手绘的一个地图，我们的目标是这！"王时心在桃庄村的位置那画了一个红点。

"时心姐，你这地图画得也太好了吧，太酷了，这工作真叫一个细致。"看着眼前手绘地图，林东不由地赞叹道。

"这不算什么。"听到林东夸赞自己，王时心不好意思地笑笑。

"时心姐，需要我们配合做什么？"月牙看着地图，问王时心。

王时心看着地图沉思了一下，回答月牙："我也是今天刚下派到第五片区，我们现在要做的就是如何让这个文化项目在桃庄村落地！"

"这个项目我听过，那村有我战友，要说起来这是一个好事，为什么村民不愿意呢？"刘晨眼睛直直地盯着桃庄村三个字。

王时心叹了一声气回道："我和你的想法也是一样的，其实接这个项目的时候，心里也是没底气，但是，刚上任就接到这样一件任务，推辞了又不好，所以只能是硬着头皮做了！"

听到王时心说"硬着头皮"做，三个人面面相觑，这和刚才信誓旦旦对黎志说"项目一定会拿下"的王时心简直是判若两人。

"这样对你们说吧，这个项目，乡里已经召开了五六次群众会了，包括乡里的文乡长也去过，但最终结果还是没拿下！"

"这不是拿我们几个开涮吗？文乡长都去了拿不下，我们几个能干啥？"听到王时心说文林也没拿下项目，林东泄气了一半。

"今天来的路上，黎书记和我们也交流了，让你们三个参与进来，这是路上就定下来的！"王时心坦言说。

"哦，合着刚才就是演戏呗！"王时心说完实情，林东没想到堂堂一乡党委书记会演戏给他们看。

"也不能说是演戏，黎书记的意思是月牙是新闻专业出来的，在这方面有优势，而刘晨是退伍军人，在部队那么多年，应该也有他的思路！"

"那我呢，"林东指指自己，笑着问，"书记怎么评判我的？"

"书记说，你父亲是老村主任了，你沟通能力应该也没问题！"

"他是他，我是我，我的能力怎么就和我爸有关系了？"林东不服气地回道。

"好了，这会就不要置气了！"刘晨拍拍林东，对王时心说："时心姐，您接着讲！"

"书记说，桃庄村就当是个训练场，看看你们能力如何，如果能力可以的话，可以到乡里工作进行锻炼！"

"去乡里？工作？"刘晨和林东都不敢相信。

"这都是以后的事情了，我们眼下是如何把桃庄村的项目做好。乡里也成立了项目组，今天我们四个谈的重点就是如何打造文化项目氛围，能够让群众通过氛围感受到项目建在他们村是好事。"王时心话锋一转说道。

"那就是拉横幅，喇叭宣传，上门宣传和开村民集体会！"刘晨回答。

王时心点点头，看着月牙。月牙思考了一下说："我觉得这些还远远不够，宣传只是对那些想让项目落地的村民有用，我们必须得逐个去和那些不愿意的村民谈！"

"现在我还没和他们见上面，我今天也是第一次到桃庄村。"王时心说。

"有没有这种可能，这些不愿意的人里面，一定有个领头的，我们先把这

个领头的人找出来做思想工作不就解决了。"林东右胳膊压着左胳膊，摸着鼻梁说，好像一副领导模样。

"你说这种可能也不是没有，目前我所掌握的所有资料里，还没有谁被标记为重点对象。"王时心回道。

"刚才听书记说一周的时间是指什么？"刘晨问。

"一周时间，如果桃庄村还是有村民不同意土地征用的话，这个项目就选择第二个方案，放在林塬村。"月牙说道。

"是的，所以时间紧，任务重，我的计划是这样的……"王时心让月牙三个人凑近些，把自己心中的计划详细地讲给月牙三个人听。

第五十章　孙小路心结

王时心和月牙他们分开的第三天，桃庄村第六次群众大会将在傍晚六点召开。天气燥热，没有一丝的风，知了在树上没完没了地聒噪着，夕阳已经完全落下，西边的晚霞迟迟没有褪去。桃庄村委院内，项目组的人员、村委人员以及月牙他们一直忙碌着。

"月牙，宣传材料都到位没？"王时心路过月牙身边，对正在整理宣传单的月牙说道。

"准备好了时心姐。"月牙回了句。

王时心环顾了一周，问月牙："刘晨和林东他们还没有回来？"

"没呢，刚才他们打电话说，就剩下一条街，发完了就回来！"

"好的，宣传材料这边你保管好，今天这次动员大会很重要，直接决定了这个项目能否在桃庄村落地。"王时心再三嘱咐月牙。

"放心吧，时心姐，我们做好后勤工作！"

"你说，这乡里来这么多人，今天这会有啥结果没？"桃庄村两个村委委员打扫着卫生议论着。

其中一个人看看正在和乡里干部说话的王力，回了句："我看够呛，咱们村那几个人你又不是不知道？想让他们让地，比要他们的命还难！"

"今天可有好戏看了。"这个人说完便不说话了。

"朱乡长，村里就三四个人的思想有问题，其他人还是很愿意接受这个项目的。"王力对朱磊说。

朱磊看着村委院内忙碌的王时心，指指王时心对王力低声说："这些你得和你们片区片长说，她是你们桃庄村的第一责任人，我们今天来，纯属片区之间互相支援工作的！"

"哎！"王力看了一眼王时心，叹了一口气。

"老梁，你也来了？该不会是等着来接项目的吧？"朱磊看到梁田也出现在桃庄村，嬉笑着走向了梁田。

"老朱，你来是干啥的，我也是干啥的，和你接到的任务是一样的。"梁田没正面回答朱磊。

"老梁，说实在的，你觉得今天这个项目会不会有人反对？"朱磊问梁田。

"你说呢！"无论朱磊如何问，梁田就是不正面回答。朱磊自讨没趣，看到一片区的曹亮，假装打招呼，朝曹亮走去。看朱磊离去的背影，梁田摇头笑笑，然后走进了桃庄村委办公室。

林东和刘晨在桃庄村支部书记孙贺的陪同下，挨家挨户发放着宣传单。最初王时心的想法是让王力陪同着发宣传单，又担心孙贺是讲和派，特意安排了孙贺陪着刘晨和林东发放宣传单。

"孙支书，您觉得这个项目是要好还是不要好？"去往下一家的路上，林东问孙贺。看似无意，实则通过孙贺陪着林东和刘晨发放宣传单的过程中，林东明显感受到了孙贺的妥协。在发放宣传单的过程中，有的街道明明没有走完，还有一户、两户，孙贺就会告诉林东他们说家里没人。林东执意到家里看看，发现家里开着门，孙贺又会说，上午来他家的时候还锁着门的。有的家里，明明有人，孙贺会说没人，敲门的时候，有人开门，孙贺会说："大白天的关着门，还以为家里没人的！"这种种迹象都让林东感受到，从孙贺心里，已经放弃了项目落地桃庄村的想法。

"项目要不要也不是我一个支部书记说了算，群众说要咱就要，群众说不要，咱也拗不过，你说是不是？"毕竟干了多年支部书记，林东的问话在孙贺这里就像是让回答一加一等于二那么简单。孙贺搪塞的话语巧妙回答了林东的问题，一来彰显了他作为支部书记为民着想，二来孙贺的回答也巧妙把自己与项目落不了地摆脱得一干二净。

"绝对是高手，我爸要有他一半脑子，也不至于到现在还是一个村主任。"林东低声对刘晨说。

刘晨笑笑，没有回答。

转眼便来到了孙小路家。

"要不，咱们走吧，他家就不进了。"还没敲孙小路家的门，孙贺就开始打起退堂鼓。

"怎么着？他家养的还有老虎不成？"孙贺越是不愿意让进的家门，林东偏偏是执意要进。说话的工夫，林东已经推开了孙小路家的门。

刚进门，孙小路正巧捂着肚子从屋子走出来，看到林东手里拿着的宣传单，一把抢了去，没等林东反应过来，孙小路便朝着茅房小跑，边跑边骂骂咧咧地说："这着急蹲茅房，家里的纸都找不到！孙叔，有啥事等我蹲完厕所再说！"

一个妇女从屋里走出来，只见她腰上围着一条围裙，围裙上面沾着一些油渍，头发蓬松地耷拉在肩上，眼睛深陷，看到孙贺他们，连忙搬了几条板凳出来。林东接过板凳，板凳上面还有一些油渍，林东接过板凳没有坐放在了一边，妇女见状，急忙用自己的围裙在板凳上擦了又擦，擦完递到林东身边，红着脸说："刚才孩子趴在板凳上吃饭，没来得及擦！"

"没事，没事。"林东接过板凳急忙回道。林东仔细观察了眼前这个小院。坐落在小院里的是一座二层小楼房，楼房的二层几乎都是空的，有几块玻璃还炸裂着。偶尔从房间里飞出来几只家雀。院子内散养了几只柴鸡。有一棵枣树，枣树上挂满了青枣。一只有些消瘦的小柴狗在他们进院的时候，因为恐惧跑进了侧边的厨房里。一个全身黝黑，只穿着一个裤衩、光着脚丫的七八岁孩童蹲在院子里一个大盆前正在玩着水。

"孙叔，今天又有啥事啊？"孙小路脚上拖着拖鞋从茅厕走了出来。走到院内，让妇女给搬了一个板凳坐在了孙贺他们的面前。

孙贺对林东他们使使眼色，示意坐下聊，林东和刘晨会意地坐下了。

坐下后，孙贺满脸堆笑地说："小路，还是上次那件事，现在就剩你们几家不愿意了！"

"他们几家现在都愿意了？"孙小路跷着二郎腿，抠着手指甲里的黑灰，眉毛一挑地问。

"还没有，那不是先和你说好，再去和他们说吗？"孙贺依然客客气气。

林东看着孙小路一副吊儿郎当的样子，按捺不住内心的怒气，又看看孙贺，孙贺满脸平和，把林东气得气不打一处来。

"孙叔，您这话就不对了，他们几个只要签字，我小路没有二话，绝对同

意。"孙小路似十分仗义地对孙贺说。

"哥，是这样的，这个项目建到我们村也是为了带动我们村里的经济，这样不就不用外出打工了？"林东见孙贺和孙小路聊不出个什么，只好插了一句。

孙小路斜眼看看林东，问孙贺："叔，这小年轻是谁啊？"

"跟着咱们乡里王主席来的。"孙贺笑着答。

"哦，乡里的人啊？叔，你没有对他们说我愿意吗？"孙小路反问孙贺。

"小路，你就不要给叔出难题了，一会开会你可不要带头起哄！"孙贺语气里似带着祈求。

"叔，你也知道，我只会种个地，我能起啥哄啊？只要村里都签，我绝对没有二话！"

"好，这是你说的，叔信你，一会别忘了到文化广场那开会。"说着，孙贺站了起来。

"就这样走了？"林东见孙贺站了起来，也跟着站起来。

"您还有啥要说的？"孙小路见林东不服气，问林东。

"我……"林东想要和孙小路理论，被刘晨拉住说："别忘了王主席交给咱们的任务，是让来发放宣传单，通知人到广场就行，你可不要节外生枝！"

"对，任务。"林东听到刘晨说任务，不怀好意地笑着从怀里一沓宣传单里再次拿出一张递给孙小路："哥，这宣传单比较硬，刚才不疼吧！"

"你……"孙小路气得站起来。

"不至于，不就一张宣传单吗？"见这阵势，孙贺急忙中间劝说，把宣传单塞进孙小路的手里，拉着林东就往外走。

孙贺他们走出门，孙小路站在自家门口说了句："叔，慢走不送！"说着"咣当"一声把大门猛关上。

院内传来狗的叫声，孙小路大声骂着："你这个吃里爬外的东西，刚才来人的时候你不叫，自家老子这会儿你不认识了！"

"孙支书，我就不明白了，对于这样的人，你有什么好忍的？"林东看着孙贺低声下气的，气不过地问孙贺。

"这孙小路本性倒也不坏。"孙贺接了句。

"就这本性还不坏？"林东生气地回头指指孙小路家的门。

"这小子是村里吃百家饭长大的，从小聪明，但命不太好，十六岁的时候没有了双亲，自己盖房娶妻，倒也能干。之前逢年过节回来都会给我带上一两瓶好酒回来。有一次出门做生意被人骗了，回来之后性情大变，再也不出去做生意，就守着家里这几亩地。这次听说村里要建项目，最初也是同意的，后来，不知道为啥，只要一找他说项目的事，就这副德行，像是中了邪一样。"

"我看他这哪是中邪，分明就是这里出了问题。"林东指指自己的脑子。

"没那么简单。"刘晨思索后回了句。

"怎么说晨哥？"林东知道刘晨发现了什么，急忙问道。

"你发现没？刚才他和我们聊天，看着气势很足，事实上，气势都是摆给我们看的，他怕我们看到他的胆小、懦弱。"刘晨分析着。

"这又怎么样？"林东问。

"这充分说明了一点，他的思想不是他自己，而是有人控制着。"刘晨接着分析。

"你这该不会是悬疑小说看多了吗？这谁还能控制他的思想？"

"孙支书，每次你们开会，那些不愿意的人里，是不是他都是最后一个表态自己不愿意签字的？"刘晨没有理会林东，直接问孙贺。

"我想想啊。"孙贺回想了一下回答说，"是这样的，每次他都是最后一个说不签字的，即使先问到他这里，他也是不下决定，说最后再签！"

"我懂了，走，我们回村委。"刘晨像是发现了新大陆一般，兴奋地对林东说。

"晨哥，你这葫芦里面卖的什么药啊？"见刘晨忽然间这么兴奋，林东不解地说。

"一会开会你就知道了，走，回去找时心姐。"说着，刘晨加快脚步朝村委走去。

第五十一章　王时心的眼泪

刘晨加快脚步走到桃庄村文化广场时，离开会的时间仅剩下十分钟。刘晨着急走到正在和梁田聊天的王时心跟前，打断了梁田的话，低声说了句："时心姐，你出来一下，我有急事和你说！"看着刘晨严肃的神情，王时心不好意思地对梁田笑笑说了句："梁乡长，我先出去一下！"

"没事，没事，你赶紧去忙！"梁田看着刘晨着急的神情，以为出了什么事情，也催促着王时心。

王时心跟着刘晨走出办公室。

"晨哥这是怎么了？"月牙看着刘晨进屋低声和王时心嘀咕，再两个人一起出去了，便问林东。

"谁知道呢，从最后一家出来，晨哥就这样了，你是不知道最后一家多气人，我跟你说……"林东说着抱怨起来。

"好了，别抱怨了，你再去看看开会的人到得咋样了？"月牙懒得听林东抱怨，给林东没活找活。

林东看看外面，啧啧地对月牙说道："一院子的村干部、乡干部，哪轮得到我去管啊，我帮你吧！"

"你不给我帮倒忙，我就谢天谢地了。"说着，月牙抱起刚数好的宣传单走到了会议室单独的办公桌那里，眼睛偷偷地瞄了一眼站在窗户外说话的刘晨和王时心。

"你确定吗？"王时心听到刘晨说了孙小路的情况，有些难以置信。

"时心姐，我的直觉告诉我，孙小路他们一定是受到了村里某些人的鼓动才会拒绝签字的！"刘晨十分肯定地对王时心说。

"但是做工作是不能凭直觉的。"王时心还是不太愿意相信村里项目迟迟没有落地的原因是和这有关。

"这种直觉确切地说是经验，时心姐，今天这不仅是一场仗，而且是一场硬仗。"刘晨提醒着王时心。

王时心看着广场上来往的村民，提前准备的板凳几乎坐满了人，大家坐在一起唠着嗑。在广场外围，有数十辆电动三轮车停放着，每个车上都坐着三四个村民。

"这样刘晨，你说的我都知道了，马上也该开会了，按照之前我们说的那样做。"王时心看看时间，距离开会不足一分钟，一边着急地朝着广场中心走去，一边对刘晨说。

"放心吧，时心姐，绝对没有问题，加油！"说着，刘晨走进了办公室找月牙和林东他们。

"奇怪，你说今天刘文怎么没有来？"开会的时候，朱磊坐在第一排，眼睛扫过第一排，除了刘文，其他的四大片区片长都来了，自言自语说了句。

"他跟着黎书记去区里开会了，好像下一步乡村振兴区里有大动作。"曹亮接了句话。

"哦。"朱磊听完，语气中有些失落。

"老朱，你这一天不见刘文，是不是心里就有些空落落的？"梁田看出了朱磊的失落，半开玩笑地对朱磊说。

朱磊看了一眼梁田，眯着眼睛笑了笑："梁乡长，你说黎书记去区里开会为啥没有带上你？"

"你也别拿这话激我，对我不好使，相比去区里开会，我觉得来这里更有意义。"梁田话中有话地回朱磊。

"你不说我都忘了，你这是等着接盘呢！"朱磊佯装恍然大悟地回了句。

"亲爱的桃庄村父老乡亲们，大家好，我是西明乡五片区的负责人，我叫王时心，感谢父老乡亲能够在农忙之余来到广场上参加这场对于我们桃庄村下步发展有着划时代意义的大会，谢谢你们！"就在朱磊和梁田斗嘴时，王时心已经开始了讲话。说完"谢谢你们"，王时心站起身，对着台下的群众深鞠躬。这一个深鞠躬，赢得了台下村民的掌声。

"你别说，别看咱王主席个不高，平时不爱讲话，这讲起话来还真有一套。"梁田边应付鼓着掌边对身边的曹亮说。

"讲得好。"曹亮只是笑着回了三个字，鼓掌更加用劲了。

"乡亲们，关于我们桃庄村要建农业相关的文化项目事宜，在座的每一位都是我的老师。今天在这里开会，一不是必须让大家把土地让出来，二不是让大家必须如何做。今天开这个会，是想再次听听大家对这个项目的意见和想法。"王时心拿着话筒站在台上，语气激昂地说。

"这个项目好啊，我觉得建在桃庄村绝对是好事！"

"我也觉得是，要是这个项目建在我们村，我说什么也不出去工作了！"

"我听说，其他村想争这个项目都争不到呢！"

月牙他们按照王时心的计划，坐在人群里，聊着关于项目的事情。王时心在台上讲，月牙他们在台下小范围地聊着项目的好处。

"这个项目真有那么好？"听到月牙三个人的聊天，离他们近的一些村民也竖着耳朵听，有村民凑到他们跟前问道。

"可不是咋地，叔，你是不知道，这个项目我听说乡里好几个村委都在争呢！偏偏市里就给到了我们桃庄村，说桃庄村这个地方位置好，民风好！"林东看到周围的村民对他们的聊天感兴趣，兴致勃勃、斗志昂扬、有声有色地说。

"真的啊？"这个村民半信半疑地看着林东。

"叔，是真的，这个项目带动的是我们整村的发展，人家投资商说了，只要是我们愿意，都可以到那里面打工！"月牙在一旁助攻着林东。

"我就说吧，这是个好事。"

"要这样说来是好事啊！"

"我和在外的儿子商量过了，他同意签协议！"

听到月牙他们说项目如何的好，在他们周围的村民议论着关于项目的事，就在月牙他们觉得自己的计划成功时，身后传来了一个声音："别信他们的，他们是乡里的！"

月牙回头，借着广场上微弱的灯光，看到身后站着一个留着络腮胡、满脸沧桑、五十多岁的中年。这个中年不是别人，正是这次带头不愿签协议的刘大壮。

"大壮，乡里派来的咋的？我们谁不是咱西明乡的乡民？"一个穿着白色衬衫、摇着扇子的老人帮月牙他们说着话，这个老人不是别人，正是王力的父

亲王忠田，也曾是桃庄村的主任，他从村委退出之后，王力接替了他的位置。

"叔，村里谁不知道您儿子王力一心想着让项目落在村里。我所知道的，你们家的土地，项目可没有碰到一分啊。"刘大壮站在王忠田的面前趾高气扬地说。

"是，我们的土地没占到一分，如果谁觉得不公平，我家的土地可以和他们换，我们换到项目里。"王忠田听到刘大壮这么说，激动地站了起来，他认为刘大壮的意思是自己有私心，干了一辈子的村干部，王忠田自认为对得起桃庄村的所有村民，听到刘大壮这么说自己，王忠田心里一百个不好受。

"叔，您这话说得好听，就你家那十几亩地怎么和项目里的几千亩换？"刘大壮依然一副咄咄逼人的语气。

月牙眼看着两个人就要吵起架来，急忙中间劝说。周围的村民也顾不上再听王时心在台上讲什么，都围着这边看热闹。台下的一切，王时心在台上看得清清楚楚，王时心说了句："我们先休息十分钟，十分钟后继续开会。"说完，就急忙朝着月牙他们的方向走来。坐在前排的朱磊、梁田也发现了这边争吵，站了起来朝后面走去。

"月牙，怎么回事？"挤进人群里，看到面前剑拔弩张的刘大壮和王忠田，王时心着急地问月牙。

"你是包我们村的乡干部吧。"刘大壮看到王时心，不等月牙回话，就带着质问的语气大嗓门地问王时心。

"对，我是。"王时心回答。

"是就好说了，这个项目我们不同意建在我们村。"刘大壮说完对身后的村民使了一下眼色，孙小路不知什么时候已经站在了刘大壮的身后，也跟着刘大壮说："对，我们不同意！"

王时心看看站在刘大壮身后的村民，又看看周围的村民，许多双眼睛看着她，似乎在等待着她的回答。

"你说不同意，能代表全村的意见吗？"王时心紧盯着刘大壮的眼睛问道。

"我……我当然能代表全村的意见。"刘大壮说这话的时候，语气有些结巴。

周围的村民听到刘大壮结巴地回答，没有人答话，只听到有笑声从人群中传来。

"我同意项目建在我们村。"王力从人群外挤了进来。看了看刘大壮，走到王忠田的身边问了句："爸，您没事吧！"

"我能有啥事？"王忠田斜眼看了看刘大壮。

"大壮，村里谁不知道你心里的小心思，你不就是看着邻村建项目补贴比我们村多，你才不愿意签协议的吗？"从桃庄村开始说建项目一直到今天，王力第一次和刘大壮面对面地针锋相对。

"你胡说！"刘大壮提高嗓门说。

"我胡说？你敢说你没有和孙小路他们串通起来一起拒绝签字？你敢说你没有对村里提出过让提高补偿款才让地？"王力一连串的反问直逼刘大壮的内心。

"王力，就算我有怎么样？没有又怎么样？这土地我就是不让了，你们能拿我怎么着？有本事，你们去告我啊？"本来还强词夺理的刘大壮被王力这么一激，破罐子破摔地说道。

看到王力和刘大壮争吵，围观的村民窃窃私语。这些窃窃私语的话却被王时心全部听了去。

"这大壮也是的，这项目放咱们村多好，非得几个人搅和着不让放！"

"只要是大家愿意，我是没意见！"

"谁不知道大壮一根筋，估计这个项目够呛。"

听着大家的议论，王时心心里五味杂陈。

"梁乡长，这是你想看到的场面吧？"站在人群外围的朱磊低声问梁田。

梁田本来正踮着脚尖看人群里争吵，听到朱磊这么一问，差点没跌倒，幸好被身边的曹亮一把扶住，梁田急忙回朱磊："老朱，这帽子你可不能乱扣啊？这场面怎么会是我想看到的场面？"

看着灯光下梁田紧张的表情，朱磊哈哈大笑："我逗你玩的，你还当真呢？"

"老朱，俗话说得好，饭可以乱吃，话可不能乱说。"梁田这才松了一口气。

"饭我也不会乱吃的，吃坏了肚子怎么办？"朱磊拍拍梁田的肚子，似话里有话地暗指梁田惦记着项目放在他们片区。

人群里，王力和刘大壮僵持着。

"好了，好了，听我一句劝，都是一个村的，也都是为了村里发展，以后抬头不见低头见的，这是干啥呢！"孙贺见王力和刘大壮两个人互相瞪着，忙中间

劝说。王力、刘大壮两人都是正值壮年，孙贺生怕两个人再控制不住打了起来。

"本来这场群众会也是让大家各自发表各自的意见，有意见说出来也是好事，没事，大家都坐下，我们接着开会。"王时心强忍着情绪，笑着劝说。

"这会我是不开了，我的意见很明确，给多少钱，这地我都不会让。"刘大壮给王力撂下狠话，推开人群，朝家的方向走去。

和刘大壮思想一致的村民见刘大壮走了，也离开了会场。孙小路离开的时候，看看刘大壮离去的方向，又看看孙贺，对孙贺看似客气地笑着说："叔，我家锅还在火上坐着呢，我去看看饭咋样了？"说完，孙小路一溜烟走了。

"没事领导，咱接着开会，不赞同的只是个别群众，这大部分群众不还是支持这个项目的吗？"王忠田指指广场上的剩余的大部分村民，劝说着王时心继续开会。

"是的王主席，我们接着开会，村民都等着呢。"王力也指指广场上的村民对王时心说。

月牙看着王时心，这个时候的王时心，似乎瞬间老了十几岁，面容憔悴。

"晨哥，要不我们去那孙子家把他揪回来，缩头乌龟都比那孙子有骨气。"林东气不过地对刘晨说，他口中的孙子，指的正是孙小路。

"别冲动，等等时心姐。"刘晨看着王时心站在人群中，沉稳地对林东说。

月牙站在人群里，两手紧扣、双眼紧紧地盯着王时心，似乎也在等着王时心发号施令。

"你说她会怎么办？"朱磊看着王时心，问梁田。

"我哪知道？"梁田也着急地看着王时心。

"没事，没事，我们接着开会，开会本来就是思想碰撞嘛。"当所有人怀着不同的心思期待着王时心时，出乎意料的，王时心语气颇为轻松地笑着对身边的村民说。

听到王时心话语里像没事人一样，月牙他们长舒一口气，等待的村民听到说继续开会，也各自回到各自位子上坐好，等待王时心开会。就在这时，王时心的电话响了。

第五十二章　变化

王时心电话响起，她低头一看是文林的，急忙挤出人群，走到一处偏僻的地方，接通电话："文乡长好！"

"时心，通知你一件事，刚才区里开会，已经明确了把项目放在林塬村！"

"什么，为什么？"听到文林说项目放在了林塬村，王时心看看身后的村民，追问文林。

"这是市里、区里通过开会多次分析桃庄村、林塬村各自的优劣势后决定的！"

"可是，我这边正在开群众会，这个项目我能拿下来的，文乡长，要不您再和区里说一下？"王时心虽然知道机会渺茫，但纵然有一丝机会，王时心也想争取一下。

"时心，这个事，市里已经定下来了，这几天你也辛苦了！你和群众解释一下，先这样说。"说完，文林就挂断了电话。

听到电话里传来的嘟嘟声音，王时心握着手机的手垂了下来，鼻子一酸，眼泪在眼眶里直打转。她看看远处广场上唠嗑的村民，又抬头看看傍晚的夜空，把眼泪逼回去之后，重新回到文化广场。

走到台上，王时心对着台下所有人深鞠一躬后，拿起话筒，声音有些沙哑地说："感谢桃庄村父老乡亲们的支持和配合！"

台下第二次响起了掌声。

"我怎么听着时心姐声音怪怪的？"月牙听着王时心沙哑的声音，边鼓掌边问身边的刘晨。

"有点。"刘晨仅回了两个字。

林东自嗨式地鼓着掌，对台上的王时心大声喊道："时心姐，加油！"

月牙和刘晨看着如打了鸡血一般的林东，月牙叹了一口气，刘晨摇了几下

头。月牙说："上大学的时候，也不觉得东哥这么二，回到村里之后，感觉东哥就像是脱了缰的野马一样！"

"月牙，这话可不是这样说的，我不是脱了缰的野马，我是自由奔跑在田野间的汗血宝马！"说着，林东情绪更激昂了。

"刚才接了一个电话，我们桃庄村这个项目最终确定在了林塬村。"王时心说完这句话，台下先是一片寂静，紧接着，台下就像是蚂蚁炸开了锅：

"凭什么放在林塬村？"

"上面的项目怎么能说改就改呢？"

"为啥不放在我们桃庄村？"

听到王时心说项目改在了林塬村，林东正亢奋的情绪一下子收住，有些不敢相信地戳戳身边的刘晨："晨哥，刚才时心姐说什么？"

"怎么会这样？"月牙也不敢相信地看着王时心。

"造孽啊！"听到王时心说项目改在了林塬村，王忠田拄着拐杖站了起来，嘴里嘟囔着离开了会场。

听到这个消息的梁田似乎比刚来的时候心情更加平静，挺直腰板静静地坐在板凳上，双手放在双膝上，看着王时心。

"老梁，这下你可捡个漏，你说这啥好事咋就都让你摊上了？"朱磊说这话的时候，话语酸酸的。

"老朱，这话你可得给我说明白了，什么叫啥好事都让我摊上了？"梁田半扭身问朱磊。

"这个时候你就不要和我装了老梁，此时你心里应该早就乐开花了吧，你说你，这堂堂一个大男人怎么和一个手无缚鸡之力的女同志争项目呢？"朱磊看着默默走下台的王时心，似替王时心打抱不平地问梁田。

"老朱，你这话就不对了，刚才你也听着的，项目定在林塬村是区里的决定，可不是我非得争，再说了，林塬村只是刚巧在我的片区，如果在你的片区，我是不是也可以说，你老朱和女同志争啊？"梁田回怼朱磊。

"好了，我也不和你说那么多了，主客都走了，我们还在这干什么？回乡里。"看着走进办公室的王时心，朱磊也站了起来。

"来几个人，把这些横幅都取下来，另外，把广场上的板凳都收拾到房间

里！"孙贺在广场上，招呼着收拾广场。

月牙三人快步地走到桃庄村办公室，见王时心和项目组的人正在开会，月牙三人站在门口等候。不足五分钟，项目组的人就从房间里走了出来，整个办公室仅剩下王时心一人。

月牙三人走进去，看着正在收拾文件的王时心。林东走到饮水机旁，给王时心倒了一杯水。刘晨对月牙使了一个眼色，月牙走到王时心身旁，抢过王时心手里的文件说："时心姐，我来帮你收拾吧！"林东把水递到王时心手里，嬉皮笑脸地说："时心姐，喝杯水吧！"刘晨拎过一张板凳放在王时心后面说了句："时心姐，坐这歇会吧！"

王时心看着面前殷勤的三个人，双手交叉在胸前，半倚着桌子，看着三个人，平静地说："如果你们三个觉得太闲的话，一会把这会议室也扫了，对了，广场上的卫生你们也可以包了！"

三个人听到王时心这么说，都停下了手里的工作，同时看着王时心。王时心喝了口水看着他们。

"时心姐，你没事啊？"月牙问。

"有什么事？"王时心反问月牙。

"时心姐，你可不知道，刚才你把我们三个吓坏了，都以为你受打击了。"林东说。

"刚才的确有那么一点不舒服，但后来自己就想通了，上面做的决定一定有他们的道理。作为党的干部，我们要做的就是听从。"王时心顺手把水放在了桌子上，看看广场上忙碌的身影。

"时心姐，你觉得惋惜不？"刘晨问王时心。

"有也没有吧，项目都是在我们西明乡，林塬村、桃庄村离得也不远，项目放在哪里不是放？"王时心似乎开悟地对刘晨说。

刘晨"嗯"了一声，就没有再答话了，倒是林东，又接着问了一句："时心姐，你这格局是收放自如啊！如果是我，我非得好好理论一下不可！"

"理论什么？问项目为什么不放在桃庄村？你这个想法，我刚才接文乡长电话那一瞬间也有。但是，当我走上台的时候，看到台下那么多双眼睛看着我，我瞬间冷静了。如果这个时候我都表现得不甘心，那么，大家心里呢？还是那

句话，项目放在林塬村一定有上面的考虑。我们现在要做的事就是回家，三天没回家了，我得回家看看了！"

说着，王时心走出了办公室。

孙贺见王时心走出办公室，急忙凑了过来对王时心笑着说："王主席辛苦了，要不留下一起吃顿饭吧！"

"谢谢孙书记，饭就不吃了，今天辛苦我们村里的干部了，感谢大家！"

"您这就客气了，您是我们的领导，您让干到哪里，我们就干到哪里！"孙贺回道。

王时心看着在广场上收拾的人员，却不见王力的身影，问了一句："王主任去哪里了？"

"哦，他刚才说身体不舒服，先回家了。"说完，孙贺又接了一句，"他就那性格，您别往心里去！"

"我能往心里去什么啊？您多虑了，走了，上车。"王时心招呼着月牙他们三个跟她走，月牙三人和孙贺一一告别，上了王时心的车，几人便离去了。

"这一天天折腾的，可算是松一口气了。"王时心几人刚走，正在收拾凳子的一个村干部对孙贺说。

孙贺看着王时心远走的车影，一屁股坐在了板凳上，从口袋里掏出一盒烟，拿出一根，又招呼正在干活的人："大家都先别干了，来，抽根烟歇会！"

孙贺这一招呼，大家都放下了手中正在干着的活，凑到了孙贺身边。

"你们觉得项目放在咱们桃庄村好不好？"孙贺问身边的几名村委干部。

"啥好不好的，现在说啥不都晚了，放有放的好处，不放有不放的好处。"村干部张田粮回答着。

"那你们觉得林塬村能把这个项目拿下不？"孙贺又问。

"林塬村肯定能，林自强谁不知道，那是十里八村出了名的能人！"村干部孙大民爽快地回答。

"老孙！"听到孙大民夸邻村的支部书记干得好，村干部李国友急忙提示孙大民。

"当然，这个项目如果说非得放在咱们桃庄村，咱们也一定能拿下。"听到李国友提醒，孙大民又赶忙接了一句。

"你们啊，也不用哄我，这项目如果我们能拿下，哪还轮得到林塬村？说是区里的意思把项目放在林塬村，保不准是乡里向上面汇报我们村里的情况后，区里才决定的。"孙贺似看透一切地说。说完，孙贺站了起来，把吸了半根的烟扔在地上踩灭，看了一眼，又弯腰捡起烟头，边捡边说："这烟头要是让黎书记看到了，准又扣咱们村委1分！"边说，他边把烟头扔进了离自己最近的一个垃圾桶里。

"大家赶紧收拾，收拾完了之后，一起去吃个饭，因为这个项目，也好长时间大家没在一块吃饭。"

"好的。"听到孙贺说要一起吃饭，大家干活的速度更快了。

"但愿这个选择是对的。"孙贺看着正在卷起横幅上面的文字，感慨地说了句。

第二天一早，孙贺还没睡醒，就有人在外面急促地敲着门，边敲边喊："孙支书不好了，王力和刘大壮吵起来了！"

孙贺翻了一个身，把被子蒙头，大声吼着问媳妇柳巧："外面干啥的，那么吵？"

"王力和刘大壮吵起来了。"柳巧边摆着碗筷边说。

"啥？"听到媳妇说王力和刘大壮吵起来，孙贺一骨碌从床上爬了起来，随便从床上拿出一件衬衫套进头里，穿着拖鞋就往外走。他边走边说："这一个个的真不让人省心！"

"你不能去。"柳巧拿着筷子拦在了门前。

"你让开，我不去会出人命的。"孙贺推开柳巧快步走出大门。

第五十三章 孙贺卸任

"刘大壮，你说你算什么英雄好汉，就会在背后使阴招，项目不放到我们这，这下你得意了？"王力穿着拖鞋，两条裤腿卷起，站在刘大壮的门前吆喝着。

刘大壮站在门口，掐着腰也不服输，指着王力："王力，你别怪我没有给你面子，大清早你跑到我家门前闹，有种你去支书家闹啊？"

"我和他说不着。"王力手一挥，继续指着刘大壮说，"要不是你背地里使坏，会有那么几户钉子户？你不就是嫌钱少，想当村里的主任吗？"

"你放屁。"刘大壮喷着口水对王力吼道。

两个人对骂的工夫，刘大壮的街坊邻居以及前后街的邻居都来到了刘大壮的门前。几条村里的土狗在离刘大壮家不远的大路上追逐打闹着。

"我跟你说刘大壮，今天我就是这个村主任不干，我也要好好地把你干的那些破事当着大家的面说说。"王力撸撸胳膊，气呼呼地对刘大壮吼道。

"咋地，我刘大壮还怕你？"

"让一让，让一让。"孙贺从人群中挤到了两个人面前，看着两个人争得面红耳赤，孙贺吼了句，"两个大男人站在街上如泼妇一般，丢不丢人！"

"孙叔，你这话就不对了，他们大男人对骂，怎么就扯到泼妇身上了？"围观的快嘴刘娜不服气地说。

刘娜说完，围观的妇女哄地笑了。

"还嫌不够乱，回家做饭去。"孙贺呵斥刘娜。

"我家男人正在家做着呢，我一会回去吃就行，没事，你忙你的，我只是看。"刘娜又接了句。

孙贺斜眼看了一眼刘娜，又把焦点集中在了王力和孙贺的身上，孙贺先劝说着王力："没啥事去村委待着，作为村干部，一大早跑到别人家门口骂街，啥做派？"

"我不去！"王力看着刘大壮倔强地回了一句。

"大壮听我的，回家里去，别站在门口。"孙贺又劝说着刘大壮。

"我家门口，我想站哪里就站哪里，别人管得着？"刘大壮也一步不愿退让。

孙贺见劝说不动，指指两个人："你们两个厉害是吧？"说着，孙贺走进刘大壮的院里，在院子里找了一圈，拿着一把铁锹和一个耙子走了出来，给刘大壮递了一把铁锹，给王力递了一个耙子，站在两个人中间说："来，拿起家伙干起来，别光嘴上硬气！"

刘大壮看着手里的铁锹，握着铁锹的手松了一下又紧紧地抓住铁锹对着王力："来啊，动手啊？"

王力把手里的耙子也往前杵，说道："你动手啊？"

"是你来我家闹事的。"刘大壮握着铁锹说。

"我不是来闹事的，我是来和你讲道理的！"

两个人手里各拿着工具对着对方，站在原地一动不动，还逞着口舌之快。

孙贺站在两个人中间，见两个人没有动手的意思，把两个人手中的家伙都夺过去扔到了一边："既然也不打，争也争不明白，就听我的，各自回家去！"

"刘大壮，我看你得意到什么时候，你以后就指望着你那土里生金吧。"王力气愤地丢下这句话，推开人群气愤地走了。

"我土里生啥，你管得着嘛？"刘大壮对着王力的背影吼道。说完，走进自家的院子，"嘭"的一声把大门关上了。只留下孙贺和看热闹的村民站在门外。

"都看啥看？地里没活是不是？都回家，该吃饭的吃饭，该下地干活的下地干活去。"孙贺疏散着围观的人。

人群三五成群边走边议论地散去了。快嘴刘娜凑到孙贺身边问道："叔，刚才你给他们两个家伙儿（工具），你真不怕他们两个打起来啊？"

"怕什么？我就怕他们两个打不起来。"孙贺刻意提高嗓门对着刘大壮家的大门喊着。嘴上虽是这么说，孙贺心里刚才却怦怦跳个不停，递给两个人家伙的时候，孙贺的手也是颤的，生怕两个人真的接过就打了起来，这也是为什么递给两个人家伙后，孙贺站在了两个人中间。虽然这样做有些冒险，但是，对

于孙贺这么多年的劝架经验和对王力的性格了解，他断定一般情况下两个人不会打起来。如果两个人真的打起来了，他站在中间还多少能够起一些作用。

劝架回到家，柳巧刚好把饭盛到桌上，见孙贺回来，柳巧忙招呼着："赶紧过来吃饭！"孙贺走了过去，坐在饭桌前，看着柳巧炒的一盘青菜和煮的两个鸡蛋，孙贺端起粥先喝了一口，喝完之后，孙贺把粥放下，看着柳巧问道："你觉得我现在老了没有？"

柳巧筷子刚夹起青菜，听到孙贺问自己老没，以为孙贺在开玩笑，笑着说："可不是咋地，自从你当支部书记，你是一天比一天老，现在都快成糟老头子了！"

"是啊，想想当支部书记也十几年了，现在的思想真的赶不上年轻人的思想喽。"孙贺自言自语地说了句。

"你今天这是怎么了？感慨这么多？之前可没见你服输过！"柳巧也察觉到孙贺的不对劲，把碗筷放到桌子上问孙贺。

"我昨天想了一晚上，这支部书记我准备递交辞职申请，是该让他们年轻人去干了。"孙贺认真地对柳巧说。

"老孙，这可不像你的性格啊？之前劝你让你不干，你都不愿意，现在这是咋了？"

"老了，干不动了。"说着，孙贺站了起来，朝门外走去。

"你又干吗去？"柳巧站起来问。

"上村委！"孙贺没有回头，只是摆摆手说。

"那你把粥喝完再去啊？"柳巧说这话的时候，孙贺已经走出了大门。

来到村委，只有王力一人在电脑前忙碌着，孙贺问了句："其他人呢！"

王力假装没有听到，依然忙碌着手头的工作。

"王主任，其他人呢？"孙贺点名问王力。

"上村里统计去了。"王力这才回了一句。

"来，先别工作了，咱俩聊聊。"孙贺叫着王力。

王力依然坐在电脑前，没有动。

"村支部书记你要不要做？"孙贺问王力。

听到孙贺说"村支部书记"几个字，王力正在滑动鼠标的手停了一下，但

不足三秒，王力就恢复了平静，说道："我要做，但不是现在！"

"怎么？你还准备再等上三年？你要是不干，我就去找其他干部问问了。"说着，孙贺佯装要走。

王力再也镇定不下去，从电脑前起身，走到孙贺面前："您这是什么意思？"

孙贺见王力走过来，笑了笑，坐在了办公室的一把椅子上面，示意王力也坐下。

"我不坐，我站着就行。"王力一副倔强的小表情说。

"王力，这次村庄项目的事你是不是在怪我？"孙贺问。

"没有，您是支部书记，您说了算。"王力阴阳怪调地回了句。

"这话里还是在怪我，你知道为什么我一直以来对这个项目不上心吗？"

王力没有说话。

"刚开始知道这个项目要放在我们桃庄村的时候，我心里也高兴，这是我们桃庄村发展的一个好机会，你想想，当支部书记的，哪一个不希望村里发展得越来越好？村里发展得好，自己脸上就有光。"

王力依然没有接话，只是目光看着村委院内几只正在院子里觅食的麻雀。

"后来，这个项目一次次地开会，乡里一次次地来人，依然在咱村落地不了时，我也就放弃了，刘大壮、孙小路你说他们坏不坏？"孙贺问王力。

王力依然不愿意接话。

孙贺自问自答地说："他们不坏，只是每个人站的角度，出发点不一样罢了，有些人根深蒂固的思想就是离开了土地不知道如何生存，但有些人就觉得从土地中解放出来能生活得更好！"

"他们种地，没有人反对，我愿意拿我家的土地和他们换，结果呢？"王力终于开口了。

"你呀，还是经历得少，有闯劲，没耐力，性格还是需要磨炼磨炼，我承认桃庄村这个项目，作为支部书记我也有责任。所以，我决定，向乡里提出申请，主动辞职！"孙贺平静地说着站了起来。

"您这是何必呢？"听到孙贺说辞职是动真格的，王力本来还一肚子的怨气，一下子平息了下去，劝说着孙贺。

"我也干支部书记一辈子了，现在乡里这发展速度和以往不一样了，我这

把老骨头也跟不上趟了，还不如把位子让出来让你们这些年轻人带着村里人好好干呢！"孙贺笑着对王力说。

"我是想过做支部书记，但不是现在，我想通过三年后的竞选，堂堂正正地当上桃庄村的支部书记。"王力说。

孙贺看看眼前这个一米七五的壮汉，笑了笑说："你的意思是我向乡里推荐你做支部书记是属于偷偷摸摸了？你小子是给我送烟送酒贿赂了，还是你小子请客吃饭了？我违反了什么规定啊？"

孙贺连着几问，把王力问得憋红着脸一句也答不上来。

"你小子啊，除了有些冲动，做工作的干劲和责任心那是没得挑，话说回来，我推荐你当支部书记也不是没有条件的！"

"您说！"

"当了支部书记后，一定和村内群众的关系处理好，特别是之前你们之间有矛盾的，更要学会化解。当了支部书记，就不可以任着自己的性子来了，做什么事情一定要考虑周全，因为你的一言一行不再是代表你自己，而是代表着乡里的形象，村里的形象和党的形象！"

"明白！"王力拼命地点点头回道。

"好好干吧，从此以后桃庄村的发展就交到你们手里了。"孙贺拍拍王力的肩膀，没再等王力说什么，就走出办公室，朝着家的方向走去。

第五十四章　鼓手

孙贺辞职的消息，很快就传到了西明乡各个村支部书记的耳朵里。这天，乡里紧急召开会议，各村支部书记聚在一起，谈论的第一件事就是关于孙贺辞职的事情。开会的时候，堂庄村支部书记赵福和林柳村支部书记刘喜一前一后坐着，赵福用圆珠笔的尾端杵下刘喜，压低声音问刘喜："孙贺辞职了，现在全乡资历最老的支部书记就是你了！"

"你这话什么意思？你还比我年轻多少？"刘喜不服老地回了句。

"你看你老刘，理解错了吧，我说的资质，不是说你老，而是说你经验丰富。"

"可得了吧，你赵福如果会夸人，那太阳还不得从西边出来？"刘喜倚着椅子回赵福。

"要说起来，咱们乡里这几年支部书记也换了不少了，现在这工作任务这么重，说不定哪天我也就辞职了！"赵福声音又压低地对刘喜说。

两个人正聊着热乎的时候，林塬村支部书记林自强和桃庄村新任支部书记王力一同走了进来。刚巧也是一前一后坐在了赵福和刘喜的身边。

林自强坐下后，赵福看了一眼他，上下嘴唇嚅动了一下，想开口还是忍住了。倒是一旁和林自强年龄相仿的寨平村支部书记王齐问了句："现在项目进程怎么样了？"听到王齐问出自己心里想说的话，赵福也紧追着问了一句："对啊，你们村那个项目咋样了？"

"一切进展顺利，上周市里、区里和咱们乡里的领导也到现场举行奠基仪式了，预计明年五六月份就能完工。"林自强隔着赵福看着王齐回答。

"真是后生可畏，这桃庄村解决不了的问题，放到林塬村，不到一个月项目就落地了。"赵福话虽是夸林自强，眼神却是看着坐在前排的王力。

"这项目虽然是建在了林塬村，却是桃庄村和林塬村共同的项目，本来就是桃、林不分家的。"林自强接了句。

"看看人家这格局，这西明乡的第一估计下个季度就要易主了，有压力没张支书？"刘喜问坐在身边的张放。

"啊？什么？"张放本来正全神贯注地在本子上写着什么，被刘喜突然这么一问，抬起头问道。

"我说下个季度说不定这第一啊就要易主了。"刘喜提高声音对张放说。

"刘支书这是准备下个季度冲刺第一呢？"张放还没来得及回答，文林刚巧从后面走来，把话接了过去。

"文乡长好。"刘喜看到文林，满脸堆笑。

文林一走进会议室，刚刚还讨论激烈的会议室瞬间鸦雀无声。这个时候，黎志也从前门走到了台上。黎志走进会议室时，会议室许多干部一同看向了墙上挂着的钟表，距离开会时间还有十分钟，这是黎志开会的一贯作风，无论什么会议，只要是他参加，总要提前十分钟到会议室，而参加会议的干部总会提前二十分钟来到会议室。

黎志、文林等人坐好后，黎志看看墙上的时间，还没到正式开会时间，黎志对文林低声说了句："要不，先让几个支书上来讲讲！"

"好。"文林应声着，便打开面前的台式话筒，对着台下说："距离开会还有十分钟的时间，这十分钟我们自由讨论，有哪位支书愿意到台上来分享一下近期的工作？"

文林话音刚落，林自强就站了起来："我愿意！"文林点点头，林自强走到了台上。

按照西明乡发言的惯例，林自强鞠了一躬，而后开始发言："我是林塬村支部书记林自强，关于我们村最近落地的项目，我想在这里和大家分享一下！"

"老梁，你这是又开始培养村委冠军种子了？"看着台上不卑不亢的林自强，朱磊问老梁。

"老朱，你这话可不对，这个人优秀，怎么能说是我培养呢？再说了，这第一的位置不能总是你的片区吧？"

"各凭本事。"朱磊说完这句话就不再理会梁田了。

"最近我们林塬村建设的项目，在座的各位支部书记一定都听说了，我也听到过议论，说这个项目是在桃庄村落不了地，所以最后给了我们林塬村，这话

我不认可。这个项目本来就是我们桃、林两个村委共同的项目，我们两个村委就像我们共同的名字一样'桃林'，桃林聚集在了一起就能形成林子，形成规模。所以，今天在这里，想向黎书记、文乡长申请一下，等项目建好了，我希望在项目里能有一个叫作'桃林'的小项目，这也是见证了我们林塬村和桃庄村共同发展的历程！未来的日子，相信我们林塬村和桃庄村在共同携手发展的路上越来越好！"林自强说最后一句话的时候，眼睛看着王力的眼睛，王力冲着林自强使劲地点点头，情不自禁地鼓掌。

"说得好！"林自强讲完，黎志边鼓掌边赞同地说了句。林自强走下台，黎志站了起来，拿过话筒，接着讲道："刚才小林说得非常好，村委之间你追我赶没有错，但是，如果是歪风邪气的明争暗斗，这股风必须扼杀掉。林塬村的项目是市里整体乡村振兴规划，不是哪一个村委说了算，也不是哪一个人说了算。桃庄村和林塬村两个村庄你中有我，我中有你，名字合在一起就是桃林，以后它们两个村庄的发展就如这两个村庄的名字一般，成为世外桃源，内部动力带动外部经济，发展乡村旅游，让游客来了玩得嗨，吃得好，住得下，带得走！"说到这里，黎志看看时间，把话筒递给文林："好了，现在开会！"

"听出来什么意思没？"朱磊悄悄问文林。

"什么意思？"

"以后咱们西明乡要发展乡村旅游了！"

"这不是早定下来的事吗？"

"以前只是说说，我听刚才书记的话，这次是动真格了！"

"这是好事！"

文林接过话筒，清了清嗓子讲道："今天紧急召大家来开会，是有个好消息告诉大家！"

听到文林说好消息，台下沸腾了，议论着将有什么好事情发生。

"经过近两年我们干部的共同努力，我们全乡整体乡村建设在区里和市里主要领导那里都得到了认可。为了庆祝我们西明乡接二连三的好事发生，也为了庆祝中秋节，弘扬我们西明乡的传统文化，通过向区里、市里申报，我们'迎中秋，庆丰收'千人盘鼓活动审批下来了！"

听到这个消息，台下一片寂静，你看看我，我看看你，文林看大家都没反

应，问道："怎么都没反应啊？"

"同意！"

"同意！"

梁田第一个带头喊同意，边喊边带头鼓掌，朱磊见梁田说同意，自己也紧跟其后，刘文、王时心、曹亮三人点头表示同意。

"当然，这场活动也是我们一次大练兵，每个村委开会回去之后，要把这个消息快速地传达下去。这次我们千人盘鼓会演不请一个专业演员，所有的鼓手全部是我们各村的群众！"

"自己村群众？"

"这上哪找这么多人？"

"你让她们种地可以，平时随便敲敲也行，让他们展演，谁会啊？"

听到文林说鼓手全部是村内的群众，在座的支部书记炸开了锅。

"大家都静一静，静一静。"看到台下支部书记讨论得一片混乱，文林示意台下安静。

文林喊了四五遍，台下才逐渐安静下来，文林接着说道："我们全乡五个片区，一个片区200人，每个村委差不多50人，有问题的村委可以现在举手！"

台下坐着的支部书记，你看看我，我看看你，寨坪村支部书记王齐的手蠢蠢欲动想要举起来，被身边的王力一把按住低声劝说道："这个时候不能举，你有什么意见等散会的时候再单独找文乡长谈！"王齐看看王力，手只好放下。

文林环顾台下一圈，说道："好，既然没有人反对，那这个方案我们鼓掌通过！"

台下掌声相比刚才的掌声低了许多。

"留给我们的时间仅剩一个月，一个月后让我们西明乡的盘鼓敲响全乡！接下来，有请书记讲话！"说完，文林把话筒递给了黎志。

"刚才文林征求大家意见的时候，我见有支部书记想举手，但是又放下了！"黎志眼神在王齐身上稍作停留后，又看向了其他的支部书记。

王齐以为是说自己，生怕黎志点自己的名字，低着头，眼神不敢和黎志对视。

"既然让大家发表意见的时候，大家都是同意的，那么，下去之后就是执

行照做，我和文乡长都不愿意再听到哪个支书跑到我们面前说做不到！时间紧任务重，其他的也不多说，散会！"黎志把话筒放回原处，从会议室的前门出去了。

"以为好消息是要提升我们基层待遇，原来是敲鼓。"散会的时候，赵福对刘喜抱怨着。

"刚才让你发表意见的时候你不发表，现在又牢骚一大堆的。"刘喜笑着回答。

"刚才你咋不站起来说？"

"我为啥要站起来说，我们村两支盘鼓队，人数还是多的，要不要匀给你们村几个？"刘喜在赵福面前说话从来没有这么硬气。

"有问题没？"散会后，林自强问王力。

王力苦笑了一下，回林自强："有些问题，但问题不大，目前我们村里的盘鼓队正式队员只有二十多人，你们的呢？"

"我们村大概有四十多人吧，任务还不算重。"林自强回答。

"朱乡长，您等一下。"高岗村支部书记高田在朱磊身后喊着朱磊。

第五十五章　备战

　　朱磊回头，看高田一脸愁容地来到自己面前，一猜就知道是什么事，还没等高田开口，朱磊就开口说道："高支书，你如果要说村里没有那么多人，那么，这个话题还是不要说了！"

　　"朱乡长，我们村里的确没有那么多的盘鼓队员，我知道的，也就十几个人！"

　　"刚才你为什么不把这个问题在会上说出来？"

　　"那场合我要说出来，不是给您工作出难题？"

　　"这个时候你来对我说，就不是给我工作出难题了？"

　　一向不善言辞的高田被朱磊这么一问，不知该如何回答。朱磊看着面前老实巴交的高田，叹了一声气说道："好了，我给你出个主意，找尹木村张支书。他们村里盘鼓队员应该有六七十个，你和他说说，一个片区的，应该会帮你！"

　　"要不您帮我说说？我找他说，他要不同意咋办？"

　　"高支书，我都给你指了路，你再让我帮你去做，干脆我来做这个支部书记得了！还有啊，你看看这面墙上咱们高岗村在全乡的排名。高支书，你的性格真得改改，不能总是好好先生，什么都是好好先生，村内的工作什么时间能够提升？"听到高田说让自己去当说客，本来对高岗村工作心里就有些窝火的朱磊，指着乡内的排名电子屏，一股脑把想说的话都倒了出来。

　　"我知道了，回去之后一定改进，但是……"高田还想让朱磊帮忙。刚好张放从两人身旁路过，朱磊看了一眼高田，把张放拦了下来："张支书，你等一下！"

　　张放停下脚步，笑呵呵问朱磊："领导，有啥事？"

　　"你们村的盘鼓队员目前有多少？"

　　"大概有七八十个吧。"张放回想了一下说。

朱磊指指高田，对张放说："这样，你们村盘鼓队员除了乡里规定的五十名外，其他的名额算在高支书的村委！他们村委盘鼓队员目前人数不够！"

"这没问题，这种事，高支书对我说就可以了。"张放看看高田。高田冲着张放笑笑，感激地说了句："谢谢了！"

"这谢啥？"刚说完，张放眼珠一转，似乎忽然间想起了什么，把朱磊拉到一边，低声地说，"领导，虽然都是一个片区的，但是我可提前说好，如果乡里说多出的人加分，这人我可是不借的！"

"行，听你的。"朱磊答应着。

"都说老朱管理片区有一手，今天我是学到了！"这话刚好被路过的梁田听了去，梁田说了句。

"你们去忙你们的。"朱磊对高田和张放说道。

两个人和梁田打了招呼，就结伴离开了。

"论经验，我可得拜梁乡长为师，在您这，这些不过是雕虫小技而已。"朱磊笑着回答。

梁田看看四下没人，凑到朱磊身边，低声问朱磊："刚才有没有说少人扣分啊？"

朱磊脑海里短暂回想了一下开会的内容，摸着下巴回梁田："好像没有吧，但又好像有，你别说，这我还真不确定，我去问问刘文。"说着，就朝着刘文的办公室走去。

"老朱，你别走那么快啊？我还没问完呢。"梁田跟着朱磊也走进了刘文办公室。

走进刘文办公室，刘文正在给自己片区的几个村支部书记开会，见朱磊和梁田不敲门就进来，刘文对辖区支部书记说了句："按照刚才我们开会的内容，大家都去忙吧！"

几个支部书记站起，和朱磊、梁田打了招呼，走出办公室。人走了之后，刘文给梁田和朱磊倒水，问道："你们两个怎么这么闲，来我片区指导工作了？"

"刚才你有没有听清如果人数不够会不会扣分啊？"朱磊顾不得和刘文开玩笑，着急地问道。

刘文看看朱磊着急的表情，把水递给朱磊，朱磊端起水刚喝一口，就吐了

出来："这水怎么这么烫？"

"我还没来得及提醒你刚烧开的，你就喝了，这怪谁啊？"刘文把另一杯水递给梁田。

"你也怕烫啊？一直以为你不怕烫呢！"梁田含沙射影地看着朱磊的囧像。

"我怕不怕你还不知道啊？咱俩都一样。"可能有时候刘文说朱磊两句，朱磊都能忍，但梁田如果说朱磊一句，朱磊忍不了，或许是因为平时两个片区的成绩太接近了，竞争激烈，所以，两个人见面也就分外眼红。

"好了，你俩不要一见面就争，你刚才问什么来着？"刘文问朱磊。

"刚才会上，文乡长和书记有没有说如果人数不够扣分来着？"朱磊再次问。

"我想想啊！"刘文回忆了一下，回道："我好像也记不清了！"

"刘乡长，我找你有些事。"王时心这个时候刚巧推门进来。

推开门，看到朱磊、梁田都在，王时心先是一愣，接着笑着问："这是开小会呢，也不叫上我？"

"你来得刚好，时心，你帮我们回忆一下，在会上，书记和乡长有没有说如果人数不够扣分？"朱磊忙问。

"没有啊，只是规定说每个村委50人，至于说人数不够后期会不会扣分，这我就不知道了！"王时心想都没想回答。

"这就好，吓死我了。"朱磊悬着的心放下了，拿起水杯想要喝水，又想起水烫，把水杯又放了下去。

"你们这都是怎么了？"看着三个人神经兮兮的，王时心好奇地问道。

"这样，关于这个事，肯定还会开咱们片区长的会，到时候人数这一块一定会征求我们的意见，如果问到人数不够要不要扣分时，我们一定要口径统一，这分不能扣！"梁田嘱咐着刘文他们。

"我是没意见。"朱磊第一个答道。

"我也没意见。"王时心回道。

"我跟从大家的意见。"刘文看几个人已经达成了一致，也说道。

"好，剩余曹亮那边就好说了，我现在去和他说。"说着，梁田走出刘文办公室。

王时心看着梁田出去了，也指指外面："那没什么事，我也先去忙了！"

"对了，你还没说找我什么事呢？"刘文问。

"其实也没什么事，和你们的担忧是一样的，我们片区也有村庄人数不够现象，本来想着来找你聊聊怎么解决的，没想到刚好遇到答案了，那我先下村了。"王时心回答着就出去了。

朱磊刚准备坐下，刘文把朱磊拉了起来："还坐着干吗，还不赶紧下村去？"

"我不急，村里有他们的。"朱磊还想坐下，被刘文推出了办公室。刘文转身把办公室门一锁，对朱磊说："你不下村我还得下村的！"说着，刘文走向汽车，转眼就离开了乡政府。

刘喜一路哼着小调回到村委，刚下车，见林旺抱着一摞材料正准备出去。他把林旺拦住，神秘地说道："你知不知道今天有啥喜事？"

林旺被刘喜这一举动问得一头雾水，问刘喜："发生了啥事啊？这么高兴？"

"今天乡里说要举办千人盘鼓会演，你是不知道说完这个通知后，那些村支部书记的表情啊，就像这样。"说着，刘喜给林旺表演着开会时几个支部书记的表情。

"这有啥高兴的？"林旺问。

"我当然高兴了，现在好几个支部书记都在发愁怎么能够把这人数凑够呢。咱们村根本不用担心这个问题，因为我们本身就有两支盘鼓队，50人绰绰有余！"刘喜兴奋地对林旺说。

"我们村什么时间有两支盘鼓队了？"林旺问刘喜。

"你忘了？巧凤她们有一支，林翠她们有一支。"刘喜依然得意扬扬地说。

"这两支盘鼓队在今年由于两队人数都缺少，上半年就合并了，您不知道？"林旺看着刘喜得意扬扬的样子，把抱着的资料放下，对刘喜说。

"合并？什么时间的事？为什么没有和村里说？"听到林旺说盘鼓队合并了，刘喜刚才还得意扬扬的表情瞬间紧绷了起来，"那现在咱们的盘鼓队还够50人不？"

"好像够……"林旺抬起头，似乎脑子里数着盘鼓队员的人数。林旺一句话还没说完，刘喜就把话打断说："够就好，够就好，吓我一跳！"

"好像够……呛！"林旺脑海里回忆了几遍在广场上看大家敲盘鼓时的人

数，确定几遍，确实不够 50 人，林旺回道。

"你这说话怎么大喘气来着？"刘喜一听人数不够，有些着急了。

"我这还没说完呢，你就把话接过去了，怎么就我大喘气了？"

"现在不是咱俩争论的时候，我们现在要做的第一件事就是赶紧把人凑齐了。"刘喜慌了。

"这还不好凑，之前敲盘鼓的人，再把她们找回来不就行了。"林旺说。

"这倒也不是不可以，这件事你去办，这些材料是送哪的？"刘喜看着林旺身边的材料，问林旺。

"往上级单位送的。"林旺答。

"这材料我去送，你赶紧把之前敲盘鼓的人全部找来。"说着，刘喜抱起材料走向自己的车，把材料往车座上一放，麻利上车，开车就溜。

"这妇女工作每次都是让我去做。"林旺看着离去的刘喜，嘟囔了一句。嘟囔完，林旺似想起什么，对着刘喜远去的车影喊道："这材料不是送乡里的，是乡里让送到区里的！"刘喜哪还听得到林旺的喊话，早就一溜烟远去了。

"算了，这是你自己抢着要去送的。"见刘喜的车已经走远，林旺又自言自语说了句。就在这时，林旺的手机铃声响了，电话那头传来了林东的声音："爸，今天晚上必须回来吃饭啊！"

"知道了。"林旺说完，挂了电话。林旺走进村委办公室，看着正在统计数据的妇女主任刘燕，瞬间心生一计。

第五十六章　林东的目标

林旺走到刘燕身边，看刘燕正在统计数据，问刘燕："刘主任，这还得多久才能统计完？"

"快了。"刘燕头也没抬地回林旺。

林旺摸摸鼻子，看看村委其他干部，又问刘燕："统计完了咱俩出去一趟！"

刘燕抬起头，看着林旺，见林旺正摸着鼻子，刘燕"哼"了一声，又低下头继续在本子上写着，边写边问："林主任，你这肯定是无事不登三宝殿，说吧，啥事？"

"我这能有啥事，就是一会咱们一起到村里转转。"林旺不自然地笑着回答。

"你说咱村里谁不知道，只要你林主任一摸鼻子说话，准是有事！"刘燕抬起头，看着林旺的眼睛说。

"是吗？我咋不知道？"林旺急忙把自己正摸鼻子的手放下。

"林主任，有事说事，你也知道，我这人直性子，你要是拐着弯说，说不定最后我能帮也不帮了！"

"你能不能一会带我去几个妇女家？"林旺听到刘燕这么说，也不绕弯了，直接说道。

"去妇女家？咋了？和嫂子吵架找说客呢？"刘燕听到林旺说要让她带着去几个妇女家，疑惑地问林旺。

"我和你嫂子怎么会吵架？那不是乡里要举行千人盘鼓会演吗？每个村都需要50个鼓手！"

"千人盘鼓会演？为啥我不知道？你从谁那听说的？"刘燕停下了手中正在统计的笔问林旺。

"还能谁啊，当然是咱们支书了！"

"林主任你就不要和我开这玩笑了，咋地，支书怕我们知道，只打电话告

诉你一人了？"刘燕说这话的时候，指指村委里其他干部。

"真是他说的，刚才我出去，他刚巧回来，他对我说完，安排了工作，他就去帮我送材料了！"林旺解释着。

"哦。"刘燕看看林旺手里，的确刚才抱出去的材料已经没有了，"我现在忙着呢，带你去不了。"说完，刘燕就继续忙自己手里的工作了。

按照常理来说，本来村里的妇女工作，即使不安排，也应该是刘燕去做。但前期乡里倡导加强村里盘鼓队训练时，刘燕提出自己愿意当盘鼓队长带领全村妇女一起敲，被刘喜一口否决，非得让刘燕从村里再选一人当村里的盘鼓队长。刘喜拒绝的原因很简单，担心刘燕因为敲盘鼓影响了正常村里工作。虽然当时刘燕听从了刘喜的意见，但这件事一直在刘燕心里耿耿于怀，两个人也因此有了心结。自从那件事以后，只要是和盘鼓相关的事情，刘燕从不参与，刘喜安排也只安排给林旺。

"刘主任，你就当是帮帮我行不？你也知道，我这人最不擅长和女人交谈了。"听到刘燕的拒绝，林旺求着刘燕。

"不去。"刘燕依然忙碌着手中的工作。

"如果因为咱们人数不够，到时候村里扣分，你说这责任算谁的？"

"怎么也算不到我头上！"

"怎么就算不到你头上了？你是妇女主任，别的村敲盘鼓的妇女人数都够，到了咱们村就不够，你说，别的村会怎么想你这个妇女主任？"

"他们爱咋想咋想，反正我是不去。"刘燕依然偏着性子回答。

"好吧，你不去就不去吧，哎，人家尹木村工作做得就是好，根本不用组织，村里妇女主任一招呼就是七八十人，真羡慕。"林旺说完，斜着眼睛看了一眼刘燕。林旺心里很清楚，平时刘燕在妇女工作上，暗自较劲的对手就是尹木村的妇女主任。

刘燕手中的笔停了一下，没有答话。

"好吧，我去就我去，能动员几个是几个吧，到时候盘鼓队员不够你可不能怨我啊！"林旺对刘燕说完最后一句话，佯装要走。就在林旺快走出办公室时，刘燕把林旺叫住了："等一下，我跟你去！"

林旺暗自笑了一下，随后表情迅速恢复正常。刘燕拿着本子跟了出来，但

依然一副不乐意的样子说："我可说好，我跟你去，不是为了支书，而是不想让我们村因为人数不够丢人，让别的村妇女主任觉得我们村没人了！"

"好的，知道了，就知道刘主任心里装的是大局。"林旺拍着刘燕的马屁。

"我这人没啥大格局，但属于我工作范围内的事，就不能在全乡让其他村委看笑话！"

"是，刘主任说得对！"

就这样，林旺和刘燕一人一辆电动车，林旺的电动车跟在刘燕后面，两个人一条街一条街地把村里之前敲盘鼓的村民家走了一遍。通过刘燕的劝说，之前已经退出盘鼓队的人员全部同意继续敲盘鼓，代表村委参加千人盘鼓会演。

林旺和刘燕村里一圈转下来，天已经擦黑，回到村委，林旺看着刘燕本子上记满的人名，林旺拿过本子，用指头一个名字一个名字地点着数着，数完，林旺对刘燕感激地说："感谢刘主任今天伸出援助之手，改天一定安排吃饭！"

"吃饭就算了，我只是不想让别的村委小瞧我们村委没人，好了，没啥事，我下班回家了，这名单你可收好了。"说着，刘燕蹬起村委院内那辆两轮小电动车就离开了。

林旺左手拿着本子，右手轻弹了一下，嘴里沾沾自喜地说道："搞定！"随后，哼着小调回家了。

一路哼歌到家，一进家门，林旺看到院子里的葡萄架上灯光闪烁，葡萄架下的石桌上摆着几盘菜和一瓶白酒。林旺脑海回想了一下，想不出今天是什么日子，就掀开厨房的帘子，掀开帘子，林旺看到月牙正在择菜，妻子李兰正在炒菜，林旺忙笑嘻嘻地问："今天家里啥喜事啊？乡里领导都来了？"

月牙抬头看看林旺，笑着回答："叔，你就不要拿我开玩笑了，我不是领导，今天我来是蹭饭的！"

"不想吃乡里饭了，可以天天来家里蹭饭。"林旺爽快地答道。

"爸，你今天回来挺早的。"林东和刘晨从大门外回来，林东手里提着一个蛋糕。

"今天谁生日啊？"林旺看着林东手里的蛋糕，问。

"爸，不是我说你，连我妈的生日你都能忘。"林东边说边把蛋糕放在了葡萄树下。

"今天你生日？"林旺看着李兰，语气里依然带有疑问。

"我都忘了今天是我生日，还是东子提醒我的，我说不让过，东子非得说过。"李兰有些娇羞地回答。

"好小子，你妈没白疼你，今天这个蛋糕算我的，一会爸把钱给你。"林旺给林东竖起一个大拇指。

"你可得了吧，爸，你要有这心意，你再给妈买其他礼物，这蛋糕啊，我是不能让给你。"林东丝毫不给林旺面子。

"这还顶起嘴来了。"林旺指着林东笑笑。

"来，晨哥，你先坐着，我们马上开席。"林东不接林旺的话，只是招呼着刘晨坐下，然后走进厨房，对正在择菜的月牙说："月牙，你也出去坐，厨房用不着你！"

"对，你们出去坐，我一个人就可以了。"李兰一把把月牙手中的菜抢了过来，让月牙出去坐。

"没事，阿姨，我来吧。"月牙还是执意要择菜。

"好了，我来，你们年轻人去聊你们年轻人的事。"林旺走进厨房，把李兰手中的菜又接了过去。

林东冲着月牙使使眼色，月牙看着林旺和李兰，一人择菜，一人炒菜，会意地跟着林东走出厨房。

走出厨房后，林东偷偷看了一眼刘晨，刘晨正低头看着手机，听声音像是在看新闻节目，林东悄悄对月牙说了句："你跟我出来一下！"月牙见林东神神秘秘，为了弄清楚什么事情，跟着走出了门。

出了门，月牙便好奇地问道："怎么了东哥？"

林东看看院内，见一切正常，笑嘻嘻地对月牙说："我注册了一个公司！"

"什么意思？你要自己单干？"听到林东说自己注册了公司，月牙震惊地问。

"你小声点，不是自己单干。"林东又偷偷地看看院内，接着对月牙说："长话短说，我注册了公司，是和花生有关的，下一步，我想卖花生！"

"你这不还是单干？"

"不是，关于花生这件事，我想我们一起做。自从上次书记说让我们围绕

花生做些事情，回来后，我就一直在考虑下一步如何做。所有计划我都想好了，你别说，咱们西明乡还真是一座宝藏，你猜我发现了什么？"林东神秘地问月牙。

月牙早就习惯了林东的夸张语气，只是摇摇头。

"我发现，咱们西明乡竟然有传统老作坊炒花生工艺，全乡有十几个地方炒，我也找好了炒花生的师傅，只要你们愿意，我们随时可以开始干。这件事，我还没和晨哥说，我怕晨哥说我三天打鱼两天晒网！"

"那你为什么和我说？"

"我想着先对你说，一会吃饭的时候，咱们再一起和晨哥说，我们两个一起说，晨哥就一定会同意的！"

"如果晨哥不同意，怎么办？"月牙问。

"那不还有你吗？"

"我？"月牙指指自己，冷笑了一下对林东说，"晨哥不同意，我能有什么办法？"

"晨哥听你的，好了，就这么说定了，一会吃饭的时候，配合好。"说完，林东丝毫不给月牙任何反驳的机会，麻溜地走进院子，笑嘻嘻地走向刘晨身边。

第五十七章　尴尬的饭局

"孩他爹，你觉得这丫头咋样？"月牙走出厨房后，李兰边切着菜边问林旺。

"啥咋样？"林旺不懂李兰问的啥意思。

"还能咋样？咱家东子也不小了，也该到了谈婚论嫁的时候了。"李兰提示着林旺。

"你呀，就不要瞎操心了，孩子的事，让他们自己去决定！"

"我觉得咱家东子喜欢这丫头，这丫头心里也有东子，要不，一会吃饭的时候，我们试探试探？"李兰说。

"你可别乱牵红线，让我看，这丫头和小晨还般配呢。"林旺随口说了一句。

听到林旺说月牙和刘晨般配，李兰正在切菜的刀停下了，忙问林旺："小晨也喜欢这丫头？"

"我哪知道？"

"你刚才说的！"

"我那是随口一说而已，这菜择好了，还有其他的没？"林旺把择好的菜递给李兰问道。

"没有了，你出去陪着孩子们聊天吧，我把这个菜炒了，我们就开饭。"李兰把林旺也轰出了厨房。掀帘子那一瞬间，李兰不忘看看林东、月牙和刘晨三个人。只见三个人坐在一起相聊甚欢，李兰嘴角露出微笑，把帘子放下，继续烧菜。

"东哥，我记得第一次来你家，也是在这个位置吃饭，也是这个季节，今天的情景和当时一样的，就感觉是情景再现似的。"月牙吃着橘子对林东说。

"是啊，转眼几年过去了，那个时候，我们还都是大学生呢。"林东感慨道。

"对了，前段时间我和刘艺学姐联系了，她现在在做自媒体，粉丝六十多万呢！"

"这么厉害？她现在在哪个城市啊？"听到月牙说刘艺，林东饶有兴趣地问。

"郑市，当时我还和她说，等有机会了，让她来给我们直播一场帮忙卖卖货！她也同意了！"

"好说，你就和她说，来到西明乡，所有吃的住的我全包！"林东大气地说。

"我一定给学姐传达到。"

刘晨把削好的一个苹果递给月牙："来，吃个苹果！"月牙忙把手中的橘子放下，接过刘晨递过来的苹果，说了句："谢谢晨哥！"

"谢啥，不就是削了一个苹果吗？"林东嫌月牙太客气插了句，接着，林东对刘晨嬉皮笑脸地说："晨哥，你也给我削一个呗！"

"自己吃，自己削。"说着，刘晨把水果刀递给了林东。

"你看看，这待遇就是不一样。"林东晃下手中的水果刀对月牙说。

刘晨没有理会林东，拿起一个橘子剥开，掰下一半填进嘴里，刚放嘴里，刘晨就把橘子吐了出来，双眼紧闭，咽着口水问月牙："这橘子这么酸，你是怎么吃的？"

"酸吗？"月牙从刘晨的橘子上掰了一瓣放入嘴中，嚼了几下便咽下了，疑惑地对刘晨说："不酸啊晨哥！要不你再尝尝？"

"不了，不了，我还是吃些西瓜吧。"刘晨拒绝了月牙的好意。

"东哥，你这吃不了醋就不要吃。"林东笑话刘晨道。

刘晨刚咬了一口西瓜，正准备下咽，听到林东说吃醋，急得西瓜汁都从嘴角流了出来。刘晨急忙从桌子上拿了一张纸，擦擦嘴对林东说："东子，你瞎说什么的？我吃啥醋？"刘晨误以为林东说自己吃他和月牙的醋，有些慌了。

"晨哥，你今天是怎么了？橘子不是酸的吗？你吃不了酸的和吃不了醋不是一个意思吗？"林东见刘晨总是出状况，不解地问刘晨。

"你少说两句话就好了。"刘晨听到林东的解释，状态恢复正常，啃了一口西瓜。

"来，吃饭了。"李兰端出刚煮好的花生放到桌子上。

"花生好啊，我最爱吃的就是花生了！"林东说这句话的时候故意提高声音，指指花生，看着月牙提示着刚才自己对她说的事。

"怎么这么大惊小怪，你从小不就是吃着花生长大的？"刘晨也看出了林

东的夸张，不以为然地说。

"今天的花生和以前的不一样，对吧月牙？"林东对着月牙再次重复。

"对……对吧。"月牙结巴地回了句。

李兰见林旺不在，对着客厅喊了一声："孩他爹，吃饭了！"

林旺应声从客厅走出来，来到石桌前，从身后拿出一瓶酒说："今天刚好小晨也在这，我们一起喝这个！"

林东拿起林旺拿过来的酒，借着院子里的灯光仔细看看，看完之后，林东唏嘘地说："爸，家里藏着这么一瓶好酒我都不知道！"

"要让你小子知道了，这酒不就早没了？别说涮话，来，一人倒上一杯。"林旺让林东倒酒。

林东麻溜地开瓶把酒倒上，倒到月牙那，林东笑着对月牙说："月牙，要不来一小杯？"

"她和婶喝饮料吧。"还没等月牙回答，刘晨接了句。刘晨回答完，李兰和月牙同时看着刘晨。刘晨忙说："我的意思是，月牙一会还回乡里，喝酒影响不好！"

"对对对，东子，你咋这么不懂事，给月牙拿饮料喝。"李兰慌忙对林东说。

"我这不是说着玩的吗？"林东说着把酒瓶移到了刘晨的面前，对刘晨说，"晨哥，你今天得多喝些！"

酒倒上，林旺举起酒杯开场："来，今儿高兴，先喝一杯！"

"爸，你这祝酒词不对，应该是祝我妈生日快乐。"林东给林旺纠正着。

"都一样，都一样。"李兰慌忙圆场。

"不管咋样，来，一起喝了这一杯。"说完林旺举起酒杯一饮而尽，酒杯放下，林旺豪爽地说了一句："好酒！"

刘晨见林旺喝完，也端起酒杯一饮而尽，放下酒杯，刘晨夹起一粒水煮花生，剥开放进嘴里。

"月牙，来吃啊。"李兰招呼着月牙吃菜。

见李兰这么热情，月牙不好意思地拿起筷子，夹了一筷子离自己最近的菜。

李兰见月牙不好意思夹菜，自己把桌上的鱼、牛肉都往月牙的碗里夹。

"阿姨，已经很多了，谢谢。"眼见自己面前盘里的菜就要摞起来，月牙忙推辞着。

"吃吧，我都没见我妈对谁这么好过。"林东在一旁大大咧咧地说道。

坐在月牙一旁的刘晨，听着李兰和林东的话，淡淡一笑，默默夹了一筷子菜。这个时候，林东对着月牙使使眼色，月牙看看林东，不知道林东想表达什么，呆呆地看着林东。林东眼睛又往刘晨那边使使眼色，月牙明白了林东的意思，但她也不知道自己应该说什么，只是眼睛看着林东，轻轻地摇了摇头。月牙和林东两个人的眼神交流被李兰看在眼里，李兰笑笑没有说话，又给月牙夹了一筷子菜。

"你给晨哥说啊。"林东见月牙理会不了自己眼神的意思，一着急，直接和月牙对话了。

"说什么？"刘晨听到林东提到自己，不解地看着林东。

林东满脸堆笑，只好对刘晨摊牌说："晨哥，今天趁着大家都在，我有一件事想说！"

李兰以为林东要表达对月牙的心意，替林东打着圆场说："这孩子，自己的事情该说就说，有什么不好意思的？"

刘晨也以为林东想趁着这个机会表白月牙，虽然心里五味杂陈，但依然保持一副老大哥的模样，笑着对林东说："说吧，我们听着呢！"

"妈，你都知道了？"林东以为刚才他和月牙在门口说的话，李兰都听到了，看着李兰惊讶地说。

"对啊，我都知道了，你这孩子平时大大咧咧的，怎么到了自己事上这么磨磨叽叽的？"

林旺只是自己吃着菜，又自顾自地喝了一杯酒。

"孩他爹，你别光顾着吃菜，孩子有话说。"李兰笑着轻轻碰碰林旺。

"啊？"林旺把筷子放下，抹了一把嘴，看着林东说道，"你小子有啥事就畅快地说，别吞吞吐吐的！大家都等着吃饭呢！"

林东看看月牙，试探地问："那我说了！"

"说吧，反正早晚都要说！"月牙也鼓励林东。

几双眼睛同时盯着林东，等待着林东宣布。林东看着大家都盯着他，不好意思笑笑，说："你们别这样看着我呗，这样我压力大！"

"好好，不看，你说。"李兰安慰着林东的情绪，双手紧张地握在一起。

刘晨此时反而心情平复了许多，偷偷地看了月牙一眼。看到月牙双眼看着

林东，刘晨嘴角轻轻上扬了一下，双手交叉，等待着林东的宣布。

"我注册了一个新公司，下一步，我想卖花生。"林东语速加快地说道。

空气寂静了三秒，李兰看着林东问道："说完了？没有别的了？"

刘晨听到林东宣布的是这个消息，稍微端坐了一下，拿起刚才没有吃完的橘子，掰了一瓣放进嘴里，面部表情稍微变化了一下，橘子就咽下去了。

"没了，这就是我想给大家说的事。"林东看着李兰说。

李兰指指月牙，指指林东，看看林旺。林旺右手下压了两下，意思是李兰心里想的他都知道，示意李兰少安毋躁，自己来说。李兰这才安定情绪，安稳坐在凳子上。

"东子，公司这件事暂且不说，我和你妈我们现在最操心的就是你的婚姻大事，你看你这毕业也这么长时间了，你说回农村发展，我们没阻拦你，但是，你这老大不小了，也该成家了吧，俗话说得好，成家立业，家不成何以立业？"林旺一副大家长的语气对林东训着话。

"爸，俗话还说，功不成何以为家？再说了，晨哥不也没有成家的吗？晨哥还不急呢，我着什么急？"林东看着刘晨笑着说。

刘晨只是笑笑，没有答话。

"那你告诉爸，现在你心里有人没？"林旺看了一眼月牙，问林东。

"有人？有啥人？等晨哥有女朋友的时候，我再找也来得及。"林东又把矛头对向了刘晨。

李兰在一旁听得有些着急了，插话说："东子，你就没有喜欢的女孩？"李兰说完，眼睛瞅瞅月牙，月牙平静地吃着刘晨递给的橘子。

"拜托，亲爸亲妈，你们饶了我吧，真没有。"林东做出求饶的姿态。

刘晨把这句话听得仔细，他看看月牙的表情，看上去十分的平静。刘晨心里乱了："难道平时自己看到的两个人关系不一般都是错觉？"

"但是……"李兰还想说什么，被林旺打断了："好了，好了，你也都听到了，这件事到此为止！吃饭！"

"对，对，来吃菜，妈。"林东给李兰夹了一块肉放进碗里。

李兰不甘心地看看月牙，这到家的儿媳妇眼看就要飞了，李兰心里还是不愿意放下。

第五十八章　难寐的夜

一巡酒下肚，林旺佯装刚才忘记林东说了什么，随意地问道："对了，刚才你说什么来着？"

"我注册了一个公司，专门卖花生。"林东兴奋地说。

"我不同意！"林旺直截了当地反对。

"爸，你为什么不同意？"林东本来以为注册公司只需要征求月牙、刘晨的意见就可以，毕竟他们三个人一起创业的。没想到这件事，第一个反对的会是林旺。

"你知道现在的花生多少钱一斤吗？"林旺把筷子放到碗上，问林东。

林东眼神求助李兰，李兰想开口告诉他，被林旺拦住："你别说话，让他说！"

林东眼珠一转，回答："花生价格都是变动的，现在的价格，我也不清楚！"

"那好，我再问你，一亩地花生纯利润多少钱？"

"三四千吧？"林东犹豫着答道。

林旺端起碗，用筷子指指林东，对李兰说："听到没？一亩地花生可以挣四五千，这样，从明年开始，咱家十几亩地让他种花生，一年四五万，这收入都归他，咱一分不要！"

林东低声问刘晨："晨哥，一亩地花生纯利润能有多少？"

"一般一千多块钱，碰上好的年景，花生价格又高，一亩地可以挣个两千多块钱。"刘晨回答。

"什么？"听到刘晨的回答，林东简直不敢相信自己的耳朵。在他的概念里，一亩地花生最低也得挣个三四千块钱，毕竟一亩地花生堆在一起就像一座小山一样。

"爸，要这么说来，我注册公司就更有必要了，通过注册公司，把花生形成一个品牌对外卖，不是可以提升花生的附加值吗？"林东脑筋一转，逆向思

维说服着林旺。

"别给我说这一套，不顶用。"林旺说。

林东再次用祈求的眼神看着李兰，李兰想替林东说情，还没开口，林旺就给堵了回去："谁说情都没用！好了，饭吃饱了，切蛋糕！"

"爸，你这人也忒不讲理了！"林东有些生气地想站起来就走，被刘晨一把按回了板凳上，冰冷地对林东说："今天是婶过生日，把脾气给收回去！"

"本事不大，脾气不小。"林旺看到林东耍脾气，淡定地回道。

"孩子既然喜欢，要不就让他试试，成了最好，不成的话，最后他也就死心了。"李兰看着父子俩吹胡子瞪眼，在中间当着说客。

"他喜欢的东西多了，你都能满足？从小就是太顺着他了，这事，不用再提了！"

"你拦不住我。"林东语气倔强地斜眼看了一眼林旺，林旺没有理会他说的话，把蛋糕拿到桌子上，刘晨从蛋糕盒里把切蛋糕的切刀递给林东。林东接过切刀，和月牙、刘晨他们一起点燃蜡烛，李兰许了愿后，林东把蛋糕切开，第一块递给了李兰，第二块切好准备递给刘晨时，刘晨接过蛋糕直接给林旺："叔，您看，东子还给您切了一块大的！"

"难得他有这么一片孝心。"林旺看出了林东蛋糕并不是给他的，但没有揭穿，依然把蛋糕接了过去，大口地吃了起来。

林东没有搭话，而是切下另一块蛋糕递给刘晨，笑嘻嘻地说："晨哥，这事，你不会反对吧？"

刘晨刚准备接蛋糕，听到林东这么问，刘晨丝毫没有心理准备地看看林旺，林旺假装没有听到，只是吃着蛋糕，刘晨眼神又犀利地看着林东，林东笑嘻嘻地盯着刘晨。刘晨接过蛋糕，回了句："东子，你这坑可挖得不小啊？"刘晨的意思是，林旺都没同意，这个时候林东来问自己，不是明摆着和林旺对着干。自己同意了，林东高兴，不同意，林旺高兴。

"晨哥，你这话说得，我纵使会挖坑，在你这，还不是踏坑如平地啊？"

"这件事回头再说。"刘晨含糊其词地回了句。

"那我就当你答应了啊。"林东强词夺理地说。

"我吃好了，你们吃吧。"林旺说着站起身，走向客厅，正准备踏进客厅

门，又转身对月牙笑着说："回乡里的路上慢点！"

月牙点点头："好的，叔！"

刘晨低头看看时间，已经接近九点，对林东说："要不，今天就到这吧，月牙还得回乡里！"

"回乡里急什么？这么近，来，我们再喝点晨哥。"林东说着准备倒酒。

"东子，听小晨的，月牙还得回乡里。"李兰把酒瓶从林东手里抢了过去。

刘晨站了起来，凑到林东的耳边，对林东说："你说的事，我觉得可以做！"

本来还有些意志消沉的林东，听到刘晨说这话，瞬间兴奋，似乎要蹦起来，对刘晨说："真的啊，晨哥！"

"小声点，别让叔听到了。"刘晨指指客厅。

"好的。"林东急忙捂住了嘴巴。

"你们两个啊。"李兰摇摇头，虽然没有听到刘晨对林东说什么，但看林东的表情，李兰已经猜出。李兰站起身收拾碗筷，月牙端起碗要帮忙收拾，李兰急忙把碗抢了过去，关心地说："这些我一个人就够了，你还要回乡里，赶紧回去！东子，送送月牙！"李兰对林东说。

林东和刘晨送月牙出门，林东说："要不街里走走吧！九点半你回去！"

"月牙说呢？"刘晨征求月牙的意见。

"行，我听你们两个的。"月牙回道。

三个人走在乡村的小路上，一轮明月挂在枝头，皎洁的月光洒落在乡村，村里传来孩童的笑声，时而有孩童高兴地大喊一声："我捉到一只！"

"小时候，我也喜欢捉爬叉（当地俗语：没有脱壳的金蝉）。晨哥，你还记得不？小时候咱俩一人提着一个瓶子，能跑很远的地方捉，一晚上能捉200多只，一只5分钱，那个时候10块钱都开心得不得了。"三人路过一片树林，林东看到树林里两三个孩童一人手中一个手电筒从树的底部一直照到树的顶端，林东触景生情地说。

"记得。"刘晨看了看树林回答。又看看月牙，见月牙看着树林发呆，刘晨问沉思的月牙："你在想什么？"

"想小时候！"

"小时候怎么想也不会想到来我们这吧。"刘晨笑着说。

"那个时候最大的心愿就是离开农村。"月牙淡然一笑，回答。

"童年一定不快乐吧？"林东嬉皮笑脸地问月牙。

"东子。"刘晨提醒林东说错了话。

"我的意思是小时候一定没有咱们这种过铁的玩伴，如果有，谁会想着长大呢？"林东忙解释。

"我累了，要不今天到这吧。"月牙笑着对刘晨和林东说。

"也好，你早点回去休息。"刘晨看出了月牙有心事。

两个人送月牙离开，月牙开车离开后，刘晨目送很远，林东看看刘晨，狡黠地问刘晨："晨哥，你是不是喜欢月牙啊？"

"你小子胡说什么呢，一个女孩一个人开车回去，你不担心？"刘晨回过神，拳头打了林东一拳。

"这么近的路，我一点也不担心。"林东语气轻松地说。

刘晨本想趁机问林东对月牙的感觉，但嘴张了张，还是把话咽了下去，对林东说了句："回家睡觉吧！"

"要不去你家，我们两个再聊聊关于花生的事。"林东斗志昂扬地说。

"我是累了，明天再说。"说着，刘晨转身朝家走去。

"那就明天说。"林东对着刘晨的背影大声说了句，也朝家走去。

刘晨回到家，院子里仅留一盏灯，父母已经歇下。刘晨简单洗漱后，走进自己房间，躺在床上，打开手机，给月牙发了一条微信："到乡里没？"

"到了！"月牙那边很快回复。

刘晨打出"今天怎么感觉你不高兴？"，点发送的时候，手犹豫了一下，又把字删除，敲出了："到了就好，那就早点休息，晚安！"

"晚安。"月牙秒回。

刘晨把手机扔到一边，头枕着双手，回想着和月牙工作的每一刻，逐渐地闭上了眼睛。

第五十九章　盛会

半个月的时间很快过去，转眼就到了西明乡千人盘鼓大会演的日子。经过一个月的筹备，月牙他们的花生产品也在千人盘鼓大会演会场亮相。

黎志、文林一早来到会场，走进会场，几个片区片长已经到了，正招呼着各自片区的人员应该如何就位。

"那不是书记吗？"月牙他们刚把展位布置好，林东从人群中一眼看到了黎志。

月牙也看到了黎志，林东鼓动着月牙说："你去把书记叫过来尝尝咱们的花生，他一来尝，咱们的生意不就开张了？"

看到黎志那一瞬间，月牙心里也在考虑要不要请黎志过来。听到林东这么说，月牙端着一盘花生，从人群中走向了黎志，走到黎志身边，月牙把花生递到黎志和文林面前："书记，乡长，尝尝我们的花生味道如何？"

黎志和文林看到月牙手里端着的花生，黎志从盘子里拿了几颗，放一颗进嘴里嚼了几下，黎志认可地点点头，对文林说："味道还真不错，你尝尝！"文林拿起一颗放进嘴里，边吃边说："你们这速度挺快的，这么快就有成品了！"咀嚼了几下，文林对月牙伸出一个大拇指："不错，挺好的！"

"我也尝。"黎志身后的张庆从盘子里抓了一小把，吃了一颗，连连称赞："味道弄得中，可以，非常不错！"

"谢谢书记和乡长的认可，我们的展位就在那里，去展位那里帮我们指导指导吧。"月牙指指展位邀请着黎志和文林，林东冲着这边高高把手举起。

黎志看着正在忙碌的五大片区片长和有序进场的盘鼓队员，对文林说："走吧，去看看！"

说话的工夫，几个人来到了展位前。见黎志和文林过来，刘晨急忙把提前准备好的盘子倒满花生。

"创意不错。"黎志看着林东和刘晨背后的文案，赞赏地说道。

"书记，乡长，来吃花生。"林东又端起一盘花生递到了黎志和文林的面前。

"这花生不能总吃啊，吃了，你们怎么卖？"黎志笑着说。

"我们带得多。"刘晨答道。

"有多少？有这现场的人多？"黎志指指现场的人群，接着说，"我们就是来看看，今天是宣传的好机会，市里和区里的领导一会儿都来，一会儿有机会了，让他们也尝尝你们的花生！"

"谢谢书记！"听到这话，月牙三人激动地对黎志表示感谢。

现场群众看到黎志在月牙他们的展位前，也纷纷涌了过来尝花生。黎志见状，对文林笑着说："我们的任务也完成了，走吧，我们去那边看看！"

说着，黎志和文林就离开了月牙他们的展位，离开时，黎志对月牙鼓励："不错，好好干！"

"给我来 6 袋。"一个群众品尝了之后，对林东说。

"我来 2 袋！"

"给我来 5 袋！"

吃了花生之后，现场的人纷纷说道。

林东激动地冲着刘晨眨眨眼，接着，对正在买的人说："不急，不急，一个个地来，都有，都有！"

"现在心情如何？"刘晨把花生装进袋子问月牙。

"开心。"月牙称着秤回答。

"书记给那两万块钱的起步钱，东子知道不？"刘晨看着满脸充满兴奋的林东问月牙。

"不知道，我没对他说，书记也不让说，书记希望我们能够把这件事做好，做出个样子，他说我们西明乡有好东西，却没有自己的特色产品，这是一个缺陷，他希望我们年轻人能把这个缺陷补上。"月牙回答。

"晨哥，你们两个聊什么呢，赶紧的，这边供不上了，有啥咱们回基地说。"林东问月牙要花生。

月牙赶忙把装好的花生拿给林东。

黎志和文林走到主会场，看着搭起的舞台，问文林："你觉得我们西明乡离

乡村旅游还有多远？"

"应该快了，前几天我去市里开会，会上，领导说正在研讨要把我们西明乡纳入整个市里的乡村振兴带，现在想来我们西明乡投资的企业一天就有两三个！"文林激动地说。

"以前咱们西明乡是想项目进来，现在，我们西明乡要选项目，项目你一定要把好关，我们要项目，但是我们要好项目。"黎志叮嘱文林说。

"明白。"文林回答。

"西明乡的天是该变变了，老百姓也该换个活法了。"黎志感慨地说。

"会场确定不需要限定人数？"文林看着远处还一直在往会场进的村民，有些担忧地问黎志。

"不用，这本来就是我们群众自己的活动，群众喜欢来看，就让他们看，大家一起才热闹。"黎志说。

"书记，市区领导一起来了。"黎志和文林正在对话，现场总指挥刘文走过来对黎志说。

"在哪？"听到市区领导来，黎志问道。

"车已经到停车场！"

"好，走，文林，去接领导。"说着，黎志和文林朝停车场走去。

千人盘鼓会演场地处，全乡各村盘鼓队员统一着装，已经准备就绪。刘文拿起话筒，对着人群讲道："领导马上就到，第一站就是我们的千人盘鼓会演，一会敲盘鼓的时候，一定要拿出我们的气势，拿出我们的西明乡的精气神！"

刘文说完，现场盘鼓队员挥动着手中的木槌，盘鼓声敲得响亮回应刘文。

"好，就是这个气势！"刘文大声说道。

"你看看，这架势。"朱磊和几个片区片长站在一起，看着刘文啧啧地说。

"挺有模有样的。"梁田接了句。

朱磊看了一眼梁田，没有接话，又对身边的曹亮说："你们片区人到齐没？"

"到齐了。"曹亮回答。

"哦。"朱磊回答后，看到远处黎志正陪着市区领导往这边走来，对正在指挥的刘文喊了句："老刘，开始吧，领导们已经来了！"说着，朱磊指指黎志他们走来的方向。

"大家稍作休息，马上开始！"说完，刘文走向已经来到盘鼓会场的黎志。他在黎志耳边嘀咕了几句，就把话筒递给了黎志。

黎志把话筒递给身边的领导，笑着说："要不，您宣布开始吧！"

"你是乡党委书记，你宣布就行。"市领导把话筒推了回去。

"那好。"黎志犹豫了一下，拿起话筒走到了刘文刚站的位置，站好后，先问候一句："西明乡的父老乡亲们，你们好！"说完，黎志深鞠一躬。

台下盘鼓声震天。

"今天是我们西明乡大喜的日子，今天聚在这里，我们不仅庆祝丰收，而且迎中秋，我们市区领导也来到了我们西明乡，和我们西明乡的父老乡亲一起过节日！我们一起欢迎他们！"

台下再次响起了响亮的盘鼓声。

"我们西明乡近两年在我们干群共同努力下，发生了翻天覆地的变化，我们的街道干净了，我们的路通了，我们家家户户开始做绿化了，接下来，我们还要开门迎宾做旅游，以后我们的日子要越过越红火！"黎志慷慨激昂地说。

台下整齐划一的盘鼓声再次打断了黎志的讲话。

"乡亲们，把盘鼓敲起来，敲出我们西明乡幸福的未来，敲出我们乡亲们红火的日子。"黎志说完，双手扬起，示意开始。

黎志话音刚落，千人盘鼓总队长声音响起："准备，开始！"随着声音落下，瞬间，盘鼓声响彻整个上空。只听到一声"嘿"千人划一的喊声拉开了千人盘鼓大会演的序幕。

在这片宽敞的场地上，来自全乡的盘鼓队员都以饱满的热情挥舞着手中的木槌，时而变换着队形，时而声音猛高猛低，节奏感十足。

"这全部是你们乡的村民？"观看演出的市领导高平问黎志。

"全部是村民，没有一个专业演员。"黎志自豪地说道。

"非常好啊！"高平忍不住地感叹道。

这边千人盘鼓声震天，月牙他们那边，林东着急地张望着，问月牙："你说，一会儿黎书记会不会带着市区领导来我们这看看啊？"

"你这么着急干吗？"见林东猴急的样，月牙笑着回林东。

"我当然着急了，你想啊，一会儿市领导来咱这看看，再吃几粒花生，我

们拍张照片，到时候往我们基地一挂，那多有面子啊？"林东想象着即将发生的场景说道。

"你呀，还是想想吧。"月牙笑林东异想天开，说完，就没有再理会林东。

"我相信书记说的话，他说领导会来，就一定会来。"林东自信地说。

"来了来了！"正在林东翘首盼望的时候，林东看到黎志陪同着市区领导正在逐个地看展位展出的产品，林东激动地拍着月牙和刘晨。月牙也看向远方，黎志和文林正陪同着市区领导一个个展位地看。月牙慌忙放下手中的活。

没过多长时间，高平一行就来到了月牙他们的展位前，黎志跟在后面。黎志提示月牙："这是我们市里的高书记。"月牙慌忙端起花生递到高平面前："领导尝尝我们当地的老作坊炒花生！"

高平拿了一颗放进嘴里，嚼了几下，对身边的人说："味道不错！"

林东听到，又急忙端起一盘花生让现场的所有人都尝了一下。

"你们是当地的？"高平问月牙。

"是的，这是我们乡里搭建的青年创业平台，我们几个年轻人共同推出的！"

"非常好，乡村振兴其中有一条就是人才振兴，年轻人愿意回来的乡村才是真正的乡村振兴。"高平对黎志说。

"这些年轻人挺有想法的，他们把当地的老作坊花生通过他们自己的思维形成了品牌。"黎志夸赞着月牙他们。

"好好干，未来乡村大有作为。"高平为月牙他们竖起大拇指。

"谢谢书记。"月牙林东刘晨三个人同时说道。

高平和黎志又说了几句，便朝着下一个展位去了。

"晨哥，你拍我一下？"林东望着离开的高平，对刘晨说。

刘晨使劲掐了林东一下。林东"啊"的一声，急忙捂住嘴，生怕刚离去的高平听到，林东转身对刘晨抱怨："你怎么下手这么重？"

"那不是怕你感受不到。"刘晨故意说道。

"晨哥，我刚才感觉就像做梦一样，市委书记不仅来了，而且还夸咱们了。"林东依然一副陶醉的表情说。

刘晨摇摇头，没有理会林东。

"对了，刚才谁拍照了？"林东慌忙问道。

"我没有。"月牙看看刘晨。

"我也没有。"刘晨看看林东。

"我那会儿哪顾得上拍照，天哪，这么好的机会给错过了。"当林东发现三人都没拍照时，用遗憾的眼神望着离去的高平。

第六十章　消失的收购商

千人盘鼓会演让西明乡一敲成名，不仅敲出了西明乡的"盘鼓之乡"美誉，而且敲上了电视台《新闻联播》节目。月牙他们的花生项目也成了千人盘鼓会演的受益者。自从月牙三人现场展销当地特产花生受到市领导的好评后，他们的花生，成了西明乡对外农特产品的一张名片。

千人盘鼓会演没有多久，红薯就成熟了。这天，月牙三人在刘晨的基地计划着等红薯回收的时候，举行一个仪式，通过这个仪式向全乡宣告新红薯品种项目的成功。

"我觉得到时候一定要请黎书记和文乡长过来。"在刘晨的基地办公室里，林东来回踱着步，对正在写策划案的月牙说。

"我觉得我们就不要麻烦书记和乡长了，只是一个回收而已。"刘晨觉得林东提议不太恰当。

"月牙，你说。"当林东和刘晨出现意见不统一时，两个人总会齐声问月牙。

月牙看看两个人，笑着说："我赞同晨哥的意见！"

听到月牙说赞同自己的意见，刘晨笑了，林东摊摊手，无所谓地说："没事，反正我就料到是这个结果了，只要是我俩意见不统一，你肯定是站在晨哥的一边。"

"我是站在客观的角度。"月牙纠正说。

"那这样，等回收的时候，我们在这里拉一条横幅，上面写上我们的名字，也像别人开大会一样，写上预祝收购红薯圆满成功！"林东又想到了一个主意，对月牙和刘晨兴奋地说。

"好，这个听你的。"月牙笑着回应。

"东子，你和那边收购商对接得怎样了？他们什么时间能够来收购红薯？"

刘晨问林东。

林东拍着刘晨的胸脯说："放心吧晨哥，早就对接好了，我做事你放心！"

"好，好，我放心。"刘晨听到林东这么肯定地回答，笑着回了句，没有再说别的。

"咚咚咚……"外面传来了敲门声。

"进。"刘晨以为是基地里面的工人，随口说了句。

门开了，是村里跟着他们做项目的刘壮来了。

"大爷，你咋来了？"刘晨见是刘壮来了，急忙拉了一条板凳，让刘壮坐下。

刘壮坐下后，把头顶的帽子取下来，用脖子上挂着的毛巾擦了一把脸，问刘晨："小晨啊，他们啥时候来收红薯啊，别人家的红薯早就下窖了！"

"大爷，您别慌，这两天他们的人就过来，东子一直和他们对接着呢。"刘晨听到刘壮是为收购的事情而来，笑着说。

"我这心里还是有些不踏实。"刘壮说。

"大爷，你这是以前吃苦吃惯了，红薯收了之后，自己开车去卖，既累还不挣钱，这忽然间有人到田间地头收红薯，你这反倒不适应了。"林东开着玩笑对刘壮说。

"你小子别嘴贫，这样，你现在打电话问，看他们什么时间来收红薯，我提前把东西准备好！"

"好，我现在打，这需要准备什么东西？人家都是带着筐直接到田间地头收的，你只需要准备好数钱就行。"林东见刘壮不踏实，边说边拿出手机，拨通电话，开着外音。林东拨通电话后，刘壮双眼直勾勾地盯着电话，双耳竖起听声音。

电话响了很长时间，自动挂断。刘壮指指电话，准备说话，林东忙笑着说："也许这会儿在忙呢？昨天我们还通话呢！"说着，林东又把电话拨通了，拨通之后，电话那边依然是没有人接，直到自动挂断。

刘壮眉头紧锁，担忧地问刘晨："该不会是他们不要了吧？"

"大爷，这你就想多了，也许这会儿他们正在忙。"刘晨安抚着刘壮的情绪，对林东说："东子，要不你再打一个试试，或者微信上给他留个言！"

"好。"林东答应着，又拨了一通电话过去，依然没有人接，林东在对方的

微信上留了言。

"这样大爷，您先回去，等我们这边和对方联系上后，给您说，您放心，红薯绝对没问题，就是对方不要，我们也把您的红薯收了。"刘晨对刘壮说。

刘壮站了起来，戴上帽子，对刘晨说道："那我回家等你们消息，这两天我想把红薯卖了，把地腾出来！"

"大爷，这都要进入冬季了，你腾地干吗啊？"林东接了句。

"养地行不？"刘壮没好气地对林东说。说完，刘壮又温和地对刘晨说："那行，我就回家里等消息了。"刘壮说着出门，走出门后，又转身对刘晨说，"对了，你林婶也让我帮忙问下红薯什么时间收，她和我家一块！"

"好的，知道了大爷。"刘晨客客气气地送走刘壮，回到办公室，林东依然在拨打着电话，这个时候的林东情绪已经有些暴躁了。

"你说说，这都七八通电话了，忙什么能连一个电话都顾不上回？"林东急躁地对刘晨说。

"也许在忙，也许在看。"刘晨此时眼神里多了几分担忧。

"看啥？"林东不解地问刘晨。

"晨哥，你的意思是对方可能不收了？"月牙听出了刘晨话里的意思，担忧地问道。

"怎么可能？昨天我们两个还通过电话。"林东有些不愿意相信事实。

"昨天你们通电话的时候对方怎么说？"刘晨问。

"我想想啊！"林东奋力地回想了一下，回刘晨，"昨天他电话里说，这两天有时间来看看红薯，看完之后再说！"

刘晨听完林东的话，在房间里踱着步，思索着。林东一遍又一遍地拨打着对方的电话，打到第十一通电话的时候，电话终于接通了，林东把电话拿一边捂着电话，赶忙低声对刘晨惊喜地说："晨哥，通了，通了！"

刘晨急忙从桌子上拿了一张纸，写了六个字"开免提，开录音"让林东看，林东按照刘晨写的内容照做。

林东接通电话，强忍着暴躁的情绪，笑着问对方："蔡总，您电话终于通了，要不咱们明天来收红薯吧！大家都准备好了！"

"林经理，你好，我给你说个情况，昨天我们一直合作的一家公司忽然不

用我家的红薯了，咱们这批红薯我们这边收购不了了！"

"不是蔡总，你们那边不合作，但是我们这边的合同还算数啊，他们不要了，但是，您得把群众的红薯收走啊！"林东一听对方说红薯不要了，着急了。

"他们不要我们的红薯，我们收了也没地方放啊，再说了，当时我们签合同的时候，其中有一条就是如果因不可抗拒因素造成合同中断，双方各自承担的！"对方强词夺理地说。

"你……"林东想爆粗口。被刘晨一把把手机抢了过去，刘晨平静地说："蔡总好，我是刘晨，这个项目的总负责人，你的意思是现在咱们公司不收这批红薯了对吧！"

"对！"对方用强硬的语气说。

"合同上有一条写的是如果你方因个人原因不能收购红薯，将赔付20%，这个可是白纸黑字写得清清楚楚的。"刘晨语气十分镇定地和对方交涉。

"现在赔付不了，也没钱，我现在已经被列为失信人了，我上哪弄这些钱来？"对方的语气忽然变得强硬。

"好，我知道了。"说完，刘晨挂了电话。林东抢过电话，想再次拨过去，被刘晨按住了手问："别打了，打过去说什么？对方已经是破罐子破摔了！"

"难道我们就这么吃哑巴亏了？"林东非常气愤地说。

"目前看是这样的，但是，你电话打过去，结果和现在没什么两样，最终还是一肚子气。"刘晨一瞬间也不知道该说什么。

"我们去告他！"林东说。

"有什么用？你就是告了，就像他说的，现在已经是欠了一屁股的债，告了就能把钱拿回来了？再说了，我们上哪去告？"

"上法院！"林东说。

"这个问题先放放，我们有录音，回头再说，现在不是解决这个问题的时候，我们能耗得起，地里的红薯耗不起，群众双眼都在看着的，等着我们答复的！"刘晨强逼着自己冷静下来想办法。

电话里的内容，月牙听得清清楚楚，看着束手无策的刘晨和火冒三丈的林东，月牙咬着嘴唇，双手紧握。

"现在我们只有一个办法，红薯，我们还按照最初答应群众的，要收，这

钱我们来出！"刘晨坚定地对月牙和林东说。

"晨哥，那不是十几亩地，说收就收，那是上百亩，我们上哪拿来那么多钱？"林东提醒着刘晨。

"我们只能这么做，这次如果我们失信于他们，以后我们做什么，让他们再跟，谁会跟？"刘晨坚定着自己的意见。

"一定还有办法，一定有。"月牙双手敲着电脑，查找网上收红薯的收购商电话，打了几个电话过去，听到月牙他们说新品种，对方要么拒绝了，要么就是给的价格特别低。

"算了，不要找了，就按照我说的方案吧。"刘晨对一直网上找方法的月牙说。

"一定还有办法。"月牙双手从键盘上离开，拿起手机，快速滑动着微信里的联系人，当看到"刘艺"两个字时，月牙一下子从座椅上站了起来，握着刘晨的手对刘晨说："晨哥，有救了！"

第六十一章　刘艺挽局

月牙双手握住刘晨手那一刻，刘晨整个人蒙了，低头看着月牙紧握的手。月牙忽然意识到自己有些失态，急忙把手拿开，对刘晨和林东兴奋地说："我想到办法了！"

刘晨只是"哦"了一声，月牙刚才那么一握，把刘晨思绪完全打乱了。

林东也没注意到月牙握住刘晨的手，当他看向月牙刘晨时，月牙已经把手拿开了，林东急忙问月牙："你想到了什么办法？"

"直播带货！"月牙欣喜地说。

"可算了吧，我们谁都没有粉丝，怎么直播带货？"林东听到月牙说直播带货，刚有的一些信心唰得没了。

"我们不能，但是有人能。"说着，月牙从微信里找到刘艺的微信号，给林东看了一下。

"对，我怎么把她忘了？这么一个大主播不用白不用。"林东看到刘艺的名字，瞬间想起来月牙曾对他说，刘艺现在自己做自媒体，粉丝60多万。

"快点，给刘艺打过去！"林东催促着月牙。

月牙拨通刘艺的语音，语音每响一声，月牙的心就跟着"怦怦"跳两下。

这边刘艺正在一家咖啡厅和一个公司商讨关于直播带货分成的事宜，看到月牙打来的语音，对合作方说了一句："稍等一下。"就走到一旁接电话了。

"学姐，你可算是接电话了。"当刘艺按了接通键，月牙不等刘艺说话，抢先兴奋说了一句。

"怎么了，月牙？"刘艺问。

"我们这边想请你来做一场直播。"月牙回答。林东在一旁低声提示月牙："对她说，吃住我包。"月牙没有听清楚，问林东说了什么，把林东着急得一把抢过电话说道："刘艺，是我林东，是这样的，我们做的项目出了一些问题，和

我们签订回收合同的老板不收了，现在红薯临时找买家不好找，直播带货现在不是很流行吗？你来帮我们直播一场，费用你说，我包吃住！"林东一口气说了很长一段话。生怕刘艺不同意，喘了一口气，又对刘艺说："这人情算我欠你的，有机会一定偿还！"

刘艺听到电话那端是林东的声音，嘴角上扬，声音温和地说："你准备怎么补偿？"

"你说怎么补偿就怎么补偿！"林东回了句。

"好，一言为定，我去！"刘艺爽快地答应了。

"太谢谢了，要不要开车去接你？"林东问。

刘艺看看身后准备签合同的公司代表，对林东似撒娇地说："接就不必了，我自己有车，但是，你可欠我一个大人情，我这边十几万的直播合同都放弃了！"

"这人情我记心上了！"

"好，要的就是你这句话，让月牙给我发位置，先不说那么多了，见面聊，下午见！"说完，刘艺就挂了电话。她走到正准备签合同的公司代表那里，满脸歉意地说："不好意思啊，我这边出了一些状况，恐怕一时半会儿是直播不了了，如果您能等，等下周有时间我们再谈！"

"可是我们这边也很着急。"对方公司代表满脸不悦地说。

"这样，如果你们愿意等，我这边佣金可以降到10%，如果不愿意的话，你们可以试着找找其他的主播。"刘艺拿出自己最后的底牌说。

"刘艺，你疯了。"王雨听到刘艺把佣金直接降到10%，诧异地张大嘴巴。

"刘总就是爽快，我们愿意等，我们下周再见。"对方听到刘艺一下把佣金从30%降到了10%，不悦的表情瞬间消失。

"成交，预祝下周合作愉快。"刘艺站起，和对方握手告别。告别后，刘艺边匆忙离开咖啡厅边对身边的摄像王雨说："你赶紧回家收拾东西，我们一会下乡！"

"咋地，你带货产品翻车了？我们要跑路到乡下？"看到匆匆忙忙的刘艺，王雨紧跟身后问道。

"胡说什么呢，林东江湖救急。"刘艺边走边说。

"哦，我明白了，我就说嘛，什么事情能让你瞬间把佣金降到最低，这下我明白了。"王雨笑着回答刘艺。

刘艺正着急赶路，听到王雨这么一说，猛地停下，王雨差点撞到刘艺身上，刘艺转身盯着王雨的眼睛，认真地说："见到林东，不准胡说什么，懂不？"

"我懂。"王雨看着刘艺犀利的眼神，身体猛打了一个冷战。

"你要不要和李然说一下？"刘艺口中的李然是王雨正在交往的女朋友，虽说是王雨的女朋友，但一来二往，刘艺早就和李然处成了闺蜜。

"和她说啥？和你一起出去，她放心。"王雨随口接道。

"那好，两点我家楼下见，开我车，我等你。"说完，两人分道扬镳。

刘艺挂了电话，林东愣了一秒，月牙问林东："怎么说？"

"她说下午见。"林东没有回过神地接了月牙一句。

"真的，那真是太好了！"月牙听到这个消息，兴奋得几乎要蹦起来。

"吃住在我家，你们觉得这样合适不？"林东思索着问刘晨和月牙。

"你答应别人的，现在反悔了？"刘晨看了一眼心神不定的林东，回了句。

"不是反悔不反悔，关键是我一男的，她一女的，这样传出去会不会不太好？"林东拿着手机来回踱步说。

月牙看着心神不定的林东，故意逗林东："要不，我帮你试探试探学姐有没有男朋友？"

"胡说什么呢？男子汉大丈夫业不立何以为家？"

月牙听完，扑哧一笑，林东看着月牙笑，对月牙严肃地说："我说得是认真的，还有啊，等她来的时候，你可不要乱点鸳鸯谱！"

"是，知道了。"月牙答应着。

"好了，回归正题，人请来是第一步，我们如何在直播过程中大卖，这才是关键点。"刘晨思考着对月牙和林东说。

"晨哥，这你就不用担心了，学姐的带货能力我还是相信的。"月牙说。

刘晨听到月牙这么说，点点头不再说什么，在他的眼里，月牙远比林东要靠谱许多，如果这话是出自林东之口，刘晨一定会对这话打一个大大的问号。

三个人坐在办公室商讨着关于直播的一些简单事宜，静等着刘艺的到来。

　　下午三点，刘艺准时出现在刘晨的基地。见到刘艺，月牙激动地跑过去和刘艺拥抱："学姐，好久不见，越来越有气质了！"

　　林东走过去，双手摊开问刘艺："要不要我们也来一个拥抱？"刘艺听到林东这么说，假装同意地伸开双手，刚巧王雨从车里出来，林东看到，以为是刘艺男朋友，急忙把手收了回去笑着圆场："我开玩笑的，开玩笑的！"

　　王雨看到林东，跑到林东面前，一把抱住林东："东哥，好久不见，想死我了！"

　　林东一把推开王雨，仔细看了看面前这个微胖的男孩，脑海迅速回忆，只用一秒，林东就再次抱住王雨："好久不见，你这都发福了！"

　　刘艺看着面前的林东，皮肤比上大学的时候更加黝黑了，但在刘艺的眼里，这依然掩盖不了林东的帅气。

　　"你小子长本事了，能把你刘艺学姐追到手，厉害！"两个人拥抱分开，林东对王雨竖起大拇指。

　　"你说什么呢？"王雨和刘艺两个人同时问道。

　　"你们两个难道不是？"林东指指两人。

　　"东哥，你想歪了，我有女朋友，我是跟着刘艺学姐打工的，确切地说，我是她的金牌御用摄影师。"王雨拍拍自己的胸脯说。

　　"算了，进屋说吧。"听到林东把自己和王雨说成一对，刘艺瞬间不高兴，脸一黑，拉着月牙走进刘晨办公室。

　　"我不就说错了一句话吗？至于吗？这脾气见长啊？"林东指指进办公室的刘艺，一脸蒙地说。

　　"女人的心思你别猜，进屋吧。"刘晨回了句。

　　"自从一年前断了联系后，你小子发展不错啊。"林东看看王雨开的车。

　　"那是学姐的，我只是司机。"王雨挠挠头。

　　"哦。"林东看了一眼车，就没再说什么，一只胳膊搂着王雨走进办公室。

　　"月牙，怎么回事，你给我说说。"刘艺一进屋就问月牙。

　　"我和晨哥，东哥我们三个前期做了一个红薯试验项目，本来是签订回收合同的，谁能想到今天公司对我们说回收不了了。但是，现在地里的红薯已经熟了，迫在眉睫得收，目前我们没有对接合适的渠道，就想到了你。"月牙

一五一十地对刘艺讲道。

"哦。"刘艺回答了一个字。看了看刘晨的办公室，当目光扫到林东身上，眼神停留一下，便快速移开了。

"你刘艺学姐现在性格怎么看上去那么高冷？"林东低声问王雨。

"不是高冷，她在构思。"王雨低声地回答林东。

刘艺环顾了一圈之后，对刘晨说："这个房间不适合直播，明天得到地里播！"

"可以，可以。"林东回答。

"一会儿小雨去地里拍一些红薯图片，等晚上的时候和后台对接把链接挂上。"刘艺嘱咐着。

"好的。"王雨从随身带着的一个包里拿出本子记录下。

"光靠直播，一百亩地的红薯不能全部消化完，一会儿我帮你们对接一个公司，他们是专门做红薯相关零食的。他们那里有冷库，如果能谈下来，这一百亩红薯不成问题。"刘艺对月牙说。

"真的？太谢谢学姐了。"听到刘艺这么说，月牙激动地又给刘艺一个拥抱。

刘艺看了林东一眼，林东佯装在看屋顶，刘艺瞬间换了语气，撒娇地问："东哥，我们来谈谈我们的条件！"

"什么条件？"林东听到刘艺要和自己谈条件，一脸蒙地看着刘艺。"你们先出去，我和东哥单独聊聊。"刘艺对月牙使了一个眼色，月牙轻轻碰了一下刘晨，刘晨瞬间秒懂，跟着月牙走出去。

"你站这干吗呢？"刘艺见王雨没出去，问道。

"那不是等着你安排拍摄吗？"王雨回答。

"这会儿不用，先去红薯地拍摄！"

"哦。"王雨急忙背着相机出去了。

第六十二章　躲不过的桃花运

其他人走出了屋子，房间里仅剩下林东和刘艺两人，空气死一般沉寂。

"东哥，我问你两个问题。"刘艺刚才严肃的模样荡然无存，双手托着下巴，清澈的眼睛里，一副人畜无害的样子问。

"你说。"林东坐在刘艺对面，双手放在双膝上一抬一放地重复着，强装镇定。

"你和月牙什么关系？"刘艺笑着问。

林东从刘艺笑着的面容下面感受到了一股冷气，不禁打了个寒战，又打了一个哈欠，伸了一个懒腰说："还能什么关系，正常的男女朋友关系？"

"那究竟是不是男女朋友关系？"刘艺被林东含糊其辞的回答整得有些蒙了。

"这样说吧，就像是你我之间这种关系，你能明白不？"林东举着例子。

"那可不一定。好，第一个问题过，第二个问题，你现在单身吗？"

"什么？"听到刘艺这么问，林东眼睛瞪大看着刘艺。

"我的意思是，如果你不是单身的话，那我和王雨住你家有些不合适。"刘艺也感觉自己问的问题有些直白了，忙掩饰说。

"哦，没事，单着呢。"林东说。

刘艺窃喜，站了起来，说了句："好了，我的问题问完了。"说完，站起身，心情愉悦地走向办公室门口，打开门，对着外面大喊："我好开心！"

林东揉揉自己的眼睛，盯着刘艺背影，嘴里嘀咕着："这该不会是受啥刺激了吧？"

刘艺喊完，正在地里拍摄红薯的王雨，还有配合王雨的月牙和刘晨目光都看向了这边，刘艺这才意识到自己的失态，忙对王雨他们说："没事，你们忙，来到乡里，太兴奋了！"

"好久没见艺姐这么开心过了。"王雨拿起相机"咔嚓"一声给刘艺拍了一张照片。

"学姐现在有男朋友没？"月牙悄悄地问王雨。

"没呢，一直在等一个人。"王雨看看站在刘艺身后的林东。

"谁啊？那么好的福气，一直让学姐等着？"月牙问。

王雨刚想说出林东的名字，又想起刘艺下乡前对他的嘱咐，只好含糊其词地说："你问艺姐去，她不让我说！"

"还怪神秘的。"月牙笑着说完这句话，就不再说话了，只是配合着王雨拍摄。

刘艺的状态，王雨和月牙的聊天，刘晨看到眼里，也听到了心里。刘晨看了一眼林东，已经猜出来刘艺正在等待的人是谁。刘晨又看看月牙，月牙正拿着几个红薯开心地举着，王雨拿着相机指挥着月牙应该如何做。刘晨心乱如麻，直到现在，他依然不能确定林东是否喜欢月牙，如果喜欢，为什么一起吃饭的时候要否认？如果不喜欢，为什么林东对月牙照顾得那么细微，刘晨的心彻底乱了。

当天晚上，几个人简单吃了饭后，在刘晨基地办公室里讨论着第二天如何开播，如何推介。这个过程中，刘艺给曾经带货的一家以红薯为主原料的公司打了将近一个多小时电话，推介当地红薯。最终，对方决定派人来看看红薯，如果合适，全部可以收购。一切安排妥当，已经是凌晨一点多了。几个人忙完，都累瘫在椅子上。唯独林东像打了鸡血一般兴奋："要不，我们一起去市里吃个夜宵吧！"

"要去你们去，我一会儿要回乡里。"月牙摆摆手说。

"好啊，我同意。"刘艺听到林东说要一起去吃夜宵，本来瘫软在椅子上的身体瞬间挺了起来，第一个赞同。对刘艺而言，在大都市里，什么夜宵没有吃过？之所以对林东提议的夜宵感兴趣不过是爱屋及乌罢了。

"东哥，我也不去了，好累。"王雨活动着胳膊说。

刘晨听到月牙说不去，也回道："我也不去了，等天亮了还要奋战！"

"那好吧，既然大家都不愿意去，那就等我们红薯全部卖出去的时候，再一起去庆功。"林东见只有刘艺去，只好取消了去吃夜宵的念头。

听到林东说夜宵取消，刘艺再次瘫软在椅子上。

"时间不早了，我先回去吧。"说着，月牙站了起来。

"我送你。"林东和刘晨不约而同地说了句。刘晨听到林东说送，笑笑说："要不东子去送吧，我这边再看看咱们的方案，有没有遗漏的！"

刘艺的脸黑成一条线地看着林东。

"要不你去送吧晨哥，我送刘艺和王雨回家休息。"林东似乎有意把机会让给刘晨。

"你们都不用送，我自己开车可以回去！"

"那哪行？这么晚了，你的车放这，走吧，我送你，明天一早我接你。"刘晨说着，拿起自己的钥匙走了出去。

"月牙，你一个女孩家不安全，晨哥也是好心，赶紧去吧。"刘艺站起来，劝说着月牙。

月牙只好听从了大家意见，走出去，上了刘晨的车。

"走吧，送我回家。"刘艺用似命令又似撒娇的口吻对林东说。

"好，送我们姑奶奶回家。"林东看刘晨和月牙远去，转身对刘艺说道。

回乡里路上，月牙坐在后座，只是静静地看着窗外远处天上的星星，刘晨开着车，车上轻声放着音乐，刘晨时而透过后视镜看一眼月牙。

"在想什么呢？"刘晨问月牙。

"没什么，就是在想等天亮了，不知道结果会怎样！"月牙依然看着窗外，回道。

"不要那么大压力，如果最后真的卖不出去，大不了我们买了，再慢慢卖！"刘晨似安慰月牙说。

"我们哪有那么多钱？"月牙似回答刘晨又似自言自语地说。

刘晨笑了笑，故作轻松地回答月牙："钱的事情你放心，我有办法！"

月牙听到刘晨这句话，视线从窗外收了回来，看了一眼刘晨的侧脸，那张脸庞虽然冷峻，但关键时刻，只要看到这张脸庞，总是给人一种莫名的安全感。刘晨刚好透过后视镜看月牙，两人眼神通过后视镜对在一起，月牙急忙收回眼神，那一刻，她的心有些乱了。

"你什么时间离开？"刘晨似无意地问月牙。

"什么？"月牙被刘晨忽然间一问，不知道该如何回答。

"你不是说有一天还会离开这吗？我问一下，提前给你准备个礼物。"刘晨故作镇定说。

"一年后吧！"月牙说。

"这么快？"刘晨听到月牙说一年后就会离开，心里五味杂陈。

"是啊，不知不觉都来这里三四年了。"月牙感叹了一句。

"那你以后……"刘晨还想问什么，一抬头已经到了乡政府门口，刘晨只好把要问的话咽回了肚里。

月牙下车，对刘晨挥手再见，刘晨说："你快进屋吧。"月牙转身朝房间走去。见月牙进了房间，刘晨才放心地离开。

林东带刘艺和王雨回家，进家门后，发现客厅的灯还亮着。听到大门响声，李兰从客厅里走了出来。见到刘艺，忙满脸堆笑走过来拉起刘艺的手往房间领，边走边说："赶紧进屋，看这手凉的，东子都给我说了，我一早就把床铺好等你回来呢！"

进了屋，刘艺看着这间曾经睡过的小屋，还是老样子，一点没有变。床上从褥子到被子全部是崭新的，在床头还放着一个水果盘，水果盘里放着四五样水果，一股暖流流过刘艺心间。

"乡下简陋，还是上次来住的屋子，如果缺啥给阿姨说。"李兰对刘艺说。

"妈，你身后还站着两个呢？我每次从学校回来，都没见你这么对我。"林东看着整齐的房间，有些吃醋地对李兰说。

"你们房间也收拾好了，赶紧睡觉去，把这东西给我。"李兰接过林东手里的行李，把林东推出去让他去睡觉。

"阿姨，这感觉就像回家一样，我妈都没你对我这么好。"刘艺嘴甜地夸赞着李兰。刘艺心里非常明白的一个道理就是，如果想让林东承认自己，林东身边的人一定要打理好，其中就包含未来的婆婆。

"是吗？喜欢就多住几天，就把这当成家。"李兰听到刘艺的话，高兴得合不拢嘴。

"那就打扰您了。"刘艺本来的意思就是要多住两天，确切地说，刘艺想在这里住一辈子。

"打扰啥，时候不早了，早点休息。"说着，李兰走出房间，帮刘艺轻轻地把门带上。

李兰走后，刘艺只是脱了外套就整个人躺在了床上，在床上打了个滚，闻闻被子上的气息，沉浸般地说道："这味道，太暖了！"

"对了，洗漱的话，有热水，亮着灯的那个房间就是。"李兰突然推门进来，对刘艺说。

"好的，阿姨。"刘艺急忙从床上起来，恭敬地对李兰说。李兰笑笑，就把门再次轻轻关上了。李兰刚走，刘艺便又躺下了。

第二天，刘艺是被窗外的鸡鸣声叫起的。刘艺伸了一个懒腰，收拾完毕走出房间，开门那一刻，刚好林东穿着拖鞋从另外一间房间走出来，刘艺满心欢喜地问候道："早啊，东哥！"林东看到刘艺一副吃了蜜糖的样子，随意地回了句："早！"

林东三个人收拾完毕，吃了早餐，就准备往刘晨基地赶去。刘艺和王雨上了车，林东正准备上车时，李兰把林东叫到一旁。

"什么事啊妈？"林东急着去基地，不耐烦地问李兰。

"我看这丫头挺好的，也看得出她喜欢你，对人家好点。"李兰嘱咐林东。

"妈，拜托你，我们今天有重要的事情，先走了，这事回头说。"说着，林东不等李兰说话，就匆匆上车，临走时，刘艺和李兰挥手告别，甜甜地说："阿姨，晚上见！"

"好的！"李兰笑得如一朵花一般，在她心里，似乎已经认定这个就是儿媳妇了。

林东看看刘艺，看看李兰，心里那会儿别提多后悔让刘艺住到家里了。林东把所有车窗升起，一脚油门，开车匆匆朝刘晨基地赶去，到基地的时候，月牙已经到了。

第六十三章　关键时刻

到基地时，已经接近九点，刘艺开播的时间是上午九点半。几个人再次确定了开播流程以及开播时每个人应该做什么。安排好各自分工后，刘艺再次对月牙嘱咐："月牙，等开播后，我会邀请你进入直播间，你的介绍非常重要！"

"学姐，要不让晨哥介绍吧，他比我懂。"月牙有些没信心地说。

"必须是你，因为昨天配合王雨拍照的是你，如果晨哥出现在直播间，这就说不清楚了。"刘艺看看时间，对王雨说："给他们打个电话，开播十分钟后上链接，我们准备开始！"说完，刘艺把身上戴着的麦打开，站在红薯地里，调整了一下自己的状态，调整状态时，刘艺不忘看一眼林东，林东给刘艺做了一个加油的手势，刘艺笑笑。

"不要紧张月牙，相信你。"刘晨见月牙还是有些紧张，给月牙鼓励着。

"嗯。"月牙点点头。

"好，准备开始。"随着王雨一句话，刘艺那边同时开播："亲爱的家人们，大家好，欢迎大家来到直播间。今天呢，我们来到了乡下——一座美丽的乡村西明乡，这座乡村，不仅人美景美，关键这个地方的农特产味道更美，大家看我站的脚边是什么？对，没错，是红薯，这个地方的……"刘艺在直播间滔滔不绝地介绍着。

"每次你们直播都多长时间啊？"看着滔滔不绝的刘艺，林东站在王雨身边问王雨。

"短的两个多小时，长的有四五个小时的。"王雨回答。

"这么长时间？那她不渴吗？"林东指指刘艺问。

"艺姐早就习惯了，有时候给客户带货晚上开播，播到凌晨三四点都是常事！"

"身体吃得消不？"林东拍拍王雨的身体。

"艺姐一个女孩家都吃得消，我为啥吃不消，你们看到的艺姐都是风光的一面，你是不知道她在背后有多拼，这些年她一个人挺不容易的。"王雨回道。

"每次出来就你们两个人？"林东听到王雨这么说，看着镜头前面带笑容拼命直播的刘艺，心里颤抖了一下问王雨。

"不是，平时五六个人，这不是来你这了吗？艺姐让其他人在家维护后台！"

"晨哥，直播间就这一会儿已经五千多人了。"月牙看着直播间里一直飙升的数字，兴奋地对刘晨说。

刘晨看着直播间里人数一直在飙升，双手紧握。

"王雨，刘艺提示了，赶紧让后台上链接。"按照之前的分工，刘艺给林东的分工是，让林东时刻关注自己的一举一动，一旦做出上链接的手势，要立刻上链接。

"东哥，你先拿着，我打个电话。"说完，王雨把正在直播的手机放到林东手里，走到一旁赶紧打电话。

林东通过手机看着刘艺在对面，面带微笑一刻不停地讲着话，林东的眼睛有些酸涩。林东知道，自己无法感同身受刘艺做直播经常播到凌晨三四点的场景，但这一刻，对面的刘艺，在林东的眼里，从来没有那么美丽过。

"瞬间秒完，晨哥，你看到没，瞬间秒完，两万斤没了。"月牙一直紧张地关注着直播间，这边链接刚上，两千单瞬间秒完，月牙兴奋地对刘晨说。

"我看到了。"刘晨眼睛里也出现了一丝光芒。

"好了，这一批福利已经结束，没有抢到的家人也不要担心，后续还有更大的福利，接下来，我们把当地一起做这个红薯项目的月牙请进直播间。"说完，刘艺一只手垂下示意月牙进入直播间。

月牙犹豫一下，刘晨鼓励说："相信自己，去吧！"月牙看看刘晨，刘晨眼神坚定地鼓励月牙，月牙走入直播间。

"给大家做个自我介绍吧！"刘艺对月牙说。

"大家好，我叫月牙。"月牙羞涩一笑，朝着镜头挥挥手。

"月牙，非常好听的一个名字，黑夜里，只要有月光，我们就不怕夜的黑。"刘艺替月牙打着圆场。

"她上哪来这么多词？"林东听着刘艺侃侃而谈的话，问王雨。

"有书上学的，有学其他人的，也有自创的。"王雨回答。

"月牙，刚才两千单红薯，直播间很多家人都没有抢到，今天把你请进直播间就是想通过你再给大家申请一份福利！"

"好啊，没问题。"月牙说。

"家人们，听到了吧，没有抢到的不要着急，大家看一下我身后，这些都是红薯，每个人都有份，为什么这里大家会种这么多红薯，我们来听月牙说。"刘艺把话语权交给了月牙。

月牙看着镜头，又看看刘艺，不知道该从哪里讲起，林东低声对月牙说："讲红薯！"

"大家好，我叫月牙，今天非常感谢主播能够走进我们基地帮我们带货红薯，我是土生土长的农村人，小的时候，我的梦想是有一天能够走出农村，到大城市去发展。一次机缘巧合，我再次回到农村，和当地几个同龄的年轻人一起开始了我们农村的创业梦。我们想通过我们的试验，让更多的新品种在农村落地开花结果。今年，我们是抱着很大的决心来种的红薯，这个过程中，有过委屈，有过泪水，也有过欢笑，一路走来，我们相互扶持，相互鼓励……"从最初不知该如何讲起到讲到三个人一起创业，月牙的感情越来越投入，讲的过程中，一会看看林东，一会看看刘晨，生动的创业经历，把两个大男人整得眼睛涩涩的。

"我让她讲故事煽情直播间的粉丝，她倒在这煽情起我的眼泪了。"林东听着月牙讲述一路走来的不容易，脑海里回忆着过往的种种，眼睛酸酸的。

刘晨在一旁听着月牙的分享，双眼紧紧盯着月牙，生怕眼前这个人忽然间就不见了。

"感谢大家对我们红薯的喜爱和支持，也感谢大家能够聆听我们的故事，谢谢你们！"月牙说完，不知是被回忆触动了心灵，还是被大家的热情所感动，眼泪从眼角悄悄地流了出来。

"直播间要爆了，大家都沸腾了。"王雨站在手机前，看着粉丝纷纷评论，鼓励月牙，直播间冲刺到了全省排行第三，他激动地喊着。

"好，就是此刻，上链接！"刘艺半身侧出直播间对王雨说，这一会刘艺也顾不上给林东做手势，也激动了。

王雨让后台把链接挂上，又上了五千单，瞬间再次秒完。刘艺让月牙先休息一下。月牙走出直播间，来到刘晨面前，擦了擦眼睛，笑着问刘晨："晨哥，我刚才讲得行不？"

"太棒了！"刘晨激动地伸开双臂想要拥抱一下月牙，但想了想，把伸开的双臂改成了为月牙两手竖起大拇指。

"真的吗？"月牙看着刘晨激动的表情，再次确认道。

"真的。"刘晨点点头说。

从上午九点半开播一直到下午两点刘艺才下播。下播以后，林东急忙拿出一瓶水来到刘艺面前，递给刘艺，感激地说："今天辛苦你了！"

刘艺喝了一口水，摆摆手说："客气啥，今天我还得感谢月牙呢，平时直播间从来没有冲刺过排行榜前三，今天是第一次，你们的故事真的是太精彩了！"

月牙不好意思地笑笑说："学姐，你过奖了，如果没有你，我们的故事怎么可能会有人知道？"

"我汇报一下今天的战绩哈，今天我们的战绩十万斤红薯。"王雨兴奋地汇报战绩。

"东哥，你那边的快递箱都到位没？"刘艺问林东。

"下午全部能到位。"林东说。

"好，接下来，就交给你们了，我下午必须睡一会儿，太累了。"刘艺说着从身上把耳麦取下递给王雨。

话刚落，刘艺的电话响起，刘艺一看号码，急忙接通，和对方说了几句，就挂了电话。开心得像个孩子一般对林东说："我对接的那家公司马上就到，他说刚才他也看直播了，很受触动，一会儿去现场看红薯，只要符合他们的要求，有多少，收多少！"

说话的工夫，公司代表张伟已经来到了月牙他们的面前。刘晨先带张伟到地里看了一圈，张伟拍了照发到公司。地里看完后，刘晨陪着张伟走进会议室。在会议室，双方就红薯收购的事项进行了详细地交流。交谈过程中，张伟接了一个电话，接电话回来，张伟对刘艺笑着说："公司那边已经回复了，这里有多少红薯，全部收购！"

"全部收购，听到了吗晨哥？全部收购，我们的红薯解决了。"林东紧紧握

着刘晨的手，语气激动。

"听到了。"刘晨也紧紧握住林东的手，久久不愿松开。

"祝我们合作愉快，我回去之后就按流程申请打款，合同我拟好后，邮寄回来。"所有事项谈完，张伟站起来要走。

"要不一起吃顿晚饭吧。"刘艺对张伟说。

"不了，我先回公司把合同打出来，申请流程，你们这边红薯可以安排群众挖了，我们这边的车，随时都可以来！"张伟笑着说。

林东见挽留不下，给张伟装了一大袋红薯放进车辆后备厢，几个人送别了张伟。

回到办公室，林东兴奋地跳了起来："天哪，简直就像是做梦一样！"

"今天晚上聚聚，我请客。"刘晨说。

"不，必须是我请！"林东和刘晨争着买单。

"好了，你俩就不要争了，还是东哥请吧。"刘艺见两人一直争，插话道。

"听到没？我家刘艺都说了，我请，你不能再争了！"林东指指刘晨。

"你说什么东哥？"听到林东说自己是他家的，刘艺所有的疲惫一扫而过，眼睛放光，再次确定林东说的话。

"我说，你是我们大家的功臣，是我们大家的。"林东说着把刘艺按到椅子上，帮刘艺捏着肩。也不知林东是故意改了话，还是林东真的忘记自己刚才说了什么。

第六十四章　紧急会议

在刘艺的帮助下，月牙他们的红薯项目画上了一个圆满的句号，所有的红薯在一周内全部销售了出去。一周内，刘艺和王雨回郑市了一次，但是，在郑市只待了一上午，就再次回到了西明乡。刘艺要看着所有的红薯全部拉走，心里才放心。最后一车红薯开出基地，刘晨他们就给帮忙的村民发了工资。村民散去了之后，几个人席地而坐。林东干脆直接躺在了只铺了一层塑料布的地上，头枕着胳膊，看着天空。

"晨哥，这会儿你心里啥感觉？"林东问刘晨。

刘晨盘腿坐在林东的旁边，看看远处已经一片空空的红薯地，回了句："不容易！"

"是啊，不容易。"林东重复了刘晨一句。

刘艺和月牙两个人坐在一块，刘艺给月牙讲着自己做主播的经历，月牙双手抱膝饶有兴致地听着。

王雨一个人坐在一边，摆弄着手里的相机，时而把相机拿起来对着远方照照，时而又调整着相机上的数据。

"王雨，你是准备把自己的照相机调成望远镜吗？"林东看王雨一直摆弄着相机，调侃地对王雨说。

"东哥，你不懂。"王雨眯着眼睛一笑，对林东说。

"你不用管他，他就这样，没事就喜欢一个人坐那摆弄自己的相机。"刘艺接了句。

"准备什么时间启程回郑市？"林东坐了起来，问刘艺。

听到林东问自己什么时间回去，刘艺心里"咯噔"一下，她看了一眼林东，话里有话地笑着说："东哥，事情一忙完，就嫌我在这碍事了？"

"我不是那个意思，你如果喜欢农村想待多久都可以。"林东忙向刘艺解

释。目睹了刘艺的直播过程，看着那么拼命的刘艺，林东心里此时对刘艺的看法已经有了转变。

"这才像句话。"刘艺撇撇嘴回了句。

"学姐，说真的，你如果留在这多好，这样我们之间还能有个伴。"月牙拉着刘艺的胳膊说。

"目前是肯定留不了的，工作室那边还有很多事情要处理，但以后的事情谁也说不准。"刘艺说完这句话看看林东，想看林东有什么反应。

"月牙，你艺姐是干大事的人，哪能总是待在我们这小乡村，对吧刘艺？"林东用非常夸张的语气接了一句，说完，笑着看看刘艺。

刘艺随手从身边拿起了一块土疙瘩朝林东砸了过去说："你这一天天的嘴里怎么就吐不出一些好话？"

"你是想说狗嘴里吐不出象牙吧？"林东一把接过土疙瘩，笑着向刘艺示威。王雨那边突然哈哈大笑起来，林东这才意识到自己掉进了刘艺的坑里。林东又一把把土疙瘩砸向了正在放肆大笑的王雨。

"这是你说的，我可没说。"刘艺摊摊手，回了句。

"这样吧，今天晚上我们吃烧烤，我去买一些烧烤的原料回来。"刘晨向大家建议着。

"我同意。"林东举起手。

"我也赞同。"王雨双手举起。

"你还是少吃些烧烤吧，看你胖的。"林东对王雨说。

"胖人有啥不好？想吃什么吃什么，想瘦的时候，减减肥，这人生才有乐趣。哪像艺姐，吃什么都要考虑会不会长胖，影不影响形象，这样的人生有啥乐趣？"王雨怼了林东。

"好你个王雨，你这一竿子打到我这来了。"刘艺又随手抓起一块土疙瘩砸向了王雨。

"艺姐，误伤，别动气。"王雨急忙嬉皮笑脸地道歉。

"月牙呢，你想吃什么？"刘晨见月牙没有回复，问月牙。

"我什么都行，听学姐的。"月牙搂着刘艺的胳膊笑着说。

"那就烧烤。"刘艺看一眼林东，对刘晨笑着说。

"好，听我们大功臣的，吃烧烤，你们在这等着，我和晨哥去买原料。"说着，林东站了起来，随手拍打了几下自己后背上的土。

刘晨见林东没有拍打干净，又走过去帮忙拍打了几下。

"谢谢晨哥！"林东扭头嬉皮笑脸对刘晨说。

刘艺见状，带着一丝诡笑站了起来："要不，我帮忙吧！"

"还是算了吧，走，晨哥。"林东见刘艺要过来帮忙，急忙推着刘晨往车那走去。

"刘艺，你觉得东哥咋样？"月牙看着离去的林东和刘晨，问刘艺。

刘艺扭头看了一眼月牙，笑着问道："什么怎么样？"说着，刘艺对王雨说："把相机放下吧，没人动，我们一起把这折叠起来！"

"当然是当男朋友啊！"月牙边搭把手折叠地上的塑料布，边对刘艺说。

刘艺猛地一惊，直起身看着月牙问："怎么？你喜欢他啊？"

"学姐，这玩笑可开不得，我喜欢的不是东哥这种类型！"

"那你喜欢的是哪种类型？像晨哥那种？"听到月牙说不喜欢林东，刘艺悬着的心放下了，凑到月牙身边问。

"我喜欢……"月牙正要回答，手机响起，低头一看是王时心打来的，对刘艺说，"学姐，我接个电话！"说着，月牙抱着手机走向了一边。

"时心姐，怎么了？"月牙走到一旁问王时心。

"五点乡里召开全体大会，你没看到群里通知？"王时心问。

"刚才一直在忙，我没看手机。"月牙抬腕看了一眼手表，已经四点半。

"我想着你就没看手机，才给你打了电话，赶紧回来，这马上都要开会了。"王时心那边催促着。

"好的，谢谢时心姐，我马上回去！"

说完，月牙挂了电话，走到刘艺身边说："学姐，乡里要开全体大会，我得赶紧回去，有什么我们等晚上再聊！"

"不都说白领上班时间朝九晚五吗？这马上都五点了，你们还开什么会啊？"

"我们这里是朝五晚九，好了，不说了，我得赶紧回去了。"说着，月牙急匆匆离开了。

到了乡政府院内，各村的支部书记也来到了乡里，月牙匆忙走进办公室，

拿起一个本子，就朝会议室走去。

"你说都要吃晚饭了，怎么这会儿开会啊？"林柳村支部书记刘喜和寨平村支部书记王齐一前一后上着楼梯聊着。

"这谁知道呢！我刚听几个支书议论，说是和老兵有关！"王齐回了句。

"和老兵有关？"

"好像是。"王齐回了句，没再说什么，两人一前一后走进了会议室。

月牙到会议室时，黎志、文林也已经到了，两个人正低声谈论着什么。

"赶紧的。"王时心看到月牙到了，招呼着月牙坐到自己身边来。

月牙走过去，把本子放下，气喘吁吁地问王时心："时心姐，怎么这会儿开会呢？"

"具体什么事我还不知道，今天有几个老兵来乡里找黎书记和乡长了，估计是和老兵有关！"王时心低声地回月牙。

"好了，现在开会。"见所有人都到齐了，文林拿着话筒说了一句。台下瞬间一片寂静，只听到打开本子的声音。

"今天紧急召集大家来，一件是关于我们老兵的事，另外一件是关于清理河道的事。"文林开门见山直奔主题。

"看，我说吧，是因为老兵。"王齐对刘喜低声说。

"今天上午，有几个老兵来乡里找到了我和黎书记，集中反映的问题，都是和补贴有关。他们为了国家安定，舍小家为大家，有的还曾经参加过战争，他们反映的问题，我们一定要放到心上。在我们西明乡的乡村建设中，也有很多老兵参与到了乡村建设中，我们不能寒了他们的心！"

文林停顿了一下，接着说："他们反映的情况我已经向区里汇报，汇报后，黎书记我们也探讨了一下。今天我们见到的是几个老兵，但也许还有一些老兵是和他们一样的情况，乡里却不知道。所以，今天召集大家来，就是让大家对村内的老兵，特别是参加过抗战的老兵进行一次大摸排走访，慰问，看是否也存在同样的情况，如果存在，第一时间上报，我们一次性把问题解决掉！"

文林安排部署后，黎志把话筒接了过去，接着讲道："刚才文林说的这件事，大家一定要重视起来，回去之后，就要行动起来。老兵既然找到我们乡里，情况核实后，我们一定要把他们的诉求落实到位。在部队，他们保家卫国，回

到我们家乡，又参与到我们家乡建设中来，这样的他们，值得我们在座的每一个人学习，是我们的榜样！所以，我希望我们所有支部书记回到村里之后，一定要挨家挨户地走访到位，统计到位。"说完，黎志又把话筒递给了文林。

此时台下依然是一片寂静，每个人都挺直着腰板，认真记录着。

"第二件事是关于我们乡里一条已经修了有将近十年的河道西渠清淤。这条河道也是我们今年冬季重点工程，这个工程，区里很重视。我和黎书记的意见是，因为工程量大，所以，把西渠划分为五段，每段一个片区负责清理！最后总评比，进行表彰！"

文林讲到这里，寂静的会议室里炸开了锅。

第六十五章 再上"战场"

文林口中说的西渠，位于西明乡偏西的位置，按照全乡五大区域划分，整条渠全部是在一片区片长曹亮的管辖范围。听到文林说其他四大片区也要参与支援，片区片长之间议论了起来。王时心低声对刘文说："我们片区所有村庄都在西明乡最东边，到西渠路上都得小二十分钟！"

"是有点远。"刘文接了一句。

梁田看一眼朱磊，见朱磊低着头在本子上写着什么，梁田碰碰朱磊正在写字的胳膊，低声问朱磊："老朱，这次你准备争第几啊？"

朱磊正在写字的胳膊被梁田一碰，正在写的"人"字最后一笔划了老远。朱磊话里有话对梁田抱怨说："梁乡长，你看这人都歪了！"

"人歪不要紧，只要心正就行。"梁田接了句。

朱磊看看梁田，放下手中的笔，扶了扶鼻梁上的眼镜，眯着眼睛对梁田说："这次评比，你争第几，我就第几，向梁乡长看齐！"

"你这话就客气了，咱俩这个头都看齐不了，咋看齐？"梁田笑笑回朱磊。

前排是片区区长的议论，后排的支部书记也没闲着。意见最多的当属王时心片区孙家村支部书记刘亮。刘亮嘟囔着对王力说："我们村庄离西渠那么远还要去，我们到地方的时候，别人都干半个小时了，这比赛根本就不公平！"

"那你给咱们片长说去，你就说你们村庄不参加评比。"王力十分平静地笑着对刘亮说。

"那哪能行？这人我可丢不起，你们村庄可比我们村庄还远呢，你心里就没一点怨言？"刘亮看着平静的王力，问王力。

"怨言解决不了任何问题，与其这样，还不如坦然接受。"王力语气平和地说，说完，看了一眼林塬村支部书记林自强。

台下讨论大概五分钟后，黎志对文林示意，让接着讲。"好了，大家静一

静，有意见的我们可以发表一下意见，如果没意见，就这样定下了！"文林拿起话筒说。

台下讨论声逐渐减少，你看看我，我看看你，林塬村支部书记林自强手举了起来："我有话要说！"

梁田看到林自强站了起来，心里猛地一揪。在他的印象里，林自强一直是一个工作踏实，能力强而又稳重的人，这会儿把手举起来，这不是成心要捣乱。

"梁乡长，看来我还不能向你看齐呢！"朱磊顺着这个声音望去，也看到了林自强站了起来。

所有人的目光都集中在了林自强的身上，文林示意林自强讲。林自强镇定地大声说道："我想问一下，具体的评分细则是什么？"

听到林自强说的是这，梁田紧张的情绪平复下来，对朱磊说："还是要看齐的！"

"评分细则等党委会研究后会发到大群里。"文林回复说。

"那我没问题了。"林自强说着，就坐了下去。

"还有谁有问题？"文林站在台上问台下。

台下一片寂静，大概等到了十秒，文林说："没问题，就这么定下了！"文林接着问黎志："书记，您还要不要说什么？"

"不讲了，时间不早了，让大家早些回去吧！"

"今天会议到这，散会！"文林宣布会议结束。

散了会，黎志和文林走出会议室，村委干部三五成群议论着走出会议室。

"曹书记，你这不得请大家吃顿便饭啊，到时候大家都是去你片区支援的！"朱磊当着几大片区片长的面笑着问曹亮。

"饭必须请，现在我们就去，乡政府食堂，你吃啥我给你打饭。"曹亮调侃着对朱磊说。

"曹书记，这你就小气了啊，要是谁去我片区支援，好酒好菜地招待大家。"朱磊激将着曹亮。

听到这，正准备从前门出会议室的梁田退了回来，对朱磊笑着说："这样吧老朱，我带着我们村委去你们片区支援，你准备好酒菜如何？"

"中啊，韭菜鸡蛋饺子管饱！"

　　刘文和王时心站在一旁听着三个人互怼，月牙走到王时心身边对王时心说："时心姐，我下村了！"

　　"你这也不包村也不包片区的，怎么天天往林柳村跑啊？"王时心看天都快黑了，月牙还要下村，诧异地问月牙。

　　"月牙，该不会是在村里恋爱了吧，要是恋爱了，到时候别忘了请我们几个喝喜酒啊？"朱磊听到王时心和月牙的对话，也无心再让曹亮请吃饭，接了王时心的话。

　　"朱乡长，没有，我上大学时候的学姐来我们基地帮忙直播，明天她要走，晚上我们一起聚聚！"月牙忙解释。

　　"听说你们一百多亩红薯全部卖出去了？这喜事不请个客啊？"朱磊开玩笑地对月牙说。

　　"基本上都是群众地里的红薯，我们只是帮忙卖，没挣钱，但是，吃饭没问题。"月牙认真地回答。

　　"好了，朱乡长，人家还是小姑娘，你不要和她开玩笑了，她会当真的。"王时心听出了朱磊让月牙请吃饭是开玩笑的，但见月牙认真了，接了句。

　　朱磊看看梁田问："梁乡长，这不走是等着请吃饭呢？"说完，也不等梁田回答，对刘文说："走吧，上你办公室，我们说点事！"

　　"算了，看来饭是蹭不上了，我回家了，你们忙。"说着，梁田走了出去。

　　朱磊和刘文、曹亮三个人一起走出会议室，偌大会议室只剩下王时心和月牙两个人。王时心问月牙："你下一步怎么打算的？"

　　"什么怎么打算？"月牙被王时心这么一问，一头雾水。

　　王时心拉着月牙走出会议室，边走边对月牙说："你现在只是'三支一扶'过来的，等你们聘用期结束，你都没考虑过以后怎么发展？"

　　"想好了，到时候还回郑市！"

　　"我觉得你可以试着考考公务员，这样能稳定下来。再说了，现在乡里的工作你也轻车熟路了，回到郑市，你一切不还得重新起步？"

　　"谢谢时心姐，目前还没考虑过，我只是想着把当下的工作做好。"月牙犹豫着回答王时心。

　　"自己的事情自己看着办吧，好好考虑一下。"两人说着，已经走到楼下，

王时心和月牙告别，急匆匆地上了车，一脚油门出了乡政府大门。

月牙站在空旷的乡政府院内，看着院内来回过往的人，把本子紧紧地抱在怀里。回想着王时心刚才对她说的话，月牙双唇紧抿，看看身后的宣誓墙，只觉誓词在宣誓墙上是那么耀眼，想起自己举起右手对着宣誓墙宣誓那一刻，月牙心里对未来有了打算。

朱磊和刘文走进办公室后，朱磊把门关上，刘文看朱磊鬼鬼祟祟的，问朱磊："要说啥事，还非得关上门？"

朱磊把门关上后，坐在刘文办公室的椅子上，吃着桌子上剩下的半袋方便面问刘文："你听说没？"

"听说啥？"刘文把外套脱掉，放在了另外一张椅子上，边洗手边问朱磊。

"我们这里要成为市里的乡村振兴带了，姜里村下一步要进行全村提升！"

"这你听谁说的？姜里村还要怎么提升啊？村容村貌在全乡不都一直排名前三吗？"刘文洗完手，用毛巾擦了把手问朱磊。

"市里一个朋友说的，我说的全村提升和你说的不一个概念，说是在姜里村要建民宿，搞旅游！"

刘文听后笑笑，用水壶接了一壶水放在热水器上烧着。而后，坐在床上，看着朱磊认真地问："你觉得姜里村能做旅游不？"

"目前来看，还不成熟，但如果真的成了市里乡村振兴示范带，这就不好说了。"朱磊回答。

"黎书记开会不也常说将来西明乡要打造成旅游乡镇吗？这早晚的事！"

"我是觉得吧，等有时间了，我们真得给书记建议一下，自从来到西明乡上班，我在家住的时间都没有在乡里住的时间多，今天不是这事，明天就是那事的。还有啊，乡政府院内那面电子屏上的排名让我都没睡过囫囵觉，盯着那些数字，感觉就像命根一样。"朱磊越说越有气。

"有事做不比没事做强，再说了，你们片区不也没有落后过吗？"听着朱磊的抱怨，刘文安慰他说。

朱磊斜眼看了一眼刘文，"哼"了一声说道："冠冕堂皇的话谁都会说，但一提到和自己利益相关的，你们都往后退！"

"要不你去给黎书记说说，让我们休息一两天，反正他现在还没走，正在

和文乡长两个人谈事。"刘文见朱磊满肚子怨气，笑着逗朱磊。

"你可算了吧，在你这，我抱怨几句，开了这扇门，我刚才说的什么我是不认。"朱磊蛮不讲理地说。

"老朱，来一趟。"朱磊正和刘文聊着天，文林在楼下喊朱磊下去。

"我怎么听到是叫我的？"听到文林的声音，朱磊把方便面放在桌子上，站了起来。

"是叫你的！"

"你说他怎么知道我还没走的？"朱磊边说边开门出去。

"值班表都在他心里的，今天你值班，他会不知道？"刘文边送朱磊出门边说。

"你可别走啊，我还没聊完呢。"朱磊一边嘱咐着不让刘文走，一边下了楼。

第六十六章　灿烂的夜空

来到黎志办公室，朱磊见门打开着，便走了进去。见到黎志和文林，朱磊立刻换了一副表情，笑嘻嘻地对黎志说："书记，你找我？"

"坐，老朱。"黎志让朱磊坐下。朱磊坐在文林的旁边，一条腿跷起来压在另外一条腿上。

"老朱，过了年之后，姜里村可能要整村规划。姜里村是你片区的，你有啥想法，说说。"黎志给朱磊倒了一杯水递给朱磊，朱磊忙接过水。

"听从党委的安排，党委怎么说，我们就怎么干。"朱磊斗志满满地回答黎志。

"这对姜里村来讲是好事，刚才我和文林我们两个也一直在探讨。我们通过一把扫帚扫开了我们西明乡迎宾的大门，在没钱的情况下，我们乡村建设实现了大跨越，这些离不开我们干部和群众共同的努力。这几年我们乡里的改变，上面领导也看着呢，先从姜里村开始乡村旅游，逐渐涉及更多村庄，之前我们说的西明乡未来是乡村旅游，现在正一步步地实现着。"黎志说这话的时候，语气中带着兴奋。

朱磊端着水杯，耳朵听着黎志的讲话，心里却在琢磨着为什么黎志会这个时候把自己叫过来？难道是刚才和刘文的聊天，黎志听到了？按说不应该啊？门和窗户都是关着的。

"老朱，想什么呢？"文林见朱磊没有接话，提醒朱磊。

朱磊忙回过神，急忙笑着回答："做乡村旅游好，只要是交到我们这儿的项目，书记和乡长放心，一定不会出错！"

"这件事，现在市里只是提了一下，还没形成文件，估计来年肯定会落地。乡村旅游对于群众来讲是好事，群众可以不出家门就能在家门口做个小生意。但是，对于我们干部来说还有一场硬仗要打，这场硬仗是群众思想上的硬仗。

毕竟，群众之前没有接触过乡村旅游，对于群众来讲，路铺了，垃圾清理了，环境好了，他们就觉得乡村这样就可以了，但国家提出的乡村振兴不仅仅是停留在这个层面，有时候光给他们讲是不行的，我们还要带着他们出去看。"黎志又说道。

黎志说完，朱磊点点头，回了句："是的，如果姜里村真的发展乡村旅游了，到时候我一定会组织村民出去看看，多学习多交流！"

"对，你是一点就透。"听到朱磊的回答，黎志笑着对文林夸赞朱磊。

文林看着朱磊笑着说："乡里没有老朱拿不下的活，这考验对老朱来讲都不是考验！"

听到黎志和文林同时夸奖自己，朱磊心里更犯嘀咕了，不知道黎志和文林两人合伙究竟唱得是哪一出。

"你们四个片区支援一片区，你有什么意见没？"说完姜里村乡村振兴，黎志问朱磊。

"没意见，片区之间本来就应该互帮互助，还是那句话，乡里安排到哪，我们干到哪！"

"其他人有意见没？"黎志又问。

"其他人？"朱磊看看黎志，眼睛转了一圈，笑着说："其他人有没有意见我就不知道了，他们也不对我说！"

黎志会这么问，也猜到了几个片区片长在一起会探讨，但看朱磊不愿回答也就不再问了，三人又闲聊了一些乡里的其他工作，就各自忙了。

月牙到基地的时候，刘晨和林东已经把所有食材买了回来，几个人正忙碌着。

林东看到月牙下了车，远远地招呼月牙。此时的月牙心乱如麻，一直想着王时心刚才对自己说的话。是啊，再有一年，就该离开西明乡了，到时候何去何从月牙心里从来没有想过，如果不是王时心今天的提醒，月牙早就忘了自己不是属于这里的。看到远处忙碌的大家，月牙调整了一下心态，走向他们。

来到刘晨身边，刘艺问月牙："乡里开的什么会啊？这么长时间？"

"这叫时间长？有时候乡里开会都一整天。"林东接了句。

月牙看着林东，勉强露出笑容回："你知道得倒清楚！"

"我咋会不清楚，有时候咱们村支书忙，都是我爸去乡里代开会的，开会回来就吵着坐得屁股疼！"林东夸张地讲着。

忽然，月牙他们眼前灯光闪烁，月牙抬头一看，头顶上面一串串彩灯正在闪烁。

"天哪，太赞了！"看着头顶一闪一闪的彩灯，刘艺兴奋地喊了出来。

刘晨挂完最后一串，来到几个人的身边，指着彩灯问："怎么样，这氛围还可以吧？"

"晨哥，那是必须的可以。"王雨对刘晨竖起一个大拇指，刘晨眼睛看向月牙，本想听到月牙一句夸奖，但月牙脸上只是勉强挤出了笑容，瞬间便没了。刘晨眉头紧锁，似乎猜出了月牙有心事。这心事应该和去乡里开会的情况有关。刘晨本想开口问月牙去乡里开了什么会，却被林东打断，林东双手拿着穿好的串，对月牙说："赶紧去洗手过来帮忙，肉都快串完了！"

"好的。"月牙洗了手，过来帮忙。

"月牙，刚才我们的话还没聊完呢，你还没告诉我，你喜欢什么类型的呢！"刘艺和月牙面对面坐着，接着刚才月牙离开前的话题问月牙。

听到这个话题，林东兴趣瞬间上来，诡笑着问月牙："男的女的？"

"一边去。"刘艺见林东不正经地说话，推了林东一把，林东忙躲开说："你手上都是油，都是油！"

"你这皮糙肉厚的，怕啥？"刘艺不满地回了句。

月牙见两个人打闹，笑了笑，刘晨在一旁安装着电磁烤炉，假装没有听到。

"快点说啊，月牙，你这是要急死我了！"刘艺再次问月牙。

"学姐，我们不说这个话题了，换个话题。"从乡里开会回来，月牙已经没有心情和刘艺谈论感情的事情。

"真没劲。"刘艺心情低落地说。但不到一秒，又饶有兴致地问月牙："等一年后你准备干什么？"月牙明年"三支一扶"结束，刘艺也是知道的。听到刘艺这么问，月牙思绪更沉重了。她不知道为什么，今天王时心和刘艺会问到同样的问题。

刘艺问这句话的时候，刘晨正在插电源线的手停了一下，他看了一眼月牙，似乎也在等待着月牙的答案。

"等明年我去找你，跟着你干。"月牙强装轻松，笑着对刘艺说。

"好啊，可以啊，放心，到了学姐的地盘，学姐一定罩着你，到时候，我再给你找一个如意郎君。"刘艺听到月牙说明年去找自己，以为月牙当真的，她用胳膊搂过月牙说。

"对，月牙，艺姐身边单身汉多着呢，我女朋友就是我和艺姐出去直播的时候认识的。"王雨两眼眯着说。

"到时候月牙钓个金龟婿，可别不认识我们啊。"林东接了句。

"炭火生好了。"刘晨打断了几个人的聊天，站了起来，对几个人说，"我去仓库拿些啤酒和饮料过来！"

刘晨走后，刘艺低声对林东说："为什么晨哥每天都是一副冷冷的样子，这样哪会有女孩喜欢啊？"

"别胡说，这叫男人的魅力，喜欢晨哥的多着呢，晨哥只是不找罢了。"林东替刘晨辩解着。

"你就夸吧，我是不会喜欢这种。"刘艺低声回了句。

刘晨走进仓库，一个人倚在仓库的墙上，透过窗户看着窗外的月牙，眼神满是心疼。他想表达内心的想法又怕被拒绝，但如果不表达，月牙离开后，也许以后都没机会了，刘晨此时的心里和月牙一样，心乱如麻。

"一切准备就绪，准备开吃。"几个人把所有的食材串好，刘艺串完最后一串青菜，开心地说。

"啤酒，饮料来了。"刘晨提着一提啤酒和一大瓶饮料走了过来。

"晨哥，你这去的时间也太长了，要不是我知道仓库有，我以为你去北京买的呢。"林东接过啤酒，嘴里说着。

"仓库东西乱，找了一会儿。"刘晨回道。

"好了，赶紧过来。"在烤炉旁的王雨招呼着几个人。

几个人围了过去，刘艺挨着林东坐下，顺手拉月牙坐在自己身边，刘晨要坐到林东身旁时，林东指指月牙身边的空位说："我不喜欢拥挤，你坐那里去！"

刘晨只好走到月牙身边，坐下。

王雨一副烧烤师傅模样地烤着肉，林东看着电烤炉失望地说："如果是炭火

就好了，那样烤出来的味道有灵魂！"

"大哥，你可为我们的环境做些贡献吧，这电烤炉咋了，既环保又卫生。"刘艺怼了林东一句。

"哎，我说刘艺，我怎么发现，我只要说话，你就怼呢，你就看我那么地不顺眼？"

"我就是看你太顺眼了，所以才怼你呢，你看我为啥不怼王雨。"刘艺傲娇地回道。

"艺姐，熟了。"王雨把手中烤好的肉递给刘艺，刘艺接过给林东："吃不吃？"

"不吃。"林东也傲娇地拒绝刘艺，用打火机开了几瓶啤酒，一瓶递给刘晨，一瓶递给王雨。他拿起一瓶递给刘艺，刘艺推开了："我不喝酒！"

"难得啊。"林东把酒放到了身边。接着举起酒瓶豪爽地说："来，晨哥，王雨，我们一起干一瓶，为了我们成功的项目！"说完，一个人举起酒瓶干了。

第六十七章　十字路口的抉择

王雨看刘晨也举起了酒瓶，把本想说"喝不完"的话硬生生给咽了回去，也举起酒瓶豪爽地喝了起来。

"痛快！"一瓶酒下肚，林东擦了一把嘴，撸了一串羊肉串，又抓了几粒花生米放进嘴里。

"给。"刘晨从烤炉上拿一串烤好的羊肉串递给月牙。

"我还有，晨哥。"月牙指指手中的串，慌忙推辞说。

刘晨犹豫了一下，就自己吃了起来。

第一瓶酒下肚，林东就没有控制自己，和刘晨、王雨接连干了四五瓶。到第六瓶的时候，王雨推辞："不行了，东哥，我是真喝不了了！"

"喝个酒磨磨叽叽，算了，你和她们一起吃串吧。"林东也没有勉强王雨，拿起两瓶开好的酒，一瓶递给刘晨说："晨哥，来，我们干！"

刘晨二话不说拿起酒就干了。月牙之前从未见刘晨喝过这么多的酒，忙劝两个人："你们两个都少喝点！别喝了，我们说说话！"

"没事，月牙，你还不知道我和晨哥的酒量？"林东说着又要开酒，被刘晨制止了："好了，酒今天就不喝了，听月牙的，我们说会儿话！"

"切，什么你都听她的。"林东觉得没趣，但也没有再开酒。刘艺在一旁看出了刘晨和月牙之间的微妙关系，对林东说："我也赞同说说话，我们聊聊未来！"

"我的未来是和晨哥成为我们西明乡最大的种植大户！将来在城里有自己一套大大的房子。"林东搂着刘晨开心地说。

"东哥，你这真矛盾，想在农村创业，却又想在城市买房，你这是玩得哪一出？"王雨撸着串笑话林东。

"你懂啥？晨哥懂我，对吧，晨哥，你给他讲讲。"林东拍拍刘晨说。

"我懂你什么？自己说。"刘晨抓了一把桌子上的花生米，吃着回复林东。

"当然是为啥我们将来想在市里买房啊？你给他们讲讲，让他们长长见识！"

"对啊，讲讲，晨哥。"王雨也附和着。

月牙的眼睛也看向刘晨，这个话题之前她也没听刘晨聊起过。

刘晨见大家都强烈要求，把手中正在吃的花生米放到桌子上说："我听说，我们西明乡下一步要发展旅游，对于我个人而言，我并不是一定要在城里买房子，但是，等成家了应该会在城市里买！"

"晨哥，你这该不会是精神分裂症吧，太矛盾了。"王雨说。

"闭嘴，让晨哥接着说。"林东说了句。

"乡村振兴对于我们青年来讲，给我们返乡创业提供了好的平台，但是，乡村建设里我个人觉得最重要的一点应该是教育。乡村教育上去了，进城买房的年轻人自然就少了，你看我们这一代，进城买房的年轻人，哪个不是奔着想给下一代好的教育去的？农村房子建设得再好，乡村没有好的教育质量做支撑，还是留不下年轻人，你觉得呢月牙？"刘晨说完，问月牙。

"我？"月牙听到刘晨问自己，指指自己，不知道该如何回答。

"听到没？胖子。"林东也不再提王雨的名字，直接用代号称呼。

"我们这一代在乡村燃烧了自己，为的就是下一代能够有更好的教育，进城买房不是为了住，而是为了给我们下一代一个更好的未来。"林东侃侃而谈。

"我不赞同。"月牙似乎思绪一下子清晰起来，回答刘晨："我认为现在国家提出乡村振兴，就是为了给我们农村孩子更好的生活，我相信乡村振兴的初衷也是希望我们年轻人能够回到我们家乡，建设我们家乡，留在我们家乡。通过乡村振兴，缩短农村与城市之间的差距，让我们农村人的幸福感提升，而不是让我们在这个平台上发展好了，再回到城市里去。如果像你们说的那样，我们领了乡村振兴的福利，最终再到城市里去买房，为什么一开始就不去城市里工作？要来争这一份福利呢？"

林东看着思如泉涌的月牙，张大嘴巴，目瞪口呆地说："这还是我最初认识的月牙吗？"

刘晨也没有想到月牙会反应这么激烈，没有再作声。

"月牙，你这话说得可是有些官腔了，我记得我第一次见你，你当着你们

全班同学的面说考大学的目的就是为了离开农村，你刚说的话，明显是和你最初的想法背道而驰的。"林东反应过来之后，比画着反驳月牙。

"对，最初我的想法就是考上大学离开农村，留在大城市发展。因为，在暴风雨中，我走过那泥泞的道路，依然在田地里和我爸一起收花生；我见过一个满身脏兮兮的七八岁女孩，在河边放羊偷吃地里刚种下的种子；我还见过那些没有考上大学，十六七岁就结婚的女孩遭遇，所以，我想改变自己，不想被这样的环境所束缚，立志将来一定要走出农村，留在大城市发展！"月牙眼噙泪水地讲着。

月牙这段话，让在场的林东、刘晨、王雨都沉默了，唯独从小生活在城市里的刘艺惊讶地接了一句："农村生活真的有这么苦吗？"

"有些苦远比我讲到的还要苦。"月牙回答刘艺，接着说，"但所有思想上的改变都是从走进西明乡开始。我最初见到西明乡的样子和曾经自己生活过的农村没有差别。但西明乡发展的这几年里，我见过三四点就起床扫大街的干部；我见过村民为了村里建设在烈日中流下的汗水；我见过村民敲锣打鼓地走进乡里送锦旗；我见过美丽乡村评选中，群众为了给乡镇多拉一票，抱着怀中熟睡的孩子在街上让别人投票；我还见过为了村庄建设更好，傍晚时分还卷着裤腿在浇水的七十多岁老人！从最初不起眼的乡镇到现在络绎不绝来学习交流的乡镇，从最初脏乱差的乡镇到现在被评为最美村镇，从出门群众都不愿说自己是西明乡人到现在出门都自豪地说我是大美西明乡人。西明乡的改变，让我看到了未来乡村的样子，也看到了乡村振兴未来的模样！"

刘晨听到这里，为月牙鼓掌，感慨地说："从你的讲话，我能感受到你对西明乡的情感要比我们这些本地人还要多，你经历的很多都是我和东子没有经历的！"

"可以啊月牙，将来你都可以开一个自己专场的演讲会了，就讲你和西明乡的这些年。"林东给月牙竖起大拇指。

刘艺递给月牙一杯饮料说："你这口才绝对可以，我现在都想留在西明乡了！"

月牙笑笑，接过饮料喝了一口。

"艺姐，你不是早就想留在西明乡了吗？"王雨说。

刘艺拿起一串烤辣椒塞进王雨的嘴里说道："你不说话，没人会拿你当哑巴！"

"等明年你这边'三支一扶'结束了，如果有一个机会你能留在西明乡，你愿意留下来吗？"刘晨支支吾吾地问月牙。

"明年的事情等明年再说吧，今年还没有过完呢，来，我们一起喝一杯。"月牙说着举起杯子，林东准备倒酒，被刘艺抢先倒了饮料说："东哥，你还是少喝点酒吧，就这饮料就行！"

刘晨见月牙没有正面回答，也就没有再问，举起杯子，同大家一同一干而尽。

此时，繁星在天空中眨着眼睛，月亮的周围围绕着许多颗若隐若现的星星，月光洒落在广袤的田地上，远处树林里传来几声鸟鸣，村庄中的灯逐渐变少，整座村庄静悄悄的，偶尔，乡村街道上行驶过一辆轿车，从村内传来几声犬吠。

"这样的夜空也只有在村里才能见到，从小到大我没见过几次，太舒服了。"吃完饭，刘艺和月牙坐在刘晨铺的一张软席上，刘艺靠着月牙的背看着夜空，感慨地说。

月牙也看着夜空中最耀眼的那一颗星星，问刘艺："学姐，他们说最亮的那颗星是北极星，迷路的时候，它会指引我们找到回家的方向，但为什么我看到的北极星我总觉得它不是在北边？"

"这问题我哪清楚？我看到的北极星我也觉得不在北边。"刘艺回月牙。

刘晨三人收拾着残羹剩饭，林东委屈地对刘晨说："晨哥，我就不明白了，这吃完饭收拾的事情不该是女的来做吗？怎么就我们三个做了？"

"女孩子，我们要让着点。"刘晨麻利地收拾着。

"我赞同晨哥的话，在家里刷碗都是我的事。"王雨说。

"完了，这世道要变天了。"林东眼巴巴地看着惬意的月牙和刘艺，感慨地说。

第二天一早，刘艺和王雨告别了林东和刘晨，准备出发，林东看看时间，对刘艺说："要不再等等月牙吧，她开了晨会就过来！"

"不了，已经和别人约好时间了，月牙那边回头我给她解释一下。"刘艺和林东告着别。

"把这些东西带上。"李兰从院里拿出了各种当地特产。

　　"妈，你这是从哪来这么多东西？你这东西感觉就像是逃荒用的。"看着李兰拿出来一大堆东西，林东疑惑问李兰。

　　"你管，这是我给丫头准备的。"李兰说着打开汽车后备厢，要把东西放上。

　　"阿姨，我们那啥都有，这些就不带了！"刘艺忙推辞。

　　"啥都有，那是你的，这是阿姨的心意。"李兰执意要放。

　　"这样阿姨，把花生、红薯这些放上，其他的牛奶你们留着喝，车上都放不下了。"刘艺指指快要满档的后备厢。

　　"那好吧。"李兰把一整袋花生和红薯放在了车上，见后备厢还有一点空档，又把几个南瓜塞了上去。

　　刘艺看看林东，林东摊摊手，意思是自己也没办法，刘艺只好接受了李兰的好意，盖上后备厢，就着急上车了。

　　上了车，刘艺把窗户落下来对林东神秘地说："东哥，记住你说的话！"

　　"好，我记得呢！"林东摆摆手。

　　"有时间一定再来玩。"李兰不舍地对刘艺说。

　　"一定会的阿姨。"刘艺甜甜地笑着回了句。

　　刘艺走了，望着远去的车影，林东自言自语说："这心里感觉一下子空落落的！"

　　"舍不得了吧！"刘晨接了句。

　　"对了，刚才刘艺说让我记住我说过的话，我说的啥话啊？"林东这才想起刚才刘艺说的话，问刘晨。

　　"我哪知道你自己答应了别人什么，说不定是以身相许吧。"刘晨朝着基地方向走去。

　　"怎么可能？"林东走在刘晨的身后追着问。

　　李兰站在门口，望着刘艺远去的轿车，待回过神要嘱咐林东时，才发现林东和刘晨已经走远。

第六十八章　永远的老兵

十月底的天气已经有些凉意，晨会散后，月牙急忙给刘艺打电话："学姐，我这边晨会刚结束，我现在去村里找你！"刘艺半躺在车上懒洋洋地说："你呀，就安心工作吧，我已经走了！"

"什么？"月牙看看时间，刚刚九点。

"放心，我一定还会回来的。"刘艺说。

"好吧，那你路上慢点……"

"月牙，一会儿有事没？"月牙正和刘艺通话时，王时心站在远处问月牙。

"先不和你说了，学姐，我这边要忙了。"说着，月牙挂了电话，忙走到王时心的身边问："怎么了，时心姐？"

"一会儿有事没？跟我下村一趟！"王时心手里拿着本子，朝月牙走来。

"好的，没事。"月牙答应着。

王时心打开车门，两个人上了车，朝桃庄村驶去。到桃庄村，下了车，王力已经在等候。见王时心他们到来，王力急忙走了过去。

"王支书，村里老兵统计得怎么样了？"王时心一下车便着急地问。

"早上起来走访了几家，现在就剩一家。"王力边回答，边把手中统计的本子递给王时心看。

王时心看了一眼，把本子递给了月牙说："月牙，这个你收好。"随后对王力说："走吧，我们一起去最后一家！"

"要不我们开车去吧。"王力建议。

"有多远？"王时心问。

"开车的话大概十分钟，如果走路的话，走小路，差不多也十分钟左右。"王力回答着。

"那我们就走着去，刚好看看村内的卫生打扫得如何了。"王时心想了一下说。

"行！"王力爽快地答应着。

两个人正说着，黎志的车从他们面前路过停了下来。黎志下了车，通讯员把外套递给他，黎志接过外套披在了身上。

"黎书记，您怎么来了？"王时心看到黎志下车，急忙走到黎志的面前。

"去区里开会路过，看到你们在路边站着，就下车看看。"黎志环顾了一周点点头："干得不错，村内的环境比之前提升了很多！"边说边给王力点赞。

"谢谢书记！"王力听到黎志的点赞，连忙回道。

"村里的老兵统计得如何了？"黎志随口问。

"就剩最后一家了，我和王主席我们正准备去走访。"王力急忙回答。

黎志看看时间，问王力："从你们村委到老兵家得多长时间？"

"十分钟左右。"王力答。

"那行，我和你们一起去，离区里开会还有一段时间。"黎志对通讯员王永说："车先放这吧！"

听到黎志说要一同前去，王时心的心揪了一下，生怕村里卫生没有做好，忙对黎志建议："书记，要不我们开车去吧，开车十分钟就到了！"

"走路多长时间？"黎志问王力。

"小路差不多也是十分钟。"王力一五一十回答。

"那我们就走着去，你带路吧。"黎志对王力说着。接着黎志似乎看出了王时心的心思，边走边问身边的王时心："村里的工作干着吃力不？"

"还行。"王时心谨慎地回答着。

"你给自己打多少分？"黎志边看着路过的村内环境，边似闲聊地问王时心。

"打个 7 分吧。"王时心答。

"7 分可不行，最少也得是 9 分，片区里面就你一个女同志，你更得是巾帼不让须眉。"黎志对王时心要求着，见路上有烟头，黎志弯腰捡了起来。看了一圈，没看到垃圾桶，问王力："村里怎么连个公共垃圾桶都没有？"

王力急忙从黎志手中把烟头接了过去，小心翼翼地说："下午就配上！"

"所有工作不要等指出来了再去做，我要做和要我做，做出的结果是不一样的，王支书。"黎志说。

"是，收到。"王力答着。

路过一处群众聚集的地方，黎志和正在聊天的群众打着招呼："老乡们好啊，晒太阳呢！"

"书记好！"人群里一个六十多岁的老人笑呵呵地回答黎志。

"现在村里和以前比，哪个好啊？"黎志停下了脚步，和村民聊着天。

"现在比以前好，我家孩子前几天回来还说，村里变化真大，他差点走错路。"一个村民笑着接了句。

"以后啊会比现在更好，我们日子要一天比一天好。"黎志笑着说。

"是，是。"村民附和着。

"你们忙着。"黎志笑着回了句，和王时心他们继续往前走去。

"刚才第一个说话那个是村里带头闹事的刘大壮他妈。"王力对王时心说。

"现在你和刘大壮的关系如何了？"听到王力提到刘大壮，王时心问了句。

"没有隔阂了，前几天刘大壮还跟着村里一起打扫卫生，刘大壮和孙小路他们现在都去新建成的那个项目里上班了，一天工资一二百。"王力说。

"谁啊？"黎志问王力。

"上次建项目时，村里带头闹事的一个人。"王力忙回答。

"当时桃庄村项目如果不是刘大壮带头闹事，应该就落在桃庄村了。"王时心对黎志说。

"以后还会有项目的，通过这件事，他们也会吸取教训。"说着，黎志停在了一座老瓦房前，指着瓦房问王力："这房子还有人住没？"

"没有了！"

"这可是村里的宝贝，乡村旅游的时候，用处大着的，千万别拆。"黎志又看了两眼，继续往前走去。

几个人走着聊着就到了老兵郭志家，黎志走进院子，见一位八旬老人躺在院子里的摇椅上，椅子远处，一位年龄相仿的老人正晾晒着红薯干。

"郭大爷，乡里党委书记来看您了。"王力走到郭志身旁，趴在郭志耳朵上大声地说。

郭志招呼着老伴，想要扶着摇椅的手柄起来，被黎志制止了："您躺着就行，我们说说话！"

郭志招呼着老伴让去倒水，黎志忙说："不忙老人家，今天来就是看望一下您，身体都好吧！"

"好，好得很。"郭志用沙哑的声音激动地回着。

"孩子们都好吧！"

"我们家从我这代到我重孙子，世代都是当兵的，我都让他们去当兵，当兵好啊，当兵保家卫国。"郭志也许是没有听清黎志问的什么，抬起手激动地说。

"好，好，非常好！"黎志给郭志竖起一个大拇指，对郭志说："我曾经也是一个兵，说起来，您还是我的老班长呢！"

"现在生活好啊，什么都不缺，感谢领导关心，家里啥都有，不给国家添麻烦。"郭志没有听清黎志说的话，回答道。

郭志的老伴见郭志总是回答不到正题上，急忙对黎志笑着解释说："他当兵打仗的时候，耳朵在战场上受伤了，大声说话才听得见！"

"没事大娘，这是我们的英雄。"黎志从口袋里掏出五百块钱塞给郭志老伴："这钱您拿着，买些营养品，向老班长致敬！"

"这钱我可不能要，他会发脾气的，他没事就自己念叨当兵时候的事情，不让给国家添麻烦。"郭志的老伴推辞着。

"这是我个人心意，您必须收着。"说着，黎志站了起来，问王力："郭大爷家在不在这次的补贴范围内？"

"不在，我们村只有一个老兵涉及补贴。"王力回答。

黎志听了王力的回答，没有答话，对郭志二老告别，嘱咐二老照顾好身体，就同王力他们一同走出郭志家门。

回村委的路上，黎志对王力说："村里这些老兵，我们一定要关心到位，没事的时候，来探望探望他们，没有他们，哪来的我们现在这样的幸福生活！"

"一直慰问着的，逢年过节都会给两位老人送些慰问品，两位老人的孩子也孝顺，多次接他们去市里住，老两口舍不下这院子，不愿去！"

黎志叹了一声气，看看路的前方说："这就是老人心中的乡情啊，我能理解！"

王时心和月牙跟在黎志身后，月牙低声问王时心："时心姐，书记说的什么

意思？我有些理解不透！"

"书记的意思应该是落叶归根，人年龄越大的时候，越愿意生活在生自己养自己的地方。"王时心悄悄回答月牙。

回村委的路上，黎志一路走一路指着村庄需要提升的地方，临离开桃庄村的时候，黎志还不忘嘱咐王力好好干。

黎志走了之后，王力长叹一口气，王时心看着紧张的王力，笑了笑，问道："这么怕黎书记啊？"

"村里哪个支部书记不怕啊？只要他一下村，恨不得拿块布把村庄给盖起来！"

"有那么严重吗？"王时心听到王力这夸张的说法，"扑哧"一笑。

"比这还严重，今天下午有的忙了，刚才光指出那些地方都得干一下午了。"王力长吸一口气。

"平时只要保持好，关键时刻就不用抱佛脚。"王时心笑着接了句。然后又对王力说："刚开始我也很紧张，怕你们村里卫生没打扫好，想让书记坐车去老兵那，但一圈转下来，你们村庄保持得还挺好的，不错！"

"要不中午别走了，一起吃个午饭吧。"王力看看时间，已经上午十点。

"饭是不吃了，回去还要忙的！"说着，王时心便和月牙离去了。

王力看着远去的王时心，又看看憋在村委办公室的村干部，没好气地对大家说："都走了，还憋在里面干什么？"

几个村干部笑嘻嘻地走出来，村主任对王力说："这可不是憋着，书记刚才来，我们要出来，那不是没您表现机会了？"

"得，别油嘴滑舌了，赶紧干活。"王力按照刚才黎志转一圈提出的意见，对所有在场干部分着工。

第六十九章　老兵的决定

　　黎志从区里开会回到乡里已经下午三点。一到乡里，黎志就急匆匆赶往会议室。因为从区里回乡里的路上，黎志已经给文林安排下午三点开会，五大片区片长都要到场。走进会议室，党委委员以及五大片区片长全部已到。

　　黎志刚坐下，就直接开场说："同志们，今天到区里开会接到一个紧急任务，过两天市委副书记秦贺要陪同专门做乡村规划团队的负责人来我们西明乡考察，这周六日大家又得加班了！"

　　听到这个消息，朱磊低声对刘文说："看看，这消息来得多快，昨天还只是听说，今天消息就来了！"

　　"市里会把我们这个地方作为乡村振兴考察点，也是和我们前期干群共同努力分不开的。很多人都说没钱办不成事，但对于我们西明乡来说，我们是在没钱情况下，依靠群众共同参与，把我们西明乡乡村的大门打开了。大门打开能否开门迎宾，关键就在这一次考察。我希望我们在座的每一名干部都要从思想上重视起来。会议结束后，我们要第一时间着手部署，特别是姜里村，角角落落都不能有任何垃圾。考察当天，我们盘鼓要敲起来，扇子舞起来，把我们西明乡乡村群众的精气神拿出来，让我们西明乡迎宾的大门彻底敞开。"黎志慷慨激昂地说道。

　　会议室里，笔尖刷刷地划过本子，每一个人都在认真听着，记录着。

　　"大家有什么意见可以探讨一下。"黎志讲完，对大家说。大家你看看我，我看看你，似乎都有话想说，但似乎都不想当第一个发言的那个人。文林见没人说话，自己首先带头说："这对我们西明乡来说，是一件天大的好事。我建议，把姜里村暂时划分为五个区域，五大片区片长分片包责，这样能够避免有垃圾死角的现象！"

　　"我同意。"文林话音刚落，朱磊就接话说。

"老朱，这都没信心了？还需要支援？"黎志见文林讲完，朱磊第一个赞同，点名朱磊。

朱磊忙接话："书记，不是没信心，而是责任太大了，多一个人就多一份保障！"

"你们认为呢？"黎志没有接朱磊话，问其他四个片区的意见。

"我感觉文乡长说得有道理。"没有包片区的张庆听到黎志问，第一个回答说。

黎志看了眼张庆问："说说你的意见！"

张庆身子稍微往前探探，两个胳膊肘压着桌子沿说："市里要考察我们西明乡能否列入乡村振兴示范带，这对我乡来讲，绝对是一件天大的好事。只怕我们在座的每一个干部都没想到西明乡干到今天能够成为走向乡村振兴的示范带。现在，有这么一个机会了，单靠老朱一个片区的力量，我个人感觉有些勉强，其他四个片区共同支援，会更好地保证验收！"

黎志听了张庆的话，思索了一下，看看四大片区片长，再次问道："你们有什么意见？"

"我们片区愿意支援。"刘文答话了。

"我们也愿意！"

"我们没意见！"

"我们听党委的！"

其他四大片区片长纷纷表态。

"好，既然这么说，那就按照文林说的，你们四个片区支援姜里村，具体片区划分老朱负责安排。"黎志见大家意见统一，同意了文林提出的共同支援的想法。

"老朱，我记得昨天你说，如果到你们片区支援，好酒好菜地招待，昨天说了算话吧？"梁田想起了昨天朱磊在大会议室说的话，低声问朱磊。

"算，昨天我不说了吗？韭菜鸡蛋馅饺子管饱！"

"没事，我不嫌弃韭菜鸡蛋馅饺子。"

"关于考察，大家有没有其他好的建议或者想法？"文林问在座的所有人。

"我觉得如果时间允许的话，我们也可以引导领导到我们就近的村庄看一

下，能够多纳入几个村庄这不更是好事。"被文林这么一提醒，黎志接了句。

"这样，小王，你们片区就不用参与支援了。上午从你们片区路过，整体环境卫生不错。如果到时候考察时间允许的话，再去你们片区看看，回市里刚好从你们的片区路过。"黎志对王时心说。

"收到！"王时心听到这个消息，心里喜忧参半。如果自己所包的片区村庄被纳入市里乡村振兴示范带，这绝对是一件天大的好事。王时心担心的是，如果领导从片区路过，村庄环境不达标，别说纳入乡村振兴示范带了，搞不好还要当着全乡的面检讨。虽然嘴上答应着，王时心的心里却像敲着小鼓一样咚咚地跳。

"书记，乡政府院内来了十几个老兵，说要见您。"通讯员王永走到黎志身边，趴在黎志耳边说。

"大家还有其他事情没？"黎志听完王永说的，问开会的人员。停了有十几秒，见所有人都没发言，黎志说："那今天会议就到这，散会。"说着，黎志站了起来，对文林说："文林，你跟我一起下去！"出办公室门时，黎志对朱磊再次嘱咐："老朱，这次考察，文林总指挥，你做副指挥，把区域划分好，切记，不能留任何死角！"说着，黎志和文林走出会议室。

会议室里，仅剩下朱磊和其他四个片区负责人。

"准备怎么划分啊，老朱？"黎志走后，梁田问朱磊。

"我哪知道？从开会到现在我的头还嗡嗡的，你让我捋一下。"朱磊把笔往桌子上一扔，跷起二郎腿，眼睛一闭思考着。

"要不我们抓阄吧，这样公平，谁抓到哪个区域，也没有怨言。"梁田建议说。

"梁乡长，现在区域还没划分出来，怎么抓？"曹亮接了一句。

"那我们不能都这么干坐着等着吧。"梁田也躺在了椅子上，看了一眼朱磊，见朱磊还闭着眼睛，自己也把眼睛闭上，刚闭上，梁田又睁开眼睛，腾的一下从椅子上站了起来说："要不等区域划分好了，咱们再碰头，村里还有一些事情要处理，我得赶紧过去！"梁田都不等朱磊回答，夹着本子匆匆走出会议室。

"老朱，别思考了，赶紧给大家一句话，大家都等着的。"一向稳重的刘文

也催促着朱磊。

朱磊睁开眼睛，看着剩余三个片长都眼巴巴地望着他，等待着他的答复，只好坐起来说："这样，我们片区长之间建个小群，等我去姜里村开会回来后，我再把每个区域划分发到群里！"

"我们建小群，算不算是搞团伙啊？"王时心谨慎地问。

"这是工作需要，怎么就搞小团伙了？"说着，朱磊拿出手机，对大家说："面对面建群，数字2580，一会时心负责把老梁拉进群里来，就这么说定了！"

黎志和刘文下到楼下，看到十几个老兵穿着统一军服整齐地站在宣誓墙前。黎志和文林互看了一眼，走了过去。

见黎志和文林过来，老兵中一个看上去六十多岁，一米七八个头的老兵手中拿着锦旗从人群中走了出来，站到黎志和文林面前，身体挺立敬了一个军礼。敬礼后，老兵把手中的锦旗展开，递给黎志和文林："感谢乡党委政府对我们老兵问题的关注，我们代表所有我们这一届的老兵感谢你们！"

"老江，你们这是干什么呢？"因为上次已经见过一次面，黎志疑惑地问递锦旗的江兵。

江兵握住黎志的手感激地说："黎书记，我们这些老兵感谢咱们乡党委，我们反映的问题能够得到重视，我们很高兴。前几天，我们几个老兵来乡里反映问题，给政府添麻烦了。今天我们十几个人来，是带着我们那一届老兵共同的心愿来的，我们今天站在宣誓墙面前，当着入党誓词的面，向政府保证，以后我们老兵是乡村建设中一支听党指挥的队伍，绝不再给政府添麻烦，政府号召我们做什么我们就做什么！"

"补贴已经到你们手里了？"黎志听到江兵这么说，疑惑地问。

"已经到了，还没来得及给您说。上午区里回了电话，查了他们反映的问题和相关政策，的确是他们这一届老兵有一年的补贴没有发放到位，区里已经回复了，明天他们就可以拿着自己的身份证到区里民政局去领！"文林笑着接了句。

"到位了就好，到位了就好。"黎志听到这个好消息，紧紧地握住江兵的手。

"谢谢书记、乡长。"江兵再次表达自己的感谢。

黎志看了看江兵身后站着的老兵，松开江兵手之后，走到老兵面前，逐

一握手说："我曾经也是一个兵，你们都是我的老班长，见到你们，我非常开心！"每一个老兵在和黎志握手的时候，都是激动地紧握着黎志的手不舍得松开。

"西明乡这几年发展离不开你们的支持，我和文林昨天还商量说，应该给你们老兵建立一个活动场所，这个场所可以成为我们所有老兵联系的纽带。这件事，我和文林正在商量场所放在哪。"黎志说。

"书记、乡长，如果不嫌弃的话，我家里可以腾出来给老兵当活动场所。我和老伴也常年不在家，房间空着也是空着。之前我偶尔回来，我们老兵聚会也都是在我家，大家都熟悉，房子能腾出来给我们老兵做些事情，我心里也敞亮。"江兵听到黎志说要给老兵建立活动场所，当场表态愿意把自己的房子贡献出来供老兵开展各种活动。

"好，江大哥，您有这份心，我代表党委政府感谢您为全乡老兵做的一切。那就把您那个地方作为我们全乡的老兵活动中心，您任总队长！"

"好，就这么说定了。"江兵再次握住黎志的手，眼里泛着泪花地看着黎志。

第七十章　姜里村的转角

黎志开会第三天，市委副书记秦贺就陪同乡村设计乡领团队（"乡领团队"指的是一个专注于城乡规划设计的公司，它的原名为"农道联众"。下同）负责人苏道走进了西明乡。

在路口等待秦贺他们的时候，区领导王冬问黎志："村庄里面一切没有问题吧？"王冬话里的意思不仅包括环境卫生，还包括村庄内部稳定以及群众思想。

"王书记放心，一切都没问题。"黎志回答着。

王冬看着面前一条长满杂草已经干涸的沟渠，眉头皱了一下问："这条沟渠该治理了，有沟渠的地方就要有水！"

"乡里已经部署过了，等这次考察结束之后，我们就着手再次整治西渠，西渠通了水，这些沟渠里面都会有水！"

王冬点点头，对黎志说："西明乡这一路走来不容易，你们这几年做的，区里也都看在眼里。这次市里能把西明乡纳入乡村振兴示范带，对西明乡来讲是一个非常好的机遇。你们一定要把这个机遇抓住、抓牢，迈上乡村发展的快车道！"

"还是区里领导得好。"黎志谦虚地回答。

"好了，你也别给我说这些客套的话了，是区里领导的还是你们自己干的，我心里清楚。他们来了。"王冬看到远处的车对黎志说。

车在王冬和黎志他们的面前停下。秦贺下了车，看到王冬、黎志，笑着和他们握手。

苏道从车上下来，秦贺向王冬和黎志介绍着："这是国内顶尖的美丽乡村建设乡领设计团队负责人苏道。今天把他请来，也是助力我们西明乡乡村发展的！今天先简单看看，下一步如何做，还得是我们专业的苏老师来说！"

"秦书记客气了，只要是乡村，都能找到它的亮点，我们先看看村庄吧。"

苏道环顾了一眼眼前的村庄回答。

"好，那我们就先到村里看看。"秦贺笑着说。

听到秦贺这么说，黎志看了一眼文林，文林忙接了句："秦书记，我们这边走！"

秦贺一行在文林的带领下朝村里走去。

"这条河是村里非常宝贵的资源，有水则灵，一座村庄有河流经过就多了一份韵味。我看这条河似乎围绕着村庄周围，这是村里的灵气。"苏道从下车就一直关注着眼前已经干涸的沟渠。

"这条河已经纳入整治范围了，水马上就能通。"王冬接了句。

"通水了，整座村庄就活了。"苏道指指河道说。

"这边走，秦书记。"文林前面引着路，秦贺一行十余人在后面跟着。

走到一处看上去空闲了许久，院子里长满杂草的瓦房空院处，苏道止住了脚步，问黎志："黎书记，空院目前我们乡里是怎么规划的？"

"这些空院都是属于村民自己的，有的在外面定居，常年不回来，院子就成了现在这样。目前，乡里还没有统一规划！"黎志看着院子里那座孤零零的瓦房，瓦房下面掉落着几片碎瓦片，回苏道。

"秦书记，这些空院都可以合理利用起来。像这种没有人住的瓦房，更是村里的一景。它们讲述的是一座村庄的变迁，是村里的活历史。我们可以把这些房子统计一下，和村民签订合作合同，在原有基础上稍加修葺，后期乡村旅游发展起来了，当民宿供游客住。"苏道眼神带光地对秦贺说。

"专家就是专家，每个村庄都有这样的空院，如果都能合理利用起来，这是资源再利用的很有效的方式。"秦贺对王冬说。

王冬看着眼前的瓦房，深有同感地说："小时候，我家住的就是这种瓦房，很舒服。现在村里都盖起了小洋楼，这种房子越来越少了！"

"所以我们要把它们保护起来。美丽村庄建设不是在于我们推倒之前的一切重建，而是在原有基础上，保留当地传统的特色，把当地的特色发挥到极致，才能在全国美丽乡村中立足。"苏道接了句。

黎志听到苏道的一番话，也深有同感地点点头，说了句："前几天我去我们这儿的一座村庄，看到村内有这样的老房子。我和苏老师的想法一样，看到它

们，就能想起我们小时候的生活！"

"哪个村庄？今天如果时间宽裕，我们也去看看。"苏道听到黎志说还有村庄有这样的老房子，像是发现了新大陆一般，兴奋地说。

"可以，那就多转几个村庄。"秦贺点头说。

听到苏道说可以多到几个村庄去看看，黎志心里一喜，忙说："苏老师，那我们接着往前走！"

"好，走！"苏道回答。

在文林带领下，秦贺一行把姜里村大街小巷全部走了一遍。每到一处有特点的地方，一行人总会停下探讨一会。走着聊着，秦贺一行就来到了姜里村文化广场。

朱磊站在文化广场上，看到秦贺一行往广场走来，忙对盘鼓队旗手说："生龙活虎敲起来！"

朱磊话音一落，旗手左手把旗杆往上一竖，右手摊开往上一伸，盘鼓声从低到高响了起来。

秦贺顺着声音看向广场，对苏道说："苏老师，这是这里的盘鼓。这盘鼓表演上了《新闻联播》节目呢！"

"盘鼓队员都是我们当地的村民。"黎志自豪地对苏道介绍着。

"这是一个村庄的文化，文化是村庄的灵魂。村民有文化生活，精气神就能提升上去。"苏道也看到了盘鼓，语气激动地说。

"走，过去看看。"秦贺对苏道建议。

"走！"苏道也饶有兴致地跟着秦贺一同来到了广场前。

广场上，盘鼓队员看到秦贺他们，劲头更足了，敲的声音更响亮了。每一个队员脸上都洋溢着幸福的笑脸，手中的鼓槌有节奏地敲着肩膀上挎着的大鼓。

"非常好啊，这响亮的鼓声可是我们群众幸福生活的声音。如果他们不幸福，鼓声也敲不了这么大。"苏道为盘鼓队员鼓着掌，大声地对身边站着的秦贺说。

"现在村民生活提升了，乡村振兴再做起来，他们的日子比现在更甜。"秦贺回苏道。

两个人聊天的工夫，盘鼓展演结束，掌声响彻整座广场。朱磊走到黎志身边，把话筒递给黎志。黎志接过话筒，走到广场的中间，对着秦贺他们深鞠一躬，汇报道："感谢秦书记百忙之中走进我们西明乡指导工作，也感谢苏老师对

村庄建设提出的宝贵建议。我们西明乡在各级领导的关怀关心下，一把扫帚扫开了我们西明乡尘封多年的大门。一路走来，干群的团结一心让西明乡面貌换了新颜。请领导放心，只要我们西明乡被列入市乡村振兴示范带，我们全体干群愿意不遗余力配合好工作。所有困难我们都能化解，也愿意在乡村振兴建设中成为排头兵。我代表西明乡所有干群，感谢市区领导对我们西明乡的关心和认可！"说完，黎志又深鞠一躬。身后的盘鼓声再次敲响。

"秦书记，我走过很多座村庄，今天走进西明乡，让我感触很深。这里的民风很质朴，能感受到干群之间的关系很好。一座村庄的发展，干部和群众关系处理好了，它就会发展非常快。我相信，这个地方下一步美丽乡村规划做好之后，不仅能成为我们市里的重点，它甚至能成为全国的亮点。"苏道听了黎志这番铿锵有力的话，信心百倍地对秦贺说。

"黎志这话可是话里有话呢，意思是在对我们说，一定要把西明乡纳入我们市里的乡村振兴示范带。"秦贺听出了黎志汇报的意思，对苏道笑着说。

"这几年，他们的确干得不错。"王冬也替黎志说话。

"正因为他们先干了工作，所以，这次市里的乡村振兴示范带才会考虑西明乡。这些年西明乡所有的成绩，市里都是知道的。"秦贺对王冬说。

"秦书记、苏老师，我们再去另外几座村庄看看吧。那几座村庄是在一条线上。"黎志走了过来，对秦贺和苏道说。

"好，今天既然来了，那我们就多看几个地方。"秦贺笑着回答黎志。

黎志把文林叫到身边，低声嘀咕了几句，文林答道："车已经开过来了，就在路口停着的，随时可以登车！"

"好！"黎志回答了文林，对秦贺说："要不我们上车吧，车已经在路口了！"

"行！"秦贺看看时间，回答黎志。

去路口的路上，路过林东他们的花生店，黎志在店门口停下，简短地介绍了基本情况，秦贺和苏道听了非常感兴趣，就走了进去。进到店里，几个年轻人正在忙碌，林东看到秦贺他们走进去，慌忙把花生端给秦贺和苏道品尝。苏道品尝之后说："这花生味道非常好！"

"我们当地传统老作坊炒制的，我们乡的花生还是农业农村部认定的原产地地理标志产品！"林东赶忙答道。

"这个好！"苏道听完林东的介绍，对秦贺说。

"这是村里几个年轻人做的。"黎志补充说。

"这就更好了，乡村建设的最终目的是什么？是鸟回来，人回来，年轻人愿意在乡村发展，这样乡村就活了。"苏道赞不绝口地回答黎志。

"谢谢领导夸赞。"听到苏道夸赞，林东美滋滋地回答。

"好好干，以后你们这美丽乡村建设起来，发展空间就更大了。"秦贺对林东他们鼓励说。秦贺说完，和林东又聊了几句回乡村创业的想法，就陪同苏道一起走出了店。他们边走边议论着乡村振兴年轻人的作用，月牙跟在队伍最后面。人都走了之后，月牙快速走进店里，对林东兴奋地说："东哥，好样的！"

"好了，赶紧忙你的吧，别一会儿跟不上队伍了。"林东佯装不耐烦地催促着月牙赶紧跟上队伍。

"好的，东哥。"说着，月牙抓了一小把花生米，笑着和林东再见，追赶队伍去了。

第七十一章　意外之喜

按照黎志的叮嘱，王时心在桃庄村焦急等待着。王力看看时间，已经中午十一点，王力问王时心："会不会领导他们不来了？"王时心看着远方的道路，来回踱步说："应该不会。"

"来了、来了！"村委一名干部手里拿着扫帚指着道路远方的几辆车激动地说。

顺着村干部扫帚指的方向，王时心和王力都朝远方眺望着。看到车辆从远处驶来，王力对围在一起的干部说："该忙什么忙什么，别围观！"

王力问身边的一名村干部："我的衣服合体不？"看着王力紧张的样子，王时心笑着说："王支书，看你这紧张的样子，放轻松点，没啥！"

"咋没啥？前几年别说是市领导了，区里领导都很难见到，这市里来的领导，咋说也得留个好印象。"王力说着低头看看自己的皮鞋，皮鞋上面满是尘土，左脚左侧处有一道划痕，划痕里藏满了土。王力问身边的干部："有纸巾没？我擦一下鞋子！"

"没有，王支书，平时你的鞋子不都是这样？"该干部摸摸身上的口袋对王力说。

"今天和平时不一样。"王力蹲下，用手擦着皮鞋上的泥土。

"好了，王支书，在村里工作哪有脚不沾泥土的，不沾土咋干事，你还想像城市里白领一样，一周不换鞋子都是干净的？"看王力对自己的着装要求太过严苛，王时心劝说王力。

"我们王支书指望着这次见了领导之后升官呢！"村民刘大壮拿着扫帚站在一边笑着嘲讽说。

"上一边去大壮，说不了的风凉话，我这一级，哪够得上市里领导升官啊？"王力听到刘大壮的冷嘲，索性鞋子也不擦了，站了起来，挺直腰板对刘大壮说。

王时心看了一眼站在一旁的刘大壮，小声问王力："收编了？"王力看了看刘大壮，回了王时心一个"嗯"字。能把刘大壮收编，也是孙贺退任前给王力支的最后一招。孙贺最后一次和王力谈话时，告诉王力，一定要和村里所有人搞好关系，特别是平时工作上的对立面，更要化解矛盾，只有这样村里各项工作才能顺利开展。听从了孙贺建议，正式当选桃庄村支部书记后，王力提着酒瓶去了刘大壮家。两个人用农村传统的老土法——拼酒，化解了之前所有矛盾。据听说，那天两个人喝了有三四斤白酒，刘大壮整整在家躺了两天才完全酒醒。后来，王力又提着东西去了刘大壮家一次，这一次，两个人敞开心扉，把之前对彼此的不满全部说了出来。从那之后，两个人的关系突飞猛进，刘大壮后来去林塬村新建的项目那干活，也是王力帮忙给找的。现在在村里，只要有谁说王力一个"不"字，刘大壮第一个站出来不答应。今天秦贺他们来，刚好是刘大壮歇班，听到王力说村里需要人手打扫卫生，刘大壮就扛着扫帚来了。

刘大壮看王力看了自己，摸着头问："我有啥好看的？"

"现在越看你越顺眼。"王力笑着答了句。

秦贺一行在黎志的陪同下，考察了王时心片区的三个村庄。考察结束，在林塬村委，苏道对身边跟随的陈倩说："今天考察这几个村庄，你晚上回去之后，拿出一个方案来！"

"好的。"陈倩把手中的平板合上回了句。

"秦书记，今天收获很大，这几个村庄下一步提升乡村振兴都没有问题，各有各的特色。"苏道站在林塬村对秦贺说。

"这么说来，回去之后我还得给领导汇报一下，本来就姜里村一个村庄，这又加上几个村庄，还得上会呢，这可不是我一个人说了算的。"秦贺笑着回道。

站在一旁的林自强听到秦贺说这句话，不解地问王时心："秦书记这话意思是不是我们村庄也纳入了市里的乡村振兴示范带！"

"我也不太清楚，听这话，好像这事有戏。"王时心低声回答林自强。

听到王时心的回复，虽然不是肯定，但此时林自强的心里却是十分地激动，两眼放光地看着秦贺。

此时已经中午十二点半，黎志和王冬挽留秦贺、苏道留在乡里吃个便饭，秦贺婉拒说："今天饭就不吃了，下午还要讨论今天考察的结果，等你们这乡村

旅游发展起来，到时候我们来吃群众做的小吃！"

"没问题！"黎志答应着。

"秦书记再见！"王冬挥手告别。

秦贺和苏道一行离开了。

王冬对身边随行的人员说："让车开过来，我们也走！"

"王书记，您可不能走，说什么您也得留下吃个饭。"黎志见王冬也要走，挽留着。

"饭呢，我就不吃了，现在回区里机关食堂还有饭，下午两点还有一个会要开。吃饭这些都是次要的，刚才秦书记说的话，你也听到了，你们把事情做好，比吃多少顿饭都要强。"王冬对黎志嘱咐说。

"王书记请放心，交给我们西明乡的工作，绝对不会让掉在地上，所有工作，一定一百零一分给区里交上满意的答卷！"黎志向王冬保证。

"一百分就可以了。"王冬见车已经来到，上车时又对黎志说："适当的也让他们歇歇，工作要干，但身体也是重要的！"王冬指指文林、王时心他们。

"收到！"黎志挥手和王冬告别。黎志明白王冬说的意思，早就听闻其他乡镇之间传闻说自己管得太严，西明乡干部都没有歇息的时候，都是白加黑、工作日加周末连轴转，干部之间怨言不断。或许这些话也传到了王冬的耳朵里，所以王冬今天才会给他提醒。

车开出好远，黎志才收回目光，问文林："文林，我们干部有多长时间没有过周六周日了？"

"差不多三个多月吧。"文林回答黎志。

"这么长时间？"黎志听到文林说有三个多月干部都没有休息过，自己也觉得时间有些长了。

"这样，今天周五，等下班的时候，你群里通知一下，让大家过个周末，在家里休息一下，陪陪家人。"黎志说道。

"谢谢书记！"文林还没回答，王时心听到这个消息，激动地说。

"我记得你孩子今年 5 岁吧？"看着王时心兴奋的表情，黎志关心地问。

"今年五岁了！"

"平时都是谁接送孩子？"

"我妈住在我家接送，孩子他爸单位也忙，有时候回到家，孩子都已经睡了。"王时心说这话的时候，话语里带着愧疚。

"都不容易啊，西明乡的父老乡亲会记住你们的。"黎志听了王时心的话，感慨地说了句。看到一旁站着的林自强，黎志问："小林，刚才秦书记说的都听到了吧？"

"听到了。"林自强激动地回答。

"有没有信心？"

"时刻准备着！"

"好，要的就是这句话。"黎志听着林自强坚定的语气，对文林说："如果全乡支部书记都能有这种做事果敢的劲头，你说什么事做不好？"

文林笑着回："林支书现在是我们全乡支部书记学习的榜样！"

"文林，你觉得市里最后讨论的结果会怎样？"黎志问文林。

"这个我也不好说，但是从今天秦书记他们考察过程中的表情来看，我觉得这几个村庄都纳入市里乡村振兴示范带应该是没有问题的。"文林接了句。

"嗯。"黎志回答着点点头，又对林自强说："好好干！"说着，黎志走向已经等待在一旁的车。

"书记，留下一起吃饭吧！"林自强见黎志要走，忙跟着过去说。

"不了，回去了。"说着，黎志便上了车离开了。

"文乡长，要不您和王主席留下一起吃顿便饭吧！"林自强又挽留着文林。

"不了，我们也回乡里，以后有的是机会。"说着，文林和王时心也一同离开了。

"你说今天市里考察满意不？"乡政府食堂里，朱磊吃着面条问刘文。

"我哪知道？"刘文只顾埋头吃饭。

"你说这会他们还没有回来，是不是在外面一起吃饭了？"朱磊看看时间，已经接近下午一点。

"这个问题我还是不知道。"刘文几筷子把面条扒拉完，站起身，随手把餐具洗了，拿着餐具走出厨房。

"你等等我啊！"朱磊见刘文走出厨房，端着面条也跟着刘文走了出去。边走边吃边问刘文："姜里村如果这次能纳入市里的乡村振兴示范带，你说这打

造的钱谁出啊？"

　　刘文停下脚步，看看朱磊，说了句："人家都说心宽体胖，你这天天操心不少，也没见你瘦下来！"

　　"我这不叫胖，叫大度。"朱磊回答。

　　正说着，看到文林和王时心一前一后地下车，朱磊把手里的面条递给刘文："你先帮我端一下，我一会儿再吃！"不等刘文回答，朱磊擦了一把嘴，走到文林的面前，试探地笑着问："文乡长，市里领导走了？"

　　"走了！"文林朝着食堂的方向边走边回答朱磊。

　　"那市里最后是怎么定的？"

　　"这个我也不清楚，秦书记只是说下午市里会开会讨论！"

　　"黎书记怎么没有一起回来？他是不是去市里开会了？"朱磊看看文林身后，见没有黎志的车，便问道。

　　"老朱啊，少操点心不累，你看人家几个片区，哪个片区像你这么累？"文林没有正面回答朱磊，走向食堂。

　　"没涉及他们片区的村庄，他们当然不问。"朱磊嘟囔着走到刘文身边，把面条又接了过来，看着文林的背影犹豫了一下，又端着面条走进食堂找文林去了。

　　乡医院里，黎志打完针从病床上起来，打针的医生嘱咐说："黎书记，你一定要注意好自己的身体，你这病得多休息！"

　　"好的，我知道了。"黎志笑着回了句，便朝乡政府走去。

第七十二章　河边的对话

快下班的时候，文林在乡政府微信群里发了一条周六周日休息通知，这条休息通知在乡政府院内沸腾了。下班时间一到，整座乡政府院内除了值班人员，其他干部开始纷纷往家赶。

朱磊临下班的时候走进刘文办公室，把半包茶叶放到刘文的桌子上："我这还有半袋茶给你！"

刘文从档案柜里拿出一份文件，看了一眼放在桌子上的茶袋，问朱磊："你这没事献殷勤，我这心里都毛得慌！"

"这有啥好毛的？咱俩关系好，你不是喜欢喝茶吗？我特意给你留的！"

"你可得了吧，有事说事，要没事，我这边还忙着的。"刘文把文件打开，仔细查找着自己想要找的内容。

"我今天一下班就要走，和媳妇约好了，晚上带着闺女去看场电影，都答应她几个月了，这不是刚周六周日休息吗！"朱磊说。

"你去看就去看，和我说什么？我又没拉着你？"刘文依然查找着资料，头也没抬地回朱磊。

"我是想……算了，我走了！"朱磊想说什么，还是没说出口，看看时间，给刘文丢下一句话，开门便离开了。

"这今天是犯了什么邪？"刘文见朱磊关门离去，看了一眼窗户上朱磊离去的身影，有些疑惑地说了句。刘文查找好资料，下班时间已经过十分钟。刘文把所有资料归类好，准备下楼回家，被张庆从背后叫住："老刘，等等我，让我搭个顺风车！"

刘文回头看了张庆一眼，说："庆哥，你这可不是顺风车，我家在区里，你家在市里，这风怎么吹都不顺风吧？你刚才怎么没有凑着老朱的车回家？平时不开车你不都是凑着他的车回家吗？"

张庆听到刘文提老朱，瞬间来气："别提了，本来是想坐他车来着，下班找他的时候，他已经一溜烟开车跑了。给他打电话，他说自己都已经到明港大道上了，说啥也不回来接！让我坐你的车！"

刘文回想刚才朱磊走进自己办公室种种可疑迹象，终于明白了朱磊送自己茶叶的原因。他最后想说但是没有说出口的话应该就是送张庆这件事了。刘文想起朱磊的套路，没好气地说了句："我就说老朱这人靠不住，果然是！"

"从市里回区里也近。"张庆紧跟着刘文，生怕一转眼刘文再溜了。

"是，也近。"刘文听着张庆不合逻辑的话语，也不想和他说太多，走到车旁，开了车门，让张庆上车。

"这多不好意思，还让你帮我开车门。"说话的工夫，张庆已经一头扎进了车里。

刘文上了车，看月牙还在乡政府院里，问月牙："好不容易过个周末，你这不回家看看？"

"一会儿就走。"月牙笑笑对刘文说。

"你准备怎么走？"刘文看院里已经没有车，只剩下一辆公车，但公车是平时给办公用的，月牙开着回家肯定是不可能的。

"我叫了一辆车，马上就来了！"月牙忙回答。

"好，那我走了！"说着，刘文驱车出了乡政府院。

张庆透过车后视镜，看着站在政府院内的月牙，对刘文八卦："你说这姑娘是图啥的？一年365天，她能330多天都在乡政府！"

"听她说家人都没在老家，都在外地工作。"刘文随口接了句。

"要我说啊，这姑娘就是傻，干得再多，不在编制里，到最后不还是啥都没有？明年他们这一批服务期满，到时候还得离开这。"张庆有些惋惜地对刘文说着。

"每个人有每个人的追求，你呀，就别管那么多了。"刘文没有兴趣和张庆讨论别人的八卦，回了句。

"你以后怎么打算的？"张庆问刘文。

"什么以后怎么打算？"刘文听到张庆莫名其妙的话语，回张庆。

"当然是下一步的发展啊？你和我不一样，我这一辈子就这样了，你还有

升职空间呢，你该不会一辈子就留在西明乡不走了吧？"

"这是领导考虑的事情，也不是该我考虑的，我做好我的工作。"刘文接了句。

张庆见刘文没心和自己探讨，也就不再讨论这个话题，和刘文闲聊起最近看到的一些热门新闻。

月牙叫车的工夫，林东打来一个电话说："月牙，我听我爸说你们周末休息，要不我们一起出去爬山吧！"

"我就不去了，也好久没回家了，我爸前几天回老家了，我回家看看。"月牙站在政府院内，看着门口焦急等待着。

"那你怎么回去的？有没有车？要不我和晨哥送你回去？"林东听到月牙说要回家，连着问了三个问题。

"不麻烦你和晨哥了，我已经叫车了！"

"咱们这关系，啥叫麻烦？你把车退了，我和晨哥我俩去送你，反正，我俩也没啥事！"林东回答。

"不了。"月牙再次拒绝，就在这时，一辆车停在了乡政府门口，月牙拿着手机小跑过去，看了一下车牌号，是自己叫的车，便对林东说："东哥，不和你说了，车已经来了，我走了！"

"到家来电话啊！"林东还没说完，月牙那边就挂了电话。电话挂断后，林东站在河边，失落地看着站在一旁的刘晨。刘晨问："怎么说？"

"车已经到了，她走了！"

"哦。"刘晨有些失落地回答。

林东看着远处的夕阳，几只鸟从夕阳处飞过，林东叹了一声气说："鸟，总要归巢的，你说，这平时经常在一起，忽然间人离开这西明乡，心里倒是空落落的！"

"你这心也真够大的，我记得刘艺走的时候，你也是这么说的，心里装的人还真不少。"刘晨听到林东说心里空落落的，捡起河岸上的一块石头投入水里。

"这不一样，晨哥，我问你个问题，你要正面地回答我，不能躲避。"林东忽然间认真起来问刘晨。

"什么事？说吧，能回答的肯定回答！"

"你告诉我，你是不是喜欢月牙？"林东用狡黠的眼神紧盯着刘晨。

"你别胡说，我怎么可能喜欢她呢？"刘晨听到林东问这个问题，眼神躲闪地说。

"看看，看看，我就说嘛，你一定喜欢她，你只要说谎，你的眼神就来回地看。"林东看着刘晨躲闪的眼神，指着刘晨笑着说。

"我躲闪什么了？"刘晨眼睛盯着林东。

"我说刘晨喜欢月牙，刘晨喜欢月牙。"林东看着刘晨的眼睛重复了两遍，刘晨眼睛盯着林东没有十秒，由于心乱，眼神还是飘了。

"喜欢就喜欢呗，又没人和你争，是自己的就要去争取，不要等以后失去了再后悔。"林东也随手捡起一块扁一些的瓦片投入河里，瓦片在水面上打了几个水漂后沉入河底。

"你对月牙什么感觉？"本来刘晨也想找个机会和林东聊聊月牙，刚好今天林东聊到了这，刘晨鼓足勇气，看着河对岸行驶过的一辆农用拖拉机问林东。

"我？"林东指指自己，笑笑，"晨哥，你该不会以为我喜欢她吧，这玩笑可不能乱开，我对她的感情……"林东想了一下，接着说，"我和她之间不可能，我对她就像是对你一样的感觉！"

"你对我是什么感觉？"刘晨被林东这么一说，就更迷糊了。

"这种感觉就像是亲人，但又不是亲人，不是亲人吧，如果你有什么事情，我一定会第一时间站出来的那种感情，你懂吗？"林东把自己的胳膊搭在刘晨的肩上，看着远处赶着羊路过的村民说。

"和月牙你也会这样？"刘晨指指搭在自己肩上的林东胳膊，问道。

"和她肯定不会的，毕竟是男女有别嘛。但是，你放心，只要是晨哥你喜欢的女孩，我林东绝对不会有任何的非分之想，更何况是月牙。从一开始，我对她都没有那种感觉。刚开始我俩认识，我只是觉得这个女孩有些倔强，感觉挺有意思的，就把她强硬地加入我们的'三农'调研组，后来的故事你都知道了。"林东把胳膊从刘晨肩上放下，对刘晨敞开心扉地说。

"哦。"刘晨听林东说完，若有所思地接了一句。

"你这语气不对啊晨哥，你应该表现出很高兴的样子，就像我这样。"林东

两手把自己的嘴角扒拉着往上提。

"我俩之间不可能。"刘晨又扔到河里一块石头。

"你不试试怎么知道不可能啊？你这感情上怎么这么磨磨叽叽的？"林东见刘晨懈怠，有些急了。

"她不属于这里，她的志向也不在这里，这里只是她人生中的一段小插曲，她的未来不是这片天空。"刘晨看着天空中路过的飞鸟，感慨地说。

"属不属于这里，你应该试试，万一她愿意为了你留下呢？"林东说。

"这事不要再提了，回家吧。"刘晨不再和林东探讨，转身朝家走去，林东跟在刘晨后面，依然极力地劝说着刘晨。此时，夕阳已经落下了地平线，夜幕逐渐拉开。

第七十三章　回不去的故乡

一个多小时的路程，月牙到了家。月牙站在家门前，看着大门，长吸了一口气。门口那棵老槐树上的叶子，仅剩零星几片挂在树上。

"月牙回来了？"村里的张婶从门口路过，看到月牙，打着招呼。

"回来了，张婶。"月牙回答了一句。回答后，月牙就走进了那扇大门。进了院子，看到父亲郑铁树正在做饭，月牙走过去叫了一声："爸！"郑铁树抬头看到月牙，放下手中的锅铲，手在围裙上擦了擦，对月牙说："你怎么这个时候回来了，回来也不提前说一声！"

"乡里放假两天，我回来看看。"月牙答应着，把随身带的一个提包放进自己的卧室。来到厨房，从铁树手里接过锅铲，边炒菜边问："哥和嫂子呢？"

"他们去你嫂子家了，今天应该不回来了。"铁树回了一句。

"哦！"月牙把菜从锅里盛到盘子里，端到客厅的桌子上，铁树把已经馏好的馒头也端进屋。看到桌子上只有一个菜和一盘花生米，对月牙说："要不，我再炒一个菜吧，你回来也不提前说一声，要是提前说，我多准备一些菜！"

"爸，不用忙，我在乡里吃过饭回来的。"月牙怕铁树再麻烦，撒谎说。

"你这孩子，都回家来了，还吃了饭再回来，怕家里不管你饭啊？"铁树责备着月牙，坐在了凳子上。

铁树从锅里拿出一个馒头递给月牙："吃过了也再吃些，坐一路车了，也该饿了！"

月牙接过铁树递给的馒头，掰成两半，另一半放进了锅里。

"工作咋样啊？"铁树边吃饭边问月牙。

"挺好的，乡里领导都挺照顾我的。"月牙边吃边回答。

"当时不让你去乡里，你就是拗，非得去，让你考正式的编制，你也不考，以后啥打算？"

"现在还没考虑好，走一步算一步吧！"

"你都多大了，还走一步算一步。你看看村里，和你一样大的，都结婚了，人家孩子都有了，他们不在你面前说闲话，但在我面前可没少说。"月牙的婚事一直是郑铁树最牵挂的事，想想月牙今年已经二十六七，在城市不结婚倒也没什么，但是，在村里，已经称得上大龄青年了。每次郑铁树和月牙说相亲的事，都被月牙给拒绝了，郑铁树心里窝火，但也无可奈何。

"他们都说了什么，下次他们在你面前再说，您让他们到我面前来说。"月牙满不在乎地回答。

"说也都是为了你好，我听村里刘婶说，她家孩子在大城市开出租也挺挣钱的，要不你这边也在城市开出租车吧，这总比一天天在乡下干强。"郑铁树劝说月牙。

"爸，你说这干啥呢？乡里我干得好好的，再说了，我们现在做的，市里领导都给我们点赞了。"月牙听到郑铁树规划着自己未来的人生，情绪激动了起来。

"本来想着你哥没考上大学，你考上大学也是给家里争光了。当年供你上大学，就是想让你走出农村，你自己又跑回到村里工作。年龄这么大也不结婚，你就不怕别人在背后戳你脊梁骨？"郑铁树见月牙情绪激动，言语更加激烈地训斥月牙。

"爸，我已经大了，不是小孩了，将来路要往哪走，我自己心里有数。"月牙生怕郑铁树发火，只好强压心中的委屈，平静地回郑铁树的话。

郑铁树倒了一小杯白酒，喝了之后，吃了几粒花生米说："你也大了，自己的事情考虑清楚，我只是说说，具体你以后怎么走，那是你自己的事情，别以后后悔就行！"

"嗯。"月牙答应着。

两个人吃了饭，月牙把碗刷好后，走进客厅，见郑铁树在看电视，对郑铁树说了句："爸，你早些休息，我先睡了！"

郑铁树没有回答，也许是没有听到月牙的话，也或许不想和月牙说太多。月牙见郑铁树没有回答，走进了自己的房间关上门。郑铁树回头看了一眼月牙的房门，叹了一口气。

躺在床上，月牙回想着刚才和郑铁树的聊天。从郑铁树的话里，月牙能够感受到郑铁树心里的压力。就像郑铁树说的那样，或许，别人不会在月牙面前说些什么，但是，月牙这么大还没有出嫁，难免别人不会背后说闲话。月牙想到见到郑铁树的第一眼，他的两鬓已经有了白发，脸上的皱纹更加多了，现在的郑铁树再也不是月牙小时候心中那个无所不能的大侠了。想到这里，月牙的眼睛有些酸涩，想起刚才和郑铁树的顶嘴，月牙又从床上爬了起来。打开房门，走到客厅想和郑铁树再聊会儿天。谁知，郑铁树不知什么时候已经关了电视，回房休息了。月牙只好再次回到房间，躺下了。这个时候，刘晨给月牙发了一条微信，问月牙到了没？月牙回了句："到了！已经吃了饭躺在床上了！"

刘晨躺在床上，看着月牙回复的信息，犹豫着回什么，打出一行字删掉再打，往复三四次，刘晨才发出一条："到了就好，早点休息，晚安！"月牙看到这条信息，回了句："好的，晚安，晨哥！"回复后，月牙翻看自己和刘晨的聊天记录，虽然有时候微信聊得不多，但每天晚上，刘晨都会给月牙发一条信息说"晚安"。月牙把手机放到床头，脑海中浮现出刘晨的模样。在月牙心里，隐约能感觉到刘晨对自己的不同，但刘晨没有和月牙提过，月牙也没想太多，生怕是自己自作多情曲解了刘晨对自己的感情。

第二天，天刚亮，月牙起床走进厨房做早餐。郑铁树起床的时候，月牙已经把饭做好，看到桌子上的饭菜，郑铁树问月牙："几点起的？"月牙边摆着筷子边说："也是刚起，赶紧洗洗吃饭吧！"月牙已经忘了是从什么时候开始，自己和郑铁树之间的对话变得有些陌生，开始像一个大人一样和郑铁树平等地对话了。想起小时候，自己有时候犯错，郑铁树气不过拿起扫帚打自己，仿佛就是昨日，但的确已经过去了二十多年。

吃早饭的时候，月牙似无意地对郑铁树说："爸，结婚的事，我会认真考虑的，争取早些给你带回来一个女婿！"

"嗯。"郑铁树这句"嗯"字，让月牙迷惑了。本来月牙心里想着昨天顶撞了郑铁树，今天说些郑铁树爱听的，让郑铁树高兴一下，没想到郑铁树会是这样的反应。

也许，郑铁树猜到了月牙想让他说些什么，郑铁树边吃边又说了句："你现在也长大了，自己做什么事情考虑好就好！"

　　"明白。"月牙回答郑铁树，接着月牙想了一下，又对郑铁树说，"前一段时间我回我妈那儿去了一趟！"月牙自从被郑铁树从母亲刘英那带走，从小到大，月牙没有去过刘英那一次，也没有在郑铁树面前提过刘英一次，她生怕郑铁树听到自己提母亲心里会难受。所以，从来不提。即使小时候，偶尔郑铁树问月牙想不想母亲时，月牙也是头摇得跟拨浪鼓一样地回答："不想！"之所以这次会主动对郑铁树说自己去了刘英那，她不想日后被郑铁树知道自己去了刘英那而没告诉他，让他多想。

　　郑铁树听到月牙提刘英，筷子停了一下，而后面部很平淡地说："那是你妈，你应该去看她的！"

　　"不是为了看她，而是回去办一些事情。"月牙说。

　　"哦，事情办好了吗？"

　　"已经办好了！"

　　"办好就好。"郑铁树喝了一口汤说，把碗放下后，拿起筷子边夹菜边问月牙，"你妈现在过得还好吧？"

　　"不是太好，整个人特别消瘦。"月牙想起见到刘英时的场景。刘英瘦小的身体看上去弱不禁风，瘦骨嶙峋的双手正提着一桶猪食喂猪。看到月牙第一眼，刘英先是愣了一下，随后，把桶放下，问月牙："你怎么回来了？"直到现在，月牙都忘不了，时隔二十多年，刘英看到她时那种眼神，没有激动，也没有惊喜，而是一种说不出的情感在眼睛里。

　　"她一辈子也不容易。"郑铁树听到月牙说刘英瘦小，感慨地回了一句。

　　关于刘英的话题，月牙也没有继续往下聊。郑铁树回答后，月牙就把话题岔开了，对郑铁树讲起在乡里他们做了什么事，讲自己在西明乡的所见所闻。讲西明乡的时候，月牙的言语里充满骄傲，似乎自己就是西明乡的一名村民。讲完，提到自己的村庄，月牙的言语略有些失落地说："如果我们村庄也能像西明乡那样多好！"郑铁树没有答话，此时，郑铁树已经吃好站了起来，对月牙说："我去你刘叔家坐坐，过几天，我和你哥我们也要走了！"

　　郑铁树离开家门后，月牙走进郑铁树的房间，看看房间内由于长时间不住人有些潮湿，墙上的墙皮有些脱落，走到床前，看郑铁树床上铺的床单有些脏了，月牙抽下来洗了。

　　在家两天，月牙只去了小时候玩得较好的陈露婆家一趟。到陈露婆家时，陈露大儿子正在和村里的同龄孩子玩耍，陈露怀里抱着四五月大的婴儿晒着太阳，见到月牙，陈露惊喜地迎出门。两个人聊天过程中，陈露也是劝月牙赶紧成家，不然再大些都不好嫁了。月牙没有反驳，笑着答应着。从陈露家离开的时候，陈露执意要留月牙吃饭，月牙拒绝了。从陈露家回来，月牙就再也没有出过家门，在家里陪哥哥郑柱家的孩子玩了两天。周日下午，月牙早早就回乡里了，因为，她看到群里发的通知，从周一开始，西渠要集中整治了。

第七十四章　热火朝天

进入寒冬的西明乡，树木已经萧条，田野里放眼望去，每年这个时候，不知从哪里飞来的候鸟，成千上万只在空旷的田野里寻找着吃食。周一早上的晨雾还没有散去，西渠上已经有人影在晃动，浓雾里，时不时传来喧嚷声。此时西明乡的乡政府院内，人员开始陆续地朝西渠出发。月牙在干部中着急寻找着王时心的身影，找了一圈没有看到，月牙给王时心打了电话，当听到王时心电话里说已经到渠上了，本来准备跟着王时心一同去渠上的月牙挂了电话，准备自己开车去。

车发动的一瞬间，月牙看到了朱磊，急忙把车熄火，拦在了朱磊的车前说："朱乡长，你去哪里？"

朱磊把车窗摇下来，回道："去渠上！"

月牙看了一下车内，只有三人，月牙说："我也去渠上，我坐您的车吧，我的车油已经亮红灯了，我怕到不了渠上！"

"上车吧。"听月牙这么一说，朱磊招呼着月牙上车。上了车，朱磊问月牙："你又没有任务，去渠上干吗？"

"拍些照片，宣传办的刘姐请假了，让我帮忙拍一些照片传给她，她这边做报道用。"月牙回朱磊。

听到月牙说要去渠上拍照片做宣传，朱磊笑着对月牙说："一会儿给我们片区多拍些，我们今天来了好多人！"

"没问题！"月牙爽快地答应着。

朱磊对坐在车后排的姜里村支部书记常平说道："常支书，你们村今天去了多少人？"

"有三四十人吧。"常平回答。

"这人数根本不行，你赶紧通知你们村委干部，再让从村里找些人，这评

比中，人数是一大项。"朱磊听到常平说只有三四十人，有些暴躁地说。

"现在人估计都已经到渠上了，村干部也跟着去，这会儿找人不好找啊。"常平犯难了。

朱磊紧紧握着方向盘，看着前方，对常平说："现在别的片区片长这会儿估计早都到渠上了。如果不是处理你们村内的事，这会儿，我也该在渠上。咱们片区，其他几个村庄去了多少人到现在我还不知道，就知道你这一个，去的人还这么少，如果都像你们村委，这次我们片区还不得垫底？"此时朱磊的心里七上八下，越想心里越没底，朱磊猛打方向盘，把车停到了路边，下车走到后座，对常平说："你去开，我问一下其他几个村委！"

换了司机，朱磊坐在后排，先是在他们片区群里发了一条信息，问到了多少人，但只见村委干部往群里发正在干活的照片，没有人回复人数。朱磊心急地挨个给所包片区的村委支书打电话，一通电话打下来，朱磊的心稍微平定了一些。除了姜里村，其他几个村委的人数都在百人之上。按照平时片区之间的支援人数，百人之上已经是不少了。现在朱磊心里最担心的就是梁田。梁田组织群众的能力，朱磊还是知道的。如果梁田这次下了血本要和自己争第一，那么梁田片区最低每个村委得150人，想到这，朱磊心里更急了，对常平说："加点速度，别我们到了，人家都结束了！"

常平此时也不敢多说话，默默加了速度，他已经明显感觉到朱磊的着急。如果不是因为村内一个群众上访到乡里，朱磊为了解决这件事情耽误了时间，朱磊肯定比其他片区任何一个片长都要到得早。

来到渠上，不等常平把车停稳，朱磊就急忙下车。看到眼前干涸的渠里密密麻麻的人，朱磊震惊了，他以为这是梁田片区包的河段，谁知，往前一看，刘文正拿着铁锹和干群一起干。朱磊走过去和刘文打了一个招呼："老刘，你们片区这人数可不少啊？这是奔着第一来的啊！"

刘文脚踩着铁锹，抬起头看了看朱磊说："你这是视察工作呢？"

朱磊此时也没心情和刘文开玩笑，问刘文："你知道梁乡长片区来了多少人不？"

刘文看看远方，河道里都是人，已经分不清哪是哪的片区，便对朱磊说："不知道，但是应该人不少。要不从我们片区开始，你数数，反正你们片区是在

河段的最后一段，数到你们那，你心里也有数了！"

"数到我们那也天黑了。"朱磊丢下这句话，招呼上常平着急地朝自己片区所包河段走过去。

"朱乡长，我就不和你们一起往前走了，我开始工作了。"月牙和朱磊道别。

"我在我们片区等你。"说着，朱磊迈着大步伐向前走。

一路上，朱磊经过每一个片区，都会打个招呼，顺路看一看大概他们到的人数有多少。经过和自己片区挨着的梁田片区，朱磊看着眼前的河段，心猛地揪了一下，倒不是梁田他们所包河段的人数震惊住了朱磊，而是梁田河段上有三口大锅在河堤上特别显眼。这架势，明显是中午不回去吃饭，在河堤上吃了接着干。朱磊指指大锅，对常平说："看到了没？"

常平看看大锅，回了句："看到了！"他不知道朱磊想表达什么意思，只好答了一句。

"现在你想办法弄几口过来，我们中午也不回去吃饭，也在河堤上把锅支起来，梁田他们有三口，我们要四口。"朱磊置气地说。

"如果我们没那么多人，要这么多锅干吗？"常平话都没过脑，直接说了出来。

"如果人没这么多，你们村庄全部兜底去找人，如果不是解决你们村庄的事，我早到这，这些东西我会不提前准备？"本来心里就有一肚子气，再听到常平这么说，朱磊的气更大了。

"好，我想办法。"常平看着生气的朱磊，赶紧答应着。

"朱乡长，这是你们河段清理完了，来我们这指导工作了？"朱磊身后传来了熟悉的声音，朱磊回头看去，梁田卷起裤管，脚上和身上满是泥，手里拿着铁锹站在身后。朱磊给梁田竖起一个大拇指，冷嘲热讽地说："梁乡长，你这精神值得我们全乡干部来学习，这才是脚沾泥土的好干部！"

"好了，你也别给我戴高帽子，你这一路走来，他们的人数怎么样？"梁田向朱磊打听着其他片区的情况。

朱磊本想对梁田说实话，但眼珠一转，对梁田诡异地笑着说："这样，中午咱们拼锅，我们的人在你们锅里吃饭，我就告诉你他们片区的战况！"

听了朱磊这么说，梁田笑着指指朱磊说："老朱，你这脑子比谁转得都快

啊！这锅就在这，随便来吃，中午我们是大锅熬菜，还是猪肉炖白菜！"

"猪肉炖白菜"五个字梁田说得抑扬顿挫，暗指朱磊。

"好，等中午吃饭的时候我们就来了。"朱磊也不生气，笑着回梁田。说完，和常平朝前继续走去，再往前就是他的片区了。朱磊看着河段里干得热火朝天的村民，大冬天的，有的光着脚丫，有的撸起袖子，还有的直接脱了外套，只穿一件衬衣在河道里干着。看着眼前这一幕幕，朱磊问常平："这样的场景你见过没？"

常平看着河道里干活的村民，回朱磊："这场景，小时候听我父亲说过，他们那个时候挣工分养活家里老小！"

"分、分、分，我看啊，早晚我这条命要折到这分上。"朱磊看着河道里，感慨地说。

朱磊走到自己的片区，看着河道里也是密密麻麻的人，心里找回了一些平衡，对常平高兴地说："这样，你也不用干了，按照我刚才说的，现在去找锅，多打些肉回来，我们锅里的肉一定要比梁乡长他们锅里的肉多！"

"好的。"常平答着。说话的工夫，朱磊已经走下了河道，走到正在指挥挖掘机的林自强身边，朱磊问："这机械不错，给力！"

"朱乡长好。"林自强回头看到朱磊，打了声招呼。

"这机械是租的还是？"朱磊问。

"是我朋友的，免费的，到时候我给它加些油就可以。"林自强回答。

"不错。"朱磊拍拍林自强的肩膀，像忽然间想起了什么，问林自强："刚才黎书记和文乡长来没？"

"来了，刚走有十分钟！"林自强指指河道的另一侧告诉朱磊，黎志他们离去的方向。

"我说刚才从那边来的时候，怎么没有碰到他们，他们说什么没有？"朱磊忙问。

"没有，只是看看，督导组的人跟着的，数了数人数就走了。"林自强回答。

"哦，干活吧。"听了林自强这么说，朱磊不再问什么，拿过身边一个年龄看上去六十多岁的老人手里的铁锹说："歇一下，我来干！"

黎志、文林两人和督导组组长周开顺一路走一路聊着。

"文林，你看到没有，这就是我们的人民群众啊！"黎志和文林在河堤上走着，看着河道里热火朝天干活的村民，黎志难掩激动地说。

"是啊，一路走来，每个片区都是密密麻麻的人，这次组织很到位。"文林也感慨地说了句。

"组织是一方面，另一方面也反映了一个问题，干部这几年没少在村里做实事，如果没有前期他们俯下身为群众服务，怎么会有今天这样的场景？"

"是的，这几年我们西明乡的发展，群众出大力了。"文林说着。

就在两个人聊着的时候，一个看上去有七十多岁的老人蹬着一辆三轮车迎面而来，虽然是寒冬腊月，但老人的脸上却流着汗。

第七十五章　不愿掉队的老人

　　老人在黎志和文林的一旁找了一处空旷的地方，把车停下，停下后，老人小心翼翼地拿起车上的铁铲，走路有些跛地站在河堤上喊了句："王力在哪？"这老人不是别人，正是王力的父亲王忠田。本来黎志和文林准备到下一个河段看看，见老人怒不可遏，两个人脚步停留了一下。

　　正在河道里卷着裤管清理河道杂草的刘大壮听到了王忠田的大喊，看着站在河堤上的王忠田，走到正在指挥拉杂草车辆的王力身边，大声地说："叔来了！"

　　"在哪？"王力猛地一惊问。

　　"河堤上。"刘大壮指了指站在河堤上的王忠田。此时，王忠田依然在河堤上喊着王力的名字。看向王忠田的同时，王力也看到了站在河堤上的黎志和文林，对刘大壮说了句："你负责指挥一下倒车，乡里领导也来了。"说着，王力就匆忙地朝河堤上跑去。

　　跑到河堤上，王力先到王忠田的身边低声说了句："爸，有啥事咱们回去说，书记和乡长在这站着呢！"

　　也许是由于现场的嘈杂，王忠田没有听到王力最后说的那句"书记和乡长还在这站着的"，也或许王忠田此时心里的怒火按捺不住，直接对着王力吼道："翅膀硬了不是，劝我多穿件衣服的工夫，竟然偷偷带着队伍跑来了？你是嫌弃你爹这把老骨头不能动了？"

　　"不是的，爸，你不是……"王力看着眼前生气的王忠田，想要通过解释平息王忠田心中的怒火，此时，黎志和文林已经来到了王力的面前。

　　"书记好！文乡长好！"王力急忙问候了句。

　　因为之前见过黎志和文林，还和黎志文林说过话，王忠田也顾不上给黎志和文林打招呼，拉着黎志的手就让给自己评理："书记，你来评评这个理，我来

渠上，他不让来，把我一个人扔到家里，我只能蹬着这个三轮车自己再过来，从我们那到这十几里路的！"

"爸。"王力见王忠田拉着黎志的手让评理，喊了一句爸，就不知道再该说什么了。

"老大哥，你先平息一下火气，孩子不让你来，也是为了你着想，你要理解孩子。"黎志紧握着王忠田的手说。

"我的年龄？您看看这下面有多少和我年龄是一样的？这小子就是怕我来给他添麻烦，所以才不带我来的。"王忠田指指河道里许多上了年龄的老人，说道。

"爸，你就不要添乱了，天气一冷，你的腿就痛风，看你这几天走路都是跛着脚，所以我才不让你来的。"王力只好说了实话。

"我跛脚怎么了？不耽误干活，就你小子有孝心？"王力说的话，王忠田丝毫不领情。说完，王忠田又指指河道里和自己同龄的老人说："老张哥他们年龄和我一样，都来了，我作为干部家属不来，这让他们怎么想？"

"爸，没有这个意思。"王力着急解释着。

经王力这么一争执，黎志和文林已经明白了事情的来龙去脉。黎志紧握着王忠田的手说："您有这份心，我代表乡党委表示感谢，但是也要照顾好身体，没有一个好的身体，怎么能更好地干活？"

"书记，我这腿没事，就是老毛病了，天一暖和就好了，庄稼人，这不算啥。"王忠田答着。

"这样，王支书，既然老主任来了，有这份心，你就给老主任安排些活。"文林见眼前执拗的王忠田，对王力大声说。说完，文林又把王力拉到一边低声地说："老爷子腿痛风，别真安排体力活！"听了文林的话，王力点点头。

来到王忠田身边，王力无奈地说："爸，这样，你年轻的时候开车在行，您一会儿帮忙指挥一下车辆！"

"这还差不多，你要是早有这种觉悟，我至于再跑一趟吗？"听到王力这样的答复，王忠田才满意。

"那行，既然问题解决了，我和文林去下个片区看看，老大哥也要照顾好身体啊！"黎志再次握住王忠田的手说。

"放心吧，我身体硬朗着呢！"王忠田答着。

告别了王忠田，黎志和文林继续朝前走去。想起刚才的事，黎志感慨地对文林说："文林啊，看看我们西明乡的村民，我们如果不好好干，怎么对得起这么好的村民！"

"是的，这几年，西明乡的村民和我们一起托起了西明乡的天，创造了现在的西明乡！"

"群众工作大于天，你把群众放在心里，群众就会把你举过头顶，这句话不只是说说。清淤也是民心工程，这条西渠也该是时候通水了。"黎志看着面前延伸到远方的西渠说道。

月牙拿着相机走在西渠上。到了朱磊片区，朱磊老远就看到了月牙，站在河堤的另一岸，扯着嗓子对月牙说："给我们片区多拍些照！"

"好的，朱乡长！"月牙答应着。

正在朱磊一旁干活的沈苹听到朱磊吆喝，看看月牙，笑着对朱磊说："朱乡长，一会儿让那姑娘来给我们几个拍张照，我们也留个纪念。"沈苹指指自己身边的老人。

"好，我这就叫她过来。"提到沈苹的提议，朱磊对月牙再次吆喝："月牙，来这边，给咱们夕阳红老人拍几张照片！"

"好嘞！"月牙答应着，拿着相机从河对岸穿过河底一路小跑地来到了朱磊面前。

看到沈苹，月牙惊讶地问："沈阿姨，您不是身体不舒服住院了吗？怎么您也来了？"

沈苹住院，月牙还是在一次片区会议上听梁田说的。当时，乡里让报感动全乡的感动人物，朱磊推荐了沈苹，原因是，原本在城市跟着儿子生活无忧的沈苹听到家乡在建设，义无反顾回到家乡，加入夕阳红志愿服务队。即使后来身体被查出了癌症，住了院，只要是身体稍微好转，沈苹就偷偷从医院溜回来，继续干活。

"没事，我这不是好了吗？"沈苹苍白的脸上挂着笑容回月牙。

"从村里来的时候，大家都劝她不让她来，让她在家休息，她就是不肯，执意要来。"尹木村支部书记张放对月牙说。

"张支书，我这身体好着呢，身体会越来越好，书记说，以后我们这发展旅游，我还要看着我们西明乡成为旅游乡镇呢！"沈苹跟没事人一样笑着对张放说。

看着面前的沈苹，月牙心里很不是滋味。月牙不知道是什么支撑着沈苹即使患有癌症，还能这样硬扛着工作。虽然家人都对沈苹隐瞒了她的病情，只是说普通的病，需要长期治疗，但月牙偶尔从尹木村路过，看到沈苹一个人在守护的树林那里散步，似乎沈苹是知道自己病情的。或许正是因为如此，沈苹才会更加珍惜这每一寸时光。

想到这里，月牙眼睛酸涩地举起相机，对沈苹说："沈阿姨，看这里！"看到月牙举起相机，沈苹整理一下自己的衣领，手里拿着铁锹对着镜头笑笑。按下快门键，月牙把照片拿给沈苹看，沈苹看到相机里自己的照片，说了句："还真的是老了呢！"

"不老，您还年轻着呢，书记不是说了吗？我们每个人都要活到一百二十岁。"朱磊站在一旁，或许是担心沈苹伤感，接了句。

"对、对，我们每个人都要活到一百二十岁。"沈苹对身边的老人笑着说。

看着面前开朗的沈苹，月牙又给尹木村夕阳红老人拍了一组照片。拍完之后，月牙和朱磊告别，就匆匆地追赶黎志和文林的脚步去了。

月牙走后，朱磊看看时间，已经将近十二点，又看看旁边的大锅，锅内熬菜的香味已经飘了出来。朱磊召集负责的片区所有的支部书记来到面前，对他们要求说："西渠这一仗，我们必须争第一，所以，一会儿吃饭，我们集中在河堤上吃，吃了之后，休息半个小时，我们继续干！"

"没问题。"所有支部书记响亮地回答着。和朱磊片区紧挨的梁田看到朱磊这边把所有支部书记召集到了一起，也在自己片区吆喝了一句："所有支部书记集合一下！"

梁田话音一落，所有支部书记集中到了他的面前。梁田指指朱磊的河段说："我们有没有信心把我们河段打造得比朱乡长他们片区标准高，时间快？"

"这您就放心吧，梁乡长，一定没问题，看看我们的队伍。"赵福指指身后的队伍对梁田保证说。

林塬村支部书记林自强听了赵福的话，笑笑没有吱声。

"自强，你们有没有问题？"梁田刻意点了林自强的名字。

"您怎么指挥，我们怎么干，听党指挥，能打胜仗。"林自强回梁田。

"好，那我们就撸起袖子加油干，不拿第一誓不休！"梁田给大家鼓舞着士气。

"大家先不干了，休息一下，开饭了。"朱磊那边站在河堤上大声地吆喝着，吆喝的同时，还不忘看梁田一眼，似乎在挑衅。

梁田看看朱磊，问负责做饭的赵福："我们什么时间可以开饭？"

赵福看着一旁刚下锅的菜，对梁田说："大概还得十分钟！"

"加快些速度，我们也要赶紧开饭！战场上就是要分秒必争的！"梁田说着，笑着走向朱磊。

第七十六章　西渠上的故事

梁田走到朱磊片区大锅前，看着正在给村民盛饭的朱磊，又看了看锅里，几乎全是肉片，梁田酸酸地笑着话里有话地说："老朱，你这伙食可以啊，猪肉真多！"说完，还不忘给朱磊竖起一个大拇指。

"要不你也来一碗？你们那边反正也没开饭呢，先尝尝我们的。"朱磊边盛饭边对梁田说着。

"我们也快，马上开饭！"梁田看看自己片区，做饭的村民正拿着大勺搅拌着锅里。

"不是现在还吃不上吗？"

"不了，肉太多，我怕消化不好。"梁田看看锅里，闻着香味，咽了一口口水。

"你不吃，我可就吃了。"说着，朱磊把勺子递给张放，自己端了一碗，拿起两个馒头津津有味地吃了起来，边吃边对梁田说，"你们片区准备多长时间干完啊？"

"你们呢？"听到朱磊打探军情，梁田警惕地说。

看着神情紧张的梁田，朱磊大吃了一口菜，边嚼边说："别那么紧张，我只是随口问问，我们准备三天把这活拿下！"

"三天？"梁田听到朱磊说三天，有些不敢相信地重复了一句。因为在会议上，乡党委考虑着工程量，给各个片区一周的时间让拿下。梁田原本是计划用五天的时间拿下，他没想到朱磊会说三天。

"梁乡长是觉得三天时间太长？"朱磊笑着问梁田。

"老朱，慢点吃，可别撑着了，我们那边饭做好了，我先回去了。"梁田话里的"慢点吃，可别撑着了"有两层意思，第一层意思是告诉朱磊，吃饭慢点，别噎着；第二层意思就是活干慢点，别累着。说着，梁田加快脚步走回自己的片区。

一旁的张放听到朱磊说三天，问了句："朱乡长，就我们这工程量，三天时间肯定是完不成的！"

"谁说要三天完成了？"朱磊看着离去的梁田，诡异地笑笑。

"刚才你不是和梁乡长说……"

"和他说是和他说，我们自己干是我们自己干。你看他刚才来那气势，雄赳赳气昂昂的，我不打压他的气势，他还以为我们片区是吃素的。"朱磊看着梁田离去的方向，夹进嘴里一大块肉。

回到自己片区，梁田思考着问一向稳重的林自强说："你觉得我们这河段最快能多长时间完成？"

"最少也得五天吧。"林自强坐在河堤上，看看河段，回梁田。

"有没有三天的可能性？"梁田说。

"三天？"赵福看着梁田，笑笑回答："除非是所有人不吃不睡，每个村委上二百人，白加黑干才能三天完成！"

听了林自强这么说，梁田的心这才放到肚子里，嘴里嘟囔了一句："这狡猾的老朱！差一点被他要了！"

"什么？"林自强听到梁田自言自语一句话，疑惑地问梁田。

"没事，赶紧吃饭。"梁田笑着指指锅。

饭做好了，赵福给梁田盛了一碗，梁田端着饭，看了看碗里，明显要比朱磊他们片区的肉少，梁田对赵福意味深长地说："大家一大早来了，一干一上午，一定要吃好，明天做饭，肉一定要多放些，吃不好怎么能干好？如果不知道肉量具体放多少，你可以去看看他们片区的。"说完，看着远处的朱磊。

"好的，梁乡长。"赵福回答着。本来锅里的肉是不少的，梁田一说让赵福去看朱磊片区的大锅熬菜，赵福瞬间明白了梁田的意思。心里暗自叫苦："你们两个片区片长之间争斗，为啥要伤及我们这些无辜啊？"

这边朱磊和梁田神仙打架，刘文、王时心和曹亮那边的三个片区一商量，统一意见，给干活的村民定了盒饭，有菜有汤。中午吃饭的时候，三个片区的片长还一起坐在了河堤上，边吃边聊。

"你说老朱和老梁他们这得斗到什么时候？"看着整个河段的曹亮，吃着饭问刘文。

刘文笑笑回答曹亮："他们两个要不斗，反而是不正常了，如果哪天他们两个真的和平相处，不拼个你高我低了，我们乡政府院内还真的冷清不少！"

"刘乡长，这次你们片区准备争第几？"王时心问刘文。

"我们？"刘文喝了一口汤笑着回答王时心："想争第一，你片区让不？"

"这个我可没有话语权，我都没想过争第一，我就想着进前三就行。"王时心回答。

"书记不是说了，不想当将军的士兵不是好士兵，第一的位置，你也要想想。"刘文回王时心。

曹亮苦笑着回答："我们片区这次第一是不考虑了，只要不是最后，我就知足了！"

"不管是不是第一，乡里安排的活我们干好就行了，想那么多干吗？像老朱老梁他们那样？"刘文豁达地说。

"对了，过几天就是冬至了，你们片区到时候要不要举办活动？"王时心问。

"估计还是乡里的统一活动吧，平时每个月都吃饺子，冬至是吃饺子的日子，会不会一起组织了？"刘文答。

"这倒也是，看来又在家吃不成饺子了。"王时心叹了口气，回了句。

三个人吃着，有说有笑的。和朱磊梁田二人相比，这三个人的相处方式就像是结成了同盟，不明争暗斗，却也不自甘落后。

吃了午饭，朱磊坐在河堤上，把鞋子脱掉，倒了倒鞋子里的土，对坐在一旁的张放说："张支书，以前你们这样干过活没？"

"什么时候？"张放问朱磊。

"就是在黎书记来你们西明乡之前！"

"那倒没有，那个时候，也没有美丽乡村建设和乡村振兴的说法，就是想着把乡里交给的固定任务完成就行！"张放回朱磊。

"你觉得这几年累不？"朱磊疲惫地问张放。

"累，不瞒你说，朱乡长，自从黎书记来了之后，这几年干的活比我前十几年当支部书记干的活都要多。"张放笑着回答。

"别说你了，我自从进入政府单位以来，哪这样干过活啊？来到你们西明

乡之后，啥活都干了，也啥吵都挨了。"朱磊有些抱怨地说。

"平时虽然感觉很累，但是，这几年看到的村里变化，要比那十几年都要变化大，有时候闲下来想想，这累点也值了。"张放若有所思地回答。

"你们比我们强多了，不管怎样，晚上你们都在家陪着家人，中午还能陪家人吃个饭。像我们，有时候在乡里连着一住都是十几天。有一次回到家，你弟妹差点把我从家里撵出来。不夸张地说，自从在西明乡工作以来，我可以拍着胸脯说，对得起西明乡的所有村民，但亏欠最多的就是你弟妹和孩子了。"朱磊苦笑着回张放。

平时，朱磊从来没有和张放这样聊过，两个人聊得最多的事情就是和工作有关。忽然间听到朱磊和自己说心里话，看着面前的朱磊，张放觉得有些陌生。日常见到的朱磊都是工作上的雷厉风行，没想到，在朱磊的心里，还有这么柔软的一面。

张放想说一些话安慰朱磊，却不知该如何说，好不容易组织了一些词准备说出口的时候，朱磊匆忙穿起鞋子，站了起来，吆喝了一句："乡亲们，上工了！"

张放慌忙跟着站了起来，顺着朱磊的目光望去，梁田那边已经开工了，张放已经明白了一切，看着瞬间换脸的朱磊，张放忽然间有些心疼眼前的朱磊。

下午的天气比上午更多了一些寒冷。中午浓雾散了没有多长时间，下午又一早地落下了，从浓雾里飘出了催人奋进的歌声，回响在西渠的整片上空。随着第一首歌声地响起，整条西渠里都传来了奋进的歌声。

黎志下午到区里开了一个会，开完会，再回到西渠上的时候，已经是傍晚五点，夜幕正一点点地落下。黎志顺着西渠从西往东看了一遍，看完，黎志给一直在西渠上的文林打了一个电话。文林很快就出现在黎志的面前。

"群里通知一下，今天别干了，让大家都回去吧，天冷。"黎志站在朱磊的片区对文林说。

"好。"说着，文林拿出手机在群里通知了一下。通知完，文林又站在河堤上，大声吆喝着："乡亲们，天凉了，我们收吧！"文林的话音落后，河道里零零散散的村民开始聚集到河堤上，河道上传来了此起彼伏的吆喝声："收工了，收工了！"

"收工了！"河道里传来响亮的声音。

按照朱磊的要求，收工时，片区的所有村民集合到一起，朱磊对当天的工作进行点评，并对第二天工作进行部署。部署结束后，朱磊对站在一旁的黎志说："黎书记，您给大家讲几句吧！"

黎志走到人群前，深鞠一躬后，言语激动地说："乡亲们，今天大家辛苦了，下午我去区里开了会，向区里汇报了我们西渠清淤的场面和进度，区里领导给我们所有人点了赞。天气冷，也快黑了，我们都早些回去，养足精神，明天再战。你们是西明乡的功臣，西明乡的未来不会忘记你们，感谢你们！"说完，黎志又深鞠一躬。

人群中响起了响亮的掌声。

此时夜幕已经完全落下，整条西渠上灯光点点，从西渠的西边一直蔓延到东边。车灯也像一条灯带一样在西渠上飘荡着。西渠上响起了打靶归来的歌曲，声音从低到高，响彻整条西渠。

第七十七章　未解之谜

西渠的清淤整整用了一周的时间，整条河段才完全结束。最后一天督导组到现场评比的时候，朱磊一直压在心中的情绪彻底爆发了。

清淤最后一天，督导组组长周开顺一早就带着督导组几个成员来到了西渠上。本来乡里定下的规矩是清淤结束，统一进行验收，但梁田在中间一次开会时提出建议说，可以根据片区之间进行的速度分开验收，提前清淤结束的，就提前验收，这样不耽误片区的其他工作。这个建议提出之后，大家探讨了半个多小时，才最终拍板。但文林提出，无论是提前验收还是最后验收，在最后一个片区结束清淤之后，要进行一个统一评比排名，这样才公正，五大片区片长都同意了文林的说法。

周开顺来到刘文片区，让督导组成员根据评分细则对照刘文片区各项分值进行打分。所有片区片长一同跟着，现场观摩。

督导组成员打分的时候，朱磊眼睛盯着分值，每一项分值是如何给出的，朱磊都要问个明白。刘文看看朱磊，说了句："老朱，我看你和周组长你俩调换一下吧，你当组长，他来包片区！"

"片长，这活我可干不来。"周开顺慌忙笑着接了一句。

"老刘这你就不懂了，研究透了打分细则，一会儿到我们片区的时候，我才知道打分是否公平啊？"朱磊眼睛不离打分表说道。

"你的意思是，你不看，周组长还会多给我分？"刘文听到朱磊这么说，回了句。

被刘文这么一问，朱磊也意识到自己刚才说话有些不得体，心里担心得罪了周开顺，忙笑着说："看你这说的什么话，我怎么会担心周组长不公平啊！"

梁田站在一旁，貌似听着大家的谈话，实则眼睛也是偷瞄着分值，心里暗自记下刘文片区得了多少分。

从刘文片区到王时心片区，督导组打分过程中，三个片区片长都没有什么意见，到了梁田片区，朱磊看到河道里还有人，问督导组组长："这几个村民算加分人数不？"

周开顺看着河道里面的人，也犯难了。前三个片区都是按照要求来的，现场对照着打分表就可以了，到了梁田片区，忽然间多出来十来个人，周开顺这个问题也不好回答。

"今天是最后一天，怎么就不算了？再说了，乡里也没有说不让上人啊？这几个村民自己主动来的，怎么就不算加分项？"梁田见周开顺也在犹豫要不要给这几个人加分，忙说道。

"梁乡长，你说是村民主动来的，这话你信不？"朱磊斜眼看梁田说。

"好，就算是我让来的，今天是评比，怎么就不能有人？"

周开顺见两个人争执着，劝也不是，不劝也不是，站在两个人的一旁看着。

"老梁这事的确整得有些过了，说好的是今天评比，还让上人。"曹亮低声对刘文说。

王时心想要走过去劝说两个人，被刘文拉住，低声地说："这事你不要参言，让他们两个理论！"

"梁乡长，昨天说好的是今天评比，并没有说让上人。再说了，你们片区是我们这几个片区打造完成最早的，也是验收最早的，现在河道里这几个人如果算人数加分，我是不是可以理解为到今天，你们的清淤工作还没有完成？"朱磊也不甘示弱地回答。

"这事我不和你说，让督导组说。"梁田被朱磊怼得无以言对，对站在一旁的周开顺说："周组长，你说，这几个人要不要算数，你说算就算，你说不算就不算！"

周开顺心里一惊，心里暗骂梁田一句："狡猾。"这种得罪人的事情让他来做。周开顺脸上堆着笑容，劝说着两个人："我们好好说，不都是为了工作吗？何必因为工作伤了两个人的和气？"

"你说，这人数是算数还是不算数？"朱磊眼神犀利地盯着周开顺问。

周开顺看着两个人的表情，得罪哪一个对自己都没有好处。当时当这个督导组组长的时候，心里还暗喜，只需要每天检查就行，工作也没压力。但碰到

朱磊和梁田这种针尖对麦芒的时候，有时候也让周开顺挠头。

"你倒是说啊！"朱磊见周开顺迟迟不开口，催促着周开顺。

周开顺看看河底的村民，只见十几个村民手里虽然是拿着铁锹，但都没有干活，几个人只是偶尔挥动一下铁锹，做做样子，毕竟河道底部已经很干净了。

"要不这样，我说个方案，你们看行不？"周开顺计上心来。

"你说。"朱磊和梁田同时回答。

"既然来了，每个人加 0.2 分怎样？"周开顺小心翼翼地问梁田和朱磊。

"不行。"两个人同时回答周开顺。

这个时候，周开顺电话响了，拿起一看，是黎志，周开顺指指手机说："黎书记的电话，我接一下！"说着，周开顺走到一边，接通电话，说了几句，就挂了电话。

回来后，周开顺说："黎书记马上过来，这样，这个问题我们先放这，我们继续往下评比，等黎书记来了之后再做决定！"

朱磊看看梁田，赌气回了句："可以！"

"我也同意。"梁田回答说。

督导组人员在梁田片区段开始打分，打分的过程中，梁田忍不住总要争辩两句。好不容易走出了梁田片区，到朱磊片区的时候，黎志和文林他们也刚好到。

下了车，黎志和文林走到周开顺他们面前，黎志问道："怎么样了？评比结束没？"

"就剩朱乡长片区。"周开顺回答着。

"好，那就赶紧评分，回去还要开会的。"黎志说。

有黎志和文林坐镇，督导组打分过程中，朱磊在一旁看着也没有说话。

打分结束后，督导组人员现场把分数进行汇总排名，排名后，周开顺拿着本子准备让黎志看时，朱磊把本子挡下了，问周开顺："刚才那分加了没？"

"什么分？"黎志听到朱磊这么说，问周开顺。

本来周开顺想着把本子递给黎志，这件事就算过去了，他没想到朱磊会从中插上一杠。周开顺只好一五一十地对黎志讲了梁田片区发生的事情。

黎志听了之后，看着梁田，严肃地问梁田："梁乡长，这件事你什么态度？"

"我听乡里的，乡里说这分加就加，乡里说不加，我们就不加。"梁田脸上堆笑，像换了一个人似的回答黎志。

"好，那这分就不加，说好的今天评比只是评比，和来了多少人没关系。"黎志发话了。说完又问周开顺："你们排名的时候，这分数加了没？"

"每个人加了 0.2 分。"周开顺低声地说。

"小周，这分该加不该加，你作为督导组组长，自己心里还没有数吗？就这样和稀泥？怎么能够服众？加分是为了提升片区之间的战斗力，你这样做，只会让片区他们心里不服。怎么增强战斗力，对你们督导组提出批评，现在重新排名。"黎志严厉地批评着周开顺。

"书记批评得对，以后一定注意。"周开顺回答着黎志，把刚排好的排名递给统计分数的督导组成员让重新排名。

黎志看着依然带有怨气的朱磊，说道："有问题解决问题，斗什么气？有这工夫，还不如多干些工作！"

"书记，统计好了。"周开顺把本子递给黎志，黎志看了一眼，向周开顺要一支笔，在本子上写了几个字，把本子递给了文林说："文林，你来宣布名次吧！"

文林接过本子，看了名次，又看了黎志一眼，宣布说："此次西渠清淤，进一步展现了我们西明乡全乡干群的凝聚力和战斗力。今天这个排名代表不了什么，这只是我们西明乡发展进程中的一个战场，未来的日子里有更多的战场等着我们去战斗，有工作就有落实，有落实就有评比，无论今天排名如何，希望大家不要心里有意见！"说完，文林扫了一眼五大片区负责人，刘文的表情不惊不喜，曹亮的表情充满着紧张，王时心两手紧张地搓着，朱磊和梁田表情几乎一样，都是一种势在必得。

"四片区第一；三片区、二片区并列第二；五片区第三；一片区第四。"文林公布着片区排名。

"刘乡长，你们第一啊！"王时心听到刘文片区得了第一，恭喜着刘文。刘文平静的表情变得一脸迷惑，他原本想着自己的片区能够进入前三名就行，没想到一不小心争了个第一。

朱磊和梁田两个人互相看了一眼，没有说话。

"老朱、老梁，你们两个有没有什么想说的？"黎志问朱磊。

"服从督导组决定。"朱磊倔强地回答。虽然还是一肚子的不服，但相比这第一没有被梁田拿了去，而是刘文片区得了，朱磊心里还多少有些安慰。

"我也是。"梁田说。

"好，既然没意见，那就回乡里开会。"说着，招呼着文林一起同他走。

"你说，黎书记在本子上写了什么？"黎志走后，细心的曹亮问刘文。

"这谁知道？"刘文看了朱磊一眼，回答曹亮。

"周组长，谁第一啊？"曹亮依然不死心地问周开顺。周开顺看看离去的黎志和文林，笑着回答曹亮："曹书记，刚才您不是听着的吗？这么快您就忘了？"说完，周开顺招呼着自己督导组成员跟自己一起走。

去督导车的路上，周开顺嘱咐督导组所有成员说："刚才文乡长公布的排名都记下了吧？"

"记下了！"

"记好了。"周开顺再次强调，生怕出了什么纰漏。

第七十八章 吹响的号角

从西渠回乡里的路上，黎志问文林："今天区里开会，你听出什么意思没？"

"市里通过了姜里村打造乡村游的意见，把姜里村纳入市乡村振兴示范带了。"文林依然看着手中的排名，回黎志。

黎志看到文林手里拿着排名还没有收起，对文林淡淡说了句："把这排名收起来吧，过去的就让过去了！"

文林又看了一眼排名，小心翼翼地把纸张折叠了起来。

"你是不是想问为什么我要做这样的调整？"看着文林满脸的疑惑，黎志问。

黎志不问，文林脑子里倒都是问号，想听黎志的想法，黎志这么一问，文林反而不好奇了，释然地看着黎志说："您这样调整，一定有您的道理！"

"那就不说这事了，我经常对他们讲，互相捧台，好戏连台，互相拆台，一起垮台。老朱和老梁两个人都是争强好胜的性格，有好胜心是好事，但好胜心一旦过了，就会影响整体工作。今天几个片区，除了一片区成绩有些差强人意外，整体都不错，特别是老朱，老梁，老刘他们三个片区，我都没想到他们的分值到最后会是一样。"黎志说到这里，没有继续再说下去，而是转移了话题，问文林："你觉得我们目前做乡村游最欠缺的是什么？"

"姜里村整体基础不错，但是如果说旅游村，目前各项配套措施还上不去，需要大资本注入。"文林考虑了一下，回答黎志。

"是啊，今天散会，区委书记把我叫住，说的就是这件事。他说，到时候姜里村整体乡村旅游会有企业投入资金建设，目前市委也正在招标合适的企业，如果真的是这样，速度快的话，估计来年开春，姜里村就要着手打造了！"

"这么说来，的确是快了。"文林接话说。

回到乡里，已经中午十二时，下了车，黎志走路有些跛脚，文林看到关心地问："书记，腿又疼了？"

"没事，中午休息会就好了，老毛病，天冷都是这样。"黎志裹了裹身上披着的大衣回文林。

"要不您先休息，一会儿我给您打些饭送到办公室吧！"

"没事，你忙你的，不用管我。"黎志边推开办公室门边说，准备走进去的时候，黎志转身对文林说："吃完饭你也休息会儿，等下午的时候，我们一起到姜里村转转！"

"好。"文林答应着。

黎志走进办公室把门关上了。文林转身走向政府食堂。走到食堂里，见朱磊和刘文也在，文林拿了餐具，打了饭菜，和朱磊、刘文坐到了一桌，平时话多的朱磊只是低头吃着饭，没有说话。

"怎么了，老朱？跟霜打的茄子一样蔫？"文林明知故问。

刘文笑笑回答文林："你都不用理他，就这德行！从开始吃饭一直到现在，都是黑着脸！"

"老朱，赢得起，也要输得起，名次代表不了什么。"文林劝说着朱磊。

"你不包村，你当然觉得分不重要。"朱磊嘟囔了一句。

"要不咱俩换换？"听着朱磊还是一肚子的怨言，文林开着玩笑说。

"他呀，过一会儿就好了，不用和他说那么多。"刘文说。

"过两会儿也好不了。"朱磊抬起头，怼了刘文一句，把筷子放在碗上，啃了一半的馒头放在筷子上，认真地问文林："文乡长，我想问你个事！"

文林看一眼朱磊，爽快地说："问！"刚说完，文林反应极快地说："除了和上午评比有关的事情，其他的都可以问！"

"我就是要问评比的事情！"

看朱磊一副不甘心的样子，文林把筷子也放下了，问朱磊："问什么？"

"今天黎书记在那个排名上写了什么？"

"呵……呵……"文林笑笑，回答朱磊："你觉得黎书记在上面写了什么？"

朱磊正要回答，梁田从门外端着餐具走了进来，看到文林，朱磊都在，梁田笑着说："文乡长这是给他们两个片区开小灶呢！"

"你要愿意，来，你也一起。"文林招呼着梁田坐过去。梁田打了饭菜，坐到了文林的身边。

梁田坐下后，朱磊本想说的话咽了回去，重新拿起筷子吃起饭来。梁田看着一脸黑线的朱磊，笑着说："老朱，这还在生气呢？"

"我这有啥好生气的？这说得跟你们片区得第一似的。"朱磊听到梁田说自己，瞬间来了劲。

"你看看，文乡长，我这只说了一句，他这就炸毛了。"梁田筷子指着朱磊，向文林告着状。

文林看着瞬间来精神的朱磊，笑笑对梁田说："原来治疗老朱精神不振的药在你这呢？"

"什么药，治疗什么病？"梁田一脸疑惑地看着文林。

"好了，不开玩笑了，过去的就过去了，我们来说说正事。"文林说了句。

"有些事过不去，等没人的时候我还找你问。"朱磊傲娇的小表情瞟了一眼文林。

"这还没完没了了？没过去，心里就堵着。"文林见朱磊还是耍着小性子，索性也不再劝了。

"什么正事啊？"梁田一听文林要说正事，似乎瞬间做好了上战场的准备。

"和老朱有关。"文林看了眼朱磊接着说："刚才黎书记对我说，姜里村已经确定被纳入市乡村振兴示范带了！"

"真的？"梁田一脸惊喜地看着刘文。

"是我们片区的事，你这个表情是什么意思？要不，我把姜里村让给你们片区？"朱磊看梁田一脸惊喜，抬起头，不屑地接了句。

"那不是看你听到这个好消息没有表情，我帮你出个表情。再说了，抛开片区不谈，我还是咱们乡里的副乡长呢，这事我高兴也说得过去吧？"梁田逗着朱磊。

"是不是我们片区之间又要支援了？"刘文问文林。

"目前黎书记还没有说支援的事情，不过，刚才他对我说下午要去姜里村转转，估计就是要看看姜里村如何打造，工程量究竟有多大。这次打造，和我们之前只是扫扫地，种种树，清理一下村内的垃圾不一样。我觉得啊，以后的

工作会比之前更忙。"文林苦笑着说。

"早都习惯了，每次都是听着黎书记和您说，等我们忙完这个工作，大家休息一下，每次都是还没忙完，下一个就接上了。但这样也好，如果真的哪天没有活干了，我还真的担心我这把骨头闲散架呢！"梁田笑着说。

"下午书记要去姜里村？"朱磊像是忽然间反应了过来，端起饭菜站起要走。

"你走这么急干吗？"刘文问。

"还能干吗？回办公室给村里说一下，让他们有个准备，手机在办公室充电呢。"说着，朱磊端着饭菜匆匆地离开了。

"你看看老朱这……"看着朱磊着急地离开，梁田指指朱磊笑笑。

文林也站了起来，对刘文和梁田说："你俩吃吧，我给书记端些饭。"文林见黎志迟迟没有来吃饭，从食堂里要了两个碗，给黎志打了饭。

朱磊回到办公室，把饭菜放到一边，急忙给常平打了一个电话："常支书，村里准备一下，下午书记和乡长要去村里看看！"

"朱乡长，这都忙了一周了，每天都是早上五六点起床，晚上睡觉都十点多，这好不容易渠上干完了，书记和乡长怎么又来我们村里转了？"常平躺在床上，迷迷糊糊地回答。

"别抱怨那么多了，赶紧起来，顺便告诉你一下，你们村已经被纳入市乡村振兴示范带了！"

"好，知道了。"常平依然是懒洋洋的声音。

"赶紧起来了，先上村里转一圈，看看哪个地方有卫生死角。别到下午黎书记和文乡长他们在村里转的时候，再扣冤枉分，我一会儿也过去，挂了。"朱磊说着挂了电话。看看时间，刚十二点半，又看了一眼桌子上的饭菜，已经没了热气。朱磊挂了电话，走到床边，鞋子也没脱，直接躺在了床上，没有多久，就睡着了。

"媳妇，给我煮碗面条。"常平一边从床上懒洋洋爬起一边对厨房的刘花吆喝着。

"不是说多睡会吗？怎么刚躺下就起来了？"刘花闻声从厨房走进卧室，心疼地对常平说。

"别提了，刚才朱乡长打了一个电话，说下午书记和乡长要来我们村看看，他们来，哪是看看那么简单？村里流传着一句话，书记、乡长转一圈，名次跟着抖三抖！"

"啥意思啊？"刘花问常平。

"意思就是，书记和乡长只要到村里转一圈啊，不是加分就是扣分。算了，给你说也不懂，给我做碗鸡蛋面条吧，多放几片青菜，一连几天中午在河堤上吃大锅熬菜，吃肉吃的胃都是腻的！"常平提着鞋子说。

"哪怪得了别人？你不会少吃些肉？"刘花把常平的外套递给他。

"哪是我想吃啥就吃啥的？他们领导之间神仙打架比谁片区的伙食好，我们这些支部书记敢说啥？"

"好了，少抱怨一些，不让你干这个支部书记，你不是也不听吗？你自己非得干，这怨得了谁？"刘花给常平穿上外套，帮他把衣服拉平。

"好了，我自己穿，你帮我去做面吧。"常平看看时间，已经接近下午一点。

"好，你躺到客厅的沙发上再休息会，我去做饭。"刘花说着，走出卧室，走进了厨房。

常平走出卧室，看着客厅里的沙发，再次确定了一下时间，真如刘花说的那样，躺在了沙发上等待面条。这一躺不打紧，差点误了大事。

第七十九章　重走姜里村

下午一点半，黎志站在楼下招呼文林去姜里村，朱磊闻声，也急忙从床上爬了起来，走出办公室，跟在文林的身后下了楼。

到了楼下，黎志看到朱磊也跟着下了楼，问朱磊："你下午有安排没？"

"没有，下午准备去姜里村看看有没有需要提升的地方。"朱磊笑着回黎志。

"刚好我和文林也去姜里村，你如果没事，那我们就一路转转吧。"黎志本以为朱磊是无意跟着文林下的楼，当得知朱磊下午没事，对朱磊提出了一同前去姜里村的建议。

"好的，书记。"朱磊面不改色心不跳地回答。

文林见朱磊一脸镇定，看上去真跟什么都不知道似的。文林悄悄地指指朱磊说："你呀，老朱！"既然黎志以为朱磊什么都不知道，文林也没有拆穿朱磊，只好也佯装什么都不知道地陪同着黎志。

黎志和文林前面走着，朱磊后面跟着，悄悄地拨打着常平的电话，想问一问村里准备得如何了。接连打了几个电话，常平都没有接，朱磊心里有些慌了。

乡政府就坐落在姜里村的一个自然村，所以黎志三人也没有开车，走着去姜里村。走出乡政府门口，黎志问朱磊："老朱，你说我们是先看东边合适，还是先看西边合适？你是这个片区的片长，我和文林跟着你走！"

顺着黎志的话音，朱磊两边都看了一眼，见东边站着一个村干部，朱磊以为东边已经安排好，对黎志笑着说："我们从东边开始转吧！"

"好，听你的。"说着，三人朝东走去。

"文林，你和执法队联系一下，这些商户的门口要集中整治，可以卖东西，但是不能占道经营。"刚走出政府大院不足二十米，黎志就指着两边杂乱的商铺说。

"好的，书记，我现在就给执法队打电话。"说着，文林掏出电话，给执法

队打了电话。

朱磊心里七上八下地看着前方，按常理来说，这会儿常平应该是已经到了。但迟迟没看到常平，朱磊心里慌了。

朱磊陪同着黎志、文林一路走着，走到刚看到的姜里村干部那里，趁着黎志和文林谈话的工夫，走过去低声问："常支书在哪呢？他的电话我一直打不通！"

"我也不知道，我刚接到他电话说让在村委等着，我正准备去村委呢，刚好看到你们！"

"糊涂，去村委干吗？书记和乡长都在这，这常平，关键时刻掉链子。"朱磊说了句，急忙跟上黎志和文林的脚步。

"朱乡长，这卫生可不行啊，姜里村可是政府的门面，你看这街里的垃圾。"又走出百米远，黎志看着街里路边上的垃圾，对朱磊说。

"收到，我马上安排人打扫。"朱磊回答，此时他的心里，想打一顿常平的心都有了。朱磊紧盯着黎志的手机，生怕黎志拿起手机在群里扣分。

"还有这，路上怎么能够乱流污水？好不容易修好的路，这样流水时间长了，路还不毁掉？"又走了几步，黎志看着路上的污水对朱磊严厉地说。

"是，书记。"朱磊答应着，虽然这件事从直接关系上来讲和朱磊没有多大关系，但此时常平不在，黎志提出的所有问题，朱磊只能是扛着。

"现在村里普遍存在的现象就是居民用水排不出，如果每个村都有下水道，群众的生活用水就有地方排放了。这样，也不会随意乱流了。"文林说了句。

"这个问题你记下，姜里村全村提升的时候，一定要把这个问题放在首位，污水治理不到位，谈何美丽乡村？"

"好的。"文林回答。

朱磊陪着黎志和文林走了三条街，黎志指出的问题就超过了十条。走进第四条街的时候，黎志像是忽然间想起了常平，问朱磊："姜里村的支部书记怎么没来？"

朱磊支支吾吾地替常平打掩护说："村委有些工作要处理，处理完了就来了！"嘴上这么说，朱磊心里也是焦急地盼着常平赶紧出现。这一路走下来，朱磊替常平挨训已经不下五六次。

"什么事情还必须一个支部书记亲自整理？如果事事都要亲力亲为，将来姜里村事情还多着呢，都靠他一个人去做？当一把手要学会放权，该自己干的时候自己干，不该自己的事情，就交给他们去做，这样下面的人也成长了，你自己也不累了。"黎志说。

"我这就给他打电话。"朱磊听着黎志的语气，虽然很平静，但每一句都直冲而来。

就在朱磊准备给常平打电话的时候，常平出现在了街头，也看到了他们，一路小跑来到了黎志他们的面前。

"常支书，村委什么事还需要你亲自去做？"文林见常平一路小跑而来，担心黎志动怒，抢先问了句。

"村委？"听到文林说处理村委的事，常平蒙了。他之所以现在才来，并不是像朱磊说的那样，在村委处理事情，而是一睁眼已经一点四十分。一看手机，朱磊打了四五通电话，常平边起身边抱怨刘花为什么没有叫自己起床时，刘花也一肚子委屈。本想着让常平多睡一会儿，等两点再叫他，没想到还不到两点，常平醒的时候已经耽误了事。

"村委里那些事能让他们做的就让他们做，不要觉得什么事情离开自己都做不了了。"朱磊瞪了一眼常平，连忙替常平打掩护。朱磊倒不是怕常平挨批评，而是自己说的常平在村里忙事，如果被黎志知道了常平不是在村委忙，那不是证明自己在撒谎？已经替常平挨了那么多训了，朱磊可不想再多一次。

这一切被文林看在了眼里，黎志只顾着看街道两边的环境，也没有在意朱磊是否在说谎。

"刚才我和书记转了几条街，你们村环境卫生需要进一步提升。你们村马上就要成为旅游村了，就现在这个状态，怎么能做成事？"文林批评常平说。

"是，乡长教训的是。"常平连连点头。

"常平啊，你来说说，如果将来你们村打造成为旅游乡村了，你们村准备做什么？"

常平摸摸鼻子，一脸蒙地看看朱磊，不知道该说什么。

"怎么，没有想法？"见常平不吱声，黎志眼睛盯着常平问。

"我们配合好乡里一切工作。"常平支吾着回答。

文林见黎志想要发火，急忙缓和气氛接了句："配合好乡里一切工作那只是你们常规工作必须做的。书记问的是，你作为一个村的支部书记，到时候姜里村乡村旅游局面形成了，你总得想着带领着群众做些什么。乡村旅游做起来，不是你们干部干坐着，群众就致富了，而是你要思考，作为一个村里的领头人，怎么能够依托乡村振兴，带领着群众一同致富！"

"文乡长教训得对。"常平被文林一大段话说得晕头转向，慌忙回答文林。

黎志见常平也回答不出什么，也不再问了，只是提醒常平："常支书，如果觉得工作压力大的话，一定和乡里说，现在你这个状态面对即将打造的姜里村，只怕是要掉队！"黎志说完，叹了一口气，继续朝前走去。

本来还有些晕乎的常平，被黎志这句话瞬间点醒。常平记得村里好几个村支部书记辞职，黎志对他们的总结都是跟不上队伍。想到这里，常平猛打了一个寒战，跟上黎志的步伐说："好的，一会儿我就召集我们村委干部，对村庄环境卫生再提高！"

"现在群众门口的地你们还扫吗？"黎志走过一户农家，见群众正在扫地，问常平。

"不扫了，都是他们各自扫各自门前的。我们每条街都有街长，街长负责这条街的整体卫生督导工作。"常平回答。

"那就好，刚开始我们干部给他们扫，只是为了告诉他们卫生要保持好，最终是要靠他们自己扫。每个人都树立了乡村建设中的主人翁意识，村庄自然就能长久地保持干净卫生了。"黎志听到常平这个回答，满意地点点头。

黎志一行一路走一路看，不知不觉来到了姜里村西头的沟渠。看着干涸的沟渠里丢满垃圾，黎志的眉头皱了一下，常平立刻机灵地说："我现在就安排人过来清理！"

"常支书啊，不能什么事情都是乡里看到了，你们才去治理。工作不是给乡里干的，群众的眼睛是雪亮的，我看到的这些问题，群众也能看到，什么问题都需要乡里指出再去做，那要这个村的支部书记干吗？"黎志还是没有忍住批评了常平几句。

"好的，以后一定注意。"此时的常平手心里已经出汗，脑门上也有小粒的汗珠沁了出来。

"文林，上次苏老师来说这条河怎么打造，你还记得不？"黎志站在河边，问文林。

"记得，当时苏老师说要把这条河恢复原来的自然河流状态，有水流，河两侧有花有草。"文林回答着。

"这条河有水的时候，也是姜里村重新焕发生机的时候！"黎志看着沟渠对面，有几只家雀正在河畔上嬉戏打闹着。

第八十章　羊丢失后

进入十一月份的西明乡已经格外的寒冷，就连平时一早起来站在枝头打鸣的公鸡，也比日常打鸣时间晚了一些。这天，堂庄村支部书记赵福起床，哼着小曲刚洗了把脸，村主任崔亮就急呼呼地跑到家里来，气喘吁吁地对赵福说："赵书记不好了！"

赵福用毛巾擦了把脸，小曲也不哼了，没好气地对崔亮说："大早上说什么不好了，真晦气，我好着呢！"

"不是，我的意思是刘才到乡里去上访了。"崔亮看着面前不紧不慢的赵福，着急地说。

赵福一惊，把正在擦脸的毛巾扔到了脸盆里，嘴里骂骂咧咧地说："这刘才，我是上辈子欠了他啥？没事总要给我找些事，上次栽树是他，这次还是他！"赵福说着，慌忙走进屋里，拿出一件外套穿上身。

"衣服反了！"崔亮见赵福由于慌忙，把衣服穿反了，提醒着赵福。

"这衣服也跟着捣乱！"说着，赵福慌忙又把衣服脱了下来，重新穿上。

赵福媳妇从厨房出来，看着着急的赵福，对赵福说："吃些饭再走吧，我炸了你最爱吃的西瓜酱！"

赵福随口说了句："不吃了。"就往外走，但走了两步，又退了回来，走进厨房，从锅里拿出一个馒头，挖了两勺炸好的西瓜酱夹在馒头里，边大口吃着边走出家门。

崔亮一直跟在赵福的身后，赵福转身见崔亮跟着，问崔亮："你跟着我干吗？"

"和你一起去乡里！"

"你跟我去乡里干吗？两个人一起挨吵啊？你该干吗干吗，我自己去就行。"说着，赵福上车开车便走。

来到乡里，赵福慌忙下车，给梁田打电话："梁乡长，你在哪，我来乡里了！"

"我在黎书记办公室，你过来吧。"梁田说完，挂了电话，和刘才并排坐在黎志的办公室内。

赵福慌忙走进黎志办公室，进到办公室，黎志指指自己对面的位置说："你坐这吧赵支书！"

梁田见赵福嘴角有瓜豆汁，没好气地提醒赵福："嘴角擦擦！"赵福听后，赶忙擦了一把嘴角，忐忑地坐在黎志的对面。

"你来得刚好，事情经过我和梁乡长也听过了，你讲讲具体是怎么回事？"黎志问赵福。

赵福小心翼翼地笑着问刘才："才叔，是不是还是上次你对我说的羊的事？"

刘才看了赵福一眼，没好气地回答："不是羊的事，还能是啥事？你们村里不解决，那我只能来乡里，乡里如果再不解决，我就去市里，一级一级往上反映！"

"老大哥，来到乡里了，我们有事说事，光有情绪，解决不了任何问题。"梁田劝说着，心里却是窝火极了。刘才上访的事情，梁田早就听赵福对他说过。只因为刘才家里几年前养了七八只羊一夜间全丢了，村里还没有安装摄像头，虽然刘才上派出所报了案，但现场勘查后，没有找到线索，当时事情就放那了。本来这件事，刘才应该追着派出所问具体情况，但后来，不知为何，刘才追着村委闹，让村委把这几只羊钱给出了。赵福哪愿意当这冤大头，每次和刘才两个人谈完，事情就不了了之地放那了。刘才也不知从哪里得知，如果村民到乡里上访，扣村委 10 分，10 分对村委来讲，绝对是非常严重的，可能因为这 10 分，村委工作就得垫底。刘才前几天也对赵福说过，如果村里不解决这件事，他就到乡里上访。当时，赵福只以为刘才只是吓唬吓唬他，也就没有当回事，没想到刘才真的跑到了乡里来上访。

听到梁田说自己带情绪，刘才也不和梁田说了，直接看着黎志，委屈巴巴地说："书记，我的羊的确是丢了，赵书记是我们村的支书，我们的羊丢了，村委总要给我们说点啥吧！"

"老大哥，您刚才说的事，过程我也了解了，赵福是你们村的支部书记，

应该解决你们提出的问题，这都没有错。但是，您要说你家羊丢了，村委必须包赔，这件事就多少有些过了。这换个角度讲，就是有些不讲道理了。"黎志耐心地对刘才说。

"他是我们村里的支部书记，我们村里所有群众的财产安全不都该他来守护。现在我家羊丢了，不得他们村委来赔吗？"似乎刘才这人肚子里还有一些文化，给黎志讲着道理。

"才叔，话不是你这么说的，我也答应你了，一直和派出所对接着的。"赵福替自己辩解着。

"对接？谁知道你有没有和他们在对接？谁知道你是不是对我说完，转头就忘了？"刘才不甘示弱地回道。

"你要不信，你可以把派出所的民警叫过来问问，看我有没有在对接。"赵福和刘才一人一句地争论着。

"如果你们是串通好地说正在查怎么办？"

"我怎么串通？"

"好了，这样，一会儿把派出所所长叫过来。这件事我们当面一问不就知道了？"黎志见两人一直争执，也争执不出一个结果来，对梁田说。

梁田走出办公室，找了一圈，才找到派出所所长电话。朱磊站在楼上，看着楼下的梁田，笑着问："梁乡长，您这工作可没闲着过啊。"

"一边去。"梁田听着朱磊嘲笑的话，摆摆手，再次走进黎志的办公室。

"马上就到。"梁田走进办公室说。

黎志看了一眼刘才，刘才双手不自在地放在腿上，双眼有些慌乱。

没过多久，派出所所长周军就来到了乡里，敲开黎志的门，走了进去，怀里还拿着一个文件袋。

"周所长，你见过他没？"黎志指指刘才问周军，刘才低着头，不敢抬头看周军。

"这是堂庄村的群众，他家的羊前几年丢了，来过所里几次。"周军看看刘才说。

"现在所里这件事是如何处理的？"黎志又问。

"这是三年前发生的事情，当时我还没有来，负责这件事的民警基本上都

调走了。我查看了当时的笔录，现在查线索有些难度，因为那个时候村里几乎还没有摄像头。"周军认真地回答黎志。

黎志问刘才："这是派出所所长，刚才他的话，您也听到了！"

刘才眼神依然躲闪，没有接话，似乎在隐瞒一些什么。

"所长在这，刘大哥，您有没有什么想对所长说的？"黎志问刘才。

"没有。"忽然，刘才面对着黎志，准备跪下，一把被站着的周军拉住才没有跪下。黎志见状，站了起来，看着刘才问："刘大哥，您这是干吗呢？"

刘才一下子哭了起来，边哭边说："书记，当年养那些羊就指望着等过年卖了，谁知道，一夜间全没了，我这心里难受啊！我也知道羊不好找回来了，但几千块钱说没就没了，对我们家来讲，是难上加难！"

"您的心情我能理解，但是，你通过这种方式找村委要钱却是不对的。"看着这位六十多岁瘦骨嶙峋的老人在自己面前落泪，黎志心里也不是滋味。

"我也没办法啊，几只羊说丢就丢了，我这心里一直过不去这个坎。"刘才抹着眼泪说。

"考虑到您家里的情况，村里不是也给您办理了低保吗？"梁田在一旁安慰着刘才说。

"是，这两年，村里对我家是照顾。但一想到丢的羊，我就想找地方说说。我一个糟老头子，心里的苦没地方说啊。"刘才委屈地说着。

"好了，别难受了，日子还得往前看。以后生活上有什么困难可以直接给你们村里说，可别再走这条路了。"黎志安慰着刘才。

"谢谢书记。"刘才又想跪下，这次被黎志给拉住了。

黎志又交代了刘才几句，刘才便离开了。

刘才离去后，黎志对周军说："这件事还得麻烦周所长你们，哪怕是有一丝线索，都不能放弃。我们提出的打造平安西明乡的口号，不能连群众丢失的几只羊都找不回来！"

"好的，黎书记。"周军答应着离开了乡政府。

黎志办公室里仅剩下梁田、赵福，赵福看了一眼梁田，意思是自己也先走，梁田对他使使眼色，让他等一会儿。

"梁乡长，你一会儿和刘文说一下，各村主要路口排查一下摄像头数量。

凡是村口没有摄像头的，一律安装上。"黎志思考着对梁田说。

"好的。"梁田回答着。

"书记，今天这事我做检讨，以后一定不会发生了。"赵福生怕黎志训斥自己，没等黎志开口就先自我做着检讨。

"这件事也不能全部怪你，他一个孤寡老人也不容易。平时没事的时候，你们多去他家里看看，关心关心！"

"收到！"

"但是，今天这分还是要扣的。我们既然定下了，小事不出村，大事不出乡，问题不上交，就要按规矩办事。"黎志说。

"收到，书记！"

"扣10分，你觉得该不该？"

"该扣，还是我们平时工作没有做到位。"赵福答着。

"好。"黎志说着，拿出手机，在微信群里扣赵福10分。这10分在微信群里炸开了锅。

"看来堂庄村今年年底争全乡第一是没有希望了。"尹木村支部书记张放坐在村委办公室感慨地说了句。

"哪个村委经得起动不动就是10分、10分地扣啊！"村内会计回张放。

"张书记，沈大姐昨天晚上去世了。"张放和村委干部正聊着，尹木村妇女主任柳利推门而进，悲伤地说。

第八十一章　悼念

听到柳利说沈苹去世，张放腾地一下从椅子上弹了起来，问道："什么？前几天跟随黎书记去看望她，她不是精神好转了？怎么就……"

"刚才他儿子给我打电话说的。"柳利咳嗽了几声说。

"你也要注意好自己的身体，这么冷的天，别在村里乱跑，在家里好好休息。"张放看看原本也患癌症的柳利，关心地说。

"我这身体不打紧，这事要不要和乡里说一下？"柳利问。

"肯定要说，沈大姐是去年乡里评出的感动西明乡十大人物，乡里领导也一直很关注她。"说着，张放拿出手机，给黎志打了一个电话。

"什么时候的事？"黎志坐在办公室，听到张放电话里说沈苹去世了，黎志表情凝重地问。

张放一一回答。

"我知道了。"黎志挂了电话，表情凝重，透过窗户看向窗外，天气阴沉，窗外的树枝在寒风中孤零地摇曳着。黎志思考了片刻，似乎做出了一个决定，走出办公室，让文林把所有党委委员召集到了宣誓墙前。

"发生了什么事？"

"好像是尹木村的沈苹老人去世了！"

"什么时候的事啊？"

来到宣誓墙前，看着面部表情凝重，眼睛微微泛红的黎志，片区长之间低声议论着。

"大家静一静，非常沉重地告诉大家一个不幸的消息，我们最尊敬的沈苹大姐在昨天离开了我们。沈大姐把生命最后的时光，无私奉献给了西明乡，这种精神是可贵的，也是高尚的。为了表达我们乡政府对沈苹大姐的敬意，一会，由黎书记带队，我们一同去送沈苹老人一程！"文林声音低沉地说。

"收到！"在场所有人齐声地答道。

"同志们，沈大姐虽然只是村内一名普普通通的老人，但是，她做的事情却是值得我们每个人学习的。她这种无私奉献的精神应该在我们西明乡传递下去。今天我们共同去送沈大姐一程，这是我们乡政府的心意，也是告诉所有人，在西明乡乡村建设过程中，所有参与乡村建设的他们，是普通的，却也是伟大的！"黎志接过文林的话，表情凝重，声音沉重而又有力地说。

"书记，我也要去。"当月牙听到沈苹去世的消息，瞬间眼睛酸涩，眼泪在眼眶里打转。月牙怎么也不会想到，在西渠上，给沈苹拍的那张照片会是她最后一张工作照。月牙只记得，从那次之后，沈苹就很少参加村里的集体劳动了。后来病情加重住院，黎志和文林还亲自去医院看望了沈苹。

月牙最后一次见到沈苹，是听柳利说，沈苹放弃治疗回家疗养时，月牙去家里见的沈苹。当时见到沈苹的时候，沈苹已经认不清月牙是谁了，只是摸着月牙编着的辫子微笑着，那眼神是温和的。那一次，沈苹的儿子告诉月牙说，最近母亲精神状态转好，月牙以为是病情有了奇迹好转了，没想到，这么快就传来了去世的消息。

黎志听到月牙的请求，点点头，让月牙跟随着他一起上车。一路上，黎志一句话也没有说，只是看着窗外。

路过尹木村，看着路两旁茂密的树木，月牙想起之前每次从这条路上路过，见到沈苹时的场景。想起有一次自己从区里开会回来，已经晚上八点多，沈苹还卷着裤管和两三个老人在给树木浇水。当时还下车问沈苹吃饭没，沈苹笑着答："等这几棵树浇了，就回家吃！"月牙记得把自己买来当晚饭的几个热饼塞给沈苹时，沈苹还推辞不愿意接。这一刻，月牙多么希望沈苹还在这条路上站着，自己还能和她说话，哪怕只是一声问候："沈阿姨好。"想着想着，月牙的眼泪顺着脸颊流了下来。

来到沈苹家，下了车，文林集合所有干部站好，在黎志的带领下，所有人走到沈苹的灵堂前，跟着黎志一起进行三鞠躬。看着沈苹微笑的遗容，所有人几乎都落泪了。

走出灵堂，沈苹的小儿子跟着走了出来送黎志他们，边走边对黎志说："放弃治疗后，我们就把母亲带回老家了。她神志偶尔清醒的时候，嘴里还念叨着想见您，说要去栽树！"

黎志听后，看着院子内那棵木香树，光秃秃的，和夏天来看望沈苹时候的生机勃勃，形成了鲜明对比。黎志声音沙哑嘱咐了句："沈大姐是一个好人，她这辈子不容易，西明乡的人民不会忘记她。沈大姐喜欢树，别忘了在她坟前栽种两棵树！"

"书记，谢谢您，谢谢乡里领导对母亲的挂念！"

"回去忙吧。"黎志挥挥手，头也没有回地离开，那一刻，黎志的眼泪再次流了下来。

回到乡里，整座政府院内静悄悄的，沈苹去世的消息已经在乡政府院内传开。沈苹的事迹，乡政府上下都是知道的。整个上午，政府院内没有鸣笛声，也没有嘈杂声，下村的下村，在乡政府院内处理公务的处理公务。

到了下午，黎志把文林叫到办公室。黎志虽然看上去精神好了许多，但依然看出有一些伤心，黎志对文林说："明天市里领导要陪着中标企业来姜里村现场办公，下午组织大家开个会，让大家围绕姜里村打造的想法都谈谈，谈过后，让党建办形成文字，等明天我们和企业对接的时候，有个准备！"

"好的，书记。"文林看着脸色有些苍白的黎志，关心地问了句，"您没事吧？"

"没事，你去忙吧。"黎志挥挥手，文林出去了。

文林把所有片区长以及党委人员召集到自己办公室，小范围开了一个会，传达了黎志意见。传达完，没有人说话，文林点名朱磊："老朱，你的片区，你先来说！"

"我的想法是，企业入驻之后，能给村集体带来什么效益？现在我们全乡村集体经济都很薄弱，村集体经济做不上去，我觉得，村庄要发展就有一定难度。"朱磊说。

"老朱说得有道理，我们几个村委面临的也是这个问题。村集体经济现在是村内的薄弱环节，如果能够有办法让村集体经济上去，村委有自己的建设资金，想要提升村容村貌就有底气。"梁田赞同朱磊的看法。

难得梁田和自己能站在同一立场，朱磊看了一眼梁田。

"我觉得，当下的重点问题不是在于村集体经济，而是在于村委班子的打

造，有一支战斗力强的村支部，无论安排什么事情，都能圆满地完成。"刘文发表自己看法说。

王时心听着他们的意见，笑着低声问文林："文乡长，我想插一句！"

"你说！"

"我们现在讨论的问题，究竟是姜里村的打造，还是说每个村委的建设都可以发表看法？"

"重点是姜里村，因为明天企业就要来我们西明乡交谈了，但其他村委如果有亟待解决的问题，也可以发表一下看法。"文林回答王时心。

"我倒没有其他看法，我就是想问一下，我们这个片区最后市里领导是怎么说的？"王时心问道。

"你们片区，也是纳入了乡村振兴示范带。但是，得一个村一个村地开始打造，姜里村打造完成，就是你们片区了。"文林回答王时心。

"哦。"王时心回了句。

"你这心操的，到时候说不定你就不在这了。"朱磊笑着对王时心说。王时心要被调走的消息几天前就在乡里传开了，这次区里提拔重点是女干部，西明乡政府这么多干部里，唯一符合条件的只有王时心一人。

"书记说过，只要在西明乡一天不走，就要认认真真地干好一天的活，再说了，现在文件还没下来，一切都是变数。"王时心谦虚地笑着回答。

"我也就纳闷了，怎么总是他们五片区升职啊？要不这样，文乡长，你和黎书记商量商量，等时心走了之后，我去五片区当片长吧。我的片区谁想要，可以给他们。"想起之前升职的王奔，再看看现在的王时心，朱磊半开玩笑半认真地对文林说。

"这个想法你还是打住吧，老朱，现在姜里村马上要整村提升了，姜里村你最了解，这个时候你想撂挑子不干当逃兵，别说黎书记那，我这一关都过不去。"文林把朱磊的话怼了回去。

"我这不是开个玩笑吗，你看你，还当真了？"朱磊见文林坚定的话语，知道这事没得商量，只好迂回地说。

"老朱，你变成女的，或许这事有谱。"梁田接了句。

"去，说些没用的。"还没和梁田统一战线一会儿，两个人又干起嘴仗来。

"好了，有意见的，发表意见，如果没意见，我就说我的看法了。"文林见大家闲聊，问大家。

"您说吧。"梁田对文林说。

"关于姜里村的打造，我的看法是，姜里村的基础设施一定要一步到位。下水道、厕所、绿化这些都要和他们说，需要他们做的，就要企业做，需要我们政府做的，我们也趁着这次机会全部给做了。书记刚才也交代了，等企业来了之后，我们要做好的是服务，这个过程中，和企业之间不能推诿扯皮……"文林侃侃而谈地给所有人讲着自己的想法。说完，文林对所有人说："好了，各自去准备吧。"说着，文林把录音笔递给王时心："一会把这个给党建办，让他们整理成文字拿给我！"

"好的。"王时心接过录音笔，走出了办公室。

第八十二章　一锤定音

第二天一早，姜里村的街道就响起了洒水车的声音。早起的村民常生开门看到洒水车，对正在做饭的媳妇说："今天村里又有领导要来了！"

"你怎么知道的？"

"经验，现在我们姜里村来领导那不是家常便饭吗？这次不知道有什么大动作呢！要是村里真发展好了，我就不出去打工了，在家陪着你们娘几个。"常生看着远去的洒水车，走向院内，拿起门口的扫帚扫起地来。

吸取了上次的教训，天还没有亮，常平就从床上爬了起来。媳妇刘花迷迷糊糊地问常平："这么早，你起来干吗啊？"常平边穿衣服边说："今天市里领导要来，这次可不能再出问题了。"说着，常平穿好衣服走出了家门。

来到村委，村委干部一人手里拿着一把扫帚已经在村委等待着常平。

"我们按照昨天划分的任务，各自到各自的街道去。"常平刚站好，就直接说道。人要散去时，常平又急忙接了一句："一会儿各村的支部书记也会过来支援，来给我们帮忙的，我们一定要配合好，听到没？"

"听到了。"说着，人便散了。

常平还不放心，看村委院内主任的两轮电车停在那里，钥匙也没拔，常平骑上车就朝村里去了。

黎志来到乡政府院内，一下车，没有进办公室，直接走向政府门口，朝姜里村方向走去，在街里，碰到了朱磊。

"老朱，今天挺早。"黎志向朱磊打了声招呼。看到黎志，朱磊急忙走到黎志面前说："您怎么也一早下村了？"

"我转转。"黎志答着。

"我陪您吧，我也是看看。"朱磊答着，陪黎志在街里走着。转了两条街，黎志点点头对朱磊说："今天的卫生非常好，如果平时也能这样，就更好了！"

"以后天天都是这样。"朱磊听到黎志夸赞，笑着回答。

此时东边已经露出鱼肚白，黎志看着东边露出小半张脸的朝阳，对朱磊说："看来，今天是个好天气，太阳都出来了！"

"是啊，今天是姜里村的大喜之日，连天气都是喜上加喜！"朱磊说。

两个人说着走着来到了姜里村的文化广场，有几个村民正在广场上晨练。看着面前的广场，黎志指指广场，问朱磊："这个广场你还记得不？"

"怎么不记得？我记得我刚来的时候，还是一个大坑，里面扔了一坑的垃圾！当时这坑里光拉垃圾都拉出来了几大车。"朱磊回忆着过往，感慨地说。

"是啊，当时这条街还是一条土路，坑洼不平。你看现在，坑没有了，有了文化广场，群众没事也来这里锻炼身体了！这说明了什么？说明只要我们把条件给村民提供到了，他们也懂得享受生活，也知道加强锻炼！"黎志看着晨练的老人，对朱磊说。

"人民对美好生活的向往，就是我们的奋斗目标。"朱磊笑着回答。

"理论学得不错。"黎志看看朱磊，继续往前走着。迎面遇到了骑着电车的常平。来到黎志面前，常平停下车，双手扶着把手，问候黎志："黎书记，早啊！"

"不错，今天的精神状态要比那天好得多。"黎志看着面前精神抖擞的常平，给常平点了一个赞。

"谢谢书记。"常平推着电车，陪黎志一路向东走着。这个时候，太阳已经从东方升起，朝晖洒在了整座姜里村。

上午十点，区领导王冬率领区相关干部、市领导秦贺率领市相关干部陪同着苏道再次出现在了姜里村的村头。和上一次不同的是，乡村振兴中标企业负责人友田集团董事长张思农也跟着一起来了。

在黎志和文林陪同下，秦贺他们再次考察了一遍姜里村。考察结束后，在乡政府会议室，秦贺主持，进行现场办公。

乡领团队代表苏道、友田集团代表张思农、区代表王冬和西明乡代表黎志几方坐在一起就姜里村的打造，各自发表了观点。

秦贺开场白说道："今天在这里召开我们几方会议，有两层意思，第一层意思是让大家见个面，以后具体工作涉及哪一块就是你们之间对接了，对接不了的，再和市里说；第二层意思，自从上次陪苏老师在村里转了之后，他们团队

也拟出了一个初步的设计方案，我们共同来看一下！有需要补充的地方，大家可以提建议！"

秦贺说完，苏道对陈倩点了点头，陈倩领会到苏道的意思，打开电脑，结合着 PPT，开始介绍自己的设计方案。

陈倩说："按照苏老师的想法，把农村建设得更像农村。我的设计思路是，在村庄原有基础上，稍加修葺，让村庄多一些质朴的感觉。比如说，我们临街的门面房可以增添一些老砖，增加它的味道，还有就是我们的空院，能做成民宿的改造成民宿，改造不成民宿的，我们可以打造不同主题的展馆。"一幅幅姜里村未来的样子出现在 PPT 上。

"这还是你们姜里村吗？"朱磊坐在后排，低声问常平。

"看着挺好的。"常平看着生动的画面，眼神里放光。

"还有这条干涸的河，我的设计思路是，这条河它现在是什么形状，还是按照它的形状。但是，在河畔两岸可以撒一些种子，不是那种名贵的，而是我们这个地方随处可见的。通过花花草草在河畔上的生长，能够让我们找回小时候门前流过那条河流的感觉，整体层次是柔软的。"陈倩打开一张图片，图片上一条清澈的河流从姜里村边流过，在河流的两侧，生长着高低不一的花草，几只蝴蝶在花丛中飞着，几个行人从河岸边走过。

"真好！"常平感慨地说。

"我们把整座姜里村的乡村游形成一条线路，让游客来了之后，有看的、有转的、有吃的、有玩的，最后走的时候还能带走一些当地特产。"陈倩在总的设计图上标出了一条整体线路。

会场内，响起热烈的掌声。

黎志对陈倩竖起大拇指说："设计得非常好！"

苏道笑着接了句："陈倩是国外留学回来的，已经为很多座乡村做过设计。她的设计思路，黎书记请放心！"

"一看水平就不一样。"黎志再次夸赞。

陈倩笑笑，准备关上电脑，但忽然间想起了什么，陈倩又把电脑打开，翻到第 12 页，不好意思地说："抱歉啊，刚才忘了一项。但这个问题我觉得有必要在这个会上说一下，我们来看这个设计，这里面涉及要拆除的一些街内遮挡

物，比如说多余出来的棚，再比如说这树林里的草垛，影响整体美观的地方，都要进行整改！"

"这个没问题，需要我们做的，我们全力以赴。"黎志回答。说完，黎志问常平："常支书，这些有问题没有？"这种场合下，即使常平心里有一万个意见和问题，也不敢随意表达，只能是强装信心百倍地说："没问题！"

张思农看完PPT发表个人看法说："我们企业这边没有问题，配合好乡里工作！"

"张总这话客气了，是我们配合好咱们企业建设。"黎志笑笑说。

"之所以我们愿意来姜里村做，是早就听说西明乡的民风好，刚才从街里走了一圈，看到群众见面都是打招呼的，感觉来这个地方来对了。"张思农笑着回答。

"对于刚才的设计方案，大家有没有其他意见？"秦贺问在场的所有人。

大家你看看我，我看看你，没有人回答。"好，既然没有意见，那就这么定。"秦贺说完，又对黎志嘱咐："刚才陈设计师提出的拆棚任务，你们要抓紧进行了，这个可以先进行着！"

"好的。"黎志答道。

秦贺对姜里村乡村振兴又做了部署后，站起身，和苏道、张思农一行急匆匆地离去。因为市里领导还等着秦贺他们回去汇报姜里村打造的具体方案。

送走秦贺一行，王冬对黎志说："我们再开个小会！"

黎志陪同着王冬重新回到会议室。坐好后，王冬看着西明乡的干部，问道："大家有没有信心做好？"

"有！"

"没问题！"

"有！"

在场的干部纷纷回答着。

"基层工作我也干过，不好干，特别是触碰到群众直接利益的时候，拆棚看着是小事，但这里面的工程量很大。这个过程中，我们一定要做通群众工作，千万不能因为这件事，出现上访事件。"王冬有所思考地对在场干部说。

"放心，王书记，西明乡的问题，我们自己解决，一定不把问题上交上

去！"黎志保证着。

"这次市里有这么大的动作，对姜里村来讲，也是好事，但是，我们要把好事办好，千万不要到最后，群众都有怨言了。"王冬再三嘱咐。

"收到！"黎志说。

王冬不放心，让黎志又陪着到姜里村走了一遍。一路上对黎志嘱咐再嘱咐，他知道黎志做事的风格，生怕出了什么乱子。黎志向王冬再三保证后，王冬才放心地离开。

王冬离开后，黎志看着眼前广袤的土地，对文林意味深长地说："召集五大片区片长来河边，攻坚任务又来了！"

第八十三章 "战役"打响

文林在群里通知十分钟不到，所有片区负责人来到了河边。黎志站在河边，看着面前站着的五大片区负责人，当眼神落在王时心身上的时候，黎志思考了一下，对文林说："让新来的组织副书记汤阳也过来吧！"文林看了一眼王时心，明白了黎志的用意，给汤阳打了一个电话。

汤阳来了之后，黎志让汤阳入队王时心片区，并对王时心说："你一个女同志，给你片区增加个力量！"

黎志虽然这么说，但是，大家心知肚明王时心马上应该就要调任了，但为什么黎志没有明说，这是大家心里疑虑的。

"知道大家最近很辛苦，但接下来的日子大家会更辛苦。对于我们来讲，赶上西明乡乡村大转折时期，我们是幸运的，因为是我们这些人参与并见证了西明乡的发展，也是我们舍小家为大家的精神换来了现在的西明乡。"黎志站在片区长面前慷慨激昂地讲着。

"你就看吧，就冲着书记这样为我们打鸡血，一会儿任务肯定不会轻了。"朱磊小声对刘文嘀咕。

"其他片区长还没有怨言，你又有什么怨言？"刘文低声回朱磊。

"我不是在抱怨，只是在陈述一个事实。"朱磊说。

果然，黎志慷慨激昂地讲了一段之后，任务来了。黎志现场下达任务，五大片区片长从下午开始，统计并动员姜里村涉及拆棚群众的思想工作。区域划分还按照之前五大片区支援姜里村乡村建设时的划分。

"老朱这命是真好啊，摊上这样一个片区、一个村委，活是我们共同干的，成绩最后都是他的。"梁田有些酸酸地对曹亮说。

"梁乡长，你这话不对，成绩是大家的。"曹亮给梁田纠正着。

黎志安排后问文林："文林，你还有什么要给大家交代的吗？"

文林想了一下问黎志："书记，这次支援我们要不要还是评比排名？"

"肯定要，只有评比排名了，大家干着才有动力。这个事情你来安排就行了，听听他们的意见。"经文林这么一提醒，黎志对文林说。

"我说一下，这次配合姜里村整村打造提升是一个长期的工程，也就是说，我们在场的所有片区长除了自身片区几个村委之外，姜里村划分到的区域考核也在你们片区的考核范围。具体什么时间支援结束，根据姜里村整体打造提升的进度。"文林和黎志小声探讨后，发表自己的意见。

"什么？"听到文林这么说，在场的片区长都沸腾了。

"文乡长，您的意思是，姜里村只要是划分给了我们的区域，以后参加考核也是跟着我们的片区总分走吗？"梁田听得稀里糊涂的，问文林。

"原则上是这样的。"文林回答梁田。

"我觉得有些不妥。"朱磊第一个表示不同意。

"说说你的理由？"文林问。

"我觉得姜里村只能作为所有片区共同努力打造的一个点，但不能划分到他们各自的片区去。本来是属于我们自己片区的，感觉自己就像是被割地了一样。"朱磊怀有小心思地说。

文林看出了朱磊的小心思，他明白此时朱磊心里琢磨的是什么。姜里村一直以来给朱磊他们的片区挣分不少，如果就这样被划分了出去，对于朱磊整个片区的分值来讲，是一件极大的损失。文林安慰朱磊说："格局要大，老朱，乡里做出这个调整，也是为了加快姜里村整体工程的进度！"

"要不这样，按照当下这个情况来看，姜里村的确已经不适合参加全乡的村委评选。姜里村划分的五个区域，他们之间单独评选，其他的村委还按照之前乡里定下的评分标准继续走。"黎志听了朱磊的话，也觉得朱磊说的并不是没有道理，又想了一个办法说。

黎志说完，大家你看看我，我看看你，朱磊这次也没有作声。见大家都没有发表看法，文林说："既然大家都没有意见，那就按照刚才黎书记提出来的方案执行。从散会这一刻开始，我们新的战场就拉开了，是英雄是好汉，我们战场上比比看，散会！"

听到"散会"的指令，五大片区片长纷纷朝着自己负责的区域走去。王时

心要和汤阳一起离去的时候，黎志把王时心叫住了："王时心，你留一下。"同时，又对还没有离去的朱磊说："你安排一个村干部陪着汤阳先去熟悉一下他们的区域！"

"如果这边没我什么事了，我陪着汤书记去吧。"朱磊见黎志把王时心叫住，知道两个人一定会聊一些关于王时心调任的事，识趣地说。

"也好，你陪着一起去吧。"黎志想了想，回答朱磊。

"书记，那我到村里再转转。"文林见人都走了，对黎志说。

"去吧！"

所有人都走了，只剩下黎志和王时心两个人。黎志顺着河边走着问王时心："你心里怎么想的？想不想离开这里？"

王时心听着黎志的问话，问题尖锐而又直接，王时心不知该如何去答。从内心来讲，虽然平时工作很累，但通过近两年的时间和大家的相处，王时心已经习惯了乡里的忙碌。但从现实来讲，王时心的孩子今年刚刚七岁，正是需要陪伴的时候。自从来到西明乡，整点下班的次数，数都数得过来。经常是自己到家的时候，孩子已经睡了，第二天上班的时候，孩子还没有醒。从孩子的教育上来讲，王时心心里是想离开这个地方。

黎志看看王时心，见王时心还没有回答。黎志已经清楚了王时心心里在想什么。

"如果离开了这个地方，再想回来就回不来了。"黎志说。

"知道，感谢这些年来，您对我的栽培，无论以后到哪个工作岗位上，我一定会好好工作，把我们西明乡精神带到新的岗位上去。"王时心的回答表明了她的态度。

"决定要离开了？"黎志再次确认地问王时心。在他心里，他并不希望王时心这个时候离开。毕竟好不容易培养得差不多了，正是能够派上用场的时候，王时心却要走了，黎志心里是感到惋惜的。

"谢谢书记的推荐。"对于这次区里的考察，王时心心里清楚是谁推荐了自己。

"好，既然你决定要走了，我也就不再说什么了，我这边会和区委组织部说。到了新的岗位上之后，好好工作。"黎志也不再挽留王时心，鼓励着王时心。

"感谢书记,我一定站好我最后一班岗。"王时心说这话的时候,眼睛已经酸涩。

"好了,去忙吧。"黎志背对着王时心挥挥手,示意王时心离去。王时心嘴角蠕动着想和黎志再多说几句,但看着黎志的背影,王时心嘴角蠕动几下,还是没有张开口,转身便走了。此时文林刚好从村里转了一圈回来,和王时心走了一个迎面。文林对王时心笑笑,王时心浅笑回应下,离去了。

"时心确定走了?"从王时心的表情上,文林已经读出了王时心要走的消息。

黎志站在河边,似自言自语又似对文林感慨地说了句:"到哪都是一样,铁打的营盘流水的兵!"

王时心回到划分的姜里村区域,朱磊和汤阳两个人正面对面站着聊天。见王时心沮丧地回来,朱磊朝王时心走去,笑笑:"你这个时候的表情可不该是这样的,每天这么累,终于要走了,你应该开心才对!"

"你怎么知道我会走?"王时心见朱磊一语道破了自己的心事,诧异地问朱磊。

"用这想的。"朱磊指指自己的脑子。

"没意思。"王时心见朱磊不说,也不再继续追问了。

"有没有说什么时间走啊?到时候给你弄个欢送宴什么的。"朱磊问王时心。

王时心看着眼前的区域,叹了声气说:"我也不知道什么时间走,应该是快了!以前也想过什么时间会离开西明乡,没想到这么快就要走了!"

"那书记有没有说,什么时间汤书记任你们片区的片长啊?"

"没有。"王时心原以为朱磊是同事间的关心自己,谁知道绕了一大圈是试探汤阳什么时间上任,王时心有些不舒服了。

"算了,不逗你了,汤书记我交给你了,我那还有很多工作要做,我走了。"朱磊说着离开,走出很远,朱磊边走边留下一句话:"什么时间要走了,提前说,我们这几个老大哥给你摆一桌欢送宴!"

听着朱磊说这话,王时心那一刻忽然间有些舍不得离开西明乡了。汤阳走到王时心身边,看着眼前的院子,对王时心语重心长地说:"刚才朱乡长也给我讲了接下来的任务,是够艰巨的!"

"不好意思啊。"王时心不知道为什么要对汤阳说这句不好意思，或许是因为自己即将离开，而汤阳在任务最艰巨的时候不得不上任的一种愧疚吧！

"有什么不好意思的？到哪不得工作？早就听说在西明乡工作天天跟打仗一样，没想到我刚来就摊上这么一个大战役，千载难逢。"汤阳貌似轻松地回答王时心。

见汤阳没有怪自己的意思，王时心脸上露出了笑容。两个人站在路上商量着。商量后，汤阳在本子上定出了下一步工作计划。看完汤阳现场快速写出的计划，王时心连连赞叹："简直神了！"

"神不神暂且不说，我们赶紧进行第一步排查吧，趁着你还在这，多指导，现在是我求着你帮我工作了。"汤阳笑着把本子合上说。

"好。"看着脸上充满自信的汤阳，王时心暗自为其他五个片区片长捏了一把汗。虽然王时心平时看人不算太准，但面前这个人，王时心已经感觉到了他工作中的"杀伤"威力，从组织部下派来的，一定不简单。可以这样来说，如果他是一个片区的片长，对王时心的杀伤半径绝对是三米开外。想完，王时心又看看汤阳。看着汤阳一丝不苟的脸上挂着笑容，王时心竟不禁地打了一个寒战。

第八十四章　如火如荼

姜里村如火如荼的乡村改造在寒冬里拉开了帷幕。这个帷幕离过年仅有一个月不到的时间。一般往年这个时候，基本上乡镇里都没有什么工作，干部和村里的村民一样，盼望着过年。其他乡镇这个时间，已经开始休养生息，除了上面交代的规定动作，大部分时间都是开会学习党建理论，唯有姜里村，热火朝天的干劲燃烧了寒冷的冬天。

"拆棚"二字对于村里很多群众而言，是怀有抵触心理的。除了个别群众搭建铁棚是为了多占面积，很多群众家里的铁皮棚对粮食晾晒、房屋补漏起到了关键性作用。为了随时跟进工程进度，黎志对五大片区的要求是每天一开会、每天一汇报。本想着用一周的时间把所有任务拿下，但五大片区片长都低估了工作的难度，第一天汇报工作时，除了梁田片区，几乎都是交了白卷。

晚上六点，按照黎志定下的规矩，五大片区片长准时来到了会议室开会。走进会议室，黎志已经等待着他们。见五大片区片长都是垂头丧气，黎志也预想到了结果，但黎志却是面露微笑，平静地等待着所有人到齐。人到齐后，黎志看着大家，佯装一切都不知道地问："今天大家的战果如何？"

黎志说完，会议室一片寂静，唯有梁田打开本子汇报道："我们片区今天拆除临街房铁皮棚5座，群众配合，拆除过程中没有和群众发生任何矛盾！"

"非常好，给梁乡长片区加5分。"黎志听完梁田的汇报，通过加分的形式给梁田鼓舞士气。

"我们片区目前3座。"刘文接着回答。

"我们片区2座。"王时心说。

"我们片区2座。"曹亮答。

"我们片区1座。"朱磊低声地说。

"都不错，虽然没有梁乡长片区数量多，但第一天，大家都开门红了，按

照 1 座 1 分的原则，每个片区的分都加上。"黎志对加分员说。

"收到。"加分员认真记录着。

"老梁，来，你说说，拆棚过程中，你们用的什么方法让群众配合这项工作的？"黎志问梁田。

梁田听到黎志说让他传授经验，他端坐好，对其他四大片区片长侃侃而谈地讲道："方法还是那个土方法，先是给群众做思想工作，第二步给群众讲姜里村未来的发展，如果群众还不同意，我们就标注一个记号，直接去下一家。我们今天拆除的是第一轮配合乡里工作的群众家中的铁棚。我们把这些涉及的群众按照做工作难易程度进行划分，先攻易，再攻难，最后逐个进行！"

"不错，给老梁这个工作方法点赞，先易后难这个方法用得好。"黎志给梁田点了个赞，接着问刘文："刘文，你来说说你们片区是怎么进行的？"

"汇报书记，我们片区是想着一遍过，挨着给群众做工作，做通一家是一家，做通一家拆除一家铁皮棚。"刘文回答。

"也可行，但是工作进度要加快些。"黎志微微点头，又问朱磊："老朱，你身为这个片区的片长，按说你们的数量不该这么少，你来说说，为什么你们这么少？"

梁田这个时候也双眼直勾勾看着朱磊，似乎也有些不明白为什么朱磊数量会这么少。

"回书记，我们片区在拆除过程中，出现了有群众阻工现象。今天一天一直在给这个群众做工作，直到现在还是没有做通，我想着等晚上再去试试。"朱磊回答。

"群众不愿意的原因是什么？"黎志问。

"这个铁皮棚是用来堆放杂物的。"朱磊回答。

"现在问题的关键点不在于他是否堆放杂物，而是在于他是不是违规搭建的这个棚。如果占用的是公共面积，无论是不是用来堆放东西的，或者是用来做其他用途的，都要拆除。"文林抓着问题的重点问朱磊。

"我赞同文林的说法。先把这个问题弄清楚，只有找到问题的根，你才能更好地开展工作！"黎志说。

"这个目前还不清楚具体是否违规，等一会儿我和土地所联系一下，查一

下。"朱磊回答。

"其他片区也是一样，拆棚过程中一定会遇到这样或者那样的问题。我们只需要记住，属于群众利益范围之内的，我们一定要全力维护。但是，是违规搭建的，无论谁说情，必须拆除到位，在规矩面前，没有人情！只要是我们持有这样的想法去做这件事情，最终的结果一定是圆满的。"黎志说。

"收到！"五大片区片长同时回答。

会议和平时相比，不算长，一个小时就结束了。快结束的时候，黎志思考了一下对所有人说："如果大家没什么事情就不要回家了，从今天起，我们还发扬吃住在乡的精神，把这个任务在春节前拿下！"

"收到。"会场内没有人反驳，也没有人持不同意见。

王时心的表情有些犹豫，手中的笔一直转个不停，似乎看上去有些焦虑。

"当然，今天想回家的可以回家拿些换洗的衣物。从明天起，我们大家就不要走了。"黎志看着心不在焉的王时心，又接了句："考虑到女同志的自身因素，下班后可以不住乡里！"

"谢谢书记。"王时心表情瞬间阴转晴，感激地看着黎志。

"好了，散会！"黎志站了起来，边走边对汤阳说："汤书记，我们一起走走！"

汤阳听到黎志叫他，急忙从椅子上站起来跟了出去。两个人下了楼，黎志看着政府门外的街灯已亮，对汤阳说："我们到街上走走吧！"

"好。"汤阳答应着。

黎志裹裹身上的大衣，和汤阳两人并行着走出乡政府。

"文乡长，你是不知道这个工作多难！走到哪家群众那里，都不愿意让拆，一天下来，嘴皮子都快磨破了。"黎志前脚刚踏出办公室门，梁田后面就向文林抱怨着。

"刚才书记在的时候，你怎么不说？"文林半躺在座椅上，笑着看着梁田。眼前这个抱怨的梁田和刚才在黎志面前那个温顺如绵羊的梁田形成了鲜明对比。

"书记那脾气，谁不知道？"梁田回答。

"梁乡长，刚才给书记汇报最带劲的就是你，加分最多的也是你，现在抱怨最多的还是你，梁乡长啊，你这不去学变脸都亏了你这块料了，你要学变脸，得省好多道具，一张脸吃遍天下。"朱磊讽刺着梁田说。

"老朱，你也别说我，你就自己说，这工作难不难？"梁田站起来，指着老朱问。

"不难，我们会只做通了一个群众思想工作？算了，我还得去老田家和他聊聊，明天说啥他家的违建都得拆，不拆哪能服众？"说着，老朱站起来，夹着本子，叹了一声气走了。

黎志和汤阳在乡政府街里走着，两旁有些昏暗的路灯把两个人的影子在地上拉得很长。两个人一路走一路探讨着关于西明乡将来发展的方向。

聊到商业街拆除改造，黎志问汤阳："汤书记，你在区委组织部也多年了，政治理论肯定学得很多，你觉得这件事群众为什么不同意？明明是一件惠民生的事情，怎么到最后，会让群众和干部站在了对立面？"

汤阳看了看路边一家羊汤馆，店内老板正忙碌着配菜。店里三四桌客人谈笑风生，馆子的玻璃上起了一层雾，看上去暖暖的。但唯独和馆子有些不太搭配的就是房檐上多出的一块铁皮棚，羊汤馆左侧的已经拆除，右侧的和它一样，也是完整地搭在房门上方。

汤阳回答黎志："我觉得问题的关键还是在于我们干部和群众之间没有站在统一的思想战线。从我们的角度来讲，拆除了之后，再统一风格给他们设计，既美观又比原来的实用，这是为他们好。但是，站在他们的角度来说，却是他们固有的思想观念一时转变不了，他们只觉得把铁皮棚拆了，就影响生意了，他们不会考虑以后的蓝图如何，他们只在乎当下的利益会不会受到损失！"

"你说得很对，今天几个片区，我和文林我们两个也走了一遍，虽然从数量上来说，梁乡长片区数量最多。但是，从效果来看，老刘片区效果整体要好。老梁的工作思路从他个人角度来讲是没错，先易后难。但是，他这个工作思路也很容易给他自己圈到一个圈子里。他没考虑到的一个问题就是，第二天再做工作的时候，这些难做通的思想波动会很大，什么事情都要趁热打铁。想必这个时候，老梁也会给文林抱怨几句。"说到这里，黎志没有再说，看着迎面走来的五六个锻炼的村民，转移话题对汤阳感慨地说："你看群众，有了路灯，大家也都知道出来锻炼了。想起我刚来那会，街上坑坑洼洼，两边的路灯也没有，一到晚上，这条街里一片漆黑，没有一点生气！"

汤阳回忆说："很早之前，西明乡我也来过，当时跟着区委书记第一次来西明乡调研，我们的车差点出不去，路太烂了，书记走的时候，还一肚子怒火！"

"是啊，不容易，西明乡的变化也是从那个时候开始的。"似乎汤阳的这些话也勾起了黎志刚来西明乡时的回忆。

"老田在家没？"就在黎志和汤阳在街上谈心时，晚上七点，朱磊和常平出现在了田生金的门前。

第八十五章　顺藤摸瓜

朱磊和常平敲田生金家的门。听到门外拍门声，田生金家里养的一条土狗狂吠着，田生金坐在客厅里的沙发上看着电视对媳妇说："你去看看怎么回事，这狗叫啥呢？"田生金媳妇出了门，刚巧，常平这个时候又在门外喊了句："老田在家不？"

"在，在，谁呀？"田生金媳妇急忙过去开了门，看到是常平和朱磊，田生金媳妇急忙对屋里喊："生金，有人找！"说着，田生金媳妇把人领到院子里。此时狗吠得更厉害了，田生金媳妇拿棍吓狗说："别叫了，再叫把你杀吃了！"狗似乎听懂了田生金媳妇说什么，快速钻进自己的狗窝，钻进狗窝后，还不忘探出头又冲着朱磊和常平叫了两声。

"真是看家的一条好狗。"朱磊看着狗，笑笑说。

"就是家养的一条狗，嘴狂。"田生金媳妇不好意思地笑着回答。

"这才是好狗呢，会叫的狗不咬人，比那种不叫，上来就咬人的狗好很多。"常平也笑着说。

几个人院子里的聊天，田生金都听到了，特别是常平说的"会叫的狗不咬人，不叫的狗会咬人"这句话，田生金怎么听怎么觉得心里不舒服，总感觉常平是指桑骂槐。田生金没耐住性子，从屋里走了出来，笑着对常平说："常支书，有时候会叫的狗也咬人！"

田生金这一句，把常平整蒙了，本来他只是简单地说了几句农村的俗话，没想到田生金把话放到心里了，田生金这一句话分明就是在暗指什么。

"不说狗的事情了，今天来也不是说狗的。"朱磊也听出了田生金话里有意思，假装没听出笑着打岔。

"这么晚了，还让乡里领导来我家，屋里坐，屋里坐。"田生金瞬间变脸，嬉笑着对朱磊说。朱磊是乡里领导，田生金是知道的，朱磊来干什么，田生金

心里也能猜出个八八九九。对于田生金来说，让他硬碰硬地和朱磊对着干，他肯定不会这么做。但是，让他第一个做出让步，他也不愿意，这就是为什么朱磊用了一天的时间依然没有把田生金的思想工作做通。

见田生金邀请进屋，朱磊跟没事人一样笑呵呵地走进田生金的客厅。走进客厅看到客厅墙上贴满了奖状，朱磊夸赞说："你这教育可以啊，这满墙的奖状！"

孩子一直是田生金心里最骄傲的事情。听到朱磊夸赞孩子，田生金得意地说："孩子从小学习好，从小学到初中，没有出过班级前三名！"

朱磊点点头，又看到在奖状的一旁挂着一个相框，相框里有田生金一家的照片，一家四口全家福看上去幸福美满。朱磊走过去，假装仔细地看照片，看完之后，朱磊又夸赞说："咱家的大公子长得真是一表人才，一看就是有材料！"

朱磊这一说，田生金心里更高兴了，走了过来，指着相框里的照片给朱磊讲着。

常平站在屋内，看着对奖状和照片感兴趣的朱磊，不知道朱磊葫芦里卖的是什么药。让他相信朱磊单纯只是为了夸孩子学习好，打死常平，常平都不会信。

果然，朱磊和田生金聊着聊着就聊到了孩子未来的发展方向上。朱磊从相框那里走到沙发坐下，问田生金："将来孩子就业，你有什么打算？"

"我也没什么打算，就看他将来想干什么。无论做什么，我们都支持他！"田生金笑眯眯地说。

"我觉得孩子将来可以回到我们乡里发展。你看现在我们乡里发展的，不比那城市差。"朱磊似闲聊地说。

"那得看他自己了，我和他妈听他的意见！"

"一看就是深明大义的父母。"朱磊给田生金竖起一个大拇指，又和田生金聊起家里收入的话题。朱磊问田生金："你和弟妹你俩每个月能挣多少钱？"

"一个月也挣不了多少钱，就开了那一个小店，您今天也见了，一天差不多能挣个二三百吧。"田生金此时丝毫不知，自己已经进入了朱磊画的一个大圈里。

"要说起来，一天二三百，对于农村来讲，已经很多，就拿我来说吧，我一天工资都没你挣得多。"朱磊说。

"朱乡长说笑了，我们这平民百姓怎么能和您比。"田生金听到朱磊这话，笑笑回答。

"我说得是真的。但是，你有没有想过，如果我们这个地方发展乡村旅游了，就你和弟妹开的这个店，到时候游客一来，一个月挣个几万块？"朱磊问田生金。

"一个月挣几万块，我也没想过，我和媳妇的愿望就是一家人平平安安，健健康康，手里不缺钱就行。"田生金看了一眼媳妇，憨笑着说。

"小富即安，有时候也挺好的，但如果能让我们的生活过得更好，为什么不奔着更好的生活去走呢？"朱磊环顾了屋子一圈，准备切入主题。

"朱乡长，您要说的我都明白，不是我们不拆那个铁皮棚，关键是我们刚搭建没有多久，当时搭建就花了一万多。"田生金直到这个时候才明白朱磊要和他说的事情。

"生金，你应该也看到了，今天街上已经拆了不少了，现在不拆，早晚有一天还是要拆。"常平劝说着田生金。

"那这样常支书，等他们全部拆完的时候，我们一定拆，您说行不？再让我们用一段时间。"田生金舍不得地说。

朱磊看着眼前固执的田生金，和刚才与自己聊孩子学习的那个慈父完全是判若两人，一个是慈祥的父亲，一个是固执的男人，看着面前这个双重角色的人，朱磊心里想着对策。

"如果每个人的想法都是和你的想法一样，都等着最后拆，这个工程什么时间才能结束？"常平依然劝说着。

田生金没有接常平的话，只是看着朱磊，对朱磊说："朱乡长，不是我给咱们乡里工作找麻烦，如果这个铁皮棚能拆我早就让拆了，关键是现在不能拆！"

"刚才你聊孩子未来的时候，我感觉你是一个非常明事理的父亲，但是，怎么聊到自己的问题上，就这么固执呢？你只是想着保持现状就好，但是，你有没有考虑过，将来乡村建设越来越好了，孩子就是成家也要挑一挑家庭。之前我听说西明乡这个地方，女的都不愿意嫁到这里来，为什么？落后，偏僻！

难道你想让下一代也这样下去？"朱磊问田生金。

田生金沉默了。

朱磊趁热打铁地说："如果你们有什么顾虑都可以说出来，需要我们解决的，我们一定给大家解决，但是，现在我们这样僵持下去总归不是解决的办法，一两个人是阻挡不了西明乡前进方向的！"

"你倒是说句话啊！"见田生金不说话，常平在一边着急地催着。

"朱乡长，现在这个问题不是我一个人的问题。大家之间闲聊的时候，也会探讨关于这个拆改的事，大家只是觉得如果拆除，就要一视同仁，而不是只是从我们下手。"田生金说完，看了常平一眼。

"西明乡的工作一直是一视同仁的。黎书记经常下村走街串巷，我们村民也都看到了，做什么工作，也都是干部带着头和大家一起做，大家如果觉得哪个地方做得不对，可以提出来。"朱磊感觉田生金似乎有什么瞒着没说。

"大家都在议论说常支书家的为什么没有拆除！"田生金低声说完，又看了常平一眼。

"我家有什么？"常平被田生金这一状告的，感觉脑袋都是震荡的。

"你接着说。"朱磊似乎看到了问题破解的光明，紧追着问田生金。

"大家私下都说，常支书家门口门前的一座铁皮棚也没拆，为什么先拆我们的，大家也说了，只要是常支书家的拆了，我们都拆！"

"我怎么不记得你家里有一座铁皮棚？"朱磊听到田生金这么说，疑惑地问常平。

听了田生金的话，常平似乎恍然大悟地对朱磊说："我家里的确是有一座铁皮棚，搭建的位置本来也是属于我家自己的土地！"

"占道了吗？"朱磊问。

"怎么说呢，之前我家门前留的位置大。那条路有我家的面积，等于说现在把属于我家的面积，搭了一座棚！"常平也不知道该如何对朱磊解释搭棚的事情，支支吾吾地回答。

"好了，我知道了。"朱磊听到这，站了起来，此时，他已经觉得没有听下去的必要了，问题的关键点已经找到，那就是一直跟着自己做思想工作的常平。只要把常平的问题弄明白了，接下来的工作进度就加快了。

　　朱磊笑容满面地和田生金告别后，让常平带着自己去他家里看棚。

　　朱磊走后，田生金媳妇担心地问："刚才你那样说，会不会得罪了常支书？"

　　"是朱乡长让我说的，我只能实话实说了。这棚其实我也早想拆了，但是，我们不能做领头的，我们等等，大家都答应拆的时候，我们再拆也不迟，这样谁也不得罪。"田生金边回屋边狡猾地说。回到客厅，田生金又换上了一张面孔，一副慈祥的笑容看着墙上贴着的奖状。

第八十六章　改变主意的田生金

"听说了没？常支书把自己家里的铁皮棚给拆了。"朱磊去田生金家的第二天下午，姜里村村民三五成群地晒着太阳聊着。田生金从他们身旁路过听到这个消息，加快脚步回到自己的店里。

回到店里，田生金媳妇张巧花看他一副心神不定的样子，问他："出去买一趟调料，怎么回来看上去有心事？"

田生金走出门看看门外，见没人，走进店里，把店门关了。田生金这一举动更让媳妇纳闷了，忙着急地问："发生什么事情了？"

田生金坐在店内的板凳上，点燃一根烟，抽了一口，对媳妇说："常平家的棚拆了！"

"拆就拆呗，你这么紧张干吗？"张巧花听到这事，随口接了一句。但没有一秒，张巧花的脸色变了，在房间里来回踱着步说："会不会和昨天你说常平家的棚没有拆有关？"想到这，张巧花瞬间慌了，着急地说，"生金，这下我们和村委结下梁子了，以后这生意怎么做啊？"

"着急啥？我们又没做违法的事？再说了，昨天我说的只是大家议论的而已，又不是我让拆的！"田生金话虽这么说，但依然是一副心神不定的样子。

"虽然不是你提议的拆棚，但是经你口说出的，支书肯定恨的是你！"张巧花看看窗外，似下定了决心对田生金说，"要不这样，我们还是去找支书吧，这棚反正早晚我们都要拆，不能因为这件事到时候再影响了我们孩子！"

"不去。"田生金倔强地回答。

到了这个节骨眼，张巧花见田生金还是这个倔脾气，有些生气了，对田生金说："你不去我去，别到时候，我俩再扣上一个钉子户的帽子，将来孩子怎么在村里立脚？"说着，张巧花准备开门出去，这个时候，朱磊、常平出现在了门外。田生金透过窗户看到，拉了一把媳妇，不让出去，也示意媳妇不要出声。

常平站在门外，看着紧闭的房门，自言自语地说："半个小时前从这路过还开着门的，怎么一会儿就关门了？"

"常支书，要不我们回家里看看。"随行的干部看了一眼紧闭的房门，回答常平。

正在几个人准备转身走的时候，张巧花还是没有耐住性子开了门。田生金没有拦住媳妇，只是坐在凳子上，不看门外。

"常支书来了。"张巧花一出门，就满脸堆笑地问候常平。

"嫂子，大白天的关什么门呢？和田哥吵架了？这生意不做了？"常平边笑着回答边走进屋子。走进屋内，见田生金一个人坐在屋内抽着闷烟，常平又问："老田，我们又来了，经过一晚上的考虑，你怎么想的？"

田生金抬头看了常平一眼，没有说话，自顾自地抽着烟。

"田哥，这事你得想开些，昨天该说的朱乡长都说了，你说我家的棚该拆，我也拆了，咱们得讲道理对不对？"常平坐在田生金的对面，劝说着田生金。

"我可没说让拆你家的棚。"田生金听到常平说，是自己让拆的他家的棚，忙辩解说。

"好好好，就算不是你说的拆我家的棚，但昨天你是不是说了，只要是我家的棚拆了，你就同意让拆？"常平说。

"常支书，今天一早生金就和我说，这棚得拆，正让我去找你说呢，你刚好来了。"张巧花生怕田生金还是硬头，忙笑着回常平。

"嫂子，还是你明事理，你想想，我们这条街就目前这个情况，谁愿意来？没有人愿意来，谁消费？只是指望着我们西明乡这些父老乡亲，你们能挣多少钱？统一打造提升也不让你们出一分钱，这么好的事，你说上哪找？"常平听到张巧花说愿意让拆棚，心里别提多高兴了，他恨不得现在就把这个好消息告诉朱磊。

"常支书，棚可以拆，但是我们得说好：一、我和巧花我们没有阻工，你出去不能说我俩是钉子户；二、你家的棚不是我让拆的，你也不准在别人面前说是我让拆的！"田生金听了常平和张巧花的对话，把烟头按灭在桌子上的烟灰缸里，站起身，盯着常平的眼说。

"这你就放心吧，我家的棚是我自愿拆的，和你们没有关系，你们也没有

阻工。"常平保证着。

"好，拆！"田生金手一挥，示意常平他们拆棚。

"拆棚。"常平对门口站着等待的人说。

此时门口已经站了很多围观的村民，田生金和常平的对话，村民虽然听得不算完全，但也听出了意思。田生金隔壁的商户见田生金已经妥协，站在田生金家的店门口，对正在拆棚的工人笑嘻嘻地说："我家的今天应该能排上吧？"

工人指指常平说："你得问他。"说完，工人们便开始干活了。商户看向门内，常平和田生金似乎还在说些什么，商户悻悻地走了。

走出田生金的店门，常平急忙给朱磊打了一个电话汇报战绩说："朱乡长，已经同意了，现在正在拆除！"

"好，我知道了！"正在政府院内和黎志谈话的朱磊听到这个消息，简单回复了一句，便挂了电话。

挂了电话后，黎志问朱磊："解决了？"

"解决了。"朱磊回答。

本来朱磊向黎志正汇报的就是关于常平的事情。昨天听田生金说了常平家的棚，朱磊从田生金家出去之后，没有回乡政府，直接奔向了常平家里。走到常平家里，见到门口多出的一座铁皮棚，朱磊又站在大路上，看看路的两边，又看看路尽头的商业街，离常平家不过百步远。虽然常平家并没有在商业街范围之内，但这距离离得太近了。朱磊和常平两个人聊了半个多小时，常平当时给朱磊的答复是，晚上和媳妇商量商量，没想到，一早起来，就带着工人先把自家的拆除了。

"老朱，通过这件事，你有没有什么想说的？"黎志问朱磊。

"一碗水端平，什么事情就都解决了。"朱磊回答。

"这是一层意思，还有一层意思就是干群关系。一个支部书记看着虽小，但是他们是村里的风向标，是村里的领头羊。在村里工作，你可以吃亏，但是绝对不能占便宜，因为，群众的眼睛是雪亮的。他们可以让你上去，但也可以把你推倒。现在的村支书和以前不一样，官老爷的时代已经过去，身为一个村支书，你不踏踏实实地给群众办实事，不定什么时候群众就会把你头顶的那顶帽子摘了。"黎志感慨地回答朱磊。

"是的，我一定给村里的支部书记传达到位。"朱磊回答道。

"你去忙吧！我也去街里看看。"说完，黎志叫上张庆便一同走出乡政府大门。

"朱乡长，进度上去了，就这一会，他们已经拆除了两三座铁皮棚了。"刘文正指挥着拆棚，身边的副片长白永安对刘文说。

刘文看看对面梁田的区域，也在有序地进行拆除，便对身边的干部说："无论谁先拆除完，都是好事！"

"你可别怪我多话，我感觉什么事情你都不在乎。但现在乡里的机制就是这样，你不争，有人争，别人干得好了，就是排名靠前，你各项工作也没少干，到最后排名总是别人靠前。"听到刘文不痛不痒地回了一句，白永安替刘文抱屈说。

"谁说都是别人靠前了？上次西渠我们不是第一吗？"刘文指挥着工人拆除笑着回答白永安。

"就那一次！"

"一次也不错啊，有些事情不是不争，只要你做这项工作对得起自己良心就可以了！干吗非要那么重视名次？"

"我就佩服人家梁乡长，工作也做了，领导也夸了，奖励也得了，人家那才是春风得意。还有，你看看人家汤书记，自从进入片区之后，王时心他们片区工作直线上升。"白永安啧啧地说。

"要不这样，我和黎书记说说，你去梁乡长或者汤书记的片区如何？"

"我就是说说，你知道我不会去的。"听到刘文开这个玩笑，白永安白了刘文一眼。

说起汤阳，自从他加入王时心的片区之后，王时心片区工作直线上升，这可乐坏了王时心。原来王时心只是想着，只要自己的片区工作不是倒数第一，是第几名都无所谓，但自从汤阳来了之后，王时心拼第一的心都有了。

"汤书记，你说你早来我们片区多好，这样我也能坐在第一的位子上感受一下当第一的感觉。"王时心买了几瓶饮料分给现场的工人，最后，把手中的纯净水递给汤阳。

"你怎么知道我不喝饮料？"汤阳拧开水，喝了一口。

"都搭帮几天了，我怎么会不知道？当片长这么长时间，黎书记对我工作的夸赞都没有这几天夸你的多。"王时心貌似有些吃醋地对汤阳说。

"要不你不走了，我们搭帮片区，你也尝尝当第一的滋味。"汤阳笑着和王时心开玩笑。

"走是改变不了了，我是没那个命，未来我们片区的重任就交到你的肩上了。"王时心叹了一声气，有些失落地说。

"时心姐，你什么时间走？"正在王时心和汤阳两个人闲聊的时候，月牙站在了王时心的身后。

王时心回头看到月牙，问："你怎么来了？"

"听说你要走，东哥让我来问一下是不是真的？"月牙埋怨王时心没有提前告诉她。

"还没定下来，这事我也说不准。"王时心走到月牙身边，对身后的汤阳说："汤书记，我离开会儿！"

"去吧。"汤阳笑着回答。

刚巧，李欣从他们身旁路过，笑着和王时心打着招呼。看到李欣，王时心心里有了打算，拉上李欣说："走，带你去个地方！"

李欣还没明白发生了什么，就被王时心拉上了车。

第八十七章　用心良苦

王时心驱车很快来到了刘晨、林东他们的基地。看到王时心的车，林东放下手中的活，高兴地朝王时心走去。

此时，刘晨正在红薯窖内装红薯，装好一桶之后，让林东拉绳，叫了几声，都没有声音。无奈的刘晨只好爬出红薯窖，正要发脾气，看到王时心来到了基地。刘晨急忙摘下手上的手套，拍打拍打身上的沙土，也朝王时心走去。

王时心下车的时候，林东殷勤地帮王时心开车门，用手挡在王时心的头顶，似乎生怕王时心下车的时候，一不小心碰到头。王时心把林东的手笑着拿掉说："小东子，你就别在你时心姐这弄这一套了，我告诉你，我可不吃这一套！"说着，王时心便下了车，李欣和月牙也跟着下了车。

看到李欣，林东的表情惊呆了。李欣，虽然接触不多，但是，林东还是知道她是乡里干部的，而且主抓妇女工作。

"这是乡里的妇联副主席李欣，不过，马上就是妇联主席了，叫欣姐。"王时心笑着向林东和刘晨介绍李欣。

直到此刻，李欣的表情还是一脸迷惑，她不知道为什么自己被带到了这里，也不知道王时心究竟想要干什么。

"欣姐好！"林东乖巧地叫了一句。

"欣姐好！"刘晨也回了句。

"你们好！"李欣微笑着回应。

"时心姐，你真的要离开这了吗？"刚打完招呼，林东就迫不及待地问王时心。

"听谁说的？"王时心边说边走向刚才刘晨爬出的那座红薯窖。

"看来是真的。"林东语气中充满失落。

"干嘛这么伤感？"见林东有些不高兴，王时心劝慰林东。走到红薯窖前，

看到红薯窖口捞上的鲜嫩红薯，王时心拿起一个，走到洗手池处洗了干净，掰开两半，给李欣一半。

李欣接过红薯，轻咬了一口，边嚼边夸赞地说："这红薯味道真甜！"

"沙土地红薯好吃。"王时心吃着，走进刘晨基地里的一座暖棚里。

进了暖棚，看着长势甚好的黄瓜，王时心夸赞："看来今年又是一个好收成！"

李欣看着眼前的黄瓜，思考着问月牙："月牙，除了现在你们做的红薯、花生，有没有考虑过其他方面的发展？"

王时心正准备咬红薯，听到李欣这么问，王时心嘴角露出了一丝微笑，她带李欣来的目的就在这。王时心赶忙接了一句说："月牙，今天我给你请来的可是专家，欣姐是农业大学毕业的，她见过的，可比我们见过的要多得多，把握好机会！"说完，冲着月牙眨眨眼。

月牙不明白王时心眨眼的意思，但王时心说的却被一旁机灵的林东给听了去，忙接话对李欣说："欣姐，给我们指导指导呗！"

李欣这才反应过来王时心为什么会在这个时候带她来这里，这是想把月牙他们交到她这里。李欣看看王时心，王时心给她打着手势，意思是让她放心大胆地说，李欣又看看月牙他们，三双求知的眼睛紧紧地盯着她。

"指导谈不上，但我可以告诉你们一些我在其他地方见别人做的。"李欣回答林东。

"您快说给我们听听。"林东两眼放光催促着李欣。

"我曾经去一个浙江的乡镇，当时，他们支部书记做的一个模式，我感觉挺好的。他们那个地方打造的是乡村游。支部书记带头把他们家的房子改造成民宿，只要是去他们那的游客，基本上都是住在了当地群众的家里。"

"这和我们也没什么直接关系啊，欣姐！"听到李欣讲的这些，似乎林东并不感兴趣。

"别急，我刚开始讲。"李欣见林东猴急的样子，笑着接着说："那个地方吸引游客的主要方式就是研学。他们支部书记自己建了一座很大的育苗温棚，又在温棚的一侧空余出了几十亩的水稻田。每一个到他们那游玩的孩子，都会到他的研学基地去体验种水稻的乐趣。每去一批学生，支书就把棚里提前育好的水稻秧拿出来，让他们在水田里尽情地体验种植水稻的快乐。等到人走了之后，

支书会把水稻秧重新放回到育苗棚，直到这一批苗不能再重复使用为止。在水田里，他养的有鱼和鸭子，因为他们那个地方一年四季如春，基本上一年四季都不断有人参加研学活动。"李欣讲着，月牙他们十分专注地听着。

李欣讲完，林东大受启发地说："我懂了，我们也可以在我们这个地方这样做，双重效益！"

李欣笑着摇摇头回答林东："我给你讲这个案例，不是让你仿照着去做，而是说，要打开思路，因地制宜地去做一些别人没有做过的。我们当地有我们的优势，比如说我们的花生、红薯，以及现在你们做的这些，不仅仅是单纯地把它们卖出去，而是考虑着如何在原有基础上提升它们的附加值！"

"感觉很深奥。"林东站在身边的刘晨说。

"深奥就要慢慢地悟，今天把你们欣姐请到这里来，就是要告诉你们，以后有什么事情，想不明白的，可以找你们欣姐。"王时心嘱咐着月牙他们。

"时心姐。"月牙明白王时心的良苦用心，这是在自己离开之前，把他们交给了李欣。

"时心姐，你什么时间走？"刘晨情绪非常平静地问王时心。

"我也不知道，应该快了吧？"王时心貌似很轻松地说。

"时心姐，我们不想让你走，我们还想和你一起去并肩作战，和你一起在晚上看星星，陪你给群众开会。"林东不舍地对王时心说。

林东的话，彻底让王时心破防了。王时心笑着笑着眼泪流了出来，抬头努力让眼泪回去。王时心笑着对林东说："怎么，还想看你时心姐的笑话啊？"

"我不是那个意思。"林东见王时心哭了，以为是自己的话刺激到了王时心，慌忙解释。

"好了，知道你没那个意思，逗你的。"王时心见林东当真了，哭笑着捶了林东一拳，接着说道，"虽然在西明乡很累，有时候受委屈的时候会哭，领导交给的工作完不成会挨训，给群众做思想工作的时候，群众会不理解，有太阳的暴晒，有寒冬的刺骨。但是，这些年在西明乡经历的这些，我不后悔。西明乡让我成长了很多，我很感谢这个地方，但天下哪有不散的宴席，再说，我只是调到其他地方工作了，又不是一辈子不见了，哪有这么伤感？"

李欣递给王时心一张纸巾，对月牙他们说："你们应该替她感到高兴，这是

多么难得的好机会！"

"是，替时心姐高兴！"

"晚上一起吃个饭吧，时心姐，算是我们几个为您钱行。"刘晨对王时心说。

"饭就不必了，我还得赶紧回去呢，怕你们多想，也刚巧碰到了欣姐。"王时心看了一眼李欣，对李欣说："这是今天刚好碰到你了，如果不是碰到你，我还想着等这一段忙完了，专程找你，带你来一趟！"

李欣笑笑回答王时心："放心吧，我一定照顾好他们！"

几个人谈论正投机的时候，汤阳给王时心打了一个电话，让她赶紧回去。李追正在挨个片区看进度，听到这个消息，王时心匆匆和林东、刘晨告了别，就带着李欣和月牙往乡里赶，离开的时候，林东还冲着王时心的车喊："别忘了，我和晨哥欠你一顿饭，走之前，一定要让我们还了！"

王时心答应着。但几个人都没有想到的是，王时心回到乡里，第三天就离开了西明乡。

王时心回到片区的时候，黎志刚到第三片区。王时心下了车，和月牙、李欣告了别，就匆匆地找汤阳去了。

见到汤阳，王时心气喘吁吁地问："书记来了没？"

"你这是干嘛去了？"汤阳看着王时心上气不接下气的，诧异地问王时心。

"去月牙他们基地办些事情。"王时心回答着。

"哦。"汤阳没有再往下问，而是继续督促着工人拆棚。

王时心打开了手机，看微信群里几大片区的战报，每个展区数了一遍之后，问汤阳："汤书记，今天我们片区拆了几座？"

"3座！"汤阳回答。

"什么？才3座？"王时心瞬间像是泄了气的气球一样嘴里嘟囔着："完了，完了，垫底了！"

"垫底什么？"汤阳故作不知道地问。

"我刚才在群里数了数他们片区的数量，最低的都是5座，我们的才3座，这马上就要开会了，不是垫底了吗？"

汤阳听着王时心的话，看着王时心紧张的表情，笑笑，王时心看着还有心情笑出来的汤阳，着急地说："汤书记我们就要垫底了，您还有心情笑啊？"

"数数我们的。"汤阳指指面前。王时心疑惑地看了汤阳一眼，顺着汤阳手指的方向数去，兴奋得差点跳了起来："天哪，我们只剩下三个就全部完成了！"

王时心不敢相信自己的眼睛，再次看了看之前和汤阳标注的需要拆除的，又看看眼前，确认无误后，王时心激动对汤阳说："汤书记，今天晚上我请吃饭，吃啥你来选！"

"还是算了吧，食堂饭比哪都好吃。"汤阳拒绝了王时心的美意。

"那算我欠你一个人情。"王时心激动地说。

"好了，不说这个了，书记来了。"汤阳指指王时心的身后，黎志和文林以及其他片区片长正一路聊着朝他们片区走来。

第八十八章　黎志的话

看到黎志和文林朝他们方向走来，王时心和汤阳急忙迎接了过去。来到黎志面前，黎志和文林两人正在探讨下一步姜里村的空院改造，见到王时心汤阳来到面前，两个人停止了交流，黎志问王时心："怎么样，今天你们的成绩如何？"黎志边说边朝前走着。

"回书记，估计明天再有一天，就可以全部完工。"王时心说完，冲着汤阳感激地笑笑，汤阳也看着王时心笑了笑。

王时心一番话，让跟在黎志身后的干部都大吃一惊，特别是梁田。虽然梁田片区前期进程较快，但是，到了后期，果然如黎志说的那样，工程进度越来越慢。

"非常好，给你们点赞！"黎志听了王时心的汇报，非常满意地给王时心和汤阳竖起大拇指。紧接着，黎志又对紧跟身后的梁田说："老梁，你来点评他们进度快的原因！"

梁田听到黎志问自己，本来正在思考自己区域问题出在哪，急忙回过神笑着回答："自从汤书记来了之后，五片区这工作速度不服都不行！"梁田这话一语双关，既夸了五片区的速度，也把汤阳顺道一起夸了，唯独没有带上的就是夸一句王时心，也不知道是梁田忘了，还是刻意不提。

"梁乡长，那如果把汤书记给到你们片区，是不是你们工作也会是这样？"梁田话里的意思，黎志自然是听得明白的，反问梁田。

"汤书记要来我们片区，他得是正的，我给他当副的。"梁田非常精明地回答。

"老梁啊，怪不得他们有时候称你是老狐狸，得罪人的话，你是一句都不讲。"黎志听到梁田圆滑的回答，似批评也似点拨地说。

"主要是王主席和汤书记他们片区干得好，找不到毛病。"梁田听到黎志称自己老狐狸，眼睛瞄了一眼朱磊，朱磊正在和刘文说话，也没注意到。

"老梁啊，每个人有每个人的工作方法，就比如说你们片区先易后难这个

工作法，在前期的时候，劲头会非常的足，但是，一旦到了后期，剩余的都是难沟通的，进程就会有些难。这就是为什么今天你们数量最少。"黎志语重心长地对梁田说。

"明白，书记，明天我们就调整工作思路。"梁田答道。

"先易后难的工作法，在工作中，也分不同的情况。就比如说这项工作，这个方法就很不适用，因为简单的拆除了，后面剩余的都是难的，所有的'困难户'你都放在一起去做工作，很难在很短时间内有所突破。一旦突破不了，会让那些之前已经拆除的心里有新想法，老的没解决，新的矛盾再出现，你这工作就很容易被动。"黎志接着说。

黎志说这段话的时候，虽然是点名了梁田，但话却是说给了所有在场的干部听的。黎志讲着，所有人瞬间都沉默了。

文林看着氛围有些压抑，缓解着氛围说："离上面交给我们的时间还有五天，这五天内，我们每个片区都要加把劲了。我们争取在冬至之前，把这项工作拿下！"

"什么时间冬至？"黎志听到文林说冬至，问文林。

"再有十天左右。"文林回答着黎志。

"时间真快。"黎志感慨地回答了一句。

此时，太阳已经落山，倦鸟已经归巢。因为王时心片区是最后一站，为了节省时间，黎志站在了背后是一座老瓦房的空院前，让文林组织参与拆棚任务的所有支部书记开现场会。

不足十分钟，所有参与的乡干部、支部书记都来到了黎志的面前，按照文林指挥，站成几排队伍。

队伍排好后，黎志站在一侧，看着队伍，最小的年龄二十五六岁，最大的年龄已经五十有余。面前站的这些人，在这几年里，已经更换了有一小半，有主动提出辞职的，也有因为不再适合岗位被调整的，还有调走的。黎志看着他们，陷入了深思。

"书记，人已经全部到了，我们开会吧。"文林走到黎志面前，对黎志说。

"你先和大家讲讲，我最后再说。"黎志思绪被文林拉了回来，对文林平静地说。

文林走到队伍最前列，鞠了一躬，拿着话筒开讲。文林说："同志们，这几天大家辛苦了！"说完，文林又鞠了一躬。站着的所有人用掌声回应文林。

"这场战役自从打响到现在，我们乡里的每一名干部严格按照乡里的要求吃住在乡，村里来支援的支部书记也心怀大爱，把姜里村当成了自己村庄去工作，精神是值得赞赏的。但是，目前，我们的成绩还多少有些不太理想，离我们给市里交卷子的时间越来越短，能否在市里给我们的时间内交上一份完美的答卷，需要靠我们在场的每个人。我们都是举足轻重的，大家有没有信心在市里规定的时间内，完成我们这项工作？"

文林本以为回应自己的会是"没问题"，但文林讲完，鸦雀无声。就连平时话最多的张庆此时也是默不作声。

"张乡长，你有什么意见没？"文林见大家都不说话，便问和片区工作没有关系的张庆，这样一来，无论接下来问到哪个片区，大家都不会觉得是刻意针对。

"文乡长，我都没有包村，这工作我怎么敢有意见？"张庆看着文林看向自己，忙笑着应付回。

"梁乡长呢？"文林开始逐个问道。

"我们区域目前应该是没有问题的。"梁田不敢肯定地回答文林，只是模棱两可地回答。

"刘文。"文林点名。

"我们区域也应该没问题。"刘文平静回答。

"朱磊、曹亮、王时心……"没有得到满意的答复，文林一个片长都没有放过，挨个问道。

"我们片区没问题。"朱磊见所有人都是没有肯定的回答，自己开了一个头。

"我们也是。"王时心跟着朱磊回答。

"我们也没问题。"曹亮也看似胸有成竹地说。

"好，刚才大家说的，我就当在这个现场立军令状了。"文林回答。

"老朱，你确定能完成？"梁田听到朱磊说没问题，低声问站在一旁的朱磊。

"事在人为嘛！"朱磊笑着回答梁田。

　　文林把话筒递给了黎志，黎志接过话筒，眉头紧皱了一下，鞠了一躬，拿起话筒直接问道："人一定要给自己树目标，如果你的目标是射中天上的老鹰，那么一定要把目标设定为天上的太阳，这样压力都会催促着你必须去干。刚才老梁和老刘的回答我都不满意，做什么事情如果没有一颗恒心，怎么能够做好？在这方面，你们都不如王时心，人家作为一个女同志还能坚定地回答保证完成，你们两个还说应该？这工作，到了规定的时间，完成也得完成，完不成也得想办法完成，甚至我们要超额完成。不要给自己找任何的借口，也不要给自己找任何的理由让自己停留在原地。一旦做什么事情，给自己提前找好了退路，这件事情你一定是做不好的！"

　　黎志讲话的时候，所有人都静静地听着，王时心偷偷地把录音笔打开记录着。她知道，以后自己再想这样听黎志讲话估计是不可能了。

　　"同志们，记住一句话，遇到什么事情，向内求，从自己身上找原因，我就是一切的答案！做和不做，努力做和应付做，最后的结果是不一样的。昨天，老朱片区出了问题。开会结束，老朱到群众家里开会到十点多。姜里村支部书记带头拆棚，其他片区遇到不理解的群众，到群众家里单独做工作了吗？我们要明白三个问题，第一个问题，群众为什么愿意跟着我们干？群众相信我们吗？我们能给群众带来什么？这三个问题，如果我们在站的每一名干部都考虑清楚了，就没有解决不了的问题。"黎志滔滔不绝地讲着。

　　此时，天色已经昏暗，空气变得寒冷。但黎志依然没有散会的意思。黎志把身上有些脱落的棉衣又往肩上提提，指指身后的空院，对所有人说："那天，苏老师对我们这些空院的设计是改造成民宿，我们在场的很多乡干部也都听到了，西明乡未来的好坏，和我们在场的每一名干部都有关系。现在，我们打造的是姜里村，我们所有村委干部都来支援了。但是未来，我们西明乡要遍地开花，不仅姜里村，以后桃庄村、林塬村、堂庄村等所有的村庄都要打造。我们要做的是以点带面，示范带动。如果拆个棚，我们都觉得有难度，只能证明一个问题，我们还没有密切地联系群众，还没有走进群众的心里，群众还不相信我们。"

　　黎志一番话，让在场的每一个干部都陷入了沉思。在大家都沉思的时候，张庆带头鼓掌："说得好，书记！"张庆这一鼓掌，所有人也跟着一起鼓掌，掌

声让寂静的姜里村有了一丝灵动。

"你不包村，你这起什么哄啊？"张庆一旁的朱磊边鼓掌边侧身低声问张庆。

"我就觉得书记说得好。"说完，张庆鼓掌的劲更足了。

"今天大家都辛苦了，回去之后，我们也不再开会。这几天大家也都累了，吃了饭，也早点休息，想想明天如何干。支部书记可以到乡里食堂上吃，散会！"掌声未停，黎志便让散了会，把话筒递给了通讯员，拖着腿转身走到文林身边，对文林说："给食堂说一声，给大家多炒几个菜！"

"收到，书记！"文林见黎志走路又有些跛脚，担心地问："痛风还没好？"

"没事，休息、休息就好了。"黎志说着，招呼着站在一旁的司机便离开了。

第八十九章　突如其来

黎志的一番话，对所有片区片长下一步开展工作起到了很大的作用。接下来的日子里，所有片区片长在执行商业街提升质量的时候，即使遇到再大的困难，没有一个再有怨言。每天清晨点了名，大家一早到自己的区域开始工作，有时候晚上十点多，有的片长还在群众家里做工作。深夜十一二点，整座乡村都沉睡的时候，乡政府院内还是灯火通明。在所有干部共同努力下，乡党委提前三天给区里交上了一张满意的答卷。这份答卷，不仅让区里领导再次为西明乡干部干事创业的精神点赞，也让友田集团董事长张思农在西明乡的投资有了更坚定的信心。

因为商业街拆棚工作的顺利进行，友田集团的工程队很快进驻到了西明乡，开始了整条商业街的提升再打造。黎志也兑现了奖惩的诺言，片区之间排名之后，按照之前定下的，采取以奖代补的方式，把奖金发放给了各个片区，用作各个片区的办公经费。

奖金发放后，朱磊和汤阳一起走出办公室。朱磊手搭在汤阳的肩上笑着说："汤书记，你这真行啊，刚到片区，就来了一个开门红，片长副转正不说，还顺道拿了个第一名，这不得表示表示啊？"

汤阳笑笑，拿着刚发的奖金对朱磊说："你就不要拿我开玩笑了，副转正是王主席调走了，所以我凑巧转了正。刚才黎书记也说了，这钱是用作办公经费的，我可不能动！"

"谁让你动这钱了？你自己可以自掏腰包啊。"朱磊不依不饶地说。

梁田刚好从他们的身边路过，听到两个人谈话，梁田替汤阳打着圆场说："老朱，又在这欺负汤书记呢，食堂上的饭还不够你吃啊？"

朱磊瞥了梁田一眼，眼珠一转，计上心来，手从汤阳的肩上拿下来，凑到梁田身边奸笑着说："梁片长，要不你请也行。既然你说我欺负汤书记，那不欺

负他，你请！"

"我呀，今天还真的请不了，算是先欠着你的，我找汤书记有些事。"说着，梁田走到汤阳身边，笑眯眯地对汤阳说："汤书记，有时间没？有时间的话，去一下您办公室，我有些事情想请教！"

汤阳看看朱磊，对梁田说："梁乡长客气了，有时间，走吧！"

两个人说着，就朝汤阳的办公室走去。朱磊站在两个人身后，对梁田喊着："老梁，你这一顿，我给你记下了，你这都欠五六顿了！"

"什么五六顿啊？"朱磊身后传来了熟悉的声音，回头一看是黎志和刘文前后走来。朱磊连忙笑着回答黎志："和梁乡长开玩笑呢！"

黎志心里也猜出了什么意思，却也没有揭穿朱磊，只是笑着问朱磊："明天就冬至了，村里的一切都准备好了？"

"早就准备好了，要不明天去我们片区吃饺子吧，书记。"朱磊回答。

黎志指指身边的刘文对朱磊说："明天去刘文片区看看，冬至了去贫困户家里坐坐！"

朱磊看看黎志身后站着的刘文，有些吃醋地对刘文说："刘乡长这速度就是快！"

"比你快那么一点。"刘文笑着回答朱磊。

"老朱，文乡长叫你呢。"曹亮站在办公楼的二楼喊着朱磊。

朱磊看看黎志。

黎志催促着对朱磊说："赶紧去忙吧，应该是你们姜里村的改造事情！"

"那我先去了，书记。"朱磊说着，不忘看刘文一眼，又带着醋意地说："刘乡长，你们忙！"说完，便离开了。

朱磊离开后，黎志边走边对刘文说："刚才你说的事情，我也知道了，就按照你的意思办。明天冬至，我在贫困户家里吃饺子！"

"要不在村委集体吃吧，书记。"刘文听到黎志要在贫困户家里吃饭，有些担心地回答。

"在村委吃和陪着他们贫困户在家吃是不一样的。就去我包干的那家贫困户家里吃。"黎志依然坚持着自己的意见。

刘文见黎志很是执拗，只好回答说："好的！"

"明天虽然在贫困户家里吃，但是菜我们自己带过去，不能再让他们出这个钱！"黎志提醒着刘文。

"收到！"

两个人又聊了一会，黎志便下村了。黎志走后，刘文急忙给刘河村支部书记杨方来打电话。告诉他明天黎志要在贫困户家里吃饺子，自己忙完，也去刘河村。听到这个消息，正在办公室坐着的杨方来坐不住了。

"怎么了，杨书记？"刘河村主任王友看着杨方来挂了电话，手紧握着手机，神情紧张，忙问杨方来。

"明天书记要来我们村吃饺子。"杨方来回答。

"吃就吃呗，书记又不是没来过我们刘河村。"王友回答杨方来。

"你懂啥？书记是要在他包干的那户贫困户家里吃饺子。"杨方来边说边从凳子上拿起外套，穿起来，着急地对所有在办公室的干部说："走，我们一起去田有粮家！"

王友还没明白过来，杨方来已经走出了办公室门，王友急忙从凳子上起来，也跟着出去。

不到十分钟，几个人便来到了田有粮家里。进到院内，见田有粮正悠闲地半躺在一张破旧的摇椅上晒太阳，摇椅旁边扔了七八根烟头。看着眼前的田有粮生活比自己还惬意，杨方来心中带气走到田有粮身边，拍拍田有粮，田有粮半眯着眼睛看到是杨方来，急忙从摇椅上坐了起来，紧接着站起，讨好地对杨方来说："杨书记，你怎么来了？"

杨方来仔细看了看面前的摇椅，拍了一下摇椅对田有粮说："田叔，你这日子可比我们每个人都过得舒坦呢！"

"这是隔壁老张家的，他们装修房子要扔，我看太可惜，我就拿回来自己用了，没想到这东西躺上还挺舒服的。"田有粮笑眯眯地回答。

"是吗？"杨方摇晃着摇椅。

"要不，你躺上试试？"田有粮以为杨方来不信，邀请着杨方来试试。

"还是算了。"杨方来把手拿开，拍拍手，坐在旁边的一张板凳上问田有粮："田叔，这几年家里过得咋样？"

"过得咋样，你还不知道？在这逗田叔呢，有烟没？给叔一根，叔的烟抽

完了。"田有粮也坐在了院内的板凳上，笑着回答杨方来。

"田叔，烟你不能再抽了，上次书记来不也说你了，现在你身体这么消瘦，就是抽烟抽的。别说我没带，就是带了，也不给你。"杨方来看着田有粮身边一地的烟头说。

"我现在抽烟已经抽很少了，一天也就三四根。"田有粮面不改色地说。

"田叔，身体是自己的，可不要不当回事。现在国家政策这么好，以后的日子更有奔头，可不要让一根烟把自己身体毁了。"杨方来对田有粮说。

"知道，知道，今天找我啥事？"田有粮见要不来烟，也就作罢。

"叔，咱支书问啥你回答啥就可以。"王友已经猜出了杨方来要做什么，对田有粮笑着说。

"日子可比之前好多了。这多亏是我们国家的政策好，关心我们这些贫困户，而且咱们村委隔三岔五地都送东西，现在家里的米面还有五六袋呢！"田有粮露着有些发黄的满口牙开心地回答。

"田叔，国家政策再好，最终还是要靠我们自己自食其力。我们送的是政府的关心，但是，您得自己想想做些啥！"杨方来劝说着田有粮。

"怎么没做啥？地里不是从去年开始种花生了吗？"田有粮依然是笑嘻嘻地说。

不说地里的花生，杨方来心里的气本来都消下去了，一说地里种的花生，杨方来的气又上来了。说起田有粮地里之前种的四五亩花生，村委干部没少出力。前几年，田有粮把地租给了村里的群众种，一年收个几百块钱的租金。最后，在村委的劝说下，田有粮把地又要了回来，开始自己种。但种地的时候，跑到村委和村委干部说，自己家里没有耕地的机器。还是村委主任王友开着自己家的耕地机去给田有粮家里耕了地。耕地之后，田有粮又跑到村委说，自己家里没钱买花生种子，村委几个干部凑钱给田有粮买了花生种子。这些还都不说，后来，田有粮地里花生成熟的时候，田有粮又跑到村委说，家里没有钱收花生，村委又出钱开花生机把他家的花生收到了家里。想到这些，杨方来耐着性子对田有粮说："田叔啊，地既然是你自己的，你得想办法种好，不能什么事情都靠着村委去做。村委闲的时候可以帮你，忙的时候，不还得靠你自己，人勤地生宝，人懒地生草，就是这个道理！"

"杨支书，你说的我都懂，今年种小麦，叔不是也没有给村委添麻烦吗？"田有粮似乎听出了杨方来话里的意思，也不笑了，认真地回答杨方来。

"是，明年就要全部摘帽了。这以后啊，叔，你可得好好干了。"杨方来笑着提醒田有粮。

"摘帽？啥时候？你的意思是到时候我们就不是贫困户了？有困难就不能找村委了？"田有粮似乎对当贫困户还意犹未尽，听到杨方来说要摘帽，着急地问杨方来。

第九十章　田有粮的春天

"不是有困难不能找村委了，即使帽子摘了，你生活上有困难也可以随时找我们村委。我的意思是，你争取好好干，有钱了找个媳妇，再生个大胖小子，多好！"见田有粮听到摘帽那么紧张，杨方来宽慰着田有粮说。

"好，都听咱们村委的，有合适的给叔介绍下。"田有粮听到"媳妇"二字，眼睛放光地笑着回答。

"好，咱们说个正事，叔。"杨方来见生活上聊得差不多了，田有粮回答的也基本上没出啥错，接着对田有粮说："叔，明天书记要来我们村吃饺子！"

"来就来呗，书记来吃饺子，你和我说啥？"田有粮手指掏着耳朵里的耳屎笑着说。

"我的意思是，书记要来你家吃饺子，就是平时常来你家那个乡党委书记。"杨方来说。

"什么？"听到杨方来说黎志要来自己家吃饺子，田有粮坐在板凳上的屁股由于惊吓坐在了地上。

王友急忙去扶起田有粮。田有粮坐在板凳上，全身微颤，结巴地对杨方来说："我家不适合书记在这吃饺子吧？"田有粮指指自己的院子。

田有粮家的院子，虽然面积很大，但是，厨房还是临时搭起的一个雨搭棚。在院子东边位置，是新修的一座三间房，当时依靠的是乡里"危房改造"政策扶持。在田有粮身后，就是那三间小瓦房，瓦房上的瓦片有脱落的。除了这些，院子里别无其他。

"田叔，你不用担心，所有东西都是乡里自己带，不用你花一分钱。"杨方来以为田有粮怕花钱，安慰着田有粮。

"这不是钱不钱的问题，关键是那个书记一来，我就全身紧张，我都不敢看他。"田有粮紧张地回答。

"有啥不敢看的？书记也是人，你怕他干吗？"杨方来劝说着田有粮。

"你不怕？我记得有一次书记来咱们村里发现卫生条件差，把你也吵得满脸通红。"田有粮说。

"那是我工作没做好，应该挨批评！"

田有粮还是坚决拒绝说："我不想和书记一起吃。和他一起吃饺子，你还不如打我一顿呢？每次他来，我都紧张得不行。一早起来得收拾房间，院子里扫一遍又一遍，还得洗头，平时，我都是一个月才洗一次头的。"田有粮想起每次黎志来都嘱咐他要常收拾家、好好干，一想到这些就头皮发麻。几十年的习惯都形成了，哪能说改就改。

"田叔，这事是已经定下来的。不是说你不吃就不吃的，多少人想和书记一起吃饺子，都没这个机会呢。"杨方来看着倔强的田有粮，极力劝说着。

"谁想一起吃就一起吃，反正我不吃。"田有粮依然没有放弃自己的立场。

"田大哥，你也该改改自己的脾气了。"正说着，刘文来到了田有粮的院子里。

见刘文出现在门口，杨方来急忙从凳子上坐起来迎接刘文。来到田有粮面前，王友急忙搬了板凳给刘文。刘文坐下后，非常直接地对田有粮说："田大哥，明天书记在你家吃饺子，这是变不了的事情了。所有东西是我们自己带，你放心，不让你花一分钱！"

"刘乡长，这不是钱不钱的问题。"田有粮脸涨得通红，急得不知道该从哪里说起。

"不是钱的问题，你还在担心什么问题？"刘文问。

"你是知道的，书记每次来，都是给我讲一大通。我一辈子的习惯了，哪能说改就改得掉的，再说了，我听着心里紧张。"田有粮诉苦说。

听到田有粮这么说，刘文已经明白了，田有粮心里的病根在哪里。刘文问田有粮："田大哥，书记说让你每天早上起来锻炼，你锻炼了吗？"

"锻炼了啊，你问村里。"田有粮指指杨方来说："杨书记可以做证，现在我是我们村里的卫生员，每天一早都起来打扫村里的卫生！"

"是的，这点田叔变勤快了，每个月还能领补助。"杨方来笑着说。

"书记让你每天早上起来叠被子，扫屋子，你做到了吗？"刘文又问。

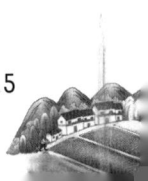

"刘乡长，这叠被子这事，就不是大老爷们做的事。屋子四五天扫一次就行了，就算不是贫困户，谁家会天天扫屋子啊？"

刘文想了想又问："上次书记说，以后自己家里的地自己种，你做到了吗？"

"这个也做到了，今年的小麦，就是我自己种到地里的，没有给村委添任何麻烦。"田有粮坚定地说。

刘文笑笑，回答田有粮："既然书记说的，你都做了，为什么你还怕他？"

"我……我……"田有粮支吾着不知道如何回答。

刘文站了起来说："好了，田大哥，定下的事就不要再说了。我看看你屋子里怎么样！"说着，刘文走进了新修房子的屋内。进到屋内，刘文只觉得一股刺鼻的味道迎面扑来，空气中也不知道夹杂着什么，直冲眼睛。刘文看看床上，床铺虽然比之前来的时候干净了许多，但是，依然能看到枕头上有头油，地上有七八根烟头，在床头还放着一瓶没有喝完的白酒。刘文走出房间，站在房门口，深呼一口气，问田有粮："田大哥，烟酒你还没有戒啊？"

"戒着呢。"田有粮一边把没喝完的白酒瓶放进抽屉里，一边用脚把地上的烟头往床底下踢。

"田叔，不是大家不让你喝酒，是要少喝，你都忘了有一次你喝酒睡在雪地里，要不是被发现了，就……"杨方来提起了旧事。

"不是以往的事不要再说吗？我都说了，我一定改，但是谁能一次性都改得掉的。"田有粮替自己辩解着。

刘文眼睛又扫了一眼院子环境，对杨方来说："好了，我这边还有事，只是顺路来看看，你们帮忙把家里再收拾一下！我得走了！"

听到刘文说走，田有粮心里猛地一轻松，急忙走出来，笑着说："我送送刘乡长！"

送刘文走到门口，刘文又转身对田有粮说："田大哥，生活是自己过的，大家说你都是为你好。就像书记对你上次说的，你过好了，家里自然就多人口了，你过不好，谁愿意跟着你受罪啊？再说了，明年贫困户全部都摘帽子了，扶贫先扶志，你不伸出手，别人就是想拉你一把，都不知道怎么帮你。你得自己站起来，别的也不多说了，你好好想想吧！"刘文说完，又把杨方来叫到一边，嘱咐了几句，便离开了。

　　刘文最后几句话，虽然看似很无意，但句句戳痛了田有粮的心。田有粮站在门口，目送刘文离开后，转身问杨方来："你说摘帽了之后，我们是不是就不享受国家的政策了？"

　　"政策国家还会支持，但支持归支持，扶贫到最后，就像刚才刘乡长说的那样，你们要自己站起来，没有人能帮你一辈子，田叔。"杨方来看着田有粮一脸凝重，对田有粮说。

　　"我知道了，我去收拾厨房。"田有粮回答后，便走进厨房，把早上做完饭还没刷的锅和碗一起放进了水池里。

　　"国家对贫困户的政策就是太宽松了，以至于都不把我们干部当干部，家里乱成这，最后还得我们来收拾！"

　　"现在的贫困户是吃到了国家发展的红利，心怀感恩的，会在政策的支持下，很快脱贫，但也有投机取巧的，明明可以脱贫，却假装自己很苦不愿脱贫！"王友边整理着田有粮的床铺边回答说。

　　"不管怎么说，马上就全部摘帽了，以后他们自己不干都不行！"

　　王友和几个村干部收拾着房间，你一言我一语地聊着。

　　虽然田有粮屋子不大，但从房间里收拾出来的垃圾却整整装了一辆三轮车。看着三轮车上扔得乱七八糟的杂物，田有粮自己也惊呆了，呆呆地说："房间里有这么多垃圾吗？"

　　"田叔，屋里这么多垃圾，你身体怎么会好？一会儿你自己到垃圾站把垃圾扔了，再到集市上把头发理理。就是书记明天不来，这马上过年了，你不得把自己收拾收拾啊？"杨方来对田有粮说。

　　"好好，给大家添麻烦了，要不大家一块吃个午饭再走吧？"田有粮挽留着杨方来几个人。

　　"好了，田叔，吃饭就不吃了，村委有饭，要不你去村委吃。如果今天有时间，你再去澡堂洗个澡，干干净净地过大年。等你所有坏习惯改完了，到时候再给你介绍媳妇。"杨方来给田有粮鼓着劲。说完，杨方来又贴在田有粮的耳边说："好好干，等你手里攒些钱了，我去和王婶说说你俩的事！"

　　"好好好！"田有粮听到杨方来提到刘花，激动地连说了几句好。送走了杨方来，按照刚才杨方来说的，田有粮高兴地推着三轮车到垃圾站把垃圾扔掉

后，又去澡堂洗了个澡。出来后，去理了个发，理完发，田有粮看着镜子中的自己就像陌生人一样。田有粮手摸了一下头发，满意地站了起来。从街上蹬着三轮车回家的路上，村里的人见到干净的田有粮，都打招呼笑着问田有粮家里有什么喜事要发生，田有粮都是神秘地笑笑回答："保密！"

第二天上午十点半，黎志就来到了田有粮的家里。和昨天比起来，田有粮家里就像是换了一个院子一样干净。

第九十一章　开窍的田有粮

黎志走进田有粮院子的时候，田有粮刚好端着一盘花生出来。看到黎志，田有粮急忙把花生放在院子里一张擦得锃亮的桌子上，迎接黎志。

黎志伸开手，笑着和田有粮握手，田有粮见状，双手在身上正反擦了几下，急忙握住黎志的手笑着说："黎书记好！"

"老田，不错，院子里比之前干净了。"黎志看看院子里，洒水的痕迹还没有淡去，简易厨房里也收拾得干干净净，给田有粮竖起了大拇指。

一旁的杨方来看到黎志为田有粮点赞，悬着的心放进了肚子里，忙招呼着："书记、刘乡长，来这边坐！"

按着杨方来指引，黎志和刘文走到擦得锃亮的桌子那里，坐在凳子上，看着桌子上摆放的有花生、红枣还有瓜子。黎志抓了一把花生，边剥壳边对刘文说："把带来的东西放屋里吧！说会儿话，我们开始包饺子！"

"好的。"不等刘文说话，杨方来把一袋面和两桶油放进了田有粮的房间里。

"这怎么好意思？每次您来都要带东西。"田有粮站起身，慌忙推辞说。

"好了，老田，这你不用管，我们说会儿话。"黎志拉田有粮坐下，抓了一把花生放进田有粮手里说。

"老田，下一步有什么打算？"黎志问田有粮。

田有粮看看坐在一旁的杨方来，不知道如何回答。杨方来赶紧笑着接了一句："书记的意思是，等明年你准备做点啥？有什么就说什么呗！"

田有粮挠着头回答："书记，我想着是把地种好，等明年再自己开个修车铺，修自行车。"

"这是一门好手艺。"黎志听到田有粮想自己做生意，高兴地回答。

"书记，你是不知道，之前我们村里谁家自行车坏了，小毛病都找田叔

修。"杨方来补充说。

黎志听到这，更感兴趣了，问田有粮："是自己学的手艺还是？"

"以前去修车铺转悠，看得多，也就会一些。"田有粮有些不好意思地回答。

"这脑子可不简单。"听田有粮说是自学的，黎志再次给田有粮竖起了大拇指。接着说："老田，不仅要会修自行车，更要学会修电动车。现在村里自行车已经不多了，你要学会修电动车，挣钱比自行车快。你如果没地方去学，让你们支书给你推荐推荐地方，学会了，回来后就更得好好干了。明年初，所有贫困户都要摘帽子了，春天来了，你这帽子更得早些摘掉，否则啊，捂得慌。"黎志有所比喻地说。

"谢谢书记！"听着黎志夸赞自己，田有粮再次不好意思地挠挠头。

"你们是赶上国家的好政策了，小康路上不能落下一个人。脱贫攻坚让我们这些之前贫困户解决了温饱和教育问题，接下来就是乡村振兴，乡村振兴是解决我们钱袋子的问题。所以老田，以后的日子会越过越好，到时候挣钱了，再娶个媳妇，这日子就更有奔头了！"黎志拉着田有粮的手语重心长地说。

"田叔，听到没？以后日子会越过越好。王婶我昨天帮你问了，王婶没有说同意，也没有说不同意，看你将来啥样。"杨方来接话说。

"真的？"听到杨方来说王花的态度，田有粮激动地看着杨方来。

黎志听着两个人的对话，知道了田有粮心里有人，笑着对田有粮说："老田，到时候办事的时候，可一定要请我来喝杯喜酒！"

"没问题，书记。"田有粮双颊红润，开心得像个孩子回答黎志。

"老田，既然有想法了，那就大胆地去干，可不要再想着当贫困户了。"黎志说这话不是空穴来风。脱贫攻坚战刚开始的时候，有一次黎志组织开会，让各村支部书记汇报村里贫困户的具体动态，那个时候，田有粮和杨方来的关系还是剑拔弩张。杨方来汇报时把田有粮当成了典型汇报："田有粮在村里吃喝着说就当贫困户，谁劝都没用，贫困户多好，国家给钱又给面。"

这件事，当时在王庄村传得沸沸扬扬。以至于那段时间，田有粮在村里路过，村民都会开玩笑地说："田有钱，今天国家又给你多少啊？哪个领导又来看望你了？"田有粮还真的会站在那和问的村民聊会儿天，说谁来看望了他，给

他带的都有啥，和他说了什么话。

曾经在田有粮心里，当贫困户是一件无比光荣的事情。如果谁对他说："老田，好好干吧！当贫困户有啥好的？"田有粮一定会把话怼回去说："有国家养着的，饿不死，当贫困户还得靠实力！你有本事你也去弄个贫困户当当？"几句话能把人噎死。

"书记，我已经想好了，过两天我主动找村委，争取年前把帽子摘了，提前脱贫。"田有粮似乎下定了很大决心说。

"现在有钱了？"黎志听到田有粮说自己要主动摘贫困帽子，好奇地问。

"钱都是靠人挣的，昨天剪了发，我也想了很多，好好干，不再偷懒，把日子过好了，比啥都强！日子总得往前走，过去的就让过去了。"田有粮深有感触地说。

"这脑子怎么突然间开窍了？"黎志笑着看看刘文，指指田有粮说。

"支书，你可不能骗我，我和王花的事就包到你身上了。"田有粮再次向杨方来确定王花是否同意自己。

"放心吧，田叔，你只要好好干，等你家厨房再建起来的时候，我就亲自去替你求亲。"杨方来听到田有粮说自己要主动摘帽子，可乐坏了。这几年，杨方来到田有粮家里劝说田有粮好好干，鞋子踏破、嘴皮子磨破，对田有粮都没有一点作用，没想到田有粮竟然会自己想通。虽然田有粮挂在嘴上的是王花，为了王花而改变，但真正让田有粮改变的，或许还有其他一些事情。毕竟田有粮喜欢王花，村里人都是知道的。一个一辈子没娶，一个嫁人之后又离了婚，按说两个人应该早就走到了一起。可是后来，田有粮嗜酒如命，让这段姻缘就一直放在了这里。究竟田有粮心里藏了什么心事，田有粮没说，大家也没有再问。毕竟，田有粮只要把心结打开了，一切都好说了。

"好，今天是个好日子，来，开始包饺子。"黎志见田有粮开窍了，高兴地让刘文把带来的面粉袋拆开，把提前准备好的馅倒进盆子里，案板搬到院子里的桌子上，几个人边聊天边包饺子，田有粮家的院子里充满了欢乐。

村里有好事的村民听到乡党委书记来田有粮家吃饺子，就站在门口看。黎志也一块把人邀请到了家里一起包饺子。王花刚好从商店里买菜路过田有粮家的院子，看到院子里其乐融融，田有粮穿着干干净净，脸上挂着微笑走过田有粮的门前。

第九十二章　朦胧的梦

"月牙，你说说，我就不明白了，为什么时心姐走的时候就不和我们打声招呼？"在林柳村村委院内，林东擀着饺子皮问月牙。

月牙包着饺子笑着回答林东："时心姐走的时候和我说了，怕你和晨哥再请客，不让我告诉你们，时心姐说了，等有时间的时候，让我们去找她玩！"

"那我现在就有时间，咱们去找时心姐玩呗。"林东把擀面杖放在案板上，一副说走就要走的架势。

"你小子又想上哪去？这刚学会擀皮就要溜走啊？"林旺来到林东面前，让林东坐下。

"爸，不是我说你，你作为一个村干部，你看看，大家吃个饺子，你把我和我妈都拉过来支持你的工作。我还硬生生地学会了擀皮，你不说夸我一句也就算了，你还这样说我！"林东不服气地对林旺说。

听到林东怼林旺，围着一起包饺子的妇女哄堂大笑，林翠英快嘴地笑着说："东子，一物降一物，你爸的脾气，让你降得死死的！"

"去，就他还降我呢？老子的性格，还没人能降得了呢！"林旺听到林翠英说林东把自己降了，有些不乐意。

"书记，您怎么来了？"林东放下手中的擀面杖，看着林旺的身后，佯装非常认真地问候。

林旺被林东的表情一下子蒙住了，赶紧回头，回头一看，什么也没有，林旺转身生气地对林东说："没大没小的！"

"爸，你不是说你谁也不怕吗？你看你刚才那脸色吓得？"林东看着林旺慌张的样子，手里拿着擀面杖似胜利一般地指着林旺说。

当林旺知道自己被儿子戏弄了，焦躁地说："老子是很长时间没修理你了是不是？"说着，林旺绕过案板，朝林东走去。

"妈，我去趟厕所，回来再擀。"说完，林东把擀面杖往案板上一扔，着急地跑了。

"你看他们父子俩，哪有父子俩的样？"林翠英隔着三四个人大声对林东的母亲李兰说。

"我都习惯了，父子俩在家里都是这样。"李兰看着两人一前一后走进厕所，无奈地笑着摇摇头。

林翠英看着坐在李兰身边的月牙，嘴嚅动了几下想说话，但还是把话咽了下去，看向了对面的刘晨。

"小晨，明年你们准备做啥项目，婶还跟着。"林翠英搭讪着一直低头擀皮没有说话的刘晨。

刘晨抬起头，擦了一下脸，面粉沾到了脸颊上，温和地笑着回答林翠英："婶子，现在我们还没考虑好呢，等来年再说吧！"

"中，明年你们种啥的时候，一定要和婶子说一声。以后你们种啥，婶子就跟着种啥！"林翠英爽快地说着。

"好的，婶子。"刘晨笑着回答，把手里擀好的面皮拿起来递给了正在包饺子的妇女，顺势瞅了一眼月牙。

"对了，你有没有对象？林婶这边有一个好姑娘，是大学毕业，学的护士，人很好，要不要婶子给你介绍介绍？"林翠英圆碌碌的眼睛盯着刘晨问。

听到林翠英说要给自己介绍对象，刘晨慌了，忙拒绝说："不用了，婶，谢谢婶，现在我还没考虑。"说完，偷瞄一眼正在包饺子的月牙。月牙和李兰边包饺子边笑着聊天，看上去，两个人聊得还非常地投机。

"我问你啊，是不是那个乡里的和林东谈着呢？"林翠英又指指月牙，低声八卦地问刘晨。

林翠英这句话就像是一根铁杆刺痛刘晨的心一般，刘晨正在擀皮的手停下，擀面杖放下，强装镇定地笑着回答林翠英："婶子，这事我也不太清楚，您先擀着，我去那边看看有没有要帮忙的！"说着，刘晨便离开了。

"怎么说走都走了？我一个人擀皮怎么供得上这么多人包啊？"林翠英嘴里嘟囔着，看看包饺子的六七个人，嚷道："你们过来两个擀皮的，我这一个人也供不上你们这么多人啊？"

"月牙，你说上次来那个姑娘在学校就喜欢东子？"李兰低声问着坐在身旁的月牙。

"是。"月牙低声地回答李兰。

李兰心里窃喜，激动地低声回答月牙："上次她来，我就觉得不对劲。这样，你在中间也帮忙给东子说说好话，东子不会说话，改天阿姨给你做好吃的！"

"阿姨，不用我中间劝说，只要东哥没意见，学姐铁定是你家的儿媳妇。"月牙笑着回答，给李兰吃着定心丸。

"这孩子，我今天回去得好好说说他！这儿媳妇我是认定了，要是娶不进家门，他也不用给我回家！"

两个人低声聊着的时候，林东回来了。林东擦着刚洗过的手，看着月牙和李兰开心的笑，林东惊讶地问："你们两个聊什么呢？那么开心？"

"不告诉你。"月牙俏皮地抬起头，神秘地对林东说。

"东子，你告诉婶子，是不是你和她，你俩好上了？"林翠英偷偷指指月牙，不死心地悄悄问林东。

"婶子，你开啥玩笑呢？晨哥呢？"林东也不想理会林翠英那么多，没有多说，就离开案板，在人群里开始寻找刘晨。

在村委大院转了个遍，没有找到刘晨。林东拿出电话给刘晨打电话："晨哥，你上哪去了？我怎么找不到你？"

"我回基地了。"刘晨电话里回答着。

"晨哥，你这就不够意思了，自己回基地也不说一声，我和月牙现在去找你。"说着，林东挂了电话，走到月牙身边对月牙说："不包了，晨哥回基地了，我们去找他！"

月牙站起身，拍拍手上的面粉，把围裙从腰上解下，问林东："今天不是和晨哥说好的，一起来包饺子吗？怎么晨哥先回去了？"

"谁知道！"月牙刚把围裙解下，林东就催着月牙赶紧走。他们和李兰简单告了别，两个人便一起离开了。

"俩孩子的事，你准备什么时候给办了呀？"

"看这俩孩子真般配！"

"这儿媳妇好啊！"

林东和月牙刚离开，包饺子、擀皮的妇女便七嘴八舌地议论了起来。

李兰赶忙解释："两个孩子就是朋友，没啥关系！"

"兰嫂，大家都是明眼人，谁看不出两个孩子好了呀？"见大家都议论了，林翠英开始肆无忌惮地谈论林东和月牙的事情了。

"东子有喜欢的人了，两个人马上都该定亲了。"李兰笑着撒谎说。一来是怕大家误解林东和月牙。另外，考虑到月牙还是一个姑娘家，没有婚嫁，这样毁人清誉也不好。

林翠英依然不依不饶地说："兰嫂，你这话谁信呢？你说东子有人了？怎么还天天和人家姑娘出双入对的。我看这姑娘和东子挺配的，大家说是不是？"

林翠英话音一落，案板一圈的妇女们，你一言我一语地接着林翠英的话。

此时的李兰百口莫辩，只好无奈地笑笑，选择了沉默。

林东和月牙来到基地里，推开办公室门进去，看到刘晨正坐在办公室的沙发上翻看着农业书籍，茶几上，煮的茶咕噜噜地冒着热气。

林东和月牙互看了一眼，林东示意月牙先说话，月牙摇摇头。此时，刘晨把书放下，看着两个人："你们俩在那做什么小动作？有啥事坐这说！"

见自己的小动作被拆穿，林东满脸堆笑地来到刘晨面前，坐在沙发上，跷起二郎腿，头枕着胳膊对刘晨说："晨哥，昨天我们不是说好的今天冬至一起去包饺子吗？你这怎么变卦这么快啊？"月牙也跟着过去坐在了刘晨的对面。

"我只是说答应你一起去包饺子，没说要坚持到最后啊。"刘晨给林东纠正着话。

"晨哥，你什么时间也学这么滑了？"

"还不是跟着你学的。"刘晨给月牙倒了一杯茶。

"我是咱们村里的反面教材，你是咱们村里的能干小伙，你这能跟我学吗？"林东指指自己，夸张地说。

月牙听到林东这么比喻，扑哧笑了。

"月牙，你还别不信，从小在村里，晨哥是出了名的乖。因为晨哥，我没少被我爸骂。动不动我爸就说，你看看人家小晨，你怎么不跟小晨学学。晨哥在学校打架了，我爸会说他有本事。我要在学校打架了，回来我爸准再揍我一顿，说我在外面惹事。我从小是在晨哥的影子里长大的。"林东越说越夸张，生

怕月牙不明白，边说边比画着。

"你可以了，越说越夸张。"刘晨实在是听不下去了，打断了林东的话，又问林东："我什么时候在学校打过架啊？"

"晨哥，我是打比方。"林东嬉皮笑脸地回答刘晨。

看着两个人你一言我一语地斗嘴，月牙端起茶水，放在鼻前闻了闻，一股清新的红茶香扑面而来，继而小抿了一口，茶香味瞬间直沁心脾。"这茶真香！"月牙不由地感慨了一句。

"这是红茶，一个战友从他们老家给我邮寄来的。如果你喜欢，走的时候带上。"听到月牙夸赞茶香，刘晨赶忙接话。

"没事，晨哥，我想喝了随时过来。再说了，现在这个地方就像是我在西明乡的第二个家，放到这，也是随时喝！"

"月牙，让我说，你干脆嫁这得了，以后这就是你的第一个家。"林东开玩笑对月牙说。

月牙正喝茶水，听到林东这么说，一口茶一下子呛到了喉咙那里，瞬间，脸庞憋得通红，连着咳嗽。刘晨见状，急忙递给月牙几张纸巾。月牙咳嗽了几声后，才停歇。

刘晨瞪了林东一眼，责备林东："东子，你这又说什么胡话呢？"

"我只是开个玩笑，没想到月牙反应这么大。"林东无辜的眼神看着月牙回答刘晨。

"好些了吗？"见月牙不再咳嗽，刘晨关心地问。

月牙又喝了一口茶水顺了一下，眼睛泛红地笑着回答刘晨："没事，晨哥，刚才不小心喝水猛了！"

"你看，我就说吧，和我没关系，是她自己喝水太快了。"林东替自己开脱着。

"以后少说那些涮话！"刘晨依然带有责备的口吻批评着林东。

林东嘴里回答着"是！"顺手拿起刚才刘晨看的书籍，翻看了两眼，又把书扔到了一边，嘴里念叨着，"没啥意思！"

"亏你上了这么多年学，连书都不愿意看，怎么能够进步？"刘晨把林东扔到一旁的书拿起来，折角的地方抚平后，放在了茶几上。

"晨哥，你说过了年之后，我们明年干什么？"林东想了想问刘晨。

刘晨看看月牙，月牙看到刘晨看着自己，急忙笑着说："晨哥，这些我不知道。再说了，明年我这边就结束了，不能跟着你和东哥再并肩作战了！"

月牙不说"结束"两个字，刘晨心里还没反应，听到月牙说明年就结束了，刘晨的脸色瞬间变得煞白。

"什么？明年你也要走？"林东这个语气，就像是刚知道明年月牙要走一样。事实上，从月牙迈进西明乡第一天开始，林东就知道月牙三年后要走。

月牙看着两个人的表情都很沉重，忙缓和着氛围说："这不是还没走的吗？再说了，到时候走了，有机会了，我会经常回来的！"

"这些词你不要对我们说，凡是我经历的，走了之后说经常回来的，都是骗人的。"林东假装抹眼泪地说。

"月牙，将来你有没有考虑过做什么？"刘晨用低沉的声音问月牙。

月牙被刘晨一下问住了。当时走进西明乡的时候，也是误打误撞地考了"三支一扶"。既然考上了，月牙只是想着先把基层经验积累了，等三年后再另做打算。没想到，这么快就到了三年，未来自己要做什么，此时，月牙心里也是一片迷茫。

见月牙没有说话，刘晨似乎思索了很久，又鼓起勇气低声接了一句："如果将来有机会，你愿不愿意永远留在西明乡一起干？"

第九十三章　月牙的心事

刘晨这句话，让月牙心里更惊了，这句话她更不知道该如何去回答。刘晨说的"有机会"是什么意思？月牙看着刘晨面无表情的脸庞，端起茶杯把茶水一饮而尽。

喝完之后，月牙假装看看时间。看完之后，站起身，说自己乡里还有事情，就慌忙和林东、刘晨告别离开了。

当林东反应过来，月牙已经离开了。林东站在基地，看着远去的车辆，自言自语地说："今天周日，我听我爸说如果不是吃饺子，今天乡里是放假的，她回去干吗？"

刘晨呆呆地看着离去的车辆，一声不吭地走进了办公室，重新坐回到了沙发上。

林东似乎忽然间明白了刘晨刚才的意思，急忙跟着刘晨回到办公室，着急地问："晨哥，你刚才的意思是不是在挽留月牙，不想让她走？"

刘晨倒了一杯茶水，问林东："你说，我这样做是不是有些自私？"

"果然是这样。"林东激动地回答，看上去，林东似乎要比刘晨更加激动。

"是哪样？"刘晨看着林东激动的表情问。

"你想啊，我这么笨，都听出来什么意思了，月牙会没有听出来什么意思？一定是她不知道怎么回答你，所以才匆匆地离去了。"林东给刘晨分析着。

经林东这么一分析，刘晨正准备喝水，把茶杯放在了茶几上，犹豫着问林东："你说我要不要给月牙打电话道个歉啊？她会不会是生我气了？"

"这事你先不要慌，我想想。"林东故作思考状，似乎看上去很有经验的样子。

"你倒是快说啊，急死我了。"本来刘晨还稳得住，听到林东一分析，心一下子乱了。

林东看着眼前心乱如麻的刘晨，奸笑着说："没想到一向稳重的晨哥，还会心乱，果然是英雄难过美人关！"

两个人正说着，月牙推门而入，两个人表情都惊呆了。看着两个人的表情，月牙走到刚才坐着的位置，从沙发上把包拿起，笑着不好意思地说："走到半路，才发现包忘带了，我先走了晨哥、东哥！"说着，月牙走出门，把门关上了。

"刚才是月牙吗？"林东没有反应过来，问刘晨。

"是。"刘晨也呆住了。

"你还等什么？还不赶紧追。"林东片刻反应了过来，拍拍刘晨急忙站了起来，追了出去。

两个人追出去的时候，月牙正准备离开。两个人飞奔跑到月牙车前，胳膊一伸，站在月牙的车头前，把月牙的车拦住了。

月牙吓得赶紧把车熄火下车，对刘晨和林东大声说："你们两个这是干什么？这样很危险知道不？"

林东上下喘着气，弓着腰，手放在膝盖上，拍拍刘晨说："晨哥，剩下的就交给你了。我得歇会，看来我真该减肥了，幸好车还没走，吓死我了。"说着，林东一屁股坐在了地上。

刘晨见林东把事情交给了自己，弯下腰一脸无辜地低声问林东："不是你让出来拦的吗？你让我说什么？"

林东看看刘晨，抬头问刘晨："晨哥，我们两个来掗掗，刚才我叫你出来，你出来没？"刘晨回想了一下刚才的情景，点点头，林东接着问："我拉你来拦车的时候，你是不是也没有拒绝？"刘晨回答："是！"

"这不就得了，这些你都没拒绝，怎么是我让拦的？你就把我当成你心里头那个思想斗争的'小人'就行，我只是做了你心里想做而又不敢做的。男子汉大丈夫的，有啥说啥，有什么不好意思的？"说完，林东推了刘晨一把，把刘晨推到了月牙面前。

两个人低声嘀咕的时候，月牙就一直好奇地看着。林东又一下把刘晨推到了月牙的面前，月牙更好奇了。看着扭扭捏捏的刘晨，月牙一脸蒙地问刘晨："晨哥，你和东哥你俩这是唱哪一出呀？我回乡里真的有急事！"

"那，要不你先回乡里忙。"刘晨忙接了句。

"忙什么忙，今天乡里放假，我爸都和我说了。"林东见刘晨三脚跺不出一个屁，从地上站了起来，拍拍屁股上的土，来到了月牙的面前。

月牙无奈地摇摇头，笑着对林东说："东哥，他们休息，不代表我也休息啊，我回乡里真的有事！"

"啥事，你说说！"林东认定了月牙在骗他，质问月牙。

"现在还不能告诉你们，等消息定下来了再和你们说，大喜事！"月牙说着，再次上了车。

经过刚才一折腾，刘晨瞬间清醒，恢复到了正常，沉稳地对月牙说："我刚才对你说的话，你可以考虑一下，我没有别的意思！"

"我知道，晨哥，我一定会好好考虑的。"月牙一边系着安全带一边回答刘晨。

"好，走了。"说完，月牙便离开了。透过后视镜，看着刘晨捶了林东一拳，月牙笑笑。正在这时，月牙手机响了，月牙拿出手机看到名字，把车停到一边欢喜地接通电话："郭阿姨好！"

"月牙，我这边忙完估计得下午两点。你那边也不用着急，我就是想着来西明乡了，顺路看看你们。你在你们基地等我吧，乡政府我就不去了。"电话里，传来了温和的声音。

"好的，郭阿姨。"月牙按捺着惊喜回答郭华。

自月牙他们在文化广场上偶遇了给村民放电影的全国人大代表郭华之后，月牙他们创业之路就有了新的想法，也是受到郭华的启发，几个人开始做花生食品。郭华闲暇时，也会给月牙打个电话，问他们做得如何。渐渐地，在月牙的心里，郭华就是自己的人生导师，是自己追的那颗闪亮的星，也是自己心中的榜样。今天一早，月牙接到郭华电话，说会来西明乡捐赠，如果有时间了顺路见见她，看他们现在做得如何。但是，这件事情，郭华没让月牙告诉任何人，她担心惊扰了当地政府正常工作。

挂了电话，月牙依然沉浸在和郭华的通话中，连林东和刘晨在车外站着都丝毫不知。

林东敲敲玻璃，月牙这才发现站在车外的林东和刘晨。月牙摇下玻璃，惊

讶地问："你们怎么来了？"

"看你车停在路边，我和晨哥以为你车出了什么问题，就过来看看。"林东说。

"告诉你们一个好消息。"月牙笑着神秘地对林东和刘晨说。

"什么好消息？"

"郭阿姨下午要过来！"

"真的？"听到月牙说郭华下午要过来，林东也瞬间开心地似乎要蹦起来。接着问月牙："你刚接到的电话？"

"早上就接到了，但是，郭阿姨不让对别人说。我本来想着回乡里等她，没想到刚才郭阿姨说让我在咱们这等着！"

"我们是别人吗？"听到月牙说"别人"二字，林东有些不服气地回答。

"别这样聊了，把车停到基地，我们先去吃些饭，吃饭回来，我们再等。"刘晨看着林东和月牙两个人一个站着一个坐着聊得兴奋，提醒着。

"也是。"林东这才注意到自己一直趴在窗户那和月牙在聊天。林东让月牙下车和刘晨在路边等着，他自己上车，把车开到基地，又开着刘晨的车来到两个人的面前，招呼上车，几个人就去吃饭了。

第九十四章　指路人

黎志在田有粮家中吃完饺子，从田有粮家中离开时已经下午一点。回乡里的路上，黎志接到文林的电话："书记，郭大姐来我们西明乡了！"

"在哪里？"黎志忙问文林。

"尹木村。"文林回答着。

"好，我现在过去。"说着，黎志让司机调头，前往尹木村。

到尹木村的时候，文林已经在路口等着黎志。黎志下了车，快步走到文林前，问文林："郭大姐什么时间来的？"

"上午九点多就来了，我也是在几个村里转的时候知道的。她来给几个村里的老人送慰问品来了！"

两个人走着说着，便来到了尹木村文化广场上。只见每个老人的脖子上都戴着一条大红的新围巾，围巾的颜色让这寒冬多了些许温暖。不用问，这围巾一定是郭华给老人带来的，而郭华，被老人围在中间有说有笑。

黎志忙走过去和郭华打着招呼："郭大姐，你这来了怎么也不和乡里打个招呼？"

郭华正和老人聊天，看到黎志来到面前，站了起来，走出人群，笑着回答："马上该过年了，我来给咱们夕阳红老人送一些慰问品，想着乡里忙，就没有和你们说！"

"你这就见外了，郭大姐，你来是支持我们工作的，怎么叫打扰？您吃饭没？我让乡里做些饭？"

"千万别，我已经和他们一起吃过了。"郭华笑着指指身后的老人。

张放端着一个托盘从外面回来，看到黎志和文林都在，急忙把托盘放到最近的一张桌子上，快步走到黎志面前，忙问："书记，文乡长，你们怎么来了？"

"这是去村里送饺子了？"黎志指着托盘问张放。

"是的，天冷，有些老人行动不方便，我们就给老人送到家里去。"张放不好意思地笑笑回答。

黎志给张放竖起大拇指："非常棒！"

"今天上午在这，我也很受感动。这么冷的天，大家用热情把这个寒冬给温暖了，这就是我们党的好干部。你为群众做事了，群众都暖到心里的。"郭华笑着接了句。

"谢谢郭大姐的支持。"黎志谦虚地笑着回答。

"郭大姐，今天是个好日子。您给我们老人送来了温暖，还给我们老人买这么多东西，大家想和您一起拍张照。"尹木村妇女主任柳利代表老人，盛情邀请着郭华。

"好，一起拍张全家福。"郭华笑着同意了柳利的建议。她走到老人身旁，同老人一同拍了张照。

"郭大姐不仅走到了人民群众中，而且走到了人民群众的心里。"文林站在黎志身旁，看着郭华和老人手拉手地站在一起，面带微笑地拍照，感慨地对黎志说。

"人民代表人民爱，人民代表爱人民，说的就是郭大姐这样一心装着人民的代表了。"黎志说。

"书记，您和文乡长也过去和老人们一起拍张照呗。"柳利手里拿着正准备拍照的手机邀请着黎志和文林。

"行，我们也拍。"黎志和文林走了过去，看着张放站在一旁，黎志招呼着张放："张支书，你也过来！"

所有人站好后，柳利按下了手机的拍照键。按下之后，柳利又把手机给了身边的一个村民，对她说："一会儿您帮我们拍张照。"说着，柳利小跑地站到了队伍里。

"大家笑一笑。"拿着手机的村民对着站着的所有人说。

文林为了让大家笑出来，大声喊道："西明乡美不美？"

"美！"整齐的声音回响在了尹木村的上空。

拍照结束后，老人们和郭华依依不舍地道别，强烈要求郭华经常来尹木村转转，郭华笑着答应了。

老人散去后，郭华紧紧握着柳利的手关心地问道："现在病情怎么样了？"

听到郭华的关心，柳利眼噙泪水，声音颤抖地回答："没事，让您担心了！"

黎志问柳利："那个药的效果对抑制病情怎么样？"

黎志说的药，是维持柳利生命必需的药。因为药价有些贵，乡下普通药店根本没有这种药。当时为了找这个药，柳利问了身边很多人，甚至乡里的所有干部都知道了。黎志后来知道了这件事，通过几个朋友打听，终于帮柳利找到，这也让柳利的生命能够一直延续至今。

柳利感激地回答黎志："如果没有那个药，估计我到不了现在，谢谢书记！"

"谢什么，好人有好报，你这至少得活到一百岁。"黎志鼓励着柳利。

"柳利大姐，将来的日子会越来越好，不想那么多，好好养病。"文林也鼓励柳利。

柳利身上的故事，郭华是知道的。同为女人，郭华非常同情柳利，所以，只要来西明乡，郭华都会顺路看看柳利。郭华紧紧握着柳利的手，鼓励她说："什么都不要想，好好地把自己的病治好，有个好身体比什么都重要！"

"谢谢郭大姐，您的话我记下了。"听到这么多领导关心自己，柳利感激的眼泪还是没有忍住流了下来。

"大冷天的，赶紧擦擦，一切都会好起来的。"郭华见柳利哭了，从口袋里掏出纸巾递给柳利，又安慰了柳利几句。见柳利情绪正常了，郭华问身边的司机："现在几点了？"

"已经一点半！"司机回答。

"我改天再来看你，照顾好身体。"郭华和柳利告别。

"郭大姐，既然来了，到乡里喝杯茶。"黎志以为郭华要走，跟上去邀请说。

"喝茶我就不去了，既然来了，我去看看月牙他们几个年轻人。"郭华笑着回答。

"刚好下午我也没什么别的事情，我陪你一块吧！"

"行！"郭华思考了一下回答。

"文林下午有事没？"黎志转身问文林。

"我下午两点还要给姜里村的干部开个会。"文林回答黎志。

"那行，你忙你的，我陪着郭大姐！"

文林朝着乡里方向，黎志和郭华一行朝着林柳村方向各自走了。

去往林柳村的路上，郭华对黎志说："现在我们西明乡的花生已经是地理标志了。群众把花生种好了，将来也能卖个好价钱！"

"前几天去区里开会的时候，区里说了，多亏您把花生带到了两会上，要不谁知道我们这个地方有这么多花生！"

"下一步，花生还要成为期货，成为期货后，我们的花生就旱涝保收了。月牙他们几个年轻人很能干，一点就透，您可要支持好他们。年轻人有想象力，有冲劲，他们既然喜欢这件事，就让他们放心大胆地去做，乡里做好他们的后盾。"郭华向黎志夸赞月牙他们。

"这几个年轻人的确是挺能干的，把花生做成了一个品牌。我和那姑娘也说了，除了乡里开会或者她必须做的工作之外，其他时间她都可以专心地创业。"黎志笑着回答。

两个人说着聊着，便来到了林柳村。刚过林柳村的桥，透过窗户，看到村民正在往桥底倒垃圾。黎志拿出手机在微信群里喊话："林柳村扣3分，有村民随意乱倒垃圾，下午五点前整改完毕！"

林柳村支部书记刘喜刚到家，打开电视，坐在沙发上泡壶茶，看到群里有动态，懒洋洋点开。听到黎志的语音，精神一下上来，站起来就往门外走，边走边打电话给林旺："书记来村里了，你知道不？"

"什么时候？"林旺正在家里修理电动车，听到刘喜说黎志来了，把工具一扔，站起身就往门外走。

"你这刚回来，怎么又出去了？电动车不修理好，我下午怎么骑着去买菜啊？不是说下午休息吗？"李兰追着走出了家门。

"书记来村里了，刚扣分了。"林旺边拿着电话边和刘喜说着话。

林旺和刘喜碰到面，刘喜嘴里骂着林旺："林主任啊，林主任，这好不容易有个周日，上午乡里折腾完，下午你又折腾我！"

"书记，这话从何说起？"林旺被刘喜这句话问得一头雾水。

"我来的路上，已经打听过了，书记他们是朝着刘晨他们基地方向去的。你说他们怎么就不能消停些呢？"说着，刘喜慌忙朝着刘晨基地走去。

"这小子。"看着前面生气的刘喜，林旺急忙追了出去，边走边和刘喜解释着。

　　"月牙，看谁来了？"黎志和郭华到基地的时候，林东正在门口洗着拖布，见到黎志和郭华，把手中的拖布一扔，水龙头一拧，兴奋地来到黎志和郭华的面前，有礼貌地说："郭阿姨好，黎书记好！"

　　"好，好！"郭华笑着回答林东。

　　月牙和刘晨闻声听到动静，急忙把正在整理的文件放在桌子上，从办公室走了出来。看到黎志和郭华，月牙飞奔到了郭华面前，拉着郭华的手，开心地说："郭阿姨，您来了！"

　　郭华看月牙只穿了一件毛衣，笑着责备说："冷不冷啊？赶紧进屋，把衣服穿上！"

　　"郭阿姨，您请，书记请。"月牙丝毫感觉不到寒冷，热情地邀请着郭华和黎志进屋。

第九十五章　苦恼的刘喜

进到屋里，刘晨急忙给郭华和黎志端了一杯水。林东拍打几下沙发，邀请郭华和黎志坐下。

坐下后，看着面前摆着的四五样水果，郭华温柔地批评三人："以后不要再整这些形式了，我来就是看看你们做得如何了，如果再这样，我就不来了！"

"是，郭阿姨。"林东笑着回答。

"你们三个也不要忙了，来，坐下聊聊。"黎志让月牙他们坐下。

这个时候，刘喜和林旺推门而进。黎志看到刘喜和林旺，指指旁边空的板凳："既然来了，坐下吧！"刘喜和林旺赶忙坐下。

"今年花生卖得咋样？"郭华问月牙。

"郭阿姨，我们已经把花生卖出了乡镇，卖进了郑市，通过网络直播，也卖向了全国。"月牙兴奋地汇报着他们一年的工作。

"还有呢郭阿姨，我们今年网络直播也卖了很多货。等明年，我们准备建个自己的直播基地。"林东开心地接话说。

"非常好啊，好好干，乡里也会大力支持你们。"黎志听了汇报，对月牙他们的成绩给予了肯定。

听到林东说建直播基地，月牙和刘晨纷纷看向林东。这件事，月牙和刘晨两个人在之前是毫不知情。

林东看着月牙他们看自己，忙又笑着补充对郭华说："我有一个大学朋友，刚好是做直播这一块的。我想着等明年的时候，把她叫回来，让她把她的直播基地直接设到西明乡！"

月牙无语地又看了林东一眼，差点都想问林东一句："你说这个想法，学姐同意了吗？"但碍于黎志和郭华在这里坐着，月牙也只能附和着林东。

"你们年轻人有你们自己的思路，无论做什么，要坚定自己选择的路和方

向。路选对了，做什么事情就会很顺。你们现在是弯道超车，难免会遇到这样或者那样的问题。问题不怕，解决一个问题，就会让你们成长一步。"郭华对月牙三个人说。

"谢谢郭阿姨！"三个人异口同声地答着。

"月牙明年就该到期了吧？下一步有什么打算？"黎志问月牙。

黎志这句话，也是刘晨一直想问而月牙一直回避的。听到黎志问，刘晨心里"咯噔"一下，看了一眼月牙。

"书记，我想着等明年结束了，如果这个地方还有我没有完成的任务，我就暂时先在这里干着。如果到时候没有其他事情了，我就回郑市找工作了！"月牙坦诚地对黎志说。

月牙这番话，激起了刘晨心里的涟漪，更让刘晨心里有一股暖流流过。虽然月牙并没有说自己一定会留下，但月牙的话语里，也给了刘晨无限个可能。这让刘晨心里是欣慰的。

"乡村振兴是你们创业的好平台，国家现在也大力提倡青年人才返乡。这个时候在农村创业，等于抓住了机遇，只要好好干，将来一定会在村里有作为的。"郭华并没有对月牙走或者留发表自己的意见，而是把国家政策对于青年人才返乡的支持简单讲了一下。她想通过这种方式，让月牙自己去选择。

黎志听了月牙的话，直接发表建议说："留在西明乡创业也没有什么不好。现在西明乡发展也越来越好了，到时候，再找一个合适的对象，嫁到西明乡，以后就是西明乡的媳妇了！"

"书记，您说得太对了，我也觉得是。"林东听到黎志说出了自己和刘晨想对月牙说的话，兴奋地回答。说完，眼睛冲着刘晨挑挑，似乎在对刘晨说，晨哥，书记都这么说了，你还不赶紧表态？但林东这个动作对刘晨来讲，没有丝毫作用。刘晨只是像个乖巧的孩子一般，坐在黎志和郭华的对面，腰身挺直地听着两个人的讲话。

"成长的路上会有这样或者那样的困难，无论遇到了什么，只要你觉得路是对的，就坚定地走下去。很多人都说，榜样就是生产力，但有时候批评也是生产力。毕竟愿意批评你们的人，都是希望你们快速成长的。"郭华对月牙三个人说这话的时候，笑笑看着黎志。也许她也听说了黎志平时对干部要求严格，

没少批评，所以，才会提到了"批评也是生产力"这句话。

"大姐说得有道理。"黎志谦虚地笑着回答，接着又对月牙三个人嘱咐说："郭大姐平时要忙的事情很多，你们能跟着郭大姐学习，这是难得的机会。有句话说得好，读万卷书不如行万里路，行万里路不如阅人无数，阅人无数不如名师指路，名师指路不如贵人相助！"

黎志说完，林东连连点头回答黎志："是的，如果不是郭阿姨给我们指点，我们也不会想着把花生做成文创！"

"关键是你们年轻人也有想法、有思路、有闯劲，好好干，未来的西明乡还靠着你们这些返乡的年轻人一代一代地走下去。"郭华笑着回答。

刘喜和林旺两个人干坐着，听着黎志和郭华同月牙三人聊天，偶尔看到几个人笑，两个人也会露出笑容。郭华语重心长嘱咐月牙三人的时候，刘喜、林旺两人也认真地边听边点头。而林东接话的时候，林旺手里总是捏着一把汗，生怕林东说了什么冒失的话。毕竟是自己的儿子，林东什么性格，林旺心里一清二楚。对于林旺而言，每一分钟都是提心吊胆。

不知不觉一个小时就过去了，郭华站起身，再次嘱咐月牙三人一定要好好干，嘱咐后，郭华便向黎志告别。黎志多次挽留郭华留下一起吃个晚饭，郭华都拒绝了。

郭华离开后，刘喜笑眯眯地对黎志说："书记，您如果有时间，要不到村里指导一下我们的卫生工作？"本来刘喜这句话只是客套客套，想着都下午四五点了，黎志应该会拒绝，没想到黎志爽快地回答："那行，既然来了，就到村里去看看！"

"行……转转。"刘喜听到黎志说要看看，有些不知所措地回答，急忙对林旺使眼色。毕竟也搭帮多年了，刘喜一个眼神，林旺都知道他想做什么。

林旺接收到刘喜信号，对黎志说："书记，你们先聊，我就先回去了！"

"行，你先去忙，我一会儿就去村里。"黎志回答。

林旺走的时候，眼神狠狠地瞪了林东一眼。林东看着林旺犀利的眼神，低声问刘晨："晨哥，我怎么觉得今天是不是又惹事了？"

"没事。"刘晨也看到了林旺的眼神，安慰林东。

　　"你们三个一会儿有事没？"就在林东和刘晨低声嘀咕着，黎志忽然问月牙三人。

　　"没事。"月牙急忙回答。

　　"那好，既然没事，就一块去村里转转。你们也以你们年轻人的角度给村里提些意见！"

　　黎志这么一说，刘喜忙回答："好的！"

　　黎志给司机说了在村委等着，几个人便同行前往村里走去。去村里的路上，黎志边走边问刘晨："有没有想过将来进村委工作？"

　　黎志这话，不仅让刘晨心里一惊，也让刘喜心里一惊。一贯稳重的刘晨被黎志这么一问，看着刘喜的脸色，不知该如何回答。从刘晨的内心来讲，他是不愿进村委工作的。毕竟，自己回来只想好好地干一些自己喜欢的事情，当官他想都没有想过，这也是最初为什么他从部队退役，选择了退伍而不是转业。

　　"这问题很难回答？"黎志见刘晨没有回答，正走着，停下了脚步，看着刘晨问。

　　"我没有想过进村委。我们村委有刘支书他们带领，我们村民都拥护。"刘晨巧妙地回答了黎志的问题，一来夸了刘喜，二来也表明了自己没有进村委的心，让刘喜放心。

　　刘喜听了刘晨的回答，忙笑着说："到村委里锻炼锻炼还是好的，毕竟年轻，多锻炼锻炼是好事！"

　　黎志对刘晨的回答并不满意，但也没有再说什么，继续往前走。走了几步，又问林东："小伙子，你呢？想不想进村委？"

　　虽然平时林东嘻嘻哈哈，在这个问题上，林东还是非常谨慎的。林东一脸笑嘻嘻的表情回答黎志："书记，我没想过，我爸在村委，我就不进了。我想跟着晨哥做些事情，晨哥去哪我去哪！"

　　黎志笑笑，语重心长地对林东和刘晨说："如果做事不够果断，将来做不了大事。村委不是某个人的，它只是党服务群众的一个载体。如果把它当成了个人之间的一种交易，这样的支部无论什么时候，都无法带领着群众走向致富。能者上，庸者下，只有这样，一个村庄才会发展得更好！"

　　刘喜听着黎志说的这些话，心里发毛，特别是"能者上，庸者下"这句话，

刘喜直接扣到了自己头上。

"刘支书，村里环境还得提升啊！"黎志看到村庄路两旁还是有白色垃圾袋，叹了一声气，对刘喜说。

刘喜跟在黎志身后，只顾着琢磨黎志刚说的话。黎志说的这句话，他并没有听到。

"刘叔，书记问你呢！"林东轻碰正深思的刘喜，低声提醒。

"是的，书记。"刘喜忽然缓过神，急忙回答。

幸好黎志只是一直往前走，并没有在意刘喜的表情。听到刘喜回答，黎志也没再说什么。在村里转了一圈下来，黎志共扣分扣了三次。黎志离开的时候，再次叮咛刘喜："村庄环境和之前相比，已经提升了很多，但是距离美丽乡村还有一些距离。这个短板一定要补上去。乡里开会的时候，我常对他们说，思想一定要跟趟，如果思想不跟趟，不换思想就换人！"说完，黎志便离开了。

月牙三人看着刘喜，也不敢吱声，黎志最后那段话明显是有些生气。目送黎志的车走远，刘喜转身看看三人，丢下一句："你们去忙吧。"便走了。走出有一段距离，月牙听到刘喜不知给谁打的电话，咆哮着说："平时怎么说的？每个人负责好每个人的区域，都当耳旁风了？"

"你说，这会不会是给我爸打的电话。"林东低声问刘晨。

"晚上回去一问不就知道了？别想那么多了，走吧，回基地。"刘晨盯着刘喜的背影看了许久，视线才离开。

第九十六章　年终大考核

　　进入腊月，农村便开始热闹起来。特别是过了腊八，家家户户都开始准备年货了。所以农村有一句俗语："过了腊八便是年。"进入腊月之后，西明乡的整体工程也推进得慢了，一个原因是施工队也要回家过年，另外一个原因便是由于天寒土地结冻，无法动工。

　　腊月二十六一大早，文林见到李欣，便着急地问："都准备得怎么样了？"

　　李欣提着一大袋大红花回答文林："现场已经布置完毕了，我现在把花送过去！"

　　"好，你赶紧去，我去和书记说一下！"说完，文林便匆匆来到黎志的房间，推开房门，黎志正在看报纸。见文林进来，黎志把报纸放在桌子上，问文林："一切都准备好了？"

　　"是的。"文林回答。

　　黎志看了一眼时间，还有一个多小时，示意文林坐下。文林坐下后，黎志给文林倒了一杯新烧开的茶水，递给文林，对文林语重心长地说："我俩聊会，平时工作忙，也没时间，这几年，比起其他乡镇，西明乡的工作量要多几倍，你也付出了很多！辛苦了！"

　　"应该做的，书记，没什么！"文林嘴上回答着黎志，心里却在嘀咕："为什么黎志忽然间和自己聊起了这个话题？"

　　"文林，西明乡一路走来不容易，它就像一棵幼苗，经过全乡干群的共同努力，成长到了现在。不仅我们付出了很多，干部付出了很多，乡里的群众也付出了很多，这就是为什么要开全乡表彰大会，各阶层的人都要来的原因！"

　　"从我走进西明乡的第一天，基本上没有过过一个完整的双休。只要是晚上做梦，做的梦几乎也都是西明乡。这几年虽然很累，但看着西明乡的成绩，看着一个个项目落地，感觉一切都是值得的。"文林笑着回答。

"是啊！"黎志叹了一声气回答，接着又说，"这几年，很多干部也有怨言。家人没有陪好，也没有时间带着家人出去转转，节假日有时候还是在工作岗位上，一开会开到晚上十一二点。他们有想法，这些我都知道。"黎志说完笑笑。

黎志回忆曾经的时候，一幕幕的画面也浮现在文林的脑海里，浮现多了，文林的眼睛有些红了。

"文林，有一天，我们都会离开这里。有时候，我也在想，要把西明乡当成一辈子的事业去做，让西明乡成为中国乡村振兴的一面标杆、一面旗帜，让西明乡的群众因为这三个字而自豪。再也不是哪个姑娘不愿嫁进来，出门不愿说自己是西明乡人的场景。"黎志说到这里的时候，语气激昂，眼神放光。

文林看着黎志，忽然间有些心疼眼前这位比自己年长的大哥。共同工作的这几年里，黎志的痛风只要是冬天，就经常发作。有时候跟着黎志一起下村走访，看着黎志跛着脚走路，文林也想上去扶一把，但黎志的性格，文林是知道的，黎志不愿自己在大家的眼里是柔弱的，他想让自己给所有人当好榜样。所以，在他们面前再疼痛，即使跛着脚走路，黎志都不愿人扶他一把。

文林记得，有一年冬天，定好时间到村里去考评。第二天下起了大雪，大家都以为会取消考评，谁承想，黎志还是要求按照原计划进行。抽到的村庄，黎志一个一个地去看，看完，所有人现场打分。每到一个村庄，在村里步行最少都要十分钟，到了下午考评完最后一个村庄，已经晚上六点多，黎志上车的时候，是双手拉着两个门扶把才上了车。

想起这些，文林心里有些难受，强挤出笑容对黎志说："书记，无论将来走到哪里，在哪个岗位上工作，我永远不会忘记您这几年的教导，也不会忘记在西明乡工作这几年的岁月。这个地方，让我成长很快，也让我学到了很多！"

黎志喝了一口水。水杯放下后，黎志似乎有话要问文林，但犹豫了一下，还是止住了，只是笑笑说："好好干，西明乡这几年对于你个人成长来讲，应该是一笔很大的财富！"

"是的，一种无形的财富。"文林也笑着回答，黎志刚才微妙的表情，文林是看在眼里的。黎志原本想说的一定不是这句话，但黎志没问，文林也假装不知道。

"好了，时间也差不多了，我们去会场吧。"黎志看看时间，站了起来对文林说。

文林站起身把门打开，两个人一前一后走出了办公室，前往开会的地点。

来到表彰大会的现场，只见现场节庆氛围浓厚，大红灯笼高高挂，红色歌曲飘荡在会场的上空。每个来到现场的人员胸前都佩戴着一朵大红花，每个人脸上也都洋溢着灿烂的笑容。

"文林，你看我们的群众多可爱啊！"黎志看着现场坐着的群众，对文林高兴地说。

"是，今天除了乡里和村里全体干部以外，来的都是受表彰的，在村庄建设中作出贡献的。"文林回答黎志。

"除了忙表彰大会的人员，你把其他人都叫过来，我们站在两侧，欢迎大家入场。"黎志对文林提议。

文林答应着，开始在群里组织人员到黎志说的位置。到了之后，文林迅速把人分成两队，站在两侧，鼓掌欢迎入会场的群众。

每走过一名群众，两旁就响起雷鸣般的掌声。这阵势，有些群众之前从来没有见过。

"你们片区来了多少人？"朱磊边鼓掌边问刘文。

"该来的都来了。"刘文和自己片区入场的群众笑着打招呼回答朱磊。

"你这等于没说。"朱磊回了刘文一句，见有自己片区的熟人，朱磊也忙笑着打招呼。

每一个受表彰的群众从中间走过，总要问声"黎书记好""文乡长好"。这几年的走街串巷下来，黎志和文林的名字早已经被群众熟知，就连上幼儿园的小朋友，见到黎志也会甜甜地叫上一声："黎爷爷好！"

入场仪式进行了半个多小时，见人来得已经差不多，表彰大会马上开始，黎志让所有人都各自到各自片区去了。

"怎么样，文林，什么感觉？"黎志兴奋地问文林。

"高兴，今天是我们西明乡的好日子！"文林也兴奋地回答。

"是，今天是个好日子，我们要撸起袖子加油干，让以后的每天都是西明乡的好日子！"黎志意犹未尽地回答。

两个人说话的工夫，会场已经安置完毕。李欣给文林打电话让入场，两个人便一同走进会场，坐在了受表彰的村民中。

只听到会场传来倒计时"3、2、1"后，李欣拿着话筒微笑着走到了台上。

"尊敬的黎书记、文乡长，以及西明乡的父老乡亲们，大家上午好！今天在这里举行隆重的表彰大会……"

"李欣进步不少，我记得刚开始让她上台讲话都不敢讲，现在一个人站在台上主持都发挥自如了。"看着台上的李欣，黎志欣慰地对文林说。

"这几年，西明乡的所有干部都进步很大。您每天锻炼他们讲话，不会讲的现在也都快成演说家了。"文林笑着回答黎志。

"想要做好工作，就必须会讲。如果不会讲，怎么动员村里的群众，怎么去解决矛盾纠纷？这对他们以后人生来讲……"

"现在让我们以热烈的掌声欢迎我们尊敬的黎书记上台讲话！"黎志还没有对文林讲完，台上李欣已经按照提前写好的稿子邀请黎志上台讲话了。

黎志走上台，接过话筒，对着台下深鞠一躬，然后面带微笑大声喊道："西明乡的父老乡亲们，大家当下好！"

"好！"台下掌声中夹杂着群众的欢呼声。

"父老乡亲们，马上就要过年了，今天我们在这里举行隆重的表彰大会，把全乡的先进模范都请到这里来，就是为了感谢你们为西明乡的建设作出的贡献，感谢你们。没有你们，就没有西明乡的现在，我代表西明乡的党委再次对你们表示感谢！"黎志说着，又深鞠一躬。

台下片刻又响起了雷鸣般的掌声。

"父老乡亲们，这几年我们西明乡的变化，大家是参与者也是见证者。这几年来，我们的路铺了，树种上了、污水治理了、厕所改造了、街灯亮起来了、项目也来了，大家高兴吗？"黎志激动地问台下。

"高兴！"台下又是整齐地回答。

"黎书记这讲话，不佩服都不行，感染力太到位了。他就是我心中那颗最亮的星，我追的星！"林东胸前戴着大红花，听着黎志在台上慷慨激昂的讲话，两眼羡慕地对刘晨说。

"不是你一个人追的星，是西明乡老百姓追的星！"刘晨给林东纠正着。

"对、对、对！"林东嬉笑着回答刘晨。看着刘晨胸前的大红花有些歪了，林东帮刘晨又重新戴了一遍。

第九十七章　如坐针毡

黎志在台上讲着的时候，几大片区片长站在了一起。文林见几个人在一起站着，也走了过去。文林走过去，还没有开腔，朱磊就着急地笑着问文林："文乡长，今年过年放假不？"

文林瞥了一眼朱磊回答说："哪一年没有放假？"

"像去年，大年初一放了一天假也叫放假？"朱磊不满地回答。

"这件事，你还得问书记，我给你回答不了。"文林看着台上的黎志回答朱磊。

"我今年说啥也得陪媳妇回娘家，你嫂子这几天天天在我耳旁嚷嚷。"朱磊说。

"老朱，都是小孩慌过年，你这都多大了，还慌过年呢？"梁田见朱磊跟个孩子一样在和文林讨价还价，插了一句。

本来朱磊工作上就一直和梁田在较劲，听到梁田这个时候插话，朱磊把火气攒到了一块都撒在了梁田身上："你真是站着说话不腰疼，你家是西明乡的，你想什么时间回家就什么时间回家，能和你比？"

梁田被朱磊怼得哑口无言，只是笑着接了一句："我说不过你，我不和你说！"

"好了，你们两个都不要争了，好好听书记讲话。"文林佯装训斥地批评梁田和朱磊。

其他三个片区的片长看着朱磊和梁田，只是无奈地笑笑。

"父老乡亲们，今天这个表彰，对于我们西明乡来讲，是空前的，也是盛大的。你们为西明乡的发展做出了贡献，乡党委没有忘记你们。在西明乡的发展进程中，你们舍小家为大家的精神，值得我们每一名干部学习。无论以后走到哪里，我们都要自豪我们是西明乡人。我们用我们勤劳的双手改变了西明乡

脏乱差、破旧的面貌。现在，西明乡也来了项目，以后会有更多的项目落在西明乡。这些项目落在西明乡以后，我们也要做好准备。大家要明白一个道理，所有的项目不仅是为了当地的经济发展，也是为了让我们群众能够守在家门口就业。"

黎志台上讲得慷慨激昂，大家台下听得认真。不知不觉半个小时过去，林东对刘晨说："晨哥，我数了一下，从书记讲话到现在，下面鼓掌已经二十八次！"

"你这真是闲的。"听到林东说出鼓掌的次数，刘晨平静地回答一句。

"我们要以只争朝夕的精神去开创西明乡的未来，以美好的心态去迎接每一个春天。接下来，让我们以热烈的掌声欢迎文乡长宣布今天的表彰名单！"黎志最后说道。

"文乡长，还不赶紧去。"朱磊推了文林一把。按照正常流程，黎志讲完话，主持人会邀请文林上台宣布名单，没想到，黎志讲完，直接把主持人的活也做了。文林迟疑了一秒，便飞快地走上了台，从黎志手中接过话筒，开始宣读获奖名单。

黎志走到台下，坐回到原来的位置上。一个七十多岁的老人来到黎志面前，对黎志感激地说："书记，谢谢您，没有您和咱们乡里的干部，就没有现在的西明乡！"

黎志见老人站着，急忙站起身，拉着老人坐在板凳上。

刚坐下，老人便对黎志长篇大论地讲起西明乡的曾经。无论老人讲到哪里，黎志都是认真地听着。讲着讲着，老人竟然落泪了。老人说："黎书记，您是不知道我们多感谢您。您来了之后，不仅让我们西明乡大变了样，还让我们这些老人吃上了饺子，给我们老人送慰问品，发大红花。我家里放着的大红花还是我年轻时候在部队发的，现在我们这些老人享福了！"

"老人家，我也是一个兵。说起来，您还是我的老班长呢。我们做得真不算什么，比起您，我们做得还不够。您这么大年龄了还参与乡村建设，我们有什么理由不好好干呢？"黎志拉着老人的手，安慰老人。这个老人，黎志曾经在尹木村见过。见到老人的时候，老人正双膝跪在地上整理杂草。因为这位老人，当时黎志还给尹木村加了3分。

"你说他们在聊什么呢？"堂庄村支部书记赵福坐在黎志后排，问紧挨着的尹木村支部书记张放。

张放看着老人，摇摇头回答："我也听不到，我们村夕阳红老人！"

"哦。"赵福看了一眼林塬，又问张放："你说今年哪个村委会年终排名第一？"

这个时候，赵福问张放这个话题，张放心里非常敏感。就在开表彰大会的前几天，张放专门跑到加分员那里查询了自己村委的排名情况。目前排名在第三，林塬村排名第一。但自己去查分这件事情，绝对不能让赵福知道。张放笑着回答赵福："这我哪知道？我又不是神算！"

"我听说是林塬村。"赵福又看了一眼正认真听文林公布名单的林自强。

"不管是哪个村，乡里说了算。"张放安慰着赵福，但这话同时也是安慰着自己。

赵福伸着脖子，眼睛又扫了一圈，似乎在寻找着谁。但扫了一圈后，赵福又坐回到板凳上问张放："你说为啥书记非得把村委表彰和村里群众表彰放在一起呢？这要是排名靠后了，村里的群众得咋想？"

"这我哪清楚？书记他们的安排，咱们怎么猜得到？"张放认真地看着文林，此时文林正公布的获奖名单是夕阳红名单，张放竖着耳朵听着。

名单公布结束，进入颁奖环节，第一个颁出的奖项便是"感动西明乡十大人物"。"十大人物"里，月牙最为关注的便是"沈苹"两个字，当大屏幕上显现沈苹笑着的照片和对沈苹的一段介绍时，月牙的眼睛又湿润了。

看到月牙流泪，刘晨问林东："有没有纸巾？"

"要纸巾干吗？"

刘晨指指月牙，林东这才发现月牙流泪了。林东摸摸口袋，对刘晨摊摊手："我没带纸巾！"

"你说你出来怎么不带纸巾呢？"刘晨责备林东说。

"大哥，你不也没带？"林东听到刘晨责备，不服气地回了句。

刘晨也没接话，再看向月牙的时候，月牙的眼泪已经不知什么时候被擦去了，她的目光紧紧地盯着台上。

黎志听到"沈苹"两个字，站在台上转身看向大屏幕。主持人念完颁奖

词，黎志把话筒要了过去，声音颤抖地说："沈大姐是我一直很敬佩的人。即使在生命最后一刻，她心里挂念的还是西明乡的发展。虽然沈大姐只是一名普通的群众，但是沈大姐这种精神却是伟大的。虽然她人已经不在了，但是她永远活在我们每个人的心中，活在我们西明乡发展的历史中！这个奖杯属于她，她是当之无愧的'感动西明乡十大人物'"黎志高高举起了即将颁发给沈苹儿子的奖杯。

台下掌声瞬间四起。黎志这段话，让现场很多人都流下了泪水。

由于表彰1000多人，颁奖环节整整进行了一个半小时。颁奖第一轮结束后，是年终村委考评奖。这个环节让现场所有支部书记都屏住了呼吸。

文林念完名单，接着讲道："可能很多支部书记心里都在想，为什么要把这两个表彰放在一起来表彰？这件事也是党委会表决通过的。今天坐在这里的，都是我们各个村委的先进代表，群众先进了，但是村委具体名次如何？他们也有权知道。今天在这里，我们先进的村委，群众可以共同分享胜利成果。落后的村委，在我们这些群众代表的目光中，也应该奋起直追。一次成绩代表不了什么，但是，如果每次都是你们村委落后，支部书记就要找找原因了。这几年的发展中，因为各种原因换支部书记的村委在全乡占到三分之一。西明乡的发展已经走到了现阶段，落后就要挨打，不上进就会下台，这就是现在的西明乡。如果说你当一名支部书记，现在还想着当甩手掌柜，那我就奉劝你，趁早退出。西明乡群众不需要这样毫无作为的村干部。在我们西明乡，每一次评比都是战役，是英雄是好汉，我们战场上比比看……"

黎志坐在台下听着文林的讲话，多次点头。讲得特别入心的地方，黎志会带头鼓掌。但文林的话，却让台下后10名的村支部书记脸上火辣辣，如坐针毡。

"我们村排名才20啊？上次还15呢！"

"人家林塬村支部书记就是厉害！"

"下次我们也要争第一！"

"咱们村第一，你听到没？"

"我听到了，听到了！"

……

台下的村民听文林念完村委年终排名，也开始议论纷纷。文林在台上讲，群众在台下低声地议论。

虽然姜里村排名并不靠后，在全乡排名第二，但是常平的脸上却也是火辣辣的。作为乡政府的所在地，几乎所有支部书记都觉得姜里村会是第一的时候，没想到却被林塬村支部书记摘了桂冠。"林支书，恭喜啊！"桃庄村支部书记王力隔着中间两个人向林塬村支部书记林自强道喜。

"谢谢！"林自强并没有表现出特别开心的样子，只是礼貌地笑着回答王力。

"老梁，这会儿心里偷着乐的吧？"朱磊笑着问梁田。

"乐啥？片区间还没公布呢。"梁田紧张地看着台上讲话的文林，既希望文林快些公布片区排名，心里又担心公布。

文林讲完之后，清清嗓子说："接下来公布五大片区的排名，第一名三片区，第二名二片区、第三名四片区、第四名五片区、第五名一片区！"

听到这个名次，梁田震惊了。

第九十八章　逛长街许诺言

梁田站在那里，似乎进入了个人世界，已经完全听不到台上的文林在讲些什么。只是听到耳旁，几大片区之间在向朱磊道喜。梁田本想着年终总结，拿个双第一，没想到，最后还是在片区整体工作中落后了。

"恭喜了，老朱！"汤阳心平气和地对朱磊道喜。虽然他当了片长以来，五片区的工作直线上升，但上半年五片区的工作整体还是偏后。所以获得这个名次，也在汤阳的意料之中。

"这下心里舒服了吧，老朱？"刘文话虽这么说，但也是对老朱道喜的意思。

五大片长之间，反应最大的就是梁田了。梁田看着所有片长给朱磊道喜，心里一百个不是滋味。虽然梁田也瞬间想到了是哪些村庄拖了后腿，但这个时候再说这些还有什么意义呢？看着脸上得意的朱磊，梁田强挤微笑对朱磊道喜："恭喜恭喜！"

"同喜同喜，梁乡长，和您这样的大哥当对手，不努力 200% 都不行。"朱磊微笑着对梁田说。

"我们有些片区注重培养种子村委，却忽略了整个片区的整体工作。所以在片区排名中会落后。西明乡的发展，我们乡党委的决心很大，那就是遍地开花。如果只管先进的更先进，落后的置之不理，最终出来的成绩就会让你失望。我们不是参加什么比赛，也不是打造盆景。西明乡的发展原则就是，在前进的路上不落下任何一个村庄。这点，我和黎书记我们的态度是非常坚定的……"

文林这段话虽然没有表明说谁，但五大片区片长心里都清楚具体怎么回事，所有人也不再吱声，只是认真地听着。

表彰大会下午一点才结束。散会后，按照西明乡庆祝的方式，所有到场的人一起吃了大锅饺子。

所有人散去。虽然按照乡里的要求把垃圾带走，但地上还是有些垃圾。黎志带领所有干部把现场又再次收拾了一遍。收拾后，黎志现场讲了几句话，便和文林一同上区里开会了。

月牙准备跟着李欣回乡里的时候，被林东叫住了。林东走到李欣面前，笑着问李欣："欣姐，下午月牙有没有任务啊？"

李欣想了想回答："目前是没有，怎么了？"

"如果没有，让她跟我们去基地呗！我们基地有些事情要谈。"林东摸着鼻子说。

林东一摸鼻子，月牙就知道他肯定在说谎。月牙看看刘晨，只见刘晨站在车那，也没有过来。

听到林东说基地有事情，李欣微笑着对月牙说："赶紧去基地忙吧！我就先回去了。乡里如果有事的话，我给你打电话！"

"谢谢欣姐！"月牙谢过李欣。虽然她知道林东在说谎，但也不好意思当着李欣的面拆穿。

"我走了。"李欣说着便走了。

李欣刚离开，月牙便质问林东："说吧，有什么事情？"

"不是说了吗？基地有事。"林东依然嘴硬地回答。

"你能骗得过欣姐，还能骗得过我？你一说谎就摸鼻子这毛病，你问问晨哥知道不？"月牙学着林东摸鼻子的样子回答林东。

"好了，小姑奶奶，别说其他的，走，带你去个好玩的地方。"说着林东推着月牙来到了刘晨车前。刘晨为月牙打开车门，请月牙上车。月牙心里更惊讶了，不明白两个人葫芦里究竟卖的什么药。

上了车，刘晨边开车边对林东笑着说："我说什么来着？让你实话实说，你还不听，觉得自己撒谎技术第一名！"

"晨哥，什么事情啊？"月牙惊讶地问刘晨。

"带你逛逛我们这年前的集市，坐稳了。"说着刘晨一脚油门朝前开去。

不到十分钟，三个人便来到了集市上。下了车，看着面前拥挤的人群，听着街上到处传来的吆喝声，月牙问刘晨："晨哥，去年你们不是带我来这里了吗？"

"去年的和今年的肯定又不一样。走吧，既来之则安之。"林东带着月牙挤进人群。

三个人从长街的东边一直走到西边。一路走下来，月牙手里拿满了各种好吃的。

走出长街，林东骄傲地问月牙："怎么样？开心不？"

月牙把东西全部放进林东的怀里，无奈地回了句："东哥，我已经不是小孩了！"想起刚才从长街上穿过，月牙就觉得尴尬。只要是月牙看到什么东西，觉得新奇，还没碰，林东就会对老板说买了。就连月牙看到小孩吃的棉花糖，还没说话，只是看了一眼，林东便让老板做了一个最大的。一路下来，许多人的目光都投向了月牙。

本以为可以讨好月牙，没想到适得其反，月牙反而不高兴了，林东急忙安慰："这是我和晨哥共同想到的。我们想着，只要是你在我们这开心了，那你以后肯定就不愿意走了。我林东和刘晨保证，以后绝对不惹月牙不开心，月牙说什么就是什么！"

看着面前认真的林东和站在一旁默不作声的刘晨，月牙心里猛地一暖。他们两个有什么错呢？不过是以他们男人认为女孩喜欢的方式来逗自己开心罢了。想到这里，月牙瞬间换了笑脸，把棉花糖从林东的手里拿了过来，咬了一口说："真甜！"

看月牙不生气了，林东开心地捶了刘晨一拳，刘晨嘴角也露出了微笑。

"晨哥、东哥，你俩以后有什么事情直接和我说就可以了，没有必要弄得这么复杂。"月牙边吃边对两个人说。

"我们就想让你明年能够留下不走，你答应吗？"林东抢着话问月牙。

月牙看一眼林东，又咬了一口棉花糖说："那就看你表现了，东哥！"

刘晨看着月牙和林东打着嘴仗，自己也插不上话，站在一旁认真看着。

"东哥，你把这个糖葫芦塞到晨哥嘴里，我就答应你。"月牙看着站在一旁的刘晨，低声对林东说。

"你说真的？"林东问月牙。

"君子一言驷马难追，拉钩！"说着，月牙伸出小拇指和林东拉钩。

"好！"

两个人拉钩后，林东手里拿着糖葫芦佯装自己要吃，走到刘晨面前，对刘晨说："晨哥，我和你说个事！"

"说……"刘晨还没有说完，林东就把糖葫芦塞进了刘晨的嘴里。刘晨刚想把糖葫芦拿下的时候，林东急忙制止说："晨哥，你可千万不要拿下。月牙说了，只要是我把糖葫芦放进你的嘴里，她就愿意留下！"

刘晨正准备拿下的手停住了，把林东的手打开，咬了一个糖葫芦，边津津有味地嚼着边说："你怎么知道我喜欢吃糖葫芦？"说这话的时候，刘晨的面部几乎拧到了一起。刘晨吃不了酸的，月牙和林东都是知道的。

"晨哥，你确定你喜欢吃糖葫芦？如果你确定的话，那我就再去买几串了。"林东看着刘晨拧巴的表情，佯装要去买。

"一串就够了，够了。"刘晨急忙拉住了林东。

"月牙，事情我是做到了，你说的话可要算数。"林东胜利的表情对月牙说。

"再说。"月牙看着刘晨的表情，想笑又强忍着笑回答林东。

"刚才我们可是拉过钩的！"听到月牙要赖，林东有些不愿意了。

"东哥，刚才我们是拉过钩，但是，我刚才说的是君子一言驷马难追。我一女子，你说这事怎么说？"月牙说着，又走进了长街里。

"月牙，做人可不能这样啊，不能说话不算话。你在我心里可是一直很讲信用的。"林东听到月牙对自己耍赖，跟着月牙身后追着月牙讲道理。

吃了两三颗糖葫芦后，刘晨看看手中的糖葫芦，又看看走进人群里的两个人，自言自语说了句："吃多了，也没有想象的那么酸！"说着又咬了一颗糖葫芦，边吃边追两个人去。

第九十九章　开启新的篇章

全乡表彰大会没有多久，就到了除夕。按照提前安排好的值班表，除了必要的值班以外，西明乡的干部终于有了一个较长的小假期。西明乡次年的第一场大战役打响，是在春意盎然的春天。此时全乡到处焕发着生机。柳树开始泛绿，迎春花开始盛开，来西明乡过冬的候鸟开始成群结队地离去，河水也慢慢地开始流动，就连报春的布谷鸟也开始鸣唱。一阵阵鞭炮声也唤醒了过了一个小假期的西明乡。

"等项目建好之后，我们西明乡就真的会有游客来了！"

"终于看到了乡村旅游的样子！"

"老朱，以后你再有朋友来，就不必天天只是看街里了。"

伴随着鞭炮声落，西明乡的干部站在一起，看着眼前的开工仪式，笑着议论着。

"王书记，这个项目要抓点紧。我们区里要成立一个督导组，针对这个项目进行督导，过程中出现什么问题，都要第一时间和秦书记汇报！"开工仪式后，高平对区委书记王冬嘱咐道。

"督导组从这片地开始规划的时候，就已经成立了。每天督导的内容，我们都会上报到秦书记那里。"王冬回答高平。

"很好。"听了王冬的回答，高平点点头，又对身边的黎志说："黎书记，这个项目一建成，西明乡到时候就是我们全市最大的研学基地。这个项目你们可要把好关！"

黎志点头保证："书记放心，我们一定为企业做好服务！"

张思农连忙笑着接了一句："黎书记，您这话不对。不是咱们乡里为我们做好服务，而是我们企业为咱们乡镇做好服务。感谢我们干部，如果不是他们，项目不会这么快落地！"

"你们两个就不要互相谦让了。企业来到我们这个地方投资，作为当地的政府部门，应该为他们提供好的服务。只有这样，企业在我们这个地方才能安心地投资。而企业来到当地之后，你们也要考虑一个问题，不只是企业要挣钱，还要带着当地群众一起挣钱。张总有眼光，瞄准了当下的乡村发展形势，但如果企业无法为当地的老百姓服务，最终也是走不长远的。"高平对两个人中肯地说。

"书记，您放心，我们企业既然来到西明乡了，我们保证：所有的工人都用西明乡的群众；所有的优惠措施，我们都倾向西明乡的群众。只要群众愿意，我们愿意带着西明乡的群众一起发展。"张思农听高平讲完，向高平保证说。

高平听了点点头，对王冬说："走吧，一起看看！"

黎志陪同着高平一行走进项目区域，张思农向高平一行介绍着未来项目的具体规划。

领导离去之后，乡里的干部也开始逐渐散去。快嘴的张庆问五大片区片长："是不是黎书记和文乡长都要离开乡里了？"

这句话瞬间在片区长之间炸开了锅。传言黎志和文林都要调走的消息，五大片长心里都是知道的。但是没有人讨论过这个话题，毕竟这个话题太过于敏感了。黎志和文林两个人看上去丝毫不像是要离开的样子，所以，没有人愿意主动来探讨这个话题。

"张乡长，你听谁说的？这谣言你也信？"虽然朱磊也听说了，但还是佯装不知道地问张庆。

其他片长没有说话，只是看着张庆，等待着张庆的回答。

"我……我也只是听他们说的。"张庆见所有人都回避这个问题，忽然觉得自己问得有些唐突了，也就不再问其他了。但张庆引出的这个话题，却让片长之间有了想法。

回到乡里，朱磊和汤阳、曹亮一同走进刘文的办公室。刘文正在洗脸，见三个人同时到来，诧异地问："有什么事？"

"你说他们说的该不会是真的吧？"汤阳有些犹豫地说。

刘文笑笑，把毛巾挂在架子上回答汤阳："汤书记，你是组织部下派来的都不知道，我们这些人怎么会知道？"

汤阳犹豫了一下说："在部里，我也听说了这件事，但是，现在还没有一个明确的消息！"

"部里怎么说的？"听到汤阳说部里听说了消息，朱磊好奇地问汤阳。

"不清楚，公示之前什么也不清楚。"汤阳保守原则地说。

"就知道你是这样的回答。"朱磊一屁股坐在了椅子上，随后又问曹亮："曹书记，你说文乡长会不会接我们乡里的书记啊？"

"不清楚。"曹亮摇摇头。

"那你们说，我们这个积分制还作数不？"朱磊又好奇地问。

"你这些问题，我们知道的和你一样多。"刘文见朱磊都是问些没用的，回答朱磊。

朱磊躺在椅子上，看着天花板，自言自语地说："被这积分管了这么多年了，也真是适应了。如果这积分制没有了，我都觉得没有动力了！"

"想那么多干吗，以后的事情谁知道呢。"刘文接话说。

黎志和文林送走领导之后，黎志让司机先回乡里，把文林留下，两人步行朝乡里走去。

"这条路走不了几次了！"黎志走着看着道路的两旁，对文林感慨地说。

黎志的意思文林明白，文林也叹了一声气回答："总算是在离开之前，把对群众说的话兑现了！"

"是啊，兑现了。我记得刚来第一天和群众说，我们要把乡镇扫干净，到时候我们乡里发展乡村旅游。当时还有很多群众不服气，觉得西明乡不可能发展乡村旅游。你看现在的西明乡怎么了？不也慢慢地成气候了吗？"黎志指指道路两旁姜里村的改造提升，对文林说。

文林顺着黎志手指的方向看去，以前坐落在河边的空院已经被改造成民宿，有几座民宿还正在修建。河边以往的垃圾已经不见，阳光在清澈的河水里荡着秋千。文林此时内心也是感慨万千，他回答黎志："黎书记，说实话，当时您说我们的目标是乡村旅游的时候，我也不太信。但是，随着后来干啊，干啊，一声声领导的肯定，一项项乡镇的荣誉，我逐渐相信了您说的话。感觉无论您说到哪，我们都能实现那个梦想！"

听了文林说的，黎志笑笑，回答文林："西明乡的发展不应该只是现在这个

样子。以后的西明乡应该比现在更好。无论将来你到哪个更高的平台上，多关注西明乡，这个地方毕竟是曾经奋战过的地方！"

黎志的话里，似乎已经知道了文林要去的方向，而黎志因为年龄问题的限制，只能退居二线，这是硬性规定。黎志对文林说完，又苦笑着说："来西明乡来得有些晚了。我想象中的西明乡应该比现在更好，最起码，它要成为全国乡镇的一个标杆，成为乡镇发展过程中的一个创新点。让全国都能知道，在中国的中原大地有这样一座乡镇，当地干群凭借着一把扫帚，扫开了乡镇迎宾的大门，扫出了项目，扫出了乡村旅游！"黎志讲得慷慨激昂，脑海里浮现当年刚来西明乡时的一幕幕。

或许黎志已经感觉到，这应该是他和文林最后一次这样在姜里村的街里走过。所以一路上两个人没有再聊当下工作，而是回忆曾经刚来的时候，西明乡是如何的样子。

没过多久，区委组织部的文件便传达下来了，文林到另外一座乡镇担任乡党委书记，黎志退居二线。接任他们的分别是曾在另外一座乡镇担任过乡党委书记的李成和区里派来的郭俭。

黎志最后一次给乡里全体干部开会。整座会议室静悄悄的，掉地上一根针都可以听到。这一次的大会，与以往不同的是，会议室里多了两张陌生的面孔。黎志、文林、李成、郭俭四个人坐在主席台上。区委组织部宣布了区里决定之后，现场很静，黎志第一个鼓掌。黎志掌声起，台下的掌声才断断续续地响起。有些人眼泪已经止不住地流了下来。

黎志征求了组织部的意见后，拿起话筒站了起来。和往常一样，他面带微笑地鞠了一躬，让台下更多干部的心理破防了，掌声不断。

"同志们，俗话说得好，天下没有不散的筵席。我尊重组织的决定。这几年来，感谢在座的所有人包容我对你们的批评，感谢大家对我工作的支持，感谢你们让西明乡换了一个模样，谢谢！"说完黎志又鞠了一躬，掌声再次响起。

"同志们，西明乡的未来是属于你们。西明乡的父老乡亲们也都在看着我们。在未来的日子里，我们更要撸起袖子加油干，向党和人民交一张满意的答卷。前几天，我和文林在姜里村路上走着的时候还说，我们刚开始干的时候，给群众说，我们西明乡未来不仅要打造美丽乡村，更要打造乡村旅游。当时，

群众是不信的。但是，现在看看我们西明乡，再看看我们的群众，西明乡变了模样，群众也开始跟着我们一起做民宿了。我们永远要记住，群众信不信我们，不是靠我们说的，而是看我们做的。群众都是好的群众，就看我们如何去服务好他们。这世界上没有刁民，只有干得不好的干部。我相信，西明乡的未来，在我们新任党委书记李成的带领下，以及我们在座的每个人努力下，发展会更好，谢谢大家！"

黎志讲完，台下的掌声许久未停。黎志把话筒递给李成，李成接过话筒，犹豫了一下讲道："西明乡的同志们，大家好！"李成说到这里，也站起身鞠了一躬。随后，李成坐下继续讲道："西明乡这三个字，我并不陌生。在其他乡镇的时候，我就带领着我们的干部来学习过。今天又有缘被组织上派到我们西明乡来工作，我倍感荣幸。在这里，我向大家和西明乡的所有父老乡亲们承诺，接过了西明乡乡村建设的接力棒，我就会努力地跑下去，不让西明乡在全国乡村建设中掉队或者落伍，请组织放心！"说完，李成站起身又鞠一躬。

鞠躬后，李成欠身向黎志伸手，黎志站了起来，两任乡党委书记的手紧紧握在了一起。

黎志离开没有多久，月牙的服务期限到期。刘晨向月牙表达了心意后，月牙最终选择了留下。月牙同刘晨和林东在西明乡乡村振兴的大舞台上，开启了他们青年的创业华章。

后记

  2015 年底，我走进在当时还很偏僻落后的一座乡镇采访并留在了当地参与乡村建设。党的十九大后，国家乡村振兴战略号角在全国乡村吹响，我有幸参与并见证了一座乡镇从偏僻落后发展成为美丽乡村的过程。看到当地干部敢教日月换新天的决心、勇于创新的态度，还有那些群众在乡村建设中心甘情愿地付出，我内心着实为之动容。也是在这座乡镇里，我触摸到了"精神"是实实在在存在的力量，故在 2019 年执笔写下了这部长篇小说《桑梓情》。希望通过这样一部小说，能够让更多的青年了解当下的农村，感受到农村广阔天地也大有作为，能够让基层的干部在治理乡村过程中，通过这部小说有所启发。

  在此，诚挚感谢为了让《桑梓情》更快更好地与读者见面，前期参与小说内容校对、封面设计的挚友：刘凯、张虹健、徐素珍和万桂含。

2023 年 2 月 2 日